Jurga Ivanauskaitė

Placebo

Roman

Aus dem Litauischen
von Markus Roduner

Deutscher Taschenbuch Verlag

Die Übersetzung wurde gefördert vom
Literarischen Colloquium Berlin mit Mitteln des
Auswärtigen Amtes und der Senatsverwaltung
für Wissenschaft, Forschung und Kultur Berlin.

Deutsche Erstausgabe
Mai 2005
Deutscher Taschenbuch Verlag GmbH & Co. KG,
München
www.dtv.de
© 2003 Jurga Ivanauskaitė
Titel der litauischen Originalausgabe:
›Placebas‹ (Tyto Alba, Vilnius 2003)
© 2005 der deutschsprachigen Ausgabe:
Deutscher Taschenbuch Verlag GmbH & Co. KG,
München
Umschlagkonzept: Balk & Brumshagen
Umschlagbild: © Jurga Ivanauskaitė
Satz: Fotosatz Reinhard Amann, Aichstetten
Gesetzt aus der Aldus 10,75/12,5˙
Druck und Bindung: Kösel, Krugzell
Gedruckt auf säurefreiem, chlorfrei gebleichtem Papier
Printed in Germany · ISBN 3-423-24453-4

AM ANFANG ein blendend weißer Blitz. Dann ein langer Fall. Ein dumpfer Ton beim Aufprall auf etwas Hartes. Auf den Boden? Doch von wo? Aus dem Himmel? Was war geschehen? Ein Flugzeugabsturz? Wenn ja, wohin ging der Flug und warum hatte sie ihn unternommen? Sie vermochte sich nicht zu erinnern. Tod? Nein, sie dachte, also lebte sie. Aber was waren diese Gedanken schon wert? Von all den in ihrem Leben angehäuften Eindrücken schwirrte nur eine einzige Szene in ihrem Kopf herum. Die Geschichte einer Frau, die den Absturz einer Linienmaschine in der sibirischen Taiga überlebt hatte und einige Tage lang durch den festgeklemmten Sicherheitsgurt an den Sitz gefesselt inmitten von Flugzeugteilen, zerfetzten Bäumen und verwesenden Leichen auf ihre Retter wartete.

Auch Julija saß in einem Sessel. Ihre Knochen fühlten sich an, als wären sie gebrochen, ihr Körper wie aus Gummi. Sie öffnete die Augen. Sie befand sich in einem geschlossenen Raum. Wo war sie? Was war das für ein Zimmer? In welcher Stadt? Falls zu Hause in Vilnius, woher kam dann dieses Gefühl von Fremdsein? Wie spät war es? Welche Tageszeit? Abend? Mitternacht? Frühmorgens? Welche Jahreszeit? Frühling? Sommer? Herbst? Winter? War sie hier allein? Und warum? War vielleicht etwas Schlimmes geschehen? Was?

Schon lange nicht mehr hatte das Erwachen so lange gedauert und war ihr so schwer gefallen. Aus unerfindlichen Gründen war sie im Wohnzimmer im Lehnsessel eingeschlafen. Sie versuchte angestrengt, sich daran zu erinnern, was gestern passiert war. Hatte sie zu viel Wein getrunken? War sie vielleicht krank geworden und von Medikamenten so schläfrig? Die Dunkelheit überflutete die Dinge wie Wasser und gab ihnen ihre wahren Farben zurück. Sie sahen aus wie auf schwarzem Grund gemalt, besonders klar, als ob sie von innen beleuchtet wären. Julija zweifelte nicht daran, dass die Nacht noch nicht zu Ende war. Nach und nach kehrte der Wirklichkeitssinn in ihr träges Bewusstsein zurück. Sie schaute zur Wanduhr. Es war vier Uhr morgens.

Seltsam, dass Bastet nicht bei ihr war, dass die Katze nicht gespürt hatte, wie ihr Frauchen erwacht war, dass sie nicht um ihre Beine strich, nicht auf ihre Knie sprang, sie nicht mit ihrer feuchten Nase anstupste und nach Futter verlangte.

»Miez, miez«, rief sie, doch sie hörte weder ein Schnurren noch ein Miauen noch Schritte weicher Pfötchen auf dem Parkett.

In ihrer Erinnerung gähnte ein großes, unangenehmes Loch. Sie erinnerte sich allerdings noch wie durch einen Dunstschleier daran, mit wem sie sich unterhalten hatte, bevor sie im Sessel eingeschlafen war. Wenn das wirklich der Schutzengel gewesen war, dann konnte sie sich unmöglich in seiner Gesellschaft berauscht haben. Er trank weder Wein noch Kaffee, rauchte nicht, aß kein Fleisch, keinen Fisch, keine Eier, hatte eine Abneigung gegen Knoblauch, Zwiebeln und, wie es sich für ein Wesen aus höheren Sphären gehörte, noch allerlei andere Macken. Trotzdem verdiente der Schutzengel als einziger Julijas Liebe, dieses Gefühl, das man mit den Jahren als außerordentlichen Luxus empfindet.

Hatten sie gestern gestritten? Einander angeschrien? Waren sie sich wegen irgendwas in die Haare geraten? Plötzlich fiel es Julija wieder ein: Sie hatten sich geküsst. Und dann auch noch miteinander geschlafen. Es ist unsittlich, mit dem Schutzengel Geschlechtsverkehr zu haben! Wahrscheinlich war er wütend geworden. Und hatte Julija verlassen. Sie hatte das Unglück schon lange kommen sehen. Diese Ahnung hatte sich hinter dem rosa Lichtschein des Lebens versteckt wie eine unartige Katze hinter dem Seidenvorhang.

In der Nacht hatte sie einen Tunnel geträumt, so wie ihn nach eigener Aussage die ins Leben zurückgeholten Sterbenden gesehen hatten. Der Traum wirkte absolut real. Julija flog durch einen schmalen, von Dunkelheit erfüllten Korridor, an dessen Ende, wie ein Punkt, wie ein Stern, wie die Sonne, wie eine für alle Ewigkeit angehaltene Atomexplosion, ein Licht strahlte. Julija schoss durch die Spiralwindungen wie eine Kugel durch den Lauf, und bevor sie auf das Ziel aufprallte, auf den gleißenden Lichtschein, erstarrte sie für einen Augenblick.

Das war die ultimative Grenze. Das Seil des Akrobaten. Die Klinge. Hinter ihr breitete sich das undurchdringliche, ohrenbetäubende Dunkel aus, vor ihr gleißte ein überirdisches Licht. Ihr wurde schwindlig. Sie versuchte das Gleichgewicht zu halten, streckte wie eine Seiltänzerin beide Hände aus. Doch wohin hätte sie von hier aus noch stürzen können?

Dann sauste mit wahnwitziger Geschwindigkeit ihr ganzes Leben vor Julijas Augen vorbei, von der ersten Minute, als sie aus ihrer Mutter heraustauchte, bis zum letzten Augenblick gestern, vor dem Einschlafen. Sie war ganz verblüfft darüber, dass so viele Ereignisse, Fakten, Bilder, Menschen, Tiere, Dinge und kleinste Kleinigkeiten in eine Tausendstelsekunde passten.

Sie entsann sich auch eines Geräusches, einem Donnergrollen ähnlich, doch sie wusste nicht, ob es noch vor ihrem Eintauchen in den Tiefschlaf ertönt war oder schon den Anfang des Traums gebildet hatte. Dieses Grollen hatte einen Widerhall in ihrem Kopf ausgelöst wie eine Explosion im Tempel, nach der die Kuppel herabstürzt und alle Betenden unter sich begräbt.

Bis neun Uhr, der Zeit, zu der Julija normalerweise aufstand, blieb noch eine ganze Weile. Deshalb entschloss sie sich, zu duschen, sich zu entkleiden und zu Bett zu gehen. Sie stand auf und streckte sich. Die grellen Farben der Dinge in der trüben Dunkelheit irritierten sie nicht mehr. Sie kontrollierte, ob das Feuer im Kamin wirklich erloschen war. Die Asche verströmte noch Wärme. Sie nahm ein leeres Glas, roch daran, doch sie konnte nicht sagen, was gestern darin gewesen war, Wasser oder Wein.

In der Tür drehte sie sich um und erblickte in der Mitte des Zimmers, im Sessel am runden Tischchen sitzend, sich selbst. Also war der Traum noch nicht zu Ende. Vielmehr drohte er zu einem sich hinziehenden Alptraum zu werden. Julija fühlte, wie ganz plötzlich Furcht sie packte und etwas Bleischweres sich auf sie legte. Das Glas fiel ihr aus den Händen und zerschellte, aber kein Klirren war zu hören.

Sie versuchte sich zu konzentrieren und sich bewusst, wie sonst in solchen Fällen, aus den Klauen des Alptraums zu befreien. Doch nichts änderte sich. Als reichte das noch nicht, sah Julija, dass neben den nackten Füßen ihrer im Sessel sitzenden Doppelgängerin eine Pistole lag und der Tisch mit einer roten Flüssigkeit bespritzt war. Mit Wein vielleicht. Vielleicht auch mit Blut. Unter Aufbietung aller Kräfte versuchte sie sich zusammenzunehmen, sich in den Wachzustand zu versetzen, und glitt dann langsam, wie ein Drache, zur Decke empor. Sie fuchtelte mit den Händen, spürte, dass sie flog, und nach einigen vogelartigen Armbewegungen schwebte sie schon neben ihrer Doppelgängerin in der Luft.

Sie beugte sich zu ihr hinunter und sah, dass sich in der Schläfe der anderen Julija ein Loch befand, zweifellos die Spur einer Kugel. Die im Sessel Sitzende atmete nicht und war ganz kalt. Tot. Welche von ihnen beiden war nun also die echte Julija? Der Alptraum ging weiter. Bisher war sie immer mit ihren fürchterlichen Alpträumen fertig geworden, hatte es immer ganz leicht geschafft, die Dämonen des Unbewussten in ihre stickigen Schlupfwinkel zurückzudrängen und siegreich zur bewussten Existenz zu erwachen.

Julija glitt wieder zu Boden und warf einen Blick aus dem Fenster. Die Aussicht war wie immer, das ganze Kirchenvilnius lag wie auf dem Präsentierteller vor ihr. Doch bei genauerem Hinsehen entdeckte sie einige Ungereimtheiten. Die Landschaft wogte ganz unmerklich auf und ab, wie ein Spiegelbild im klaren, von einem leichten Lüftchen gestreichelten Wasser. Bei längerem Betrachten dieses schläfrig machenden Anblicks könnte einem schwindlig werden. Obwohl sie mit dem Gesicht zum wogenden Vilnius stand, spürte sie hinter sich die Leiche ganz deutlich. Von ihr strömte eine schwermütige kosmische Kälte aus.

Plötzlich durchfuhr sie ein stechender Schmerz, wie der eines offen liegenden Nervs, sie begriff, dass sie vielleicht wirklich gestorben war. Ja, sie und niemand anderes. Bringt man doch den Begriff »sterben« immer nur mit den Fremden, mit denen in der Außenwelt, in Verbindung. Und das innere Ich hofft unbeirrbar darauf, dass es am Leben bleibt, sogar wenn die Körperhülle ein

Ende gefunden hat. Vielleicht war endlich der Augenblick gekommen, dessen Realität jeder heimlich bezweifelt, auch wenn er behauptet, keine Angst vor dem Tod zu haben, bereit zum Verschwinden zu sein? Vielleicht würde sie sich klar machen müssen, dass das Leben zu Ende war und all dies gar kein Traum war, sondern Wirklichkeit.

Wirklichkeit, der sich Julija nur allzu selten mit ihrem ganzen Wesen hingab, denn meist irrte sie wie eine benommene Schlafwandlerin durch das ihr zugeteilte Stück Raum und Zeit. Erst in jüngster Zeit hielt sie manchmal kurz inne, aufgespießt, wie ein Schmetterling von einer Nadel, von der Schönheit eines Augenblicks, von Glückseligkeit oder Staunen. Sie erschrak dann jedes Mal und dachte, dass dieses Dasein nicht ewig währen würde und dass sie zumindest in der zweiten Lebenshälfte ihre, Julijas, eigene Existenz wirklich erfahren wollte.

Dieselben Gedanken überfielen sie in tiefster Traurigkeit, wenn sie durch einen Nebelschleier von Tränen und Enttäuschung vom Tod redete, sich aber nicht zum Selbstmord entschließen konnte, denn ein mehr oder weniger starker Glaube, eine mehr oder weniger heiße Liebe, eine mehr oder weniger große Hoffnung hielten Julija immer am Leben. Jetzt war dieses Trio fehl am Platz. Die Lage war aussichtslos. Wohin auch könnte man aus dem Jenseits noch entrinnen?

Julija spürte lähmende Furcht in sich hochsteigen, wie in ihrer Kindheit, wenn sie sich die Schauergeschichten über die Schwarze Frau anhörte. Und was, wenn mit dem Tod wirklich alles zu Ende war? Wenn es keine Fortsetzung gab, nichts, keine Geburt, kein Leben, kein weiteres Ende? Wenn es kein Jüngstes Gericht gab, keine Begegnung mit dem Herrn und Seiner Engelsschar, kein Auge-in-Auge mit dem Satan, wenn es keine Seligkeit im Paradies gab, keine Qualen in der Hölle, keine Existenz als grünes Männchen auf einem anderen Planeten, keine Verlegung in Parallelwelten, kein Überdauern im Äther, in der Luft, im Wasser, kein Ruhen im Baum, im Metall, im Stein, kein Flackern im Feuer oder Funkeln in Lichtteilchen? Draußen fielen ganz langsam einzelne Schneeflocken. Am schwarzen Himmel startete, vielleicht landete es auch, mit grünen und roten Lämpchen leise blinkend ein einsames Flugzeug.

»Ja, du bist gestorben«, hörte sie jemanden sagen.

Sie wandte sich um. Neben ihr hockte Bastet und sagte noch einmal mit einer nicht menschlichen Stimme, ganz ohne den Mund zu bewegen: »Du bist gestorben. Ja, du. Sowohl die, die da im Lehnsessel sitzt, als auch die, die hier steht, und auch alle anderen.«

Nein, nein! Das war immer noch Teil des Traums. Sollte er eben weitergehen. Manchmal komplizieren Bemühungen auf Teufel komm raus die Lage nur noch mehr und lassen den Alptraum wie ein mit Steinen vollgeladenes Fuhrwerk im Sumpf desselben Alptraums stecken bleiben. Julija machte energisch kehrt und ging ins Bad. Sie warf einen Blick in den Spiegel. Kein Spiegelbild. Welch ein alter, abgedroschener Trick! Das Steckenpferd der Surrealisten. Phantasmagorien vertreibt man am besten mit Ironie oder ganz alltäglichen Dingen.

Erst einmal musste die Wimperntusche weg. Julija tröpfelte etwas rötliche Milch auf ein Tüchlein und strich sich damit über das Gesicht. Sie spürte keine Berührung. Sie roch nicht den geringsten Duft. Als ob sie von einer dünnen, aber sehr harten Folie von sich selbst getrennt wäre. Sie griff nach der Zahnbürste und begriff ganz plötzlich die Widersinnigkeit dieser Handlung. Wozu sich die Zähne putzen, wenn sie tot war?

Aufwachen, möglichst schnell aufwachen! Julija hegte die naive Hoffnung, dass dies leichter wäre, wenn sie sich hinlegte. Bis jetzt war Schlafen ihre Lieblingsbeschäftigung gewesen, deshalb hatte sie geglaubt, dass es, falls sich Schlaf und Tod ähnlich sind, keinen Grund zur Angst vor dem Jenseits gebe. Das Schlafzimmer erwartete sie mit ihrem einladend dastehenden Bett, gemütlich wie ein Nest. Julija schlüpfte aus dem roten Kleid, unter dem sie zu ihrem eigenen Erstaunen nichts anhatte. Nach der Traumlogik hatte sich das Schlafzimmer in einen Bahnsteig voller Menschen zu verwandeln, damit alle ihre schändliche Nacktheit sehen konnten. Doch nichts dergleichen geschah, und Julija suchte nach ihrem Nachthemd. Da sie es nicht finden konnte, fiel sie so wie sie war ins Bett. Süß tauchte sie in die weichen Daunen ein. Als sie sich jedoch umdrehte, bemerkte sie, dass das Kopfkissen noch immer unberührt war und auch das Betttuch aussah, als ob ihr Körper schwerelos wäre. Sie schloss die Augen und sah bunt schillernde gelbe und violette Kreise. Sie dachte, wenn sie nun wirklich gestorben war, dann brauchte sie nichts mehr zu tun. Die anderen würden alles für sie erledigen. Von nun an hatte sie keine, aber auch nicht die geringste Verantwortung mehr. Denn sie war schon keine Person mehr, sondern ein Ding. Kein Körper mehr, sondern vermutlich ein Geist.

Plötzlich hörte sie, wie jemand die Wohnungstür aufschloss, wie die Tür zufiel und dann Schritte im Korridor. Sie erkannte sie. Es war Violeta, ihre Haushälterin, die heute Morgen unaufgefordert kam. Julija packte die Wut, sie schoss aus dem Bett und schlüpfte wieder in ihr rotes Natternkleid. Sie ging die Treppe hinunter in die Diele und erklärte dem Rücken Violetas, die gerade den Mantel aufhängte: »Ich habe Sie nicht gerufen. Ich habe einen Gast. Er möchte nicht gesehen und nicht erkannt werden!«

Sie bekam keine Antwort. Violeta schlüpfte, als wäre sie taub, in die Hausschuhe und schlurfte in die Küche. Julija folgte ihr, ohne aufzuhören, ihr Vorwürfe zu machen. Die Haushälterin warf einen prüfenden Blick auf den Haufen ungespülter Teller und Gläser (gestern war hier also gefeiert worden) und zog sich gemächlich die hellblauen Gummihandschuhe an. Das tat sie immer vor dem Abwasch.

»Nun gut, Violeta, dann machen Sie halt Ordnung in der Küche und gehen dann nach Hause. Die Zimmer haben Sie letzte Woche gesaugt. Heute ist das wirklich noch nicht nötig«, sagte Julija laut und deutlich.

Violeta gab keine Antwort, wandte der Stimme der Hausherrin nicht einmal das Gesicht zu. Als ob das noch nicht genug wäre, machte sie auch keine Anstalten, das Geschirr zu spülen, sondern ergriff einen Lappen und ging, etwas vor sich hin murmelnd, ins Wohnzimmer. Julija folgte ihr laut schimpfend. Violeta schenkte dem keine Beachtung. In der Tür hielt sie inne, stieß einen lauten Angstschrei aus und bekreuzigte sich auch noch. Hatte die Frau vielleicht den Verstand verloren? Es schien, als fürchtete sie sich davor, ins Zimmer zu gehen, so als ob dort etwas Schauerliches auf sie wartete. Julija stieß die Haushälterin zur Seite und trat ins Wohnzimmer. Im Sessel befand sich immer noch die Leblose mit dem roten Kleid und dem Einschussloch in der Schläfe. Aus irgendeiner Ecke tauchte Bastet auf und sagte zum dritten Mal ganz klar: »Begreif doch, Julija, du bist tot.«

Während sie sprach, war in ihrem sphinxhaften Gesichtchen nicht die leiseste Bewegung zu sehen. Doch der Blick der Katze war durchdringend und äußerst traurig. Als sie die Katze erblickte, hörte Violeta auf, eine Salzsäule zu sein. Sie ging zur im Sessel sitzenden Julija und drückte der Toten die Augen, obwohl sie bereits geschlossen waren, mit zwei Fingern noch fester zu. Dann schlug sie vor der Verstorbenen das Kreuz und sprach ein Gebet, in dem sie sich an Maria die Gnadenvolle wandte, diese möge für die Sünder beten in der Stunde ihres Todes. Julija hielt sich selbst nicht für eine Katholikin. Sie hielt sich auch nicht für eine Sünderin. Sie hielt sich immer noch nicht für tot. Aber falls dem doch so war, das wurde ihr langsam klar, dann konnte jeder mit ihren körperlichen Überresten tun und lassen, was er wollte. Mit ihren Sachen auch.

Violeta hob die Pistole vom Boden auf, rieb sie lange und sorgfältig mit dem Lappen ab, sicher damit keine Fingerabdrücke zurückblieben. Dann legte sie die Waffe vorsichtig möglichst nahe zu den Fingern der zusammengesackten Toten. Darauf scheuerte sie wie verrückt den blutbespritzten Tisch. Schließlich nahm sie das darauf liegende Handy und begann auf den Tasten herumzudrücken. Die Hausherrin stellte sich hinter die Haushälterin und sah ganz deutlich, wie diese sämtliche im Apparat vorhandenen Informationen löschte: die Liste der Telefonnummern, die empfangenen und versandten SMS, die nicht beantworteten Anrufe. Wozu das alles? Als sie mit ihrer Arbeit fertig war, wollte Violeta schon hinausgehen, doch da sah sie die Glasscherben und wischte sie sorgfältig mit dem Lappen bis auf die kleinsten Splitter auf.

Als die Haushälterin den Raum verlassen hatte, griff Julija zum Telefon und rief ihre Mutter an. Mutter nahm nicht ab. Hatte sie denn nichts gespürt und schlief immer noch in aller Ruhe? Wo blieb denn da die von den Mystikern so gepriesene fundamentale Mutter-Tochter-Beziehung? Wer außer Mutter konnte ihr noch helfen? Niemand.

Violeta spielte weiter die Herrin im Haus. Jetzt machte sie sich im Magie-Zimmer zu schaffen. Julija glitt unter Verneinung der Schwerkraft dort hinüber und stieß einen Schrei aus. Die Haushälterin saß am Computer und löschte die Daten im Postfach. Dann schaltete sie den Computer aus, wühlte in den Schubladen herum und fand das Tagebuch der Hausherrin. Mit zitternden Händen blätterte sie um und las, blätterte um und las, blätterte um und las, um schließlich ein Blatt herauszureißen und es auf den Kartentisch zu legen. Dann ging sie zum Telefon und wählte eine Kurznummer. Sie teilte nur mit, dass ein Unfall geschehen sei, und die Adresse. Dasselbe tat sie noch einmal. Dann wählte sie eine dritte, bereits längere Nummer, legte nach dem Wort »Unglück« eine Pause ein und hörte zu, was man ihr sagte. Dann sagte sie: »Ja, kommen Sie her... Besser in zwei, drei Stunden, denn zuerst kommen die Notfalldienste. Wozu sich zusätzlich aufregen und sich das Herz zerreißen... Ja, das ist furchtbar. Nehmen Sie eine Beruhigungstablette... Seien Sie tapfer. Ich helfe, wo ich kann. Tschüs.«

Violeta sprach das Wort »Tod« nicht ein einziges Mal aus, und das weckte in Julija die leise Hoffnung, dass vielleicht doch noch nicht alles zu Ende war, vielleicht war sie noch am Leben, wenn auch in einem tiefen Koma. So tief, dass ihre Seele, getrennt vom Körper, allein herumschwirrte.

Doch je mehr Zeit verstrich, desto mehr verblich diese Hoffnung. Gleich darauf kam eine Ärztin mit dem Gesicht einer christlichen Märtyrerin. Julija hörte die Diagnose der Ärztin, die laut und ohne jede Zweifel oder Skrupel verkündet wurde, ganz deutlich: tot. Als sie das gesagt hatte, eilte die Frau ans Telefon und bestellte einen Krankenwagen. Das Urteil wurde von zwei Polizisten registriert. Tot. Julija vermochte das nicht mehr in Erstaunen zu versetzen. Befremdend kam ihr etwas anderes vor, nämlich, dass zwischen den beiden Teams, die unter Sirengeheul in den Hof eingefahren waren und wahrscheinlich alle Nachbarn geweckt hatten, wer weiß woher ihre alte Freundin Rita auftauchte. Julija versuchte ihre Freundin anzusprechen, doch vergeblich.

Rita ging kurz in die Küche, warf dann einen Blick auf die im Lehnsessel erstarrt dasitzende Verstorbene und begann, als ob jetzt in dieser Wohnung alles erlaubt wäre, die Zimmer zu durchsuchen. Sie steckte ihre Nase sogar in die Toilette und ins Schlafzimmer, wo sie von der unter dem Bett versteckten Bastet wütend angefaucht wurde. Julija hätte sich am liebsten selbst neben die Katze gelegt, denn sie schien hier überall fehl am Platz zu sein. Ihr Zuhause füllte sich mit fremden Leuten und alle verhielten sie sich wie die Herren im Haus.

»Du musst nicht hier bleiben.«

Julija erkannte die samtige, näselnde Stimme. So sprach Bastet.

»Und wo soll ich hin?«

»Wo immer du hinwillst. Flieg in Vilnius umher, bei Bekannten vorbei, oder nach Ägypten. Dort ist es warm, aber das spielt ja jetzt keine Rolle mehr für dich.«

Julija lächelte bitter. Das einzige Wesen, mit dem sie sich noch unterhalten konnte, war ihre Katze. Obwohl sie sich manchmal auch ähnlich gefühlt hatte, als sie noch am Leben war. Lebendig. Tot. Noch glichen sich die beiden Zustände viel zu sehr.

»Wenn du dich mit dem Gedanken abfindest, dass du gestorben bist, dann fängst du an, dich wie eine Verstorbene zu fühlen. Dann kannst du alles tun, was du im Leben nicht gekonnt hast. Die Gedanken der anderen lesen, durch Wände gehen, fliegen. Du bist ja schon ein wenig herumgeflogen«, meinte Bastet, während sie sich sorgfältig das getigerte Fell leckte. »Ich würde mich aber an deiner Stelle nicht zu sehr darüber freuen. Aus den Gedanken der anderen wirst du nichts Interessantes erfahren. Und auch durch die weite Welt zu schweifen würde ich dir nicht raten. Was hast du schon von diesen Eindrücken; wenn du dich bisher nicht satt gegessen hast, dann wirst du das auch in Zukunft nicht mehr tun.«

»Was soll ich dann also machen?«

»Versuch das Wesentliche zu sehen.«

»Welches Wesentliche?«

»Weiß ich nicht, ein jeder sieht es auf seine Weise.«

»Und wie viel Zeit bleibt mir noch?«

»Das ist schon nicht mehr Zeit. Du bleibst hier so lange, wie du an dieser Welt hängst.«

»Und was kommt dann?«

»Das soll dich nicht kümmern, denn dann bist du ganz sicher schon nicht mehr du.«

»Sondern was?«

»Etwas anderes. Vielleicht absolutes Nichts. Das lässt sich schwer sagen. Die Katzen werden wiedergeboren, die Menschen nicht.«

»Warum?«

»Nun, den Katzen wurde dieses Privileg erteilt.«

»Und die Menschen?«

»Sie zergehen.«

»Wo?«

»Im Raum.«

»Und das ist es dann auch schon?«

»Es sei denn, der Mensch entscheidet sich für eine Wiedergeburt als Katze.«

Bastet räkelte sich und beendete die Unterhaltung wie immer an dem Punkt, da es ihr angebracht erschien. Dann trippelte sie aus dem Zimmer.

Da Julija ihren neuen Zustand erproben wollte, ging sie durch die Wand, versank im Boden und tauchte durch die Decke in der Diele auf, gerade in dem Augenblick, als ihre Mutter hereinkam. Nein, diese Gegenüberstellung brauchte Julija nun gar nicht. Auch so hatte sie sich ihrer Mutter gegenüber immer schuldig gefühlt, ihr ganzes bewusst wahrgenommenes Leben war ein einziges Suchen nach Erlösung von dieser unerklärlichen, unermesslichen, nicht sühnbaren Schuld gewesen. Sogar für ihren jüngeren Bruder, den Liebling ihrer Mutter, der vor sieben Jahren nach Amerika verschwunden war und nichts mehr von sich hatte hören lassen, fühlte sie sich schuldig. Mutter hatte schreckliche Sehnsucht nach ihm und Julija konnte die Leere nicht ausfüllen, die der verlorene Sohn hinterlassen hatte. Bis vor kurzem konnte sie noch hoffen, dass sie sich würde bessern können, dass sie eines Morgens erwachen und sich von Grund auf ändern würde, dass sie noch Zeit für herzliche Gespräche mit der Mutter, Kraft für Zärtlichkeit, Geduld und Mitgefühl fände. Und jetzt? Jetzt war alles und für immer zu Ende.

Sie wusste, dass sie sich wie eine Verräterin verhielt. Sie hätte bei ihrer Mutter bleiben müssen, mit ihr den Schmerz und den Kummer teilen müssen, den sie ihr selbst zugefügt hatte. Doch sie vermochte es nicht. Julija stieß sich vom Boden ab und verschwand durch die Wand hinaus in das zu einem neuen Tag voller Leben erwachte Vilnius. Sie flog wie ein Vogel. Jetzt hatte sie schon fast keine Zweifel mehr, dass sie gestorben war. Tot? Tot!

Wirklich tot. Denn statt in einem grauen, finsteren und feuchten Wintermorgen fand sie sich in einem Raum wieder, in dem alles von einem warmen Licht erfüllt war. Zuerst wusste sie nicht, ob die Gestalten dieses Licht verströmten oder nur darin trieben. Sie ließ sich zu Boden sinken und berührte mit den nackten Füßen den Schneematsch auf dem Gehsteig. Sie spürte weder Kälte noch Feuchtigkeit.

Sie stand inmitten der Menschen, die wie jeden Morgen irgendwohin hasteten. Niemand schenkte ihr Beachtung. Stattdessen sah sie, dass jeder, der vorbeiging, von einer vibrierenden Substanz umgeben war und im allumfassenden Licht wie ein in Öl schimmernder Wassertropfen aussah. Dieselbe Hülle umgab auch die anderen materiellen Gestalten – Bäume, Autos, Häuser, sogar die Mülleimer. Die Tropfen näherten sich einander, berührten sich, entfernten sich wieder, flossen davon oder blieben an Ort und Stelle, verschmolzen jedoch nicht und vermischten sich nicht mit dem öligen Licht. Julija erinnerte sich, dass sie einmal etwas Ähnliches über das Engelsdasein gelesen hatte, nämlich dass es sich damit wie mit einem riesigen Jenseitspuzzle verhielt, in dem die Konturen der einzelnen Teile ideal zusammenpassten. Deshalb kann keiner getrennt vom allumfassenden Bild existieren, und wenn er herausgenommen wird, so verliert er seine Bestimmung und sein Wesen.

Julija glitt durch die Altstadt, durch die Pilis-Straße weiter nach Užupis, von da auf den Hügel der Drei Kreuze, und dachte beim Anblick des mit Bernsteinleuchten erfüllten Panoramas von Vilnius, dass es nirgendwo auf der Welt eine schönere Aussicht geben konnte. Bastet hatte ihr zu Recht davon abgeraten, in die Ferne zu schweifen. Julija brauchte Frieden. Sie wollte im vollkommenen Frieden ruhen, nach dem sie sich ein Leben lang gesehnt hatte.

Die Katze hatte sie gewarnt, dass es die Mühe nicht wert sei, die Gedanken der anderen zu lesen. Bis jetzt hörte Julija nur einen unharmonischen Lärm, ähnlich dem, der vor Beginn der Ouvertüre aus dem Orchestergraben ertönt. Als sie sich genauer hineinhörte, bemerkte sie, dass in den Köpfen nur fürchterlich wirre Gedanken herumschwirrten, als wären alle Leute verrückt geworden. Wem auch immer sie sich näherte – einem Kind mit einem Lutscher im Mund, einem Studenten, einem betont ordentlich gekleideten Büroangestellten, einer schwangeren Frau, einem Straßenmusikanten, einer Nonne, einem Straßenkehrer, einem alten Mütterchen, das letztjährige *Verbos*, Palmsonntagssträuße aus Trockenblumen, feilbot, einem Bettler –, überall vernahm sie den gleichen Lärm, geriet in den Strom zufälliger Worte, unvollendeter Sätze, unklarer Ideen und wirrer Informationen. Hatte sie etwa auch so gedacht? Wie hatte sie nur mit einem solchen Chaos in ihrem Kopf leben können?

In dieser Masse allgemeiner Verstimmtheit gab es nicht eine Sekunde eine Pause. Julija hatte größte Lust, das lärmende Denken der Menschen auszuschalten wie ein plärrendes Radio, das keine einzige klare Frequenz erhascht. Sie musste nur daran denken, und schon erfüllte sich ihr Wunsch. Urplötzlich wurde es ganz still, und Julija versteckte sich in dieser Stille vor der

Welt und, was noch wichtiger war, vor sich selbst. Sie ging in die Leere ein, löschte alle Gedanken, Gefühle, Empfindungen, Hoffnungen und Erinnerungen. Als sie noch lebte, hatte sie auch manchmal vom völligen Verschwinden geträumt.

Als sie wieder aus ihrer Selbstvergessenheit erwachte, entdeckte sie, dass sie auf einem Eisbrocken auf der Neris dahintrieb, dort, wo einst, in ihrer Kindheit, ein weißer Dampfer angelegt hatte. Sie war überzeugt, dass die bildlosen, tonlosen, farblosen, geruchlosen Pausen immer länger, immer größer, immer tiefer werden würden, um dann im Nichtsein aufzugehen. Doch noch funktionierten die alten, Wirklichkeit schaffenden Gewohnheiten. Und nicht nur sie. Sie musste sich nur in Gedanken bewegen, sich an Rita erinnern, und im selben Augenblick schwebte sie schon neben ihrer früheren Freundin.

Der Tag flog vorbei wie der Schatten eines Bussards am Boden. Schwupp, und er ist weg. Und Rita mühte sich schon seit einer halben Stunde mit der Schlagzeile für den Artikel ab: DIE BERÜHMTE VILNIUSSER WAHRSAGERIN JULIJA HAT SICH DAS LEBEN GENOMMEN.

Sie sollte dem Leser ins Auge stechen auf der Titelseite der Tageszeitung, ihn neugierig machen und dazu zwingen, auf Seite 7 weiterzulesen, der Seite mit den Kriminalnachrichten: HELLSEHERIN HAT IHR EIGENES SCHICKSAL NICHT VORHERGESEHEN.

Die Schlagzeile musste mindestens 40 Zeichen umfassen, inklusive Leerschritte, doch der Redakteur mit dem Spitznamen Zerberus pflegte 45 zu verlangen.

Rita wurde nachdenklich und warf einen Blick durchs Fenster. Draußen schien dunkelste Nacht zu herrschen, obwohl es erst früher Abend war. Die kahlen Äste der Bäume, von den Neonreklamen der Bars in rötliches Licht getaucht, erinnerten an auf die Karte des schwarzen Himmels gezeichnete riesige Bronchien. Sie wogten im Wind rhythmisch hin und her und verbreiteten Unruhe. Eine beklemmende Unruhe. Rita schüttelte den Kopf, um sich des aufdringlichen Gefühls zu entledigen, dass eine Andere Wirklichkeit in ihr Gehirn einzudringen versuchte, die zu verstehen sie weder Lust noch Kraft noch Zeit hatte. Die Redaktion hatte sich völlig geleert. Der Computerbildschirm war schwarz geworden. Jetzt schwammen dort verschiedenfarbige Fische. Durch Drücken einer Taste setzte Rita dem meditativen Treiben ein Ende und unternahm einen neuen Versuch: DER TOD DER WAHRSAGERIN JULIJA – SELBSTMORD ODER MORD?

Gar nicht übel. Wurde doch an der Pistole nicht ein einziger Fingerabdruck gefunden, nicht einmal einer von Julija. Da half die Aussage der zu Tode erschrockenen Haushälterin auch nicht weiter, dass sie gedankenlos die auf dem Boden liegende Waffe gereinigt habe. Andererseits hatten die Experten eindeutig festgestellt, dass die Wahrsagerin selbst geschossen hatte. Das musste etwa um drei Uhr nachts geschehen sein. Julija hatte sich aus einer kleinen, hübschen, fast spielzeughaften Pistole eine Kugel in die Schläfe gejagt.

Entschlösse Rita sich zu so einem Abgang, dann würde sie unweigerlich ihren Schädelinhalt im ganzen Zimmer verspritzen oder schmachvoll danebenballern. Zu ihrer eigenen Schande und zum Leid ihrer Angehörigen würde sie nach einem halben Jahr aus dem Koma erwachen und hundert Jahre lang dahinsiechen – gelähmt, mit einem Drittel des Gehirns, fast ohne Verstand, dafür wie eine Inka-Dame mit einer Platinplatte im Schädel. Aber Julija war zielsicher. Sie hatte, auch als sie noch lebte, nie danebengetroffen. Das Schicksal hatte sie immer verwöhnt, deshalb war es schon etwas verdächtig, dass sie plötzlich beschlossen haben sollte, ihrem Leben auf so dramatische Weise ein Ende zu setzen.

Vielleicht hatte jemand Julija dazu angestiftet? Oder sollte sie tatsächlich ganz allein auf diese Idee gekommen sein? Die Gegenstände im Zimmer der Wahrsagerin wollten auf diese Frage keine Antwort geben. Von nun an waren sie mit einem Bann belegt. Verflucht. Mit Tod getränkt. Und vor allem – verraten. Die Selbstmörder verrieten ja nicht nur die Menschen, die ihnen im Prinzip nichts Schlechtes gewünscht hatten, sondern auch ihre Betten, Schränke, Tische, Sessel, Teppiche, Bücher, Kleider, Teller und viele, viele andere Kleinigkeiten, die ihnen immer absolut treu gewesen waren. Sie verrieten auch die Tiere. Julijas Katze miaute herzzerreißend ganz oben auf dem Bücherregal und fauchte alle, die sich ihr nähern wollten, mit gesträubtem Fell an. Aber sollte sie wirklich davon auf der Seite 7 schreiben?

Und von Julijas Anruf vor etwa einer Woche, als die Wahrsagerin sagte, sie befinde sich in ernsten Schwierigkeiten, sie werde bedroht, sie fühle sich verfolgt und wolle der Journalistin etwas sehr Wichtiges erzählen? Am Telefon wollte sie nichts Näheres dazu sagen, machte nicht einmal eine Andeutung – sie behauptete, dass ihr Telefon abgehört würde. Die Frauen kamen überein, sich anderntags um zwölf Uhr zu treffen, doch als Rita unterwegs zum vereinbarten Café war, erhielt sie eine SMS: *Kann heute nicht was dazwischen gekommen sei nicht böse.* Danach wollte Julija kein neues Treffen vereinbaren, entschuldigte sich bald mit Kopfschmerzen, bald mit großem Kundenansturm, bald mit einem Zahnarzttermin, bald mit Gästen aus Deutschland.

Daran war nichts Ungewöhnliches, so war sie fast immer gewesen. Wollte sich Rita einmal von Herzen mit Julija austauschen, fühlte sie sich unweigerlich wie ein glückloser Liebhaber, der von einer eigenwilligen Dame an der Nase herumgeführt wurde. Sie verzieh der Wahrsagerin vieles, denn sie empfand für sie eine beinahe kindliche (so verlieben sich Freundinnen nur als Teenager ineinander) Zuneigung. Wäre nicht dieses schaurige Ende gewesen, sie hätte auch diesen Verrat vergessen. Jetzt blieb ihr nichts anderes übrig, als den Lesern mitzuteilen, dass da offenbar jemand mit der Dahingeschiedenen abrechnen wollte. Und der hatte sein Ziel erreicht.

In Julijas Wohnung war die Journalistin heute Morgen fast gleichzeitig mit dem Krankenwagen eingetroffen, eine halbe Stunde vor der Polizei und mehr als eine Stunde vor der Mutter der Selbstmörderin, die so erschüttert war, dass sie keinen Ton herausbrachte, nicht zu weinen vermochte, nicht hörte, was man zu ihr sagte, und auch nicht sah, was um sie herum geschah. Die Leiche war von der Haushälterin gefunden worden. Obwohl die Selbstmörderin schon erkaltet war, rief Violeta zuerst die Ärzte an. Der diensthabende Notarzt informierte seinerseits Rita über das Unglück. Solche Gefälligkeiten waren gar nicht so billig zu haben. Für brandheiße Informationen musste auch die Polizei bezahlt werden. Doch was tat man nicht alles im Namen der Wahrheit? Das Wichtigste war doch der Leser der Seite 7, der Seite mit den Kriminalnachrichten! Nur bei der Feuerwehr hatte Rita keinen Informanten. Das Thema Brände reizte sie nicht, auch wenn ein altes Sprichwort besagte, dass es des Litauers größte Freude ist, wenn das Gut des Nachbarn in Flammen aufgeht.

Wie es sich für eine Snobistin gehört, war Julija eine Liebhaberin von Antiquitäten – Sessel im Stil des Empire (unter erfreulicheren Umständen hätte Rita gesagt des Vampire), Tiffany-Lampen, Kerzenleuchter aus der Sezession, chinesische Vasen, indische Götter aus Kupfer, dazu Ikonen, um derentwillen wohl manch einer die Eigentümerin hätte umbringen mögen. Aber alles war noch an Ort und Stelle. Nicht einmal das Geld (ein ganz erkleckliches Sümmchen) in der Schublade unter dem runden Kartentisch war angerührt worden. Und auf der blauen Tischplatte, die in geheimnisvolle, das menschliche Schicksal symbolisierende Dreiecke und Quadrate aufgeteilt war, lag ein Abschiedsbrief, der zweifellos von Julija selbst stammte.

Das Geschreibsel, in aller Eile auf ein unordentlich aus einem Heft herausgerissenes kariertes Blatt Papier gekritzelt, zeugte von den verwirrten Nerven der Wahrsagerin. Deshalb zitierte die Journalistin Julijas letzte Worte nicht in ihrem Artikel. Sie waren doch Freundinnen gewesen. Rita fand, sehr gute Freundinnen. Auch wenn die Wahrsagerin dauernd ihre Überlegenheit herausstrich und sich durch Betonung ihrer Gegensätzlichkeit bemüht hatte, die Journalistin zu erniedrigen. Die Wissende – die Unwissende. Die Geistvolle – die unverbesserliche Materialistin. Die

Auserwählte – das Herdenschaf. Doch was soll's. De mortuis nil nisi bene.

Der Montag näherte sich ächzend wie ein bergauf gezogenes vollbeladenes Fuhrwerk seinem Ende. Der letzte Kollege verließ das Büro. Wie immer ohne sich zu verabschieden. Für die anderen war Rita Luft, als hätten sie sich gegen sie verschworen. Wer weiß, vielleicht hatten sie sich wirklich verschworen? In der Redaktion herrschte ein andauernder Kriegszustand. Neid, Konkurrenz, der Kampf auf Leben und Tod um einen Platz auf der Titelseite, direkt unter dem Namen der leserstärksten Tageszeitung Litauens. Lohnzuschläge in züchtigen weißen Briefumschlägen. Prämien. Zerberus' Gunst und Sympathie. Es lohnt sich zu kämpfen! Rita machte die Lautsprecher an. Das Blubbern der Fischlein beruhigte die Nerven. Sie faltete noch einmal die Kopie von Julijas letztem Brief auseinander, die sie sich auf dem Apparat in Julijas Arbeitszimmer angefertigt hatte, und las:

Gestern ist der Krieg zu Ende gegangen, in der Nacht wurde ein Waffenstillstand vereinbart, und am Morgen hat der Frieden begonnen. Wie immer gab es weder Sieger noch Verlierer. Draußen vor dem Fenster schien hell die Sonne. Die Luft war rein und klar. Die Welt erhob sich flott zu neuem Leben. Man konnte zusehen, wie aus der napalmverbrannten Erde leuchtend grün das Gras emporschoss, an jedem Stengel oszillierten in allen Regenbogenfarben die Tautropfen. Angekohlte, entwurzelte Bäume sogen wieder den Saft des Lebens aus dem fruchtbaren Boden und streckten die mit taufrischen Knospen übersäten Zweige dem blauen Himmel entgegen. Die Vögel, die noch gestern nur Klumpen von verkohltem Fleisch und versengtem Flaum gewesen waren, zwitscherten jetzt munter, sangen Liebeslieder, bauten sich Nester und legten gesprenkelte Eier. Auf die blumenübersäten Wiesen kehrten die im Krieg umgekommenen Viehherden zurück. Frisch beflaggt fuhren die im Krieg gesprengten Schiffe aufs Meer hinaus. Aus den Trümmern erhoben sich die Häuser. Straße um Straße wuchs die Asphalthaut

nach und teerte die Plätze. Es rauchten die Kamine, die sich gerade erst hochgemauert hatten. Wie aus einem Füllhorn ergos-
sen sich Waren in die Regale der Läden. Ungeduldig hupend
sausten die Autos in nicht abreißendem Strom dahin. Die Menschen waren in Eile und sahen aus wie immer, als ob der Krieg
nicht gestern, sondern, sagen wir, vor sechzig Jahren zu Ende
gegangen wäre. Als ob nichts passiert wäre. Auf diesem seltsamen Planeten ist alles wie geschaffen für den ewigen Rhythmus
von Zerstörung und Wiederaufbau. Die Placebo-Bewohner bemerken ihren x-ten Tod und die darauf folgende Auferstehung
gar nicht mehr. Jetzt geht es nur noch darum, dass der Mann,
der da im Bett schläft, aufwacht und verschwindet. In diesem
Zuhause ist er nur auf Zeit, wie alles andere auch. Vor ein paar
Stunden, beim Aufgehen der Sonne, hast du beobachten können, wie er von den Toten aufersteht. Die Leichenflecken verschwinden. Das geronnene Blut verflüssigt sich wieder und
kehrt in die Adern zurück. Es heilen die Knochenbrüche. Es
schließen sich die Wunden. Aus dem Gesicht verschwindet die
Grimasse der Qualen und sein gewöhnlicher Gesichtsausdruck
kehrt zurück, der sogar im Schlaf noch von unendlicher Selbstzufriedenheit kündet. Ich hörte seinen ruhigen Atem. Ich roch
den Lebensodem. Wenn ich mich an seinen Rücken schmiegte,
konnte ich den immer regelmäßiger werdenden Herzschlag hören. Frühmorgens wandte er sich immer von mir ab. Ich halte
das nicht für ein Zeichen von Entfremdung. Die Bewohner dieses Planeten stehen einander nicht nahe. Es lohnt sich nicht, sich
an irgendjemanden zu binden, denn jeden Augenblick kann ein
Krieg ausbrechen und den geliebten Menschen mit sich fort-
tragen ins Nichts. Nach jeder Auferstehung ändert sich in den
Menschen etwas von Grund auf. Nur deshalb lohnt es sich, ein
weiteres Mal zu sterben. Der Krieg ist zu Ende, doch der Tod ist
noch immer hier. Er steht nebenan. Geduldig und bereit zu warten. Treu bis zum letzten Atemzug. Meinem letzten Atemzug.
Ach.

Was sollte das mit dem »Placebo-Planeten«? Rita beschloss, die Bedeutung des Wortes im Fremdwörterbuch nachzusehen. »Placebo – Medikamentenersatz, Präparat ohne Wirkung, das dem Patienten mit der Absicht suggestiver Beeinflussung verabreicht wird«, antwortete der allwissende Computer. Was wollte Julija mit diesem Abschiedsbrief sagen? War sie vielleicht wirklich in irgendeine gefährliche Geschichte verwickelt? Trachtete ihr jemand nach dem Leben? Rita zuckte mit den Achseln und entwarf noch eine Schlagzeile: WER HATTE EIN INTERESSE AN JULIJAS TOD?

Fertig! Die Uhr zeigte 20.50. Der Arbeitstag war zu Ende. Rita drückte noch zweimal die Tasten der ermatteten Maus und sandte dann den Artikel an Zerberus. Der Chefredakteur kam spätabends zur Arbeit, wie ein lichtscheuer Werwolf. Er ackerte dann bis spät in die Nacht, bis er mit eigenen Händen die neue Nummer zum Druck vorbereitet hatte. Danach verschwand er kurz, tauchte aber gegen Morgen wieder auf und empfing wie die unentbehrliche Hebamme die nach dem Schoß der Maschinen riechende, noch warme, feuchte, färbende Zeitung vom Tage.

Rita streckte sich, machte einige Entspannungsübungen für Computersklaven, deren Anleitungen auf Veranlassung des Zerberus in jeder Arbeitskabine hingen. Dann schaltete sie das Monster aus, an dem sie den lieben langen Tag verbrachte, ergriff ihre Handtasche und sauste wie der Wind durch die leeren, von Glas, Spiegeln und kaltem Aluminium funkelnden Korridore. Draußen angekommen, zog sie eine Zigarette aus dem Päckchen. Im Redaktionsgebäude war das Rauchen strengstens verboten. Der Wind wehte immer noch und versprach keine Veränderungen. Der Januar war für sie schon immer der schlimmste Monat im Jahr gewesen, denn sie konnte sich einfach nicht von der absurden Vorstellung befreien, dass sich nach Neujahr im Leben jedes Menschen, und natürlich besonders in ihrem, Ritas, etwas zum Positiven ändern müsse. Doch nichts änderte sich.

Die einzige Jahreszeit, die Rita gern hatte, war der Herbst. Da fühlte sie sich sicher. Und fast als sie selbst. Sie selbst in einer Welt, die ihr notorisch das Gefühl vermittelte, sie, Rita, sei immer, überall und allen fremd. Der Herbst beruhigte und linderte die Schmerzen. Besonders nach dem Sommer, der aggressiv und erbarmungslos war, alte Wunden aufriss, biss, stach, hackte, kratzte, die Augen mit giftigen Farben blendete, einen mit konzentrierten Düften erstickte und mit tausend gellenden Stimmen die Sinnlosigkeit von Ritas Leben in die Welt hinausschrie. Und die Vergänglichkeit. Die Vergänglichkeit der entsprossenen Knospe, der aufgegangenen Blüte, der herangereiften Beere, des zu einem neuen Erntekreis verurteilten Samens, am meisten aber ihrer selbst. Und sie hatte doch für die gefährlichen Gedanken, die ihr da vom Sommer aufgedrängt wurden, weder Lust noch Kraft noch Zeit.

Im Sommer nahm sie nie Urlaub. Von morgens früh bis abends spät saß sie in der stickigen Zitadelle der Redaktion und wartete auf Sensationen, die der Titelseite würdig wären. Schweißüberströmt lauerte sie in ihrem Wachturm auf einen Skandal, der nach der fettesten Überschrift schrie. Währenddessen machten es sich ihre Kollegen auf all den Kanaren, Mallorcas oder Antalyas gemütlich. Rita hatte panische Angst davor, auch nur für einen Tag ihren Posten zu verlassen, geschweige denn für ein paar Wochen oder gar einen Monat, denn sie war überzeugt, dass ihr Platz im Falle einer unvorsichtigen Abwesenheit ihrerseits sofort von anderen eingenommen würde. Von Jüngeren, Flexibleren, Schlaueren, ans heutige Leben Angepassteren, von denen, die sich weder vergänglich noch fremd fühlten. So war die Generation der Glückskinder: wohlgeformte, grenzenlos erotisierte, unendlich sexy Wesen, Narzisse und Nymphen, die nie im Leben den Geschmack von Versagen, Qual, Krankheiten, Tod kosten würden.

Nein, Rita hatte den Sommer nicht gern. Sie mochte auch den Frühling nicht. Und am meisten hasste sie den Winter mit all seinen erzwungenen Festlichkeiten, Heiligabend, Weihnachten, Neujahr, Valentinstag, die den Menschen geradezu zum Strick trieben. Noch immer auf der Vortreppe zur Redaktion herum-

25

hüpfend zündete sie sich die zweite Zigarette an und schüttelte sich. Dabei stellte sie sich vor, dass die verbotenen Gedanken von ihr wegspritzten wie Wassertropfen von einem Hund, der gerade erst den Fluss durchschwommen hat. Nun, die bedrückte Stimmung war heute ganz angebracht. Ihre Freundin hatte sich das Leben genommen. Wahrscheinlich ihre einzige. Deshalb auch die beste. Auch so eine Frau mittleren Alters. Übrigens, solange sie noch am Leben war, hatte Julija Rita gezwungen, genau wie der Sommer, sich zweitklassig und minderwertig zu fühlen.

Rita hatte Julija kennen gelernt, als sie beide achtzehn waren. Beide studierten am Konservatorium, doch angefreundet hatten sie sich erst auf dem Jazzfestival in Birštonas. Die zukünftige Pianistin Julija, die damals von allen zu Ehren eines Beatles-Songs Julia (englisch ausgesprochen) genannt wurde, spielte auf der Bühne den Blues. Als alle ihr laut applaudierten, ging sie zum Mikrofon und erklärte, dass Jazzpianist eine zu männliche Tätigkeit sei und deshalb nicht zu einer Frau passe. Etwas anderes wäre Sängerin, aber dafür sei ihre Stimme zu schwach.

Damals hatte sie nichts von ihrem heutigen Image einer eleganten Dame. Ihre langen gewellten Haare reichten ihr bis zur Hüfte, sie schminkte sich in schrillen Farben, trug gern eine Unmenge klirrenden Plastikschmucks und war ziemlich rundlich. Gekleidet war sie in bunte, aufreizende Hippiekleider, die sie sich selbst zusammengeflickt hatte. Schon während des ersten Gesprächs gestand Julija Rita, dass sie sich selbst erschuf, wie ein Gemälde oder ein Buch. Die Ausgangslage war ziemlich schlecht (das hatte sie selbst gesagt!): eine kleine, ziemlich dicke Göre mit kurzen Beinen, hässlichen Händen und einer recht langen Nase. Doch schöpferisch war sie, und so schien Julija vielen schon damals, mit achtzehn, wahnsinnig anziehend und begehrenswert zu sein. Zwanzig Jahre später wurde sie zu einer allgemein anerkannten Schönheit, die die Geheimnisse ihres Charmes mit den populären Frauenzeitschriften teilte. Sogar mit vierzig, zur raffinierten Platinblondine geworden, erntete die Wahrsagerin immer noch Lorbeeren bei den Wahlen zur elegantesten Dame von Vilnius.

Rita war geradezu in Julija verliebt, fiel vor Entzücken über ihre Reden, Witze, Gedankenflüge und andere Dinge, die sie selbst sich nie erlaubt hätte, fast in Ohnmacht. In dieser Liebe gab es nicht den Hauch von körperlicher Begierde, nur die Anziehungskraft des Regenbogens auf das Graue. Zumindest schrieb das Rita ihrer Freundin in ihren Briefen.

Doch Julija hatte einen wesentlichen Fehler. Sie konnte nicht mit Hingabe lieben, nicht aufopfernde Freundin sein, ihr fehlte die Kraft zur Treue und die Fähigkeit, eine Bindung einzugehen. Während Rita geduldig die Kinder ihres einzigen Mannes Rimas aufzog, schaffte es Julija, dreimal zu heiraten und sich wieder scheiden zu lassen und auch noch mit einer zufälligen Bekanntschaft im Ausland zu leben.

Erst im Wind des Sajūdis, der Singenden Revolution, ließen sie ihre Freundschaft wieder aufleben. Rita arbeitete ohne Unterlass im Strudel der vom Sajūdis verursachten historischen Wende, schrieb für Samisdat-Blätter Artikel über eine Demo nach der anderen, während Julija, die Faulenzerin, sich wie ein selbstzufriedener Kolibri in Gesellschaft der berühmtesten Persönlichkeiten der Zeit sonnte. Aus den Wende-Ereignissen tauchte die Journalistin endgültig als graue Maus, ihre Freundin hingegen schillernd wie nie zuvor auf.

Die einzige Frage, die Julija kaum ertragen konnte, war die nach ihrer Kinderlosigkeit. Natürlich versicherte dann die Wahrsagerin, dass sie einfach nicht den richtigen Vater für sie gefunden habe und sie eine zu große Egoistin sei, eine schlechte Mutter wäre, die von ihrer Erzeugerin Eigenschaften geerbt habe, die sie nicht in der Genetik-Stafette weitergeben wolle; und schließlich könne sie sich als vernunftbegabtes und für sein Handeln verantwortliches Wesen nicht dazu durchringen, ein neues Leben in eine fürchterliche, wahnsinnig gewordene, zum Untergang verdammte Welt hineinzugebären. Doch während dieser Worte leuchtete in ihren Augen nicht das Feuer der Pallas Athene, das sonst den Charakter ihres Gesichtes prägte.

Der Rhythmus des Lebens wurde immer schneller, die Beziehung der Freundinnen immer seichter. Immer häufiger gab Julija Rita zu verstehen, dass sie nur einer von vielen Satelliten im Orbit der Wahrsagerin sei. Und jetzt war alles so jäh zu Ende. Rita wartete darauf, dass Verzweiflung sie heimsuchte. Doch die Verzweiflung zögerte aus irgendeinem Grund.

Durch Pfützen, Schneematsch und über hinterhältiges Eis stakste Rita zur Haltestelle. Seltsam, doch schon nach einem Augenblick hielt ein Linientaxi. Nur mit größter Mühe schlüpfte sie in den unbequemen Kleinbus. In all den langen Jahren hatte sie nicht gelernt, dies auf elegante, einfache und graziöse Weise zu tun. Wie immer stieß sie sich den Kopf an der Decke an, trat auf einen Zipfel ihres Mantels und ließ beinahe ihre Handtasche fallen. Gut, dass nicht auch noch die Brille zu Boden fiel. An Schultern, Ellbogen, Knien und anderen Ausbuchtungen der Mitreisenden (was hatte sie mit denen gemeinsam?) anstoßend, torkelte sie durch den Gang, der eng wie ein Gebärmutterhals war. Auf dem hintersten Sitz zwängte sie sich zwischen zwei Paar stämmige Schenkel. Fertig. Viermal pro Tag derselbe Stress: morgens beim Einsteigen und Aussteigen, abends beim Einsteigen und Aussteigen. Zwanzig Minuten später wiederholte sie die kräftezehrende Handlung. Aus dem Kleinbus sprang sie direkt in eine Pfütze und musste dann über einen Haufen schwarzen Hartschnees kraxeln, der ihr da im Weg stand, als ob er speziell für ein Hindernisrennen aufgehäuft worden wäre. Geschafft.

Während sie die Tür aufschloss, legte sich ganz plötzlich eine bedrückende Müdigkeit auf sie. Sie spürte eine Last, als hätte ein ihr auflauernder schwergewichtiger wütender Mann sie unter sich begraben. Sie sehnte sich nach absoluter Ruhe. Doch kaum war sie durch die Tür getreten, begriff sie, dass ihr heute nicht einmal zu Hause Ruhe vergönnt war. Dana hatte einen ganzen Trupp Freundinnen zu sich eingeladen. Die vierzehnjährigen Gören in knallbunten Kleidern, die so eng waren, dass es schlimmer aussah, als wenn sie nackt gewesen wären, schnatterten in der Küche und zupften mit schwarz lackierten Fingernägeln Salatblätter.

»Himom...«, sprudelte Dana hervor.

»Seid gegrüßt, Mädels«, sagte Rita möglichst munter, doch sie fühlte sich trotzdem wie eine mürrische Misanthropin, »was tun wir da?«

Sie konnte förmlich fühlen, dass ihre Anwesenheit in dieser Küche und überhaupt in dieser Wohnung, vielleicht sogar auf dieser Welt, unerwünscht war. Das fröhliche Geschnatter war zu bedrückender Stille geworden, aus der Danas Antwort kam:

»Ohmomwarumfragstdusiehstdudoch – Cesar's Salad, okay?«

Dana und ihre fünf Freundinnen glichen sich wie ein Ei dem anderen, als ob jemand ihnen vorsätzlich ihre Individualität genommen hätte. Hochgeschossene, schlanke, langbeinige Mädchen mit auf dieselbe Art in Fransen geschnittenem langem Haar, den flachen Bauch entblößenden Pullovern, Ringen im Bauchnabel, in den Nasenflügeln und komplizierten, in die Ohren gestanzten Schmuck-Mikrochips. Leicht reizbare Wesen, abweisend, scharf wie frisch geschliffene Klingen. Unter keinen Umständen würde sie mit ihnen tauschen wollen! Der blanke Horror sind die Qualen der Jugend: der Kampf ums Dasein, das blinde Trachten nach Anerkennung, die Furcht vor dem Ausgestoßenwerden, das mangelnde Selbstvertrauen, die beklemmenden Komplexe, die begründeten und unbegründeten Ängste, die Traurigkeit, Hoffnungslosigkeit, der Weltschmerz, die Hormonstürme, die Pickel, die unglücklichen Liebesgeschichten, die unter den allerschlechtesten Bedingungen verlorene Unschuld, die Hoffnungen, die sich nie erfüllen werden, und die Vorahnung, die einem zuflüstert, wie (absolut wertlos) das ganze Leben sein wird. Rita dachte oft daran, einmal ein richtig vertrautes Gespräch mit ihrer Tochter über diese schwierigen Dinge zu führen. Doch sie hatte weder Lust noch Kraft noch Zeit dazu.

Sie schnappte sich ein Stück Käse aus dem Kühlschrank und schlich sich aus der Küche davon, begleitet von geheuchelten Zurufen der Höflichkeit und dem einem Windstoß ähnlichen Aufatmen: »Puh, endlich ist sie weg, die dumme Gans...« Eine Flasche Rotwein hatte sie noch in ihrem Zimmer. Ein Glück, dass zumindest Rimas schon unterwegs zur Arbeit war. Seit bald zwei Jahren war er nun schon Nachtwächter. Aufgrund dieses Lebensrhythmus begegneten sie einander eher selten. Beide hatten schon seit längerem neue Geliebte: Rita die Zeitung, Rimas das Altkoreanische, aus dem er Dichtung übersetzte, die niemand benötigte.

Sie hatte größte Lust, ihr Handy auszuschalten, doch sie hegte die naive Hoffnung, dass ihr Sohn sie anrufen würde. Der siebzehnjährige Tomas stand schon seit einem halben Jahr – zumindest dachte er das selbst – auf eigenen Füßen: Er hatte in der Stadt ein Zimmer, für dessen Miete selbstverständlich Rita aufkam. Um die Qual des Wartens zu verkürzen, sandte sie ihm eine SMS: *Hallo Tomas wie gehts ruf heute Abend unbedingt an. Küsschen Mama.* Er würde nicht anrufen.

Sie musste noch kurz mit ihren Eltern telefonieren. Das war eine fixe Gewohnheit, so wie das Zähneputzen oder das Ziehen der Toilettenspülung. An gewissen Tagen (vielleicht hing es von der Mondphase ab?) lockerten ihre Eltern das traditionelle Telefongespräch mit Vorwürfen auf, sie sei herzlos. Nein, Rita hatte ein Herz, und ihr Herz schlug noch immer im Takt, während das der Wahrsagerin Julija schon für immer verstummt war. Diesmal endete das Gespräch, das eher an einen militärischen Rapport oder den lakonischen Bericht eines Spions erinnerte, friedlich. Sie warf einen Blick aus dem Fenster. Auch hier wogten schwarze Äste auf und ab und verbreiteten Unruhe. Eine beklemmende Unruhe. Der Himmel sah aus wie ein langgezogenes Gehirn: gräulich, mit Wolkenhügeln und dunkelblauen Windungen, in denen kein einziger kosmischer Gedanke pulsierte.

Rita saß im Halbdunkel. Durchs Fenster drang das milchige Leuchten der Stadt herein. Sie schenkte sich ein Glas Wein ein und zündete sich eine Zigarette an, den Rauch blies sie durch das Lüftungsfensterchen. Und erst jetzt, da der Artikel für die morgige Nummer fertig war, die Tochter versorgt, der Versuch einer Kontaktaufnahme mit dem Sohn unternommen, der Rapport an die Eltern erstattet, ließ sie den Gedanken zu, dass Julija sich wirklich das Leben genommen hatte. Dass sie für immer fort war. Sie schluchzte ein paarmal auf und spürte befriedigt warme

Tränen über ihre Wangen strömen. Erst jetzt verbot sie sich die Erinnerung an den Körper der Selbstmörderin nicht mehr, so wie sie ihn heute Morgen gesehen hatte. Für die Seite 7 hatte sie die Leiche ausführlich beschrieben, doch da hatte die eine Rita den Text getippt, den mit Tränen gesalzenen Wein trank jetzt eine andere.

Julija sah sogar tot gar nicht übel aus, trug geradezu unverschämt ihre Überlegenheit zur Schau. Sie hatte ein kirschfarbenes Kleid an, das bis zum Boden reichte, mit hohem Kragen und bis fast zur Mitte der Handfläche verlängerten Ärmeln. Deshalb war, zumindest auf den ersten Blick, das in solchen Fällen unvermeidliche Blut nicht zu sehen. In Julijas Zuhause war auch der Teppich dunkelrot, genau wie das Loch in ihrer Schläfe. Rita bemühte sich, nicht in die Öffnung zu blicken, durch die der Lebensatem der Wahrsagerin entflogen war, obwohl der schicksalsvolle Spalt das Auge magnetisch anzog. Die Pistole lag auf dem Fußboden. Die Tote berührte sie fast mit den granatfarben lackierten Fingernägeln der unnatürlich herabhängenden Hand. Sie war barfuß. Die Journalistin rief den Fotografen an und befahl ihm, ohne seinem Gewimmer von einem schlimmen Kater Beachtung zu schenken, sofort herzukommen.

Rita nahm einen Schluck Wein und überprüfte, ob sie nicht eine SMS von Tomas verpasst hatte. Natürlich nicht. Sie wählte die Nummer, aber der Bengel nahm nicht ab. Wahrscheinlich trieb er sich mit der schlimmsten Clique von ganz Vilnius herum. Wenn er nur ein Fünkchen Anstand hätte, würde er seine Mutter zurückrufen. Sie schaltete den Motorola-Quälgeist aus, schenkte sich noch ein Glas ein und heulte jetzt laut los. Sie hatte keine Angst, dass ihre Tochter sie hören würde, in deren Zimmer stampfte eine Musik, die an ein Orchester von Pressluftbohrern erinnerte. Aber so schnell wie sie die Zügel losgelassen hatte, so flink nahm sie sie auch wieder in die Hand. Morgen erwartete sie ein neuer Arbeitstag; sie durfte sich nicht für einen Augenblick aus der Spur werfen lassen.

Lass dich nur einen Moment fallen und schon beschwört die Minute der Schwäche eine Flut von nicht zu bändigenden Gefühlen, verbotenen Gedanken, unerfüllbaren Wünschen herauf. Dann entsteht eine Sintflut, die das alltägliche, lustlose, farblose, geschmacklose Leben gänzlich hinwegfegt. Das Leben, an das sich Rita nicht nur gewöhnt hatte, sondern das sie geradezu lieben gelernt hatte: acht, zwölf, vierzehn Stunden Arbeit pro Tag, ein garantierter Platz in der Redaktion und auf der Titelseite sowie auf Seite 7 (3–5 Wörter pro Satz, 10 Sätze pro Absatz, 2000 Zeichen pro Artikel, 45 in der Schlagzeile). Und das war noch nicht alles. Am Freitag hatte sie ihre eigene Kolumne, in der sie die grausigsten kriminellen Ereignisse der vergangenen Woche zusammenfasste. Neben der Überschrift prangte in Briefmarkengröße ein Bild der Autorin. Konnte sie mehr verlangen?

Und die Liebe? Julija erwähnte in ihrem Abschiedsbrief einen Mann. Da sieht man, wozu die Männer einen treiben! Sie zerstören die Nerven einer Frau nachhaltiger als eine Naturkatastrophe, als die Teilnahme an einem Geiseldrama, als die in sich zusammenfallenden Zwillingstürme von New York (streiche die »Zwillinge«, ist nicht politisch korrekt, finde einen anderen Vergleich!), als ein Brand, der einem das Obdach und das letzte Geld raubt. Rita hatte noch in ihrer Jugend jedweden Romanzen, Flirts, Amouren, sogar dem, was man gemeinhin »wahre Liebe« nennt (falls die ganz plötzlich aus heiterem Himmel zu erscheinen gedachte), eine kategorische Absage erteilt. Ihr reichte es völlig, mit anzusehen, wie ihre Freundinnen, Kolleginnen oder die Damen der guten Gesellschaft, die sie manchmal auf Ratsuche bei Julija zu Gesicht bekam, zwischen den Mühlsteinen der Gefühle zermalmt wurden.

Ihre früh geschlossene Ehe mit Rimas war die Verbindung zweier Versager, die begriffen hatten, dass sie einzeln im Königreich der Erfolgreichen zugrunde gehen würden. Verwunderlich, dass aus dieser jämmerlichen Beziehung ein Junge und ein Mädchen hervorgingen, die so lebten, als hätten sie überhaupt keine Komplexe. Rimas zählte Rita schon lange nicht mehr zum männlichen Geschlecht. Für sie hatte er diesen Status vor ungefähr fünf Jahren endgültig verloren, und die Arbeit als

Nachtwächter löste das Problem des gemeinsamen Ehebetts auf schmerzlose Weise. Rimas richtete sich im früheren Wohnzimmer ein (wozu brauchte man das, wenn man nie Gäste empfing?) und ließ den kleinen Raum mit Büchern, Wörterbüchern und Handschriften überwuchern, zwischen denen sein soldatisches Lager und sein alter Computer kaum Platz fanden.

Rita trank das zweite Glas Wein aus und wischte sich mit dem Handrücken die Tränen aus dem Gesicht. In der Dunkelheit des Zimmers schwammen weiße Julija-Gesichter mit kirschgroßen roten Löchern in der Schläfe umher. Die Pressluftbohrer in Danas Zimmer verstummten, dafür brach albernes Gekicher aus. Worüber, worüber nur konnte man so blöd wiehern? Rita schlug mit der Faust gegen die Wand, und als das nicht half, stürzte sie wie eine Walküre ins Zimmer ihrer Tochter. Mit dem Lächeln eines Halloween-Kürbisses auf den Lippen zwitscherte sie: »Mädels, ist es nicht Zeit, nach Hause zu gehen? Ich habe Kopfschmerzen, morgen muss ich zur Arbeit und ihr zur Schule ...«

»Alsomomwassolldasdenn, *shit*«, stöhnte Dana.

Zwischen Dana und ihren Freundinnen gab es trotz allem einen ganz wichtigen Unterschied: Sie war äußerst hässlich. Obschon man vielleicht nicht so über seine Tochter, sein eigen Fleisch und Blut denken sollte. Aber Rita war auch nicht gerade eine Schönheit und hatte sich das schon immer demütig eingestanden.

»Am Wochenende könnt ihr länger bleiben, jetzt ist doch erst Montag.«

»Wickle dich in Silberpapier ein«, gab die Tochter zurück, und die liebe Mutter hatte keine Ahnung, ob das eine Frechheit oder eine Zärtlichkeit war.

Danas Freundinnen kicherten idiotisch. Rita dachte, dass in *ihrer* Jugend alles ganz anders gewesen war, und schämte sich selbst dieses Gedankens. Nach etwa einer halben Stunde verschwanden die lästigen Gäste endlich. Dana begann in der Küche herumzuwirtschaften, wobei sie betont laut mit dem Geschirr klapperte.

»Kindchen, meine beste Freundin hat sich letzte Nacht umgebracht, ich brauche ein wenig Ruhe«, versuchte Rita einen Waffenstillstand herzustellen, während sie mit einem weißen Tuch den Küchentisch abwischte.

»Alsomomichbinnichtdeinkindchenokay? Lass mich wie ein Mensch leben. Sonst bringe ich mich auch noch um. Da hast du's dann!«

Vergebliche Liebesmüh. Blieb nur die Kapitulation. Rita kehrte ins Schlafzimmer zurück, verschloss die halb leere Flasche wieder und stellte sie ans geöffnete Lüftungsfensterchen. Die gelblichen Wolken am dunkelblauen Himmel rasten jetzt schon in einem Irrsinnstempo dahin, manchmal ließen sie den Mond hervortreten. Zum Teufel mit diesem verdrießlichen Anblick! Sie zog die Vorhänge zu. Sie duschte und legte sich schlafen. In Danas Zimmer donnerte wieder die Musik. *Die Mädels wollen lieieieieben, die Mädels wollen glauauauben*, ertönte wie schon seit einem guten halben Jahr ohne Unterlass der Lieblingshit ihres Töchterchens. Rita kroch unter die Decke, in der Hoffnung, die ersehnte Behaglichkeit möge sich einstellen. Vielleicht sollte sie neue Bettwäsche kaufen? Aber wozu? Sie schlief ja doch allein.

So oder so, sie machte es sich jetzt hier im weichen Bett gemütlich, während Julija schon im Kühlschrank des Leichenhauses erstarrte. Wer hatte es besser? Wer lag nach Punkten vorn? Plötzlich fiel ihr Julijas Schlafzimmer ein, in das sie heute Morgen einen Blick geworfen hatte. In der Mitte des Zimmers stand majestätisch ein breites Doppelbett, das aus irgendeinem Grund Ritas Missfallen erregte. Sie dachte vorwurfsvoll: Wozu brauchte eine nicht mehr ganz junge Singlefrau so eine Luxusliebesinsel? Auf der zerwühlten Decke lag eine getigerte Katze. Als Rita die Hand ausstreckte, um sie zu streicheln, machte sie einen Buckel, sträubte das Fell, fauchte sie mit einer Grimasse an und verschwand unter dem Bett. Von dort war ein trauriges, vorwurfsvolles Miauen zu vernehmen. Zweifellos fühlte sich der Tiger schmerzlich, ja geradezu fürchterlich im Stich gelassen.

Julija war schon immer eine Verräterin gewesen. Viele Male hatte sie auch Rita verraten, und das, nachdem die der Wahrsagerin ihr Herz ausgeschüttet, sich ihr anvertraut hatte. Die berühmte Journalistin verlangte verzweifelt nach der Aufmerksamkeit der Scharlatan-Wahrsagerin, und als ihr diese nicht zuteil wurde, tobte sie wie ein kleines Kind, quälte sich und litt. Obwohl sie die Absurdität ihres Wunsches erkannte, wollte Rita Julijas einzige Freundin sein. Die Wahrsagerin war dauernd von einer ganzen Horde verzückter Bewunderer umgeben, und doch brauchte dieses Chamäleon keinen einzigen davon. Dafür hatte sie jetzt ihre Tage auf Erden auf so traurige Weise abgeschlossen.

Oder hatte ihre Jugendfreundin vielleicht den Verstand verloren? Sie hatte doch vor einer Woche, als sie das Gespräch mit ihr suchte, eine Verschwörung und zerstörerische Aktionen einer Geheimorganisation erwähnt. Von solchen Dingen faseln Paranoiker. Morgen würde sie die besten und teuersten Psychiater von ganz Vilnius anrufen, vielleicht würde sie ja herausfinden, wessen Dienste die Verstorbene in Anspruch zu nehmen pflegte.

Bevor sie sich in einen grabestiefen Schlaf fallen ließ, schaltete Rita ihr Handy wieder ein. Vielleicht würde sich ja ihr Sohnemann doch zu einem Anruf durchringen. Und auch die schicksalhaften Anrufe, die Sensationen für die Titelseite verkündeten, kamen meist nachts. Julija hatte die Journalistin einst eine Hyäne genannt, die vom Unglück anderer lebte. Obwohl ja auch sie nichts anderes tat. Wenn alle glücklich wären, dann bräuchte es weder Tarot Karten noch Horoskope.

Draußen, als ob sie verhext und nur dazu da wären, Rita nicht schlafen zu lassen, heulten die Alarmanlagen von irgendwelchen Autos. Sie hasste sich. Aus Hass schlief sie ein. Wie immer träumte sie Träume voller Hass auf sich selbst und unüberwindlicher Beklemmung.

Ein aufdringlicher Anruf weckte sie. Noch bevor sie abnahm, nahm sie sich vor, den viel zu verschnörkelten Klingelton durch einen schlichteren zu ersetzen. Der Zerberus überfiel sie. Er war wütend, denn auch die Konkurrenz hatte einen Artikel über die Selbstmörderin gebracht. Im Vergleich zu diesem Opus erschien Ritas Geschreibsel wie absoluter Müll, hoffnungsloses Gefasel, allenfalls eines Käseblatts aus der hintersten Provinz würdig und nicht der führenden Tageszeitung des Landes. Sie, die Versagerin, hatte das wichtige Faktum verpasst, dass am Vorabend der Tragödie im Hause der Wahrsagerin eine Party mit allerhand VIPs stattgefunden hatte. Dafür hatte der Goldknabe der Konkurrenz persönlich an dieser Fete teilgenommen.

Aber das war noch nicht alles. Der Chef teilte ihr mit, er habe schon einen sehr unangenehmen Anruf von Gewissen Instanzen erhalten – die hätten sich über Ritas Gewinsel beschwert, dass Julija ermordet worden sei und sich vor ihrem Tod beobachtet und verfolgt gefühlt habe. Rita versuchte weder zu diskutieren noch sich zu rechtfertigen. Sie hörte ihrem schäumenden Chef ruhig zu. Als er, ohne sich zu verabschieden, den Hörer aufknallte, schaltete sie mit zitternden Fingern den Computer ein, der neben ihrem Bett schlief wie ein viereckiger schwarzer Kater. Die Titelseite der Konkurrenz verkündete: AUS DER MITTE DER FREUNDE IN DIE ARME DES TODES.

Der Autor des Artikels, Maksas Vakaris, war ein berüchtigter Rumtreiber, ein bedauernswerter Jäger nach Nachrichten für die Klatschspalten, ein Teletubbie, der in den TV-Shows den Snobs und geistigen Nullen Nichtigkeiten vorlaberte. Rita hatte es einen Stich gegeben, als der Zerberus sadistisch erklärte: »Solchen Typen gehört die Zukunft, das habe ich immer schon gesagt!«

Rita verschlang den Text der Konkurrenz. Wäre es eine heiße Suppe gewesen, so hätte sie sich daran den Mund verbrannt und sich heftig verschluckt. Vakaris beschrieb ein gemütliches Beisammensitzen am Kamin der Magierin (so nannten die engsten Freunde Julija nach der Bedeutung einer Tarot-Karte). Im Gesicht der Wahrsagerin war nicht ein Fünkchen Trübsinn, geschweige denn Verzweiflung zu sehen, die zum Selbstmord hätte führen können. Welche Dämonen hatten die Magierin heimgesucht, nachdem die Gäste gegangen waren? Weshalb hatte sie, von schrecklichen Gedanken gequält, nicht bei jemandem Hilfe gesucht? In ihrem Handy war keine einzige gesendete oder erhaltene SMS. Aus dem Register waren alle gewählten

Nummern, alle angenommenen und verpassten Gespräche gelöscht. Nicht besser stand es um die E-Mail der Magierin: Posteingang – 0, Postausgang – 0, Gesendete Nachrichten – 0, Papierkorb – 0, Adressbuch – auch nichts. Hatte sich die Magierin etwa auf den Tod vorbereitet, indem sie die Namen ihrer Freunde und alle Spuren ihrer Beziehungen zur Außenwelt löschte?

Wann hatte Maksas Vakaris überhaupt Gelegenheit gehabt, Julijas Handy und Computer zu überprüfen? Hatte er vielleicht nach der Party nicht mit den anderen zusammen die Wohnung der Wahrsagerin verlassen? Hatte er die Wahrsagerin in die Schläfe geschossen und alle Spuren verwischt? Doch wozu das alles? Welche gefährlichen Verbindungen konnte es zwischen dem Teletubbie und der Magierin gegeben haben? Vor allem aber: Wem und welchen Instanzen missfiel Ritas Vermutung, Julija könnte sich nicht freiwillig das Leben genommen haben? Ihr professioneller Spürsinn schlug Alarm. Hier stimmte etwas nicht. Wieder klingelte das Handy. Tomas. Sie nahm ab und legte ohne Begrüßung los:

»Warum hast du gestern nicht angerufen? Könntest du nicht ein bisschen Rücksicht auf die Nerven deiner Mutter nehmen? Du bist ein verdammter Egoist, und dein ganzer Buddhismus, das ist nur leeres Geschwätz!«

Schon seit fast zwei Jahren gehörte Tomas irgendeiner buddhistischen Gemeinde an und fuhr an den Wochenenden zum Meditieren in den sogenannten »Tempel« in einer Vorstadt von Vilnius. Er verehrte den Dalai Lama, bezeichnete sich selbst als Pazifisten und sparte für eine Reise nach Indien.

»Also, Mama, was soll das jetzt mit dem Buddhismus?«

Aber sie hörte nicht auf: »Du weißt doch, wie schwer ich arbeite, um all deine Wünsche zu erfüllen! Du verstehst es nur zu gut, mich auszunehmen, aber dass du einmal danke sagen würdest, da bricht wohl eher die Welt zusammen! Ihr fühlt keine Dankbarkeit und geht mir nur auf den Keks – du und Dana und auch euer Vater!«

Statt einer Antwort war nur ein hämisches Besetztzeichen zu hören. Als sie den lieben Sohn noch einmal anrief, vernahm sie

eine eisige Frauenstimme: Der Teilnehmer hat sein Gerät ausge-
schaltet oder befindet sich nicht in Reichweite des Netzes.

Ihre Stimmung war hoffnungslos am Boden. Nicht wegen Tomas, dessen Macken sie gewohnt war, genauso wie ihre eigene
chronische Unzufriedenheit mit dem Leben. Den Tag vergiftete
ihr der Artikel der Konkurrenz. Sie musste sofort Gegenmaß-
nahmen einleiten. Erfahren, wer diese Leute waren, die da am
letzten Abend in Julijas Leben so idyllisch am Kamin zusam-
mengesessen hatten. Einer, Maksas Vakaris, hatte sich schon
verraten. Bis zum Mittag musste Rita unbedingt mit allen gesprochen haben, um gegen Abend den Artikel für morgen bereit
zu haben: ÜBER DEN SELBSTMORD – DIE LETZTEN AUGEN-
ZEUGEN. Oder: SIE KÖNNTEN DAS RÄTSEL DES SELBST-
MORDS LÖSEN, DOCH SIE SCHWEIGEN.

Plötzlich hatte Rita noch eine geniale Idee. Sie erinnerte sich
(warum zum Kuckuck erst heute?!), dass Julija ihr öfter erzählt
hatte, dass einige ihrer treuesten und prominentesten Kunden
ins Jenseits abgewandert seien. Sie starben keineswegs an Al-
tersschwäche, Krebs oder Aids, nicht bei einem Autounfall und
wurden auch nicht von Heckenschützen erschossen. Sie setzten
ihrem Leben selbst ein Ende.

Rita stöberte in ihren alten Dateien herum, und es dauerte
nicht lange, bis sie die Nachnamen der von ihr selbst beschriebenen berühmten litauischen Selbstmörder fand: ein gescheiterter
Bankier, die Frau eines untreuen Politikers, ein korrupter Poli-
zeikommissar, ein Philosoph, der dauernd über die Machtha-
benden belferte, und ein junger homosexueller Beamter der
Vilniusser Stadtverwaltung. Sie leckte sich die Lippen vor Befriedigung, als sie die sensationelle Liste zusammengestellt und
sich eine neue atemberaubende Schlagzeile ausgedacht hatte:
DIE FREUNDE DER SELBSTMÖRDERIN WAREN EBENFALLS
SELBSTMÖRDER.

Dann sprang sie aus dem Bett, als hätte ihr jemand einen Tritt
versetzt. Sie hatte jetzt einiges zu erledigen! Es war schon fünf
vor acht. Gut, dass sie sich gestern nicht hatte voll laufen lassen.
Und nicht die ganze Nacht lang geheult hatte aus Mitleid mit Ju-

lija und noch mehr mit sich selbst. Gott sei Dank hatte sie keinen Fuß in jene Andere Wirklichkeit gesetzt, mit der ihr die roten Äste der Bäume, das graue Hirn des Himmels und der Mond gedroht hatten und in der sich Gefühle und komplizierte Gedankengänge nicht mehr unter Kontrolle halten ließen.

»Momwillstdufrühstück? Ich hab ein Riesenomelett gebacken«, war aus der Küche Danas Stimmchen zu hören.

»Nein, mein Kind, ich hab's eilig, ich werde im Büro etwas essen.«

»Ohmannimmerdasselbe, als ob du kein Mensch wärst, Mom!«

Rita flitzte in die Küche und gab ihrer Tochter einen Kuss auf die Wange. Sie sah noch, wie sich Dana mit dem Handrücken den Kuss abwischte wie ein klebriges Spinnennetz. Den Mantel zuknöpfend rannte sie die Treppe hinunter und traf, als ob sie es miteinander abgemacht hätten, den nach Hause kommenden Rimas.

»Hallo, Küsschen, hab's eilig, die Arbeit brennt, wir unterhalten uns dann am Abend.«

Sie wusste ganz genau, dass sie sich nicht unterhalten würden. Sie hörte nicht einmal mehr, was er erwiderte. Und ob er überhaupt etwas erwiderte. Was wollten sie überhaupt alle von ihr? Warum konnten sie sie nicht einfach in Ruhe lassen? Aber nein, sie mussten sie immer wieder nerven!

Während sie zur Redaktion unterwegs war, zwackte sie wie ein Borkenkäfer von kosmischer Größe unablässig das Gewissen. Warum nur war sie so zu ihnen, ihren Allernächsten? Die Antwort war klar: Sie konnte nicht mehr anders. Im Linientaxi stank es nach Kotze. War das ein Leben!

Er saß im Restaurant Astorija, wie immer in der Ecke am Fenster, rauchte Pfeife mit nach Kirschen duftendem Tabak und blätterte in den frischen Zeitungen vom Dienstag. In Wirklichkeit war es nur ein Abklatsch von Zeitungen, denn in dem dicken Stoß Papier brauchte man sowieso nur die Überschriften zu lesen, man fand da keinen einzigen tiefer gehenden Gedanken, manchmal nicht einmal ein Körnchen Information.

Auf dem Tisch dampfte der Morgenkaffee, beschlug sich ein kaltes Glas Orangensaft und lockten frisch gebackene, knusprige Semmeln.

Alle Zeitungen vom Tage berichteten auf den ersten paar Seiten wie ein Herz und eine Seele vom Selbstmord der Wahrsagerin, als ob im Verlauf der letzten vierundzwanzig Stunden im Lande und auf der Welt nichts Wichtigeres geschehen wäre. Julija, die in seinen Listen den Codenamen Pythia trug, hätte sich vor Stolz aufgeblasen. Nur leider konnte sie das nicht mehr.

Mit dem Artikel von Maksas Vakaris war er zufrieden. Der brave Junge legte gehorsam dar, dass aus Pythias Handy und Computer alle Einträge gelöscht waren, die von ihren Verbindungen zum Leben gezeugt hatten. So etwas konnte nur ein Selbstmörder tun, nicht aber ein Mörder. Eine Frau, die der Elektronik mit harschen Worten befahl: »Löschen! Delete!«, musste auch den Wunsch nach Selbstzerstörung haben. Genau das wurde in dem Artikel zu beweisen versucht.

Die Titelseite des anderen führenden Presseerzeugnisses, in dem Pythia ihre astrologischen Tagesprognosen zu veröffentlichen pflegte und in dem die Zentrale meist ihre chiffrierten Mitteilungen abdrucken ließ, zierte das Antlitz der erstaunten Wahrsagerin in einer Größe, die sonst nur dem Präsidenten der Republik oder einem Mörder von Rang zustand. Mit Krokodilstränen beweinten die Mitarbeiter die Kollegin, die endgültig den Hut genommen hatte, mit der Bemerkung, dass das von ihr selbst angefertigte Horoskop ihr für heute eine lange Reise vorhergesagt hatte, einschneidende Veränderungen, den Abschluss einer wichtigen Arbeit und die Gelegenheit, auf sich aufmerksam zu machen.

Das Orakel traf voll ins Schwarze. Die Reise war die längstmögliche, die Veränderungen wirklich wesentlich, ihre Arbeit war für immer abgeschlossen, und die Aufmerksamkeit für sie war größer, als wenn sie jemandem das Leben gerettet hätte. Die Autorin hieß Vita Vinkė. Woher kam die? Feministin oder was?

Wie hieß sie wirklich – Vinkutė, Vinkaitė, Vinkienė? Ihn ärgerte diese Verhunzung der traditionellen litauischen Familiennamen, obwohl er am Text selbst nichts auszusetzen hatte. Gesabber, mehr nicht.

Die Schreiberin des Zerberus dagegen bereitete ihm Sorgen. Schon gestern war ihm die Überschrift ihres Artikels sauer aufgestoßen: WER HATTE EIN INTERESSE AN JULIJAS TOD? Also hatte der Hacker in der Nacht Arbeit und durfte die Schlagzeile ändern. Das Bureau war mit der modernsten Technik ausgerüstet, die es nicht nur erlaubte, in einen fremden Computer einzudringen, sondern auch, die Texte darin umzuschreiben. Die Schwachköpfe von Journalisten meinten dann, der Chefredakteur habe die Finger im Spiel gehabt.

Sein Spürsinn war der eines wilden Tiers, und deshalb witterte er den leisesten Hauch einer Gefahr auch dort, wo es für andere nur nach betörendem Sieg duftete. Hatte die eifrige Dame etwa wirklich Zweifel am offensichtlichen Selbstmord? Was macht es schon, dass an der Pistole keine Fingerabdrücke gefunden wurden? Die Putzfrau hatte doch gestanden, sie hätte sie abgewischt. Und dann noch die Andeutung bezüglich des Anrufs der Wahrsagerin und ihrer Befürchtungen, sie werde verfolgt und erpresst. Was hatte Pythia der Journalistin verraten? War vielleicht die Behauptung, sie hätten sich nicht mehr gesprochen, nur ein Täuschungsmanöver, ein Hinterhalt, in dem Rita Rimkuvienė ein Weilchen abzuwarten gedachte, bis sie einen vernichtenden, auf den Aussagen der Wahrsagerin beruhenden Artikel zusammen hatte? Andererseits riskierte die Journalistin, wenn sie alle Informationen, über die sie verfügte (wirklich verfugte?), ans Tageslicht brachte, im besten Fall, als nicht ganz bei Trost verschrien zu werden, und im schlimmsten (wenn er sich auch nur ein bisschen bemühte) als Landesverräterin.

Wahrscheinlich gab es jedoch keinen Grund zur Sorge, denn im heutigen Litauen blieben auch die sensationellsten Nachrichten von globaler Bedeutung unbemerkt, sie wurden von Jugendlichen, die in einer Reality-Show öffentlich miteinander gebumst hatten, oder einem Minister mit einer neuen Geliebten verdrängt. Pythia war ganz im Ernst gedroht worden, sie solle den Mund halten. Vielleicht hatte sie ja auch versucht, etwas zu sagen, brachte aber den Mut dazu nicht auf. Es bestand nicht die geringste Möglichkeit, dass sich diese Journalistin auch nur bis zur Oberfläche der Wahrheit würde heranarbeiten können, ganz zu schweigen von den tieferen Schichten. Aber so oder so wäre es besser, wenn sie gar nicht erst anfinge, im Sumpf herumzustochern. Und gerade das plante sie allem Anschein nach.

Heute Morgen hatte der Hacker in Ritas Laptop herumgeschnüffelt und ihm mitgeteilt, die Übereifrige wolle der Öffentlichkeit bekannt machen, dass auch mehrere Kunden der Wahrsagerin die Hand gegen sich selbst erhoben hatten. Litauen war bekannt als Land der Selbstmörder, und eine solche Nachricht würde wahrscheinlich niemanden erstaunen. Aber er konnte trotzdem nicht gestatten, dass solche Fakten an die Öffentlichkeit kamen. Deshalb musste er sich dieser Schreiberin annehmen. Echte oder fingierte Anrufe von Gewissen Instanzen halfen hier nicht mehr. Journalisten sind wie kleine Kinder, je deutlicher man ihnen etwas verbietet, desto größer ist ihre Lust, einem Streiche zu spielen. Nach einem kurzen Moment des Nachdenkens beschloss er, Rita dem Leoparden anzuvertrauen. Der Typ war ein Profi. Er würde die Sache in Ordnung bringen.

Natürlich konnte man auch dem Zerberus ein nettes Sümmchen dafür zahlen, dass die Artikel zum Thema Wahrsagerin nicht mehr gedruckt würden. Das war ganz üblich, genauso wie man sich für ein nettes Sümmchen über einen vom Bureau benötigten Leitartikel einigen konnte. Aber diesmal war es in keiner Weise erwünscht, auch nicht mit Geld, die Aufmerksamkeit auf die Angelegenheit der Wahrsagerin zu lenken.

Während er in die mit Butter bestrichene Semmel biss, las er (er las immer beim Essen und aß beim Lesen und konnte sich das eine ohne das andere nicht vorstellen) die Mitteilung aus der Zentrale auf der letzten Seite, neben der Wettervorhersage und dem Horoskop:

PINGUINE BEOBACHTEN FLUGZEUGE

Legen Pinguine, wenn sie vorüberfliegende Flugzeuge beobachten, tatsächlich den Kopf so weit zurück, dass sie auf den Rücken fallen? Zwei britische Ornithologen haben eine Reise zur Insel Südgeorgien unternommen, um nach der Antwort auf diese Frage zu suchen. Bisher betrachteten die Forscher Meldungen mit ziemlicher Vorsicht, nach denen Pinguine auf den Rücken fallen, wenn ein Flugzeug über sie hinwegfliegt. Die ersten solchen Geschichten waren 1982 nach dem Falkland-Krieg zwischen Großbritannien und Argentinien zu vernehmen. Der Erste Offizier des britischen Schlachtschiffs »Eagles«, das die Wissenschaftler nach Südgeorgien brachte, William Blake, sagte, er glaube den Gerüchten voll und ganz: »Die Pinguine beobachten jeden Hubschrauber und schauen ihm nach, bis sie umfallen.« Ein Vertreter der Wissenschaftler, Thomas S. Eliot, der in Diensten der britischen Antarktis-Mission steht, sagte, man mache sich Sorgen, dass tief fliegende Flugzeuge bei den Pinguinen Stress verursachen und sie in ihrer Fortpflanzung stören könnten. »Möglicherweise beschleunigt sich infolge des Fluglärms ihr Herzschlag«, meinte Eliot. »Das Schlimmste, was geschehen kann, ist eine verminderte Produktivität der Pinguine. Falls der Stress sie während der Paarungszeit erwischt, dann hat das auf jeden Fall Auswirkungen auf die Pinguinpopulation«, führte er weiter aus. Laut Eliot werden die Hubschrauber für die Dauer des Experiments die Pinguine auf verschiedener Höhe und aus verschiedenen Richtungen überfliegen, während die Wissenschaftler ihr Verhalten beobachten. Andere Forscher behaupten jedoch: »Das ist alles nur ein Mythos der Städter. Die Flugzeuge haben natürlich einen Einfluss auf die Pinguine, aber keinesfalls in dem Maße, dass diese auf den Rücken fallen.«

Er musste lachen, begann dann aber sofort zu husten und hätte sich beinahe am Kaffee verschluckt. Er sah sich um, ob jemand es bemerkt hatte. Dann winkte er den Kellner herbei und bestellte 5cl des besten Kognaks. Das Gläschen leerte er in einem Zug, wie Wodka. Er hatte schon immer Probleme mit seinem niedrigen Blutdruck gehabt. Besonders an solchen litauischen Wintertagen, wenn der Himmel wie eine Decke, grau und schwer, fast über dem Boden hing.

Ihm wurde sofort besser, und er blickte durch das Fenster zwei langbeinigen Mädchen nach, bis sie um die Ecke verschwanden. Er reinigte sorgfältig die Pfeife, steckte sie ins Wildledersäckchen und spürte, dass er endlich wieder intensiv zu leben anfing. Einen Augenblick sammelte er sich geistig, überdachte die Aufgaben von heute und fragte sich, ob er gestern auch keinen entscheidenden Fehler begangen hatte. Wenn man einen solchen Job hat, dann spürt man die Verantwortung, als ob man jeden Tag Hand an einen Atomreaktor legte. In diesem Moment war er mit sich völlig zufrieden.

Laut der eben erst erhaltenen Mitteilung war man auch in der Zentrale mit ihm zufrieden. Wo sich die Zentrale befand, darüber konnten selbst die höchsten ausführenden Beamten der niedrigeren Stufen nur rätseln. Vielleicht in Brüssel oder Straßburg, vielleicht in Washington oder New York, vielleicht in Moskau oder Seoul, oder vielleicht auch in Lesotho, Kiribati, Palau, Tuvalu oder Vanuatu, in einem Staat also, von dessen Existenz man dann erfährt, wenn man den Namen das erste und letzte Mal im Leben hört. Aber änderte sich mit dem Wissen, woher alles regiert wird, überhaupt etwas? Nein.

Wer der Zentrale vorstand, durfte auf den Basis- und Zwischenstufen ebenfalls niemand wissen. Die Emissäre der weltweiten Organisation mit dem Codenamen Placebo kamen als Touristen, Geschäftsleute, Mitarbeiter von Hilfsorganisationen oder drittklassige Rockstars nach Litauen. Die wichtigsten chiffrierten Mitteilungen erschienen einfach so in der Zeitung. Du liest sie, dechiffrierst sie und musst sie nicht einmal beseitigen. Du tust einfach, was man dir sagt.

Beim Verlassen des Restaurants hinterließ er ein großes Trinkgeld. Die Kellner und der Türsteher lächelten ihm freundlich zu. Wie immer. Er warf sich eine Minzpastille ein. Obwohl es mitten im Winter war, setzte er die Sonnenbrille mit verspiegelten Gläsern auf und zog gemächlichen Schrittes, elegant die langen schwarzen Mantelschöße schwingend, in Richtung der Kirche des Hl. Kasimir von dannen. Jeden Morgen ging er hier beten. Eine innere Stimme flüsterte ihm zu, dass er das eigentlich *vor* dem Essen tun sollte, doch ihm schien es angebracht, die Geschäfte des Geistes mit vollem Magen zu erledigen. Umso mehr, als seine Gebete an einen eigenen, individuellen Gott gerichtet waren, den er bei keinem Namen rief und den er sich in keiner Gestalt vorstellte. Er war überzeugt, dass die Mehrheit der Litauer an dieselbe Macht glaubte, zumindest aber die Mehrheit derer, die, nach ihren religiösen Überzeugungen befragt, die Augen nach oben richteten und murmelten, sie seien sicher keine Atheisten, sie glaubten ja an Irgendeine Höhere Macht.

Die schmucke, mit einer Barockkrone bekränzte Kirche des Hl. Kasimir war nach seinem Verständnis eine Bekehrte, die mehr als eine völlige Umwälzung erlebt hatte, genauso wie die Mehrheit der Bürger im Lande Mariens. Von Napoleons Soldaten verwüstet, wurde sie nach dem Aufstand von 1830–31 in eine russisch-orthodoxe Kirche umfunktioniert, dann in den Sobor des Hl. Michael, in dem Dostojewski persönlich gebetet hatte, 1917 fiel sie wieder an die Katholiken, doch Kirche blieb sie für kaum ein halbes Jahrhundert und wurde dann zum Atheismus-Museum. Das geschah übrigens 1961, im selben Jahr, in dem auch die jetzt schon in Frieden ruhende Pythia geboren wurde.

Wie alle Schüler in Sowjet-Vilnius kam er nicht um das Vergnügen einiger Exkursionen in die umfunktionierten Räumlichkeiten des Heiligtums herum, in dem der Inquisition gehuldigt worden war. Den neugierigen Kindern gefielen die Folterinstrumente: der Stuhl mit dem Stachelsitz und den Lederriemen zum Festbinden der Gliedmaßen des Opfers, der angerostete »spanische Schuh«, ausstaffiert mit Eisenstacheln, die Trichter, durch die den Hexen und Hexenmeistern das flüssige Blei eingeflößt wurde, das Rad, auf das die Opfer geflochten wurden, die Apparate für die Vierteilung und zum Ersticken, die Seilwinde zum Eintauchen ins Wasser, die Zangen für das Herausreißen der Zunge, die Kneifzangen zum Ausreißen der Nägel, die Metallstäbe, die Knüppel, die Gesichtsmasken, die Handschellen, die Peitschen, die Ketten … Hierher kam er auch später, als junger Mann, und verbarg die Tatsache, dass er Gewalt liebte, vor sich selbst, so wie die Samenergüsse, das Onanieren oder den ersten Tripper. Jetzt konnte er sich mit Fug und Recht Inquisitor nennen. Wenn schon nicht Großinquisitor, wie ihn der in der Kirche des Hl. Kasimir betende Dostojewski beschrieb, so doch auch kein gewöhnlicher, wie es ihn an jeder Ecke gab.

Ohne niederzuknien und sogar ohne sich zu bekreuzigen, trat er mit eisenbeschlagenen Schuhen in die Kirche, in ihre hallende, kalte, sterile Weite, nicht gesättigt mit dem für andere Heiligtümer typischen dichten Paternoster- und Gebetsnebel, in einen für Leute wie ihn, laue, auszuspeiende Gläubige, wie geschaffenen Raum. Unter der höchsten Kuppel in Vilnius erstarrte er und begann zu seinem namenlosen, gesichtslosen, machtlosen Gott zu flüstern, er möge doch die sündige Wahrsagerin nicht bestrafen. Beim Hinausgehen überkamen ihn traurige Gedanken: Jetzt, da er Pythia verloren hatte, würde er keinen Gesprächspartner mehr finden, mit dem er über Glauben und Unglauben diskutieren konnte. Sie war eine ausgezeichnete Zuhörerin gewesen, nicht wie die meisten Menschen, die nur geduldig warten, bis der andere seinen Monolog beendet, um endlich ihre eigenen Gedanken zu äußern, ohne jedoch zu bemerken, dass auch ihnen nicht zugehört wird. Im Prinzip waren alle Gespräche umsonst.

Vom alltäglichen Ritual abweichend beschloss er, dem Tor der Morgenröte noch einen kurzen Besuch abzustatten. Wenn du einen lieben Menschen umgebracht hast, dann musst du unbedingt Buße tun und beten. Bei der orthodoxen Kirche der Heiligen Dreifaltigkeit sah er einen Menschen, dem zu begegnen er nicht die geringste Lust hatte. Es verdarb ihm richtiggehend die Laune. Um seine Verärgerung zu mildern, gab er einigen an dem abbröckelnden Mauerputz der Theresenkirche sitzenden Bettlern ein Almosen. Als er die Tür zum Gotteshaus öffnete, erblickte er ein mächtiges Kruzifix. Ein ermattetes Mütterchen umfasste mit beiden Armen den symbolischen, in Jesu Beinen steckenden Nagel und betete halblaut um irgendetwas. Mit hängendem Kopf betrachtete Jesus sie verächtlich.

Die Treppe zur Kapelle der Barmherzigen Mutter schien wie Wasser, das in drei gleich hohen Kaskaden herunterfällt. Die von den Füßen der vielen Pilger abgeschliffenen Stufen waren wie

46

Wellen, mit Wellentälern auf beiden Seiten unter dem Geländer und dem Wellenberg in der Mitte. Er stieg langsam nach oben, dachte noch einmal daran, dass er eine Seelenfreundin verloren hatte. Er und Pythia waren doch immer gut miteinander ausgekommen. Sie war eine so intelligente Frau gewesen. Bis sie anfing zu rebellieren. Rebellen braucht niemand. Sogar Gott hatte das begriffen und darum die aufständischen Engel für alle Ewigkeit in die Hölle verbannt.

Das Bild der Heiligsten Jungfrau war von allen Seiten belagert. Arme Teufel von irdener Farbe und modrigem, säuerlichem Geruch knieten am knarrenden Törchen und schnaubten, ächzten, schluckten laut Speichel und brabbelten halblaut. Ihr Anblick brach einem das Herz. Einst hatte hier beim Abschied von Nikolaj Gumiliow, der in den Krieg zog, Anna Achmatowa gebetet. Ja, er hatte ein hervorragendes Gedächtnis, sammelte Fakten, dachte rational und hatte gerade deshalb nicht die Absicht, vor dem Götzen niederzuknien. Da er nicht ganz begriff, warum er überhaupt hier heraufgestiegen war, stellte er sich ein wenig abseits hin und begann die silbernen Votivgaben zu zählen. Als er bei fünfzig auf wunderbare Weise geheilten Herzen, acht Beinen und fünf Augen angelangt war, verlor er die Geduld, warf einen Litas in die Opferbüchse und verzog sich still.

Nachdem er noch einigen unverschämten Bettlern ein Almosen gegeben hatte (heute wollte er besonders gut sein), tauchte er durch den Torbogen in einer lauten, stinkenden Straße wieder auf. Sein Auto stand gleich daneben, auf dem Parkplatz, wo alte Mütterchen Kreuze, Rosenkränze und Heiligenbildchen verkauften.

Es begann fein, doch nass zu schneien. Sein Bureau war nicht weit von hier, beim Rasa-Friedhof. Die Besten wählen Kraftorte!

Das Schuldgefühl wirft einen völlig aus der Bahn. Es geht ja noch, wenn nur du allein davon weißt, aber was passiert, wenn andere davon erfahren? Wenn die Bullen herausfinden, wem die Waffe gehört, die der Magierin das Leben genommen hat?

Vielleicht solltest du lieber gleich zur Polizei gehen und ein Geständnis ablegen? Von Schuldgefühlen zum Schmelzen gebracht, verliert man die gewohnten klaren Konturen eines festen Körpers. Man wird zu ekelerregender Sülze, Rotz, obschon man noch vor kurzem sich selbst und den anderen so lieb war. Wenn du Maksas Vakaris heißt, dann kannst du einfach nicht anders, als cool auszusehen, sehr cool, und wenn du nur ein bisschen nachlässt, dann wirst du sofort ausgelacht, findest dich im Lager der Loser wieder. Man nennt dich einen Star, auch wenn du aussiehst wie ein Schwein! Und es ist doch völlig unwichtig, dass du dich wie ein Schwein benimmst.

Aus Maksas Vakaris wirst du wieder zu Pranas Purvaneckas, was nichts anderes heißt als »Franz Schmutz«. Als er noch ganz klein und gerade erst im Begriff gewesen war, den Sinn der Wörter und den Klang der Buchstaben zu erfassen, da hatte er begonnen, diese beiden Flüche zu hassen, die ihn begleiteten, ohne sich wie der Körper, das Bewusstsein oder die Stimme zu verändern, und ihn bis zu seinem Tod begleiten würden. Sogar nach dem Tod noch. Jeder normale Mitbürger, der im Vorbeigehen auf dem Grabstein »Pranas Purvaneckas« las, musste doch denken: mit so einem Vor- und Familiennamen kann man in seinem ganzen Leben nichts Anständiges, Edles, Großes zustande gebracht haben.

Pranas verband sich für ihn nicht mit Franz von Assisi oder dem Sanskritwort Prana, was so viel wie »kosmischer Atem des Absoluten« bedeutete, sondern es klang für ihn wie *tranas*, Drohne, also das schmarotzende Bienen-Männchen, und sogar wie das russische *praval*, das den Untergang verkörperte, allerdings nicht den dramatischen, sondern den abscheulichen und jämmerlichen. Pranas Purvaneckas war fest davon überzeugt, dass das Schicksal des Menschen nicht nur von den Genen, Zufällen und Sternen bestimmt wurde, sondern auch von Vor- und Zuname.

Das Pseudonym Maksas Vakaris (Max Abend) hatte er sich schon vor längerem zugelegt, als er mit zehn eine in einer Auflage von einem Exemplar erscheinende Monatszeitschrift namens ›Abendgeschichten‹ zusammenstückelte. Damals assoziierte er den Abend und nicht den Morgen mit wichtigen neuen Nachrichten oder anderen coolen Sachen: in der Dämmerung verschwimmende Umrisse, sich verdichtende Schatten, Verfärbung des Himmels bei Sonnenuntergang von golden und kirschfarben zu violett, dunkelblau und schließlich schwarzblau, wenn sich der Mond und die Sterne zeigten. Wie und warum Maksas entstanden war, daran erinnerte er sich nicht mehr, vielleicht war es der Wunsch, die Lieblingstageszeit maximal zu verlängern, die Zeit der Transformation, der Veränderungen, der Geheimnisse und der süßen, unerklärlichen Traurigkeit. Maksas Vakaris blieb er auch fünf Jahre später, als anstelle der Zeitschrift die Punkrock-Gruppe »Maximale Geschwindigkeit« gegründet wurde. Und heute hatten viele schon gar keine Ahnung mehr davon, dass sich hinter Maksas Vakaris noch ein anderer Vor- und Zuname verbarg.

Er selbst jedoch wusste es – durch Umbenennung verändert man das Wesen der Dinge und Menschen nicht. Das Übel lag tiefer. Einst, vor gar nicht so langer Zeit, träumte er davon, ein romantischer Held zu sein, der mit letzter Kraft, die Zähne bis zum Knirschen zusammengebissen, mit Schaum vor dem Mund die saudoofen Gesellschaftsnormen brach, doch jetzt lächelte er nur debil und ließ sich gehorsam von denen an der Leine führen, gegen die er in seinem Innersten immer noch aufbegehrte. Gestern noch, so schien es ihm, war er voller Ambitionen und Tatendrang gewesen, tiefgründige, bedrückende, schwere Bücher zu schreiben, doch statt zu einem zweiten Kafka zu werden, verwandelte er sich in einen verdammten Playboy, oberflächlich, fahl, flach und immer flacher, so wie die Bildschirme der neuesten Fernseher oder Computer, die er selbst in glitzernden Karnevalskostümen bewarb.

Und dabei hatte alles so harmlos angefangen, er wollte doch zuerst nur genug Geld für Kaffee, Wein und Mädchen, obwohl die liebe Mama bereit war, ihrem geliebten Jüngsten ihr halbes Gehalt zu opfern, und auch die Mädels sich geradezu darum rissen, ihn einzuladen, nur um mit Maksas Vakaris in der Bar oder im Kino gewesen zu sein. Alles fing mit ein paar Zeilen für die ersten Werbesprüche an, die vor kaum zehn Jahren noch eine so tolle Neuerung waren, atemberaubende Avantgarde, ein Symbol für demokratisches Leben, ungezügelte westliche Freiheit. Warum sollte er als vielversprechendes junges Talent, das bei Wettbewerben, die der unabhängigen und nicht mehr zensierten litauischen Literatur eine leuchtende Zukunft voraussagten, Lorbeeren geerntet hatte, warum sollte er, verdammt noch mal, nicht ein paar Zeilen über Schokolade oder Seife hinkritzeln?

Und wenn es die Umstände wollen, wenn man das Gesicht und den Körper eines Narziss hat, warum sich nicht mit der Schokolade oder der Seife fotografieren oder filmen lassen, besonders wenn man die Kohle nicht für irgendwelche miesen Vergnügungen braucht, sondern für einen edlen Zweck – die Kunst. KUNST groß geschrieben. Kunst, der man sich widmen kann, wenn die hellen heißen Schweinwerfer in den Werbestudios ausgehen. Doch wenn diese blendenden, allmächtigen Lichter erloschen sind, herrscht in den Augen noch lange dunkelste Nacht. Und nicht nur in den Augen, obwohl es wahrscheinlich in seiner jetzigen Lage schon unanständig war, von der Seele zu sprechen. Zum Refrain seines Lebens wurde ein Liedchen, das er vor sich hin summte wie ein Mantra, weshalb er in den Augen der Umstehenden immer gut gelaunt, vergnügt und leichtfertig erschien. »*Was ein Licht in dir entzündet hat/wird zu deinem Schatten bald/reißt das Herz dir aus der Brust,/und den Körper, den zerfetzt's.*«

So war das. Die Fetzen seines Körpers waren überall. Wie eine nicht weichen wollende Halluzination starrten sie einen von der letzten Seite der Zeitschriften an. Wie Gehenkte hingen sie auf den Straßen an den Plakatsäulen. Jede Viertelstunde schwammen sie über den Fernsehbildschirm wie die Leiche eines Feindes, gegen dessen Erscheinung sich alle, die noch nicht völlig zu Idioten geworden waren, mit ihrer Fernbedienung verteidigten. Von seinen literarischen Ambitionen blieb nur die Arbeit bei der Zeitung übrig, obwohl er das, was er hier tat, keinesfalls als Kunst bezeichnen konnte.

Einige Studienkollegen und Mitteilnehmer an Literaturwettbewerben versuchten tatsächlich noch zu schreiben, aber ihre Bemühungen erinnerten an den ungleichen Kampf von Partisanen, an den unvermeidlich zum Scheitern verurteilten Widerstand in den Schützengräben der Armut, den Bunkern des Alkoholismus und der tiefen Depressionen, wo man die neuen Bücher zusammen mit Fleisch, Blut und Resten von Leben aus sich herausriss, neue Bücher, die, selbst wenn sie genial waren, nicht die geringste Chance auf auch nur den tausendsten Teil der Anerkennung hatten, in der sich Maksas Vakaris ständig sonnte. Würde er denn gern an ihrer, der echten Künstler Stelle sein? Vielleicht ja. Vielleicht auch nein. Nein. Nein! NEIN! Scheiße war das alles. Seicht sind deine Wasser, oh Narziss, sie bergen nicht die geringste Gefahr, es besteht nicht die geringste Möglichkeit, darin zu ertrinken.

Im Auto, in seinem coolen silbernen Peugeot, fühlte er sich sicher. Wie ein Steppenwolf in seiner Höhle. Wahrscheinlich war er der einzige Autofahrer in ganz Vilnius, der sich darüber freute, dass sich in der Stadt dauernd neue Staus bildeten. Wären da nicht diese Zwangspausen in der nicht enden wollenden Hast, dann würde er endgültig vergessen, dass er ein Mensch war und keine Granne, von Arbeit, Pflichten, unerfreulichen Vergnügungen mitgeschwemmt.

Der Gediminas-Boulevard war immer noch aufgerissen, und Maksas hätte es begrüßt, wenn er auch so vertikal geblieben wäre, mit den klar sichtbaren Schichten der Jahrhunderte und Jahrzehnte. Ihm gefiel die Vorstellung, dass man in den nach kühler, feuchter Vergangenheit riechenden Innereien der Stadt jeden Tag auf neue Spuren der Vergangenheit stoßen würde, auf Scherben von Töpfen, Flaschen mit geheimnisvollen Getränken, Überreste von Öfen oder zumindest Splitter von Kacheln mit Fragmenten von Wappen berühmter Geschlechter. Maksas brauchte einen Beweis, nicht unbedingt einen handfesten, doch einen mit dem Bewusstsein zu erfassenden, dass die Welt, in der er lebte, dreidimensional war, eine Ausdehnung, eine Vergangenheit und eine Geschichte hatte, dass die Wirklichkeit keine flache Matrix war. Doch leider wurde Vilnius immer flacher und flacher. Sogar Žvėrynas und Užupis, die Stadtviertel, in denen früher geheimnisvolle Spalten zu Parallelräumen klafften, wurden unter seinen Augen immer flacher, verloren jede Art von Metaphysik und verwandelten sich in Hochglanz-Ansichtskarten.

Vergeblich versuchte er sich vor all diesen Überlegungen zu verstecken. Er fuhr und zählte die Pfeiler, vor denen Körbchen mit vertrockneten Chrysanthemen, Vasen, Plastikblumen und Kerzen zu Allerseelen aufgestellt waren. Der Brauch, so die Nächsten zu ehren, die bei Autounfällen umgekommen oder von der Mafia in die Luft gesprengt worden waren, hatte ihn früher verärgert, doch jetzt schien er ihm allein dem Gedenken an den Tod der Magierin zu dienen. Musste er doch dem Gedanken Einlass gewähren, dass Julija nicht mehr da war, sich an die Tatsache gewöhnen, um dann, mit der Hand auf dem Herzen oder irgendeinem heiligen Buch, zu schwören, dass so etwas nicht mehr vorkommen würde, und die Magierin zu vergessen.

Gestern, den ganzen Montag über, hatte er sich versteckt. Er hatte Bier gesoffen, Gras geraucht, Ecstasy geschluckt, bis er fast schon die Illusion erlangt hatte, nichts über das Geschehene zu wissen. Jetzt spielte sein verkatertes, benebeltes Hirn ihm wie eine zerkratzte Schallplatte immer wieder den Anruf seiner Mutter vor, der ihn um drei Uhr früh geweckt hatte. Mit der Nachricht, dass die Magierin sich das Leben genommen hatte.

»Mama, wo bist du?«, hatte er gefragt, während er der neben ihm liegenden jungen Frau die Decke über den Kopf zog.

»Natürlich bei mir zu Hause, wo sonst?«

»Woher weißt du dann von dem Selbstmord?«

»Mich hat gerade ein unbekannter Mann angerufen. Er hat mich angewiesen, sofort dorthin zu fahren und alles in Ordnung zu bringen.«

»Was denn in Ordnung bringen?«, erkundigte er sich wie der letzte Blödian und fügte noch hinzu: »Willst du, dass ich mitfahre?«

»Nein, Kindchen, nicht nötig. Er hat gesagt, Julija hätte sich mit deiner Pistole erschossen. Du könntest verdächtigt werden.«

Sein Mädchen erwachte, kroch unter der Decke hervor und lauschte aufmerksam jedem Wort.

»Mama, sollten wir nicht besser die Polizei rufen?«

»Das werde ich tun. Aber zuerst muss ich zu Julija. Er hat es so befohlen.«

»Wer ist er? Warum solltest du auf ihn hören?«

Mutter gab keine Antwort, fing an zu weinen und verabschiedete sich mit bebender Stimme. Maksas erklärte das Ganze kurz seiner derzeitigen Freundin Vita, die bei derselben Zeitung arbeitete, für die die Magierin astrologische Prognosen verfasst hatte. Die junge Frau brach ebenfalls in Tränen aus und stammelte mit kindlichem Stimmchen, wie viel ihr Julija bedeutet habe. Er hatte keine Ahnung, wie man mit weinenden Frauen umging. Er war ein schlechter Tröster. Er hatte es auch nie geschafft, die Magierin aufzuheitern, wenn diese plötzlich von tiefer Verzweiflung heimgesucht wurde.

Die Traurigkeit quälte die Wahrsagerin meist wegen Tadas' Macken. Maksas' älterer Bruder war ein Einzelgänger und Sonderling und mied die Frauen, Julija wurde zur einzigen Frau, die auch nur ein bisschen sein Vertrauen gewinnen konnte. Der jüngere Bruder hatte den älteren sogar ein wenig im Verdacht, schwul zu sein, natürlich nicht offen und ohne es sich selbst einzugestehen. Wenn man nämlich auf Homosexualität zu sprechen kam, dann legte Tadas jeweils mit den in Litauen üblichen Vulgaritäten voller Hass auf die »Schwuchteln« los. Von den »Weibern« sprach er auch nicht freundlicher, deshalb schien Maksas auch eine Liebe zwischen seinem Bruder und der Magierin unmöglich.

Über Julija hatten die beiden nie miteinander gesprochen, als ob dieses Thema tabu wäre. Erst der gestrige Morgen bildete eine Ausnahme. Maksas rief seinen älteren Bruder gleich nach dem Gespräch mit seiner Mutter an und teilte ihm mit, dass die Magierin gestorben sei. Tadas entgegnete trocken, dass er die Neuigkeit bereits von der Mutter gehört habe. Aber Maksas gab sich nicht geschlagen und fuhr noch vor Sonnenaufgang zusammen mit Vita zu ihm. Er dachte, er würde Tadas im Bett vorfinden, doch der saß in der Küche am warmen Ofen und schälte Antonovka-Äpfel, die bis in den Hochwinter ausgeharrt hatten. Seine drei Hunde und zwei Katzen hockten in Reih und Glied wie beim Militär der Größe nach vor dem Ofen.

»Ich hatte große Lust auf Apfelmus«, sagte Tadas, als ob ihn Julijas Tod gar nichts anginge. »Und überhaupt, die Äpfel waren schon ganz runzlig.«

Im Korb lag traurig ein einzelner armer Apfel, dafür war auf dem Tisch ein ganzer Berg von Apfelschalen angehäuft und die Emailleschüssel gefüllt mit säuerlich riechenden Apfelschnitzen, die bereits von einer rotbraunen Patina bedeckt waren.

»Du scheinst schon die ganze Nacht hier zu arbeiten.«

»Nach deinem Anruf konnte ich nicht mehr einschlafen. Ich habe der Frau Wahrsagerin immer gesagt, dass ein solches Leben zu nichts Gutem führt.«

»Was heißt hier ›ein solches‹?«, sagte Maksas eingeschnappt.

»So eines, wie es die Frau Wahrsagerin lebte.«

Tadas nannte die Menschen nie beim Namen, sondern hängte ihnen immer ein Etikett an, einen Spitznamen, der aus seinem Munde betont ironisch, ja sogar abschätzig klang.

»Brüderchen, Julija war doch deine Freundin.«

»Das war sie, aber sie ist es nicht mehr. Wo ist sie jetzt? Zeig sie mir doch.« Tadas schnippte mit den Fingern und sah seinen Bruder herausfordernd an.

»Weißt du, du stehst unter Schock. Erhol dich. Wir treffen uns auf der Beerdigung.«

»Ich geh zu keiner Beerdigung. Du weißt doch, ich halte nichts von diesen dummen Ritualen. Niemand kann mich zwingen zu glauben, dass die Entschlafene im Sarg dieselbe Julija ist, mit der ich zusammen war.«

»Die Entschlafene im Sarg« – Maksas schüttelte sich innerlich, als er Tadas wie einen Greis vom Land sprechen hörte. Und doch hatte er Julijas Namen ausgesprochen. Wie um anzudeuten, dass das Gespräch zu Ende war, schnitt er jetzt einen Plastikbeutel mit Zucker an einer Ecke auf und begann einen weißen knisternden Strahl auf die geviertelten Äpfel rieseln zu lassen.

»Dein Bruder ist ein ganz seltsamer Typ«, sagte Vita, als sie nach draußen traten.

Maksas fuhr, wie von Tadas' Misanthropie angesteckt, die junge Frau bis ins Stadtzentrum, verabschiedete sich ohne einen Kuss von ihr und ließ sie mitten auf der Straße aussteigen. In der Redaktion waren alle ganz aufgeregt über den Selbstmord der Wahrsagerin, und er erhielt den Auftrag, einen Artikel zu verfassen. Er suchte nicht nach einer Ausrede. Er fühlte sich in der Schuld der Magierin, doch während er oberflächliches, wirres Zeug über ihre in den Köpfen des Chefredakteurs und der Leser existierende Doppelgängerin zusammenkritzelte, spürte er diese Schuld nur noch mehr wachsen. Er tröstete sich selbst: Es war besser, wenn er den Artikel selbst schrieb und nicht jemand anderes. Er rief seine Mutter an, die sich vom ersten Schock schon etwas erholt hatte, und teilte ihr mit, dass er einen Nachruf auf die Magierin verfasse.

»Schreib, dass sie alle Informationen in ihrem Handy und im Computer gelöscht hat. Das heißt, sie hatte wirklich die Absicht, sich umzubringen.«

»Mama, du hast doch nicht in ihren Sachen gewühlt.«

»Nein, aber die Polizei.«

Maksas, der sich als echter investigativer Journalist zeigen wollte, schrieb alles so, wie er es gehört hatte, obwohl er sich als Verräter fühlte.

Jetzt kam er schon wieder vor dem Redaktionsgebäude an. Es war ein Déjà-vu-Erlebnis. Die Tage glichen sich wie ein Ei dem anderen. Er manövrierte den Wagen auf den Parkplatz, zögerte jedoch auszusteigen und rauchte noch eine Zigarette. Na, Wolf, es ist Zeit, aus deiner Höhle herauszukriechen. Die Welt wartet. Und jetzt – WERBUNG!

Maksas Vakaris setzte sein Siegerlächeln auf und stieg ein Liedchen summend aus dem Auto. Er wechselte ein paar freundliche Worte mit den im Eingang stehenden Männern vom Bewachungsdienst und warf den Kolleginnen im Vorbeigehen ein

Kompliment zu. Seine Stimme klang samtig, intim sogar, so zwitschert man beim Austauschen von Zärtlichkeiten mit seiner Liebsten. Wie immer war er zu allen zuvorkommend und nett. Nur nicht zu sich selbst. Doch das bemerkte niemand. Nicht einmal der Spiegel, der Maksas wie immer jung, frisch und schön zeigte.

Seine äußerliche Schönheit fanden seine früheren Freunde, diejenigen, die sich von künstlerischer Eingebung besessen in den Bunkern der Verstoßenen und den Schützengräben der Überflüssigen abkämpften, verdächtig. Vielleicht sogar tadelnswert. Sie konnten einfach nicht begreifen, dass sich die Zeiten und Ideale von Grund auf geändert hatten. Schönheit und Jugend wurden zu den wichtigsten Markenzeichen der neuen Epoche. Da kann man nichts machen, liebe verratene Kampfgenossen. Zahnlose, verwahrloste, an wurmige, rissige Pilze erinnernde Ex-Kampfgenossen.

Maksas betrat den großen Raum, der von allen »Bienenstock« genannt wurde. In ihren kleinen Waben summten vor ihren Flachbildschirmen die Bienen, die aus Gerüchten, Fakten und ihrer eigenen grauen, sehr dürftig eingesetzten Gehirnmasse den künstlichen Informationshonig zusammenklebten. Bis sie sich in kontrollierten Bewegungsabläufen (wie beim Gehen, bei dem man kurz das Gleichgewicht verlierend ein Bein vor das andere setzt, sein ganzes Gewicht auf dieses verlagert, dann wieder das andere Bein vor das eine, das Gewicht darauf verlagert und immer so weiter Schritt um Schritt durchs Leben geht) dem Ziel näherten. Die Kollegen gratulierten ihm zu dem hervorragenden Artikel über den Tod der Magierin. Die Komplimente nahm er wie immer mit dem verlegenen Lächeln eines guten Jungen und wortlosem Klagen über das herausgerissene Herz, den in Stücke zerfetzten Körper entgegen.

Er setzte sich an seinen Platz vor den mit einer Unmenge von Stickern beklebten Compi, dessen Besitzer sich so vergeblich einen Hauch von Individualität zu erhalten suchte. Vor dem Bildschirm hing ein Stück Rosenquarz, groß wie ein Boxhandschuh, das die schlechte Energie absorbieren sollte. Er war ihm von niemand anderem als der Magierin geschenkt worden. Wenn er keine Taste drückte, erstrahlte der Bildschirm nach einer Minute in Himmelblau. Auf diesem Hintergrund prangte das Wort COOL. Um seine eigene Achse drehte sich, bald größer, bald kleiner werdend, COOL. In einem leuchtenden Knäuel verschmelzend und wieder in Regenbogenfarben zergehend, COOL. Maksas rettete sich, so gut er konnte. Wovor? Wahrscheinlich vor sich selbst. Doch heute war alle Mühe umsonst!

Noch nie hatte er so tief in der Scheiße gesteckt. Und ohne Chance herauszukommen. Da war niemand, der ihn herausziehen würde, den er um Hilfe bitten konnte. Oder um Verzeihung anflehen. Strample dich selbst da raus, wenn du kannst, Narziss! Selbst seine Mutter hatte sich in einen Kokon aus mürrischer Härte eingewickelt.

Am Montagabend besuchte Maksas noch einmal seinen Bruder in dessen Einsiedler-Wohnung, wo auf dem Fenstersims sechs verschlossene Halblitergläser mit Apfelmus aufgereiht standen. Mutter, mit der sie acht Uhr ausgemacht hatten, verspätete sich, und so saßen Maksas und Tadas geduckt im Halbdunkel, in unbehaglicher Stille, die manchmal vom Knistern des im Ofen brennenden Holzes oder dem Miauen einer Katze unterbrochen wurde. Es roch nach vom Bruder frisch aufgegossenem Pfefferminztee, doch das Getränk beruhigte Maksas kein bisschen.

Endlich kam die Mutter. Sie stürzte herein wie ein Verzweiflungssturm. Zuerst lief sie zum Ofen, zog irgendein Heft aus der Handtasche und warf es, noch bevor Maksas auch nur einen Laut von sich geben oder Tadas sich ruhren konnte, ins Feuer.

»Das ist Julytės Tagebuch«, erklärte sie ungefragt. »Das braucht kein Außenstehender zu sehen. Ich habe auch nicht darin gelesen. Aber ich habe den Verdacht, dass da etwas über euch drinstehen könnte, meine Jungen. Über den einen. Und über den anderen.«

In der Küche machte sich der Gestank von brennendem Kaliko breit.

»Mama, falls es dich interessiert, wie meine Pistole zu Julija gekommen ist…«, fing Maksas an, doch es verschlug ihm die Sprache, als er den angsterfüllten Blick seiner Mutter sah. »Nun, ich habe sie gekauft, weil ich nichts Besseres zu tun hatte. Ein schönes Spielzeug. Männlich. Die Magierin bat mich, sie ihr zu leihen. Sie wollte damit angeblich jemandem einen Schrecken einjagen, oder vielleicht wollte sie sich ja auch nur toll und cool fühlen. Wie im Film. Ich habe sie ihr gegeben, einfach so. Wie hätte ich denn ahnen können, dass alles so endet? Dasselbe sage ich den Bullen, falls die nachfragen. Das ist absolut kein Geheimnis. Und noch weniger kriminell.«

»Sieh an, unser Goldjunge hat ein Spielchen zu viel gewagt. Frau Wahrsagerin hat aus seiner Pistole geschossen. Das musste ja so kommen«, ließ sich Tadas vernehmen und lächelte schief dazu.

»Halt du doch den Mund mit deinen selbstgerechten Schlussfolgerungen.« Maksas hielt es nicht mehr aus, auch wenn ihm sonst das Brabbeln seines Bruders zum einen Ohr rein- und zum anderen wieder rausging. »Du weißt ganz genau, dass die Magierin dich geliebt hat, und du hast dich ihr gegenüber verhalten wie der letzte Schlappschwanz. Strohkopf. Pflock. Falls sie sich wirklich umgebracht hat, dann trifft dich die größte Schuld!«

»Weibergeschwätz-Gefurz«, sagte Tadas nur.

»Sie hat ihn geliebt?«, fragte die Mutter mit heiserer Stimme. »Warum hat mir denn niemand etwas davon gesagt?«

»Mama, über unsere neueste Liebe sprechen wir schon seit zwanzig Jahren nicht mehr mit dir. Wir sind jetzt große Jungs. Lass uns lieber überlegen, wer der Typ gewesen sein kann, der dich angerufen und dir Befehle erteilt hat.«

»Ich weiß es nicht. Seine Stimme kam mir bekannt vor, doch zu wem sie gehört, ich weiß es nicht.«

»Versuch dich genau zu erinnern, was er dir alles gesagt hat.« Maksas ließ nicht locker.

»Das habe ich doch schon erzählt.«

»Mama, du scheinst mir etwas zu verbergen. Noch schlimmer: Ich fühle, dass du einen von uns verdächtigst.«

»Unsinn. Wie könnte ich auf den Gedanken kommen −« Sie stockte, als hätte sie etwas Unanständiges gesagt, gerade so, als ob sie im Hause eines Selbstmörders von der Schlinge gesprochen hätte. »Also, wie hätte ich auf den Gedanken kommen können, einer von euch habe Julytė ermordet?«

»Ermordet? Davon habe ich nichts gesagt. Ich habe nicht einmal daran gedacht.«

Die Mutter brach in Tränen aus. Sie schluchzte laut und krampfartig, hin und wieder wimmerte sie leise. Maksas stand da wie vom Blitz getroffen. Tadas legte der Mutter den Arm um die Schultern und begann sie sanft zu wiegen, wie ein vor Schreck erstarrtes Kind.

»Fahr mich nach Hause. Ich bin müde. Vielleicht werde ich ja etwas schlafen können«, sagte sie schließlich, als sie sich ein wenig beruhigt hatte.

»Gute Nacht«, sagte Tadas friedfertig, als ob nichts geschehen wäre, »ich begleite euch nicht mehr zur Gartentür, ihr findet den Weg auch selbst.«

Mutter und Sohn gingen hinaus in die Dunkelheit. Jeder mit einem Glas noch warmem Apfelmus. Maksas hatte die größte Lust, das Gefäß zu Boden zu schleudern und auf die darauf folgende ohrenbetäubende Explosion zu warten, die alles rundherum in ein orangefarbenes Licht tauchen, den Himmel mit gelbem Rauch bedecken, eine Unmenge Splitter durch die Luft jagen und sich als milchiger Staub auf zwei tote, zerfetzte Körper setzen würde.

Während der Fahrt wechselten sie kein Wort miteinander. Als sie bei der Mutter zu Hause ankamen, fragte Maksas: »Soll ich bei dir übernachten?«

»Nein. Ich muss allein sein. Es sei denn, du möchtest selbst bleiben und dich aussprechen, dein Gewissen beruhigen.«

»Mein Gewissen beruhigen? Es ist ruhig, Mama.«

»Dann gute Nacht.«

»Gute Nacht. Falls etwas ist, ruf mich an. Nimm ein paar Tropfen Baldrian. Ruh dich aus. Mach's dir nicht so schwer.«

Während er dem sich in die Dunkelheit entfernenden Rücken

seiner Mutter hinterherblickte, spürte er, wie der Abgrund zwischen ihnen mit jedem Schritt tiefer wurde. Er begriff, dass ein Abschnitt in seinem Leben zu Ende war, denn bis heute hatte er sich benommen, als sei er ein Kind und säße noch immer auf Mutters Schoß. Jetzt war er auf den Boden der Realität geholt und im Regen stehen gelassen worden. Er hatte nicht die geringste Freude an dieser Veränderung. Vor Verzweiflung stöhnte er auf.

In der Absicht, noch tiefer in Verzweiflung zu versinken, rief er Vita an und sagte ihr, er wolle allein sein. Er lieferte keinerlei Erklärung. Sie stellte auch keine Fragen. Er dachte, ein tolles Mädel. Dann wurde er von dem Gedanken überrascht, dass er ihrer nicht würdig sei. Heute hatte er ihren Artikel gelesen. Sie hatte so schön und einfühlsam über Julija geschrieben. Vielleicht deshalb, weil die Magierin ihr ein sonniges und glückliches Leben mit Maksas prophezeit hatte. Jetzt geriet alles durcheinander.

Wäre er ein normaler Mensch gewesen, dann wäre er in eine Kneipe gegangen und hätte sich bis zum Umfallen voll laufen lassen. Da er jedoch Maksas Vakaris war, der nie weinte, nie Gewissensbisse hatte, nie traurig war, der sich von himmlischem Nektar ernährte und Rosenblätter ausschied, kaufte er am Kiosk drei Flaschen vom stärksten Bier und verkroch sich dann wie in einen Bunker nach Hause. Beim Nachbarn besorgte er sich ein paar Joints. Schlaftabletten hatte er auch genug vorrätig, damit er, wenn er sich satt gequält hatte, wie ein Stein in knallbunte Alpträume fallen konnte.

In der Nacht träumte er, sich in eines seiner eigenen Haare verwandelt zu haben. Diese Metamorphose war schrecklicher als die bei Kafka beschriebene. Und das war noch nicht alles. Aus dem Haar wurde ein neuer Maksas geklont, ein reiner, unschuldiger und keinerlei Verdacht erweckender. Der alte wurde nicht mehr gebraucht und deshalb auf den Müllberg des Alls geworfen. Er erwachte mit tauben Händen und wild klopfendem Herzen. Er wollte nicht mehr einschlafen, tat es trotzdem und geriet von neuem in den Zustand des geklonten Haares.

Jetzt, in seiner Redaktionswabe hockend, dachte er darüber

nach, was dieses Symbol bedeuten könnte und was ihm sein Unbewusstes mit dieser seltsamen Nachricht mitteilen wolle. Und jetzt – WERBUNG!

Ein aufdringliches Weibsstück von der Redaktion der Konkurrenz rief an und bat ihn um ein Autogramm für ihre Tochter. Warum musste das gerade jetzt sein? Maksas bemühte sich mit aller Kraft, liebenswürdig und zuvorkommend gegenüber seiner Umwelt zu sein, besonders gegenüber den sogenannten »Fans«. Was für ein ekelhafter Heuchler er doch war! Beim Betrachten ihrer idiotisch lächelnden Gesichter stellte er sich meist vor, wie er sie mit einem Federkissen erstickte, genauso wie der Zweimeter-Indianer in ›Einer flog über das Kuckucksnest‹ mit Jack Nicholson.

Doch Maksas Vakaris war ein Virtuose der Verstellung. Sein Liedchen vor sich hin summend, stieg er die Treppe hinunter zum Empfang. Hier erwartete ihn eine Frau mittleren Alters, an deren Namen und Gesicht er sich schon morgen selbst vom Untersuchungsrichter geplagt nicht mehr würde erinnern können. Trotz ihrer Gesichtslosigkeit war sie hinterhältig. Das Autogramm erwies sich als schlecht getarnter Vorwand. Sie stellte hartnäckig Fragen über Julija, quetschte ihn aus, wer wohl der Wahrsagerin nach dem Leben getrachtet hätte, und versuchte die Namen aller Teilnehmer der letzten Party der Magierin herauszubekommen. Maksas wurde sie nur mit äußerster Mühe los; obwohl er immer wieder ein Opfer seiner Beliebtheit wurde, hatte er es nie gelernt, die Aufdringlichen einfach zum Teufel zu schicken.

Als er in seine Wabe zurückkehrte, war seine Stimmung auf dem absoluten Nullpunkt angelangt. Das Wort COOL ärgerte ihn, statt ihn, wenn auch nur scheinbar, zu beruhigen, und der Kristall erinnerte ihn an das versteinerte Gehirn einer Mumie. Deshalb murmelte er ein paar Worte der Entschuldigung und verließ dann die Redaktion. Der Dienstag war für Maksas schon immer der schlimmste Tag der Woche gewesen.

Er schaltete das Debiltelefon aus und setzte sich in sein geliebtes Auto. Wie vom wilden Affen gebissen raste er bis nach Trakai, wendete und kehrte nach Vilnius zurück. Hier begann er ziellos durch die Straßen zu fahren, immer auf der Suche nach den größten Staus. Aber diesmal gingen sie ihm, wenn er stecken geblieben war, auf die Nerven. Er brauchte Tempo, Tempo, Tempo! Als ob er vor sich selbst davonlaufen könnte. Schließlich wurde es dunkel, obwohl die Uhr stur bezeugte, dass es erst fünf Uhr nachmittags sei. Bis zu dem Augenblick, wo er sich, ohne die Anstandsregeln zu verletzen, in der Hoffnung auf Schlaf würde hinlegen können, blieb noch sehr viel Zeit.

Er fuhr aus der Stadt heraus. Als er nach Naujoji Vilnia kam (genau die richtige Richtung, Eselskopf, näher zur Irrenanstalt!), bog er in ein krummes, wie in Sibirien schneeverwehtes Sträßchen mit dem gruseligen Namen »Schwarzer Weg« ein. Plötzlich erblickte er ein buckliges Mütterchen, das hilflos versuchte, einen Fußweg von der Straße bis zu ihrem schiefen Häuschen freizuschaufeln. Und jetzt – WERBUNG!

Maksas Vakaris stieg mit einem breiten Lächeln auf dem Gesicht aus dem Wagen und bot seine Hilfe an. Die alte Frau erschrak und wollte ihm um nichts in der Welt ihre Schaufel geben. Sie brabbelte irgendetwas auf Polnisch, und der dienstfertige Junge konnte nur noch »pzepraszem«, »prosze« und »dzenkuje bardzo« hervorstammeln. Der ungleiche Kampf endete mit Maksas' Sieg, er schaufelte nicht nur den Fußweg frei, sondern, als ob er ein Hockeyfeld oder einen Fußballplatz bereit machen müsste, auch den ganzen Hof der alten Frau, ja sogar den Garten. Schließlich verspürte er Müdigkeit, verabschiedete sich mit »Do zobaczenie« und fragte sich, was dieses von irgendwoher in sein Bewusstsein eindringende »Do zobaczenie« eigentlich hieß (doch nicht etwa »Auf Wiedersehen«), setzte sich ins Auto und fuhr in die Stadt zurück. Es war schon neun Uhr abends. Jetzt konnte er nach Hause.

Er kochte sich einen Tee und schaltete das Handy ein. Er machte gar keine Anstalten, die Unmenge nicht beantworteter Anrufe durchzusehen, und von neun SMS las er nur die seiner Mutter, obwohl er aus Angst lange zögerte. Sie bat ihn, morgen Bastet abzuholen und für ein Weilchen bei sich zu behalten.

Mutter hatte einen geliebten altersschwachen Wolfshund und befürchtete, dass die flinke Katze Brisius' Herz den Rest geben würde.

Er rauchte eine Zigarette und dachte, dass all seine Bekannten irgendeinen Vierbeiner hatten. Dann fragte er sich, warum die meisten die Tiere mehr liebten als die Menschen.

VOM KLANG der Glocke vertrieben rissen sich die Krähen laut zeternd von den schwarzen Bäumen los und begannen, jede ihre eigene schlimme Prophezeiung verkündend, ihre Runden über der Kuppel der orthodoxen Kirche zu drehen. Als er den Vorraum des Heiligtums betreten hatte, blieb Tadas stehen. Der Erzengel Michael schaute gleichgültig drein, Raphael sorglos. Als Tadas noch ein kleiner Junge war, hatten sich die Engel um einiges mehr für sein Schicksal interessiert und nie so getan, als ob sie nur gemalte Gestalten wären. Jetzt erfuhr er am eigenen Leib die bittere Wahrheit: Von den großen Sündern wenden sich alle ab, sogar die Erzengel.

Er öffnete vorsichtig die Tür, die einen Seufzer von sich zu geben schien, erbost über den ungebetenen Gast. Dann fand er sich in dem großen hallenden Raum wieder, der einst seine bedeutendsten Phantasien genährt hatte. Kaum hatte er einige Schritte getan, wurde er von der Frau angehalten, die den Boden geputzt hatte. Mit fast farblosen Augen unter dem schwarzen Kopftuch hervorschauend sagte sie mit schwacher Stimme auf Russisch, in weinerlichem Ton, als ob sie mit jedem Wort einen stechenden Schmerz fühlte: »Gnädiger Herr, also um Gottes willen, nun warten Sie doch wenigstens ein Minütchen, bis der Boden trocken ist. Ach ... Da laufen und laufen alle Leute einfach drüber ...«

Tadas fühlte sich, als ob die Frau ihn angeschrien und mit Peitschenhieben aus der Kirche vertrieben hätte. Er wartete kurz, aber der Boden trocknete nicht und verströmte einen beißenden Geruch nach altem, moderndem Wischlappen. Auf Zehenspitzen, um den Boden möglichst wenig zu berühren, ging er vor-

wärts. Aus irgendeinem Grund fiel ihm das alte Traktat für Iko-
nenmaler über die Füße der Engel ein. Darin stand geschrieben,
dass die geflügelten Wesen, auch wenn sie über Sand oder
feuchte Tonerde gingen, keine Fußabdrücke hinterließen. Tadas
drehte sich um. Auf dem Boden waren seine Fußabdrücke klar
zu sehen, die weniger den Abdrücken menschlichen Schuhwerks
glichen als denen des Teufelshufes.

Es roch nach Weihrauch, und die Kerzen vor den wunder-
tätigen Ikonen knisterten wie Bonbonpapiere in unsichtbaren
Kinderhänden. Um nicht als ein Hierhergehöriger, sondern als
Fremder zu gelten, vielleicht sogar als Tourist, nahm Tadas den
Hut nicht ab und bekreuzigte sich nicht. Wenn schon alles zu
Ende war, wozu sollte er sich dann noch an die alten, gewohnten
Rituale halten, die ihn auch nicht erretten würden.

Von der grün (seiner Meinung nach war diese Farbe nicht sa-
kral) gestrichenen Ikonostase blickten ihn die Heiligen an, die er
früher besser gekannt hatte als seine nächsten Verwandten. Jetzt
aber fürchtete er sich, auch nur den Kopf zu ihnen zu wenden,
um nicht auf ihre verurteilenden, vernichtenden, richtenden
Blicke zu treffen. Einem konnte Tadas aber doch nicht widerstehen. Er kaufte sich eine ganz dünne Duftkerze und zündete sie
vor der Ikone der Heiligen Dreifaltigkeit an, die in Gestalt von
Engeln erschienen war. Vielleicht half das Julija, die im Jenseits
von Teufeln gequält wurde.

»Nun komm schon, nimm den Hut ab, ungezogener
Mensch!«, schrie plötzlich jemand mit schriller Stimme hinter
ihm auf Russisch.

Tadas wandte sich um und erblickte eine andere Putzfrau, eine
junge, mit großen Augen und reiner Haut und einem Engels-
gesicht. Er riss sich den Hut vom Kopf und rannte, auf dem
feuchten Marmor ausrutschend, so schnell er konnte zur Tür. Er
stürzte nach draußen und atmete tief durch. Die Krähen hockten
wieder auf den Bäumen und sahen aus wie schwarze Früchte des
Bösen.

Beim Verlassen des Kirchhofs sah er einen Mann, der vor einigen Monaten bei ihm einen Grabstein bestellt hatte. Der trug

sogar an so einem düsteren Wintertag eine Sonnenbrille mit Spiegelglas. Er wollte ihm zurufen, dass der Stein schon fertig sei, doch ihm fiel rechtzeitig ein, dass er gar keine Lust auf Gedankenaustausch hatte, denn dann würde man sofort auf Julijas Tod zu sprechen kommen, an dem *er* schuld war. Der Kunde schritt mit schwingenden Mantelschößen in Richtung des Tores der Morgenröte. Sein Gesicht zeigte nicht den geringsten Ausdruck von Glauben. Auf seltsame Weise kreuzen sich die Wege der Menschen. Es gibt kaum Berührung zwischen zwei verschlossenen Wesen. Niemand kann den anderen wirklich verstehen. Niemand liebt den anderen.

Direkt gegenüber der orthodoxen Heiliggeistkirche lag das Haus, in dem Tadas als Kind gewohnt hatte, aus dem sie nach der Scheidung der Eltern hatten ausziehen müssen. Einst gehörte dieses Stadtviertel den Armen, während es sich jetzt mit Luxushotels, Botschaften, Restaurants und Geschäften mit unbezahlbaren Preisen brüstete. Tadas gefiel dieses neue Gesicht der Stadt nicht. Von plötzlicher Nostalgie ergriffen, bog er in den Innenhof seiner Kindheit ein.

Auch hier hatte sich alles verändert. Als wollte es das Ausmaß der Veränderungen bestätigen, kam durch die Tür, wo einst die verrückte Berta gewohnt hatte, ein elegantes Pärchen – eine Frau im Pelzmantel, von einer Parfümwolke umgeben, und ein brünetter Mann in einem hellen Mantel. Sie sprachen italienisch miteinander, sagten irgendetwas Lustiges zueinander, brachen in schallendes Gelächter aus. Tadas schenkten sie nicht die geringste Beachtung, als ob er nur ein Gespenst der Vergangenheit wäre. Als sie in einen weißen Mercedes eingestiegen waren, überdeckten die Erinnerungen wie eine Glasmalerei das Bild der Gegenwart.

In Tadas' Kindheit war das Haus von älteren Polinnen und russischen Trinkern bewohnt. Es gab auch einige litauische Familien und einen jüdischen Schneider, bei dem nicht weniger noble Damen ein und aus gingen als die eben gesehene Italienerin. Alle lebten sie in Eintracht wie eine Sekte. Die Nachbarn im Erdgeschoss beobachteten einander durch die Fenster, im ersten

Stock lief ein offener Korridor am Innenhof entlang, von dem aus man ausschnüffeln konnte, wer wie wohnte. Vor Weihnachten legten alle Bewohner zwischen den zwei Fensterscheiben schneeweiße Watte verziert mit Glitter und kunstvoll arrangiertem Weihnachtsschmuck aus.

Vor Ostern wurde die Neujahrssymbolik durch Papierblumen oder farbige Holzeier ersetzt. Zu Beginn des Sommers entfernten die Ordentlichen die Watte, und bei denen, die sie liegen ließen, wurde sie bis zum Ende des Jahres vom Ruß ganz schwarz. Der kleine Tadas stellte sich vor, dass zwischen den Fensterscheiben die Leichen schwarzer Katzen lägen. Das Haus wurde mit Kachelöfen geheizt, und seitdem schien für Tadas ein Haus, in dem kein lebendiges Feuer war, völlig unbrauchbar.

Im Herbst bildete sich im Innenhof ein riesiger Kohlehaufen, der bis zum Frühling wie Schnee dahinschmolz. Außerdem wurde hier Wäsche zum Trocknen aufgehängt, die man sich als Segel von Schiffen vorstellen konnte. Für die Kinder war Platz genug da, aber Tadas interessierte sich nicht für Spiele. Stand doch auf der anderen Seite der Straße die orthodoxe Heiliggeistkirche. Und in deren Keller waren die Drei Märtyrer beerdigt. Genau mit denen begann alles.

Tadas war fünf, als er eines Junimorgens auf der anderen Seite der Straße einen Haufen laut redender Leute entdeckte. Durch ein weites Tor strömten sie in einen geheimnisvollen Hof, in den der Junge noch nie einen Fuß gesetzt hatte. Die Glocken begannen zu läuten, und als hörte er zum ersten Mal ihren einladenden Klang, huschte der Junge über die Straße, mischte sich unter die Erwachsenen und wurde wie von einem Strom fortgetragen, in die Kirche.

Hier war es unbeschreiblich hell, alles glänzte golden, und über den Köpfen der Menschen hingen duftende Rauchschwaden. Am meisten beeindruckten ihn jedoch die Gesänge mit dem immer wieder gesungenen *Gospodi, Gospodi, Gospodi,* als ob die Versammelten aus voller Kehle, aus den Tiefen der Seele jemanden riefen, der sich im Wald verirrt hatte und nicht mehr zurückkehrte.

Die Menge bewegte sich langsam vorwärts, der eine Strom stieg hinab in den Keller, der andere kam wieder herauf, fast alle wischten sich Tränen ab. Tadas hatte Angst, dass da unten etwas Fürchterliches geschah, doch andererseits konnte er seine Neugier nicht im Zaum halten, was es wohl sein mochte, das dort unten sogar die Erwachsenen zum Weinen brachte. Im letzten Moment versuchte er sich aus dem Staub zu machen, doch da gab es schon kein Zurück mehr.

Eine große schweißige Hand ergriff die seine und zog ihn hinab in den Keller. Derselbe Mann hob den Jungen über die Köpfe der anderen, und da erblickte er eine Glaskiste, in der eng nebeneinander drei Körper in goldbestickten Kleidern lagen. Ihre Gesichter waren von Samtschleiern mit silbernen Quasten bedeckt, die Hände waren auch nicht zu sehen, und die Füße in Schühchen, hübsch wie die von Ballerinen, schienen unglaublich klein, fast wie die von Puppen. Die Menschen gingen im Halbkreis um den Glassarg herum, bekreuzigten sich und beteten halblaut. Seit damals waren die Überreste aus der Kellerkapelle längst an die Oberfläche gebracht worden, zur Besichtigung durch die Öffentlichkeit. Für Tadas kam das der barbarischen Vernichtung des Wesens des großen Geheimnisses gleich.

Damals eilte Tadas wie auf Flügeln nach Hause, erschüttert und bezaubert. Er begann sofort seine Mutter mit Fragen über das Gesehene zu plagen. Sie erklärte ihm lakonisch, im Glassarg lägen die Reliquien von Märtyrern, aber das Kind verstand weder das eine noch das andere Wort. Die Mutter erklärte ihm ihre Bedeutung, doch sonst konnte sie nichts Interessantes mehr erzählen. Tadas reichte das völlig. Er verkündete entschieden: »Ich will ein Märtyrer werden. Was muss ich tun, um als Erwachsener ein Märtyrer zu werden?«

Mutter befahl ihm, keine solchen Dummheiten zu reden, doch in Tadas rankte sich hartnäckig, wie eine Kletterpflanze, dieser seltsame Wunsch hoch. Die Idee des Märtyrertums ließ ihn auch später nicht los. Sogar heute noch, danach gefragt, was denn sein größter Wunsch im Leben sei, würde er antworten: »Ein Märtyrer zu sein.«

Seit jenem denkwürdigen Tag besaß die orthodoxe Kirche eine unwiderstehliche Anziehungskraft für Tadas. Bei jeder Gelegenheit rannte er auf die andere Straßenseite, und wenn er durch das hohe Tor getreten war, fühlte er sich wie im Märchen, in dem er ewig verweilen wollte. Es dauerte nicht lange, und der Junge wurde von den Bewohnern des Heiliggeistklosters, den regelmäßigen Besuchern der Kirche und den Leuten, die sich für eine gewisse Zeit aus Russland hierher verirrt hatten, sowie einigen der Käuze, ohne die kein Heiligtum auskommt, bemerkt. Letztere nannten Mutter und Vater verächtlich *Jurodiwen* (Schwachsinnige) und bemühten sich, in dieses Wort möglichst viel Ekel zu legen. Zum Schrecken seiner Erzeuger begann Tadas immer öfter zu sagen: »Ich will ein *Jurodiwe* werden. Wenn ich groß bin, werde ich *Jurodiwe*.«

Oft dachte er darüber nach, welches Schicksal besser sei – das des *Mutschenik* (Märtyrers) oder das des *Jurodiwen*, doch schließlich entschied er, dass beide Dinge vereinbar seien, denn einige der Schwachsinnigen, die sich immer bei der Kirche herumtrieben, waren verwundet, einer von ihnen hatte statt Beinen nur Stümpfe, dem anderen fehlte das linke Auge, und der dritte hatte tiefe, nicht heilende Schwären an den Händen, in die jeder X-Beliebige seinen Zeigefinger stecken konnte.

Der kleine Tadas fand schon bald die Geschichte der Drei Märtyrer Antonius, Johannes und Eustachius heraus. Er sah die heilige Eiche im Forst der Perkūnas-Anbeter ganz deutlich vor sich, an deren Ästen die drei Gerechten gehenkt worden waren, die das Christentum gewählt hatten. Immer wieder dachte er daran, wie Eustachius mit glutheißen Metallstäben versengt und mit eiskaltem Wasser getränkt wurde in der beißenden Kälte des Winters. Er versuchte sich die Schmerzen vorzustellen, die man erduldet, wenn einem die Haare mitsamt der Haut vom Kopf gerissen und einem vom Fußgelenk bis zum Knie die Knochen zertrümmert werden.

Die vor mehr als sechshundert Jahren erlittene Qual des Eustachius war noch heute sichtbar: an seinen ausgerenkten Füßen mussten die Ballettschühchen mit speziellen feinen Schnüren festgebunden werden. Die Drei Märtyrer wurden vor den hohen Feiertagen umgezogen, sie hatten rote, violette und schwarze Kleider und Schuhwerk von entsprechender Farbe. Tadas hätte viel dafür gegeben, Umkleider der Märtyrer zu werden. Noch mehr jedoch wünschte er sich, irgendwann einmal selbst zum Heiligen zu werden.

Seinen Eltern sagte er nichts von diesem Wunsch, er bettelte nur dauernd um ein paar Kopeken für die dünnen Wachskerzen, und wenn er sie nicht guten Willens bekam, dann stibitzte er sie aus Jacken-, Mantel- und Handtaschen. Zum Glück gab es zu Hause Nachwuchs in Form des jüngeren Bruders Pranas, der schon damals die ungeteilte Aufmerksamkeit der Umwelt zu erobern verstand.

In Tadas' Leben begann die orthodoxe Kirche langsam sein Zuhause zu ersetzen, die Matuschkas, alte Frauen mit Kopftüchern und schwarzen langen Röcken, seine Mutter, Vater Pjotr und die anderen Batjuschkas, bärtige Männer in Gewändern bis zum Boden und lustigen Hüten, die aussahen wie eine in der Mitte durchgeschnittene Frikadelle, seinen Vater. Die Hauptbeschützer des kleinen Tadas aber waren die Engel und Erzengel: Michael und Raphael, die Tag und Nacht in der Eingangshalle der orthodoxen Kirche warteten, und noch sieben andere, die hoch oben in der himmelblauen Kuppel des Gotteshauses schwebten.

Über die Engel und Erzengel wusste Tadas eine ganze Menge atemberaubender Dinge. Mit der Zeit wich der Wunsch, ein *Mutschenik* oder ein *Jurodiwe* oder ein Heiliger zu werden (das alles kam ihm noch viel zu menschlich vor) dem Verlangen, in die Schar der Engel einzugehen. Er blickte in den Spiegel und sah sich mit einem hellblauen Gewand, mit einem Heiligenschein und mächtigen weißen Flügeln. Für diesen unverschämten Wunsch wurde er fürchterlich bestraft.

Tadas hatte gerade seinen siebten Geburtstag gefeiert und würde in einem Monat, im September, die erste Klasse besuchen. Es geschah an einem lieblichen, angenehmen und warmen Augusttag. Schon seit einiger Zeit beobachtete der Junge einen um die Kirche herumstreichenden und auf dem Bänkchen unter den Bäumen sitzenden hochgewachsenen Mann mit braunem Bart, der nicht einmal an den heißesten Tagen seinen zerknitterten Regenmantel ablegte oder den Hut abnahm. Er war kein *Jurodiwe* und sprach Litauisch. Ein paar Mal hatte er den Jungen zu sich gerufen, ihm ein paar Bonbons gegeben und immer danach gefragt, was er, ein kleiner Litauer, denn hier mache.

Tadas antwortete, dass er hier spiele. Seine Spiele waren in der Tat sehr seltsam. Er versteckte sich in der hintersten Ecke des Hofes und stellte sich bald vor, ein *Jurodiwe* zu sein, bald ein *Mutschenik*, bald ein Heiliger, doch meistens verwandelte er sich in einen Engel.

Wovon er seiner Mutter, seinem Vater, seinem Bruder, den Matuschkas oder den Batjuschkas nicht ein einziges Mal erzählt hatte, davon erzählte Tadas dem Fremden. Deshalb lud ihn dieser zu sich nach Hause ein, um Bücher mit Bildern von Engeln anzuschauen. Und dann zu fliegen. Er kenne ein geheimes Flugrezept. Das Kind willigte freudig ein, obwohl die Mutter ihm verboten hatte, mit Fremden mitzugehen.

Der Braunbart wohnte nicht weit weg. Seine Wohnung war klein, ein einziges Zimmer voller alter Möbel, Bücher und einer Unmenge verstaubtem Krimskrams. Der Mann legte, ohne den Mantel auszuziehen oder den Hut abzunehmen, eine Schallplatte auf, und es erklang eine reine Knabenstimme.

»Gefällt es dir?«, fragte er Tadas.

»Hm …«, sagte der, ohne besonders entzückt zu sein, und fing schon an, sein Herkommen zu bedauern.

»Robertino Loretti, singt wie ein Engel, nicht wahr?«, murmelte der Braunbart wie zu sich selbst, schlug ein Buch auf, das stark nach Schimmel roch, und zeigte Tadas ein Gemälde mit vielen nackten fetten Engelchen darauf. »Findest du das schön, mein Kleiner? Wenn du ein Engel bist, dann müsste auch dein Pimmelchen so sein wie das da. Willst du es mir vielleicht zeigen?«

Tadas erschrak. Er stand auf und wollte zur Tür gehen, doch der Alte hielt ihn zurück und setzte ihn wieder auf das zerdrückte Sofa mit dem kirschfarbenen Plüschbezug.

»Warte, ich bring dir wenigstens ein Glas Limonade.«

Er ging in die Küche und kam gleich darauf mit einem Glas Wasser mit Konfitüre wieder zurück. Tadas hasste solches Gebräu, doch er wollte nicht unhöflich sein und möglichst schnell hier raus, also trank er die scheußlich schmeckende Flüssigkeit ganz aus.

»Engelchen, brauchst du vielleicht Geld? Kopekchen für die Kerzchen, für die Heiligenbildchen? Das Onkelchen könnte dir etwas geben, wenn du ein guter Junge wärst«, sprach der Alte, aus dessen Mund es immer scheußlicher nach Putzeimer stank.

»Nein, brauch ich nicht«, erwiderte Tadas streng, da man ihm beigebracht hatte, dass Betteln und um Geld Bitten äußerst unanständig war. »Ich will nach Hause.«

»Bleib doch noch ein wenig, warum hast du's so eilig«, sagte der Mann, setzte sich neben das Kind und legte ihm seine blasse Hand mit den hervorstehenden blauen Adern auf das Knie. »Ich habe dem Getränk Engelselixier beigemischt. Gleich wachsen dir Flügel und du kannst fliegen.«

Tadas konnte die Augen schon nicht mehr offen halten. Er hob und senkte noch ein paarmal schläfrig den Kopf und schlief dann ein. Während er schlief, spürte er, wie er sich in die Lüfte erhob und flog. Ein paarmal wäre er fast erwacht und spürte, dass er nackt war. Doch dann versank er wieder in Schlaf, schwer wie eine purpurne Wolke. Direkt vor seinen Augenlidern leuchtete etwas auf, vielleicht blitzte es auch. Er spürte seinen Körper überhaupt nicht mehr, war schwerelos wie ein Engel.

Er erwachte auf demselben kirschfarbenen Sofa. Es war absolut still. Der Alte saß in einem Lehnsessel und las die Zeitung. Er trug nicht mehr den Regenmantel, sondern einen abgetragenen alten Morgenmantel. Der Hut lag auf einem Stapel Bücher, neben einem alten Fotoapparat. Die Glatze des Braunbarts glänzte in den durch das Fenster einfallenden Sonnenstrahlen. Tadas setzte sich auf und stieß einen Schmerzensschrei aus.

Als der Alte bemerkte, dass das Kind sich bewegte, ließ er die Zeitung sinken und sagte mit ekelhaft süßer Stimme: »Ach, mein Engelchen ist aufgewacht? Du hast tief geschlafen. So geht

einem das immer nach dem Fliegen. Falls dir das Köpfchen wehtut, dann macht das nichts. Die Engelchen leiden, wenn sie auf
der Erde landen. Und falls das Arschlöchlein wehtut, dann sag
deiner Mutti nichts davon. Und auch Vati nicht. Sie wollen doch
nicht, dass du ein Engel bist. Sonst kommen sie noch auf die
Idee, sich beim Onkel Milizionär zu beklagen. Findest du den
Weg nach Hause selbst? Soll ich dich vielleicht begleiten?«

»Nein, ich finde den Weg selbst. Ich bin schon groß«, sagte das
Kind.

Tadas öffnete die Tür und ging hinaus. Er hatte nicht nur
Kopfschmerzen, ihm war auch noch schwindlig. Auch die Kör-
perstelle, die der Alte erwähnt hatte, tat ihm weh. Wahrscheinlich vom Fliegen. Er ging langsam in Richtung Zuhause, doch als
er am Eingang zu seinem Innenhof ankam, überquerte er plötzlich die Straße und lief in die Kirche. Auf der Schwelle hielt er an
und warf einen Blick auf das Bild der Drei Märtyrer. Aus irgendeinem Grund meinte er, gerade das Martyrium erlitten zu haben, von dem er, ohne etwas davon zu verstehen, so oft geträumt
hatte.

»Mein Junge, du hast das Hemd verkehrt herum an«, sagte
eine Frau im Vorbeigehen.

Das stimmte, obwohl es ihm seine Mutter am Morgen richtig
herum angezogen hatte. Er trat ein. Das Gesicht von Michael
war sehr besorgt, das von Raphael äußerst traurig. Den Engeln
gefiel Tadas' Flug nicht. Das Kind ging ganz nach drinnen. Dort
war es leer. Vom Echo seiner eigenen Schritte begleitet ging er
weiter, bis er unter der Kuppel stand. Er warf den Kopf in den
Nacken. Dort oben in den Höhen standen die sieben im Kreis:
Michael, Gabriel, Raphael, Uriel, Selaphiel, Jehudiel, Barachiel
und Jeremiel.

Plötzlich begann sich die Kuppel im Kreis zu drehen. Sie
drehte sich immer schneller und schneller, wie ein Karussell.
Die klaren Farben verschmolzen zu einem einheitlichen schwarzen Schwall. Die Kuppel senkte sich und begann immer mehr
einem Gummistöpsel zu ähneln, einem schrecklichen Werkzeug
an einem Holzstiel, mit dem Mutter das Klo oder das Wasch-

becken freipumpte. Der Stöpsel kam ganz nahe, bedeckte das Kind und presste es gegen den Boden. Es bekam keine Luft mehr. Es stank nach Gummi. Man hörte das Pumpgeräusch: schlup, schlup, schlup.

Tadas wurde eingesaugt, wie ein verklebter Haarpfropfen, der das Waschbecken verstopft hatte, oder eine Zeitung mit Scheiße aus dem Klo, abgeschüttelt und weggeschmissen. Als er auf den Boden aufprallte, verletzte er sich schmerzvoll am Kopf. Er verlor das Bewusstsein.

Er kam erst zu Hause wieder zu sich, in seinem Bettchen. Neben ihm standen Mutter und Vater. Tadas lächelte ihnen müde zu und versank wieder in bedrückendem Vergessen. Jedes Mal, kaum hatte er die Augen geöffnet, wurde er gefragt, was denn passiert sei. Er erinnerte sich an nichts. Weder an den Braunbart noch an das Fliegen mit den Engeln noch an die schwarze Kuppel-Pumpe.

In jenem Jahr ging er nicht mehr in die erste Klasse. Er war krank. Und als er wieder gesund war, erinnerte er sich trotzdem nicht daran, was an jenem schicksalhaften Tag geschehen war. In die orthodoxe Kirche durfte Tadas keinen Fuß mehr setzen. Als er sie nach vielen Jahren wieder betrat, wurde er beim Anblick von Michael und Raphael das Gefühl nicht los, dass die Erzengel ein großes Geheimnis hüteten. Welches? Dasselbe, das er selbst sein ganzes Leben lang vor sich verbarg.

Erst kürzlich hatte Maksas Tadas mit einem Psychoanalytiker bekannt gemacht. Sie trafen sich in einer Kneipe. Nicht zum Zweck der Beratung, sondern um einfach so miteinander zu schwatzen. Zuerst hatte Maksas sogar den Beruf des beleibten Brillenträgers verheimlicht und ihn Tadas als Kollegen vom Fernsehen vorgestellt. Sie hatten eine gute halbe Stunde über Nichtigkeiten geplaudert, doch dann fragte der Brillenträger plötzlich: »Wovor habt ihr zwei Brüder denn am meisten Angst?«

»Vor einer schweren Krankheit. Krebs oder Aids«, sagte Maksas und fügte nach kurzem Nachdenken hinzu: »Und ich fürchte mich vor der Einsamkeit. Vor so einer, wenn wirklich niemand mehr dich braucht. Und dann noch vor dem Tod. Mir scheint, dass alle lügen, die behaupten, sie hätten keine Angst vor dem Sterben.«

»Ich habe keine Angst vor dem Tod. Auch vor der Einsamkeit nicht. Am meisten fürchte ich mich davor, durchzudrehen«, sagte Tadas.

»Wirklich?«, erwiderte der Bebrillte interessiert. »Und was meinst du, welches Geheimnis hütet dein Verstand so tief in dir drin, dass du dich davor fürchtest, auch nur eine Sekunde die Kontrolle zu verlieren?«

»Ich weiß nicht«, brummte Tadas finster.

»Maksas sagte mir schon, dass du keinen Alkohol trinkst. Du willst dich auf keinen Fall betrinken, nur damit das Geheimnis aus der Kindheit ja nicht ans Tageslicht kommt.«

»Was für ein Kindergeheimnis? Wovon redest du?«

»Du musst doch besser wissen, was das für ein Geheimnis ist. Ein traumatisches Erlebnis vielleicht. Eine Erschütterung. Irgendein fürchterliches Ereignis. Nichtigkeiten würdest du kaum so verheimlichen. Was für Träume quälen dich denn am meisten?«

»Jemand verfolgt mich in der Dunkelheit, und ich weiß, dass er bei Licht von mir ablassen würde. Doch ich drücke den Lichtschalter und der funktioniert nicht. Oder ich renne vor einem unbekannten, aber furchterregenden Feind davon, verstecke mich vor ihm in einer riesigen Fabrik, wie man sie manchmal in Thrillern sieht. Ich fahre mit dem Lift nach unten, bebend vor Angst, dass ich, wenn die Tür aufgeht, dem Verfolger Auge in Auge gegenüberstehe. Manchmal findet die Handlung bei mir zu Hause statt, mit immer neuen Zimmern, von denen ich nie gedacht hätte, dass es sie gibt. Schließlich verstecke ich mich in einem engen, stickigen Loch und zittere vor Angst, denn ich weiß, dass ich, falls ich gefunden werde – dass das mein Ende bedeutet. Ich bin schuldig, denn ich kenne ein großes Geheimnis, vielleicht bin ich auch durch Zufall Zeuge eines schrecklichen Verbrechens geworden.«

»So etwas habe ich mir schon gedacht. Du musst dich an dieses Gehcimnis erinnern. Dann fällt dir das Leben sofort leichter. Ich schlage eine Psychoanalyse vor. Du wirst sehen, wie sich alles wieder einrenkt. Übrigens, Kumpel, ich glaube nicht, dass du deine Einsamkeit so leicht erträgst. Du solltest dir eine Frau suchen. Dann könntet du regelmäßig vögeln. Guter Sex entspannt bei Dauerstress. Hast du etwa auch Angst vor dem Orgasmus, bei dem man ja auch für einen Augenblick die Selbstkontrolle verliert?«

»Nein, hab ich nicht!«, entgegnete Tadas wütend. Er hatte nicht die geringste Lust, das Gespräch fortzusetzen.

Er stand auf, warf dabei den Stuhl um und rannte aus der Kneipe. Zu Hause angekommen, fühlte er sich den ganzen Tag unbehaglich, als ob er jemandem etwas angetan hätte. Wem und was? Ja, er mochte sich tatsächlich nicht betrinken, aber das lag nun wirklich nicht an einem ins Unbewusste verdrängten Kindheitstrauma. Alles, was künstlich die Stimmung hob, hielt Tadas für Teufelszeug. Folgte doch auf jedes Schweben der Fall. Der Flug wurde von Schmerz begleitet. Die Menschen um ihn herum lebten auch so schon wie im Rausch.

Tadas wollte nüchtern bleiben. Und er schaffte es. Doch dann tauchte Julija auf. Sie störte seine Ruhe und sein Gleichgewicht. Sie zwang Tadas dazu, die verbotene Grenze zu überschreiten. Und deshalb war sie jetzt tot. Er war nicht schuldig.

Es ROCH nach Fisch. Der Napf mit dem Kabeljauschwanz war zwischen zwei Kunstbänden (Sauka und Bosch) so platziert, dass ihn die Katze erreichen konnte, die schon den zweiten Tag auf dem obersten Bücherbord hockte. Als ob sie, wenn sie Lust auf etwas zu fressen hätte, nicht herabspringen und mit lautlosen Schritten in die Küche trippeln könnte, zum gewohnten Platz, zum hellblauen Untersatz.

Aber Bastet, die sich selbst zu Ehren einer altägyptischen Dynastie auch Bubastis nannte, wollte nicht fressen. Sie lag da und dachte über die neuesten Ereignisse nach. Über all das, was in der Nacht geschehen war, als sich die Fremden nach Hause aufgemacht hatten. Denn die endlich eingetretene Ruhe war nur von kurzer Dauer. Als die Zeit zum Schlafen kam, rollte sie sich zuerst zu Füßen der In-Besitz-Genommenen ein und später neben ihrem Kopf. Doch plötzlich vernahm sie einen imitierten Vogelruf. So pflegten die vor der Tür Stehenden mitzuteilen, dass man sie einlassen möge. Es kam der, den Bubastis nicht mochte. Sie hatte schon von Anfang an begriffen, dass er unter seinem Gewand Verderben barg. Und nun würde er es hervorziehen und damit die In-Besitz-Genommene überschütten wie mit Eiswasser. Er würde sie ertränken. Umbringen. Ermorden.

Da sie nicht mit eigenen Augen mit ansehen wollte, was gleich passieren musste, verkroch sich Bubastis unter das Bett. Dort wartete sie geduldig, bis die zwei da oben mit dem Bespringen fertig waren. Dieses Wort verwendeten die Zweibeiner meist in Bezug auf Katzen, Hunde und andere Vierbeiner, während sie ihren Verkehr »sich lieben« nannten. Aber das, was die da oben hier und jetzt miteinander taten, roch nicht im Entferntesten nach Liebe. Den Duft dieses süßen Gefühls konnte Bubastis ohne jeden Zweifel erkennen. Und außerdem war doch längst bekannt, dass es echte Liebe nur zwischen Katze und Mensch geben konnte. Nur in diesem Falle kommt auf Katzenpfötchen die perfekte Harmonie angeschlichen.

Als sie fertig waren, wurde die Katze unruhig. In so vielen Jahrhunderten und nach so vielen Reinkarnationen hatte sie sich immer noch nicht an den Gast gewöhnt, den sie als Erste mit Pelz und Seele spürte, wenn die Zweibeiner sich noch sorglos des Lebens erfreuten. Bastet sah schon seit einer ganzen Woche Spuren von Gevatter Tod in jeder Ecke des Zimmers, unter dem Bett, auf den Tischen, den Fenstersimsen und in der Blumentopferde. Das gnadenlose Flüstern des Sensenmanns durchdrang die Stille und das Ticken der Uhr. Bubastis wusste, dass er diejenige fortholen würde, die sich selbst als Herrin der Katze bezeichnete, die aber in Wirklichkeit nur Dienerin, In-Besitz-Genommene, Gezähmte war.

Bastet blieb in ihrem Versteck und wartete, bis der Mensch

verschwand, gegen den sie eine so tiefe Abneigung hegte. Als sie einen kurzen, aber ohrenbetäubenden Knall hörte, fuhr sie zusammen und duckte sich. Sie zählte bis dreihundert und war dann bereit für die Abschiedszeremonie.

Sie trippelte zur In-Besitz-Genommenen, nun schon Verlorenen, leckte mit ihrer rosaroten Zunge sanft die nackten, erkaltenden Füße, nahm vorsichtig einen lauwarmen Zeh zwischen die Zähne, sprang auf die Knie der Frau, stellte sich auf die Hinterbeine und berührte mit der Nase ihre Nasenspitze. So weckte Bastet jeden Morgen die Gezähmte, angenehm und warm, obgleich sie wusste: mit ebendiesem Ritual würde sie sie auch in den Schoß des Todes begleiten.

Als sie alles so erledigt hatte, wie es sich für Katzen gehörte, stimmte Bubastis einen kurzen, aber herzzerreißenden Trauergesang an. Dann ging sie zu den Mantras über, damit die Gezähmte, jetzt schon Sich-Entwöhnende, unter den schwarzen Schwingen des Todes keine Angst hätte: *Maurrr Ourrr Maurrr Ourrr Maurrr Ourrr* ...

So betete sie gute zwei Stunden lang. Gegen Morgen versammelten sich in Bastets Heim nach und nach immer mehr Fremde. Die Katze tat so, als ob sie nicht verstünde, was hier vor sich ging. Sollten doch die Menschen glauben, dass die Trauer allein ihre Sache sei. Damit niemand sie zu berühren, zu streicheln, zu trösten oder sich mit idiotischen Lauten – wie zum Beispiel »miez miez miez« – bei ihr einzuschmeicheln versuchte, stieg die Katze aufs oberste Bücherbord. Hier konnte sie niemand erreichen. Aus der Höhe beobachtete sie das Durcheinander der Menschen, hin und wieder betete sie für die Gezähmte, die sie immer noch so und nur so nennen wollte. Zwischendurch meditierte sie. Sie wünschte sich sehnlich, dass die Fremden so schnell wie möglich verschwänden.

Sie verschwanden nur für kurze Zeit. Dann versammelten sie sich von neuem. Unbekannte Zweibeiner liefen geschäftig in der Wohnung herum. Fremde taten den Sachen der Verlorenen, die ein Schweigegelübde abgelegt hatten, Gewalt an, wühlten in ihren Notizbüchlein, Briefen, Heften, in denen die Bedeutungen der Tarot-Karten und Sternenkonstellationen aufgelistet waren. Sie versuchten sich in den Computer einzuhacken und Das Buch zu lesen, doch sie fanden das Passwort nicht heraus, das nichts anderes war als ein weiterer fremden Ohren verborgener Name Bastets. Sie quälten sogar das kleine, andauernd grillengleich zirpende Handy der Gezähmten. Alles vergebens. Sie veranstalteten ein Riesendurcheinander, in dem man jede Spur verlieren konnte, nur keine finden.

Auf dem Tischchen, wo auch Bastets Krallen ihre Linien eingekerbt hatten, lag noch immer ein Stapel Tarot-Karten. Nach dem Tod der Verlorenen hatte sie seltsamerweise niemand in die Hand genommen. Man hätte nur diese Bilder der Weisheit, deren geheime Symbole wie Bastet aus dem alten Ägypten stammten, in fünf Reihen auslegen müssen. Und schon hätte man die Antwort, wer der Gezähmten das Urteil verkündet und wer es vollstreckt hatte.

Jeder der fremden Zweibeiner bemühte sich, Bastet zu überreden, wenigstens einen einzigen Bissen zu fressen. Einer bot ihr sogar ein wenig Schinken von seinem eigenen Sandwich an, doch die Katze lehnte alles ab. Sie fastete und wollte so die unter der Decke schwebende Gezähmte beruhigen. Wie im Leben so im Tod. Wer hätte sie denn noch trösten können außer der Katze?

Die schwierigste Zeit für den Verstorbenen sind die ersten drei Tage und Nächte als Neuling. Diesen ganzen Zeitraum über würde Bastet kein Futter anrühren und auch ihre rotbraune Zunge mit keinem einzigen Tröpfchen Wasser netzen. Obwohl die Katzen, ehrlich gesagt, auch ganz ohne die ihnen vom Menschen servierten derben Speisen auskommen und nur von Astralen, Elementalen und der subtilen Energie der Dinge leben könnten. Weil nun aber in der Welt der Menschen, in die sich die Katzen infiltriert hatten, alles auf Rechten und Pflichten beruhte, mussten sie sich damit abfinden.

Viele der von Katzen In-Besitz-Genommenen meinten, sie hätten das Recht, ihr Tier zu streicheln, zu necken, zum Miauen zu bringen, am Schwanz zu ziehen, ja sogar sanft zu quälen, wenn sie selbst die Pflicht übernahmen, sie mit Futter zu versorgen. Zum Napf liefen die Katzen nur, weil das Drängen zum Futtertrog eine der Hauptregeln des Menschseins war. Ihre Überlegenheit wollte Bastet auch nicht in den kleinsten Details durchschimmern lassen, sie war ja von der Hierarchie als alte und reife Seele anerkannt worden. Mit den Menschen spielte sie wie mit Kindern, erfüllt von der Nachsicht eines Beschützers gegenüber den einfältigeren Brüdern und Schwestern.

Die Menschen haben einen schwachen Willen. Sie können nicht anders leben, als mit Peitschenhieben einem nur in ihrer Vorstellung existierenden Stück Zuckerbrot hinterhergetrieben zu werden. Deshalb musste sie zu den Zweibeinern anhänglich, einfühlsam, behütend sein und sie immer wieder aus ausweglosen Situationen befreien. Durch Anwendung ihrer einzigartigen Katzenmethoden im Umgang mit den Menschen hatte Bastet im Laufe ihrer langen Existenz in den vergangenen Leben so manchem in den Alkohol geflüchteten, von allem enttäuschten oder selbstmordreifen Unglücksraben geholfen.

Die Katze zerstreute auch die Traurigkeit der In-Besitz-Genommenen, stopfte die Risse im Wesen der Gezähmten, durch die kalte Winde der Einsamkeit pfiffen, und gab der Seele der Frau, die wie ein Schiff ins Wanken geraten war, das Gleichgewicht zurück. Das jedoch, was schließlich geschah, lag schon nicht mehr in ihrer Macht.

Bastet wurde seit über dreitausend Jahren, seit der Zeit Ramses des Großen, immer als Katze wiedergeboren. Auch wenn sie zum x-ten Mal gestorben war, wählte sie vor dem Hohen Gericht immer dieselbe Verkörperung als Katze. Sogar wenn ihr das möglich gewesen wäre, hätte sie nie im Leben daran gedacht, ein Mensch zu werden. Die Fähigkeit zu lachen reizte sie nicht (da sie ja geheimnisvoll lächeln konnte), sie hatte keine Lust auf unnötige Emotionen (die waren auch von Buddha als schädlich bezeichnet worden, der in den heiligen Schriften mit dem ehrenvollen Beinamen »Löwe« aus dem Geschlecht der Katzen versehen worden war), sie träumte nicht davon, in Worten sprechen zu können. Mit lakonischem Miauen drückte sie eine Unmenge

Erfahrungen und Einsichten aus, die die Menschen in Begriffen und Worten, Worten, Worten ertränkten.

Wenn sie nicht von den Spielen für Zweibeiner, illusorischer Nähe und scheinbarer Seelenverwandtschaft in Anspruch genommen war (welche Gemeinsamkeiten zwischen zwei so verschiedenen Naturen – dem *Grobschlächtigen Menschen* und der *Subtilen Katze* – kann es schon geben), meditierte Bastet. Ignatius von Loyola und Milarepa hätten die Katzen um ihre tiefsten Einsichten beneiden können. Nach einem Blick auf die Bewegung ihrer Seele wäre jeder Derwisch vor Scham errötet, denn er hätte begreifen müssen, dass er sich umsonst tanzend um die eigene Achse drehte, er besaß schließlich keinen Schwanz, dessen Ende er nachjagen könnte. Die wie Statuen erstarrten Zen-Buddhisten und die blitzschnellen Shaolin-Mönche hätten nicht die geringste Chance gegen Bastet. Die Katze kam der Vollkommenheit in jedem ihrer kurzen Leben immer näher und beobachtete voller Mitgefühl, sanft wie ihr Pelz, den Fall des Menschengeschlechts.

In diesen Tagen waren die Meditationen der Katze zusätzlich von tiefer Traurigkeit erfüllt. Der Gram, der einem niemals blinzelnden Fischauge glich, war vielleicht sogar zu groß. Über eines aber freute sich Bubastis: ihrer Gezähmten-In-Besitz-Genommenen-Verlorenen würde sich jetzt endlich die echte Welt eröffnen, ohne menschliches Durcheinander, Leere und nochmals Leere und Illusionen wie zerknitterte Schleier.

HELL SCHIEN die Januarsonne. Die Luft war kalt und klar wie in den Bergen. Julija konnte fliegen, wohin immer sie wollte, am meisten aber zog es sie nach Hause. Die Gewohnheit, am großen, die ganze Wand einnehmenden Fenster zu träumen, erwies sich als stärker als der Tod. Als sie noch am Leben war, hatte sie oft stundenlang dort gestanden und die Stadt Vilnius betrachtet, war in Gedanken von Kirche zu Kirche geschwebt, von Zwiebelturm zu Zwiebelturm, und hatte zugehört, wie sich die existierenden und nicht mehr existierenden Synagogen in das Ge-

spräch der Gotteshäuser einflochten, bedauer
Landschaft der Vertikalen die Minarette fehl'
von Turm zu Turm gesprungen, gerade so wi
Himmel und Hölle gespielt hatte, mit einem
sieben Quadraten bestehende Kreidezeichr
hüpft war: Wer das Steinchen am weitesten wai ,
hüpfte und es, ohne das Gleichgewicht zu verlieren, zu.
brachte, der hatte gewonnen.

Jetzt war das Spiel ein ganz anderes. Julija brauchte nur in
Gedanken den Wunsch auszudrücken, und das Panorama von
Vilnius verschwand. Sie konnte mit ihrem Blick oder ihren Ge-
danken die Stadtlandschaft hochziehen wie einen Bühnenvor-
hang mit sorgfältig aufgemalten Kirchtürmen, orangefarbenen
Ziegeldächern, kahlen Bäumen und einem Himmel mit gelber
Sonnenscheibe. Wenn der Vorhang oben verschwunden war, sah
Julija das absolute Nichts, an das sie sich noch immer nicht ge-
wöhnen konnte. Es zog sie weiterhin zu bekannten, lieb gewon-
nenen, vertrauten Dingen.

Auch anderes hatte sich wesentlich verändert. Tag und Nacht
waren zu einem verschmolzen. Statt Dunkelheit oder Licht verbreiteten jetzt beide Tageszeiten einen gelblichen Schimmer.
Und das Zeitgefühl war nicht mehr dasselbe. Sekunden zogen
sich in die Länge und wurden zu Stunden, während ein halber
Tag wie eine Minute vorbeiraste. Den Rhythmus, nach dem die
auf der anderen Seite der Todesschwelle Zurückgebliebenen lebten, konnte Julija nur erfassen, indem sie bei einem ihrer früheren Bekannten vorbeischaute und dort einen Blick auf den Ka-
lender und die Uhr warf.

Die Welt der Lebenden interessierte sie immer weniger. Sie
schenkte auch den Gedanken der Menschen keine Aufmerksamkeit mehr, denn dort hörte sie nichts, was auch nur im Entferntesten mit den Erfahrungen nach dem Tod zu vergleichen wäre.
Julija hatte keine Gefühle mehr für die Lebenden, obwohl die
Gedanken von einigen unter ihnen einen enttäuschen, kränken,
wütend oder sogar rasend machen konnten. Aus der Kakophonie
der alltäglichen Überlegungen begann sie in jedem Menschen

.einen, beinahe vollkommenen Ton herauszuhören. Viel-
.c war das das Schöne, Wahre und Gute, über das der Schutz-
gel gern Reden schwang?

Nicht nur Tag und Nacht verloren die konkreten Konturen.
Ihren physischen Körper hatte Julija gestern zum letzten Mal
gesehen, bevor die Sanitäter ihn in einen schwarzen Leichensack
steckten. Diese sterblichen Überreste interessierten sie nicht
länger. Sie spürte, wie sie langsam das Gefühl der Körperlichkeit
verlor.

Der Raum, in dem Julija nun schwebte, hatte sich seit dem
Augenblick, als sie sich ihres Todes bewusst geworden war, nur
wenig verändert. Erst hatte sie den Anblick mit Wassertropfen
verglichen, die in leuchtendem Öl schwammen, jetzt erinnerte
er sie an auf honigfarbenen Stoff gestickte Bilder. Die Welt erschien ihr wie ein riesiger, an einer unsichtbaren Schnur hän-
gender Wandteppich, durch dessen kleinste Lücken in Kette und
Schuss goldene Strahlen schienen. Der Stoff wurde jetzt gleichmäßig dünner und loser. Das Funkeln des Jenseits dagegen
wurde immer stärker und schwoll zu einer einheitlichen Licht-
substanz an.

Julija dachte immer noch in Worten und Begriffen. Deshalb
bemühte sie sich, alles noch Unerfahrene und Unbenannte, zumindest für sich selbst, möglichst klar zu definieren. Nicht umsonst hatte sie vor ihrem Tod an einem Buch geschrieben und
dabei gelernt, aus den Buchstabengebilden und deren Kombina-
tionen wenigstens ein bisschen Sinn herauszupressen. Beim
Schreiben hatte sie übrigens gespürt, dass die Worte, besonders
die einst sinnreichsten – Gott, Liebe, Hoffnung, Glaube –, sich
abnutzten wie zu lange in Umlauf gewesene Münzen, zerknitterten wie alte Banknoten. Alles hat einen Anfang und ein Ende,
folglich haben auch Begriffe ein Haltbarkeitsdatum.

Jedes Mal, wenn sie in ihr Buch eingetaucht war, hatte sich
Julija davon überzeugt, dass die Sprache keine einheitliche Welt
widerspiegelte, sondern eine zerstückelte, dass sie nur Frag-
mente, Splitter wiederzugeben vermochte. Zwischen den Buchstaben, Silben, Wörtern, Wendungen, Sätzen, Zeilen, Absätzen

existieren unvermeidbare Zwischenräume. Genau wegen dieser schicksalhaften Lücken entstanden die Sprachverwirrungen. Vom Ufer der Toten auf das Leben blickend, verstand sie langsam, wovon die ihr teuren Mystiker sprachen, wenn sie verzweifelt, grimmig oder ekstatisch riefen, dass man die vollkommene, göttliche Einheit nicht in menschliche Worte fassen könne.

Julija dachte an den indischen Heiligen Meher Baba, den sie einst bewundert hatte. Er lebte vor gar nicht so langer Zeit, im vergangenen Jahrhundert, und starb acht Jahre nach Julijas Geburt. Baba fiel von klein auf immer wieder in tiefe Trancezustände, manchmal lag er monatelang bewusstlos da und erzählte nach seiner Rückkehr in den Wachzustand von der Einheit mit Gott und der Glückseligkeit, den Allerhöchsten erkannt zu haben, die man Sata-Chita-Ananda nennt. Aber das war nicht das Wichtigste. Die Jenseitserfahrungen machten ihn so glückselig, dass er nach seiner Rückkehr ins Diesseits von tiefstem Kummer heimgesucht wurde, vor Verzweiflung mit dem Kopf gegen die Wand oder auf den Zementboden schlug, bis ihm davon die Zähne ausfielen.

Ihr Leben lang hatte Julija nie das Gefühl gehabt, ihre Zeit mit sinnlosen Beschäftigungen zu verbringen. Auch im alltäglichen Zeitenlauf hatte es hin und wieder Augenblicke tiefer Einsichten, Klarheit, kurzer Lichtblicke gegeben. Doch früher hatte sie alles nur wie im Spiegel, in rätselhafter Gestalt gesehen, jetzt aber erblickte sie es Auge in Auge. Damals war die Erkenntnis nur eine teilweise gewesen, jetzt war sie eine allumfassende. Leider wurde die Freude über die Erleuchtung von einer gewissen Traurigkeit getrübt: Warum nur sah sie das alles erst im Tod, während sie, als sie noch lebte, auf Mutmaßungen und Ahnungen angewiesen war, so undeutlich und vage, dass sie nicht einmal so viel wert waren wie ein Strohhalm für einen Ertrinkenden?

Warum hatte sie erst nach ihrem Tod begonnen, die unbeschreibliche Schönheit der Welt zu sehen, als ob dies nicht die Phase des Endes, sondern der Entstehung wäre, als ob die ganze Schöpfung, gerade erst erschaffen, ein Fest beginge und in feierlicher Stimmung frohlockte, weil sie sich selbst zum ersten Mal erkannt hatte, als ob ein jedes Molekül, Atom, Quant eine Hymne an die Liebe sänge?!

Im letzten Jahr hatte Julija ein beinahe glückliches Leben zu führen gemeint. Ihren Zustand konnte sie mit erhabenen Worten beschreiben: Ruhe, Harmonie, Gleichgewicht. Vielleicht waren das aber auch nur Rollen gewesen, an die sie geglaubt hatte, um sich vor tiefer Melancholie und Existenzangst zu verbergen. Sie versicherte sich selbst, sie fühle sich hervorragend. Sie machte sich sogar vor, erstaunt zu sein, dass sie ein so einfaches Rezept für Zufriedenheit nicht schon viel früher entdeckt, sondern die längste Zeit ihres bewussten Daseins im Kampf mit sich selbst und anderen zugebracht hatte.

Als sie sich dem schicksalhaften vierzigsten Geburtstag näherte, gab es immer noch eine ganz ansehnliche Anzahl Männer, die planetengleich um die Sonne Julija kreisten. Sie war stolz darauf, dass sie nicht mehr danach trachtete, sie zu besitzen, zu ändern, zu erziehen, die Nichtsnutze (und sich selbst) nicht mehr zu strafen suchte, keine Anstrengungen mehr unternahm, sich bei irgendeinem von ihnen beliebt zu machen. Aus der Perspektive des Todes aber sah es gar nicht so aus, als ob es wirklich Grund für Stolz oder Freude gegeben hätte.

Die Männer hatten in Julijas Leben immer einen wichtigen Platz eingenommen und zweifellos die Mehrheit ihrer Freunde gestellt. Sie mochte die Gesellschaft von Frauen nicht besonders. Wenn sie Lust hatte, ihr Herz auszuschütten, wandte sie sich zu diesem Zweck lieber an einen Schwulen, dessen geschärftes Weltverständnis, dessen Fähigkeit, die geringsten Gefühlsschwankungen zu analysieren, dessen allumfassende, doch nie zu stillende Gier nach Liebe ihr näher standen als die Angelegenheiten ihrer Freundinnen.

Julija fand keinen Gefallen daran, dass unter Frauen gern die letzten Gerüchte diskutiert oder über andere hergezogen wurde. Wenn die anderen über ihre Familien und Männer-Kinder-Enkel plapperten, konnte sie sich nicht beteiligen, denn sie war eingefleischter Single. Sie konnte auch den eifrigen Männerhasserinnen nicht zustimmen, denn sie achtete das starke Geschlecht, mied die Feministinnen und lehnte deren Ansichten ab. Am meisten jedoch verabscheute sie intellektuelle Frauen, die Vorträge über Postmoderne, Strukturalismus oder Hermeneutik hielten.

Ihre eigene Sinnsuche hielt Julija nicht für Philosophie, bezeichnete sie schon eher als Glauben und wiederholte gern, dass sie, als Mann zur Welt gekommen, Priester geworden wäre. Dann würde sie nicht mehr darin behindert, sondern im Gegenteil dazu angespornt, eine Annäherung an die Abstraktion zu versuchen, die man immer noch Gott zu nennen pflegte. Die einzige Frau, mit der sie sich über essentielle Dinge hatte unterhalten können, war ihre Freundin Aurelija, doch die hatte eine Green Card gewonnen und sich nach New York davongemacht, um dort ihr Glück zu versuchen.

Mit Frauen war Julija auch deshalb nicht gern zusammen, weil sie sich da unter Gleichen fühlte, von derselben Rasse, vom selben Blut, von derselben elektrischen Ladung, vom selben magnetischen Pol. Wenn sie mit Evas Töchtern zusammen war, dann fehlten Julija das Kokettieren, der Flirt, die Spannung, die elektrisierende funkensprühende Atmosphäre, die sich einstellte, wenn sie sich in Männergesellschaft befand. Unter Frauen fand sie sich selbst uninteressant. Sie hielt die in ihrer Gesellschaft aufgewendete Energie für vergeudet, die zusammen verbrachte Zeit für nutzlos, wie Wasser, das entgegen seiner Bestimmung zum Gießen des Obstgartens im Wüstensand versickert.

Julija hätte darauf wetten können, dass Frauen untereinander niemals Freundinnen waren, nicht aufrichtig, nicht solidarisch, sondern ganz im Gegenteil neidvolle, hinterlistige, bösartige Intrigantinnen. Natürlich war sie sich selbst nicht ganz treu und verstieß ab und zu gegen ihre verkündeten Regeln: Sie amüsierte sich köstlich auf Junggesellinnenabenden, musste sich vor Lachen den Bauch halten, wenn sie über Dildos, Verhütungsmittel und weibliche Identität schnatterte, kreischte beim Anblick eines Männer-Striptease, schmolz bei intimen Gesprächen »von Herz zu Herz« dahin und ließ die Tränen nur so kullern vor gegenseitigem, gleichförmigem, gleichgerichtetem vaginösem Verständnis.

Sie schlug sich also ab und zu mit der Faust gegen die Brust und behauptete steif und fest: Wenn du als Frau geboren bist, dann bist du vom Schicksal dazu bestimmt, Feministin zu sein. Die restliche Zeit sagte sie mit einem ironischen Lächeln auf den Lippen, sie sei eine verbohrte Maskulinistin, und war sich bewusst, damit die meisten Frauen zu ärgern, dafür aber allen Männern zu gefallen. Mit Lesben hatte sie nichts am Hut, obwohl sich immer wieder benebelte Verehrerinnen fanden, die Julija mit exaltierten Briefchen und von Selbsterniedrigung triefenden Geständnissen quälten.

Wenn sie in Not geriet, rief Julija Männer zu Hilfe, obwohl diese ihr nicht wenig Leid zugefügt hatten. Von einem Mann verraten, blieb ihr, während sie dem Morast der Verzweiflung zu entrinnen versuchte, wie ein Rettungsring immer noch die Erinnerung an schöne und angenehme Dinge, die sie einst der Ertränkende selbst hatte erleben lassen. War sie hingegen von einer Frau in irgendeiner Lappalie verraten worden, dann fühlte sie, wie sich ein Spalt in ihrer Seele auftat, den man weder durch Entschuldigungen noch durch Verzeihen oder Versöhnung wieder schließen konnte. Eine Wunde für die Ewigkeit.

Julija versuchte zu verstehen, warum die Frauen so grausam zueinander sind, und kam zu dem Schluss, es müsse daran liegen, dass jede über die dem ganzen Geschlecht eigene hohe Schmerzschwelle verfügte, dasselbe auch von der anderen wusste und sie deshalb so lange mit Schlägen traktierte, bis diese es nicht mehr aushielt. Julijas wenigen noch verbliebenen Freundinnen gefielen diese Erwägungen natürlich nicht. Und die früheren, die sich entweder auf den Irrwegen des Feminismus vergaloppiert hatten oder zu vom Leben gehetzten Hühnern geworden waren wie Rita, erklärten, Julija wolle sich mit ihren Ansichten bei den Männern beliebt machen, sie sei überhaupt eine Sklavin der Liebe, kleide sich, parfümiere sich, färbe sich die Haare, die Wimpern, die Lippen, tue überhaupt alles nur, um den Männchen zu gefallen.

86

Eine Sklavin der Liebe war Julija vielleicht gewesen, doch jene melodramatische Zeit versank schon in der Vergangenheit und hinterließ viele schöne, sehnsuchtsvolle Erinnerungen. Es hatte eine Epoche in ihrem Leben gegeben, da war sie nicht nur Sklavin, sondern hatte eine Sammlung von Lieblingen, Geliebten, Liebestrunkenen, Verliebten, Liebhabern, Liebenden und auf andere Art von Amor gefesselten Subjekten und katalogisierte alle ihr Eindruck machenden Männer, denen sie begegnete. Doch auch das war vorüber. Die Glut der Leidenschaft war erkaltet. Mit einigen ihrer Freunde schlief sie noch, doch der Sex hatte die Verbindung mit Sünde, Gewissensbissen oder betörendem Sieg in einer Schlacht verloren. Er war einem schmackhaften, sättigenden Mittagessen ähnlich geworden.

Julija war also vor ihrem Tod mit dem Leben zufrieden gewesen und hätte mit jedem um alles in der Welt gewettet, dass eine Frau mit vierzig ihre beste Zeit durchlebte. Während sie sich ihrer selbst erfreute, dachte Julija manchmal daran, wie langweilig, monoton, fad die Existenz der glücklich verheirateten Gleichaltrigen sein musste, die keine Abwechslung mehr bot und den Weg zu neuen Erfahrungen versperrte. Doch mit den Augen einer Toten betrachtet machte ihr eigenes sich dauernd veränderndes, ungestümes, ausuferndes Leben keinen Eindruck mehr.

Natürlich wurde Julija nicht von der Midlife Crisis verschont. Wenn sie über ihr Alter nachdachte, schwante ihr manchmal, dass sie sich mit einigen ihrer jugendhaften und gesundheitsschädigenden Vergnügungen das Leben verkürzte. Sie rechtfertigte sich damit, dass Qualität wichtiger sei als Quantität. Was machte es schon aus, wenn sie mit fünfundsiebzig starb und nicht erst mit achtzig? Dann aber besiegelte eine kurze Freude ihr Schicksal und schleuderte sie viel früher aus dem Leben, als sie es je erwartet hätte. Julija war nie, nicht einmal in ihrer Jugend, von Selbstmordgedanken geplagt worden.

Dass sie wirklich nicht die Absicht hatte, sich umzubringen, davon zeugte auch das Buch, das sie zu schreiben angefangen hatte. Sie konnte kein Ende mit sich machen, ohne es zu Ende geschrieben zu haben. Es sollte keine weitere autobiographische Schreibe vom zur Zeit in Litauen äußerst beliebten Genre »Was ich sehe, das singe ich« werden, wo jeder Bücher schreibt, der dazu nicht zu faul ist. Obwohl sie sich auch an Memoiren hätte wagen können, denn sie war fest davon überzeugt, dass jedes Schicksal einen Roman wert sei. Sie hatte genug fesselnde Lebenserfahrung, dem Text hätte sie den Titel ›Lauf, Julija, lauf‹ gegeben. Sie war wirklich das ganze Leben lang atemlos wie von Verfolgern getrieben von Mann zu Mann, von Liebe zu Enttäuschung, von Aufstieg zu erneutem Fall gerannt, ohne satt zu werden, ohne die ersehnte Ruhe zu finden.

Julija schuf ein metaphysisches Buch. Nein, kein esoterisches, keine Ratschläge einer Tarot-Magierin, keine horoskopischen Offenbarungen einer Astrologin, wie sie in den in Souterrains eingerichteten Parapsychologie-Buchläden zwischen Windharfen, Räucherstäbchen und »heilenden« Minipyramiden aufgestapelt waren.

Ihren Text wollte sie, wenn ihr die Worte ausgingen, mit Noten ergänzen, und dort, wo auch die Musik nicht mehr weiterhalf, hoffte sie ihre Gedanken mit Farbzeichnungen auszudrücken. Als Vorbild für ihr Schaffen wählte sie Hildegard von Bingen, eine Heilige, die vor fast einem Jahrtausend gelebt hatte, deren späte und deshalb deformierte Verkörperung sie in Momenten der Eingebung zu sein wähnte.

Das Buch spürte sie in sich wie einen im Mutterleib wachsenden Fötus, wie das von den chinesischen Alchemisten beschriebene Goldene Kind des Geistes, das wer weiß wann geboren werden sollte: in neun Monaten oder in neun Jahren. Sie hielt sich nicht für die Autorin des immer länger werdenden Textes, obwohl sie auch nicht hätte behaupten mögen, dass die Gedanken, die sie selbst ganz konfus machten, erregten, beängstigten, von Jemandem Aus Höheren Sphären diktiert wurden. Endlich gab es in Julijas Leben etwas Wichtigeres als den Wunsch, zu lieben und geliebt zu werden. Doch das war nicht von langer Dauer. Denn der Schutzengel erschien.

Der Schutzengel war einer von denen, die sie Himmlische

Liebhaber nannte. Der Erste auf der Liste dieser Wesen in Julijas Kartei war ein Spielkamerad aus der Kindheit, den sie sich nur einbildete und aus irgendeinem Grund Aladin nannte, den noch nie jemand gesehen hatte, von dem jedoch alle, besonders Mama und Papa, schon viel gehört hatten. Die Liste vervollständigten Prinzen auf Schimmeln, die später zu gut aussehenden Indianer-häuptlingen, tapferen Musketieren, Filmstars und Rockgöttern mutierten.

In ihrer Pubertät beschäftigten Julytė die erfundenen und hoffnungslos unerreichbaren Geliebten um einiges mehr als die gleich nebenan herumlungernden Subjekte männlichen Ge-schlechts, die gleichaltrigen Jungen voller Pickel und Komplexe. Wenn einer Julija ins Kino, zum Tanzen, zu einem Date ein-laden, sie necken oder zum ersten Kuss oder dem Verlust der Unschuld verführen wollte, dann ersann sie Ausreden – sie ver-sicherte, dass ihr Herz schon vergeben sei und sie ihren Gelieb-ten auf keinen Fall verraten könne.

Das wurde zur unverbesserlichen, lebenslangen Gewohnheit. Jedem wirklichen Mann mit leidenschaftlichen Absichten stellte Julija sofort ein nicht existierendes, aus ihrem Leben ver-schwundenes oder unerreichbares Individuum gegenüber. Dem neuen Partner erklärte sie mit masochistischer Sturheit immer wieder, dass sie einen anderen nicht vergessen könne – den es wirklich gab oder der erdacht war; dem gegenwärtigen Gatten sprach sie über den vorherigen, dem gegenwärtigen Liebhaber rief sie den verlorenen in Erinnerung, und während sie in den Armen des einen zerfloss, glaubte sie, sich sehr nach einem an-deren zu sehnen.

Julija zog es zu solchen Männern hin, mit denen sie eine Be-ziehung von der Art verband (oder vielmehr nicht verband), die man am besten mit Verneinungen zu beschreiben vermag: be-gehrt nicht, liebt nicht, nicht erlaubt, unerreichbar, unmöglich. Ständig erlebte sie fatale Begegnungen auf Flughäfen, Bahnhö-fen, in Flugzeugen, Zügen und Städten, in denen sie sich nur für einen halben Tag aufhielt. Die himmlischen Liebhaber hatten stets eine ähnliche Clint-Eastwood-Gestalt, deshalb war Julija davon überzeugt, dass sie nach dem einen, genau so aussehenden, wer weiß wo versteckten, für sie bestimmten Mann suchte.

Den Doppelgängern des für sie bestimmten Geliebten war sie nicht gleichgültig. Die kurzen Begegnungen auf den Kreuzwegen der Welt mit vorprogrammiertem Abschiednehmen hatten ziemlich langwierige Folgen: Briefe, heißblütige Ergüsse über das Internet oder innige, mit Seufzern vermischte und teure Telefongespräche.

Julija konnte sich einfach nicht zu einer konkreteren Beziehung entschließen, deshalb verlief immer wieder alles im Sand. Das stechende Verlustgefühl blieb, doch was hatte sie schon verloren? Eine Möglichkeit? Erfüllung? Echte Liebe? Manchmal fragte sie sich, warum sie sich ihr Leben lang beharrlich hinter den Himmlischen Liebhabern versteckt hatte, so wie ein von der Polizei in die Enge getriebener Verbrecher hinter der Geisel. Wovor fürchtete sie sich? Gegen wen wehrte sie sich? Wen wollte sie nicht an sich heranlassen? Warum?

Den Himmlischen Geliebten träumte Julija sogar. Sowohl im Traum als auch in der Wirklichkeit blieb sein Aussehen immer beinahe gleich. Beim Anblick des Traummannes verspürte sie die glückselige Einheit, die wahrscheinlich die zwei Hälften eines entzweigeschnittenen Apfels überkommt, wenn sie sich wieder aneinander schmiegen dürfen. Doch das Gefühl der Vollkommenheit wurde jeweils von der Nachricht abrupt beendet, dass dort, jenseits der Meere, eine andere Prinzessin auf den Auserwählten und ihr vom Schicksal Zugedachten wartete. Julija blieb allein zurück und erlitt im Traum ihr Einsiedlerdasein noch viel stärker als im Wachzustand. Nach dem Erwachen merkte sie, dass sie im Schlaf geweint hatte. Ihr Gesicht war noch feucht von Tränen.

Vor beinahe eineinhalb Jahren, an einem trüben Novemberabend, hatte die Wirklichkeit den ersten Teil des Dauertraums wie ein Spiegelbild wiedergegeben. Julija bekam endlich den Mann zu Gesicht, mit dem sie sich seit ihrer Jugend in ihren nächtlichen Visionen traf. Es geschah in dem an ein kaltes Labyrinth erinnernden Gebäude des Fernsehens, während sie auf den Beginn der Diskussionssendung ›Ist Litauen ein Land der Hellseher?‹ warteten. Vor der Maske lärmte schon ein ganzer Haufen Esoteriker, Männer und Frauen mit vor Irrsinn glasigen Augen, mit denen sich Julija nie identifiziert hatte, obwohl sie als Kartenlegerin und Weissagerin hierher eingeladen worden war. Auch die Gilde der Magier und Mystiker war für sie ein Fremdkörper.

Julija schritt also, statt sich im Kreis der Ungleichgesinnten herumzutreiben, einen langen Korridor entlang und traf in einem Seitengang auf einen Mann, den sie sofort erkannte. Für einen Augenblick verlor sie den Boden unter den Füßen. Sie fühlte sich wie im Traum. Und wie das in so vielen Jahren zurechtgeschliffene Drehbuch es verlangte, sprach er sie an: »Madame, Sie müssen wohl Julija sein?«

Bei Julija schalteten sich unverzüglich alle Betörtheits-, Kokettierungs- und Flirt-Mechanismen ein. Sie begann zu brodeln wie ein aufs Feuer gestellter Hexenkessel voller Zauberkräuter. Nicht einmal der die Augen des Mannes bedeckende Schatten, der von dem tief ins Gesicht gezogenen Hut herrührte, vermochte den Eindruck zu trüben. Ihr genügte sein Lächeln mit den ironischen Fältchen in den Mundwinkeln.

»Sie kennen mich?«

»Ich nicht. Aber meine Mutter. Violeta. Sie arbeitet bei Ihnen.«

Bei diesen Worten traf sie, woher auch immer, ein kühler Luftzug. Doch Julija tat so, als ob sie es nicht gespürt hätte, obwohl sie sich später immer wieder die wohlbekannte Regel in Erinnerung rief, dass in dem Augenblick der ersten Begegnung schon alle Momente der zukünftigen Beziehung ruhen. Die Intuition spürt und fixiert auch die feinste Erschütterung, während der Verstand, gewohnt, die Wirklichkeit zu falsifizieren, sofort ein verzerrtes Bild des Geschehens präsentiert.

»Ich bin Tadas«, stellte der Mann sich vor, ohne ihr jedoch dabei in die Augen zu sehen, und das war das zweite Anzeichen dafür, dass hier etwas nicht stimmte.

Aber Julija war jetzt alles egal. Innerhalb weniger Augenblicke hatte sie, Staubwolken aufwirbelnd, mit Riesenschritten die unermessliche Gefühlswüste durchquert und tränkte jetzt ihr Pferd in der blühenden Liebesoase. Das alles geschah mit Lichtgeschwindigkeit. Sie verliebte sich in einer Tausendstelsekunde und wusste schon, dass es keinen Weg zurück mehr gab. Im plötzlich losgebrochenen Sturm der Gefühle kam sie sogar noch auf den Gedanken, dass die Umschreibung, der Glaube sei eine Einbahnstraße, auch sehr gut zur Liebe passte: Wenn die Schlange in einen Bambusstiel gekrochen ist, kann sie sich nur vorwärts bewegen. Da erschien der Moderator der Sendung und lud sie mit einem Stapel Papier winkend zum Flug in den Äther der Livesendung ein.

Die Gesprächsteilnehmer wurden den Kameras vorgestellt, und Julija erfuhr, dass Tadas ein Engelsspezialist war. Seine Rolle hier ließ sie vor Freude die Palme in der Liebesoase bis zum Wipfel hochklettern und, vom Gesang der Paradiesvögel begleitet, aus einer Kokosnuss Ambrosia trinken. Sie glühte geradezu. Wie ein Steppenbrand fegte sie die anderen Teilnehmer der Sendung hinweg, machte wie ein Stechapfeltrank den Moderator high, so dass der nur noch ihr Fragen stellte, während sie, um auch etwas von Tadas zu hören, mit unverhohlener Sinnlichkeit immer wieder die Engel erwähnte.

Leider war Julijas Traummann kein Pingpong-Spieler, reagierte nicht ein einziges Mal auf Julijas Andeutungen, spürte ihren überströmenden Feenzauber und ihre sexuelle Aura nicht. Er schaute ihr nicht ein einziges Mal in die Augen. Innerhalb einer einzigen Stunde war das nun schon das dritte Alarmsignal, das sie ganz im Ernst hätte beunruhigen müssen. Doch Julija pfiff darauf und redete wie ein Wasserfall, sprach sogar über die geheimsten Dinge, die sie noch nie an die Öffentlichkeit gebracht hatte, und all das war nicht für die vor Staunen verstummten Gesprächsteilnehmer bestimmt, sondern nur für ihn, den Allerliebsten, den sie Schutzengel getauft hatte.

Als die Sendung zu Ende war, lobte der Moderator Julija in den höchsten Tönen. Sogar die hochnäsigen Vertreter der Magier-Mystiker-Garde sparten nicht mit Komplimenten. Allein der Schutzengel verkündete, dass sie die anderen nicht habe zu

Wort kommen lassen und dass sich das nicht gehöre. Julija war Kritik nicht gewöhnt, besonders dann, wenn die Vorwürfe von dem kamen, aus dessen Mund sie am liebsten nur Schmeicheleien vernommen hätte. Sie schluckte die bittere Pille und sagte sich, dass nur sehr nahe stehende Personen einander die Wahrheit ins Gesicht zu sagen wagten.

»Ich hoffe, wir treffen uns mal wieder und dann wirst du mich gutes Benehmen lehren. Ich werde ganz bestimmt auf einen Menschen hören, der die Engel so gut kennt«, sagte Julija zutraulich, den neuen Bekannten duzte sie dabei einfach und dachte, dass sie, wenn sie einen Schwanz hätte, jetzt wie wild damit wedeln würde. »Hier ist meine Visitenkarte.«

Der Schutzengel nahm sie und steckte sie, ohne einen Blick darauf zu werfen, in die Tasche.

»Da stehen auch meine E-Mail-Adresse und meine Handynummer, die ich sonst eigentlich niemandem gebe«, sagte sie und fühlte, dass sie, wenn sie eine Hündin wäre, jetzt schon auf dem Bauch kriechen würde.

»Wir werden sehen, vielleicht kreuzen sich unsere Wege ja irgendwann noch einmal«, erwiderte der Schutzengel ohne jede Begeisterung und verabschiedete sich: »Ich wünsche Ihnen ein geruhsames Leben.«

Sie hatte ihren neuen Bekannten nicht übel getauft! Er verhielt sich, als ob er geschlechtslos wäre. Er verströmte nicht im Geringsten den typischen Stierduft, der sonst auch vom allerletzten, noch so abgequälten Mann ausgeht. Eine Horde von denen erwartete Julija vor der Tür zum Fernsehstudio und lud sie, mit den Hufen scharrend, zum Abendessen oder auf einen Drink ein oder bot sich an, sie nach Hause zu fahren. Doch Julija hatte ihren eigenen Wagen, zu Hause war noch Wein, und bei entsprechender Laune hätte sie auch allein in ein Restaurant gehen können, sie fürchtete sich nämlich nicht davor, ohne Begleitung irgendwo aufzutauchen.

Julija stieg ins Auto, wechselte wie immer, um sich beim Fahren wohler zu fühlen, die Stöckelschuhe gegen Turnschuhe aus und sagte ganze drei Mal laut zu sich selbst, dass endlich wieder etwas Wichtiges in ihrem Leben geschehen war. Das Zusammentreffen mit Tadas war keinesfalls ein Zufall. Zu Hause angekommen, fütterte sie zuerst die sehnsüchtig auf sie wartende Bastet, hörte dann die Nachrichten auf dem Anrufbeantworter ab, der von Dithyramben über die gerade erst gesehene Sendung überquoll.

Sie war ein wenig enttäuscht darüber, dass sie von einer ganzen Menge Leute gelobt wurde, während der Schutzengel sich nicht einmal zu einem halben netten Wörtchen aufraffen konnte. Um die durch alle Poren dringende Traurigkeit zu verscheuchen, schenkte sie sich einen Schluck Baileys ein, setzte sich ans Klavier und begann romantische Melodien zu spielen. Zwischen Chopin und Rachmaninow machte sie eine Pause, schaute sich um und versuchte ihre Umgebung mit den Augen des Schutzengels zu betrachten. Doch woher sollte sie wissen, wie er die Dinge, die Tiere, die Menschen, überhaupt alles sah?

Summend setzte sie sich in den Schaukelstuhl. Sie fühlte sich wirklich wie auf einer Schaukel, denn bald zerfleischte sie sich wegen der Gleichgültigkeit des Schutzengels, bald freute sie sich darüber, dass sie sich nach langer Zeit wieder verliebt hatte. Sie hatte schon Sehnsucht nach diesem Gefühl gehabt. Sie wollte die harte und stumpfe Person, die sie geworden war, mit süßer Unruhe und schillernder Sehnsucht aufweichen. Sie wollte sich ihrem Liebsten öffnen und mit ihm zusammen erfahren, wie der Strom von Eindrücken aus der Außenwelt sie durchdrang, der, solange sie nicht liebte, durch Schranken, Zäune und Dämme fern gehalten worden war.

Julija war nie ein Feigling gewesen, der Fingernägel kauend darauf wartet, dass das Objekt seiner Liebe sich wie eine Wetterfahne zu ihm hindrehe, auch wenn der Wind nicht aus der richtigen Richtung weht. Wenn sie sich verliebt hatte, verhielt sie sich wie ein Heerführer, der immer neue Strategien und Taktiken, Angriffspläne oder Skizzen von Scheinrückzügen entwirft. Deshalb beschloss sie, die Jagd auf den Schutzengel mit seiner Mutter zu beginnen.

Als sie am nächsten Morgen zum Saubermachen kam, sagte

Violeta von selbst voller Freude, Julija und ihr Tadas hätten gestern in der Sendung wunderbar ausgesehen. Früher hatte sie nie von ihrem Leben erzählt. Julija hatte ebenfalls kein Bedürfnis nach kumpelhaftem Umgang mit der Hausangestellten verspürt und deshalb nie offen mit ihr gesprochen. Sie wusste nur, dass Violeta zwei Söhne hatte und geschieden war. Jetzt musterte sie neugierig und mit einer seltsamen Bitterkeit das Wesen, das vor dreiunddreißig Jahren (das hatte sie schon herausgefunden) ihren Liebsten zur Welt gebracht hatte, und versuchte, die Gesichtszüge des Schutzengels in ihr zu erkennen.

Obwohl Violeta schon fast sechzig war, war sie eine jener gut gebauten schönen Frauen, die für das Denkmal der Mutter Litauen hätten Modell stehen können. Sie war groß gewachsen, hatte sich ihre hervorragende Figur bewahrt, ein längliches Gesicht mit makellosen Zügen und hohen Wangenknochen, blaue Augen und blonde Haare, in denen keine einzige graue Strähne zu sehen war. In der Form ihres Kopfes, der schmalen, aristokratisch gebogenen Nase und den Lippen mit den klaren Konturen glaubte Julija den Schutzengel zu erkennen; dessen dunkles Haar und braune mandelförmige Augen waren hingegen wohl beim Vater zu suchen, der offensichtlich südlicher Herkunft gewesen war.

»Und was tut Ihr zweiter Sohn so?«, erkundigte sie sich, um das so willkommene Gespräch fortzusetzen.

»Nun, Pranukas arbeitet fürs Fernsehen. Vielleicht kennen Sie ihn ja. Er nennt sich Maksas Vakaris.«

Julija war sehr erstaunt. Ganz Litauen kannte Maksas Vakaris. Plötzlich verspürte sie etwas wie Neid auf die Mutter zweier so toller Söhne. Deshalb brachte sie nur heraus: »Das ist aber was!«

»Nun, sie sind sehr verschieden. Wie Feuer und Wasser.«

»Wer von ihnen ist denn das Feuer?«

»Ach, das kann ich gar nicht sagen. Manchmal so, manchmal so«, lachte Violeta, »manchmal entflammt sich Pranukas und Tadas löscht das Feuer, manchmal umgekehrt.«

Julija dachte, dass sich die beiden Brüder zumindest äußerlich ähnlich sahen. Beide waren sie hager, groß, mit langen Beinen und Armen, ovalen Gesichtern, identischen Bärtchen nach Art der spanischen Granden und dunklem Haar. Nur war Tadas' Stirn höher, obwohl man das auch eine leichte Glatze hätte nennen können. Wie alle Menschen, die sich um jedes ihrer Haare sorgten, hatte er sie hinten zu einem Pferdeschwanz zusammengebunden, den er sich, wenn er sich aufregte, um den Finger wickelte. Es schien, als ob Tadas einen Teil seines Haarwuchses Pranas überlassen hätte, denn das Haar des Letzteren war dicht und immer völlig zerzaust, wie wenn aus seinem Hirn ein exzentrischer Wind bliese. Ein anderer mit einer solchen Haartracht wäre für unordentlich und nachlässig gehalten worden, doch bei Maksas Vakaris hieß das Stil, Charme und Eleganz. Nicht umsonst wurde er in den litauischen Medien manchmal als der begehrteste Junggeselle Litauens bezeichnet. Julija verspürte plötzlich das Bedürfnis herauszufinden, ob der Schutzengel verheiratet war.

»Haben Sie auch Enkel?«

»Leider nein, obwohl ich gerne welche hätte. Pranukas ist so ein flatterhafter Junge und Tadas viel zu heilig, keine Frau passt ihm. Dass er heiraten könnte, davon wage ich nicht einmal zu träumen, es wäre schon viel gewonnen, wenn er wenigstens anfinge, mit einem Mädel zu gehen. Ein Mann, was er auch immer für einer sein mag, braucht eine Frau. Sonst versauert er.«

»Er soll doch mal vorbeikommen und wir schauen, was die Karten sagen«, warf Julija den Köder aus, »dann wird er merken, dass das nicht einfach fauler Zauber ist, sondern Kontakt mit höheren Sphären. Er interessiert sich doch für solche Dinge.«

»Oh, ich weiß nicht so recht. Er lässt sich keine Ratschläge geben. Er trifft alle Entscheidungen selbst. Er ist äußerst eigensinnig. Und sehr verletzlich. Zu sehr sogar. Wie ohne Haut. Ich hatte immer viel Mühe mit ihm. Gott sei Dank hat er sich zumindest jetzt endlich dem Leben zugewandt. Als er ein Kind war, dachte ich, er würde mir verloren gehen.«

»Warum?«

»Ach, das ist eine lange Geschichte. Ich gehe jetzt besser Ordnung machen.«

Und Violeta nahm Lappen und Putzmittel und verließ die Küche. Julija blieb allein zurück und begann erneut zwischen verschiedenen Seelenzuständen zu schwanken. Sie konnte sich freuen, dass Tadas nicht verheiratet war und nicht einmal eine Partnerin hatte. Andererseits beunruhigte sie seine Unzugänglichkeit ziemlich. Bisher hatte sich Julija beim Umgang mit Männern nie mit größeren Hindernissen konfrontiert gesehen und immer das bekommen, was sie begehrte.

Was wollte sie jetzt? Echte, tiefgehende, allumfassende Liebe, die andauern würde, bis dass der Tod sie scheide. Vom Ufer des Jenseits aus betrachtet wirkte ein solcher Wunsch ziemlich naiv. Doch als sie noch am Leben war, trachtete Julija einfach nach Glück.

So hatte alles angefangen. Und wie hatte es geendet? Julija erinnerte sich nicht mehr an die letzten Augenblicke ihres Lebens.

Die Kastanien sahen perfekt aus. Als ob jede unter ihrer braunen, glänzenden Schale eine klare und einfache Lösung für die Geheimnisse des Universums berge. Rita sammelte jeden Herbst ganze Taschen voll davon; tief in ihrem Inneren glaubte sie an die talismanische Macht dieser soliden Früchte.

Jetzt ließ sie sie auf dem mit Papieren, Zeitungsausschnitten, gelben Klebezetteln, auf denen die wichtigsten Aufgaben des Tages standen, und Leserbriefen, auf die sie stolz war wie auf Orden oder Medaillen, beladenen Tisch hin und her kullern. Echte Orden und Medaillen würde sie sich wohl kaum mehr verdienen, es sei denn, der Dritte Weltkrieg bräche aus und sie wäre an vorderster Front mit dabei. Wegen der unglückseligen Julija war Ritas Position in der Zeitung gehörig geschwächt. Wie um das zu bestätigen, bekamen einige Kastanien, die gerade noch glatt und frisch gewesen waren, Runzeln, die Schwindsucht und Risse.

Heute hatte Rita beim Betreten der Redaktion sofort gespürt, dass alle sie schief ansahen, voller Feindseligkeit. Auch sie würde den Versager verurteilen, der die Sensation des Tages, ja vielleicht der ganzen Woche wie ein mit einer Schleife verziertes Geschenk höflich der Konkurrenz überlassen hatte. Aber jetzt wollte sie nicht länger grübeln. Zuerst musste sie herausfinden, wer am Sonntag bei Julijas Party gewesen war. Maksas Vakaris würde das selbst unter Folter nicht verraten, natürlich nicht aus Solidarität für seine Zeitung, sondern wegen seiner Unterschrift auf dem Vertrag, der ihn verpflichtete, der Konkurrenz keine wichtige Information zu übermitteln.

Also war die einzige Hoffnung der Journalistin die Putzfrau. Damals, als Julija Rita noch zu ihren Partys einzuladen pflegte, bewegte sich immer auch diese hochgewachsene, für ihre gut fünfzig Jahre noch ziemlich hübsche Frau mit dem Madonnengesicht zwischen den Gästen. Sie brachte frisch gebackene Kuchen herein und die leeren Weinflaschen hinaus oder wechselte die von Zigaretten überquellenden Aschenbecher aus. Sie unterhielt sich mit den Gästen von gleich zu gleich, und wenn man sie darum bat, dann sang sie wunderschön Volkslieder.

In Wirklichkeit war Violeta auch keine Hausangestellte im eigentlichen Sinn, sie machte nur aus großer Achtung und Liebe in der Wohnung der Magierin sauber. Früher war sie Geographielehrerin gewesen, und sie war immer noch Leiterin eines Kinder-Volksmusikensembles. Außerdem strickte sie ausgezeichnet. Das rote Kleid, das Julijas Leichengewand wurde, war zweifellos eine Handarbeit von Violeta.

Rita erinnerte sich, dass die Telefonnummer dieser Dame in ihrem Notizbuch sein musste, sie hatte nämlich einmal bei ihr etwas Gestricktes bestellen wollen. Wie lautete gleich wieder Violetas Nachname? P... Pur... Purienė? Purvaneckienė! Rita ging in Gedanken das kommende Gespräch durch. Gestern Morgen, als die Ärzte, Sanitäter, Polizisten und Journalisten Julijas Haus durchwühlten, hatte Violeta mit den Händen vor dem Gesicht in der Küche gesessen und die ganze Zeit über lautlos geweint. Sie hatte es offenbar geschafft, sich unsichtbar zu machen. Keine einzige Tageszeitung hatte auch nur die Initialen der Putzfrau genannt, obwohl diese (äußerst verdächtig!) die Fingerabdrücke von der Pistole gewischt hatte.

In ihrem uralten Notizbuch stand still und dienstfertig Violeta Purvaneckienės (*strickt*) Zahlenreihe. Seltsam, ihre Nummer hatte sich in so langer Zeit nicht geändert. Noch seltsamer – sie nahm ab. Rita stellte sich möglichst familiär vor, brachte ihren liebenswürdigsten Tonfall zum Einsatz. Doch die Gesprächspartnerin zeigte keine Aufgeschlossenheit ihr gegenüber, und noch weniger rückte sie mit den gewünschten Informationen heraus.

»Nein, am Sonntag fand das Konzert meiner Kinder statt. Bei Julija bin ich nicht vorbeigegangen. Ich wusste nicht einmal, dass sie eine Party gab. Ich denke, die Gäste kamen überraschend. Wahrscheinlich haben sie sie ermüdet. Vielleicht hat jemand eine unangenehme Bemerkung fallen lassen. Hat sie beleidigt. In den letzten Tagen ist Julytė sehr nervös gewesen.« Violetas Stimme begann zu zittern, und man konnte hören, wie sie sich die Nase putzte.

»Vielleicht hatte sie ja ihre Gründe . . .«, begann Rita, doch die Putzfrau ließ sie nicht zu Ende reden.

»Wir haben alle unsere Gründe, aber wir geben nicht auf.«

»Vor einer Woche hat Julija mich angerufen und erwähnt, dass sie von jemandem bedroht, verfolgt werde, dass sogar ihre Telefongespräche abgehört würden. Hat sie Ihnen gegenüber nie so etwas geäußert?«

»Nein. Sehen Sie, die Leute erzählen ihr, das heißt erzählten ihr ihre größten Geheimnisse. Wahrscheinlich ist da jemandem in den Sinn gekommen, dass er zu viel geplappert hat, und dann hat er sich ihr gegenüber in etwas grober Weise dazu geäußert. Julytė reagierte sehr empfindlich auf harsche Worte.«

»Und was für Leute haben sie in letzter Zeit besucht?«

»Sie wissen doch selbst, dass Julytė eine Menge Freunde hatte. Aus den verschiedensten Schichten. Aber jetzt, zumindest bis zur Beerdigung, lassen Sie doch bitte sowohl sie als auch ihre Freunde in Ruhe. Ich bitte sehr darum.«

Rita spürte, dass sie nichts aus ihr herausbringen würde. Deshalb fragte sie zusammenhanglos: »Wie alt sind Ihre Kinder?«

Stille. Schließlich sagte Violeta mit gedämpfter Stimme: »Warum fragen Sie? Das hat doch überhaupt nichts mit Julijas Tod zu tun? Ich habe zwei Söhne. Sie sind schon erwachsen und völlig selbständig.«

»Entschuldigen Sie, ich wollte mich nicht in Ihr Privatleben einmischen. Ich meinte das Konzert am Sonntag, das Sie erwähnten.«

»Ach ... Das war mein Kinderensemble, im Alter von fünf bis fünfzehn. Und warum wollen Sie das wissen?«

»Nun, aus reiner Neugier. Die Gewohnheit der Journalisten, Fragen zu stellen. Gut, ich störe Sie nicht länger. Lassen Sie sich nicht zu sehr von der Trauer vereinnahmen.«

»Ich habe noch gar nicht richtig begriffen, was wirklich geschehen ist. Die Trauer kommt später. Auf Wiederhören.«

Violeta legte auf, und Rita durfte in die Röhre gucken. Julijas geheimnisvolle Gäste entfernten sich von ihr wie die Gespenster im verwunschenen Schiff. Als Nächstes war, sozusagen als Rettungsring, Maksas Vakaris an der Reihe. Wie war gleich wieder sein richtiger Name? Wenn es jemand wusste, dann Dana. M.V. war ihr Idol und das aller litauischen Mädchen. Doch jetzt war Dana in der Schule. Rita brach mit allen mütterlichen Prinzipien und schickte ihrer Tochter eine SMS: *Wie heißt Maksas Vakaris wirklich? Antworte möglichst schnell. In Liebe Mama.* Die Antwort kam fast augenblicklich: *Ciao. Der Name ist völlig uncool – Pranas Purvaneckas – deshalb versteckt er ihn auch. Tschüs Ma!* Rita stieß einen Freudenschrei aus. Das war doch sicher kein Zufall: Purvaneckienė – Purvaneckas? Sie begann wie ein Teenager wild auf den Tasten ihres Motorolas herumzudrücken: *Woher hast du das? Schreib mir. Ist äußerst wichtig!* Dana ließ sie nicht lange warten. *Lies mal die neueste ›Miss‹.* Rita stieß noch einen Freudenschrei aus: *Vielen Dank und Kuss.* Ihre Tochter antwortete: *Piep.*

Schon seit einem ganzen Jahrtausend hatten sie sich nicht mehr so intensiv miteinander unterhalten. Rita warf sich den

Mantel über und lief zum Kiosk, um eine ›Miss‹ zu kaufen. Als sie über die Straße rannte, wäre sie beinahe unter einen Lastwagen geraten. Sie ergriff die Beute und sauste wie der Wind nach Hause, schon im Laufen blätterte sie in der Teenie-Zeitschrift herum. Da war er, der anzüglich lächelnde süße Junge. Die Überschrift verkündete: MAXIMALER ABEND MIT MAKSAS VAKARIS.

Sie überflog das Interview, das so lang war, als ob Maksas nicht irgendein Teenie-Idol wäre, sondern mindestens litauischer Premierminister. Aus dem ganzseitigen Farbbild blickte ein sympathischer junger Mann mit dunklen Augen und einem Cowboyhut, einer schwarzen Jacke und einem Bärtchen, das mehr an eine Hieroglyphe oder ein Ornament erinnerte als an normalen männlichen Bartwuchs. Auf den anderen Fotos kniete Maksas Vakaris und schlug mit einer Elektrogitarre auf den Boden ein, schrie mit weit offenem Mund ins Mikrofon, gab Autogramme, stieg mit Smoking und Fliege aus einer Limousine, hockte o-beinig in Rockermontur auf einem Motorrad, blies Kerzen auf einer großen Torte aus und flüsterte einem blonden Girl anschmiegsam irgendwas Nettes ins Ohr.

Schließlich blieb Ritas Blick an einem Bild hängen, das nach Vergangenheit, wenn auch noch nicht allzu ferner, roch. Eine junge Frau mit Madonnengesicht hatte einen kleinen Knaben auf dem Schoß, in dessen naivem Gesicht schon das breite, verspielte Lächeln des zukünftigen Stars blitzte. Daneben stand ein anderes Kind, etwas älter als das erste, ihm aber sehr ähnlich, nur mit einem traurigen, beinahe schmerzerfüllten Gesichtsausdruck, als ob es bedauerte, überhaupt zur Welt gekommen zu sein. Dieses Trio umarmte väterlich ein großer, kraftiger Mann. Schwarzäugig, Lockenkopf, Schnurrbart – er glich dem Zigeuner aus der leichtfüßigen Operette. Die Familie war von Kopf bis Fuß in gestrickte gemusterte Kleider gehüllt. Die Bildunterschrift lautete: *Violeta und Pranas Purvaneckas mit den Söhnen Pranukas (Maksas) und Tadas, 1975.*

Sonst keine Erwähnung von »Pranas Purvaneckas«. Natürlich bringt man es mit so einem Namen im Showgeschäft zu nichts.

Rita begannen die Wangen zu glühen. Noch wusste sie nicht recht, was sie mit dieser Information anfangen sollte, doch ihre Intuition sagte ihr gebieterisch, dass sie hier über eine Zeitbombe verfügte! Auf der Suche nach einer Zündschnur, mit der der Sprengsatz seine Bestimmung erfüllen könnte, las sie das Interview mit Violetas Sohn noch einmal aufmerksam durch. Der Junge schien ihr nicht von schlechten Eltern zu sein, sie dachte sogar, dass sie ihn, wenn sie ihm auf irgendeiner Party begegnete, um ein Autogramm für Dana bitten würde. Soll das Mädchen ruhig ein Vorbild haben, besser so eines als keines.

Sie legte die ›Miss‹ zur Seite und nahm ihre eigene Zeitung vom Tage zur Hand. Von der Titelseite blickte Julija und lächelte gezwungen. Der Grafiker hatte mit dem *Photoshop* sorgfältig alle Falten entfernt. Die Schlagzeile von Ritas Artikel war geändert worden: HOFWAHRSAGERIN DER LITAUISCHEN ELITE (41) HAT SICH DAS LEBEN GENOMMEN.

Der Zerberus machte das immer so. Er konnte einfach nicht anders als ein Wort durch ein anderes ersetzen. Rita wurde ganz heiß, und sie kam auf den blasphemischen Gedanken, vielleicht bei einer anderen Redaktion anzuheuern, obwohl sie genau wusste: nach einer ungeschriebenen (vielleicht ja auch geschriebenen) Vereinbarung fanden die von dieser Zeitung Rausgeworfenen bei keinem anderen Presseerzeugnis mit Selbstachtung mehr eine Anstellung. Sollte sie sich etwa von den dahinsiechenden Kultur-Wochenzeitschriften, den Frauenzeitschriften oder den Wegwerfblättern einstellen lassen? Schande über sie.

Ritas revolutionäre Gedanken wurden durch einen Anruf beendet. Ein Bekannter von der Privatdetektei »Agatha Christie« teilte ihr mit, dass sie von Julijas Mutter den Auftrag erhalten hätten, zu untersuchen, ob ihre Tochter wirklich Selbstmord begangen habe. Oder vielleicht doch ermordet worden sei. Verdacht erwecke die Tatsache, dass die Wahrsagerin unter dem roten Kleid splitternackt gewesen sei, ohne Höschen sogar. Das habe dazu angehalten, die Leiche genauer zu untersuchen, und siehe da, in ihrer Scheide wurde Sperma gefunden! Es werde nicht bezweifelt, dass sie vor ihrem Tod Geschlechtsverkehr gehabt habe. Also dränge sich die Frage auf, wer der Mann gewesen sei. Vielleicht der Besitzer der Pistole? Man habe festgestellt, dass die Waffe Maksas Vakaris gehöre! Natürlich habe die Wahrsagerin sich die tödliche Waffe auch in der Absicht, sich umzubringen, ausleihen können. Und wenn nicht? Wenn M. V. geschossen hatte, wenn auch unabsichtlich? Nun ja, an den Fingern der Wahrsagerin habe man Schmauchspuren gefunden, aber das sei kein ausreichender Beweis. Die Mutter des Opfers biete ein erkleckliches Sümmchen für die Ergreifung des Mörders ihrer Tochter und wolle die Missgeburt mit eigenen Händen in Stücke reißen.

Rita schluckte und erkundigte sich: »Haben die außer Maksas noch jemanden in Verdacht?«

»Solange die Untersuchung noch im Gang ist, kann ich mich dazu nicht äußern. Auch das, was ich da jetzt dargelegt habe, ist nicht für die Presse. Versprochen?«

»Versprochen. Heiliges Ehrenwort.«

Rita war jetzt völlig durcheinander. Am meisten erschütterte sie nicht die Nachricht, dass die Pistole Maksas Vakaris gehörte, sondern die Tatsache, dass Julijas Leiche so gründlich, ja intim untersucht worden war. Was für Subjekte wählten einen solch schamlosen Beruf? Was steckten sie in die Vagina der Toten, ihre Hände in Gummihandschuhen oder irgendwelche Instrumente? Wahrscheinlich waren sie ein wenig pervers. Pfui, was für ekelhafte Gedanken!

Wieder wurde ihr ganz heiß. Ihr kam sogar der Gedanke, dass womöglich ganz plötzlich das Klimakterium begonnen habe. Um sich irgendwie unter Kontrolle zu bringen (sie hatte ja versprochen, die eben erst erfahrenen Neuigkeiten nicht zu veröffentlichen), begann sie in der ›Miss‹ zu blättern, auf deren neueste Ausgabe Dana jedes Mal wartete wie als Kind auf den Weihnachtsmann. Rita selbst hatte zu solcher Lektüre weder Lust noch Kraft noch Zeit. Allein das Inhaltsverzeichnis sagte schon alles: *Liebesgeschichten, Affären und Skandale, Glückskinder* (in dieser Rubrik räkelte sich Maksas Vakaris), *Sexfiles* …

Rita dachte wehmütig an die einzige Zeitschrift ihrer zuge-
knöpften Kindheit, den ›Schüler‹, an dessen komsomolzische
Vorworte, sachliche Interviews mit den Klassenbesten, die Gedichte der angehenden Poeten, die naiven Jugendnovellen, die
schwarzweißen Arbeiten der fleißigen jungen Grafiker, die Beratung in unschuldigen Fragen, zum Beispiel, ob man einen
Freund daran erinnern dürfe, dass er einem noch 80 Kopeken
schulde, schließlich die Spalte mit den Brieffreundschaften: mit
den Aphorismen-Sammlern, den Briefmarken-Sammlern, den
Schauspielerfoto-Sammlern, den Mitgliedern der Volkstanz-
gruppen. Rita erinnerte sich auch heute noch haargenau an das
Format der Zeitschrift, die Schrift, die Titelseite mit dem Foto
eines Strebers aus der Provinz und die letzte Umschlagseite, ver-
schönert mit einer Gouache-Schmiererei eines vielversprechen-
den Künstlers, sie erinnerte sich sogar noch an die Farben, mit
denen die Monotonie der Seiten aufgefrischt wurde: himmelblau, grün, violett. Die merkwürdigsten Dinge haben in der Erinnerung Platz. Jetzt schien es ihr, als ob sie von jener Epoche einige Jahrhunderte trennten.

In der ›Miss‹ gab es auch eine Seite mit dem schönen Titel
»Herzensangelegenheiten«, auf der sich die neugierigen Lese-
rinnen in allen sie bewegenden seelischen Fragen an einen jungen Priester wenden konnten. *Ich möchte wissen, ob Mastur-
bation und Oralsex eine Sünde sind? Eine große? Muss man das
dem Priester beichten?*, machte sich Rasa, 17, Sorgen. *Ich
fürchte mich zu beichten, dass ich geraucht und getrunken
habe. Was soll ich tun?*, fragte Edita, 16, bange. *Beabsichtigen
Sie, irgendwann einmal eine Familie zu haben?*, erkundigte sich
Jovita, 14, beim Priester. Auf einer anderen Seite stellten die
Misses einer berühmten Gynäkologin Fragen: *Ist es wahr, dass
man Fieber bekommt, wenn man sich ein Stück Seife in die Ach-
selhöhle steckt?* – Renata, 15. *Welcher Zusammenhang besteht
zwischen Tampons und Orgasmus?* – Lina, 14. *Bin ich noch
Jungfrau, wenn ich Geschlechtsverkehr mit Präservativ hatte?* –
Nona, 17. Auf einer weiteren Seite widmete sich ein bekannter
Psychotherapeut stoisch den jugendlichen Naseweisen: *Kann*

*man durch Masturbieren an Liebesenergie verlieren? – Aistė, 15.
Ich habe gehört, es sei gefährlich, sich in der Badewanne zu
lieben. Warum? – Rožė, 16. Ich mag keinen Oralsex. Er ekelt
mich an. Was soll ich tun? – Jolita, 18. Wie lange dauert der Geschlechtsakt? – Gitana, 14.*

Gitana war beinahe gleich alt wie Dana. Sie sollte mal mit
ihrer Tochter über all das reden. Sich Lust, Kraft und Zeit nehmen. Von diesen jugendlichen Sinnesverwirrungen voller Beklemmung und Hormonstürme bekam Rita Magenkrämpfe. Sie
griff sich eine Zigarette und ging nach draußen. Ihr kamen fast
nur schamlose, unanständige Gedanken in den Sinn. Ein nackter
Körper unter einem langen roten Strickkleid. Geschlechtsakt.
Scheide. Glied. Sperma. Schon seit etwa fünf Jahren gab es diese
Dinge in Ritas Leben nur noch in Protokollen von Vergewaltigungen. Doch jetzt spürte sie eine persönliche, beinahe physische Nähe zu dem Faktum, das sie eben erst vernommen hatte.
Als ob sie selbst vergewaltigt worden wäre.

Mit wem also hatte Julija in der letzten Nacht ihres Lebens
geschlafen? Doch nicht etwa wirklich mit Maksas Vakaris? Er –
ein Mörder?! Rita ahnte eine außergewöhnliche Sensation. Ein
großes großes großes BUMM! Ihr journalistischer Riecher hatte
sie noch nie im Stich gelassen. Solange ihr die Feinde noch nicht
zuvorgekommen waren (»Agatha Christie« versorgte zweifellos
auch die Konkurrenz mit Informationen), musste sie unverzüglich Maßnahmen ergreifen. Rita beschloss, auf der Stelle ein
Treffen mit Maksas Vakaris zu arrangieren, unter dem faden-
scheinigen Vorwand, dass sie von ihm ein Autogramm für ihre
Tochter brauche. Sie griff zum Telefon.

»Guten Tag, Maksas Vakaris am Apparat«, sagte eine angenehme Stimme, bekannt aus Sekt- und Shampoo-Werbung.

»Hier spricht eine Kollegin vom Schwesterblatt.« Rita stellte
sich mit Vor- und Nachnamen vor. »Könnte ich vielleicht ein
Autogramm für meine vierzehnjährige Tochter bekommen?«

»Gern, wenn es nicht gerade heute sein muss.«

»Ach, wissen Sie, heute hat meine Tochter Geburtstag«, log
Rita ihn eiskalt an. »Ich wollte sie überraschen. Unsere Redak-

tionen liegen doch gleich um die Ecke. Ich komme in ein paar Minuten vorbei. Ein Strich, und das war's.«

»Also gut«, gab Maksas nach, »dann also bis gleich.«

Schon zehn Minuten später hüpfte Rita am Empfang des Konkurrenzblatts von einem Bein aufs andere. Die Dame am Empfang rief den Sonderkorrespondenten an und erklärte treuherzig: »Ach, unseren Vakaris, den wollen sie alle.«

Gleich darauf war zu vernehmen, wie jemand mit großen Sätzen die Treppe heruntergesprungen kam und halblaut vergnügt vor sich hin sang. Rita hob den Kopf, sah lange, in engen weißen Jeans steckende Beine, und einen Augenblick später stand Maksas mit breitem Lächeln und ledernem Cowboyhut vor ihr.

»Hallo«, flötete Rita, »du bist das Idol meiner Tochter. Dein Interview in der ›Miss‹ ist wirklich toll. Darf ich dich duzen?«

»Natürlich, ich bin ja jünger als Sie. Na, und Ihre Tochter verehrt nicht mich, sondern meinen Doppelgänger.«

»Was für ein toller Hut!«, setzte Rita ihre Einschmeichel-Arie fort, »so einen sieht man sonst nur in Filmen. Ist wahrscheinlich der Einzige in ganz Vilnius?«

»Nein, es gibt noch einen, den meines Brüderchens. Ich habe ihn in Amsterdam entdeckt und gleich zwei davon genommen.«

Maksas sprach sehr leise, gar nicht so, wie er in den Werbeclips oder in der Lotterie ›Eldorado‹ herumzugrölen pflegte. So leise, dass sie sich ihm in fast intimer Weise nähern musste. Ging es denn wirklich nicht ohne die Bemerkung über den Altersunterschied? Ein kleiner Schweinehund. Er roch nach gutem Parfüm und nicht weniger guten Zigaretten. Er sah Rita aus warmen braunen Augen an und lächelte. Auf seinen Wangen bildeten sich reizende Grübchen.

»Auch das über Julija hast du gut geschrieben«, sagte sie in der Absicht, sich noch beliebter zu machen. »Wir zwei waren Freundinnen.«

»Wirklich? Ich habe Sie nie bei ihr gesehen.«

»Nun, das war etwas früher. Und du, warst du oft bei ihr zu Besuch?«

»Nicht sehr oft. Mein Bruder hatte mehr Kontakt mit ihr. Und meine Mutter hat bei ihr gearbeitet.«

Na so was! Maksas rückte mir nichts, dir nichts mit den Fakten heraus. Hätte Rita sie selbst recherchiert, sie würde sich wie Sherlock Holmes, Hercule Poirot und Erasto Fandorino in einem fühlen. Der Bruder, die Mutter... Maksas verströmte eine Aura von Beziehungen zwischen einander nahe stehenden Menschen. Auch er selbst war heiter und warmherzig. Es wurde einem ganz süß im Mund davon, aber nicht wie von Zucker, sondern wie von einer reifen Mango. Unwahrscheinlich, dass ein solcher Mensch Julija hätte in die Schläfe schießen können. Und mit ihr schlafen?

»Gehen wir einen Kaffee trinken und reden über Julija. Vielleicht gelingt es uns ja, die Traurigkeit über das Geschehene wenigstens ein bisschen zu zerstreuen.«

»Ich denke, wir haben sie jeder auf seine Weise gekannt. Das sind zwei verschiedene Julijas gewesen. Ich fürchte, wir werden einander nicht verstehen. Und auch unsere Trauer über ihren Tod ist wohl ganz verschieden.«

Nichts würde er ihr sagen. Obwohl er etwas verbarg. Nicht unbedingt einen Mord. Vielleicht deckte er auch jemanden. Zum Beispiel seine Mutter. Es war doch Violeta gewesen, die den Körper der Toten gefunden und die Fingerabdrücke an der Waffe abgewischt hatte. Und wenn *sie* Julija ermordet hatte? Motive? Bitte sehr: der Konflikt zweier Frauen, der Hausherrin und der Hausangestellten (Julija verstand es, Menschen zu erniedrigen), die der Mutter missfallende Beziehung ihres hübschen Söhnchens zu einer älteren Frau, schließlich das Geld, die kunstvollen und teuren Sachen, von denen es nur so wimmelte im Haus der Wahrsagerin, es hatte ja niemand eine Liste derselben erstellt, da konnte man sich aneignen, was man wollte. Rita hatte einen ausgezeichneten Riecher für kriminelle Peripetien, wie ein lange und mit Geduld dressierter Spürhund. Sie versuchte es noch mal: »Und doch, was meinst du, was hat Julija in den Selbstmord getrieben?«

»Ich meine überhaupt nichts. Wo ist die Zeitschrift, ich schreibe eine Widmung rein.«

Rita streckte ihm die auf der Seite mit Maksas' Foto aufgeschlagene ›Miss‹ hin.

»Wie heißt Ihre Tochter?«

»Dana.«

Er zog einen Luxusfüller hervor, kritzelte ein paar Zeilen Text hin und setzte dann eine angeberisch verschnörkelte Unterschrift darunter. Er gab Rita die Zeitschrift und sagte: »Danke. Auf Wiedersehen. Wir sehen uns auf Julijas Beerdigung.«

Aber Rita war ganz und gar nicht gewillt, den Verdächtigen einfach so ziehen zu lassen: »Maksas, was ich dir jetzt sage, ist nicht für die Presse. Ich erzähle dir das, weil du Julijas Freund warst. Gewisse Leute hegen den Verdacht, dass Julija ermordet wurde. Ihre Mutter hat sogar eine Untersuchung bei einer Privatdetektei in Auftrag gegeben. Außerdem hat sie vor ihrem Tod mit jemandem geschlafen.« Rita legte eine Pause ein, sie fragte sich, ob sie es Maksas mitteilen sollte oder nicht, dann entschied sie sich dafür: »Weißt du, in ihrer Vagina wurde Sperma gefunden. Hast du vielleicht bemerkt, welcher Gast noch dageblieben ist, als die anderen schon gegangen waren?«

Maksas' Gesichtsausdruck veränderte sich nach der Eröffnung dieses pikanten Details nicht im Geringsten. Er antwortete völlig ruhig: »Nein. Ich bin als Erster gegangen. Um zehn Uhr abends war ich Gast bei ›Krieg der Stars‹. Dann habe ich mich mit meiner Freundin Vita getroffen. Wir haben die Nacht zusammen verbracht. Sie kann das bestätigen.«

Er lächelte noch immer und sah Rita freundlich an. Plötzlich zog er sein Handy aus einer Tasche. »Entschuldigen Sie bitte«, schnurrte er und wandte sich von der ganzen Welt und am meisten von ihr, die sie älter und dümmer und überhaupt unfähig war, ab und mit einer Großes-Geheimnis-Miene der gerade erhaltenen SMS zu.

Rita war jetzt nur noch leerer Raum für ihn. Und warum belästigte sie ihn eigentlich? Weil sie Fragen hatte. Während einer journalistischen Recherche muss man viele Hindernisse und die eigenen Komplexe überwinden. Maksas hörte auf zu lesen und sein verhätscheltes Gesicht leuchtete vor Befriedigung. Beim

Betrachten dieses Menschen musste man sich einfach wundern, dass der Natur manche Geschöpfe perfekt gelingen.

Rita wollte noch keine Ruhe geben: »Hast du jemanden im Verdacht?«

»Ich verdächtige keine Menschen.«

»Anscheinend kann nur Julijas Kater über das Geschehene Auskunft geben.«

»Das ist kein Kater, sondern eine Katze. Sie heißt Bastet«, sagte Maksas in einem Tonfall, als wäre Rita ein tödlicher Irrtum in Bezug auf etwas ihm Liebes und Teures unterlaufen. Dann fügte er mit normaler Stimme hinzu: »Gehen wir, ich begleite Sie noch etwas. Ich will meine Zigaretten aus dem Wagen holen.«

Sie gingen zusammen nach draußen. Schon bei den paar Dutzend Metern, die sie mit Maksas zurücklegte, fiel Rita auf, wie ungeniert die Passanten sich nach ihm umdrehten und ihn angafften.

»Hat Julija dir gegenüber keine Andeutungen gemacht, dass sie von jemandem bedroht und verfolgt wurde? Sie hat mich ungefähr eine Woche vor ... vor dem Vorfall angerufen.«

»Sie haben davon in Ihrem Artikel geschrieben. Vielleicht hat sich die Magierin von Ihnen, einer einflussreichen Journalistin, Hilfe erhofft. Ich jedoch, wer bin ich schon? Der Hofnarr, nicht mehr.«

»Aber die Leute, die an ihrem letzten Abend bei ihr waren ...«, fing Rita wieder an.

»Dann fragen Sie doch die. Ich spreche nur für mich allein. Ist Ihre Redaktion denn nicht auf der entgegengesetzten Seite?«, fragte er, während er die Wagentür aufschloss.

»Interessiert es dich denn gar nicht, alles aufzuklären?«

»Nein.«

Rita entschied sich für den letzten, entscheidenden Schlag: »Maksas, die Waffe gehört doch dir!«

In Vakaris' Gesicht zeigte sich ängstliche Verwunderung, wie bei einem verwöhnten Kind, das unabsichtlich einen besonders teuren Gegenstand zerbrochen hat und jetzt ganz verdattert über den völlig unerwarteten Zorn der Eltern ist. Rita empfand mütterliches Mitleid mit ihm, sie merkte, dass sie ihn nicht weiter zu malträtieren vermochte.

»Nun ja. Ich habe der Magierin das Ding geliehen. Sie hat auch mir von irgendwelchen ihr feindlich gesinnten Typen erzählt. Sie meinte, sie würde sich mit der Waffe wenigstens ein bisschen sicherer fühlen. Ich wollte ihr nur helfen. Soll ich etwa dafür bestraft werden?«

»Natürlich nicht. Straf nur dich selbst nicht.«

»Ich bemühe mich. Grüßen Sie Dana von mir«, sagte Maksas, vertiefte sich dann wieder in sein Handy und schottete sich durch eine unsichtbare, doch undurchdringliche Wand von ihr ab. »Auf Wiedersehen.«

Rita blieb nichts anderes übrig, als sich zu verabschieden. Für Maksas empfand sie ein Mitleid, das jeglichen Verdacht zerstreute. Im Gehen schlug sie die Zeitschrift auf. Vakaris hatte geschrieben: *Für Dana, zum Geburtstag: Leuchte und wärme! With Love ☺ Maxas.* Ihre Tochter würde sich bestimmt darüber freuen. Nur das »zum Geburtstag« war fehl am Platz. Dana war Mitte Oktober geboren, eine Waage.

Wie vorauszusehen war, hatte Maksas' Autogramm eine magische Wirkung auf das Fräulein. Sie begann Luftsprünge zu machen, kreischte, erstickte Rita beinahe in ihrer Umarmung und wiederholte immer wieder: »Super! So ein Witzbold: zum Geburtstag! Für den ist wohl jeder Tag eine Fiesta mit Torten und Kerzen. Danke! Muuum, duuu biiist wiiirkliich suuuuperrr!«

An jenem Abend schien Maksas' Wunsch, zu leuchten und zu wärmen, in Erfüllung zu gehen. Rimas ging nicht zur Arbeit, etwa um acht kam Tomas vorbei, um sich irgendetwas zu holen, und so aßen sie alle vier fröhlich zusammen zu Abend, wie vor zehn, hundert, tausend Jahren.

Doch bereits am nächsten Morgen begann alles wieder von vorn. Schon während des Frühstücks nervte Rita jede Bewegung von Rimas, jeder etwas lauter geschluckte Bissen, jedes durch Mark und Bein gehende Schlürfen. Mein Gott, wie konnten sie sich nur so weit auseinander leben? Nun, heiße Liebende oder geblendete Turteltäubchen waren sie nie gewesen, aber sie hatten sich doch lange Zeit als gute, ja ausgezeichnete Freunde gefühlt. Woher kamen jetzt diese Leere und diese Eiseskälte?

Rita und Rimas lebten seit zwanzig Jahren zusammen. Sie hatten im zweiten Studienjahr geheiratet. Kennen gelernt hatten sie sich während der Aufnahmeprüfungen zum Studiengang TV-Regisseur. Damals schien das ein Prestigestudium zu sein, das einem bis zur Rente einen Arbeitsplatz und ein vernünftiges Gehalt sichern würde. Zumal weder Rimas noch Rita einen Platz in der Avantgarde anstrebten, sich nicht mit verbotenen Themen zu befassen beabsichtigten und auch keine Sterne vom Himmel holen wollten. Das brachte sie einander näher in einem Studiengang, wo es sonst nur so von Individuen, Talenten, Genies, Dissidenten und Revolutionären wimmelte. Zwei graue Spatzen inmitten von bunten Papageien erkannten einander sofort.

Während die Studienkollegen an Regenrinnen hochkletterten und versuchten, durch Toilettenfenster in die geschlossenen Filmvorstellungen im Kulturpalast des Innenministeriums zu gelangen, gaben sich Rita und Rimas mit dem zufrieden, was im Kino lief. Sie konnten ganz gut ohne Antonioni, Bergman, Buñuel und Fellini existieren. Sie himmelten Tarkowski nicht an und sahen sich nicht zum fünfzigsten Mal ›Rubljow‹ oder ›Der Spiegel‹ an. Sie lasen keinen Solschenizyn und auch keinen Brodsky. Sie konnten sich nicht recht vorstellen, womit sich Sacharow beschäftigte und was mit Tomas Venclova passiert war. Sie vermissten die Mystiker nicht, die in Form von dicken russischsprachigen Samisdat-Folianten in Vilnius kursierten: Alan Watts, Suzuki, Krishnamurti und Sri Aurobindo. Sie hatten nicht die leiseste Ahnung von der Chronik der katholischen Kirche. Sie hatten noch nie von Terleckas, Petkus oder Sadūnaitė gehört. Auch Vater Stanislovas in Paberžė hatten sie noch nie besucht. Sie dachten nicht daran, den 16. Februar, den Tag der Wiederherstellung der litauischen Unabhängigkeit, zu feiern. Sie wussten nicht recht, in welcher Reihenfolge die Farben der verbotenen Nationalflagge angeordnet und was der Vytis oder die Gediminas-Pfeiler waren. Falls sie von einem wie durch ein Wunder auf diese Seite des Eisernen Vorhangs geratenen BBC-Korrespondenten gefragt worden wären, hätten sie ihm keine klare Auskunft über Romas Kalanta oder den genauen Zeitpunkt der sogenannten Ereignisse von Kaunas geben können. Rita und Rimantas waren keine Ausnahme. Damals, vor mehr als zwanzig Jahren, lebten die meisten, ja fast alle so.

Rimas war Komsomolzen-Sekretär. Rita seine Stellvertreterin. Keiner von ihnen nahm dieses Amt ernst, sie spielten ganz einfach nach den Spielregeln, genau wie beim Studium des Marxismus-Leninismus, des wissenschaftlichen Kommunismus, der politischen Ökonomie, der Grundlagen des Internationalismus oder des Atheismus. Während der obligatorischen Vorlesungen ging das Wissen zum einen Ohr hinein und nach der Prüfung zum anderen wieder hinaus. Alle waren sie angepasst. Es herrschte die vollkommene Mimikry.

Nach dem Studienabschluss wurden beide beim Fernsehen angestellt. Jeden Morgen stapften sie zu dem riesigen Gebäude an der Konarskis-Straße, und auch wenn sie ganze Tage, Wochen oder Monate lang nichts taten, bekamen sie trotzdem ihr Gehalt. Tomas wurde geboren, Rita und Rimas band das enger aneinander. Dann begann der Sąjūdis. Rita tauchte kopfüber in ihn ein. Rimas verhielt sich etwas zurückhaltender, doch nur, weil er einen nordischen Charakter hatte. Dana war dann schon ein Kind des wiedererwachenden Litauen.

Darauf begann sich alles in horrendem Tempo zu verändern. Der Sinn der so oft auf Sąjūdis-Demonstrationen ausgesprochenen Phrase »Wen Gott verfluchen will, den verurteilt er dazu, in einer Wendezeit zu leben« wurde einem klar. In der Euphorie der Menge erschienen diese Worte nebelhaft, fast unverständlich. Doch später, als die Menschen auf sich allein gestellt waren, eröffnete sich ihnen der wahre Sinn der Sentenz. Alles veränderte sich, sogar die Nähnadeln und das Toilettenpapier.

Je zahlreicher die Veränderungen, desto gnadenloser spürte

man den Zeitmangel. Das nächtliche Zusammensitzen mit Freunden in der Küche, bei dem man über verbotene Themen redete, blieb in der Vergangenheit zurück. Während die Wende-Winde heulten, fand Rita auch immer weniger Zeit, mit Rimas zu reden. Er verlor seinen Arbeitsplatz, während sie Karriere machte. Und nun, da sie schon einen Fuß in die Prestige-Zeitung gesetzt hatte, würde sie ihren Job nur über ihre Leiche abgeben. Die Arbeit verschlang all ihre Energie. Rimas fühlte sich unwohl dabei, sich von seiner Frau aushalten zu lassen, obwohl er das nie laut sagte.

Für eine gewisse Zeit gab es da auch eine andere Frau. Geliebte konnte man sie wohl kaum nennen, doch während Rita wie eine Ratte im Laufrad der kriminellen Themen herumrannte, verbrachte Rimas mit besagter Dame auf angenehme Weise seine unerschöpfliche Freizeit. Dafür ging die Beziehung mit seiner Frau langsam, aber sicher in die Brüche, so wie sich ein Pullover langsam auftrennt, wenn man an einem einzigen Wollfaden zieht. Ungefähr vor drei Jahren war nichts mehr dagewesen. Rita versuchte nichts zu stopfen, flicken, kleben, erneuern oder zu ändern. Sie war mit Arbeit eingedeckt. Für alles andere hatte sie weder Lust noch Kraft noch Zeit.

Auch Dana und Tomas wurden langsam zu fremden Kindern. Wenn sie ihre hochgeschossenen Körper betrachtete, wunderte sie sich manchmal darüber, dass sie solche Riesen hatte in ihrem Bauch austragen und durch einen engen Spalt zwischen den Beinen zur Welt bringen können. Sie liebte sie, doch vermochte sie diese Liebe weder zu zeigen noch mit Worten auszudrücken. Alles wurde immer sinnloser.

Früher hatte sich Rita nie erlaubt, über diese Dinge nachzudenken, doch jetzt, seltsam, tat sie das. Es war, als hätte Julijas Tod eine Flasche mit einem Verzweiflungs- und Herzweh-Dschinn darin geöffnet, der jetzt, freigelassen, wie ein Wahnsinniger wütete.

Er fiel in einen bequemen Ledersessel in seinem geräumigen, hellen Büro. Er pfiff eine beschwingte Melodie vor sich hin und begann mit dem Abarbeiten der dringenden Aufgaben. Zuerst musste er sich um die selige Pythia kümmern. Vielmehr um ihren Körper. Die Wahrsagerin sollte nicht von Würmern zerfressen werden, nicht wie ein alter Lappen verfaulen, lasst uns ihre sterblichen Überreste dem Feuer anvertrauen. Der Nutzen war zweifach: metaphysisch und physisch. Keine rappeligen Naseweise würden mehr die Leiche begrapschen. Kein Ballistik-Experte könnte sie mehr nach Lust und Laune exhumieren lassen. Das Feuer beseitigt alle Spuren, besser als der Regen.

Er kratzte sich am Hinterkopf, als ob er mit dieser rituellen Bewegung die Gedankenströme aktivieren wollte, und rief Pythias Mutter an. Er wählte meisterhaft ein vor Betroffenheit zitterndes Stimmregister und drückte ihr sein Beileid aus. Er stellte sich als enger Freund der Verstorbenen vor, Name unwichtig. Ungeduldig ließ er die wehklagende Antwort über sich ergehen, verkündete, dass er Julytė oft davon sprechen gehört habe, dass sie nach ihrem Tod eingeäschert werden wolle. Ob man schon ein dahingehendes Schreiben der Verstorbenen gefunden habe?

Nun also zur Sache. Einmal hätten er und Julija einander im Scherz, vielleicht auch nach ein bisschen zu viel Kognak, versprochen, dass sie sich um die Beerdigung des anderen kümmern wollten. Man müsse folglich unverzüglich, noch heute Nacht, mit der Regelung der Angelegenheit beginnen. Er habe, so wie es sich für einen Freund gehöre, schon mit dem Krematorium in Riga eine Vereinbarung getroffen und übernehme alle entstehenden Kosten. Der Transport sei bereits organisiert. Heute sei Dienstag, und am Donnerstagabend oder schlimmstenfalls in der Nacht wäre Julijas Asche wieder in Vilnius. Es wäre das Beste, niemandem von der Kremation zu erzählen: weder den engsten Freunden noch den entfernteren Verwandten noch den Journalisten. Falls es irgendwelche Probleme mit der Staatsanwaltschaft oder der Polizei gebe, dann werde er alles in Ordnung bringen.

»Nein, um Gottes willen, Sie müssen mir nicht danken. Das ist meine Pflicht einem Menschen gegenüber, den ich geachtet und geliebt habe. Leider ist es die letzte. Auf Wiederhören.«

In Ordnung. Er legte den Hörer auf und atmete erleichtert auf. Er warf sich eine Minzpastille ein und vertiefte sich in sein elektronisches Notizbuch. Der Tag war wie immer anstrengend, voller zu erledigender Arbeiten. Er rief die zuständige Person an und bat darum, dass der Parapsychologen-Messe im Sportpalast der größtmögliche Rabatt gewährt würde. Falls das zu Verlusten führen sollte, dann würde man diese decken. Das Wichtigste dabei war eine andere Art von Nutzen. Sollten die Parapsychos ihre Nichtigkeiten vortragen, stapelweise Bücher über Karmadiagnostik kaufen, mit magischen Kristallen die Zukunft voraussagen, mit Wünschelruten wedeln und Auren fotografieren. Sollte der freie Wille sich selbst auf den Geist gehen, sich an der Nase herumführen, sich Sand in die Augen streuen und sich in bedrucktes Scheißepapier wickeln. Je mehr für dumm Verkaufte es im Staate gab, desto besser! Jedem Verbraucher sein eigener Weissager! Jedem Politiker sein eigenes Orakel!

Auf der Messe sollten zu diesem Zweck die von der Zentrale hergestellten Orakulatoren verbreitet werden, spezielle Apparate, die den ahnungslosen Anwender glauben ließen, er stünde in direktem Kontakt mit Gott und könne sogar mit ihm plaudern. Die wunderbaren Apparätchen waren in Armbanduhren eingebaut, natürlich nicht in irgendwelche, sondern in solche mit besonderen Zeichnungen auf dem Zifferblatt: Yin&Yang-Diagrammen, sechszackigen Sternen sowie Buddha und Christus. Er empfand kein Mitleid mit den Menschen, die so einen abscheulichen Kitsch kauften und mit jedem Ticken immer mehr zu falschen Propheten wurden. Sogar mit ihren vom Orakulator verzerrten Gehirngängen verdienten sie gar nicht übel.

Die Zentrale betonte immer wieder, wie wichtig die Flut von Magiern und Mystikern für Litauen sei. Er war stolz darauf, dass sich diese Subjekte im Lande Mariens wie Karnickel vermehrten und man sie nicht zur Vermehrung zwingen musste wie die verbohrten Pandas. Keiner seiner Mitbürger setzte am

Morgen auch nur einen Fuß vor die Tür, ohne nachgelesen zu haben, was ihm das Horoskop für heute verkündete, das selbst im allerletzten Käseblatt abgedruckt war. Die Frömmlerinnen rannten nach der Messe zu den Kartenlegerinnen. Dasselbe taten auch die Elite-Ökonominnen, ganz zu schweigen von den Elite-Huren. Die Politiker lebten in einer harmonischen psychologischen Symbiose mit ihren persönlichen Hellsehern und hofften, dass sie dadurch ein Stück Transzendenz erlangten. Raus mit den klaren Köpfen aus dem Rad der Geschichte, dann dreht sich das Rad leichter. Das Leben hatte an der Oberfläche dahinzugleiten. Weg mit der Tiefe! Es war an der Zeit, den alten Glauben und die alte Hoffnung durch neue Konstrukte zu ersetzen.

Die ernstzunehmenden Bücher wurden wie geplant immer teurer, und nach einem anstrengenden Arbeitstag, der einer Schlacht gleichkam, hatte kaum mehr jemand die Kraft, Proust oder Zarathustra zu lesen. 83 Prozent der Verbraucher im Lande Mariens kauften schon keine Bücher mehr – ein durchschlagender Erfolg! Das Problem der sogenannten Kulturpresse war bereits seit einiger Zeit gelöst. Man brauchte nur einen einzigen Blick auf die mageren, mit keinerlei Werbung geschmückten Blättchen für die Geistvollen zu werfen, und man begriff sofort: Wer für die schrieb oder sie las, war ein hoffnungsloser Versager. Die selbständig Denkenden und die mit einer eigenen Meinung hatten sich in den Untergrund zurückzuziehen, wo sie wie Kartoffelsetzlinge verblassen und längerfristig, vielleicht sogar in Kürze schon, spurlos verschwinden würden. Ihre Tage waren gezählt. Die Versuche, Widerstand zu leisten und auf die eigenen Rechte zu pochen, waren zum Scheitern verurteilt.

Für die Intelligenzler war also kein Platz mehr unter der Gesellschaftselite. Ihn nahmen andere Wesen ein, beduselt und glücklich wie Mäuse, deren Glücksgefühlszentren im Hirn mit speziellen Elektroden gereizt wurden. Die Experimente bewiesen, dass die mit Strom beglückten Labortiere so high wurden, dass sie zu schlafen, zu essen, zu koten, ja sogar sich zu paaren vergaßen. Die neue Oberschicht bestand jedoch nicht aus emsigen Mäusen, sondern aus Wesen, die zumindest Menschen nicht unähnlich waren. Deshalb funktionierten sie trotz höchstem Glücksgefühl körperlich ausgezeichnet, strahlten, machten sich breit, bliesen sich auf und schienen keine Ahnung davon zu haben, dass auf jeden Einzelnen das unausweichliche traurige Ende wartete. Sie waren schließlich Antropophage und fraßen einander ohne einen Tropfen Soße auf!

Und die Penner, die sollen sich ruhig die Haare ausreißen. Das Bellen des Hundes erreicht den Himmel nicht. Die Karawane zieht, auch wenn sie angebellt wird, ihres Weges. Den Aufruhr der Außenseiter nimmt schon lange niemand mehr ernst. Jeder Kaste ihr Platz. Eine klare Aufteilung der Aufgaben. Keine unkontrollierten Zwischenschichten. Keine gegen den Strom schwimmenden, gegen den Wind spuckenden, hinter einer Hecke neue Sprösslinge des Protestes hervorbringenden Individuen! Plötzlich merkte er: Er dachte wie die Zeitung. Einst hatte er ein raffinierter Ästhet werden wollen.

Das wohl wichtigste von seinem Bureau durchgeführte Programm mit dem von den Alchemisten geliehenen Codenamen *Omnia ad Unum* sollte genau das erreichen, nämlich die Bürger in Schubladen einordnen und diejenigen, die in keine passten oder nicht anpassungsfähig waren, aussieben oder gar aus dem Spiel werfen. Die Regeln sind einfach, die High-Society-Chroniken in den Hochglanzzeitschriften trichtern sie einem bereitwillig ein: Falls du nicht genug Kohle für einen Ferrari hast, lieber Mitbürger, dann bleib sitzen und halt den Mund, benimm dich deinem Platz in der Gesellschaft entsprechend, und falls dir diese Ordnung nicht passt, dann kannst du dich ja umbringen, niemand wird dich abhalten. Selbstmord ist eine natürliche Selektion, wer könnte dieser Behauptung widersprechen? Die Schöne Neue Welt braucht keine Subjekte, die den gesunden Lebenswillen und die Lust zu kaufen, zu kaufen und noch mal zu kaufen verloren haben.

Die Tatsache, dass Litauen die höchste Selbstmordrate der Welt hatte, klang für ihn wie ein Kompliment und bewies die enorme Leistung seines Bureaus. Um ehrlich zu sein, die Selbstmorde waren sein wichtigstes Betätigungsfeld. Seine ganze Freizeit widmete er genussvollen suizidologischen Studien.

Daneben interessierte er sich auch für das Problem der Einsamkeit, das ein zweischneidiges Schwert war. Auf der einen Seite war die Einsamkeit zu fördern. Die Generation der dreißigjährigen Berühmtheiten mit dem Codenamen *Kinder der Chimäre* verkörperte in ausgezeichneter Weise das Ideal des einzelgängerischen Lebens. Diese Neumenschen aus der Neuklasse der Einsamen konzentrierten sich vor allem auf die Hauptstadt, arbeiteten viel und hatten deshalb genug Geld für Freizeitvergnügungen, die ohne Unterlass von den schnatternden Medien besprochen wurden. Falls sie sich auf eine Paarbeziehung einließen, dann nur auf Zeit, sie konnten wohl aus reiner Gewohnheit, allein zu leben, keine Verpflichtungen gegenüber Partnern und Sprösslingen mehr übernehmen. Sie wollten sich nicht vermehren, und wenn das so weiterging, dann würde die Zahl der Litauer sich in den nächsten zwanzig Jahren um eine ganze Million vermindern.

Quod licet Iovi non licet bovi. Die Normalverbraucher, auf der anderen Seite, welchen Alters auch immer, sollte die Einsamkeit einschüchtern und beängstigen. Dieser Art von Einzelgängern hatte das Placebo den gnadenlosen Krieg erklärt; in Filmen und bunten Zeitschriften wurde mit aller gebotenen Deutlichkeit demonstriert, dass es rundherum nur so von in Eintracht lebenden Paaren wimmelte, die Dauervermehrung, der unbändige Sex, der ununterbrochene Koitus regieren. Diese Aktionen intensivierte das Bureau vor Festtagen wie Weihnachten, Neujahr und ganz besonders vor dem Valentinstag. Die sogenannten Vater- und Muttertage wurden zu einem Triumphzug der schwärzesten Einsamkeit umfunktioniert, damit die Erzeuger sich den Kindern entfremdet fühlten und umgekehrt (Letzteres war sehr wichtig!). Agenten des Bureaus arbeiteten in Psychotherapie-Praxen, Dianetik-Zentren und Redaktionen von Familienzeitschriften und setzten dort konsequent das grundlegende Konzept der Entfremdung um. Der Graben zwischen den Generationen klaffte so tief wie noch in keiner Epoche zuvor.

Das Bureau verbreitete in der Gesellschaft auch die metaphysische Einsamkeit, die jeder am eigenen Leib erfahren sollte, ganz gleich, ob er wie ein Einsiedler lebte, in einer Paarbeziehung oder in einer Familie, die kaum am großen Esstisch Platz fand. Diese Einsamkeit war verbunden mit einer unerklärlichen inneren Unruhe. Die Verbraucher sollten sich einsam fühlen, voneinander durch eine undurchdringliche Wand getrennt, deren Backsteine aus schwerster Arbeit (oder Arbeitslosigkeit), Geld-Jagd (-Überfluss, -Mangel), chronischer Übermüdung, sinnlosen, freudlosen Vergnügungen und Überfluss an unnötiger Information bestanden. Um das Individuum in eine metaphysische Einsamkeit zu hüllen, verbreitete das Bureau Fremdenhass, stachelte Antisemitismus und rassistische Ideen an und förderte in verschiedenster Weise nationalistischen Schwachsinn, damit sich der Verbraucher als zum Schlag geballte Faust fühlte und nicht als zum Streicheln ausgestreckte, weit offene Handfläche.

Die metaphysische Einsamkeit wurde zusätzlich dadurch verstärkt, dass die neue Placebo-Welt weder auf den alten Gott noch auf den alten Glauben angewiesen war. Bei der Begründung der Behauptung, dass Religion Blödsinn sei, erhielten sie wunderbare Schützenhilfe von Osama bin Laden & Co. Meine Damen und Herren, wenn Sie sich davon überzeugen wollen, was der sogenannte Glaube an Gott wert ist, dann sehen Sie nur hin: einstürzende Wolkenkratzer in New York, bärtige, in mittelalterliche Leintücher gehüllte Taliban, an jeder Ecke lauernde Schahids und Mudschaheddin, grimmiger Fanatismus, Armut, Drogen, Unterdrückung der Frauen, Brutalität, Folter, Mord, Leichen, Leichen und nochmals Leichen. Bush Junior sollte den Namen Gottes auch nicht über die Lippen bringen, zu wem er wohl in Wirklichkeit betete? Zu Mars? Zu Mammon? Zu Moloch?

Gewiss, die Menschen in Litauen dachten in viel engeren Kategorien und kümmerten sich keinen Deut um solche globalen Argumente. Jeder gierte nach schlechten Beispielen aus seinem eigenen Umfeld. Wenn ihr das wollt, bitte. Der Wunsch des Kunden ist dem Bureau Befehl. Regelmäßig wurde das Auge mit

Zeitungsartikeln und sensationslüsternen TV-Sendungen verwöhnt, die einem mitteilten, dass ein ganz normaler Pfarrer für die Mafia arbeitete, spekulierte, stahl, der Völlerei huldigte (das Dreifachkinn und der runde Bauch zeugten davon), um Mitternacht besoffen die Kirchenglocken läutete, seiner Haushälterin ein Kind verpasste, noch marktgängige Frömmlerinnen belästigte, Ministranten bumste und taufrische Büblein verführte, die ihm zum Katechismus-Unterricht anvertraut worden waren. Dieses Tätigkeitsgebiet bezeichnete das Bureau ohne Umschweife als Presbyterozid, doch die leichtgläubigen Mitbürger hegten nicht den geringsten Verdacht und klagten nur andauernd (besonders galt das für die Gesellschaftselite), dass sie keinen verlässlichen Mittler zwischen sich und Gott mehr hätten.

Als Ersatz für die eigenen nichtsnutzigen Seelsorger kamen fremde: Gurus, Lamas, Babas, Rabbis und allerlei andere Lehrer, deren Kompetenz im Lande Mariens niemand in Frage stellte. Das Bureau förderte den religiösen Tourismus in besonderem Maße. Sollten doch die, denen es von der fiebrigen Seele zu heiß unterm Hintern wurde, nach Indien, Tibet, Korea, Japan, Israel abzotteln und nicht mit ihrem Gefasel die sich in so harmonischer Weise formierende Atmosphäre des Unglaubens verschmutzen. Das Bureau kümmerte sich auch um die Sekten, die wie mächtige Staubsauger die wirklich zum Glauben neigenden Menschen verschlangen und so die Gesellschaft vor Einsichten, Verklärungen und Erleuchtungen bewahrten.

Jeder Mensch denkt auf seine Art und schafft sich seine eigene einzigartige Wirklichkeit oder vielmehr seinen Wirklichkeitstunnel. Ihren Wirklichkeitstunnel besitzen nicht nur Individuen, sondern auch Paare, Familien, Vereine, Gemeinden, Städte, Völker und Staaten. Doch so eine Vielfalt führt zu nichts. Deshalb setzten die Zentrale und ihre Bureaus schon seit einigen Jahrzehnten auf der ganzen Welt alles daran, die verschiedenen Wirklichkeitstunnel zu vereinheitlichen. Wozu brauchte man den Wirklichkeitstunnel eines kleinen Volkes oder eines kleinen Landes? Zu gar nichts! Dass man in Litauen maßgebliche Resultate erzielt hatte, bezeugte die Tatsache, dass die Litauer von allen Europäern am wenigsten stolz darauf waren, Bürger ihres Landes zu sein.

Und wozu war der Wirklichkeitstunnel eines marginalen Individuums voller Minderwertigkeitskomplexe gut, vermischt mit outriertem Größenwahn und dem Wunsch, sich der allgemeinen Ordnung zu widersetzen? Die Zeiten der Verschiedenheit waren vorbei! *Wie im Himmel so auf Erden. Die Welt ist eins, einträchtig und einheitlich.* Diese zwei Losungen hingen in roter Kursivschrift auf blauem Himmel mit weißen Wölkchen an den Wänden seines Büros, neben Zertifikaten, Diplomen und Lizenzen.

Er warf sich noch eine Minzpastille ein und ging wieder telefonieren. Er musste den Leoparden anrufen und ihn beauftragen, sich der Journalistin des Zerberus anzunehmen. Es war zu hoffen, dass der Sonderagent diesmal effizient wie immer vorging, nicht wie das eine verflixte Mal, als er bei Pythia versagt hatte. Jetzt bekam er die Gelegenheit, sich zu rehabilitieren. War es denn so schwer, eine Frau mittleren Alters, schon beinahe in den Wechseljahren, aus dem Konzept zu bringen und wenn nötig auch ganz zu vernichten?!

Dieses Tätigkeitsfeld des Bureaus trug den Codenamen *Mars-Venus*. Ein Blick in eine der beliebten Broschüren über die Beziehungen zwischen den Geschlechtern machte klar, was gemeint war. Die Zentrale mit ihren Filialen auf der ganzen Welt stützte sich auf die Behauptung, dass Männer und Frauen Bewohner zweier verschiedener Planeten seien. Als ob das noch nicht reichte, befanden sie sich auch noch in einem Dauerkriegszustand. Die Liebe hatte schon seit Menschengedenken Ausdrücke aus der Sphäre des Kampfes verwendet: *Amors verschossener Pfeil, das eroberte Herz, sich den Gefühlen ergeben* ... Im Krieg durfte man nicht den Frieden erklären, man musste jeden auch noch so geringen Vorwand zur Weiterführung des Krieges nutzen. Falls ein gefährlicher Waffenstillstand eintrat, musste man einen Weg finden, um einen neuen Unruheherd zu schaffen. Wenn man genauer hinsah, konnte man feststellen, dass fast alles als Munition für den geheimen Krieg diente, vom Dildo bis zur Concorde. Die Waffenarsenale der NATO sahen im Vergleich mit denen des Mars-Venus-Krieges wie Peanuts aus!

Die Liebe war ebenso wie Glaube und Hoffnung in der vom Placebo verkündeten und in Umsetzung begriffenen globalen Welt überflüssig. Die Liebe genügt sich selbst, sie ist ein Gefühl, das sich selbst sättigt und zufrieden stellt. Die von den Propheten und Poeten gepriesene Liebe braucht nicht einmal unbedingt einen Partner oder eine Partnerin. Die Liebenden verehren nicht einen anderen Menschen, sondern ihr eigenes betörendes Gefühl. Deshalb ermunterte einen die bis zur kritischen Masse angehäufte Emotion nicht zum Konsum. Wozu brauchte die Liebe Bankkonten und Kreditkarten, wozu Lotterielose und Töpfe voller Gold als Gewinn, wozu Rabatte in Einkaufszentren und ein besseres Leben versprechende Politiker? Die Liebe hatte es auch so gut.

Wozu brauchte die Liebe all die anderen Dinge, die so unentbehrlich waren bei den Paarungsritualen, beim Bumsen, beim Ficken, beim Vögeln, beim Poppen, bei der qualitativ und quantitativ befriedigenden Vereinigung: Schokolade, Sekt, Shampoos gegen Schuppen, Zahnpasta, Lotionen, Depilatorien, Superrasierer, Schlankheitspillen, muskelaufpumpende Nahrungszusätze, Präservative und Verhütungsmittel, Viagra und Lustsalben für die Vagina, wozu die erotisierende Sexshop-Produktion, die Anleitungen der Kamasutra-›Cosmopolitan‹ und des ›Playboy‹, die Pornostreifen, wozu die Reizwäsche, die Negligés, die Bettwäsche, die Haute Couture und Prêt-à-porter-Kollektionen, den Schmuck, die Pelze, die Teppiche, wozu die breiten Betten, die Schlafzimmer, die Wohnzimmer, die Appartements, die Häuser, die Schlösser, die phallusförmigen Autos, die vaginösen unterirdischen Garagenräume, wozu die Riesenstädte mit den Wolkenkratzer-Erektionen, wozu das Erdöl, das Gold, das Uran, das Platin, die allermodernsten Waffen und die pompösen Weltraumflug-Ejakulationen?

Der Liebe ist alles außer ihr selbst nur tönendes Erz, nur klingende Schelle. Nur allerleerste Leere.

Kraft erzeugt Gegenkraft. Genau deshalb war für die Liebe

kein Platz mehr in der neuen Welt. Das bemerkten nur wenige, denn der Liebesersatz hatte beinahe dieselbe Form, denselben Duft und Geschmack wie die Ausgangsquelle. Die Neuliebe von der Liebe zu unterscheiden vermochte nur ein professioneller Experte. Oder ein hoffnungsloser Romantiker. Doch die Tage dieser Art waren schon längst gezählt.

Auch er selbst glaubte aufrichtig dran, dass die Liebe nur eine Erfindung sei. Es gab nur die Lust, die man befriedigen musste, und Lustobjekte, die man zu konsumieren, ergreifen, packen, überfallen, verfolgen, verletzen, hassen, vernichten hatte, um dann alles wieder von vorn zu beginnen. Sagen Sie, wodurch unterscheidet sich die Neuliebe, dieser Kampf auf Leben und Tod zwischen Mann und Frau, vom Krieg, dem kalten, heißen, Partisanen-, heiligen Krieg, dem Dschihad? In gar nichts doch. Diese seine Erwägungen hatten einst Pythia, sie ruhe in Frieden, schwer beeindruckt.

Der oben geschilderte Kampf fand fast überall von selbst statt, doch bei Bedarf konnte man auch ein wenig nachhelfen. Dazu benutzte das Bureau Sonderagenten, die männlichen und weiblichen *Hormonkrieger*, die sofort dort für Spannung, Aufruhr, Stress sorgten, wo zeitweise absolut unnötiger Friede eingetreten war. Diese Personen sahen gut aus, strahlten eine umwerfende Sexualität aus, waren versiert in Psychologie, besaßen Erfahrung in Hypnose, und es mangelte ihnen nicht an Talent, andere Individuen zu manipulieren.

Ihr Hauptziel waren defektive Beziehungen zwischen den beiden Geschlechtern, eine Art Liebes- und Sexersatz, der den täglichen Rhythmus brach, einem den Schlaf, den Appetit, die Arbeitslust, die gute Stimmung raubte, schädliche Gewohnheiten förderte, am Geld und am Selbstwertgefühl nagte, einen aus der Bahn warf, um die Geduld, den Verstand und in Extremfällen, wenn es das Bureau für unabdingbar hielt, ums Leben brachte.

Der Mars-Venus-Mechanismus funktionierte hervorragend, doch kein Außenstehender vermochte herauszufinden wie. Niemand hatte auch nur den geringsten Verdacht, dass eine Affäre mit einem tragischen Ende keineswegs von der Liebe angezettelt worden war, sondern von den Schalthebeln des Bureaus. Andere Geheimdienste verstrickten ihre Opfer in vergleichsweise platte Ränkespiele. Den in Ungnade Gefallenen, zu Kompromittierenden, zu Vernichtenden, zu Beseitigenden wurden Prostituierte untergeschoben, Gigolos, Pseudo- oder echte Schwule, Bündel von markierten Geldscheinen oder Urlaub zur falschen Zeit, am falschen Ort, mit den falschen Reisegefährten. Jede dieser Strafaktionen wurde mit Adleraugen von einer Horde Paparazzi verfolgt, es entstand ein Skandal, die Geschichte erschien auf den Titelseiten der Tagespresse, der Kompromittierte versuchte trotzdem, sich und den anderen zu beweisen, dass man ihm in gemeiner Weise eine Grube gegraben, die Grundsätze von Ethik und Moral, ja sogar die Verfassung verletzt habe. Der Lärm legte sich, das Opfer leckte sich hastig die Wunden und lebte weiter wie zuvor, manchmal stieg sein Ansehen sogar um etliche Punkte bei Meinungsumfragen.

Anders lagen die Dinge im Falle von unglücklicher Liebe, unbefriedigter Lust, Verlassenwerden, Verrat, Untreue, intimer, raffinierter Erniedrigung. Wegen solcher Dinge konnte man sich bei keiner Ethikkommission beklagen, niemanden vor Gericht bringen, sich weder materielle noch moralische Genugtuung verschaffen, sich keinem Kollegen anvertrauen, bei keinem Freund Trost bekommen, ja nicht einmal beichten konnte man das. Und die vom Bureau organisierte Neuliebesgeschichte zehrte noch lange an den Kräften wie eine unheilbare Krankheit oder langsam wirkendes Gift.

Und wer sind die Opfer des Bureaus? Wie immer und überall diejenigen, die die gewohnten Grenzen überschreiten, die sich zu viel erlauben oder den Kopf zu hoch tragen, die sich der allgemeinen Ordnung nicht fügen. Anders gesagt, die, die dem Standardformat nicht entsprechen. Einzelne davon gab es noch immer in allen Schichten, vom Parlament, dem Seimas, den Ministerien, Banken, Redaktionen der Tageszeitungen bis zu den Geschäftsleuten, Künstlern, Sportlern und sogar Mannequins, deren Gehirnmasse die eines Huhns überstieg. Ja, die Mars-Venus-Agenten bewegten sich im Milieu der sogenannten Elite.

Für den anderen Teil Litauens, für die Versager, zum größten Teil Landbewohner, gab es ein anderes Programm mit dem Codenamen *Rübenausreißen*. Die Zentrale hatte einen anderen vorgeschlagen, nämlich *Cinis Cinerum*, der irgendwie mit Asche zusammenhing, doch er war der festen Überzeugung, dass ein lateinisches Etikett an keinem litauischen Dorf haften bliebe. Ehrlich gesagt, ekelte ihn dieses Arbeitsgebiet ziemlich an.

Im Rahmen des Mars-Venus-Projekts betätigten sich zur Zeit einige Hundert Hormonkrieger. Beinahe zu gleichen Teilen Männer und Frauen. Die Agentinnen hatten in den Listen des Bureaus Decknamen, die ihr Tätigkeitsfeld beschrieben: die Allwissende, die Barlöwin, die Bedrückte, die Dramenkönigin, die Emanzipierte, die Feministin, die Flüchtige, die Füchsin, die Hexe, die Hure, die Konfliktanfacherin, die Modepuppe, Mutter Erde, Mutti, die Nörglerin, die Offenherzige, Ophelia, die Prinzessin, die Psychoanalytikerin, die Raubkatze, die Reiche, die Retterin, die Seltsame, die Snobistin, die Streitsüchtige, die Verfolgerin, die Verneinerin, die Wissenschaftlerin, die Zicke. Er persönlich teilte die Frauen nur in zwei Arten ein: die für die Parfümwerbung und die für die Waschmittelwerbung. In eine dieser beiden Kategorien passte nach seiner festen Überzeugung jede Tochter Evas, unabhängig von Alter, Aussehen, Bildung, sozialer Stellung, Geistesgröße, Seelenschönheit oder Vorstellungskraft. Pythia war für das Parfüm. Die Journalistin des Zerberus für die Waschmittel.

Auch die Männer waren in der Mars-Venus-Kartothek nach Decknamen geordnet: der Alkoholiker, der Allwissende, der Beichtvater, der Beschimpfer, der Casanova, der Diktator, der Don Juan, der Gekränkte, der Gigolo, der Guru, der Hasser, der Irre, der Jammerlappen, der Kumpel, der Künstler, der Narziss, der Perverse, der Psychiater, das Raubtier, der Redner, der Retter, der Scharlatan, der Scheinheilige, der Scheißkerl, der Schelm, der Schlappschwanz, der Tränensack, der Tyrann, der Wahnsinnige, der Waschlappen, der Zornige.

Die Hormonkrieger wurden auf verschiedene Weise angeworben. Nur einige wenige entstammten den alten KGB-Strukturen, andere waren wegen des höheren Gehalts aus dem Geheimdienst der Republik Litauen übergelaufen. Doch die arbeiteten nach den alten, festgefahrenen Methoden, hatten keine Gabe für Improvisation, taugten nichts im Bett und landeten deshalb meist in der *Rübenausreißen*-Abteilung des Mars-Venus-Programms.

Nach Kandidaten wurde meist in Restaurants, Bars, Bistros, Kasinos, Nachtclubs und anderen Sammelstellen zerbrochener Herzen gesucht. Er selbst konnte stundenlang mit einem Unbekannten Krug um Krug, Glas um Glas leeren, sich betrunkene Lebensbeichten anhören, und manchmal fand er dabei unerreichte Talente des Mars-Venus-Genres.

Die besten Agenten waren jedoch frühere Opfer des Bureaus, die sich wie Phönix aus der Asche erhoben hatten. Genau diese zerstörten Existenzen wurden zu den kämpferischsten Rächern-Vernichtern. Gewiss, nicht alle in die Ecke Gedrängten wollten etwas an ihrem Leben verändern. Doch für die, die nach einer Wende verlangten, hatte er immer ein frisches Lüftchen bereit.

Der Leopard war einer von denen, die die Herausforderung angenommen hatten. Vor etwa drei Jahren hatte er sich entschlossen, sich aus dem Staub zu erheben, in den ihn das Bureau getreten hatte. In jenem Leben, dem eines Neureichen, bestand sein größtes Problem darin, dass er zu viel dachte und plapperte. Deshalb lenkte er die Aufmerksamkeit der Mars-Venus-Beauftragten auf sich. Erst verließ ihn seine hübsche junge Frau, verführt von einem Hormonkrieger. Vor lauter Herzschmerz und männlichen Ambitionen verlor der Mann gesunden Menschenverstand, Vorsicht, Selbsterhaltungstrieb, wurde wie ein Sektkorken aus der Geschäftswelt hinauskatapultiert, ging bankrott und kam nur dank dem Bureau nicht ins Gefängnis. So ein Mensch trägt genug Sprengstoff in sich, um sich bis zum Ende seiner Tage an der ganzen Welt, aber vor allem an den Frauen rächen zu wollen.

Und mit denen musste man in Litauen ein ernstes Wörtchen reden. Die Vertreterinnen des anderen Geschlechts hatten sich

von der stillen, ergebenen Mehrheit in anmaßende und starke
Persönlichkeiten verwandelt, obwohl sie sich schon allein wegen
der Tatsache hätten am Boden zerstört fühlen müssen, dass auf
einen statistischen Mann im Lande 1,8 Frauen kamen. Eine so
schlechte Nachricht hätte im Kopf eines jeden Weibchens, sogar
eines solchen mit derzeitigem Partner, ganz zu schweigen von
dem Rest ohne Partner und Befruchter, die Alarmglocken läuten
lassen müssen!

Doch die Frauen wurden völlig entgegen dem Plan zu den
starken Akteuren des Spiels, obschon das im alltäglichen Leben
noch nicht so deutlich zutage trat wie in den Beobachtungs-
berichten des Bureaus. Aus der Zentrale kam immer wieder die
Bemerkung, dass dem Placebo das der Welt drohende Matriarchat ganz und gar nicht in den Kram passe. Deshalb mussten die
wachsenden Kräfte der Frauenwelt mit allen Mitteln einge-
dämmt werden. Was wurde nicht alles unternommen, um das
Bollwerk der Frauen ins Wanken zu bringen! Eines der wirk-
samsten Projekte trug den Codenamen *Anima*.

Mit dem *Anima*-Programm wurde auf der ganzen Welt die
für die Frauen bestimmte Presse, unzählige, in Riesenauflagen
erscheinende Zeitschriften mit immer demselben Barbiegesicht-
chen auf dem Titelbild und klingenden Namen von Eva bis Li-
lith, besonders gründlich und nachhaltig kontrolliert. Von der
Einmischung von außen hatten weder die Redakteure dieser
Presseerzeugnisse noch die Journalisten die geringste Ahnung.

Die vom Placebo verbreitete Information stand zwischen den
Zeilen. Sie war unsichtbar, unfühlbar, geruchlos, wie all die
anderen lebensgefährlichen Substanzen: radioaktive Strahlung,
deformierte elektromagnetische Wellen, todbringende Vibrationen, Besprechungen oder Flüche. Doch genau diese wortlosen
Mitteilungen konnten die Predigt des Papstes vergiften, den
Aufruf des Dalai Lama, die Beichte der Mutter Teresa, schließlich das Interview mit dem Herrn selbst, falls dieser auf ein paar
unschuldige Fragen zu antworten geruhen würde.

Die Hauptwaffe des *Anima*-Programms aber war die Werbung. Sie wurde zum wichtigsten Atomreaktor, der mit seinen

alles durchdringenden Strahlen auch das lebenskräftigste Hirn abtöten konnte. In den Rundschreiben des Bureaus wurden gewisse besonders gelungene Werbetexte mit der Anmerkung *Femizid* versehen.

Die Werbung hielt jeder Frau aufdringlich und hartnäckig vor, was für eine Versagerin sie sei. An einer Frau war alles kritisierenswert: Gewicht, Größe, Haut, Länge der Beine und des Halses, Umfang der Taille, der Hüfte und der Waden, Festigkeit und Größe der Brüste, Härte der Brustwarzen und der Klitoris, Form der Ohren und der Nase, Art und Farbe der Kopf-, Waden- und Schambehaarung, Form der Augenbrauen, Dichte und Länge der Wimpern, Fülle der Lippen, Weiße der Zähne, Härte der Fingernägel, Farbe der Augen, Klang der Stimme, Geruch von Mund, Achselhöhlen und Schritt und, am allerwichtigsten, das Alter.

Wenn du eine Frau und über dreizehn bist, dann kannst du dich schon als beinahe tot betrachten und langsam dem Ende entgegensiechen. Man wird dir ständig erklären, du würdest die Form verlieren, Falten oder Haare bekommen, vertrocknen, verwittern, wegen Osteoporose und Osteochondrose zerbröckeln, deine Knochen würden infolge von Kalium-, Magnesium- und Kalziummangel schrumpfen und, statt sich geschmeidiger Gazellenmuskeln zu erfreuen, langsam von Mutterschweinspeck mit Zellulitis-Einlagen überwachsen. Auch für die Mutigen ohne Komplexe und die ganz Frechen unter den Frauen hatte man jederzeit Kritik parat: Prämenstruelles Syndrom, postnatale Depression, Nicht-Auffinden-Können des G-Punktes, Frigidität und Wechseljahre. Doch das war noch nicht alles!

Du bist jung und unerreichbar schön? Trotzdem bist du in gewisser Hinsicht krank und auf Medikamente angewiesen: gegen Akne, Schweiß, Schuppen oder unbändige Fettdrüsen. Wie ein Baby kommst du fast nie ohne Windeln aus. Sie sind unvermeidlich, wenn deine »Tage« kommen, und wenn sie vorbei sind, ist die Slipeinlage erforderlich, damit du, wenn du von Herzen lachst, Gott behüte, nicht in die Hosen machst. Die Männer lachen, bis ihnen die Tränen kommen, und die Frauen?! Die Werbung ist immer zur Stelle, um dich daran zu erinnern, wer hier der Chef, Herr im Haus und Gebieter ist! Über ihren Platz unter der Sonne sollten schon kleine Mädchen nachdenken.

Denen, die sich verändern und perfektionieren wollten, schlug die Werbung eine Unmenge verschiedenster Mittel vor. Doch die Schlankheitspillen, Silikonimplantate, straffenden Injektionen, Verjüngungscremes wirkten nicht nur auf den Körper, sondern auch auf das Hirn und sogar auf die Seele. Das Placebo hatte sich darum gekümmert, dass allen Schönheitspräparaten ein neuer, das richtige Denken fördernder Stoff namens *Pretiosa Margarita* beigemischt wurde. Die Frauen, die davon versucht hatten, sagten sich nach und nach von feministischen Prinzipien los und begannen von morgens bis abends und auch in der Nacht nur noch daran zu denken, wie sie den Männern gefallen könnten.

Und wenn wir dann zu all dem Gesagten noch das Diktat der Mode hinzufügen? Natürlich nicht die Kleider selbst, ohne Kleider läuft ja keiner herum, schon seit Urzeiten ist sich die Menschheit einig, sich zu kleiden, sondern den Idealtyp der Neufrau: das Mädchen aus dem Konzentrationslager, aus dem hungernden Sudan. Ziemlich weit verbreitet war das Gerücht, der neue Topmodel-Frauentyp sei vom Clan der schwulen Designer kreiert worden, doch in Wirklichkeit war dies das Werk des Placebo und seiner in der ganzen Welt arbeitenden Bureaus. Wozu das alles? Nun, dazu, dass alle anderen, außer den Kleiderständern und Klappergestellen, sich absolut wertlos fühlten.

Die Männer wurden vom Placebo auch nicht vernachlässigt. Die Zentrale führte dazu in Litauen das besonders wirkungsvolle Programm *Animus* durch, das die Veranderung des starken Geschlechts mittels dreier Maßnahmen beinhaltete: durch Alkoholismus, kriminelle Tätigkeit und Politik. Am meisten aber nagte am Bewusstsein der Männer die immer wieder subtil in Erinnerung gerufene Tatsache, dass die Frauen überall in der Welt und auf allen Gebieten die Oberhand gewannen und die Funktionen des einst starken Geschlechts übernahmen. In Litauen war es besonders hilfreich, immer wieder daran zu erinnern, dass die Männer in diesem Land höchstens in puncto Anzahl der Selbstmorde an erster Stelle lagen.

Seine Gedanken wurden durch ein sanftes Klopfen an die Tür
unterbrochen. Der Leopard. Fester Unterkiefer. Ausdrucksvolle
Wangenknochen. Ein Kinn mit Grübchen. Empfindsame Lippen.
Weiße Zähne. Stählerne Augen. Eine etwas zu niedrige Stirn.
Braune Haare, auf edle Weise leicht ergraute Schläfen. Ein
Mannsbild, das irgendeinem der James Bonds glich, einem von
denen zwischen Sean Connery und Pierce Brosnan. Allerdings
hatte der Agent nach der Geschichte mit Pythia ein wenig die
Form verloren.

»Mein Lieber, mir scheint, du hast dir ein Bäuchlein wachsen
lassen. Nimm dich zusammen.«

»Ich treibe Sport.«

»Dann treib mehr Sport. Als wir uns kennen lernten, warst du
um einiges besser in Form.«

Wirklich, vor drei Jahren, als der Leopard auf der äußersten
Klippe seiner eigenen Verzweiflung balancierte, war er weitaus
besser in Form gewesen. Er hatte damals nicht nur körperlich besonders anziehend, sondern auch geistvoll ausgesehen. Man
sagt nicht umsonst, das Leid schmücke den Menschen.

»Wenn du, um in Form zu bleiben, Extremsituationen
brauchst, dann können wir die jederzeit organisieren.«

»Ich bin kein kleines Kind mehr, ich schaff das schon allein.«

»Ausgezeichnet. Diesmal ist die Aufgabe wirklich nicht
schwer.«

Er erklärte dem Leoparden lakonisch, worum es ging. Eine
Journalistin. Vierzig. Sie schnüffelte in der Pythia-Sache herum. Soll sie sich ein wenig von der Arbeit loseisen und sich verlieben. Wer weiß, vielleicht zum letzten Mal in ihrem Leben.

»Soll ich sie wirklich bis zur Selbstbeseitigung bringen?«

»Ich glaube nicht. Hoffnungslosigkeit reicht.«

Die Männer besprachen den Handlungsablauf. Als der Leopard gegangen war, schlug er die Zeitung auf. Die Meldung vom
Tage aus der Zentrale war nicht besonders brisant:

PANIK WEGEN PUTZIGER IGEL

Auf der Jagd nach Einbrechern fanden in Neuseeland neun Polizisten mit Spürhunden nur ein sich liebendes Igelpärchen vor. Die Beamten waren von aufmerksamen Nachbarn in eine Straße in Brichester gerufen worden. Sie hatten geglaubt, dass Einbrecher in ein Haus einzudringen versuchten. Die Nachbarn versicherten den Beamten, sie hätten ein Geräusch wie von einer Säge gehört. Die Polizisten fanden schon bald nach ihrer Ankunft heraus, dass die Geräusche von einem in Liebesspiele vertieften Igelpärchen stammten. Oberleutnant Oscar Wilde erzählte, dass am Tatort zwei »Verdächtige« aufgegriffen worden waren. Der Beamte meinte: »Man kann sie als zwei stachlige Igel beschreiben, die um 4.30 Uhr morgens mit natürlichen Trieben beschäftigt waren.« Wilde fügte noch an: »Beide ›Gesetzesbrecher‹ begriffen den Grund des Aufruhrs nicht und fuhren zur Entrüstung der Nachbarn, die sich beklagt hatten, jedoch zur Freude der herbeigeeilten Polizisten mit ihren Aktivitäten fort.«

Der Arbeitstag war damit endlich zu Ende. Beim Ausschalten des Computers dachte er noch, dass es nicht schlecht wäre, ein Virus zu erfinden, das nicht nur die Maschine am anderen Ende der Leitung, sondern auch deren Besitzer befiel.

Eine Minzpastille lutschend ging er in die feuchte und langsam unangenehm kühle Dunkelheit hinaus. Zu Hause wartete niemand auf ihn. Aber auch wenn ihm jemand eine Pistole an die Schläfe hielte, würde er seinen Zustand niemals als Einsamkeit bezeichnen.

DIE GANZE Nacht über donnerten Eisbrocken durch die Regenrinnen. Das Gepolter, das laute Rauschen und das Plätschern des wild gewordenen Schmelzwassers verwandelten Maksas' Schlummer in eine klassische Schlaflosigkeit. Der Morgen kam, es war acht Uhr, und er hatte, davon war er fest überzeugt, noch kein Auge zugetan. Also nahm er einen unverschämt frühen Anruf mit ganz übler Laune entgegen. Eine heisere Stimme stellte sich mit irgendeinem tierischen Namen vor –

Kralikovičius, Kabanovičius, Kozlovičius, Hase, Keiler, Bock oder so ähnlich – und teilte mit einem fürchterlichen russischen Akzent und dazu noch lispelnd mit, dass Pranas Purvaneckas zur Vernehmung vorgeladen sei, betreffend die Waffe, mit der Frau Soundso sich erschossen habe. Maksas war infolge des Schlafmangels noch so benommen, dass er nervös fragte: »Frau wer?«

»Stell dich nicht dumm«, antwortete die heisere Stimme verärgert und fuhr in einem nach Maksas' Meinung für einen Beamten absolut unpassenden Ton fort: »Du weißt schon, wer. Komm ins Kommissariat. Wir unterhalten uns dann.«

Maksas kam es etwas seltsam vor, dass Kralikovičius-Kabanovičius-Kozlovičius ihn so mir nichts, dir nichts einfach duzte. Er fühlte sich sofort ganz winzig und als Gesetzesbrecher. Als Verbrecher. Es schien, dass der Mittwoch diesmal schlechter würde als der Dienstag.

Das Polizeikommissariat befand sich neben dem Einkaufszentrum, das den gleichen Namen trug wie er, Maxima. Maksas stellte den Wagen auf dem Parkplatz ab und zog schleppenden Ganges in die dem dichten Strom der Kaufhausbesucher entgegengesetzte Richtung los. Er fühlte sich, als ob das Wort »Verbrecher« ihm in die Stirn eingebrannt wäre und alle Leute das Brandmal mit Entsetzen lesen würden.

Durch die knarrende Tür des Kommissariats betrat er ein Vestibül, das ihn auf bedrückende Weise an die Sowjetzeit erinnerte und im Vergleich mit den postmodernen Räumen, die Maksas sonst gewohnt war, wie ein absoluter Anachronismus wirkte. An einem ramponierten Schreibtisch saß, den stumpfen Blick auf einen kleinen Schwarzweißfernseher der Marke Šilelis gerichtet, eine dicke alte Matrone, die Maksas, obwohl er sie höflich gegrüßt hatte, nicht eines einzigen Blickes würdigte. Na ja, der Verbrecher soll begreifen, dass er seine Bürgerrechte schon beinahe verloren hat und auf einer aussichtslos niedrigen Position in der gesellschaftlichen Stufenpyramide gelandet ist. Er hüstelte laut und wurde dann endlich gefragt: »In welcher Angelegenheit?«

Peinlicherweise hatte er den Namen des Beamten vergessen, der ihn vorgeladen hatte.

»Ich bin zur Vernehmung hier. In Sachen Waffe. Bei Ka-kra-kozl-ovičius«, nuschelte Maksas unter vorgetäuschtem Husten, in der Hoffnung, sein beschämendes Unwissen bliebe unbemerkt.

Die Frau musterte ihn mit ihren wässrigen Tritonsaugen, nahm den Hörer eines vorsintflutlichen schwarzen Telefons ab und sprach: »Aleksas, für Sie, der Typ aus der Lotterie.«

Maksas wollte die unangenehme Angelegenheit möglichst schnell hinter sich bringen und war schon auf dem Sprung zu gehen, wurde jedoch grob zurückgehalten: »Warten Sie, das ist doch kein Bordell hier, wo Sie reinkönnen, wo Sie wollen. Der Beamte kommt gleich und holt Sie ab. Setzen Sie sich.«

An der Wand aus rotem Backstein standen Sperrholzstühle mit herunterklappbaren Sitzen aufgereiht. Solche hatte er zuletzt in seiner Kindheit in den Kinos gesehen. Er wählte mit Bedacht den Sitz Nummer dreizehn. Kozlovičius-Kabanovičius-Kralikovičius kam nicht.

Maksas beobachte, da er sonst nichts mit seiner Zeit anzufangen wusste, den Wechsel der grünen Zahlen auf der elektrischen Wanduhr. So wartete er eine gute halbe Stunde und sank dabei immer mehr in sich zusammen. An ihm vorbei zog ein gleichmäßiger Strom von grauen und gesichtslosen Menschen, aus deren Erscheinung nicht zu ersehen war, ob sie Kläger oder Angeklagte waren. Schließlich verlor er die Geduld und erklärte der Matrone am Empfang: »Um zehn Uhr muss ich an meinem Arbeitsplatz sein.«

»Die Arbeit ist kein Wolf, sie läuft dir schon nicht in den Wald davon«, antwortete sie, grinste vor Freude über ihre nicht zu widerlegende Sentenz und schneuzte sich in ein scheußlich kariertes Taschentuch.

Wenn Maksas in langweilige, mühsame oder hoffnungslose Situationen geriet, dann drehte er Hollywood-Filme. Begonnen hatte das in seiner Kindheit, als er die Besuche bei der Zahnärztin in das Männlichkeitsritual der Seminolen oder in eine an-

133

dere indianische Mutprobe verwandelte und die langweiligen Besuche der Tanten und Onkel in einen vornehmtuerischen Ball bei der Königin, den auch die freiheitsliebenden Musketiere zu besuchen hatten. Nun aber wollte sich einfach kein Drehbuch entspinnen. Mit wem konnte er sich identifizieren? Mit James Bond? Mit Indiana Jones? Welcher Held würde einfach so auf dem klappernden Sitz Nummer dreizehn hocken und sich von einer sich schneuzenden Matrone terrorisieren lassen?

Maksas stellte sich die ganze Welt manchmal als riesigen Kino-Projektor vor, in dem sich gleichzeitig fast sechs Milliarden Filme abspielten. Doch der Plot des einen Films konnte sich niemals in einen anderen einschalten, deshalb gab es auch keine echte Gemeinsamkeit und kein gegenseitiges Verständnis zwischen den Menschen. Das Alltagsdrama der sich schneuzenden Matrone hatte nicht das Geringste zu tun mit dem von Maksas.

Nach noch einmal zwanzig Minuten trat ein kleiner Mann mit feuerrotem Haar, einem Gesicht voller Sommersprossen und einer unanständigen Stülpnase zu Maksas.

»Ermittler Komarovičius«, stellte er sich vor und kommandierte: »Gehen wir in mein Büro.«

Maksas kam das Wort »Ermittler« aus irgendeinem Grund bedrohlicher vor als »Untersuchungsrichter«, schauerlicher auch als »Staatsanwalt«, es verband sich mit durch Täuschung oder raffinierte, am Körper des Verhörten keine Spuren hinterlassende Foltermethoden erwirkten Geständnissen. Er folgte dem Rothaarigen gehorsam, stieg die baufällige Treppe hinauf und durchschritt anschließend einen in einer scheußlichen Farbe gestrichenen Korridor, in dem alles nach Mangel, einer anderen Epoche und einem anderen Land roch, das noch weit entfernt davon war, auch nur vom 21. Jahrhundert oder der EU zu träumen.

Komarovičius' Büro war klein wie ein zu enger Sarg, bekleistert mit grünlichen, schizophren gemusterten Tapeten und den gleichen altertümlichen Kinosesseln an der Wand. Maksas wurde befohlen, sich in einen davon zu setzen. Der Ermittler nahm einen Stoß leerer Formulare, schnalzte laut mit der Zunge, während er einen vom Frühstück zurückgebliebenen Essensrest zwischen den Zähnen hervorklaubte, und begann dann mit dem Verhör: »Name, Vorname.«

»Maksas Vakaris«, erwiderte der Vernommene. Er sagte nicht böswillig die Unwahrheit, sondern vor Aufregung.

»Lassen wir das Verarschen! Ich frage Monsieur: Name, Vorname?« Der Rothaarige verfügte offensichtlich nicht über eiserne Geduld.

»Pranas Purvaneckas. Sie haben das doch eben von meinem Pass abgeschrieben.«

Das Geburtsdatum ging ihm leicht von den Lippen, doch als er nach seinem Familienstand gefragt wurde, stammelte Maksas, als ob ihn der Teufel an der Zunge zöge: »Transvestit.«

Er begriff sofort, dass er das besser nicht gesagt hätte. Er hatte schon mehr als genug Zeit gehabt, um sich bewusst zu werden, nach wessen Pfeife hier getanzt wurde. Deshalb bockte er nicht länger und beantwortete alle Fragen, auch wenn sie seiner Meinung nach gar keinen Zusammenhang mit der Waffe hatten. Zum Beispiel, ob er mit der Magierin Geschlechtsverkehr gehabt habe. Er log und verneinte es. Es hatte schließlich niemand mit einer Kerze neben ihrem Bett gestanden. Schließlich öffnete Komarovičius eine Schublade und zog einen Plastikbeutel hervor, in dem die verfluchte Pistole lag.

»Erkennst du die?«, wurde er mit hinterlistiger Miene gefragt.

»Natürlich.«

»Kannst du das vor Zeugen aussagen?«

»Warum nicht.«

»Dann wart mal.«

Komarovičius packte die Pistole und rannte auf den Korridor hinaus. Durch die offene Tür war zu hören, wie er rief: »Piatras, komm mal her, du darfst Zeuge sein. Na, nur fünf Minuten. Was heißt, du hast keine Zeit?!«

Seine Stimme entfernte sich und verstummte dann ganz.

Maksas saß etwa eine halbe Stunde lang allein da und kämpfte mit dem übermächtigen Wunsch aufzustehen, aus diesem Nest von Blödmännern abzuhauen und sich hier nie wieder zu zeigen. Aus dem Fenster zu springen, das übrigens nicht vergittert war, und in dem direkt darunter stehenden roten Cabrio mit Gwyneth Paltrow am Steuer zu landen.

Maksas' Held, umgeben von einer Horde halbnackter Schönheiten, fuhr schon in seiner Yacht über den Atlantik, als Komarovičius endlich mit einem glatzköpfigen Dickerchen zurückkehrte, dem seine Gutwilligkeit ins Gesicht geschrieben stand.

»Staatsanwalt Petraitis«, stellte er sich vor.

Maksas war erstaunt, denn bisher hatte er sich Staatsanwälte, naiv wie er war, immer wie in den Filmen über die Mafia oder die New Yorker Banden vorgestellt. In Anwesenheit von Petraitis bekräftigte er noch einmal, dass die Pistole wirklich sein Eigentum war, und zeigte seinen vor einem halben Jahr ausgestellten Waffenschein vor. Petraitis setzte seine gigantomanische Unterschrift auf das ausgefüllte Formular und sagte im Weggehen schmeichlerisch zu Maksas: »Ich schau mir die ›Eldorado‹-Lotterie immer an. Ich hoffe, Sie werden sie auch weiterhin mit Erfolg leiten.«

Maksas zuckte mit den Achseln, er wusste nicht, warum er mitten in der Saison seine gewohnte Tätigkeit hätte abbrechen sollen. Doch langsam wurde immer klarer, was ihm drohte.

»Also, junger Mann, wir müssen eine Untersuchung wegen vorschriftswidrigen Haltens einer Waffe einleiten. Hast du nicht gewusst, dass man die Pistole im Safe aufbewahren muss?«

»Hab davon gehört, hab aber keinen Safe.«

»Hab davon gehört, tss«, äffte der Beamte Maksas in völlig misslungener Weise nach. »Lies das durch und unterschreib.«

Maksas bemühte sich redlich, das Gekrakel durchzulesen, aber die Buchstaben verschwammen zu einem ungelenken Zickzack, und aus den Wörtern, die man entziffern konnte, stachen grobe Schreibfehler hervor. Er kritzelte wahrheitswidrig wie befohlen auf jede der zehn Seiten »Durchgelesen, gibt meine Aussage vollständig wieder« und setzte in Schülerschönschrift die Unterschrift von Pranas Purvaneckas darunter.

»Und jetzt unternimm in den nächsten zwei Wochen keinen Versuch, Vilnius zu verlassen.«

»Mach ich nicht. Und wie stehen meine weiteren Aussichten?«, fragte Maksas mit vor Aufregung ganz dünner Stimme, als ob er ein todkranker Patient wäre und Komarovičius der allmächtige Arzt.

»Wenn herauskommt, dass du die Tussi erledigt hast, dann sitzt du für lange ein.«

Damit riss der Rothaarige energisch die Tür auf und machte eine Handbewegung in Richtung des Verdächtigen, als ob dieser ein unerträglicher Gestank sei, den man möglichst schnell auslüften müsse. Maksas trottete mit schuldbewusst gesenktem Kopf hinaus. Während er die Treppe hinunterstieg, traf er auf einen von zwei uniformierten Beamten begleiteten Alki mit einem blauen Auge und einem infernalischen Lächeln. Der Unglücksrabe stank ekelhaft nach Pferdeschweiß und Urin. Maksas dämmerte, dass auch er bald so aussehen könnte, falls Komarovičius es so wollte. Ihn fröstelte bei diesem Gedanken. Auf dem Weg vom Kommissariat zu seinem Auto schien es ihm, als ob alle um ihn herum mit dem Finger auf ihn zeigten und riefen: »Verbrecher, Verbrecher, Verbrecher!!!«

Maksas stieg ins Auto. Er fühlte sich erst nach dem Starten des Motors wieder in Sicherheit. Wie eine Sardine in ihrer Dose. Obwohl es hier von Sardinen nur so wimmelte und die Hauptbedingung für das Gefühl der Ruhe die Einsamkeit war.

Maksas fühlte sich vielleicht einsam, aber nicht einheitlich. Er existierte in der Mehrzahl. Von einem Stammkörper mit Herz, Hirn und anderen lebenswichtigen Organen zweigte eine Unmenge Fortsätze ab, jeder mit seinem eigenen Leben, eigenen Gefühlen, Gedanken, Wünschen, Momenten der Freude und der Trauer, Ängsten. Maksas führte gern Selbstgespräche und stellte des Öfteren fest, dass diese Gespräche keineswegs Monologe waren, ja nicht einmal Dialoge, sondern nicht immer erfolgreiche Diskussionen einer Vielzahl verschiedener

Stimmen. Manchmal dachte er, das sei ein Zeichen von Irrsinn.

Der Psychoanalytiker, den er einmal vor ein paar Jahren aufgesucht hatte, nicht so sehr aus der Not heraus als vielmehr um der Mode willen, hatte ihm versichert, dass diese inneren Gespräche seine psychische Gesundheit in keiner Weise gefährdeten. Mit diesem Schluss hatte er Maksas wenig Freude gemacht. Damals hätte er sich gern als Seelenkranker gefühlt. Jetzt merkte er, dass er schon bald wieder die Dienste des bebrillten Bartträgers würde in Anspruch nehmen müssen, nur diesmal nicht spaßeshalber, sondern ganz im Ernst. Er würde noch einen Versuch unternehmen, auch Tadas die Psychoanalyse schmackhaft zu machen, denn mit dem konnte man sich schon gar nicht mehr unterhalten.

Also, er hatte sich nicht nur eine einfache Spaltung der Persönlichkeit, sondern eine mehrfache diagnostiziert. Er fühlte sich wie eine zu einer Spirale aufgestellte Armee mit dem Oberbefehlshaber im Zentrum, zu sehen nur für die Generäle des allernächsten Rings, aber unerreichbar und unerkennbar für die einfachen Soldaten auf den äußeren Windungen. Doch gerade die Letzteren, die Rekruten waren es, die sich mit der Umgebung unterhielten, mit dem Publikum, den sich für Maksas Vakaris interessierenden Journalisten, mit seinen Fans und Verehrerinnen, Kollegen, Nachbarn und sogar mit seinen Freunden und Geliebten. Diese einfältigen Maksasse hatten auf alle Fragen eine Standardantwort parat, sie sprachen in abgedroschenen Phrasen, teilten an Frauen schale Komplimente aus, erzählten den Freunden Männerwitze, sie fluchten russisch und englisch, starteten Intrigen, verbreiteten Gerüchte, verstrickten sich in Streitigkeiten, waren aber, auch wenn ihm das seltsam vorkam, bei allen beliebt und geachtet.

In den inneren Ringen standen Formationen schon nicht mehr so infantiler, schon etwas reiferer Maksasse stramm, die dachten sogar ab und zu nach und kamen manchmal auf gar nicht so üble Ideen, die sie dann nicht nach draußen, sondern ins Zentrum sandten. Damit die Geistesblitze der Weisheit nicht wieder in den Labyrinthen des Unbewussten verschwänden, verarbeitete der innere Maksas Vakaris die besten Gedanken in geheimen Hollywood-Filmen, die er sich darauf selbst ansah.

Für die tiefstschürfenden Gedankengänge gab es beinahe keine Möglichkeit, sie öffentlich kundzutun, auch nicht in der Zeitung. Von Maksas wurde keine Tiefe mehr erwartet, und das ihm einmal verpasste Etikett des Goldjungen würde selbst sein ernsthaftestes Werk lächerlich machen. Der derzeitige Vakaris redete nur Slang, laberte in einem Jargon daher, als hätte er kein Universitätsstudium hinter sich. Alle wollten sie nur das Äußere von Maksas Vakaris. Zur Hölle mit dem Inneren! Er war ja leer wie eine ausgetrunkene Bierflasche.

Maksas Vakaris verriet niemandem, nicht einmal der Magierin, auch nur mit einer Andeutung, dass er sich als tragische Figur fühlte. Würde er das laut sagen, dann würde man sich nur über ihn totlachen. Eigentlich lebte er in einer Quasi-Paarbeziehung mit einem blutsaugenden Vampir, denn dauernd stand er im Zentrum der Aufmerksamkeit, im Rampenlicht, für alle klar sichtbar, ein persönlicher Bekannter, ohne jegliche Privatsphäre, Deckung, ohne eine Ecke, in der er sich wirklich in Sicherheit fühlte, in der er nicht begrapscht, nicht geduzt, nicht verfolgt und nicht verehrt wurde. Das zehrte an den Kräften, sog die künstlerische Energie in sich auf und entleerte unwiederbringlich die Seele. Er spürte beinahe physisch, wie ihm – klitsch klatsch klitsch klatsch – der Lebenssaft aus dem Hals tropfte, wie aus einer von Graf Dracula zugefügten Bisswunde.

Er parkte den Wagen vor dem Redaktionsgebäude, sah den Wochenplan durch. Wie immer ein Sklave der Werbung: Filmaufnahmen mit Anpreisung des »Alter Biber«-Biers, eine Foto-Session mit den Schuhen der Marke »Nathan« (gut, dass die nicht Satan hießen), eine Ode an eine Zahnpasta … Irgendwo hatte er gehört, dass der Äther der Erde durch und durch mit Werbesprüchen verschmutzt war und deshalb Gesandte aus anderen Galaxien, die sich unserem Planeten näherten, erst einmal nur Meldungen über Slipeinlagen, Windeln und Präservative vernehmen würden. Ihm standen auch je ein Interview mit den

Zeitschriften ›Nur für Männer‹ und ›Die Dame‹ bevor, eine Diskussionssendung im Fernsehen mit dem Titel ›Wer fährt zum Grand Prix d' Eurovision de la Chanson?‹, ein Bankett anlässlich des runden Geburtstags eines bekannten Geschäftsmanns, ein Empfang für Fernsehkünstler beim Vizeminister für Kultur, die Verleihung des ›Valio‹-Preises, eine Erdbeerkonfitüren-Präsentation, ein Talk im Radio mit dem Titel ›Gesehen – gehört‹... Ein Teufelskreis. Ein verdammter Lauf im Kreis herum. Und dann durfte er sein rastloses Hasten noch nicht einmal als Arbeit bezeichnen, denn die Leute um ihn herum waren der Überzeugung, dass es ein einziges Freizeitvergnügen ohne Ende war. Wenn er sich bei seiner Mutter oder seinem Bruder beklagen wollte, dann entgegneten die sofort, er habe doch dieses Leben selbst gewählt. Doch ein Leben war das eben gerade nicht, nur ein jämmerlicher Daseins-Ersatz. Und jetzt – WERBUNG!

In der Redaktion erschien Maksas erst nach der Mittagspause. Er schlurfte direkt zu den sogenannten Rangers, den Typen von der Seite mit den Verbrechen. Es war absolut sinnlos, die scheußliche Geschichte, in die er geraten war, vor den Kollegen verbergen zu wollen. Die Rangers besaßen bereits sämtliche relevanten Informationen: mit wessen Pistole sich die Wahrsagerin erschossen hatte, auf welcher Polizeiwache heute ihr Kollege gewesen, wonach er dort gefragt worden war und wessen er verdächtigt wurde. Selbstverständlich beabsichtigten sie in keiner Weise, irgendwelche skandalösen Details über ihren Arbeitskollegen zu veröffentlichen. Er musste den Rangers nicht einmal mit einer Flasche Tequila dafür danken.

Nachdem Maksas hintereinander sechs Zigaretten geraucht hatte, erteilte man ihm nützliche Ratschläge. Er erfuhr, dass die Vorladung ins Kommissariat oder zur Staatsanwaltschaft schriftlich hätte erfolgen müssen. Das änderte zwar nichts am Wesen des Problems, doch indem man nach einem Fetzen Papier verlangte, konnte man Zeit schinden und, was noch wichtiger war, an den Nerven der Bullen zerren. Er merkte sich, dass er die Fragen der Beamten und seine Antworten sinnvollerweise auf Band aufnehmen sollte, nicht nur, um sich später sein eigenes

Gestammel noch einmal anhören zu können, sondern auch, um nicht als Greenhorn abgestempelt zu werden. Ihm wurde ferner erklärt, er habe das Recht, keine Fragen ohne vorherige Absprache mit seinem Anwalt zu beantworten. Der Ober-Ranger versprach, einen geeigneten Verteidiger für ihn zu finden, und sagte schulterklopfend zu Maksas: »Du musst einfach ein paar Dinge kapieren, Junge, wenn du dich schon in so einen Wirrwarr verstrickt hast.«

Maksas trank im Café der Redaktion einen dynamitstarken Kaffee, beruhigte seine Magenkrämpfe mit einem litauischen Salat und fuhr zu seiner Mutter, um die Schlüssel zur Wohnung der Magierin zu holen. Er musste doch Bastet zu sich nehmen. Die Sache mit Komarovičius erwähnte er seiner Mutter gegenüber mit keiner Silbe. Sie machte einen verstörten und zerstreuten Eindruck, wahrscheinlich war sie, überlegte Maksas, benommen von Beruhigungstabletten. Er schnappte sich die Schlüssel, dann noch einen herzförmigen Keks, um die Katze damit anzulocken, und verschwand hastig, als ob er, wenn er noch länger in dieser Wohnung bliebe, aufs Schändlichste demaskiert werden müsste.

Beim Aufschließen der Wohnungstür der Magierin hatte er ein mulmiges Gefühl. Es wurde stärker, als er drinnen war. Er rief laut nach der Katze, aber Bastet dachte nicht daran, sich zu zeigen. Maksas zog die Schuhe aus und durchforschte auf Zehenspitzen, als hätte er Angst, jemanden zu wecken, alle Ecken und Winkel des unteren Geschosses der Wohnung. Die Katze fand er nirgends. Nur in der Küche im Kistchen hatte sie Spuren ihrer Existenz hinterlassen. Maksas war sicher, dass Bastet um die Magierin trauerte. Er fühlte sich nicht ganz wohl dabei, so als ob er einen bitter Weinenden zum Lachen bringen wollte, doch er rief ohne Unterlass: »Miez miez miez, Bastet, komm her, Kätzchen, komm zu Maksas, ich habe etwas Leckeres für dich, miez miez miez.«

Die Katze gab nicht das geringste Lebenszeichen von sich. Sie hatte absolut keine Lust, sich zu verstellen, mit einer Maske gespielter Höflichkeit, jedoch innerlich fluchend, den ungebetenen

Gast zu begrüßen, wie dies an ihrer Stelle fast jeder Zweibeiner getan hätte. Nur die Menschen spielten allen andauernd etwas vor, den Freunden, den Nachbarn, den Passanten, den Unbeteiligten, der Menge; nur sie verhielten sich in jeder Lage so, als ob nebenan ein Zuschauer/Jurymitglied/Richter stünde, und sogar wenn sie allein waren, bemühten sie sich, einem unsichtbaren Beobachter zu gefallen. Selbst jetzt verhielt sich Maksas wie von einer versteckten Kamera verfolgt.

Maksas betrat das Schlafzimmer der Magierin und dachte daran, wie sich einmal, während er in diesem breiten Bett lag, Bastet für seine unter der Decke hervorschauenden Zehen interessiert, sie mit ihrer kalten, feuchten Nase angestupst, mit ihrer rauen Zunge geleckt und schließlich mit einer Pfote mit ausgefahrenen Krallen getätschelt hatte ...

Maksas' innige Erinnerungen wurden von einem unerwarteten Detail abrupt beendet. Auf dem Nachttisch neben Julijas Bett lag Tadas' Kette mit Gebetskügelchen. Maksas hatte sie seinem Bruder aus Hamburg mitgebracht und bezeichnete sie als Rosenkranz, obwohl er nicht recht wusste, von welcher Religion die Dinger verwendet wurden – von den Buddhisten vielleicht, vielleicht auch von den Muslimen. Mehr als hundert Kristallkügelchen waren da aufgereiht, geschmückt mit einer großen roten Seidenquaste. Tadas hatte die Kette sofort zu seinem Talisman ernannt und trug sie nun schon seit etwa drei Jahren um das linke Handgelenk gewickelt. Deshalb war die Quaste nicht mehr rot, sondern braun und ausgefranst. Maksas wusste auch, dass sein Bruder unabsichtlich ein Kügelchen zerbrochen hatte.

Tadas konnte die Kette der Magierin nicht geschenkt haben, denn er war ein ziemlicher Geizkragen. Schon in seiner Kindheit hatte er nie jemanden mit seinen Sachen spielen lassen, lieber versteckte er sie irgendwo und hatte selbst nichts davon, nur um nicht mit den anderen Buben teilen zu müssen. Die Kette auf dem Nachttisch der Magierin bezeugte nur eins, auch wenn Maksas es nicht glauben konnte. Er erinnerte sich plötzlich daran, dass die Journalistin von der Konkurrenz ihm mitgeteilt hatte, man habe in der Vagina der Magierin Sperma gefunden. Wessen? Nein, es konnte nicht sein, dass es von Tadas stammte.

Plötzlich zupfte jemand an der Quaste der Kette, und Maksas fuhr zusammen. Es war aber nur Bastet. Sie war aus ihrem Versteck hervorgekrochen und strich, als wollte sie ihn ärgern, um die Waden des ungebetenen Gastes. Kaum versuchte er sie zu ergreifen, lief sie davon, rannte die Treppe empor, verschwand im Wohnzimmer, und als Maksas endlich außer Atem dort ankam, hatte Bastet es sich schon ganz oben auf dem Bücherregal bequem gemacht. Vergeblich hielt ihr Maksas das süße Herz hin und bat sie inbrünstig unter Imitation von Katzentönen: »Miez miez miez, Bastet, komm doch zu Maksas runter, miau, probier doch mal von diesem leckeren Ding hier, miez miez miez, sei nicht so zickig, hab keine Angst, ich werd dir schon nichts Böses antun, Kätzchen, na, miez miez miez, komm schon her …«

So miaute Maksas eine gute halbe Stunde herum, den Kopf in den Nacken geworfen, das Herz in der ausgestreckten Hand wie eine Niete von Minnesänger unter dem Balkon einer kapriziösen Dame. Schließlich kam er zu dem Schluss, dass dies eine unmögliche Mission war, und verließ mit dem Gefühl, ein jämmerlicher Versager zu sein, die Wohnung der Magierin. Auf ihn wartete wie jeden Mittwoch noch die Aufzeichnung von ›Eldorado‹.

Die TV-Lotterie, die Maksas Vakaris schon die vierte Saison leitete, erfreute sich hartnäckig einer der höchsten Einschaltquoten. Der Moderator fragte sich nicht selten, wer sich so eine Sendung ansehe. Potentielle Spieler? Die, die im Leben immer gewannen? Oder die, die verloren?

Obwohl er selbst ein mindestens ebenso wichtiger Teil des Spiels war wie das Glücksrad, die Hügel des Erfolgs oder die Bälle mit den Zahlen darauf, hatte er das Gefühl, fremd dort zu sein, jenes *andere* Litauen nicht zu kennen, in dem er da lebte. Die Leute aus der Provinz, die in die Sendung kamen, schienen einem anderen Genotyp anzugehören als die, von denen Maksas auf den Partys der gesellschaftlichen Elite, auf Konzerten, in den Bowling-Klubs oder auch in der Redaktion umgeben war. Abge-

sehen von seiner Assistentin Lolita hatte sich in den ganzen letzten drei Jahren nicht eine langbeinige Blondine und auch kein
einziger aufgestylter Unisex-Typ ins ›Eldorado‹ verirrt.

Um die von Maksas Vakaris zu verteilenden Preise, besonders
natürlich um die Goldtruhe, kämpften stämmige Menschlein
mit Bierbäuchen, breiten Schultern und noch breiteren Hüften,
ausstaffiert mit unglaublich bunten Pullovern aus zweiter Hand.
Als ob sie sich abgesprochen hätten, fehlte sowohl den Männern
als auch den Frauen mindestens ein Schneidezahn, und aus dem
Mund strömte ein übler Geruch. Obwohl die Spieler auf den
ersten Blick einen ungelenken Eindruck erweckten, wie Garten-
zwerge aus Beton, ließen sie, wenn sie einen Preis gewonnen
hatten, ihrer Freude freien Lauf, klatschten in die Hände, um-
armten sich und hüpften herum wie batteriebetriebene Spiel-
zeughasen. In ihrem unbändigen Freudentaumel bespritzten sie
Maksas mit Siegesspeichel und Tränen des Triumphs, hüllten ihn
in eine Aura von altem Bauernschweiß und manchmal, besonders
wenn sie ein Auto oder eine Million Litas gewonnen hatten,
stürzten sie sich mit der Kraft eines Hurrikans auf ihn und warfen ihn beinahe zu Boden.

Der Anblick dieser ungeheuchelten plebejischen Freude verursachte bei Maksas aus irgendeinem Grund Mitleid, in gewisser Weise sogar Schuldgefühle, wie sie bei einem empfindsamen
Schlachter auftreten, der das naive Treiben der fürs Messer bestimmten Kälbchen auf der Weide beobachtet. Nach der Sendung begehrten alle Spieler mit ihren gewonnenen Trophäen
und dem Preisverteiler fotografiert zu werden. Maksas drückte
Dutzende klebriger, schweißiger Hände und hielt geduldig bald
die rechte, bald die linke Wange für feuchte Küsse hin. Und jetzt –
WERBUNG!

Maksas setzte sich, ein paar alberne Sprüche klopfend, in den
Sessel der Maskenbildnerin und ließ das Schminken mit licht-
reflektierendem Make-up über sich ergehen. Er schlüpfte in sein
Wildledergewand, stülpte sich den Cowboyhut über und sprang
wie ein Stier in die Arena ins Scheinwerferlicht zu den krei-
schenden Zuschauern: »Männer, merkt euch, dass der direkteste

Weg ins Herz einer Frau ein Lotterielos ist!«, grölte er los, wobei er den Mund aufriss wie ein hungriges Krokodil.

Dem einen gab er ein Auto, einem anderen einen Computer, wieder einem anderen einen Kühlschrank, einem weiteren ein Handy und für den letzten armen Tropf blieb nichts übrig. Doch der Unglücksrabe war nicht von Pappe. Als Maksas das Fernsehgebäude verließ, kam der Typ mit finsterem Gesichtsausdruck auf ihn zu und sagte: »Ich habe den Herrn Sonntagnacht im Treppenhaus gesehen. Sie sind aus Julijas Wohnung gekommen. Sie haben genau so ausgesehen wie jetzt. Derselbe Hut, dieselbe schwarze Lederjacke.«

Masksas' Jacke war braun, aber nachts sind alle Katzen grau.

»Nun ja, ich war wirklich dort, bin aber vor zehn gegangen.«

»Stimmt nicht. Ich habe Sie ungefähr um drei gesehen, nachdem der Schuss gefallen war.«

»Unsinn. Ich habe ein Alibi. Meine Freundin kann bezeugen, dass wir um drei Uhr nachts zusammen waren, im Bett.«

»He he he«, kicherte der Belästiger hinterlistig, »die Mädels, die du vögelst, Freundchen, würden für dich bestimmt jede Lüge auftischen.«

»Was wollen Sie von mir?«

»He he he, der fragt auch noch! Natürlich Geld. Die Goldtruhe.«

»Das ist eine Lotterie und ich persönlich verteile keine Preise«, sagte Maksas langsam und deutlich, als ob er es mit einem aggressiv gelaunten Wahnsinnigen zu tun hätte.

»Mir ist es absolut egal, woher du das Geld nimmst, ob aus der Goldtruhe oder ob du zum Beispiel dein Auto verkaufst.«

»Mein Guter, ich muss doch wirklich nicht beweisen, dass ich kein Kamel bin. Ich weiß, wo ich in jener Nacht war. Ich könnte Sie aber wegen Erpressung bei den Bullen anzeigen. Alles Gute noch.«

Maksas stieß den Erpresser so heftig von sich, dass der mit den Armen fuchtelnd einige Schritte rückwärts hüpfte und beinahe gestürzt wäre. Ein Glück, dass er nicht der Länge nach hinfiel und sich die Birne einschlug! Während er nach den Autoschlüsseln suchte, kam Maksas Tadas' Kette zwischen die Finger. Nein, an so etwas durfte er nicht denken, das konnte nicht sein! Die Magierin hatte Selbstmord begangen.

Da er den Argwohn loswerden wollte, den sein hinterlistiges Unbewusstes aus irgendeinem Grund als brudermörderisch bezeichnete, rief er seine Mutter an und erkundigte sich beiläufig, wann denn Julijas Begräbnis stattfinde. Sie erzählte ihm, dass die Magierin zum Einäschern nach Riga gebracht worden sei. Er atmete auf. Er hatte sich vor dem Anblick ihres toten Körpers gefürchtet und vor der Begräbniszeremonie. Er hatte Angst, dass er sich nicht so zu verhalten vermochte, wie es sich für Maksas Vakaris gehörte. Jetzt fühlte er sich, als ob ihm eine kurze Verschnaufpause gewährt worden wäre. Wie nach dem Abschluss eines Waffenstillstands. Als ob er Immunität auf Zeit ausgehandelt hätte.

Allein wollte er nicht nach Hause. Aber auch Vita wollte er nicht zu sich einladen. Maksas brauchte keinen Menschen, sondern etwas anderes, etwas Anhängliches und Verlässliches. Er fuhr noch einmal zur Wohnung der Magierin und war erstaunt, Bastet im Korridor bei der Tür vorzufinden, als ob die Katze auf ihn gewartet hätte. Sie ließ sich gehorsam ins Auto bringen, lag den ganzen Weg über wie ein Pelzteppich flach auf dem Sitz. Und als sie bei Maksas angekommen waren, geruhte sie auch noch ein Schälchen Joghurt auszulecken.

In der Nacht jedoch veranstaltete Bastet ein Konzert, vor dem sich Montserrat Caballé, Pavarotti und Konsorten verstecken mussten. Sie stimmte einen Cantus nach dem anderen an, bald in Sopran, bald in Alt, bald in Tenor, ohne den geringsten Hauch von Katzenlexikon, kein Miau oder Murr, nein, sie entriss der Tiefe ihres Herzens einen schamanischen Zauberspruch: »Bhargalour varvadan kurkaramar vaurdavaur barbeloraur arahavanar audajaudajaur ram ram ram ...« Maksas begriff traurig, dass er das Tier dorthin zurückbringen musste, von wo er es weggeholt hatte.

Am Donnerstag wurde Maksas wieder von dem Erpresser gequält. Er rief ihn jede halbe Stunde auf allen möglichen Telefonen an, stellte Geldforderungen und schwor, dass er, wenn er auch nur die Hälfte der Goldtruhe bekäme, sich nicht an die Polizei wenden würde. Die Nervensäge anzuzeigen wagte Maksas dann doch nicht, dafür war der Zusammenhang zwischen dem scheinbar erkannten nächtlichen Gast und seiner Pistole zu offensichtlich. Der Gang zum von den Rangern vorgeschlagenen Anwalt käme einem Schuldeingeständnis gleich. Und mit der Andeutung, dass er und sein Bruder sich ähnlich sahen, würde er Tadas verraten, auch wenn sein älterer Bruder die Magierin mit keinem Finger angerührt hatte. Seine Kette aus Kristall hatte er ja auch zu einer anderen Zeit in Julijas Schlafzimmer liegen lassen können.

Den Erpresser-Quälgeist beschimpfte Maksas auf alle möglichen Weisen und sandte ihn in alle ihm bekannten unschönen, unanständigen, beleidigenden Richtungen davon. Möge er bis in alle Ewigkeiten mit einem Sieb Wasser schöpfen, an chronischem Durchfall erkranken, sich zu Tode ficken, zur Hölle fahren, im Boden versinken, möge er sich auf einem spitzen kosmischen Lingam aufspießen!

Maksas war so unglücklich, dass er beschloss, sich so richtig bis zum Morgen auszutoben. Sich mit den einen Säften voll laufen zu lassen, sich irgendeine geile Tussi anzulachen und die anderen zu vergießen. Das tat er denn auch. Doch so toll war es nicht, und er fühlte keine Erleichterung. Er hörte nur dauernd die Stimme des Flüsterers und spürte, wie sich der Gedanke an Tadas' am Bett der Magierin gefundene Kette in sein Gehirn bohrte, als würde ihm ein Nagel in den Kopf gehämmert.

Wenn sich im Haus viele fremde Menschen versammelten, dann brachten sie eine Unmenge scheußlicher Gerüche mit sich. Es war dann ein ziemliches Stück Arbeit, die von den Pfoten, dem Pelz und dem Schwanz abzulecken. Doch leider gab es auf der Welt keinen einzigen Ort, wo nie jemand hinkam. Man musste sich also damit abfinden.

Bastet wusste, schon bevor sie aus dem vorübergehend zu ihrem Zuhause gewordenen Nichts in diese Welt herabstieg, wer ihre Herrin sein würde. Schon vor geraumer Zeit, etwa vor zweitausend Jahren, war ihr vom Großen Zuteiler das Privileg gewährt worden, die Wahl selbst zu treffen. Allein von Bastets Willen hing es ab, wer ihr In-Besitz-Genommener oder ihre In-Besitz-Genommene sein würde, die sich dann, naiv wie sie waren, Herrchen oder Frauchen der Katze nannten.

Bastet erinnerte sich in diesen traurigen Tagen öfter an ihr erstes Zusammentreffen mit der In-Besitz-Genommenen-Verlorenen. Da war Bastet gerade zwei Monate alt. Menschen, bei denen sie vorübergehend leben musste, hatten der Katze einen plebejischen Namen gegeben, nämlich Tiger, und, da sie den Charakter des Tieres nicht ausstehen konnten, eine Verkaufsanzeige in die Zeitung gesetzt. Bastet lehnte sich nicht grundlos gegen sie auf, sie tat es aus Rache. Diese Zweibeiner hatten ihren Brüdern und Schwestern Schreckliches angetan. Nein, sie hatten die Kätzchen nicht einfach ertränkt, wie es bei den grausamen Menschen üblich ist, sondern sie in ein Terrarium weggegeben, als Schlangenfutter. Tiger behielten sie, weil sie die schönste von allen war, doch sie profitierten nicht im Geringsten davon. Die Wohnung gehörte Bastets Mutter, aus Unkenntnis auf den Namen Schnurrle getauft.

Schnurrle! Was wussten die Zweibeiner schon über das Schnurren der Katzen? Nichts. Sie vermochten nicht einmal den Ton nachzumachen, das vollkommene Maurrr Ourrr Maorrr Uorrr, und vermengten die ganze Skala von Tönen zu einem öden Murr. In den Tausenden von Jahren hatte sich nicht ein einziger Mensch gefunden, der die Kombination der heiligen Silben in ihrer geziemenden Abfolge hätte wiederholen können. Die Tölpel von Menschen konnten sich, obwohl sie den Olymp der Wissenschaft erreicht hatten, immer noch nicht erklären, wie das Miauen entstand. Die Unglücklichen, sie erforschten die Stimmbänder und Kehlköpfe der Katzen, während das Miauen doch ein metaphysischer Klang göttlicher Herkunft war.

Also, Schnurrle, die eigentlich hätte Göttin oder Göttliche heißen müssen, war schon alt und weise, deshalb betrachtete sie die Welt mit den Augen einer Philosophin, ohne große Gewissensbisse, doch auch ohne übermäßige Freudenausbrüche. Mehr als einmal hatte Bastet mit ihrer Mutter ihr zukünftiges Leben durchgesprochen. Sie verabschiedeten sich ohne jegliches Herzeleid voneinander und warteten beide ruhig auf das unangenehme Geräusch, mit dem die Menschen von draußen zu verstehen gaben, dass man sie einlassen möge.

Als die Zu-Zähmende das Zimmer betrat, schlüpfte Bastet flink unter den Sessel und tat so, als ob sie sich fürchtete, denn so verlangte es Das Spiel. Die Frau trug einen Mantel in einer zarten Pfirsichfarbe und einen rotbraunen breitrandigen Hut. Sie legte eine Münze auf den Tisch und erklärte den Schlangenfütterern, dass man eine Katze nicht geschenkt nehme. Das ist wahr. Man muss wenigstens symbolisch für sie bezahlen.

Bastets Mutter beschnupperte den Ankömmling ausgiebig und gab zum Zeichen ihres Einverständnisses ein kurzes Miauen von sich. Bubastis wusste auch so schon, dass alles gut würde, sie hatte ja die Zu-Zähmende selbst ausgewählt. Als aber diese die Katze an ihr Herz drückte, in den flauschigen Mantel hüllte und in die Kälte hinaustrat, da begann Bastet markerschütternd zu miauen. Das war die erste Prüfung für die In-Besitz-Zu-Nehmende, die diese ehrenvoll bestand. Die Katze hörte das Herz der Zu-Zähmenden vor Aufregung heftig schlagen und freute sich.

In ihrem wirklichen Zuhause angekommen, fühlte sich die Katze ganz glücklich. Wie erhofft begann man sie sofort mit ihrem ägyptischen Namen zu rufen. Doch ihrer beider Bekanntschaft hatte gerade erst begonnen, und auf die Frau wartete eine neue Prüfung. Bastet weigerte sich zu fressen. Sie wollte weder Milch noch Wasser, rümpfte die Nase vor französischem, belgischem, deutschem, amerikanischem Futter, sagte nein zu Lachsfilet und verschmähte gekochtes Huhn, ließ sich nur hie und da mit einer Pipette ein paar Tropfen Bouillon in die Kehle tröpfeln. Die Katze lag Tag und Nacht auf dem extra für sie ausgebreiteten gestreiften kleinen Teppich und döste mit der allerunglücklichsten Miene vor sich hin. Bastet wusste, dass die Menschen das am meisten würdigten, was sie mühevoll erlangt hatten. Sie beobachtete also, wie die Zu-Zähmende immer trauriger wurde.

Schließlich begann die In-Besitz-Genommene zu weinen. Die Katze spürte warme Tränen auf ihren Pelz kullern. Die Frau klagte laut: »Warum nur ist in meinem Leben alles so durcheinander geraten, warum bin ich zu einer solchen Einsamkeit und Leere verdammt, warum kann ich nicht einmal eine Katze haben, und wenn ich eine nach Hause mitbringe, dann stirbt sie mir einfach weg?«

Zu Menschen hatte die In-Besitz-Genommene nie annähernd etwas Derartiges gesagt. Doch zu Bastet sprach sie von Herz zu Herz. Die Katze fühlte sich äußerst geehrt. In Tat und Wahrheit hatte sie gar nicht die Absicht, ins Jenseits zu entschwinden. Bubastis wusste schon im Voraus, dass sie länger leben würde als die Gezähmte. Deshalb beschloss sie, nicht weiter die ihnen noch verbleibende Zeit zu verschwenden, und beendete die Dressur. Eines schönen Morgens miaute sie fröhlich und fraß einen Bissen gefüllten Karpfen aus der Hand der Frau. So begann ihre Liebe. Und nach zwei Jahren endete die Liebe. Daher schob die Katze nun alle anderen Sorgen, auch das Sich-Putzen, das Krallenwetzen und das Beobachten der Welt durchs Fenster beiseite und sprach tagelang Gebete für die Verstorbene: Maurrr Ourrr Maurr Ourrr Maorrr Uorrr.

Die meisten Menschen haben nicht die geringste Ahnung davon, dass man sich mit Katzen bestens unterhalten kann. Man muss mit ihnen nicht in Babysprache reden wie beim Wickeln eines noch unverständigen Säuglings und sie schon gar nicht mit strenger Stimme anbellen, um sich dann von neuem einzuschmeicheln wie bei der Dressur eines Hundes. Mit den Katzen muss man in Bildern sprechen, als ob man mit dem samtweichen Pinsel der Vorstellungskraft ein Bild malte.

Man kann mit den allereinfachsten Dingen beginnen: eine Wurst, ein Milchschälchen oder einen Fisch zeichnen. Dann geht man nach und nach zu komplizierteren Dingen über: der Offenbarung der eigenen Sorgen und der Frage, wie es dem Gegenüber geht, der Beschreibung der Freunde und dem Anhören der Reflexionen zur Einsamkeit der Katze, der Schilderung der Stadtlandschaft und der Karte jener geheimen Pfade, auf denen der Vierbeiner herumstromert. Schließlich kommt der Zeitpunkt für abstrakte Bilder: für Zärtlichkeit, Trauer, Anhänglichkeit, Sehnsucht, Liebe, Glaube, Hoffnung.

Die Menschen ahnen allerdings nicht, was ihnen die Katzen alles erzählen, was für einzigartige Informationen sie mit ihnen teilen, welche großen Geheimnisse des Weltalls sie ihnen offenbaren könnten. Nein, sie, arm im Geiste, beurteilen alles nach der Größe des Gehirns, dessen Windungen und der grauen, geschmack- und geruchlosen Masse namens Intellekt. Die Katzen sollen also nicht über ihn, den Intellekt, verfügen. Wozu auch bräuchten sie ihn, solange es Die Weisheit gibt? Die Menschen dürsten nach wer weiß was für intergalaktischen Kontakten und senden Signale zu anderen Planeten, zu Lichtjahre entfernten Sternen aus. Sie sind enttäuscht, wenn sie keine Antwort erhalten, doch wer sollte ihnen antworten, wenn die wichtigste Zivilisation des Universums gleich nebenan ist – die der Katzen.

Manchmal kam es Bastet so vor, als ob sie und ihre In-Besitz-Genommene-Verlorene schon bald das Eis brechen würden, das das Verhältnis zwischen Menschen und Katzen seit Jahrtausenden eingeschlossen hielt. Die Mauer zum Einsturz bringen würden. Das Hindernis überspringen. Und ihre Gedanken würden verschmelzen, wie zwei Flüsse, die ineinander fließen. Doch die Zeit reichte nicht, obwohl sich die Katze, dessen bewusst, mit allen Kräften bemühte, den Gang der Ereignisse zu beschleunigen. Aber das Wasser kocht, auch wenn man es dazu antreibt, nicht vorzeitig.

Erst jetzt glitt die Gezähmte endlich durch den Raum, den ihr Bubastis so gern hatte zugänglich machen wollen. Doch was nützte das! Die Verlorene konnte genauso wie die Katze niemandem mehr von ihren Einsichten erzählen und mit niemandem mehr ihre Erfahrungen teilen.

JETZT MACHTE ihr das Fliegen am meisten Spaß. Jeder Mensch bedauert zu Lebzeiten nicht nur einmal, keine Flügel zu haben, doch erst wenn er gestorben ist, begreift er, was er durch sein

Unvermögen, sich in die Lüfte zu erheben und zu fliegen, verpasst hat.

Julija reizten nicht Flüge zu den Sternen und derlei Computereffekte. Sie wollte auch nicht bis zu den donnernden Flugzeugen und den lärmenden Hubschraubern aufsteigen. Weder Supermans blitzschnelles Durch-die-Luft-Zischen noch die von Karlsson so geliebten Sturzflüge über den Dächern der Stadt lockten sie. Sie schwebte am liebsten auf der Höhe des dritten oder vierten Obergeschosses durch die Gassen der Altstadt, warf jedoch keinen Blick durch die Fenster nach drinnen, denn alles, was sie da sehen würde, war ihr ganz einfach zu menschlich und zu alltäglich. Wozu brauchte sie jetzt so etwas?

Viel interessanter war es, die architektonischen Details zu studieren, die sie von da unten nie bemerkt hatte. Sie betrachtete die mit Rosetten verzierten Fassaden, die steinernen Lorbeer-, Eichen- oder Ahornblättergirlanden, die mit Bändern durchflochtenen Steinkränze, die Wappen ruhmreicher Geschlechter in Kartuschen, sie betastete die in Nischen erstarrten Atlas-, Satyr-, Chimären-, Löwen-, Hirsch- und Adlerköpfe, hie und da entdeckte sie geheimnisvolle Freimaurersymbolik oder durch dicken Verputz hindurchschimmernde hebräische Schriftzeichen mit schwarzen Verzierungen. Wenn sie etwas weiter hinabsank, konnte sie die Wände mit ihren vertrauten Graffiti aus einer neuen Perspektive betrachten, und manchmal sauste sie über dem Boden entlang wie eine Regen verkündende Schwalbe und grüßte sich selbst, wenn sie das auf den Schwellen eingravierte Salve las.

Es geschah noch etwas Angenehmes. Julija verlor endgültig ihr Äußeres. Es mag seltsam erscheinen, wenn dies eine Tote konstatierte, deren Asche gleich in die Urne geschüttet werden würde. Doch während der ersten Tage und Nächte nach ihrem Tod hatte sie noch immer das Gefühl, Kopf, Arme, Beine, Schultern, Brüste, Hüfte, Gesäß, Vagina, Gebärmutter, Herz, Lunge, Leber, Nieren, Gedärme und noch viele andere Organe zu besitzen, über die sie sich zu Lebzeiten nie Gedanken gemacht hatte.

Dafür fühlte sie sich immer, wenn sie in den Spiegel schaute und ihr eigenes Spiegelbild dort nicht sah, wie von einem Stromschlag getroffen. Und sie dachte jedes Mal, dass die Tradition, die Spiegel im Hause eines Verstorbenen zu verhüllen, eine sehr vernünftige war. Sie bewahrte den Toten vor dem ersten Körperlosigkeits-Schock. Wahrscheinlich hatte einst ein aus dem Jenseits Zurückgekehrter von seinen schmerzvollen Eindrücken erzählt, diese Nachricht hatte sich auf der Erde verbreitet, und seitdem verhüllten alle Trauernden die Spiegel mit schwarzen und weißen Tüchern. Doch wie bei der »Stillen Post« kam irgendwo ein Wurm hinein, und so meinten die egozentrischen Lebenden sich durch das Bedecken der Spiegel vor den Toten zu schützen. In Julijas Zuhause hielt sich niemand an diesen Brauch, niemand wollte sie oder sich vor der bedrückenden Angst behüten.

Also versöhnte sich Julija in weniger als einer Woche nach ihrem Tod mit dem Gedanken, dass sie nach überhaupt nichts mehr aussah. Sie fühlte sich von Haut, Knochen, Fleisch, Lymphe und Schweiß befreit. An dieser abgestreiften Hülle waren wie bei einem Astronautenanzug mit seinen vielen Knöpfen allerlei Sinnes- und Gefühls-Schalter angebracht gewesen, man brauchte sie nur zu drücken, und schon ging der ganze Leidenschaftsmechanismus los.

Den armen Körper, der sich all die langen Jahre ernähren, entleeren, begehren, arbeiten, einen Platz im Raum, in der Zeit, in der Hierarchie der Lebewesen einnehmen musste, brauchte jetzt niemand mehr. Der Körper, den es so drängte, zu dominieren, erquickt, zurechtgemacht, beachtet, gewürdigt und mit Komplimenten überhäuft zu werden, wurde zu Asche. Der Körper, der wie ein Scharlatan die Persönlichkeit, die Eigenart, das Wesen des Menschen vertrat, obwohl er nur das bedauernswerte Ego für sich zu gewinnen vermochte, würde nun mit dem Wind zerstreut werden. Der Körper, der laut ächzte, wenn er sich an der immateriellen Welt rieb, hatte den Kampf des Dinglichen mit dem Geist für immer verloren. Sieg! Die Liebe zum Schutzengel jedoch spürte Julija noch immer, was bedeutete, dass das nicht nur Begierde war, sondern auch Vibration der Seele.

Ihr Körper hatte Julija von klein auf einen Haufen Probleme bereitet, bis sie schließlich lernte, sich nicht mehr mit ihm zu identifizieren. In ihrer Kindheit war er zu mager, in der Pubertät viel zu dick und auch danach hatte er, legte man die durch den Eisernen Vorhang hindurchsickernden ›Cosmopolitan‹-Ideale zugrunde, lauter Fehler. Selbstverständlich versuchte sie ihn zu bekämpfen, auszuhungern, in alle möglichen Korsetts und die Brüste emporschraubenden BHs zu zwängen, mit Schlankheitspillen zu vergiften, mit Trainingsprogrammen zu quälen und zum Jogging durch den Park zu hetzen. Aber der Körper tat, was er wollte, und die Absichten der Eigentümerin waren ihm völlig egal. Deshalb entschied Julija, wenn jemand sie lieben würde, dann so wie sie war.

Dieser klare Entschluss übte eine magische Kraft aus, sie wurde schon bald zu einem der tollsten Mädchen ihres Freundeskreises, hatte eine Menge Verehrer im Konservatorium und in der Gorki-Straße, in der sich damals die ganze elitäre Jugend herumtrieb. Ihr seinem Schicksal überlassener Körper begriff die Lage und vervollkommnete sich im Eiltempo. Die Verehrer und auch Verfolger wurden Julija langsam zu viel, denn sie verlangte zwar nach körperlicher Liebe, doch eigentlich interessierte sie sich für ganz andere Dinge: Magie, Mystik, Metaphysik.

Im Laufe der Jahre entfernte sich Julija vielleicht deswegen immer mehr von ihrer körperlichen Gestalt, weil sie ihr Inneres besser als ihr Äußeres zu kennen begann. Sie identifizierte sich nicht mehr mit der immer lächelnden, notorisch auf den Titelbildern der Frauenzeitschriften präsenten Wahrsagerin, und wenn sie jene andere, rein äußerliche Julija im Fernsehen sah, dann quälte sie das wie der Anblick einer missratenen Kopie eines ganz brauchbaren Originals. Wenn sie ihre Stimme im Radio hörte, dann schauderte sie, denn in ihrem Inneren hörte sie ein anderes Timbre und andere Intonationen. Sogar im Spiegel schien sich ein völlig anderes Wesen zu befinden, das Julija nicht kannte und auch nicht kennen lernen wollte. Manchmal fragte sie sich, wie es wohl wäre, in der Wüste, einer Höhle in den Bergen oder einer Einsiedlerzelle zu wohnen, wo ihr Äußeres niemanden außer sie selbst kümmerte. Würde sie dort endgültig aufhören, an ihr Gesicht oder ihren Körper zu denken?

Wenn sie jemanden neu kennen lernte, dann versuchte sie immer zuerst herauszufinden, wie sehr er sich mit seinem Äußeren identifizierte. Das war ein beliebtes Thema in den Diskussionen mit Maksas Vakaris gewesen. Und mit dem Schutzengel? Bei ihm zu Hause hing nicht ein einziger Spiegel. Dafür hatte Maksas eine Unmenge der Julija so wichtigen philosophischen Fragen.

Maksas Vakaris lernte Julija wenige Tage nach ihrer Begegnung mit dem Schutzengel kennen. Letzterer rief schon am nächsten Abend nach der Diskussion im Fernsehen an und lud »die Frau Magierin« zu einem Abend mit russischer sakraler Musik ein. Das Ensemble »Gamajun«, in dem Tadas einst selbst gesungen hatte, war aus Moskau angereist. Das Vilniusser Publikum zeige kein besonderes Interesse für solch heilige Dinge, erklärte Tadas, deshalb lade er Leute ein, die sich wenigstens ein bisschen einfühlen konnten und etwas davon verstanden.

Julija war hocherfreut über diese Einladung und triumphierte bereits, dass der unzugängliche Tadas ihrem Zauber nicht widerstehen konnte, weshalb sonst hätte er sie zu einem Konzert eingeladen? Sie frohlockte, dass ihr Traummann schon so bald einen Grund für ein Treffen gefunden hatte, für das sie selbst mit ihrer Feldherrenstrategie noch lange gebraucht hätte.

Sie brachte einen ganzen Tag damit zu, sich schön zu machen und Pläne zu schmieden, wie sie den Schutzengel nach dem Konzert zu sich nach Hause locken könnte. Schließlich entschied sie sich dafür, ihren Wagen in der Garage stehen zu lassen und mit dem Taxi nach Markučiai zu fahren, wo »Gamajun« singen sollte. Danach würde sie Tadas bitten, sie arme Frau an diesem dunklen und kalten Novemberabend nach Hause zu fahren.

Das Konzert fand im Puschkinmuseum statt, das Julija zu ihrer Schande noch nie zuvor besucht hatte. Sie wusste nicht einmal, welchem Verwandten des großen Dichters das Haus gehört hatte – dem Vater, dem Bruder, dem Sohn, oder vielleicht einem Onkel? Der Park mit den alten Bäumen hinterließ bei ihr an diesem späten Herbstvorabend nicht den geringsten Eindruck, und das gelb gestrichene Holzhaus, das wie sie herausgefunden hatte, Grigorij, einem Sohn des Genies, gehört hatte, erschien ihr recht bescheiden.

Drinnen lärmte schon ein russischsprachiges Publikum, huschte der eine oder andere Bartträger in schwarzer Priesterrobe vorbei, liefen mit Tüchern umwickelte Frauen herum, es war wie in einer orthodoxen Kirche. Während Julija sich umsah und auf die Aufmerksamkeit wartete, die sie sonst überall erregte, wo sie auftauchte, kam nicht Tadas zu ihr, sondern Pranas, vielmehr Maksas Vakaris. Den hätte sie hier nun wirklich nicht erwartet!

»Guten Abend, Tadas hat mir gesagt, dass Sie kommen, und mich gebeten, mich um Sie zu kümmern. Gehen wir uns setzen, wir haben reservierte Plätze«, plätscherte er in seiner fernsehbekannten schnellen Redeweise hervor.

»Und wo ist Tadas?«

»Er ist bei den Gästen. Wissen Sie, die Organisatoren haben vor einer Veranstaltung immer eine Menge zu tun.«

Sie nahmen in der ersten Reihe Platz, und Julija fragte, um das Gespräch weiterzuführen: »Und was bedeutet der Name des Ensembles? ›Gamajun‹ kommt mir als Heiligenname irgendwie unbekannt vor.«

»Der Gamajun ist ein mystischer Vogel. Er hat eine wundervolle Stimme und sagt die Zukunft voraus. Ich glaube, er hat ein menschliches Antlitz, das einer Frau. Fragen Sie Tadas, der weiß alles.«

»Ich habe gedacht, er interessiere sich nur für Engel. Aber wie es scheint, auch für Vögel. Hat er eine Leidenschaft für alle Vögel?«

»Nun, über seine Leidenschaften sprechen wir besser nicht.«

An der interessantesten Stelle mussten sie den Schwatz abbrechen, denn jetzt zeigten sich die »Gamajun«-Sänger, Männer wie auf russischen Ikonen und Frauen von fester Statur mit drallen Brüsten in glitzernden, eng anliegenden Kleidern.

Auch der Schutzengel selbst erschien, von Kopf bis Fuß in Schwarz gekleidet. Es stand ihm gut. Er gesellte sich nicht zu den Sängern, sondern setzte sich auf den Fenstersims, musterte mit halb geschlossenen Augen das Publikum. Als er auf Julijas Blick traf, schien er kurz zu lächeln.

Die Stimmen der Künstler waren einfach himmlisch, mit solchen sangen zweifellos die Engel in den Paradiesgärten. Julija bedauerte, das Altrussische nicht ganz zu verstehen. Dennoch spürte sie die gigantische Kraft der sakralen Texte: »*Svetozarnago dne vseobščago voskresenyja i strašnogo suda Božyja čajuče, / užasaemsi liutych našych dejanyj y bezmernych grechov, / im že ežečasno prognevliaem Sozdatelia i Spasytelia našego*...« Hin und wieder bekam sie eine Gänsehaut und ihre Augen füllten sich mit Tränen. Nach dem Konzert ging sie zum Schutzengel, brachte mit zitternder Stimme ihre unendliche Begeisterung zum Ausdruck und schoss dann ihre den ganzen Tag lang geübte Phrase hervor: »Könntest du mich vielleicht nach Hause fahren? Mein Mazda hat ganz plötzlich gestreikt.«

»Nein«, sagte er, »ich muss bei den Gästen bleiben. Mein kleiner Bruder bringt dich heim.«

Er ließ sich nicht auf weitere Diskussionen ein, flüsterte seinem Bruder etwas zu und verschwand dann mit den »Gamajun«-Sängern. Julija hatte keine andere Wahl, als Maksas Vakaris zu folgen und in seinem Wagen Platz zu nehmen. An jedem anderen Tag hätte sie sich darüber gefreut, nur nicht heute. Sie beschloss, die Gelegenheit beim Schopf zu packen und so viel wie möglich über Tadas herauszubekommen.

»Dein Bruder hat wirklich seltsame Hobbys. Da muss man erst mal drauf kommen. Sänger aus Moskau einzuladen.«

»Was soll daran seltsam sein?«

»Nun, die russische Kultur ist hierzulande zurzeit nicht gerade populär. Ganz im Gegenteil. Sogar die sakrale Musik wird mit der Sowjetzeit assoziiert.«

»Ich assoziiere sie nicht damit.«

»Du bist ganz einfach zu jung dafür. Offen gesagt war ich erstaunt, dich hier zu sehen. Der Superstar Maksas Vakaris und das von allen vergessene Puschkinmuseum in Markučiai ... Irgendwie passt das nicht zusammen.«

»Der Superstar bin nicht ich, sondern mein Doppelgänger. Und Tadas rennt der Popularität nicht nach. Er ist noch nie mit dem Strom geschwommen. Anders als ich. Und außerdem, wenn etwas in Litauen nicht populär ist, dann heißt das noch lange nicht, dass es nichts wert ist.«

»Ja, stimmt. Ich wollte nur sagen, wenn hier irgendwelche Iren mit Dudelsäcken oder eine amerikanische Country-Band aufgespielt hätten, dann wäre sogar der Sportpalast zu klein gewesen. Und jetzt hat sich ein kleines Häufchen Zuhörer versammelt, unter denen ich abgesehen von uns dreien keinen einzigen Litauer bemerkt habe.«

»Hat dir der Gesang nicht gefallen?«

»Doch, der Gesang hat mich entzückt, ja erschüttert. Ich spreche über die Werteskala. Sie hat sich irgendwie verkehrt. Niemand braucht mehr echte Dinge. Nur noch Produkte. Der Placebo-Effekt.«

»Was für ein Effekt?«

»Placebo. So nennt man Schein-Medikamente, die man dem Patienten verabreicht, und er wird gesund, obwohl das Placebo keine Heilwirkung besitzt. Schau doch mal, überall nur Ersatzdinge: Silikonbrüste, Dildos, luststeigerndes Viagra, gefärbtes Haar, die Augenfarbe verändernde Kontaktlinsen, koffeinfreier Kaffee, alkoholfreies Bier, Süßstoff statt Zucker, Koteletts aus Soja, genetisch modifizierte Kartoffeln, Seifenopern statt persönlicher Geschichten, Cyber-Spiele ...«

Nach einem solchen Anfang musste das Gespäch ganz einfach bei einem Glas Wein und Kerzenlicht fortgesetzt werden. Maksas hatte nichts dagegen. Sie saßen bis vier Uhr morgens am knisternden Kamin und tauchten aus der Ebene der Simulakren in immer tiefere Mystik ein. Dann verabschiedeten sie sich wie zwei gute Freunde, die sich schon seit einem halben Jahrhundert kannten.

Nach einigen Stunden Schlaf, beim Kartenlegen für den ersten Kunden, dachte sie, dass Maksas Vakaris eine der besseren

Entdeckungen in ihrem Leben war. Nicht oft trifft man einen Menschen, der sowohl äußerlich als auch innerlich schön ist. Doch sie brauchte nicht ihn, sondern den Schutzengel.

Sie hatte keine Ahnung, wie sie den herbeilocken sollte, und war ziemlich erstaunt, als er ein paar Tage später selbst anrief. Ohne Höflichkeitsformeln und Einleitung teilte er mit, er wolle kurz bei »der Frau Wahrsagerin« vorbeischauen. Wie sehr Julija sich auch bemühte, das Treffen auf den Abend zu verschieben, Tadas erklärte ihr klipp und klar, dass es ihm um drei Uhr nachmittags am besten passe.

Auf dieses Date bereitete sich Julija viel ernsthafter vor als auf das »Gamajun«-Konzert. Erst einmal wechselte sie die Bettwäsche. Sie hätte Violeta darum bitten können, doch sie fühlte sich nicht ganz wohl bei dem Gedanken, dass diese für ihren schüchternen Sohn das Lager bereiten sollte. Julija ließ ihre Hausangestellte sogar früher als üblich nach Hause gehen, damit sie sie nicht beim Sammeln der Energie für das schicksalhafte Treffen störte.

Julija zupfte sich die Augenbrauen, machte sich eine Maniküre und rang sich sogar zum Beinerasieren durch. Das war Bastets Lieblingsritual. Die Katze saß neben ihr auf dem Rand der Badewanne und beobachtete wie hypnotisiert den rosa *Venus*-Rasierer. Julijas Gesten folgend, bewegte sie den Kopf hin und her – vom Knie bis zum Knöchel und zurück – und begleitete das Prozedere mit einem liebevollen Pfotenwink. Nach Beendigung dieses Rituals überlegte Julija, ob sie vielleicht auch den sogenannten Bikinibereich depilieren sollte, doch dann stellte sie fest, dass dazu keine Zeit mehr war. Außerdem hatte sie nicht die Absicht, schon diesmal mit dem Schutzengel so weit zu gehen. Darauf schminkte sie sich, parfümierte sich und zog ein himmelblaues Kleid an, mit einem tiefen, doch nicht vulgären Ausschnitt.

Aus dem Spiegel sah sie eine sexy Blondine von unbestimmbarem Alter an, in deren beiden Augenwinkeln sich, wenn sie lächelte, ein entzückendes Faltennetzchen bildete. Maksas hatte ihr schon am ersten Abend dargelegt, dass ihn diese Eigenart ihres Gesichts einfach bezaubere. Und dann hatte er ihr auch noch eine SMS gesandt: *Mir gefällt die klare Landschaft deiner Augen – grüne Wälder in weißem Schnee.* Julija warf daraufhin einen Blick in ihren Taschenspiegel und entschied, als sie dort auf ihren Katzenblick traf, dass sie noch nie einen schöneren Vergleich gehört habe. Ob der Schutzengel wohl auch Komplimente zu machen verstand? Julija legte ihre Saphir-Ohrstecker an und ging den Wein entkorken. Genau um drei Uhr klingelte es an der Tür. Der Schutzengel sah gar nicht wie zu einem besonderen Date gekommen aus. Er trug Jeans, ein kariertes Flanellhemd, eine Lederjacke und roch nicht nach Parfüm, sondern nach Arbeitsschweiß.

»Ich bleibe nicht lange«, erklärte er, als ob er sich im Voraus absichern wollte. Als er Bastet zu streicheln versuchte, die wie immer gleich nach draußen geschlüpft war, um die Gäste zu begrüßen, presste sich diese fest auf den Boden, setzte eine Luchsmiene auf und zischte böse. Tadas fügte leicht verstört hinzu, als ob er um Verzeihung bitten wollte: »Sie ist erschrocken. Wahrscheinlich rieche ich nach anderen Tieren. Ich habe zwei Katzen. Und drei Hunde.«

Ein aufregendes Detail aus dem Leben des Begehrten! Die Macken des Schutzengels schienen ohne Ende zu sein. Er verzichtete auf den Wein, verschmähte auch den Weichkäse Marke »Président«, schob den Lachs und die Oliven von sich und bat um eine Tasse grünen Tee. Julija, die sich über diese Zicken aufregte, griff nach einer Zigarette und begriff sofort, einen schicksalhaften Fehler begangen zu haben, denn der Traummann machte sie darauf aufmerksam, dass er rauchende Frauen furchtbar finde.

Um in seiner Achtung wieder zu steigen, ergriff sie eine CD, die sie wie durch ein Wunder in ihrer unordentlichen Musiksammlung fand. Das Cover verkündete, dass es sich hier um eine Aufnahme von Engelsmusik handle; Julija hatte sie sich allerdings noch nie angehört. Kaum hatte er die ersten Akkorde der Elektroorgel vernommen, verzog Tadas wie unter Zahnschmerzen das Gesicht und bat um ein anderes Repertoire:

gregorianische Chöre, Sufi-Gesänge oder, wenn es sein musste, auch *Om Mani Padme Hum* brummende Tibetaner. Julija suchte eilig einen Krischnaverehrer heraus, der am Ufer des Ganges mit sehnsüchtig süßer Stimme sein *Hare Hare Hare* vor sich hin flötete. Das stellte den anspruchsvollen Gast endlich zufrieden.

Nach einigem Herumstöbern in den Küchenschränken brachte es Julija tatsächlich fertig, ein Engelsmahl aus Honig, Rosinen, Nüssen, Halva-Resten und grünem Tee zuzubereiten, dazu duftendes Muskat-Räucherwerk (der Gast hatte Sandelholz gewünscht). Nachdem er schweigend das erste Glas ausgetrunken hatte (es wurde ihr erklärt, dass es nicht angehe, Tee in eine normale Tasse mit Henkel zu gießen), kam er direkt zur Sache.

»Ich möchte, dass Sie das Gehalt meiner Mutter erhöhen. Um läppische fünfzig Litas oder etwas mehr. Sie kommt kaum damit zurecht.«

Julija schien es, dass sie Violeta auch so nicht unterbezahlte. Außerdem verdiente der wunderbare Maksas Vakaris mindestens zehnmal so viel wie sie arme Wahrsagerin, also konnte der sich doch um seine Mutter kümmern. Welchen Geschäften der Schutzengel nachging, hatte sie noch nicht herausgefunden. Sie sagte jedoch nichts von dem, was sie dachte.

»Gut, fünfzig Litas gehen in Ordnung. Ich bin aber nicht so reich, wie es aussicht. Und was tust du so?«

»Ich? Ich mache Denkmäler. Grabsteine. Ich haue Engel aus Granit und Marmor. Manchmal heile ich auch mit meinen Händen. Biokorrektion nennt man das, falls Sie davon gehört haben. Doch für das Heilen nehme ich kein Geld.«

Wenn das irgendein anderer Mann gesagt hätte, dann hätte Julija schleunigst das Weite gesucht. Grabsteine, gut. Aber Handauflegen und Biokorrektion? Nein danke! Einen mit übersinnlichen Fähigkeiten brauchte sie nun wirklich nicht. Diesmal aber war alles ganz anders. Julija haschte betört und verzückt nach jedem seiner Worte, wie Bastet, wenn sie der Bewegung des rosa Rasierers folgte. Was auch immer Tadas tat, was auch immer er

161

sagte, alles schien Julija ein klarer Beweis dafür zu sein, dass er der für sie Bestimmte war. Der Einzige! Er war so unverwechselbar, so originell, einzigartig, mit niemand anderem zu vergleichen!

Und dann auch noch sehr sexy. Wenn sie Tadas' Hände mit den langen, schmalen Fingern betrachtete und zusah, wie er mit der trägen Grazie eines Löwen durchs Zimmer strich, dann wurde Julija geradezu feucht vor Erregung. Doch der Schutzengel schien sich seiner physischen Anziehungskraft nicht im Geringsten bewusst zu sein, ja nicht einmal zu ahnen, dass es überhaupt so etwas wie Lust und körperliches Vergnügen gab. Aber vielleicht waren das vorschnelle Schlüsse.

Als er den Tee ausgetrunken hatte, verkündete der Schutzengel, dass er jetzt gehen werde, und Julija wurde sofort traurig. Sie begleitete ihn bis zur Tür, verabschiedete sich sentimental und machte sich auf dem Rückweg ins Wohnzimmer Mut, dass ein Anfang gemacht war, und gar kein schlechter. Sie brachte den noch immer nach Krischna rufenden Inder zum Schweigen und schaltete das Radio ein, aus dem ein alter Hit ertönte: »*Send me an angel, send me an angel, right now* ...«

Das Lied über die Engel schien Julija nicht einfach ein Zufall zu sein, sondern ein gutes Zeichen. Sie setzte sich in den Schaukelstuhl und versank mit dem Blick auf das draußen vor dem Fenster sich ausbreitende Vilnius in Gedanken. Sie fühlte sich betrogen. Wirklich betrogen, doch sie wusste selbst nicht weshalb. Diesem Treffen fehlte etwas. Als hätte Tadas seinem Bruder einen Teil seiner Persönlichkeit überlassen, die Fähigkeiten zu flirten, leicht, graziös, spielerisch mit den Frauen umzugehen, indem er alles um sich herum elektrisierte, himmelblaue Funken eines unverbindlichen Charmes versprühte.

Maksas Vakaris war der geborene Virtuose dieser Kunst. Das andere Geschlecht zu entzücken und ebenso sich selbst, war für ihn etwas so Natürliches wie das Atmen. Für solche wie ihn musste die Frau nebenan keineswegs schön, jung oder eine geborene Kokette sein. Ihr Geschlecht genügte, um den Urmechanismus der Anziehung der gegenteilig geladenen Pole auszulösen. In Maksas' Gesellschaft trieb auch die größte Langweilerin für sie selbst unerwartete Femme-fatale-Blüten, fühlte sich anziehend und begehrt. Wahrscheinlich lag darin auch der Grund für seine Popularität. Die Frauen zog er an wie eine Paradiesfrucht. Und die Männer solidarisierten sich mit dem herausragenden Exemplar von Stammesbruder.

Der Schutzengel war das absolute Gegenteil seines Bruders. Wenn sie mit ihm zusammen war, dann fühlte sie, wie all ihr weiblicher Zauber und ihre Anziehungskraft verpufften wie die Luft aus einem Reifen mit einem Loch. Tadas strahlte eine merkwürdige Geschlechtslosigkeit aus, obwohl er einen sehr anziehenden Körper besaß. Durch sein Wesen verneinte er gewissermaßen das wichtigste Naturgesetz, und das ließ in ihr ein Gefühl von Unschicklichkeit, Unbehagen, Unsicherheit aufkommen. Julijas innere Stimme redete beharrlich auf sie ein, sie solle es doch sein lassen. Doch sie wollte sich nicht von ihrer Idee des Sichverliebens lossagen oder konnte es vielleicht auch nicht mehr. Deshalb beschloss sie nach langem Hin und Her, dass sie sich nach genau so einer Beziehung gesehnt hatte. Es hatte schließlich in ihrem Leben schon genug Hengste und aufregende Kerle gegeben.

Vor einigen Jahren hatte Julija einen MANN getroffen, der sein Geschlecht gerne groß schreiben würde. Wenn sie Leonardas, Leo, hätte in Metaphern beschreiben sollen, dann hätte sie ihn mit einem wandelnden Penis verglichen, vielleicht etwas in der Art der von Gogol beschriebenen Nase, die in Petersburg über den Newski-Prospekt spazierte. Wie denkt Die Nase? Und wie Der Penis? Was kümmert ihn? Natürlich nur eins: vögeln, vögeln, vögeln.

Julija hätte wetten können, dass sie, einem solchen Exemplar in einem dunklen Zimmer gegenübergestellt, sogar mit verbundenen Augen, gefesselten Händen und verstopfter Nase sofort erkennen würde, dass vor ihr ein Echter Mann saß. Wozu brauchte sie ihn? Nun, eine bekannte Gynäkologin hatte ihr gesagt, dass es in fortgeschrittenem Alter unangebracht sei, viele Partner zu haben, und man sich aus Gesundheitsgründen einen

Dauerbeischläfer anschaffen solle, auch wenn es der Hausmeister war. Julija fand den Rat anfangs zynisch, doch später, als sie die Situation genauer überdacht hatte, entschied sie, dass ihre Freundin wohl die Wahrheit sagte. Wenn sie über solche Dinge nachdachte, dann freute sie sich, dass niemand ihre Gedanken hörte und sie auch nie lesen würde.

Leonardas verdrehte Julija ordentlich den Kopf, obschon sie noch kurz vor ihrer Begegnung mit ihm, wahrscheinlich vom schicksalhaften Jahr 2000 dazu angestachelt oder auch von ihrem unerbittlich nahenden eigenen vierzigsten Geburtstag, beschlossen hatte, vieles in ihrem Leben zu verändern, auf Lärm, Öffentlichkeit, einen zu großen Freundes- und Bekanntenkreis zu verzichten, um sich ganz den geistigen Dingen zuzuwenden. An ihrem Buch zu schreiben. Und, was am wichtigsten war, alle Kontakte mit dem Placebo abzubrechen und JoJo (so lauteten die Initialen des Mannes, der sie angeheuert hatte) mit aller Entschiedenheit mitzuteilen, dass sie nicht länger für ihn arbeiten würde. Ihre früheren Andeutungen hatte JoJo nicht verstehen wollen, deshalb wollte Julija jetzt Klartext reden. Doch sie schaffte es nicht mehr, ihre Rede vorzutragen, denn urplötzlich trat wie aus dem Nichts der Ständige Partner in ihr Leben.

Manchmal kam in Julija der leise Verdacht auf, dass Leonardas mit Absicht von jemandem geschickt worden war. Das erste Mal kam er als Kunde zu ihr, der sich die Zukunft vorhersagen lassen wollte. Doch plötzlich brachte er wie mit einer Handbewegung alle Karten ihres Lebens durcheinander und spannte sie für lange Zeit in seine Spielchen ein. Ehrlich gesagt gefielen Julija diese Spielchen. Leo war, wie es sich für einen Echten Mann gehörte, überall gut: im Bett, in kulinarischen Angelegenheiten, bei der Weindegustation, fuhr wie James Bond einen Aston Martin, trug eine Armbanduhr, die Tausende Litas gekostet haben musste, und teure Kleider. Er war unerreicht als Geschichtenerzähler, ein echtes Perpetuum Mobile der neuen Geschichten. Julija hatte sogar das Gefühl, dass an diesem Menschen ein Schriftsteller von Weltrang verloren gegangen war. Ab und zu erfreute Leo sie mit Gedichten von Rilke oder seinen eigenen und mit gitarrenbegleiteten Chansons.

Er hatte nur ein Laster – er schnarchte fürchterlich. Aber mit Ohrstöpseln konnte man auch das aushalten. Alles hätte ganz wunderbar sein können, doch Julija liebte Leonardas nicht. Sie sagte zu sich selbst, dass Tausende, Millionen von Frauen so lebten, aber ihre innere Stimme flüsterte ihr zu, dass sie heuchle, die Ideale ihrer Jugend verrate, die nicht verschwunden waren, sondern weiterhin gleichmäßig in ihrem Herzen glimmten wie das ewige Feuer auf dem Grab des Unbekannten Soldaten.

Das andere Problem bestand darin, dass das Verhältnis mit Leo viel Geld erforderte. Für Parfüm, neue Kleider, Schuhe, Schmuck, Kosmetik, mit einem Wort für ein schönes Leben. Also verpuffte die Idee, das Placebo loszuwerden, wie eine Fata Morgana.

Doch Julija spürte, dass die Zeit der Zurückgezogenheit, der Einsamkeit, der Traurigkeit und der Spiritualität näher kam. Nach jedem stürmischeren Abschnitt in ihrem Leben trat unausweichlich eine asketische Periode, eine Pause ein. Vielleicht rief sie auch selbst die Ebbe der Gefühle, Ereignisse, Erfahrungen hervor, indem sie langsam, aber planvoll Beziehungen auflöste, Brücken abriss, Gräben zwischen sich und dem, mit dem sie zusammen war, aushob. Das Finale einer jeden Liebesgeschichte war in ihrem Tagebuch wie das Ende eines Krieges beschrieben.

Als die Verbindung mit Leonardas ganz schwach geworden war, tauchte plötzlich der Schutzengel auf. Der Prophet. Der Erlöser. Der Retter. Er verkündete, versprach und verströmte mit seinem ganzen Wesen ein anderes Leben. Deshalb raffte sich Julija noch einmal entschlossen dazu auf, sich von Grund auf zu ändern, die ohnehin schon viel zu lange währenden Geschäfte mit dem Placebo zu beenden und JoJo ganz einfach zum Teufel zu schicken. Wie die anderen Male beschloss sie, vor dem entscheidenden Schritt die Karten zu befragen.

An die Voraussagen des Tarot glaubte Julija inbrünstig. Sie hatte keine Zweifel, dass die achtundsiebzig symbolischen Bilder die Intuition anregten, die normalerweise von der Stimme der Vernunft überlagert wurde, das Unbewusste befreiten, das sonst nur im Traum oder in Wahnvorstellungen an die Oberfläche durchkam und nicht an die alltäglichen, nüchternen Entscheidungen herangelassen wurde. Sie war ebenso überzeugt davon, dass das Voraussagen der Zukunft in keiner Weise den neuesten Theorien über das Raum-Zeit-Kontinuum widersprach, in denen dieses sich wie eine Spirale mit Henkel darstellt. Die Öffnungen, wo der Henkel die Spirale berührt, werden auch als Maulwurfsloch bezeichnet. Wenn man da hineingerät, dann bleibt die Zeit stehen. Und der Henkel selbst ist wie ein Tunnel, in dem man sich aus der Gegenwart in die Vergangenheit, in die Zukunft und wieder zurück bewegen kann.

Die exakten Wissenschaften waren noch nie Julijas Stärke gewesen, in der Schule war sie eine hoffnungslose Versagerin in Physik, Mathematik und sogar Astronomie gewesen. Doch seit sie einmal bis zum Umfallen mit einem bekannten Astrophysiker diskutierte, hatte sie selbst herausgefunden, dass die Zeit sich nicht geradlinig bewegt wie ein abgeschossener Pfeil, sondern wie ein Zug, der auf den Gleisen rollend auch zu einem Bahnhof zurückkehren kann, in dem er schon durchgefahren ist. Diese Verschlungenheit der Zeit war zumindest für Julija ein klarer Beweis dafür, dass man nicht nur in die Vergangenheit reisen, sondern, wenn man das wollte und sich genügend anstrengte, auch einen Blick auf die Zukunft werfen konnte. Sie hätte geschworen, dass das, was erst noch zu geschehen hatte, schon passiert war.

Julija besaß mindestens zehn verschiedene Kartensätze. Die Bilder auf einigen davon waren vom häufigen Gebrauch völlig abgenutzt, viele Kunden jedoch fanden solch gesichtslose Karten umso mystischer. In Julijas Sammlung befanden sich das Merlin-, das Crowley-, das Voyager- und das Rider-Waite-Tarot. Sie besaß sogar ein von Salvador Dalí selbst gezeichnetes Kartenspiel, das unglaublich viel Geld gekostet hatte.

Als sie die Karten zum Sonnenkreuz gelegt und sich schamanisch von der Welt abgeschottet hatte, versenkte sie sich in das Ergebnis. Wie erwartet landete die Hohepriesterin, mit der sie sich selbst identifizierte und nach der ihre Freunde sie die Magierin nannten, im Zentrum des Kreuzes. In der Vergangenheit kamen die zwei Münzen zu liegen, die nach Julijas Auslegung Illusion, Täuschung, Manipulation und unlauteres Spiel bedeuteten. Das bestärkte sie in der Überzeugung, dass sie die Zusammenarbeit mit dem Placebo beenden sollte. Auch das As der Schwerter unterstützte diesen Entschluss.

In der Zukunft wartete der König der Schwerter auf Julija, der sowohl Maksas als auch Tadas symbolisieren konnte, hatten doch beide Brüder dunkles Haar und braune Augen. Doch der danebe zu liegen gekommene Eremit, das Zeichen für Gleichgültigkeit, Absonderung und Einsiedelei, ließ keine Zweifel offen, dass es sich um den Schutzengel handelte. Daneben schmiegten sich die Liebenden aneinander, die nach Julijas persönlicher Erfahrung noch nie echte Liebe herbeigerufen hatten. Hoffnung ließ jedoch die Kraft-Karte aufkommen, die die Position der Umgebung, der äußeren Einflüsse eingenommen hatte und die für Julija schon immer ihre eigene Beherrschung jeder erdenklichen Lage bedeutet hatte.

Beim Aufdecken der zwölften und dreizehnten Karte lief es der Wahrsagerin kalt den Rücken hinunter. Das auf den Kopf gestellte Rad des Schicksals kündete ernsthafte Unannehmlichkeiten an und der Gehängte deutete auf schmerzhafte Opfer, Fehlen von Unterstützung, unter den Füßen weggezogenen Boden, Verlust und sogar Tod.

Julija glaubte nicht, was sie da sah und las. Aber die Prophezeiung war in Erfüllung gegangen. Fünf Tage waren seit ihrem Tod vergangen.

Die Woche verging im Nu – schon war es Freitag. Der Trubel um den Tod der Wahrsagerin hatte sich gelegt, und es erschienen keine neuen Artikel zum Thema mehr. Es gab neue Sensationen für die Titelseiten. Ritas Gewährsmann bei der Detektei »Agatha Christie« war wie vom Erdboden verschluckt, rief sie nicht an, nahm nicht ab und schaltete entweder sein Handy ganz aus oder verschwand irgendwo außerhalb des Netzbereichs. Offenbar war die Untersuchung der Mordversion ins Stocken geraten.

Aber Rita ließ sich nicht so schnell entmutigen. Mehr als die Teilnehmer der letzten Party bei Julija interessierten sie jetzt die Selbstmörder-Kunden der Wahrsagerin, die schienen für einen eigenen Artikel zu taugen. Sie tauchte also ins Internet ein und erkundete, was es zum Wort SUICIDE zu sagen hatte. Sofort wurden ihr über zwanzig Websites angeboten, an die sie sich wenden konnte, wenn sie ihrem Leben ein Ende setzen wollte. Helfen wollten einem die Organisation »Das Gelbe Band«, Psychologen, freiwillige Tröster. Es gab auch eine musikalische Antiselbstmord-Homepage, außerdem eine Menge Studien und Artikel. Der Zerberus würde es nicht mögen, wenn sie sich zu sehr in das Thema vertiefte. Er schätzte die Oberflächlichkeit, marktschreierisch und bunt. Rita beschloss, ihre Suizidologie-Studien auf ein andermal zu verschieben. Zumal heute Julijas Begräbnis stattfinden würde.

Rita gehörte nicht zu den Menschen, die gern zu solchen Veranstaltungen gingen. Natürlich würde auf Nachfrage niemand zugeben, dass Aufbahrungssäle, Särge, das stumme Menschengrüppchen am Grab, das dumpfe Poltern der ersten Erdbrocken auf den Sargdeckel und der Leichenschmaus seine Leidenschaft waren. Doch sie wusste, es gab Menschen – einige kannte sie auch persönlich –, die, kaum hatten sie von jemandes Tod vernommen, aufblühten wie Vampire, die frisches Blut gerochen hatten. Sie waren unersetzlich auf Beerdigungen, denn sie sorgten für die nötige Ordnung unter den von Gram und Trauer Gebeugten, die meist ganz verwirrt waren.

Die Beerdigungsfanatiker kannten die richtige Anordnung der Kränze und Blumenkörbchen, steckten die Blumen nach Sorten geordnet in die Vasen, kürzten die Kerzendochte, rückten die Trauerbänder zurecht, damit man die Beileidssprüche und Namen der Besucher sah, legten fest, wann Schubert zu erklingen hatte und wann Mozart, reichten den in Tränen Aufgelösten

Papiertaschentücher, boten den Erkälteten und von Nervenflattern Heimgesuchten Kaffee oder Weinbrand an, reihten die Trauergäste zu einem ordentlichen Trauerzug auf, prüften, ob der Bahrwagen in Ordnung war, wechselten noch schnell ein paar Worte mit den Totengräbern und deckten den Priester mit einem langen Monolog ein, zogen an den Seilen, mit denen der Sarg ins Grab hinuntergelassen wurde, um deren Stärke zu testen, überprüften, ob auf dem Kreuz auch wirklich der Name des Toten stand, drängelten sich durch, um die letzte Handvoll Erde zu streuen, traktierten den eben angehäuften Grabhügel mit der Schaufel oder mit den Händen und verliehen ihm die geziemende Form, zündeten nach hartem Kampf mit dem Wind die Grablichter an, sangen lauter als die anderen ›Das ewige Licht leuchte ihm‹, schauten, dass alle, die dahin gehörten, auch zum Totenmahl kamen, siebten die Trittbrettfahrer aus und brachten schließlich dröhnend pompöse Trinksprüche auf den Dahingegangenen aus. Rita fragte sich manchmal, ob diese Enthusiasten so ihren eigenen Tod zu zähmen trachteten, ob sie sich gegen ihn wehrten oder vor ihm versteckten.

Rita sah sich auf dem kleinen Blumenmarkt um. Die Chrysanthemen rochen bitter, sie verströmten eine Bitterkeit wie ein von einem Unglück heimgesuchter Mensch, dessen schönes Gesicht oder Körper infolge der ihn beherrschenden Trübsinnigkeit ihre Anmut verloren. Rita dachte, dass sie diese Blumen mit den leuchtenden Blüten vielleicht wegen ihres freudlosen Aromas schon immer mit Beerdigungen in Verbindung gebracht hatte. Nicht deshalb, weil ihre Blütezeit im Herbst war, kurz vor Allerseelen, und schon gar nicht wegen der japanischen Dichtung, in der die verwelkten Blüten der Chrysanthemen das unvermeidliche Ende bedeuteten. Nein, es war ihr Geruch, der sich weder mit Lebenslust noch mit der hoffnungsvollen Bejahung des Seins noch mit Frohsinn in Verbindung bringen ließ, wie zum Beispiel der süße Duft der Freesien, das schwärmerische Flattern des Jasmins, die bunte Leichtfertigkeit der Akazie oder der wonnevolle Sirup der Heckenrose. Allerdings waren die Chrysanthemen heutzutage nicht unbedingt mehr ein Zeichen für

Herbst oder Allerseelen, sie wurden auch Ende Januar, mitten im Winter, feilgeboten, ebenso wie die Narzissen, Hyazinthen und Tulpen, die früher den Frühling angekündigt hatten.

Alles war durcheinander geraten und es gab keine verlässlichen, unveränderlichen Orientierungspunkte im Leben mehr. Die Klarheit war verschwunden. Was noch vor zwölf Jahren einfach und konkret gewesen war, so wie der Ablauf der Jahreszeiten, sogar das verlor seine Gesetzmäßigkeit, seine Umrisse, seine Grenzen.

In letzter Zeit ärgerte und störte Rita fast alles. Besonders die großen Einkaufszentren, immer voller Lärm, Hektik und falscher Lebensfreude. Es wurde ihr übel beim Anblick all dieser verfluchten Verbraucher, die ihre Einkaufswagen vor sich herstießen, voller Waren, deren Haut – Papier, Plastiktüten, Zellophan, Dosen, Schachteln – schon bald das All verschmutzen würden. Ihre Phantasie konnte nicht anders, als sich Szenen auszumalen, in denen sie sich mit Nahrung voll stopften, um sich dann wieder zu entleeren, worauf tonnenweise Exkremente vom Gewölbe eines Tempels niederprasselten, wie in einem klassischen jungianischen Traum. Beim Betrachten der satten und trotzdem von unstillbarer Gier verzerrten Gesichter fragte sie sich, wie sich wohl Christus, Buddha oder Mohammed in einer solchen Umgebung fühlen würden? Wahrscheinlich würden sie den Verstand verlieren, wenn sie sähen, dass all ihre Lehren von der Seele und der göttlichen Bestimmung des Menschen vor die Hunde gegangen waren. Wahrscheinlich würden sie schreiend und sich die Haare raufend in die Wüste verschwinden und sich dort vor Verzweiflung selbst vernichten.

Als sie an der Kasse anstand und zuhörte, wie die elektronischen Warenscanner piepten, musterte sie die den Kassiererinnen an die Brust gehefteten Namensschilder, auf denen neben dem Foto die Namen und die persönlichen Kennziffern aus dem Pass standen. Letzteren ließ sich das Geburtsdatum entnehmen. All diese Mädchen waren höchstens halb so alt wie Rita. Sie fühlte sich in der schönen neuen Welt wie ein Relikt.

Aus irgendeinem Grund erinnerte sie sich immer wieder an

die Zeiten, als es im Laden fast nichts zu kaufen gab. Es gab keinen Schinken, genauso wenig Skilandis, die feine Räuchersalami, Steaks, Filets und viele andere Fleischwaren. Die Sasiskas-Würstchen und die Sardelka-Cervelatwurst, die man nach ein paar Stunden Ellbogeneinsatz in der hungrigen Meute dem Verkäufer entriss, wurden aus Stärke, Zellulose und rotbraunem Farbstoff hergestellt. Auch wenn du das wusstest, verschlangst du sie mit Senf und Schwarzbrot, dass dir die Ohren wackelten. Dass der Tag kommen würde, an dem du jederzeit Zebra-, Haifisch-, Straußenfleisch kaufen könntest, das hättest du dir nicht einmal nach dem Sniefen von Leim oder Fleckentferner träumen lassen. Es kam dir nicht in den Sinn, nach Austern, Krabben, Muscheln, Hummer oder Tintenfisch zu brüllen. Den Hering für Heiligabend musste man sich nach kilometerlangem Anstehen im Frühherbst ergattern, dafür wurde donnerstags der »Fischtag« eingeführt, der Seehecht mit Kartoffelpüree auf den Tisch brachte. Mayonnaise, eingemachte grüne Erbsen in Dosen und marinierte bulgarische Cornichons kamen einem wie ein Zeichen echten Wohlstands vor. Diese Köstlichkeiten erhielt man gegen Essensmarken, die auch nicht jeder bekam, an den sogenannten Vorbestelltischen. Wer Zugang zum Spezialgeschäft in Turniškės hatte, konnte sich an Koteletts, Zunge, Aal, Lachskonserven, Kaviar, Orangen- und Ananassaft, Bananen und manchmal auch Mangos gütlich tun. Anfang Mai zeigten sich die langen Gurken aus dem Gewächshaus, Mitte Juni die Tomaten, Ende Oktober verschwand alles Gemüse wieder aus den Läden, übrig blieben nur Kartoffeln, Kohlrabi, der schwarze Rettich, Zwiebeln und Sauerkraut. Im Winter leuchteten kurz die Orangen auf, noch seltener Mandarinen, die wurden rationiert verkauft, einige Kilo pro Person, damit es für alle reichte.

Die meisten wussten nicht einmal, was Joghurt war. Rita hatte zum ersten Mal in Ostberlin davon probiert und in einem Wonnetaumel für dieses Lebenselixier fast ihr ganzes ärmliches sowjetisches Touristinnengeld ausgegeben. Zurück in Litauen schlemmte sie jeden Morgen davon und stellte sich vor, im Ausland zu leben, in irgendeinem kapitalistischen Luxusland, und ganz reich zu sein.

Doch die wirkliche Quintessenz jener freien Welt hinter dem Eisernen Vorhang war nicht der Joghurt, sondern der Kaugummi. Rita betete ihn seit ihrer frühen Kindheit an. Wenn irgendein Onkel dritten Grades aus Chicago oder eine wie ein Komet für eine kurze Zeit aufleuchtende Tante aus Cincinnati zu Besuch kamen, dann schenkten sie ihr gnadenvoll jeweils ein Päckchen Wrigley's, göttlichen Spearmint, himmlischen Juicy Fruit. Die kleine Rita versuchte einen strengen Plan zu erstellen, damit die Kaugummivorräte möglichst lange vorhielten. Sie warf kein einziges Papierchen weg, besonders nicht das Silberpapier, das nicht nur den Geruch von Minze, Vanille und Früchten noch lange bewahrte, sondern auch ein wenig vom märchenhaften Geschmack. Wenn man daran leckte, dann konnte man noch einen Hauch des genossenen kapitalistischen Vergnügens spüren.

Aber genug vom Essen. Es war ebenfalls sehr schwierig, Toilettenpapier, Waschmittel, Strümpfe, Unterhosen, BHs, Nachthemden, Bettbezüge, Deos, Wimperntusche, Haarfärbemittel, Shampoo zu bekommen; Slipeinlagen existierten überhaupt nicht, ganz zu schweigen von Tampons. Damals konnte man sein Unglück auf andere Dinge schieben: auf die unerreichbare Salami, das Salatöl, das zum doppelten Preis unter der Hand verkauft wurde, die tschechischen Mäntel, die man nur gegen Marken erhielt, das langweilige Fernsehprogramm, die zensierten Zeitungen, den Marasmus im Kreml, den Eisernen Vorhang, die Besatzung ... Doch jetzt musste man alle existentielle Traurigkeit auf sich nehmen, niemand sonst war mehr schuld daran. Obwohl es jetzt noch viel mehr als früher eine Unmenge Dinge gab, die die Hoffnungslosigkeit nur noch vergrößerten. Wohin man sich auch wandte, man fand nur Absurdität.

Rita überkam der Verdacht, dass sie masochistische Tendenzen entwickelte, denn beim Zappen von Sender zu Sender schaute sie sich keine Nachrichten oder Filme mehr an, sondern nur Werbung. Was könnte den Einsamen mehr in die Enge treiben und kaputtmachen als diese vollkommenen Ehepaare, die das wichtigste Rätsel des Daseins lösten: welches Waschpulver kaufen; als die idyllischen Liebespaare, die einander den Weg zur Tasse Kaffee mit Rosenblüten bestreuten; als die attraktiven Männergestalten, die in einem Kampf auf Leben und Tod die Schuppen in ihrem Haar vernichtet hatten und nun mit Siegermiene an den Achselhöhlen der sich mit den richtigen Deos parfümierenden Sexbomben schnüffelten?! Was könnte den nutzlosen Individualisten tiefer erniedrigen als die beim besten Bier des Weltalls orgasmierenden coolen Typen; als die harmonischen, fünf Generationen umfassenden, zur Diätmargarine betenden Großfamilien; als die rotwangigen, fröhlichen, mit ihren gefräßigen, scharfzahnigen Enkeln schäkernden Großeltern; als die engelhaften Säuglinge, die himmelblaue oder rosa Regentröpfchen auf weiße Wölkchen pinkelten; als die wohlgenährten Hunde und Katzen, sogar die, denn sie hatten an der allesentscheidenden Futter-Weggabelung die richtige Wahl getroffen?! Rita ekelte sich vor all dem und genoss ihren Ekel.

Sie schlenderte lange durch den Blumenmarkt, beobachtete und wunderte sich, dass fast alle aus den niederländischen Treibhäusern stammenden Blüten so leblos aussahen. Die in großen Haufen daliegenden Rosen in verschiedensten Farben und Farbtönen, die Lilien unnatürlich, wie aus Wachs, die Gerbera mit von grünem Draht gestützten schweren Köpfen, keine Einzige lächelte, obwohl sich Rita aus ihrer Kindheit daran erinnerte, dass Blumen lächeln. Es lächelten Kamille, Kornblumen und Klee. Aber so war das vielleicht nur damals. Wie es jetzt war, das hatte sie schon lange nicht mehr überprüft. Die Sommer vergingen wie von Verfolgern und Vergewaltigern gejagte Sklavinnen. Rita schaffte es einfach nicht mehr, sie anzuhalten, anzusehen, einzuschätzen. Sie hatte dazu weder Lust noch Kraft noch Zeit. Genau wie jetzt – für diese Beerdigung.

Das Wichtigste war, weder an Julijas noch an ihren eigenen Tod zu denken. Nur die Pflicht erfüllen. Ein Blumenkörbchen kaufen. Im Aufbahrungssaal still dastehen, die Zähne zusammenbeißen. Den Friedhof überstehen. Und dann noch am Leichenschmaus teilnehmen. Da sie den Händlerinnen schon zu lange auf dem kleinen Markt herumlungerte, begannen sie sie mit nicht gerade liebenswürdiger Stimme anzutreiben:

»Sehen Sie mal, das hier gefällt Ihnen bestimmt!«

»Nehmen Sie das, Sie werden es nicht bereuen, es ist billig, und wie viel Arbeit da drinsteckt!«

Die mit schwarzen Trauerbändern geschmückten Körbchen von ovaler und kreisrunder Form sowie Kränze verschiedenster Größe standen in langen Reihen an die grau gewordenen Schneehaufen gelehnt in den Pfützen. Ist das eine Industrie! Wer flicht so viele davon? Wer kauft sie? Wer stirbt so am laufenden Band? Es ist doch nicht Krieg! Rita ergriff eilig einen aus Tannenzweigen, Callas, weißen Rosen und natürlich Chrysanthemen geformten Kegel, der an eine Stufenpyramide erinnerte. Ihr kam in den Sinn, dass die Verstorbene ihr letztes Geschenk vielleicht ganz originell fände, dann vertrieb sie den unpassenden Gedanken und sprang in ein gelbes Taxi.

Im Wagen stank es wie nach einem alten, erschöpften, mit weit offener Schnauze hechelnden Köter.

»Zur Olandai-Straße«, sagte Rita und fühlte sich schuldig, als ob sie einem harmlosen Menschen mit Absicht den bis jetzt gut verlaufenen Tag verderben würde.

Die Olandai-Straße – oft auch einfach die Holländer genannt – bedeutete für Rita, genauso wie die Chrysanthemen, ohne Wenn und Aber Tod. Nicht nur für sie, auch für viele andere verband sich der in dieser Straße stehende Bestattungspalast nur mit einem Gedanken: der Fliegende Holländer. Das Geisterschiff, das im Kalnų-Park am Hügel angelegt hatte. Das Totenschiff. In ihrer Kindheit verehrte sie das Hauff-Märchen vom Gespensterschiff wie ein ohnmächtiger Wilder einen allmächtigen, furchterregenden Dämon. Sie hatte jedes Mal Angst davor, doch gleichzeitig großes Verlangen, es zu hören. Bis heute erinnerte sie sich ganz deutlich an eine Illustration zu Hauffs Märchen auf dem vergilbten Papier eines alten Buches, eine Zeichnung, die dem kindlichen Bewusstsein wie eine Fotografie vorkam: der an den Mast genagelte Kapitän. Der Nagel, so dachte sie damals, der den ganzen Schädel durchbohrt hatte, musste sehr lang und hart gewesen sein.

»Ist also jemand gestorben?«, erkundigte sich der unreinliche Taxifahrer.

»Nein«, wollte Rita entgegnen und hinzufügen: »Ich kaufe jeden Tag einfach so ein Gesteck aus Tannenzweigen und fahre in der Stadt herum. Manchmal auch bei den Holländern vorbei, dann lege ich meine Blumen aufs erstbeste Grab.« Doch sie sagte: »Eine berühmte Wahrsagerin hat Selbstmord begangen. Vielleicht ist sie sogar ermordet worden. Das haben Sie doch in der Zeitung gelesen? Ich bin Journalistin. Ich schreibe darüber.«

Rita verpasste keine Gelegenheit, sich mit ihrem Beruf zu brüsten, der die Bewunderung und den Respekt solcher Erdenwürmer verdiente, wie der Taxifahrer einer war. Der Fahrer überhäufte sie sofort mit Fragen über die Arbeit bei der Zeitung, die Seite 7 mit den Kriminalnachrichten und die Berühmtheiten, die Rita im Auftrag der Zeitung so traf. Sie jonglierte mit den Namen berühmter Verbrecher, Richter, Staatsanwälte, Anwälte, Parlamentarier wie mit bunten Bällen und fühlte sich dabei wichtig und bedeutend. Ihr Gewissen warf ihr vor, dass nur nichtsnutzige, minderwertige Existenzen ihren Wert auf diese Weise zu steigern versuchten, aber Rita hatte nicht die geringste Lust, darauf zu hören. Sie war schließlich unterwegs zu einer Beerdigung. Da würde es noch genug Anlass für Niedergeschlagenheit und Gewissensbisse geben. Als das Taxi vor dem Bestattungspalast anhielt, fiel ihre gute Stimmung sofort wie ein überreifer Apfel vom Baum und zerplatzte.

Vor dem Hintergrund der grauen Landschaft ragte ein graues Gebäude zum grauen Himmel empor, das nach dem Willen des Architekten wie ein gigantischer Betonsarg aussah. Nein, nicht nur einer, sondern zwei, umgestürzt von Riesensatanisten. Draußen vor der Glastür lungerte wie ein unvermeidliches Detail des Exterieurs ein Grüppchen gesichtsloser, doch beleibter Raucher herum. In der Eingangshalle erblickte Rita sofort das riesige Foto von Julija, auf dem sie aussah wie eine Wahrsagerin aus dem Bilderbuch, fatal und geheimnisvoll. Zwei Jahreszahlen verkündeten: von – bis. Die, die dazwischen war, weilte schon nicht mehr unter ihnen.

Rita schlich noch ein wenig vor der Tür mit der Nummer eins herum. Klar, Julija war sowohl im Leben als auch im Tode immer die Nummer eins gewesen und war es sogar jetzt noch. Rita zögerte, weniger aus Furcht vor dem Anblick der Toten als im Bemühen, sich dieser hier unangebrachten Gedanken zu entledigen. Und die zwangen sich ihr auf, drängten sich wie die Eisschollen im Hochwasser führenden Fluss im Frühling: Ob dort wohl schon der Geruch von moderndem Gewebe in der Luft hängt? Was haben die nach der Obduktion in ihren Körper gestopft? (Rita hatte einmal einen Artikel darüber geschrieben, dass die Hohlräume in den Leichen infolge Ligninmangels in der Provinz manchmal einfach mit schmutziger Unterwäsche voll gestopft würden.) Steckt bei jeder Autopsie jemand die Hände in die Scheide der Verstorbenen? Was denkt der Pathologe, wenn er dort Sperma findet? Wer ist im Falle Julijas der Eigentümer des Samens, der niemanden befruchtete? Was für Fragen!

Julija hatte ganze vierzig Jahre existiert und war dann urplötzlich verschwunden. Als sie den Saal betrat, sah Rita, dass da weder ein Sarg noch eine Leiche waren, nur eine Unmenge Kränze, Körbchen und Vasen mit weißen Blumensträußen. Ihren Kegel stellte sie neben ein Dutzend anderer ebensolcher. Und erst da erblickte sie die kleine silberfarbene Urne auf dem Podest. Julija passte in ein Gefäß, in dem man kaum genug Tee für sechs Leute unterbrächte. Pfui! Schon wieder kamen ihr allerhand Scheußlichkeiten in den Sinn. Pfui, pfui, pfui! Je mehr man diese Gedanken zu stoppen versuchte, desto frecher und unanständiger wurden sie.

Violeta kam auf Zehenspitzen zu Rita und flüsterte ihr in Tränen aufgelöst zu, dass der Körper der Wahrsagerin zur Einäscherung nach Riga gebracht worden war. Den Auftrag zur Kremation habe Julija auf einen Zettel geschrieben, den sie im Pass bei sich trug. Die Urne mit der Asche habe man hier im Bestattungspalast aufgestellt, damit die Freunde dort richtig von ihr Abschied nehmen könnten. So hatte es Julijas Mutter beschlossen, vielleicht nicht ganz dem Willen der Verstorbenen entsprechend. Die Angehörigen veranstalten mit ihren Toten dauernd solchen Unsinn.

Natürlich konnte Julija sich nicht einfach so beerdigen lassen. Nein, eine Einäscherung musste es sein, so dass sie die Gelegenheit bekam, nach Riga zu reisen, in Litauen gab es ja bis heute kein Krematorium. Die einen Mitbürger ekeln sich vor dem Geruch der zu verbrennenden Leichname, die anderen bekommen beim Gedanken eine Gänsehaut, dass der Körper am Tag des Jüngsten Gerichts aus der Asche nicht auferstehen kann – während er sich aus den von Würmern zerfressenen, verrotteten Überresten wie ein Phönix erheben wird. Pfui, pfui, pfui! Ist es wahr, dass sich der Leichnam, wenn er verbrannt wird, plötzlich aufsetzt? Durchgedreht aus Todesangst oder vielleicht aus ekstatischer Freude, mit voller Kraft ins Jenseits drängend. Es wird auch erzählt, dass der Tote sich in den Flammen zusammenrollt wie ein Fötus, die Knie ans Kinn zieht und so ins Nichtsein zurückkehrt, wie er von dort gekommen ist. Pfui!

Rita hatte einmal ein Interview mit einem Architekten geführt, der sich in der Krematorien-Angelegenheit in Erfurt aufgehalten hatte und dessen wichtigste Berater dort arterienverkalkte Greise waren, Asse in Sachen Öfen, Kamine und hervorragender Durchzug, die schon entsprechende Einrichtungen für Konzentrationslager konstruiert hatten. Das war sensationelles Material für die Titelseite, doch der Zerberus lehnte sie ab, da er Angst vor Anrufen von Gewissen Instanzen hatte.

Rita schniefte, zerknitterte ein Papiertaschentuch in der Hand und ging zu den schwarz gekleideten Leuten in der ersten Reihe. Unter ihnen erkannte sie nur Julijas Mutter. Wer die anderen Gestalten waren, wusste sie nicht. Sie murmelte etwas und drückte den einen Trauernden die Hand, anderen die Ellbogen, irgendjemandem die Schulter, streichelte einem flachsblonden Jungen in einem schwarzen Anzug den Kopf, obwohl sie sonst nie fremde Kinder anfasste.

Nachdem sie diese Prozedur hinter sich gebracht hatte, atmete sie auf und setzte sich auf einen freien Stuhl in der dritten

Reihe. Der Saal war voll besetzt. Bevor sie sich in angemessener Weise konzentrieren konnte, flüsterte ihr jemand ins Ohr, dass eine berühmte Schriftstellerin Julijas Asche in den Himalaja bringen und dort irgendwo zwischen den Gipfeln des Tschomolungma und Kanchenjunga ausstreuen wolle. Ritas Phantasie zeichnete ihr sofort dienstfertig eine Karikatur, wie die Asche, statt mit den am Boden entlangwirbelnden, vom Licht der aufgehenden Sonne rosa gefärbten Wolken davonzufliegen, von einem metaphysischen Windstoß verweht ihre trauernde Ausstreuerin von Kopf bis Fuß weiß einfärbte. Rita hätte beinahe laut losgeprustet. Pfui, pfui, pfui!

Was tat sich da, zum Donnerwetter, in ihrem Kopf? Obwohl sie hätte wetten können, dass auch in den Köpfen der anderen Trauergäste um keinen Deut bessere Dinge herumgeisterten. Gut, dass niemand sie hörte. Außer vielleicht Julija selbst. Was für ekelhafte Gedanken. Was für ein ekelhafter Blumengeruch. Was für ekelhafte Menschen hinter den Masken ernster Gesichter. Pfui, pfui, pfui!

Julija war immer von Berühmtheiten und Stars umgeben gewesen. Auch Rita umschwirrte sie. Julija war wie die Sonne, Rita allenfalls der Mond, ein kalter Körper, der kein bisschen eigenes Licht ausstrahlte. In den Händen der Wahrsagerin fanden die Sterne des Himmels Platz, die das Leben der irdischen Leuchten aus Politik, Wirtschaft und Fernsehen bestimmten. Sie legte deren verworrene, komplizierte Schicksale aus wie Karten, war aber anscheinend davon überzeugt, dass das Los gewöhnlicher Menschen einfach und klar ist wie eine gerade Linie. Als ob sie, wenn sie eine Furche zu pflügen angefangen hatten, immer so fortfahren würden, ohne den Kopf zu heben, ohne die Richtung zu ändern, das ganze Leben lang bis zu ihrem Tode. Vom Anfang bis zum Ende. Keine Variationen, keine Veränderungen, keine Umwälzungen. Julija hatte nie offen darüber gesprochen, doch Rita spürte am eigenen Leib, welch vernichtende Meinung sie von den Mittelmäßigen hatte.

Die Journalistin war gerade bei der Wahrsagerin zu Gast gewesen, als wieder einmal eine graue Maus vorbeikam. Julija widmete ihr kaum zehn Minuten: Sie stellte das Brandyglas ab, legte die glimmende Zigarette zur Seite, ließ die Freundin am brennenden Kamin zurück und ging dann wie mit Kastagnetten nervös mit den Fingern schnippend zum Kartentisch. Bald darauf kam sie, einen Fünfzigliitasschein zwischen den Fingern rollend, zurück und verkündete: »Du weißt gar nicht, wie uninteressant die Schicksale der Menschen sein können. Es wird einem angst und bange, wenn man bedenkt, dass wir nur einmal leben.«

Rita hatte die ärmlichen Kleider, die abgetragenen Schuhe und die ausgefranste Handtasche der Frau mit dem »uninteressanten Schicksal« bemerkt. Sie konnte sich vorstellen, was ihr die fünfzig Litas bedeuteten, die sie mühselig zusammengekratzt und der Wahrsagerin überlassen hatte. Doch was sollten diese Erinnerungen. De mortuis nil nisi bene.

Es war offensichtlich, dass nicht irgendwelche Plebejer um Julija trauerten, sondern die Crème de la crème, strenge Anzüge von Armani, schwarze Kostüme von Ferré, rabenflügelfarbene Pelze von Nijolė. Maksas Vakaris war jedoch nicht unter diesen Berühmtheiten auszumachen. Nur Violeta huschte unruhig beim Podest mit der Urne hin und her, bald schob sie die Kränze zurecht, bald änderte sie die Ordnung der Körbchen, bald stellte sie einen neuen weißen Blumenstrauß in eine Vase, bald stutzte sie die Kerzendochte zurecht. Sie schien ermattet und gealtert. Mit dunklen Augenringen. Mit ergrauten und nicht mehr gefärbten Haaren. Mit verrutschten grauen Strümpfen. Als Rita genug getrauert zu haben meinte und sich seitwärts, als ob man der Urne nicht den Rücken zudrehen dürfte, in Richtung Tür bewegte, stürzte Violeta zu ihr und flüsterte ihr zu, dass am Abend um sieben Uhr in Julijas Haus das Leichenmahl stattfinde.

Draußen angekommen, schaute sich Rita nach jemandem um, der sie in die Stadt fahren könnte. Sie hatte keine Lust, noch mehr Geld für ein Taxi zu verschwenden. In den vielen Jahren hatte sie sich die wichtigste Eigenschaft eines Journalisten anerzogen – eine unsägliche Aufdringlichkeit. Deshalb war sie sich auch jetzt sicher, eine Mitfahrgelegenheit zu finden.

Doch sie musste nicht einmal darum bitten. Unerwartet trat ein imposantes Mannsbild zu ihr und fragte sie: »Kann ich Sie mitnehmen?«

»Nun ja. Ich muss ins Zentrum, falls das auf Ihrem Weg liegt.«

»Ich bringe Sie mit Vergnügen hin. Umso mehr, als ich ein Verehrer Ihrer Artikel bin.« Er blinzelte ihr zu wie ein Verschwörer.

»Nicht möglich«, murmelte Rita, von einer Anwandlung plötzlicher Verlegenheit überkommen wie ein zum ersten Mal zum Tanz aufgefordertes Mädchen vom Lande.

»Ich habe dich nach dem Foto erkannt, das freitags neben deinen Rundschau-Artikeln abgedruckt ist.«

Er lächelte männlich-zurückhaltend wie ein Westernheld, übergoss Rita mit einem Blick von Kopf bis Fuß und starrte dann, ohne seinen Abscheu zu verbergen, auf ihre abgetragenen Schuhe. Ja, die Winterschuhe sollte man mindestens alle zwei Jahre wechseln. Nicht umsonst behaupteten die Frauenzeitschriften einstimmig, dass das Wichtigste für eine Frau der Brustumfang und gute Schuhe seien, na, und dann noch die Unterwäsche, laut Werbung die Essenz einer Frau. Rita erinnerte sich an einen vor einigen Tagen im ›Stil‹ gelesenen Satz, der sie zum Lachen gebracht hatte, nämlich dass eine richtige Dame wegen schlechter Schuhe hysterisch werden könne. Jetzt erschien ihr die Frage des passenden Schuhwerks dringend. Gleich morgen würde sie ein neues Paar kaufen, dafür wären ihr auch dreihundert Litas nicht zu schade, mehr würde sie aber bestimmt nicht bezahlen.

»Da wären wir«, sagte er und hielt Rita galant die Tür des dunkelblauen Wagens auf. »Schöner Wagen, nicht?« Als dies nicht die geziemende Bewunderung hervorrief, fügte er an: »Ein Aston Martin, so einen fährt James Bond.«

»Ich passe da nicht dazu, der braucht ein Supergirl«, murmelte Rita.

Zum Glück überhörte der Superman dies und sagte: »Nun, deinen Namen kenne ich schon, dann stelle auch ich mich vor.

Ich bin Leonardas. Leo. Zweimal geschieden. Drei Kinder. Zur Zeit frei. Lass uns Freunde sein!«

»Was soll das?«, dachte Rita bei sich und streckte dem Mann gehorsam die Hand entgegen.

»Oh, was für eine kühle und feuchte Hand! Ich bekomme, wenn ich in Erregung gerate, auch feuchte Hände.«

Leo lächelte, als sei das ein Kompliment, während Rita sich noch schlechter fühlte als in dem Moment, da er ihre Unglücksschuhe betrachtete.

»Also, wohin? Vielleicht was essen?«

»Nein danke. Ich habe viel Arbeit. Ich esse was in der Redaktion. Vielleicht treffen wir uns ja beim Leichenschmaus.«

Wie ein Dompteur, der die Verängstigung des zu zähmenden Tiers spürt, ging Leo vom Persönlichen zum Thema der Beerdigung Julijas über.

»Also gut«, sagte er und tätschelte Rita dabei fast väterlich die Schulter, »obwohl man beim Trauermahl nur über die Verstorbene sprechen sollte. Das Leben ist seltsam, noch am Sonntagabend haben wir uns unterhalten, und heute findet Jultschiks Leichenschmaus statt.«

»Sie waren auch auf dieser letzten Party?«

»Sag du zu mir. Ja, war ich. Der Anlass war der Vollmond, da flippen ja viele Leute aus. Bei Jultschik versammelte sich so ein eigenartiger Klub der Einsamen Herzen.«

Sofort nachzufragen, wer denn sonst noch zu diesen Einsamen Herzen gehörte, erschien Rita unhöflich. Deshalb freuten sie sich zusammen, dass die wunderbare Julija ihre Freunde vor einer Unmenge unangenehmer Dinge bewahrt hatte: der Fahrt zum Friedhof, dem Waten durch Schneematsch mit Kranzen und Blumenkörbchen, dem Treten von einem Bein aufs andere mit vor Kälte erstarrenden Füßen am ausgehobenen Grab, dem innerlichen Zusammenzucken, wenn man die ersten Erdbrocken auf den Sarg aufprallen hörte, den Abschiedsreden, die nicht den geringsten ästhetischen Wert besaßen, den misslungenen Versuchen, im Wind die Kerzen anzuzünden, und den daraufhin wachsverschmierten Mänteln ...

Jetzt gingen die Menschen aus dem Bestattungspalast in beinahe festlicher Stimmung auseinander, mussten sich keine in der Erinnerung hinterlassenen Wunden lecken und noch etwa eine Woche lang aufdringlich an den Friedhof erinnernde Tannennadeln, Thujenzweige und verwelkte Chrysanthemenblüten aus dem Wageninneren entfernen. Nach dem Willen der Wahrsagerin (wann sie wohl Zeit gehabt hatte, diesen Willen zu bekunden?) sollten alle ihr mitgebrachten Blumen verbrannt werden. Es fanden sich sogar einige Romantiker, die das übernehmen wollten. Julija war einen hässlichen Tod gestorben, doch in der Folge hatte alles sauber und ästhetisch vonstatten zu gehen. Ein Tod, dem kein Verwelken, keine Deformation, kein Verrotten innewohnte, nur Feuer, Licht, Hitze, völlige Vernichtung.

Rita war erstaunt, dass sie so leicht eine gemeinsame Sprache mit Leo fand. Sie verwendeten beide denselben Wortschatz, in gleichem Maße Ironie und Sarkasmus, spürten fast in gleicher Weise die Absurdität des Daseins. Als sie bei Ritas Verlag angekommen waren, klingelte plötzlich Leonardas' Handy. Er meldete sich und kam gleich zur Sache: »Hallo. Rat mal, wer gerade bei mir im Auto sitzt?!« Ohne abzuwarten, bis der andere zu raten anfing, fügte er an: »Na, Rita, die Autorin unserer Lieblingskolumne am Freitag!«

Rita war ganz verdattert. Sie hätte nie auch nur im Traum daran gedacht, dass sie bei solchen Männern beliebt sein könnte. Leonardas versprach seinem Gesprächspartner, dass sie über alles reden würden, wenn sie sich trafen, und sagte galant zu Rita: »Auf Wiedersehen heute Abend. Ich kann dich hinbringen. Notier dir meine Handynummer, ruf an, wann immer du willst.« Und er diktierte eine Reihe von Zahlen.

Zum Abschied küsste er Rita die Hand und drückte zärtlich ihre Finger. Jetzt war ihre Hand, Gott sei Dank, warm und trocken. Sie stieg aus dem Wagen, benommen wie von einem guten Wein. Sie konnte nicht fassen, was da geschehen war. Sollte das Liebe auf den ersten Blick sein? Wie anders konnte man dieses enthusiastische Verhalten eines solchen Traummannes ihr gegenüber erklären, der unscheinbarsten aller Frauen?!

Julija war ständig von Männern umgeben gewesen, wie man sie nie im Alltag gewöhnlicher Menschen antraf. Leos Stimme war tief, voll und weich. Rita hatte irgendwo gelesen, dass eine solche Intonation typisch für weise, ironische Intellektuelle mit Lebenserfahrung war. Doch etwas aus den Tiefen ihres Unbewussten flüsterte ihr zu, dass nicht alles an dieser Bekanntschaft so sauber und unschuldig sei. Irgendwo lag der Hund begraben. Wollte er vielleicht irgendwelche Informationen von ihr?

Warum aber den Spieß nicht umdrehen: Sie konnte doch ebenso gut ihn für ihre journalistischen Recherchen einspannen, zumal er gesagt hatte, er wäre auf der schicksalhaften Party bei Julija gewesen. An dieser Stelle erinnerte sie sich völlig unpassend an das Sperma des Unbekannten, sagte sich aber sofort, dass der Mann, der vor kaum fünf Tagen mit der Wahrsagerin geschlafen hatte, jetzt mehr um sie trauern würde. Und Trauer hatte Rita in Leonardas' Verhalten nun wirklich nicht erkennen können.

Sie kehrte in die Redaktion zurück und fühlte sich in ihrem Büro sofort sicherer, wie ein Wachhund, der sich befreit hatte und nun wieder an die Leine gelegt wurde. Am Freitagnachmittag, vor dem Wochenende, harrten nur noch wenige an ihrem Arbeitsplatz aus. Rita wusste auch nicht recht, was sie tun sollte. Plötzlich klingelte das Handy. Es war der treue Detektiv von »Agatha Christie«.

»Ich habe Neuigkeiten im Fall der Wahrsagerin. Ein Zeuge ist aufgetaucht.«

»Wer? Wie? Woher?«

»Ein Nachbar. Er war seit dem frühen Montagmorgen weg und hat erst gestern Abend erfahren, was geschehen ist. Er hat in seinem Gartenhäuschen gesessen, keine Zeitungen gelesen, einen Fernseher hatte er auch nicht. Hat einen kranken Hund gepflegt. Dank dieses Spaniels namens Bim wissen wir jetzt einiges mehr. Sonntagnacht hatte er Durchfall. Der Zeuge führte den Hund etwa um drei Uhr nachts zum x-ten Mal nach draußen, nur einige Minuten nach dem Schuss, den er für die Explosion eines Feuerwerkskörpers gehalten hatte. Der Hund verschaffte sich, kaum war er draußen, Erleichterung. Auf dem Rückweg zu seiner Wohnung begegnete der Opa jemandem im Treppenhaus.«

»Warum glaubst du, dass der gerade von Julija kam?«

»Der Opa wohnt im vierten Stock, und im fünften ist sonst nichts, nur die Dachwohnung der Wahrsagerin.«

»Ach ja. Das ist aber ein Zeuge!«

»Das Wichtigste daran ist, dass er beschwor, er könne den nächtlichen Gast wiedererkennen. Übrigens, es gibt auch ein Beweisstück, das dem Verdächtigen gehört.«

»Was für eins? Sag schon.«

»Darf ich nicht, solange die Untersuchung im Gang ist.«

»Sei nicht so störrisch.«

»Der Verdächtige ist ein Prominenter. Ich kann keine unbestätigten Gerüchte verbreiten. Die Polizei arbeitet auch daran. Es wird eine Genanalyse geben. Morgen ist alles klar.«

»Zu spät. Ich brauche einen Artikel für die Montagsnummer.«

»Hab Geduld. Tschüs.«

Ein anderes Mal hätte sie sich eine Flasche vom teuersten Whisky besorgt und wäre sofort zum Informanten geeilt, um ihn auszufragen. Doch sie musste zu Julijas Leichenschmaus. Wäre da nicht Leonardas gewesen, hätte sie vielleicht auf diese Pflicht gepfiffen. Jetzt aber wollte sie den Aston-Martin-Kerl wieder treffen. Sie hatte sogar Lust, sich schön zu machen, und das war ihr schon seit über einem Jahrhundert nicht mehr passiert.

Draußen schneite es träge. Irgendwo im Dunkeln hasteten Menschen dahin. In ihrer harmonischen Gemeinschaft hinterließ Julijas Tod nicht die geringste Spur.

»Arbeit! Arrbeit! Arrrbeit ist für den Trrrrottel wie ein Lied!«, krächzte die Papageiendame Jacqueline und stürzte sich mit wildem Enthusiasmus auf das von ihm ausgestreute Futter.

Aus irgendeinem Grund hatte sie nur diese einzige Phrase perfekt auswendig gelernt, als ob sie ihm jeden Morgen einen Stich versetzen, sich in subtiler Weise über ihn lustig machen wollte, darüber, dass er niemanden hatte außer dem Bureau und ihr, einem rotköpfigen, blauflügligen Vogel. Jacqueline hatte er für sein erstes Gehalt von der Zentrale (6000 Litas!) erworben und er lebte nun schon ein ganzes Jahrzehnt mit ihr zusammen. Seinen selten vorbeischauenden Freunden gegenüber scherzte er gern, dass die Papageiendame ihn auch beerdigen werde, er sei doch jetzt schon fast fünfzig und sie habe erst das erste Jahrzehnt hinter sich und werde es bestimmt noch bis zum Jahr 2100 schaffen. Anfangs hatte er beschlossen, dass Jacqueline ihn jeden Morgen mit den Worten über die Arbeit wecken solle, denn wenn er vom Scheppern des Weckers aufwachte, sah er sich nur allzu deutlich mit seiner Einsamkeit konfrontiert. Jetzt, wenn das Vogelweibchen mit seinem französischen Akzent sein Klagelied anstimmte, spürte er nicht nur ein lebendiges Wesen in seiner Nähe, sondern hörte es auch noch.

Leider konnte sich der verstockte Vogel andere Wörter – wie Hallo! Super! Joke! Žalgiris! Warmer Bruder! Loser! Mein Allerliebster! Was soll das? Fahr zur Hölle!– einfach nicht merken. Das Viech gab nur manchmal »Hölle« von sich. Oder wiederholte lakonisch: »Barrrbie Barrrbie Barrrbie Barrrbie …« Stimmt, die Barbies statteten ihm mindestens einmal pro Woche einen Besuch ab. Manchmal gegen Bezahlung, meist aber freiwillig. Wichtig war nur, die Beziehung rechtzeitig abzubrechen, um sich nicht zu fest zu binden. Ihm drohte keine Gefühlsduseligkeit, aber Frauen sind Frauen, auch die, die nur für die allerbesten Parfüms werben sollten.

Arrrbeit also! Er hatte keine Zeit mehr für etwas anderes, weder für Urlaub noch für Vergnügungen noch für Hobbys noch für die Kunst oder für philosophische Überlegungen. Gab es denn überhaupt noch Menschen, die zu ihrem Vergnügen lebten? Er wusste es nicht. Wahrscheinlich nicht. Er hatte schon öfter für sich die Fragebögen auf den Gesundheitsseiten der Zeitungen ausgefüllt und sich darauf eingestehen müssen, dass er ein hundertprozentiger Workaholic war. Da konnte man nichts machen.

Er begab sich in sein Büro, sah die Presse vom Freitag durch und las die chiffrierte Mitteilung aus der Zentrale:

FLAMINGOS UND SPIEGEL

Die vierunddreißig Flamingos im Flamingopark auf der Insel Wight (England) haben absolut keine Lust, sich zu paaren. Die Parkverwaltung hat sich einen originellen Plan ausgedacht, wie sie dazu zu bringen wären. Man will eine größere Menge Spiegel im Park aufstellen und erhofft sich davon, dass sich dann die Flamingos inmitten von Tausenden ihrer Art wie in freier Wildbahn benehmen und zur Liebe hingezogen fühlen.

Er musste also auf Geheiß der Zentrale einen kurzen Bericht darüber abfassen, wie weit das Programm mit dem Codenamen *Solutio Perfecta* gediehen war. Dieses lief schon seit einiger Zeit und wie geschmiert, deshalb war der Bericht eine unbedeutende Formsache inmitten der anderen grandiosen und niederträchtigen Arbeiten. Vor sieben Jahren hatte Litauen das alleinige Recht auf die Teilnahme an einem geheimen Experiment erhalten. Wohlgemerkt weder Estland noch Lettland noch Polen noch Tschechien noch der Slowakei wurde diese Ehre zuteil! Das Experiment war von besonderer Bedeutung, denn nach der Auswertung der Erfahrungen in Litauen sollten diese auf der ganzen Welt zur Anwendung kommen.

Vielleicht hatte unser Land dieses Sonderrecht aufgrund seiner besonderen geographischen Lage erhalten, wusste man doch (bevor er nicht eine spezielle Mitteilung von der Zentrale erhalten hatte, hatte er allerdings nicht die geringste Ahnung davon gehabt), dass einige Klassiker der Geopolitik Litauen und ein ganz bestimmtes Gebiet darum herum Heartland nannten und behaupteten, dass man mit der Kontrolle über dieses Gebiet auch die über die ganze Welt erlange. Das klang paradox, wenn man sich ins Bewusstsein rief, dass in der Welt bisher alles von

Ländern bestimmt wurde, die über genügend militärische Stärke oder zumindest genügend Erdöl verfügten. Das Placebo jedoch verließ sich auf seine eigenen Berechnungen, die nicht immer mit den üblichen politischen Maximen übereinstimmten. Bei dem Projekt *Solutio Perfecta* wurde dem Zeitungspapier in Litauen eine besondere Droge beigemischt, die süchtig machte, ansonsten jedoch dem menschlichen Organismus nicht schadete. Die Wirkung war durchschlagend: die große Mehrheit seiner Mitbürger war davon überzeugt, dass die litauische Presse die verlässlichste der ganzen Welt sei – übrigens gaben acht Prozent Russland den Vorzug. (Fakten blieben in seinem Hirn hängen wie Larven an faulendem Fleisch und vermehrten sich in Form von zu blutsaugenden Insekten gewordenen unterschiedlichsten Ideen, aber das war eine andere Geschichte.)

Die Medien hatten also das höchste Rating in allen Meinungsumfragen, die Verbraucher vertrauten ihnen mehr als der Kirche oder dem Präsidenten, ganz zu schweigen von den Banken, dem Seimas oder der Regierung. Das Wettrennen zwischen der Presse und der Kirche fesselte ihn wie ein Bushido-Kampf: Marx hatte Religion als Opium fürs Volk bezeichnet, die litauischen Zeitungen aber waren im wahrsten Sinn des Wortes eine Droge.

Das Präparat erreichte das Hirn über die Haut und die Atemwege. Also konnten selbst Blinde, die einmal eine Zeitung in der Hand hatten, nicht mehr auf ihre Tagespresse verzichten. Der chemische Wirkstoff *Suppressio Veri* verdunstete innerhalb von vierundzwanzig Stunden vollständig, deshalb rannten auch diejenigen, die große Vorräte an Tageszeitungen angesammelt hatten, jeden lieben Morgen zum Kiosk, um sich frischen Stoff zu beschaffen. Es war darauf zu achten, dass das für die Tagespresse bestimmte berauschende Papier nicht versehentlich für die in homöopathischen Auflagen erscheinenden Kulturblättchen verwendet wurde, und auch nicht für Bücher, intellektuelle Romane oder, Gott behüte, Dichtung.

Jetzt erwartete ihn ein neues sensationelles Projekt mit dem Codenamen *Summum Bonum*, das dem Fernsehen galt. Litauen war wieder einmal führend im internationalen Wettbewerb, und schon die Tatsache, dass von allen europäischen Kindern die kleinen Litauer am meisten fernsahen, konnte ihm die Lorbeeren sichern. Vorteile verschaffte auch die Nachricht, dass 63 Prozent seiner Mitbürger ihre Freizeit am liebsten vor dem Fernseher verbrachten. So würde nun also schon bald hierzulande ein weiteres für die Zukunft der globalen Welt richtungsweisendes Experiment in der Werbesphäre anlaufen.

In der Werbung war immer mehr superwichtige Information versteckt, die keineswegs Mitteilungen über Joghurt, Seife oder Nahrungsergänzungsmittel ins Unbewusste infiltrierte, sondern die Zuschauer zu Neumenschen machte. Dazu wurden nicht nur offen verkündete Losungen herangezogen, sondern auch das sogenannte »Prinzip des 25. Bildes«, bei dem versteckte Bildeinfügungen direkt auf das Unbewusste des Verbrauchers einwirken.

Es gab allerdings immer noch Schlaumeier, die der Kodierung, dem Resultat intensiver Arbeit einer ganzen Menge der begabtesten Placebo-Spezialisten, auswichen. Kaum hatte eine der kurzen Werbepausen begonnen, griffen diese Schlitzohren zur Fernbedienung und zappten sich wie die Teilnehmer einer Rallye mit Hindernissen von einem TV-Kanal zum anderen, in der Absicht, den Versuchungen der Multimediamaterie auszuweichen, angeekelt von der totalen Flut der Dinge. Deshalb wurde beschlossen, in jeden Fernseher einen Spezialdekoder einzubauen, der keine Eigeninitiative mehr zuließ, wo diese nicht erwünscht war. So kam nach Beginn eines Werbeblocks bei keinem der Zuschauer mehr Lust auf, sich vom Fernseher zu lösen und in die Küche oder die Toilette zu verschwinden.

Natürlich war die Spezialeinrichtung nicht gerade billig, doch würden alle Kosten von der Zentrale getragen werden. Falls sich jemand wehren sollte, würde man die Installation mit Richtlinien der EU motivieren, und die Dekoder-Verweigerer würden öffentlich als Zurückgebliebene verhöhnt, die sich nach den Sowjetzeiten zurücksehnten.

Kopfschmerzen bereiteten ihm die Renegaten, die überhaupt

keinen Fernseher – im Bureau »Gehirnwäschemaschine« genannt – besaßen. Auf Veranlassung des Placebo war in den Einkaufszentren bereits mit der Installation riesiger, Tag und Nacht eingeschalteter Bildschirme begonnen worden, damit die potentiellen Käufer und zufälligen Passanten nicht für eine einzige Minute mit ihren eigenen Gedanken allein gelassen würden. Demnächst wollte man ebensolche Bildschirme auf den Bahnhöfen und Busbahnhöfen, den Hauptkreuzungen in Vilnius und Kaunas, den am dichtesten bevölkerten Müllhalden, ja sogar in den Tunneln der Stadtheizwerke und den Abwasserkloaken einrichten, damit auch die Rattenmenschen die ganze Zeit in die Glotze starren könnten.

Die weiteren Pläne des Bureaus betrafen die Einrichtung des Fernsehens an Stränden, Seeufern, bei den Fischern beliebten Flussufern. Er träumte davon, am Johannisfest zumindest einige Bildschirme auf jeden Burghügel zu pflanzen, die Samsungs, Daewoos und Grundigs an strategischen Plätzen im Wald zu verteilen, wo das Volk Beeren und Pilze sammelte. Er wollte dafür sorgen, dass einige Panasonics verführerisch auf den Loipen flimmerten, ja sogar einige widerstandsfähige Sharps für die Taucher unter Wasser aufhängen. Gemäß dem grandiosen Plan des Placebo sollte das TV früher oder später nicht nur zum zweiten Ich des Menschen werden, sondern auch zur zweiten Natur, zur Neufauna und Neuflora. Und auf die Neuwelt sollte wie eine Neusonne hell und klar die Werbung scheinen.

Den Plänen des Placebo schadeten immer noch die dekadent gestimmten Intellektuellen und andere bedauernswerte Rebellen, die das Wort »Werbung« als Schimpfwort verwendeten. Diese Eskapisten mussten möglichst schnell in die Schranken gewiesen werden. Zu diesem Zweck wurde mit der Herstellung eines neuen Psychopharmakons mit dem Codenamen *Desiderata* begonnen, das den Konsumenten von jeder Art von Werbebild, Slogan, Jingle abhängig machte. Das Placebo hatte dafür gesorgt, dass *Desiderata* jeder Zahnpasta beigemischt wurde und nun fröhlich durch Zahnfleisch und Blutbahn ins Hirn reiste und dieses aufweichte. Leute, die nicht an diesem Experiment teilnahmen, gab es fast keine, schließlich weiß doch jeder, dass die Zähne die Visitenkarte des Menschen sind! Der waschfaule Abschaum interessierte das Bureau nicht, wozu brauchte der Werbung, er kaufte ohnehin nichts von dem, was da beworben wurde.

Die Gelüste der Verbraucher wurden auch auf andere Weise angeheizt. Hervorragend bewährt hatten sich die in den elektronischen Kassen eingebauten Manipulatoren. Aus dem Display, wo der Warenpreis erschien, flog der vom Manipulator ausgesandte Ultraschall-Köder direkt ins Auge des Kunden und verursachte bei ihm eine unstillbare Gier nach Dingen, einen maßlosen Kauf- und Verbrauchsrausch. Manche jammerten, die Litauer würden zu Sklaven des Materiellen. Doch wenn man kein Sklave des Materiellen sein will, muss man erst die Herrschaft über es erlangen!

Er hatte eine Unmenge origineller Ideen, mit deren Erprobung sich Litauen um die globale Welt verdient machen konnte. Seine genialsten Erleuchtungen hatte er der Zentrale schon vorgestellt und wartete nun auf eine positive Antwort. Vielleicht würde Litauen in ein paar hundert Jahren der Menschheit allein aufgrund seiner, des Litauers, Erfindungen bekannt sein. Ja, er war ein Patriot (ein altmodisches, in Vergessenheit geratendes Wort) und hatte den innigen Wunsch, dass Litauens Name in der geheimen Neugeschichte des Placebo in goldenen Lettern gesetzt würde.

Die Dinge, mit denen sich seine Heimat zurzeit vor den anderen Nationen brüstete, ließen ihn absolut nicht in Freudentränen ausbrechen. Unter dem Glas seines Bürotisches lag eine kurze Nachricht aus der Zeitung, die darüber informierte, dass die litauische Tradition der Fertigung von Holzkreuzen in die UNESCO-Liste des oralen und immateriellen Erbes der Menschheit aufgenommen worden war. Das war vielleicht gar keine schlechte Nachricht, doch neben Litauen machten sich hoffnungslose Marginalien wichtig: die Sprachen der Garifuna und der Zápara, Tänze und Musik von Belize, der Karneval von Oruro, das Musikinstrument Sosso-Bala aus dem Dorf Niagassola ...

Diese Liste stellte für ihn keinesfalls eine Verherrlichung Litauens unter den anderen Kulturen der Welt dar, sondern seine Erniedrigung, fast Entweihung. Er hatte gar keine Lust darauf, mit den quasselnden Dialekten der Garifuna und der Zápara, den Tänzern von Belize, den Karnevalsnarren aus Oruro oder den Sosso-Bala spielenden Niagassolesen in einen Topf geworfen zu werden. Für sein Vaterland und sein Volk ersehnte er sich vor deren unausweichlichem Aufgehen in der Placebo-Globalität ein anderes, ruhmvolles, herausragendes Schicksal. Er träumte davon, dass in den elektronischen oder telepathischen Lehrbüchern der Zukunft den dereinstigen Placebo-Bürgern erklärt würde, womit sich das schon auf keiner Landkarte mehr verzeichnete kleine Litauen um die neue Welt verdient gemacht hatte.

Er hatte ein besonderes Interesse an der Gedankenkontrolle. Jedes Mal, wenn er sein Mobiltelefon in die Hand nahm, packte ihn wie ein Rausch eine seiner Gewaltphantasien. Wenn nun, sobald man sich sein Alcatel, Nokia oder Ericsson wie eine Pistole an die Schläfe hielt, eine spezielle unsichtbare Sonde ins Gehirn eindränge und auch diejenigen Gedanken des Menschen scannte, von denen vielleicht nicht einmal deren Eigentümer eine Ahnung hatte? Diese vertrauliche Information würde auf einer Sonderfrequenz an die entsprechende Stelle weitergeleitet. Es war interessant, was bei wem so im Kopf herumgeisterte. Die Operation müsste nicht einmal geheim sein. Sollte doch ruhig jeder wissen, dass seine Gedanken abgehört wurden.

Sein größter Traum jedoch war es, dass überall Überwachungskameras montiert würden. Dieses Programm mit dem Codenamen *Utile Dulci* wurde von der Zentrale laufend verbessert und seit einiger Zeit mit großem Erfolg auf die globale Welt angewendet. Er hoffte, dass Litauen zur wahren Avantgarde von *Utile Dulci* würde. Ein Anfang war gemacht. Kein einziger Verbraucher störte sich mehr daran, dass in den großen Einkaufszentren, aber auch in den ganz gewöhnlichen kleinen Tante-Emma-Läden jeder seiner Schritte aufmerksam beobachtet wurde. Niemand sah mehr eine Menschenrechtsverletzung darin, dass heimlich gefilmte Mitbürger im Fernsehen gezeigt wurden. Die Neulitauer und auch die Bonzen vom alten Schrot und Korn montierten bei sich zu Hause zu ihrem eigenen Schutz Überwachungskameras und gewöhnten sich mühelos daran, dass sie Tag und Nacht beobachtet wurden. Das wachsame und niemals blinzelnde Auge des Objektivs wurde sogar zu einer Art Luxussymbol. Was ist schon all dein Vermögen wert, wenn es keinen digitalen Aufseher braucht!

Die allessehenden Kameras nisteten sich auch in den Straßen ein. Da gehst du unbekümmert auf dem Gehsteig deines Weges, bohrst in der Nase, kratzt dich am Hinterkopf, niest, redest mit dir selbst oder jemand anderem und wirst dabei beobachtet. Wie es sich gehört, wurde eine Meinungsumfrage organisiert, die den stichfesten Beweis erbrachte, dass die Verbraucher sehr damit zufrieden waren, immer im Zentrum der Aufmerksamkeit unsichtbarer Objektive zu stehen. Muss da noch hinzugefügt werden, dass die Sendung ›Versteckte Kamera‹ und deren Spielarten die höchsten Einschaltquoten auf allen TV-Kanälen erzielten? Die Litauer wurden dazu angespornt, einander überall und zu jeder Zeit zu filmen. In Ordnung, wenn das offen geschah, noch besser aber im Verborgenen: nach einem potentiellen Opfer auf der Lauer liegen, durchs Schlüsselloch gucken und den Sucher einer Videokamera auf fremde Betten richten.

Die Zentrale hatte schon eine neue Technologie entwickelt, die er zunächst in Litauen einzuführen empfahl: Überwachungskameras in jedem Zuhause, im Fernseher und im Computer. Ist doch toll: Du schaust auf den Bildschirm, und von dort drin sieht dich auch jemand an. In weniger als zwei Jahren würde auch das erfolgreich in die Tat umgesetzt sein.

Das Programm *Utile Dulci* trat einen regelrechten Triumphzug durch Litauen an. Die Verbraucher wichen der dauernden Beobachtung durch Kameras nicht nur nicht aus, sie rissen sich geradezu darum. Beim Casting der Exhibitionisten für eine der vielen Reality-Shows wie ›Amazonen‹, ›Harem‹, ›Robinsons‹, ›Aquarium‹, ›Tiergarten‹ war die Konkurrenz um einiges härter als bei den Parlamentswahlen. Auf die Auserwählten warteten gierig drei Millionen Voyeure, vom Kind im Vorschulalter bis zum Rentner. Jeder wollte sich gern als Großer Bruder fühlen. Und sich selbst mit dem Gedanken versöhnen, dass DER GROSSE BRUDER DICH BEOBACHTET.

Manchen mag dies bekannt vorkommen. Natürlich: Aldous Huxley, George Orwell: ›Schöne neue Welt‹, ›1984‹. Diese Werke waren für die Mitarbeiter der Zentrale und des Bureaus von unermesslichem Wert, geradezu eine Bibel, das Alte (Huxley) und das Neue (Orwell) Testament. Was ist das schon für eine Utopie (oder Anti-Utopie), die nicht in die Wirklichkeit umgesetzt werden kann?

Beide Bücher, in purpurfarbenes Leder gebunden, lagen auf dem Nachttisch neben seinem Bett, und ein weiterer Satz, in schwarzem Wildleder mit Kupferbeschlag, prangte im Büro auf dem Schreibtisch. Aus diesen unvergleichlichen Texten schöpfte er immer wieder neue Eingebungen. Die Verwirklichung von Huxleys Idee von den im Brutkasten hergestellten, fein säuberlich sortierten Individuen würde noch ein wenig auf sich warten lassen, obwohl das Klonen und die genetische Revolution diesen Prozess um einiges beschleunigten. So oder so, die Losung aus ›Schöne neue Welt‹ – GEMEINSCHAFTLICHKEIT, EINHEITLICHKEIT, BESTÄNDIGKEIT – war heute schon nicht mehr nur im Munde der Placebo-Ideologen, sondern auch in dem aller Machthaber der globalen Welt und sogar der litauischen Politiker.

Zur möglichst baldigen Einführung standen auch die vom alten Huxley beschriebenen Soma-Tabletten an, die einem jederzeit gute Laune garantierten, Zweifel, Stress, Müdigkeit und Enttäuschung beseitigten und, was am wichtigsten war, unnötige ketzerische Gedanken verschwinden ließen, die GEMEINSCHAFTLICHKEIT, EINHEITLICHKEIT, BESTÄNDIGKEIT schaden konnten. In gewissem Sinne wurde die Mission von Soma in vielen führenden Staaten schon von Prozac erfüllt. Doch die Litauer hatten immer noch Hemmungen vor Psychiatern, Psychologen, Psychoanalytikern und den von ihnen verschriebenen Medikamenten. Dafür gab es im Lande Mariens keine Probleme mit dem Alkoholkonsum, und die junge Generation war, nicht ohne Zutun der Zentrale, erfolgreich auf Drogen. Um Kaunas herum blühten Dutzende von Amphetamin- und Ecstasy-Fabriken, die mit ihrer Produktion nicht nur Litauen versorgten, sondern auch Skandinavien, Polen und Mütterchen Russland.

Die Vorarbeit war also schon erledigt, es bedurfte nur noch eines Anstoßes, und die gewöhnlichen Rauschmittel würden durch das schon vor einiger Zeit von der Zentrale synthetisierte Soma ersetzt werden. All die öffentlichen Reden und Debatten über die Legalisierung weicher Drogen waren in Wirklichkeit nur eine Vorbereitungsstufe zur Einführung von Soma. Demselben Zweck dienten auch die Abhandlungen über das chronische Ermüdungssyndrom, die weltweite Depressionsepidemie und die chemischen Stoffe des positiven Denkens, die aus einem unerfindlichen Grund vom Hirn des modernen Menschen nicht mehr produziert wurden.

Das Placebo wartete auf den geeigneten Moment für die Einführung seiner glückerzeugenden Substanz. Damit den Intelligenzlern und anderen Denkenden nicht unnötige Assoziationen zu Huxleys Phantasieprodukt in den Sinn kamen, wurde vorgeschlagen, das Soma je nach Land unter verschiedenem Namen anzubieten. In Litauen, wie überhaupt in der ganzen postsowjetischen Region, hieß es »Kaif«, wobei leider die im Sanskrit vorhandene Bedeutung »Elixier der Götter« abhanden gekommen war.

Orwells ›1984‹ wurde (mit circa zwanzigjähriger Verspätung) ebenfalls zur globalen Wirklichkeit. Gewisse Länder waren in dieser Hinsicht führend, andere dümpelten in ihren alten Überzeugungen, Aberglauben und Traditionen verharrend vor sich hin, Litauen befand sich jedoch keineswegs am Ende der Schlange. Die Medien hatten sich in geradezu triumphaler Weise die Neusprache zu Eigen gemacht.

Beim Durchblättern der Tageszeitungen freute er sich jeden Tag darüber, dass die Sprache von Donelaitis und Baranauskas ihren saublöden archaischen, ihren bejammernswert agrarischen Charakter verlor, sich der langweiligen Adjektive, der schleimigen Diminutive und des ganzen anderen im 21. Jahrhundert unnötigen Ballasts entledigte. Nicht weniger gefielen ihm die litauischen TV-Sender, allerdings konnten sie es in puncto Neusprache, Neubilder und Neumenschen noch immer nicht mit MTV aufnehmen.

Die alten Autoritäten waren mitsamt ihren Werten schon fast ausgelöscht. Delete. Delete. Delete. Die Dichter, Schriftsteller, Künstler und Philosophen, die zur Sowjetzeit die hungernden Seelen der Kleinmütigen mit Nahrung versorgt hatten, waren spurlos verschwunden. An ihrer Stelle wurden ohne großen Aufwand beispielhafte neue Kulturträger hergestellt, die die Aufmerksamkeit der Medien verdienten.

Er träumte davon, noch einige andere, nicht besonders aufwendige Ideen Orwells zu verwirklichen. Zum Beispiel sollten in Litauen nur Action-Filme gezeigt werden, denn wie sonst, ohne Vergleich von Krieg und Frieden, sollten die Verbraucher begreifen, in welch glückseliger Welt sie, die Drohnen und kleinen Parasiten, lebten. Ein weiterer beachtenswerter Vorschlag waren die Romanerzeugungsmaschinen, die emsig die immer noch hie und da vorhandenen und auf einen Platz in der Elite des Landes prätendierenden Schriftsteller eliminieren würden. Und dann natürlich noch die litauische Gedankenpolizei, deren Grundstein schon gelegt war, unter Ausnutzung alter KGB-Backsteine!

Er warf sich eine Minzpastille ein und strich zärtlich über den Umschlag von ›1984‹. Er holte tief Luft, nahm das Buch und schlug es an der erstbesten Stelle auf. So pflegte seine Großmutter, sie ruhe in Frieden, aus der Bibel die Zukunft vorherzusagen, immer fürchtend, dass solche Zauberei Gotteslästerung sein könnte. Das Ritual wurde vom Klingeln des Telefons unterbrochen.

Ein Spion von »Agatha Christie« hatte irgendeinen Zeugen eruiert, der in der fraglichen Nacht vom letzten Sonntag gesehen haben wollte, wer bei Pythia zu Besuch war.

»Hat die Polizei das auch schon herausgebracht?«, fragte er verstimmt.

»Die Bullen wissen es.«

»Und was hat also dieser Hundsfott gesehen?«, schrie er enerviert in den Hörer.

Als er die Antwort vernommen hatte, atmete er erleichtert auf. Trotzdem würde er einen Mehraufwand haben. Das ging ihm auf die Nerven und so rauchte er eine. Keine Pfeife, die den angenehmen Stunden des Lebens vorbehalten war, sondern eine Zigarette der Marke Dunhill mit Minzaroma. Kaum hatte er einige scheußlich schmeckende Züge genommen, begann sein Handy zu vibrieren. Eines von dreien, das, dessen Nummer nach jedem erledigten Job gewechselt wurde. Die Mutter von Pythia lud ihn zum Leichenschmaus ihrer Tochter ein. Er öffnete das Gerät, entfernte die SIM-Karte, die ihren Dienst getan hatte, und legte eine neue ein. Ein herzliches »Auf Nimmerwiedersehen« Pythia und ihrer Mutter!

Aber von Pythia hatte er sich schon verabschiedet. Und das nicht nur in Gedanken. Vergangene Nacht, als die Asche der Verstorbenen nach Vilnius zurückgekehrt war, hatte er den zuständigen Mitarbeiter gebeten, ihm die Urne für eine Stunde zu überlassen. Er hatte sich selbst gefragt, ob das nicht etwas pervers sei. Aber, ach was, zum Kuckuck! Er hatte also Jacquelines Käfig mit einem schwarzen Tuch bedeckt, das makabre Gefäß im Wohnzimmer auf den Tisch gestellt, eine Kerze angezündet, Musik von Bach aufgelegt und ganz langsam eine Pfeife mit dem am feinsten duftenden Tabak geraucht. Alles, was er Pythia zu sagen hatte, das hatte er ihr da gesagt.

Falls er mit versteckter Kamera gefilmt wurde, dann sah jemand in der Zentrale seltene männliche Tränen über seine Wangen rinnen.

Die Zimmerdecke erinnerte an eine Landkarte, doch nicht an eine der heutigen Zeit, sondern an eine altertümliche, eine sumerische, assyrische oder babylonische. Auf der viereckigen Oberfläche des dunkelgrauen Ozeans waren drei Kontinente verteilt: der zentrale, der größte, der einem zermanschten Riesenkartoffelknödel glich, der seitliche mit der Form einer geballten Faust, die »die Feige zeigte«, und der untere, der aussah wie eine milliardenfach vergrößerte Bakterie mit sich kräuselnden Flimmerhärchen. Mit viel Wohlwollen konnte man sich die Feuchtigkeitsflecken als Wolken an einem trüben Tag vorstellen, wenn es dem Schöpfer der Himmelsgemälde an Eingebung und Phantasie mangelte.

Die Wände, besser gesagt, die Fläche neben seiner Pritsche studierte Maksas ebenfalls ausgiebig. Ein Bild wie auf der öffentlichen Herrentoilette: russische und litauische Schimpfwörter, die sich mit eindeutigen sexuellen Vorstellungen verbanden, einige englische fuck und shit, eine Unmenge erigierter Phalli, die an Kanonen und Raketen erinnerten. Einer davon sah mit der langen Schwanznase und den auf den Eiern aufgemalten Augen aus wie ein Porträt von Cyrano de Bergerac.

Es wimmelte auch von Frauenakten oder einzelnen wie von einer fürchterlichen Minenexplosion zerstückelten Körperteilen: paarweise aneinander gedrückte Brüste, einzelne, wie Ballons umherfliegende Titten, schwere Hintern, geöffnete Schenkel, Muschis, gezeichnet wie vertikale Augen mit runzligen Lidern und dichten Wimpern. Gleich vor Maksas' Gesicht prangte ein handgroßer Bock, der mit irgendeinem scharfen Werkzeug eingeritzt worden war. Womit wohl? Wer hatte es geschafft, so etwas hier hereinzubringen? Es wurden einem doch vor dem Betreten dieses Gebäudes, noch vor dem Befehl alle Hoffnung aufzugeben, die Taschen gefilzt.

Man hatte Maksas den Gürtel weggenommen, den Ring mit dem Auge aus schwarzem Onyx, sogar die Schnürsenkel. Auch die Kette mit dem silbernen Anhänger, auf dem, wenn auch ziemlich undeutlich, eine Hand mit dem Victory-Zeichen zu sehen war, auf der anderen Seite, der auf dem Körper liegenden, ein im Verschwinden begriffener Engel. Diesen Talisman hatte er zum sechzehnten Geburtstag von seinem Vater bekommen, und obwohl er behauptete, den Schweinehund zu hassen, der seine Mutter verlassen hatte, wollte er keinesfalls die einzige Erinnerung an ihn verlieren. Er dachte immer wieder daran, ob wohl auch Tadas ein ähnliches Geschenk vom Vater bekommen hatte.

Ja, Maksas war im Knast gelandet, vielleicht auch nur im Arrestlokal, er wusste selbst nicht genau, wie er den Ort nennen sollte, wo er seit einem guten halben Tag hockte. Seine Leidensgenossen, die fürchterlich stanken und sich ununterbrochen auf den Pritschen neben ihm hin und her wälzten, sagten, das sei das KPS, die Kamera Predvaritelnogo Sakljutschenija, und wie das in der litauischen Staatssprache hieß, wusste keiner. Weiter erfuhr er noch, dass das KPS im Vergleich zum Untersuchungsgefängnis ein wahres Paradies sei.

Das Handy wurde dem unter Mordverdacht stehenden Pranas Purvaneckas ebenfalls weggenommen, zuvor durfte er noch drei Personen mitteilen, wo er sich befand. Maksas rief seine Mutter an und erklärte, er fahre zu Werbeaufnahmen nach Palanga, alles sei schon organisiert, die Kameras, die Maskenbildnerinnen, die Statisten, deshalb könne er unmöglich absagen, von der Urne und der darin ruhenden Asche der Magierin werde er sich schon noch verabschieden, schließlich sei das kein Begräbnis, bei dem der Sarg ein für allemal vergraben wurde. Die Nummer des von den Rangern vorgeschlagenen Anwalts hatte er zu Hause vergessen, was bedeutete, dass er sich in Wirklichkeit gar nicht an ihn wenden wollte. Während er mit seinen eisigen Händen das Mobiltelefon umklammerte, fiel ihm einfach niemand mehr ein, den er noch anrufen konnte. Tadas? Er erhoffte sich von seinem Bruder kein Mitgefühl und keine konkrete Hilfe. Vita? Wozu ein armes naives kleines Mädchen in Schrecken versetzen? Freunde? Unter dem ganzen Riesenhaufen von Kumpeln gab es keinen Einzigen, dem er wirklich hätte vertrauen können.

Das Drama hatte am frühen Freitagmorgen begonnen. Gut, dass er es dem tags zuvor in einer Bar aufgerissenen Girl in ihrer Wohnung besorgt hatte und allein zum Schlafen nach Hause zurückgekehrt war. Exakt um acht Uhr klingelte ein Beamter, wieder mit einem nichtlitauischen Namen, und bat den Bürger Purvaneckas, in die Staatsanwaltschaft des Polizeidistrikts Vilnius Innenstadt zu kommen. Wie ihm beigebracht worden war, erklärte Maksas, dass die Vorladung schriftlich zu erfolgen habe. Der Klingler stritt das nicht ab und sagte, das Dokument würde ihm von einem Bevollmächtigten ausgehändigt werden.

So geschah es auch. Kaum hatte sich Maksas im Büro an den Computer gesetzt, kaum war auf dem Bildschirm das kühlende *COOL* aufgeleuchtet, war Lärm zu vernehmen, Satzfetzen, aus denen laut und deutlich ein Fluch – Pranas Purvaneckas – herauszuhören war. Es blieb ihm nichts anderes übrig, als hinter dem ihm zur zweiten Haut gewordenen Pseudonym hervorzutreten und sich den zwei Polizisten in Uniform untertänigst vorzustellen: »Ich bin Pranas Purvaneckas.«

Die Beamten waren zu zweit. Einer streckte ihm die Vorladung entgegen. Von dem, was dort geschrieben stand, drang kaum etwas zu Maksas durch.

»Folgen Sie uns«, sagte der zweite Bulle und beobachtete Maksas aufmerksam, ob dieser etwa eine Schlägerei anzuzetteln oder zu fliehen gedenke.

An den Gürteln beider Polypen hingen glänzende Handschellen. Es wäre dumm gewesen, sich herausreden oder widerspenstig sein zu wollen, also leistete Maksas dem Befehl Folge. Während er durch den Korridor ging, kamen alle Mitarbeiter der Redaktion, auch die Korrektorinnen, die Datentypistinnen und Buchhalterinnen aus ihren Winkeln hervorgekrochen. Ihre Gesichter erschienen Maksas wie ganz aus der Nähe mit einem Weitwinkelobjektiv gefilmt, die Physiognomie von der Linse karikaturhaft verzerrt wie von einem krummen Spiegel. Dazu hörte er das blecherne Lachen der Menge hinter den Kulissen, genau wie in idiotischen Komödien.

Zwischen zwei uniformierten Beamten einherschreitend, die in den ersten Jahren des unabhängigen Litauens wegen der Farbe ihrer Uniformen Gurken genannt worden waren, dachte Maksas, dass die Lage, in die er da geraten war, wie eine missratene Parodie auf Kafkas ›Prozess‹ wirkte. »Jemand musste Josef K. verleumdet haben, denn ohne dass er etwas Böses getan hätte, wurde er eines Morgens verhaftet«; so lautete, soweit er sich erinnerte, der erste Satz des Kultromans, der das Tor zu einer empörenden, nicht wieder gutzumachenden Absurdität öffnet. Draußen im Hof angekommen wollte Maksas schon zu seinem Wagen gehen, doch einer der Bullen sagte: »Sie fahren mit uns.«

Er hatte größte Lust, sie zur Hölle zu schicken, doch ihm blieb nichts anderes übrig, als sich in den grauen, verlotterten, stinkenden Schiguli zu setzen. Einer der »Gurken« meldete etwas über Funk, der andere saß am Steuer. Dann rauchten beide eine und erzählten sich unter lautem Gelächter Geschichten von Räuberinnen und Gaunern. Auch der Verhaftete hatte Lust auf eine Zigarette, doch ihm fiel ein, dass er die in der Redaktion vergessen hatte. Sein Kopf begann zu schmerzen. Ein Migräneanfall nahte. In seinen Augenwinkeln tanzten bläuliche Funken, als ob ein Unsichtbarer zwei brennende Wunderkerzen neben seine Schläfen hielte.

Schließlich bog der Schiguli in einen geschlossenen Hof ein, dem Bürger Purvaneckas wurde befohlen, auszusteigen und den Bullen in ein Gebäude aus gelbem Backstein zu folgen. Er war so enerviert, dass er nicht einmal das Schild an der Tür las und deshalb auch nicht wusste, wo er war – in einem Kommissariat, auf einem Revier oder bei der Staatsanwaltschaft, obwohl, was machte das schon aus.

Das Interieur hier unterschied sich nur wenig von dem in Komarovičius' Behörde. Alles roch nach Sowjetzeit, staatlicher Gleichgültigkeit, Menschenverachtung, russischem Akzent, Flüchen und Gossensprache. Maksas wurde die Treppe hinauf und in ein Büro geführt. Hier musste er seinen Pass vorweisen (zum Glück hatte er das Dokument seit gestern nicht aus der Innentasche genommen) und einige Formulare unterschreiben. Dann folgte wieder ein langer, wie üblich scheußlich grüner Korridor mit abblätternder Farbe, löchrigem Linoleum und unfreundlich summenden Leuchtstoffröhren.

Maksas betrat ein weiteres Zimmer, in dem sich schon vier finster blickende Typen befanden. Der Beamte befahl allen fünf, sich an die Wand zu stellen. Jeder erhielt ein abgegriffenes Blatt

Papier mit einer Zahl darauf. Maksas bekam die Vier, und gerade Zahlen mochte er nicht.

»Still gestanden und Ruhe!«, kommandierte die »Gurke«.

In der Wand gegenüber ging ein schmales Fensterchen auf, in dem die Augen von irgendjemandem aufblitzten. Maksas konnte nichts mehr überraschen, nicht einmal, wenn er jetzt plötzlich erschossen worden wäre. Es wurde jedoch nur allen befohlen, sich nach links zu drehen, dann nach rechts, mit dem Gesicht, dann mit dem Rücken zur Wand. Endlich begriff Maksas, was hier geschah. Durch die Öffnung, eng wie das Federmäppchen aus seiner Schulzeit, blinzelte ihm der Erpresser/Flüsterer/Schikanierer zu.

Als die Prozedur zu Ende war, sprach Pranas Purvaneckas die in Filmen so oft gehörte Phrase aus, die mit fest zusammengepressten Lippen und männlich unbewegtem Gesicht Harrison Ford, Robert De Niro und Al Pacino geäußert hatten: »Ich will meinen Anwalt sprechen.«

Die Antwort erfolgte jedoch nicht nach den Regeln des Genres: »Dafür hast du noch Zeit genug, Freundchen, jetzt fahren wir ein wenig spazieren.«

»Ich habe keine Zeit. Ich muss heute zur Beerdigung einer Freundin.«

»Na, so ein Witzbold. Muss zu einer Beerdigung. Erst bringt er sie um, dann trällert er über die Beerdigung.«

Der Doppelgänger von Komarovičius, allerdings nicht rothaarig, sondern hellblond, befahl ihm in einem keinen Widerspruch duldenden Ton, mitzukommen. Seltsam, dass der Mörder nicht getreten wurde, keine Schläge in die Rippen bekam und ihm keine Handschellen angelegt wurden. Dann ging es weiter wie in einem rückwärts abgespulten Kinofilm: das Büro, Unterschreiben von irgendwelchen Papieren, der Korridor, die Treppe, der Hof und statt des Schigulis ein fensterloser Voronok. Maksas, der nicht sah, wohin man ihn fuhr, glaubte naiv daran, dass er in die Redaktion zurückgebracht würde. Die Migräne drohte ihm den Kopf zu sprengen.

Nach einer kurzen Spazierfahrt durch die Stadt wurde Maksas zu einem Gebäude gebracht, das er einige Male in Kriminalsendungen gesehen hatte, obwohl er sich sicher war, dass dies noch nicht das Gefängnis war. Aber was sonst? So oder so, der Raum, in dem er sich schließlich wiederfand, war eine Zelle. Das bezeugten das vergitterte Fensterchen von der Größe eines Taschentuchs, die schwere, eisenbeschlagene Tür und die drei Typen, die auf den Pritschen saßen. Ihre Physiognomien sprachen nicht von einem lichten Leben. Kafkas Prozess fing an, sich immer schneller um ihn zu drehen.

»Ach du meine Güte, Lotto ist uns erschienen!«, rief ein Zahnloser mit zerfurchtem Gesicht und einer hoffnungslos altmodischen und an diesem Ort komischen Beatles-Frisur gar nicht unfreundlich aus. »Anscheinend hast du, Freundchen, das große Los gezogen?«

»Ho, da versammeln sich aber die Berühmtheiten«, sagte ein junger Mann, der Maksas' Jahrgang sein mochte, nur doppelt so dick.

»Ich habe nichts getan«, stammelte Maksas dümmlich.

»Es ist noch nie vorgekommen, dass die Fliege furzt und dabei den Arsch nicht verliert«, antwortete der Beatle mit einer Maksas vollkommen unverständlichen Sentenz.

»Hast du was zu rauchen?«, erkundigte sich der dritte, der sich wie ein verlauster Schimpanse die Achselhöhlen kraulte, und stieß dazu eine Unmenge vielstöckige, für eine so kurze Frage absolut unnötige Flüche aus.

»Nein, die Zigaretten habe ich im Büro vergessen«, erwiderte Maksas schuldbewusst und wartete schon auf den Hohn, die Schläge, die Vergewaltigung, das fürchterliche Schicksal des Underdogs im Knast, doch nichts dergleichen geschah.

Man bot ihm eine Prima an. So eine hatte er seit seiner frühen Jugend nicht mehr geraucht. Nach dem ersten Zug erfuhr Maksas, dass man hier ohne jegliche Erklärungen oder Kommentare zwei Tage lang festgehalten werden durfte. Und da das Wochenende schon vor der Tür stand, werde das Vergnügen wohl noch länger dauern. Auf eine Befragung an einem Ruhetag könne man keinesfalls hoffen, und der vom Staat zugewiesene Anwalt, wenn man keinen eigenen hatte, werde schon gar nicht erscheinen. Maksas wollte nichts von alldem hören. Der Schmerz dehnte sich aus, drang nach außen, während Maksas auf die Größe eines Nagels, einer Erbse, eines Mohnkörnchens zusammenschrumpfte und in ihn eintauchte wie in einen Kessel kochendes Öl.

Nach einer guten halben Stunde ging die schwere Tür auf und ein Polizist brachte Maksas Tee in einem dicken Glas. Da die Zellengenossen nicht in gleicher Weise verwöhnt wurden, war Maksas sofort bereit, mit ihnen zu teilen.

»Trink, Bruder, zum Wohl, vielleicht beruhigen sich dann ja die Nerven ein bisschen«, winkte der Beatle ab. »Sie haben dich aus der Glotze erkannt, deshalb der Auftrieb. Ein Fußsoldat bekommt im KPS keinen solchen Service ...«

»Klar, bist du so ein hohes Tier, wird dir bestimmt immer einer was bringen«, fügte das Dickerchen hinzu.

Der Tee war scheußlich süß und stank nach Abwaschwasser. Maksas trank die lauwarme Flüssigkeit und legte sich auf seine Pritsche. Er drehte sich zur Wand und tat so, als würde er dösen.

Plötzlich bekam er Mitleid mit den Zellengenossen, einst in Wehen geboren, mit Muttermilch gesäugt, gelehrt, ihr erstes Wort zu sagen und ihren ersten Schritt zu tun. Er stellte sich die Gesichter dieser Knackis in ihrer Kindheit vor, strahlend vor Freude, dass das Leben gut, schön und gerecht sein würde. Er dachte an die Frauen, in die sie voller Leidenschaft eindrangen, und ihre anderen animalischen Vergnügungen, die nicht einen Bruchteil von dem hielten, was das Leben einst versprochen hatte. Alles umsonst. Im Moment hätte auch der größte Enthusiast des positiven Denkens Maksas nicht beweisen können, dass die menschliche Existenz auch nur ein Körnchen Sinn hatte. Da er nicht völlig zum Weichei werden wollte, versuchte er sich zu konzentrieren, mit kühlem und klarem Kopf seine Lage zu überdenken.

Wer war der Mann, der seine Mutter in der Nacht angerufen hatte, als die Magierin starb? Weshalb befahl er ihr, die Fingerabdrücke von der Pistole abzuwischen? Was wollte er verbergen?

Hatte *er* ihm den Erpresser-Flüsterer-Schikanierer auf den Hals gehetzt? War vielleicht der Anrufer der Mörder? Sollte er die Polypen über all diese Verdachtsmomente informieren? Plötzlich ging krachend die Tür auf, und ein noch unbekannter Bulle schrie herein: »Purvaneckas, zum Spermatest!«

»He, Lotto, viel Spaß!«, kicherte der Beatle.

Die anderen Kommentare hörte Maksas schon nicht mehr, denn hinter seinem Rücken schloss sich die Tür mit einem Knall. Sein Kopf tat wieder so heftig weh, dass ihm schwarz vor Augen wurde und es ihm so vorkam, als ob er dem Bullen durch einen schwarzen Tunnel mit leuchtenden Zickzackmustern an den Wänden folgte. Sie gingen und gingen, als hätte sich Vilnius in eine einzige Polizeiwache ohne Anfang und Ende verwandelt, eine riesige Arrestanstalt, ein schauerliches Haft- und Einkerkerungs-Labyrinth. Die Schuhe ohne Schnürsenkel rutschten Maksas dauernd von den Füßen, deshalb musste er wie ein kranker alter Mann dahinschlurfen, der seine letzten Lebenssäfte verbraucht hatte.

Die Reise endete in einem weißen, betont sterilen Zimmer, in dem es nach Chlor oder irgendeinem anderen Desinfektionsmittel stank. An der Wand hing ein riesiges Plakat mit einem Totenschädel und zwei statt der Knochen gekreuzten Spritzen. Die roten Buchstaben auf schwarzem Hintergrund schrien: AIDS! Auf Maksas kam ein Weib von gigantischen Ausmaßen in einem weißen Arztkittel zu, durch dessen steifen Stoff sich wie zwei selbständig existierende Homunkuli massive Brüste und ein gewaltiger Hintern nach außen drängten.

»Oh, Maksas Vakaris, ich freue mich, Sie kennen zu lernen«, sagte die Frau wie auf einer fröhlichen High-Society-Party. »Ich bin Giedrė, die Ärztin.«

»Angenehm«, stotterte Maksas hervor, da er nicht wusste, was er erwidern sollte, und fügte, von ihrer mütterlichen Ausstrahlung berührt, noch hinzu: »Ich habe fürchterliche Kopfschmerzen.«

»Gut, mein Kind, ich gebe dir Paracetamol, nur zuerst musst du ein kleines männliches Geschäftchen erledigen«, sagte Giedrė und streckte ihm ein Glasfläschchen mit gut schließendem Korken entgegen.

»Wozu ist das denn?«, stammelte Maksas.

»Zur Untersuchung. Wir müssen dein Sperma mit dem vergleichen, das, du weißt ja selbst wo, gefunden wurde.«

»Aber, aber – geht das nicht auch mit Speichel?« stotterte Maksas den weißen Schuhspitzen Giedrės zu, denn er wagte nicht, ihr ins Gesicht zu sehen.

»Nichts da, du musst schon richtig ran.«

»Ich werde nicht können!«

»Wird schon gehen, wird schon gehen, Söhnchen. Erinnere dich mal an den Witz, in dem der Arzt dem Patienten aufträgt, ihm das zu bringen, worum du jetzt gebeten wirst.«

»Den kenne ich nicht.«

»Kennst du wohl, hast du nur vergessen. Der Doktor gab dem Patienten ein Fläschchen, so eins wie das hier. Am nächsten Tag kommt der Patient mit einem leeren Fläschchen wieder und sagt: ›Nun, wir haben uns redlich bemüht, aber rausgekommen ist nichts. Die Frau hat's mit einer Hand und mit beiden versucht, auch mit den Lippen und mit den Zähnen, dasselbe hat die Nachbarin getan, sogar die Schwiegermutter, aber keinen Schritt weiter.‹ – ›Oho‹, rief der Arzt erstaunt aus, ›so viele Frauen haben Ihnen also geholfen?‹ – ›Jep, aber das Deckelchen haben sie trotzdem nicht aufbekommen.‹«

Giedrė lachte laut und machte dabei ihren Schmollmund weit auf, wodurch sie wie eine aufblasbare Puppe aussah, die einigen die lebendigen Frauen ersetzt. Maksas fand den Witz erbärmlich, doch er bleckte trotzdem die Zähne wie der Schädel auf dem Aids-Plakat.

»Du kannst das Geschäftchen hier hinter dem Schirm erledigen oder, falls du den totalen Komfort möchtest, in dem Zimmerchen da. Zeit haben wir mehr als genug. Ist hier doch angenehmer als in der Zelle, nicht wahr?«

Das Zimmerchen hatte vier Wände, eine Decke mit einer summenden Neonröhre, einen Zementboden und zwei mit weißen Betttüchern bedeckte Pritschen, vor solchen Verschmutzern wie Maksas durch grüne Wachstücher geschützt. Kein Fenster. Keine sehr erotisierende Umgebung. Maksas fühlte sich wie ein wildes Tier im Käfig. Er begann nervös hin und her zu gehen. Fünf Schritte der Länge nach, vier in der Breite. Schließlich ließ er sich wie das besorgte Jesulein auf die Pritsche fallen. Zum ersten und wahrscheinlich auch letzten Mal in seinem Leben dachte er, es sei besser, na ja, zumindest einfacher, eine Frau zu sein. Vielleicht würde er im nächsten Leben als eine wiedergeboren werden.

Jetzt ging es einfach nicht ohne Hollywood! Wie wohl Leonardo DiCaprio diese Szene spielen würde? Oder Brad Pitt? Oder Antonio Banderas? John Travolta? Tom Cruise? Wer wohl der Regisseur eines solchen Filmes wäre? Wer der Drehbuchautor? War es ein Krimi? Ja, ein Thriller.

In einer Großstadt, in Chicago oder New York, wütet ein Serienmörder, der junge Frauen vergewaltigt, sie dann erwürgt und ihnen die Haut abzieht. In den Kampf gegen das perverse Ungeheuer zieht ein einsamer Detektiv, der litauische Emigrant Maksas Vakaris. Doch der Wahnsinnige ist nicht von Pappe und praktiziert seinen neuen Opfern Maksas' Sperma in die Scheide. Woher er diese besondere Flüssigkeit bekommt? Die Antwort darauf erfahren Sie in der zweiten Folge. Unterdessen muss Vakaris, über dessen Kopf das Damoklesschwert eines furchtbaren Verdachts hängt, ein Muster seines Samens liefern. Das will ihm beim besten Willen nicht gelingen.

»Die Litauer sind verschlossene Naturen und genieren sich sehr«, erklärt er dem Polizisten, und der gutmütige Schwarze mit dem breiten Gesicht ruft, da er möchte, dass die intime Angelegenheit möglichst reibungslos vonstatten gehe, eine Prostituierte her. Diese wird von Jennifer Lopez, Penelope Cruz oder vielleicht auch Selma Hayek gespielt. Lilian (so der Name der Heldin) tanzt einen langsamen Striptease, erzählt mit kehliger Stimme von ihrer unglücklichen Kindheit und dem sextollen Vater, dessen Obszönitäten das Mädchen ins Rotlichtviertel und nicht nach Yale geführt hatten. Über die Wangen von Lopez-Cruz-Hayek kullern Tränen, und als sie (vielleicht alle drei?)

ihr(e) feuchtes (feuchten) Gesicht(er) auf Maksas' Schoß legen, der sie mit litauischen, sorgenvoll-jesuleinhaften Gesten zu beruhigen versucht, da schießt unter schallender Musik eines hundertköpfigen Orchesters endlich der sehnlichst erwartete Samen heraus.

Auch dem in der Vilniusser Arrestanstalt sich abmühenden Maksas Vakaris war Onan wohlgesonnen. Als Pranas Purvaneckas nach getaner Arbeit ins Sprechzimmer der Ärztin zurückkehrte, erwartete die ihn mit einem Gesichtsausdruck, als wäre er ein Marathonläufer, der das olympische Feuer zum Ziel gebracht hatte.

»Na siehst du, und du hast dich so aufgeregt, Kindchen. War doch gar nicht so schlimm. Würdest du hier ein Autogramm draufschreiben?«

»Auf das Fläschchen?«, fragte Maksas ganz erstaunt, denn da war ein Papierchen aufgeklebt.

Giedrė brach in schallendes Gelächter aus und konnte gar nicht mehr aufhören, sie schien gleich explodieren zu wollen. Die Grübchen in den Wangen wurden so tief, dass man in jede davon eine Kamillenblüte hätte stecken können. Sie wischte sich mit dem Handrücken die Tränen ab und steckte ihm eine Zeitschrift zu, in der er, Maksas, abgebildet war, halbnackt und statt mit Egeln oder Killerwespen mit Miniatur-Handys von Alcatel übersät.

»Was soll ich schreiben, Vakarıs oder Purvaneckas?«

»Wessen Gesicht ist das denn? Das von Vakaris oder das von Purvaneckas?«

Schlaumeierin. Maksas kritzelte der lieben Giedrė wortlos die besten Wünsche und viel Glück hin, setzte seine übliche Starunterschrift mit dem Smiley drunter, der diesmal wie das dümmliche Gesicht eines Pimmels rauskam ☺.

Plötzlich fragte er sich, was denn für diese fröhliche Frau Glück hieß: eine harmonische Familie? Erfolg der Kinder? Karriere? Eine große Wohnung? Ein neues Auto? Guter Sex? Feines Essen? Lustige Abende mit Freunden? Schöne Kleider? Reisen in exotische Länder? Warmes Meer? Der Garten? Pilze sammeln? Musik? Stille? Weshalb arbeitete sie hier, war es denn für eine so tolle Frau schwer, einen anständigeren Arbeitsplatz zu finden? In was für ein Zuhause kehrte sie nach der Arbeit zurück? Wie sah ihr Mann aus, dessen Existenz der massive Ehering bezeugte? Wie waren Giedrės Kinder? Liebten sie ihre Mutter? Hatte sie einen Hund oder eine Katze? Träumte sie von etwas? War sie auch mal traurig? Welche Hoffnungen hegte sie und woran glaubte sie? Hatte sie Angst vor dem Tod?

»Nun, Maksas Vakaris, viel Glück. Und dass Pranas Purvaneckas möglichst bald wieder hier rauskommt. Hier, die Kopfschmerztabletten, nimm gleich zwei davon.«

Giedrė reichte ihm die Medizin, blinzelte ihm zu, wandte sich ab und drückte auf einen Knopf am Tisch. Nach einigen Augenblicken kam der Polizist durch die Tür, der Maksas herbegleitet hatte. Während er sich durch das Labyrinth in seine Zwangshöhle zurückbewegte, entschied Maksas, dass die Erniedrigung viel geringer gewesen war als befürchtet.

In der Zelle erwartete ihn ein kalter, farbloser, geruchloser Brei mit zwei dicken Scheiben Schwarzbrot. Er verschlang diese Ration wie den feinsten Gourmetteller, danach rauchte er eine Prima und drosch noch ein wenig leere Phrasen, sinnvoll konnte man so ein Gewäsch nicht gerade nennen. Er fühlte sich, als hätte er in einer Kohlegrube geackert. Er legte sich hin und drehte sich zur Wand. Der Kopfschmerz ließ nach. Eine lähmende Müdigkeit übermannte ihn.

Er träumte von der Magierin. Er befand sich in ihrem Schlafzimmer. Er lag im Bett, sah zur Decke, umarmte mit einer Hand die Frau, mit der anderen streichelte er die neben ihm liegende Katze, die laut und sehr gefühlvoll schnurrte, wie eine Schwarze, die ein Spiritual sang. Maksas erzählte, aus welchem Alptraum er gerade erwacht war. Darin hatte sie, die Magierin, sich umgebracht oder war umgebracht worden, während er, Maksas, verdächtigt wurde, gegen seine liebe Freundin die Hand erhoben zu haben, und im Loch saß.

»Mensch, was ist in deinem Unbewussten los?«, flüsterte ihm die Magierin zu und küsste ihn süß.

Plötzlich fühlte sich Maksas absolut sicher und glücklich, wie in seiner Kindheit, als zu Hause noch ein Ofen stand, den der Vater morgens anfeuerte; das Feuer knisterte, toste rhythmisch, während der kleine Pranas sich vorstellte, auf der oberen Liege in einem Abteil eines langen, nach Afrika zu den Löwen, Giraffen und Zebras fahrenden Zuges zu liegen.

Mit der Magierin hatte er oft dieses Gefühl von Vollkommenheit. Sie unterschied sich ganz wesentlich von den anderen weiblichen Wesen, die Maksas kannte, doch nicht dadurch, dass sie um einiges älter war. Er dachte nie an ihren Altersunterschied und hatte nicht ein einziges Mal nachgezählt, wie viele Jahre zwischen ihnen beiden lagen. Dieses Detail besaß auch dann nicht die geringste Bedeutung, wenn die Macht, die sie beide lachend Mutter Natur zu nennen pflegten, sie zusammen ins Bett warf und vereinte.

Es geschah eines Abends, als Julija sich beklagte, dass Tadas sie zurückweise, und Maksas sich alle Mühe gab, die zutiefst Verzweifelte zu trösten. Später, als er zurückzuverfolgen versuchte, wann und warum er so eifrig ihre tränenüberströmten Wangen, ihren duftenden Hals, ihre zarten Lippen zu küssen begonnen hatte, konnte er sich an keinen konkreten Moment mehr erinnern, nur an eine große Anziehungskraft, der er sich nicht hatte widersetzen können. Wie ein heftiger Wind oder die Strömung, die einen in die Tiefen des Meeres zog. Indem er diese pikante Situation wieder von neuem überdachte, kam er zu dem Schluss, dass die Hingabe und die Leidenschaft der Magierin nicht die Rache einer verletzten Frau waren, kein zweifelhafter Versuch, einen Bruder durch den anderen zu ersetzen oder eine von der Verzweiflung diktierte unüberlegte Handlung.

Es geschah ganz einfach das, was nicht geschehen durfte. Es schien, als ob Maksas und die Magierin schon viele Male miteinander geschlafen hätten und deshalb den Körper des anderen in idealer Weise kannten, jeden Millimeter der Landkarte des anderen Geschlechts, jeden Berg in der Landschaft, jeden Hügel, jede Ebene, Senke, jeden Fluss, See, jede Grotte, jeden Brunnen, dass sie die Bewegungen, Zuckungen, Konvulsionen und sogar die winzigsten Vibrationen, Ächzer und Seufzer des anderen erahnten und nachvollzogen.

Zugleich ließ der betörende Triumph der Erstankömmlinge, Entdecker, der »Heureka!« rufenden Erfinder sie schweben, als hätte noch nie jemand auf dieser Erde Früchte wie die ihrer euphorischen Erfahrungen gekostet, als hätten sie ein hinter sieben Siegeln verborgenes Geheimnis der Ekstase aufgedeckt, das Rezept für das absolute Glück gefunden und wie die LSD-Synthetisierer das Dilemma zu lösen, ob sie der Welt die neue Glücksformel mitteilen sollten oder nicht. Die Menschen machten auch die allerbesten Dinge kaputt.

Das Fabelhafteste aber war, dass der nächste Morgen das in der Nacht erfahrene Glück nicht verzerrte und verdarb. Genau dies geschah sonst meist, besonders wenn ein an sich fröhliches erotisches Abenteuer vom Unbewussten, dem gesunden Menschenverstand und dem Gewissen nicht sanktioniert gewesen war. Sie fühlten sich beide, als hätten sie etwas Hehres und Ehrenvolles vollbracht: ein Eichenwäldchen gesetzt, eine ansehnliche Summe für die Restaurierung eines Gotteshauses gespendet oder ein Grüppchen blinder älterer Leute über die Straße geführt.

Maksas' Verbindung mit der Magierin war nicht durch Zweifel, Bedenken, Gewissensbisse, Befürchtungen wegen der Fortdauer der Beziehung oder Überlegungen, wie sie möglichst schnell beendet werden konnte, belastet: Er fühlte sich nicht in Tadas' Schuld, obwohl er sich hätte einreden können, dass er die für Tadas bestimmte Leidenschaft der Magierin stahl, und er machte sich auch keine Vorwürfe, dass er Vita betrog, die sich die Liebe nur komplizierter machen wollte, indem sie jeden Verhaltensfehler mit hundert oder tausend multiplizierte.

Wenn die Magierin bei ihm war, musste er nicht mehr fieberhaft planen, wie er sie schneller ins Bett kriegen und sich dann dort lächerlich machen könnte, keine Rückzugsstrategien mehr aushecken, wie das manchmal bei anderen Mädchen der Fall war. Ganz im Gegensatz zu der öffentlichen Meinung über seine Person fühlte sich Maksas nämlich nicht als Don Juan oder Casanova. Er blieb, was er war, ein einfaches, scheues Kind.

Und nicht der Sex war das Wichtigste! Seit seiner Bekanntschaft mit der Magierin war Maksas fest davon überzeugt, dass das Intimste die geistige Begegnung war. Man könnte natürlich behaupten, dass Maksas' Verbindung mit der Wahrsagerin von sehr episodenhafter Natur gewesen sei, wie die kurz durch einen Spalt im grauen Himmel scheinende Sonne im regnerischen Sommer nach dem Siebenschläfer. Man erinnert sich doch aber vom ganzen in Wolken gehüllten Dasein gerade an diese Lichtblicke.

Maksas wurde von einem Lärm wie von einer vorbeifahrenden Panzerkolonne geweckt. Es waren seine schnarchenden Zellengenossen. Doch das begriff er nicht sofort und fand sich auch mit offenen Augen noch lange nicht zurecht. Schließlich stellte das Bewusstsein alles wieder sorgfältig an seinen Platz. Er ahnte, dass sich genau so die Toten fühlen mussten, die den Punkt am Ende des Lebens-Satzes erreicht hatten.

Die Krähen krächzten wie im Krieg über den Leichen gefallener Soldaten. Es schien, als begleiteten Schwärme dieser schwarzen Vögel Tadas immer und überallhin: sowohl in der Kindheit, bei der orthodoxen Heiliggeistkirche, als auch jetzt, in seiner Behausung am Rasos-Friedhof. War das ein gutes oder schlechtes Zeichen? Er mochte sowohl Krähen als auch Engel. Beide hatten Flügel und waren weise.

Mit jedem Tag und jeder Stunde, die seit Julijas Tod verging, verstärkte sich das Gefühl des Verlustes nur noch. Jetzt, gereinigt von allen Fasern und Ablagerungen des Lebens, wurde die Wahrsagerin immer unentbehrlicher für ihn. Solange sie lebte, hatte Tadas sich nur mit Mühe mit der persönlichen Geschichte dieser Frau und ihrer stürmischen Vergangenheit abfinden können. Er hatte sogar geträumt, dass Julija mit einer Unmenge Koffer auf dem Bahnsteig stand und er, der die aus einem fernen Land Angekommene abholen wollte, schaffte es einfach nicht, den ganzen Hausrat eines fremden Lebens zu tragen.

Sie erzählte sehr gern von ihrer Vergangenheit, ärgerte Tadas offenbar absichtlich mit ihren Männergeschichten, mit früheren Affären und Verlust-Episoden voller winziger, ihm auf schmerzliche Weise unbekannter Details. Ihm behagte es nicht, zurückzublicken und in dem herumzustochern, was unwiederbringlich verloren war. Doch sie fragte hartnäckig: »Nun erzähl schon etwas von dir. Ist denn in deinem Leben gar nichts passiert? So etwas gibt es nicht. Für mich ist es schwierig, einen Menschen zu lieben, der sich an nichts erinnert. Du bist doch kein Engel, der nur den gegenwärtigen Augenblick erfasst.«

»Dann lieb mich nicht«, gab er zurück und verschloss sich nur noch mehr in sich selbst.

Tadas hielt tatsächlich das Engelsdasein für das attraktivste, denn in seiner Kindheit waren ihm die Worte von Vater Pjotr tief ins Herz gedrungen, dass diese geflügelten Wesen weder Vergangenheit noch Zukunft noch Wechsel der Jahreszeiten, weder Tag noch Nacht noch Stunden noch Minuten noch Sekunden kennen, sondern immer in der Gegenwart weilen, in der feierlichen Ewigkeit, die so hell und freudenvoll ist wie der Ostermorgen. Da sie sich aus den Fesseln der Zeit befreit haben, sind die Engel auch nicht an den Raum gebunden. Sie bewegen sich schneller als das Licht, der Schall, die Gedanken, können im selben Augenblick an vielen verschiedenen Orten sein, sie überwinden jede Entfernung, die höchsten Hindernisse und die dicksten Festungsmauern. Im glückseligen Augenblick des Hier und Jetzt säen die Engel nicht, ernten nicht, noch verrichten sie irgendwelche anderen Arbeiten, sie kennen den Geruch von Schweiß nicht, werden weder von Durst noch von Hunger noch von Begierde geplagt. Sie sind geschlechtslos. Die Engel erfahren nicht die Sünde, die die Flügel der menschlichen Seele vom Flug zu Gott abhält. Die Engel werden nicht geboren, vermehren sich nicht, altern und sterben nicht. Seit seiner frühen Kindheit verlangte es Tadas danach, auch als Mensch wenigstens ein klein wenig Engel zu sein. Doch Stützen gab es viel weniger als Hindernisse.

Natürlich waren die Frauen das größte Hindernis auf dem

Weg zum Engelsdasein. Die erste war Fräulein Virginija, die der Vater ein paarmal nach Hause mitgebracht und als seine Arbeitskollegin vorgestellt hatte. Sie war klein, rundlich, mit dunklem Teint und braunen Augen, das absolute Gegenteil von Tadas' hochgewachsener, schlanker, blonder Mutter, die der Vater aus irgendeinem Grund manchmal Eiskönigin nannte. Virginija unterrichtete Litauisch, der Vater war Mathematiklehrer. Die Mutter leitete in derselben Schule die Volksmusikgruppe »Dagilėlis«, unterrichtete auch Geographie und saß abends über die himmelblauen Umriss-Landkarten gebeugt, auf denen die Schüler während der Kontrollarbeiten die von ihr diktierten Städte, Länder, Meere, Ozeane und Buchten einzeichneten. Während seine Mutter sich bemühte, wieder Ordnung in die von den unkundigen Schülern verunstaltete Landkarte zu bringen, indem sie die falsch angegebene Nord- und Südhalbkugel, Arktis und Antarktis, Pazifik und Atlantik zurücktauschte, geriet ihre eigene Welt langsam aus den Fugen. Sie spürte das wahrscheinlich, denn in ihren freien Minuten strickte sie wie verzweifelt, als ob sie die Harmonie der Familie retten könnte, indem sie alle mit Stricksachen aus derselben Wolle und mit demselben Muster einkleidete.

Fräulein Virginija tauchte immer häufiger bei ihnen im Hof auf, kam hingegen nicht mehr in ihre Wohnung, sondern schlüpfte durch die Tür der verrückten Berta. Mutter war nicht zu Hause, auch Vater schien weg zu sein. Aber der kleine Tadas, der infolge seiner seltsamen Krankheit statt die erste Klasse zu besuchen ganz allein zu Hause saß (Pranas quälte sich im Kindergarten ab), sah durch das Fenster ganz deutlich, wie Papa nur einige Minuten nach Virginija durch Bertas Tür schlich. Das Herz des Kindes ahnte Schlimmes, deshalb beschloss er eines Tages, nachzusehen, was denn da vor Mutter versteckt bei der verrückten Berta geschah.

Bertas Irrsinn machte Tadas in keiner Weise Angst. Ihre Verrücktheit kam in ungewohnten Kleidern und einem viel zu grellen, für einen älteren Menschen unpassenden Make-up zum Ausdruck. In schmucken rosa, roten oder violetten Faltenröcken, mit Zigeunerschals um den Hals, einem Hut mit Papierblumen und Hahnenfedern auf dem Kopf, mit einer Unmenge von Halsketten, Ohrringen und klimpernden Armreifen, die Wangen rot gepudert, mit glänzendem Lidschatten und die Lippen wie ein Clown rot gefärbt, wandelte Berta den lieben langen Tag zwischen dem Tor der Morgenröte und der Kathedrale hin und her und bat die Passanten um Kleingeld, zum Telefonieren, wie sie sagte.

Gegen Abend, wenn die anderen von der Arbeit nach Hause kamen, kehrte auch sie heim. Auch mitten im Winter öffnete sie die Fenster sperrangelweit und hörte sich in voller Lautstärke Arien an. Seltsam, aber das störte niemanden. Die Nachbarn wussten noch etwas: Berta schloss ihre Wohnungstür nie ab. Jedem, der sie zur Vernunft bringen wollte oder ihr gar ein neues Schloss mit den dazugehörigen Schlüsseln verpasste, pflegte sie zu sagen, dass sie über einen besseren, himmlischen Schutz verfüge. Das entsprach wohl der Wahrheit, denn Diebe und andere Nichtsnutze mieden Bertas Wohnung, als sei sie verhext.

Also schlich sich Tadas eines Morgens aus der Wohnung, sah sich um, ob ihn auch niemand beobachtete, und schlüpfte durch Bertas nicht abgeschlossene Tür in einen Vorraum, in dem Stapel alter Hüte und Reihen von abgetragenen Schuhen standen. Er betrat das einzige Zimmer und sah dort unter einem Bild mit zwei verliebt aneinander geschmiegten Hirschen ein breites Bett mit einer kirschfarbenen Plüschbettdecke darauf. Farbe und Stoff kamen dem Jungen irgendwie bekannt vor, doch woher, wusste er nicht mehr. Im Zimmer befanden sich noch ein Spiegel mit einem kleinen Regal, auf dem allerlei Fläschchen standen, ein runder Tisch mit einem mit Vergissmeinnicht bestickten Tischtuch darauf und ein großer Schrank, aus dessen Türen Bertas Kleider herausquollen. Tadas schlüpfte hinein und versteckte sich hinter einer nach Naphtalin riechenden Tracht.

Er musste nicht lange warten. Wie immer kam Fräulein Virginija als Erste. Als ob sie bei sich zu Hause wäre, ging sie zum Plattenspieler und legte eine von Bertas Platten auf, sie stellte nur leiser. So einen Plattenspieler hatte Tadas auch schon gesehen, er wusste aber nicht wo. Die Frau zog eine Flasche Wein aus der Handtasche und holte aus der Küche zwei kantige Gläser und ein kleines Tellerchen, das sie als Aschenbecher benutzte. Aus derselben Handtasche holte sie einen Korkenzieher, öffnete die Flasche, schenkte sich Wein ein, nippte ruhig daran und summte die Opernmelodie mit.

Gleich darauf erschien Tadas' Vater. Er küsste die sitzende Frau, zog einmal an ihrer Zigarette, nahm einen Schluck aus ihrem Glas und begann sich mir nichts, dir nichts auszuziehen. Fräulein Virginija zog sich auch das Kleid aus, entledigte sich, während sie zum Bett ging, Stück für Stück ihrer Unterwäsche, legte sich hin, lachte und breitete die Hände zu einer leidenschaftlichen Umarmung aus. Ihren Gesichtsausdruck sah das Kind nicht, denn das Kopfende befand sich auf der anderen Seite. Dafür erblickte er, als Virginija ihre Beine in die Höhe streckte und weit spreizte, was sich zwischen ihren Schenkeln befand. Ein schwarzer, furchtbarer Spalt.

Den Vater hingegen erschreckte dieser Anblick keineswegs, er reckte sich, knurrte wie ein Tier und legte sich auf die Frau. Dann begann er hin und her zu wippen. Zuerst ganz langsam, dann immer schneller und schneller. Sein Hinterteil hob und senkte sich, während aus Fräulein Virginijas Schritt ein Geräusch zu vernehmen war, das das Kind an das der schwarzen Saugglocke beim Freipumpen des verstopften Spülbeckens erinnerte. Nur leiser: Tschuukscht, tschuukscht, tschuukscht.

Da überkam ihn plötzlich die Furcht, dass er wieder eingesogen und dann zermalmt werden könnte, so wie damals vor einem Jahr, als die schwarze Kirchenkuppel heruntergekommen war. Er rollte sich zusammen und machte sich möglichst klein, verstopfte sich mit den Daumen die Ohren, bedeckte sich mit den Händen die fest geschlossenen Augen und bat den Erzengel Raphael um Hilfe. Als er wieder zu schauen wagte, was im Zimmer geschah, waren der Vater und Fräulein Virginija schon angezogen. Bertas Wohnung verließen sie wie immer getrennt: zuerst die Frau, dann der Mann. Auf dem Tisch blieben eine beinahe volle Flasche und ein Haufen zum Telefonieren geeigneter Zweikopekenmünzen zurück, die die arme Berta so schätzte.

Tadas wartete noch eine Weile und kehrte dann nach Hause zurück. Raphael behütete ihn den ganzen Tag, doch in der Nacht ließ er ihn im Stich. Tadas träumte wieder von der schwarzen Kuppel-Pumpe aus Gummi, die sich plötzlich in Fräulein Virginijas Spalte verwandelte, gerade so eine, wie er sie aus dem Schrank heraus gesehen hatte, nur tausendmal größer. Tschuukscht, tschuukscht, tschuukscht – die Spalte, wie sich herausstellte, die von Berta, sog das Kind ein.

Er erwachte schreiend. Er hatte Fieber. Als seine Mutter ihn fragte, was er denn so Fürchterliches geträumt habe, gab er eine ausweichende Antwort. Doch als er von neuem in Wahnvorstellungen verfiel, beichtete er sowohl den nächtlichen Alptraum als auch das Ereignis vom Tag. Der Vater hörte alles mit an und war so rot, als ob er hohes Fieber hätte und nicht das Kind. Mutter weinte, und seit diesem Tag war der Vater ein ganz seltener Gast zu Hause.

Für die Scheidung der Eltern fühlte sich Tadas noch immer verantwortlich. Später traf er den Vater nur noch einmal, an seinem sechzehnten Geburtstag. Da bekam er das kleine Silbermedaillon mit dem Engel, den er Raphael taufte, auf der einen Seite und der Hand, die das Siegeszeichen zeigte, auf der anderen. Er war stolz darauf, endlich Vaters Gunst zurückgewonnen zu haben, denn er war überzeugt, dass Pranas von seinem Erzeuger keinerlei Geschenke erhielt. Er trug das Medaillon ständig, legte es nie ab. Doch auch dieser Talisman konnte ihn nicht vor allem beschützen.

Zum nächsten Hindernis auf dem Weg zum Engelsdasein wurde Aurelija. Der siebzehnjährige Tadas lernte sie bei Vater Pjotr kennen, bei dem das neugierige Wesen nach Informationen über die Mönchsgemeinschaft auf dem Berg Athos suchte. Aurelijas Fragen brachten Tadas zum Staunen, denn er war der Ansicht gewesen, dass Frauen nichts mit Metaphysik anzufangen wüssten. Nicht weniger interessierte ihn ihr Aussehen. Aurelija erinnerte an einen Engel, sie hatte eine außerordentlich blasse Haut, helles, fast weißes Haar, das ihr Gesicht wie ein Heiligenschein umgab, und blaue, von blonden Wimpern umrahmte Augen unter farblosen Brauen. Ihre Lippen waren voll, jedoch im Unterschied zu denen anderer Frauen nicht geschminkt und nicht aggressiv, dazu da, sanft zu lächeln und weise Worte zu verkünden. Aurelija war fast zehn Jahre älter als Tadas, doch das behinderte ihre intensive Unterhaltung nicht, die begann, kaum dass Vater Pjotr die Tür hinter ihnen geschlossen hatte.

»Du besitzt ein starkes Energiefeld«, erklärte sie im nach Katzenpisse stinkenden Treppenhaus. »Zeig mir deine Handflächen.«

Er tat gehorsam wie geheißen, während er sich in der Tiefe seines Herzens über das Handlesen lustig machte. Aurelija wollte jedoch gar nicht wahrsagen, sondern hielt nur ihre kleinen Engelshändchen über seine großen Handflächen und sagte: »Du müsstest eigentlich die Hitze- und Kraftbällchen zwischen unseren Händen spüren. Spürst du sie?«

Tadas schloss die Augen und spürte tatsächlich etwas Rundes, Weiches, Dehnbares und Heißes. Es schien, als ob man es ergreifen und in die Höhe werfen oder weit wegschleudern könnte.

»Mit deinen Händen kannst du Menschen heilen. Du hast eine Gottesgabe und brauchst keine weiteren Studien«, flüsterte Aurelija.

In Tadas' Leben begann eine neue Etappe. Er legte nur mit großer Mühe die Prüfungen nach der elften Klasse ab, denn die Wissenschaften, die einem in der Schule eingetrichtert wurden, schienen ihm absolut keinen Zusammenhang mit dem Seelenleben zu besitzen. Er hatte nicht die geringste Absicht, an irgendeiner Universität zu studieren. Den einen oder anderen Groschen verdiente er sich mit Quacksalberei. Das Wort »Heilen« schien ihm für das, was er da mit seinen Händen tat, nicht angebracht.

Zunächst übte er diese Tätigkeit zusammen mit Aurelija aus. Sie legten den Patienten auf einen mit einem weißen Laken bedeckten Tisch, ließen eine gute halbe Stunde lang ihre Hände über ihm kreisen, spürten mit den Handballen und Fingerspitzen, wie die kranken Organe vibrierten, wie die vom bösen Blick getroffenen Stellen sich krampfartig zusammenzogen und die von schwarzer Magie verwunschenen Körperstellen wie unter feinen Nadelstichen kribbelten. Schon bald begann Tadas allein zu arbeiten. Aurelija erzählte überall, dass er ein von einem seltsamen Schicksal heimgesuchter junger Mann sei, der seit seiner frühen Kindheit mit den Engeln in Kontakt stehe. Deshalb fehlte es ihm nicht an Patienten.

Alles ließ sich hervorragend an, doch nachdem ihn irgendein Denunziant angezeigt hatte, begannen sich die Miliz und der Geheimdienst für ihn zu interessieren. Da entschied Aurelija, dass sie nach Moskau müssten, wo vor nicht allzu langer Zeit ein geheimes Parapsychologie-Labor eingerichtet worden war, und dann mit Diplomen aus der Hauptstadt nach Litauen zurückkehren würden.

Tadas schaffte es mit Mühe und Not, seine Mutter davon zu überzeugen, dass eine konkrete, wenn auch ungewöhnliche Beschäftigung immer noch besser sei als keine. Schließlich war sie mit dem Weggang des Älteren nach Moskau einverstanden, denn der Jüngere, der nichtstuerisch durch die Stadt zog, stolz seinen wasserstoffgebleichten Hahnenkamm und seine mit Hunderten von Sicherheitsnadeln geschmückte Lederjacke zur Schau trug, bereitete ihr genügend Sorgen.

In Moskau quartierten sie sich in einem entlegenen Vorort bei einem Freund von Vater Pjotr namens Ambrosius ein, einem Popen von pantagruelischen Ausmaßen, der eine ebenso beleibte Gattin und zwölf Kinder hatte. Der große Pope stand einer Miniaturkirche, die aussah wie ein Lackmalerei-Souvenir, und einem noch kleineren Kloster mit kaum einigen Zellen vor.

Den Gästen wurde eine Kammer voller Ikonen mit einem Doppelbettsofa zugewiesen. Tadas erklärte sofort entschieden, er schlafe auf dem Boden, und freute sich, seinen Schlafsack mitgebracht zu haben. Aurelija entgegnete, sie verstehe ihn nicht, sie seien doch wie Bruder und Schwester.

Bereits am nächsten Tag gingen Tadas und Aurelija ins Labor. Nach einem kurzen Gespräch mit einem Mann mit grimmigem Gesicht und abgehackter Sprache, der mehr an einen Offizier als an einen Mystiker erinnerte, füllten sie ein Formular mit zweihundertfünfzig Fragen aus, wurden mit nie zuvor gesehenen Apparaten geprüft und dann zum Studium zugelassen.

Das Semester begann am ersten September. Das Gebäude, in dem die Vorlesungen stattfanden, glich einer ganz normalen Schule mit Hörsälen, in denen jeweils ungefähr zwanzig Studenten Platz fanden. In jedem Raum hing, wie es sich gehörte, über der Wandtafel das Wappen der Sowjetunion, die Studenten stammten aus der ganzen Weite des Heimatlands: Weißrussen, Ukrainer, Georgier, Armenier, Kasachen, Letten, Esten, Komier, Tschuwaschen, Udmurten ... und aus Litauen Tadas und Aurelija.

Einem zufällig ins Labor geratenen Passanten wäre nichts Seltsames aufgefallen. Doch das Studium war hier ziemlich ungewöhnlich. Die Studenten entfalteten in sich bunt blühende Chakren, ließen die Kundalini-Schlange durch die Wirbelsäule aufsteigen, erforschten verschiedenfarbige Auren, durchstießen die Biohüllen der anderen und flickten sie dann wieder, übten sich im Weitwurf von winzigen, doch äußerst gefährlichen psychotronischen Granaten, verließen ihren Körper und unternahmen Astralreisen oder fingen mit Seelen-Ortungsgeräten die subtilsten kosmischen Vibrationen ein.

Aurelija frohlockte, benommen von der Menge neuer Erkenntnisse, während Tadas sich fehl am Platz fühlte. Ihm gefiel das Zusammensitzen mit Vater Ambrosius beim Tee am Abend oder am Wochenende, wenn keine Vorlesungen im Labor stattfanden, viel besser. Er beobachtete gern, wie der Pope langsam, mit Hingabe und wegen der großen geistigen Anstrengung keuchend den Erzengel Uriel malte.

Doch dass Tadas die Parapsychologie-Studien nicht fesselten – er hatte sich die Vergeistigung und den Kontakt zum Jenseits anders vorgestellt –, war noch nicht einmal das größte Problem. Am schlimmsten war es nachts, wenn Tadas sich streckte oder kratzte, auf Aurelijas Atem lauschte, jedes ihrer zusammenhanglosen Worte im Schlaf erhaschte, mit seinem ganzen Körper spürte, wenn sie sich umdrehte, und seine Begierde nicht mehr im Zaum halten konnte. Aurelija zog sich abends und morgens ohne jede Scham um, als ob sie allein im Zimmer wäre, und wenn sie aus dem Bett stieg, stolperte sie jedes Mal über irgendetwas und fiel dann laut lachend auf ihn, der eingepackt im Schlafsack auf dem Boden lag. Wenn sie ihm süße Träume wünschte, küsste sie Tadas auf die Wange, kam jedoch jeden Abend seinen Lippen näher.

Es geschah kurz vor dem russischen Osterfest. Die Studenten des Labors wurden kurz mit Yoga, Tantra und sexuellen Ritualen vertraut gemacht und erfuhren, dass die dabei ausgestrahlte Energie nicht unbedingt leer in den Kosmos verpuffen muss, sondern auch gesammelt und dann für ernste, sogar kriegerische Zwecke verwendet werden kann. Als sie einmal nach Hause kamen, sagte Aurelija plötzlich: »Lass uns die tantrischen Rituale ausprobieren. Das ist ja kein Sex, sondern ein Akt des Geistes.«

Tadas versuchte sich herauszureden und machte sich damit vor sich selbst nur immer lächerlicher. Doch Aurelija ließ nicht locker. Am Vorabend von Karfreitag, und das erschien Tadas schon von vornherein gotteslästerlich, setzte sie ihn neben sich aufs Bett und begann ihn zu streicheln.

»Ich habe den Verdacht, das ist dein erstes Mal. Du bist doch noch Jungfrau, nicht wahr? Ein Engelsknabe«, gurrte sie ihm ins Ohr.

»Sei so gut, lass die Engel aus dem Spiel«, flüsterte er und erlag langsam Aurelijas List. »Auch so schon sündigen wir, morgen ist doch Karfreitag.«

»Mein Dummerchen, wir sind doch nicht orthodox. Nicht einmal katholisch. Wir sind Magier und Mystiker. Und bald werden wir den ganzen Staat beherrschen.«

»Was erzählst du denn da wieder für ein Zeug?«

»Hast du etwa gedacht, dass wir hier studieren, um dann wieder für ein paar Rubel Löcher in den Biohüllen von irgendwelchen armen Geschöpfen zu stopfen? Wir werden für Ziele von landesweiter, vielleicht sogar weltweiter Bedeutung ausgebildet.«

»Ich will nicht zu so was ausgebildet werden. Für das, was ich anstrebe, bilde ich mich selbst aus.«

»Und was strebst du an, mein liebster Tadas?«, flüsterte Aurelija und ließ ihm keine Gelegenheit mehr zu einer Antwort, sondern saugte sich an seinen Lippen fest.

Das Ritual des Geistes misslang. Alles wurde von den Körpern absorbiert, die Tadas durch die Mechanik ihrer Bewegungen, das Eindringen, Saugen, Pumpen, die schmatzenden, schnalzenden, schlürfenden Laute und die viel zu kurze und deshalb sinnlose Befriedigung anstelle zeitloser Engels-Seligkeit richtiggehend anekelten. Damit nicht genug, hob Aurelija auch noch die Beine über ihren Kopf, traf dabei mit einem Fuß eine Ikone und schleuderte sie zu Boden. Tadas wollte das heilige Bild sofort aufheben, doch die Frau ließ ihn nicht aus ihrem Würgegriff.

Schließlich, als er sich von der wichtigsten Revolution in seinem körperlichen Leben erholt hatte, lehnte sich Tadas über den Bettrand und hob das Bild auf. Auf der Ikone war der Erzengel Michael mit dem erhobenen Flammenschwert zu sehen, wie er einen rotgesichtigen, grimassenschneidenden Teufel zertrampelte, und zwar mit sehr vorwurfsvoller Miene. Tadas begriff, dass ihm der Weg zum Engelsdasein nun versperrt war, und hätte beinahe zu weinen angefangen. Er riss sich nur zusammen, weil er Aurelija nicht verletzen wollte. Von trauriger Müdigkeit erfüllt fiel er in einen tiefen, schweren Schlaf.

Er erwachte später als üblich und fand Aurelija nicht mehr neben sich vor. Er setzte sich im Bett auf, rieb sich die Augen und sah, dass ihre Sachen nicht mehr im Zimmer waren. Auf dem Tisch lag eine in aller Eile hingekritzelte Nachricht, in der Aurelija erklärte, dass sie in eine geheime Abteilung des Labors verlegt und deshalb in einem geschlossenen Wohnheim untergebracht werde, es nicht verlassen und sich auch mit niemandem treffen dürfe. Tadas glaubte kein Wort, sondern war überzeugt, dass er bei der Liebe etwas falsch gemacht hatte und deshalb ohne einen Hauch von Mitgefühl verlassen worden war. Er fühlte sich als völliger Versager und begann von diesem Tag an, die Frauen nur noch mehr zu meiden.

Nach Aurelijas Verschwinden brach Tadas die Studien im Labor ab, wollte jedoch nicht nach Litauen zurückkehren. Er schrieb seiner Mutter keine Briefe mehr, er wollte sie nicht traurig machen, weil in seinem Leben alles durch Untergang gebrandmarkt schien. Er redete sich selbst ein, dass er erst nach Erlernung eines Handwerks nach Hause fahren dürfe. Deshalb übte er sich unter Anleitung von Vater Ambrosius im Malen von Engeln und trat in den »Gamajun«-Chor ein. Aus der Kammer, wo alles an die verschwundene Aurelija erinnerte, siedelte er in eine Klosterzelle über. Endlich lebte er so, wie er es sich schon immer gewünscht hatte. Fernab von der Welt, den Menschen und vielleicht auch von sich selbst.

So vergingen anderthalb Jahre. Aus Litauen kamen immer wundersamere Nachrichten: über den Sąjūdis, die Singende Revolution, Demonstrationen mit Hunderttausenden von Teilnehmern, die an die Gläubigen zurückgegebene Kathedrale, den Baltischen Weg ... Plötzlich überkam ihn Heimweh, und er entschloss sich, nach Vilnius zurückzukehren. Vater Ambrosius organisierte eine Abschiedsfeier, an der die ganze zahlreiche Familie des Popen, sieben Mönche und einige Jurodiwen teilnahmen. Als er schon durch das mit Kalk geweißte Klostertor schritt, holte ein Schwachsinniger Tadas ein, steckte ihm ein winziges Samtsäckchen zu und flüsterte ihm ins Ohr: »Das ist eine Reliquie. Luzifers Tränen.«

Tadas schüttete die sechs schwarzen, tropfenförmigen Kristalle von der Größe eines Sonnenblumenkerns in seine Hand. Vor die Sonne gehalten, glitzerten sie in allen Regenbogenfarben. Er wollte den Jurodiwen noch fragen, was er mit diesen Luzifer-Tränen anfangen sollte, doch der war schon verschwunden. Tadas steckte die Reliquie in die Tasche und ging in Richtung Bahnhof davon. Die Luzifer-Tränen schienen das Futter seiner Jacke versengen zu wollen.

In Vilnius wurde er keineswegs so herzlich empfangen, wie er in Moskau verabschiedet worden war. Alles sprach nur von Politik, und Tadas' Geschichte interessierte niemanden. Er fühlte sich endgültig vom gewöhnlichen Leben der normalen Menschen abgeschnitten. Und er wurde gewissermaßen zum Aussätzigen, denn er hatte enge Verbindungen zum allseits verhassten Russland.

In Augenblicken tiefster Verzweiflung nahm er die schwarzen Tränen Luzifers aus dem Säckchen, hielt sie vor die Sonne und starrte in das regenbogenfarbene Flimmern. Er versuchte sich vorzustellen, wie der Engel wehklagte, der einst den Namen des Morgensterns getragen hatte. Er fühlte sich selbst wie ein gefallener Träger des Lichts, der Schönheit und Güte verbreiten wollte, jedoch in die Dunkelheit eingetaucht war. Zu weinen vermochte er nicht.

Bald danach starb eine alte Dame, um die sich Vater Pjotr gekümmert hatte, und hinterließ ein verlassenes Haus in der Nähe des Rasos-Friedhofs. Die von niemandem benötigte Hütte neben dem Reich der Toten fiel an Tadas. Es war der passende Ort für einen Einsiedler wie ihn.

Als er das Haus renovierte, fand er einen seltsamen Raum, kaum einige Quadratmeter groß, der nach oben hin enger wurde und in einen Schornstein auslief. Die frühere Bewohnerin schien hier Speck geräuchert zu haben, aber nach Tadas' Überzeugung war so ein vertikaler, zum Himmel führender Tunnel am besten für den Kontakt mit den Engeln geeignet. Was bedeutete es schon, dass sie nie mit ihm redeten. Vielleicht würden sie ja doch eines schönen Tages den Mund aufmachen. Er schwor sich, nie einen Unbefugten in diesen geheimen Raum zu lassen.

Alle Versuche, Aurelija zu finden, waren vergeblich. Manchmal fragte er sich, wo und auf was für einer parapsychologischen Mission sie war. Erst fünf Jahre später traf er seine frühere Geliebte auf der Straße, tat jedoch so, als ob er sie nicht bemerkte. Später erfuhr er von gemeinsamen Bekannten, dass sie nach Amerika emigriert sei und dort als Hausmädchen einer afroamerikanischen Familie arbeite. Eine Weiße als Sklavin von Schwarzen! Es ging das Gerücht um, dass Aurelija so der Rache der Labor-Bosse entgehen wolle, für die zu arbeiten sie sich geweigert hatte.

In Tadas' Leben gab es keine weiteren Erschütterungen. Er mied alles, was ihn hätte aus der Bahn werfen können, besonders hütete er sich vor den Frauen, die ja nur darauf aus waren, ihn wieder in die Sünde zu treiben. Vom rechten Weg abzubringen. In die Hölle zu stürzen. Einige Male fiel er hin, doch das Aufstehen fiel ihm leicht. Dann aber erschien Julija und zerstörte alles. Er wollte ihr keinen Einlass in sein Leben gewähren. Sie drang einfach ein.

Was Julija Liebe nannte, war nur der Wunsch, sich einen anderen Menschen zu Eigen zu machen und ihn zu besitzen. Doch verdiente sie für eine solche Verfehlung den Tod?

WENN NIEMAND zu Hause ist, dann kann man es sich auch im Waschbecken bequem machen, da ist es gemütlich und riecht ein wenig nach dem Wasser urzeitlicher Moore. So ein Platz eignet sich am besten zur Kontemplation und zum Nachdenken. Ein anderer geeigneter Platz ist der Fenstersims, von wo aus man die Welt draußen beobachten und den Kopf darüber schütteln kann, zu welch hirnrissigen Gewohnheiten es die Gemeinschaft der Zweibeiner gebracht hat. Bastet hatte die menschliche Zivilisation schon immer zum Staunen gefunden.

Der Anfang dieser Zivilisation ging ja noch ganz in Ordnung, doch das Ende, die Zeiten, in denen Bastet jetzt lebte, das war schon ein richtiges Fiasko! Die Menschheit hatte offensichtlich den Kürzeren gezogen. Die Welt der Katzen entwickelte sich auf völlig anderer Basis. Sie kannte keine Staatsgrenzen, Herrscher, Vorgesetzten, Politiker, Priester, einander umbringende Armeen, alles vernichtende Waffen entwickelnde Wissenschaftler oder andere die Natur ausbeutende, Gottes Zorn erregende Dinge. Vor allem aber waren die Katzen in ihrer ganzen Geschichte ohne die furchtbarste Erfindung der Menschen – das Geld – ausgekommen. Die Menschen, die allein dem greifbaren Wohlstand nachrannten und sich von der

Illusion materiellen Fortschritts verführen ließen, hatten den falschesten aller Wege gewählt. Dagegen widmete sich die Welt der Katzen seit den ältesten Zeiten mit Hingabe der Vervollkommnung des Geistes. Wer die Oberhand behalten hatte, war offensichtlich.

Die Generationen der Menschen arbeiteten, schufteten, ackerten, rannten ihren irdischen Zielen nach und begriffen manchmal gar nicht, dass sie lebten. Die Katzen wurden für sie zu einem Symbol für Faulheit, doch gerade sie verstanden es immer, im Hier und Jetzt zu existieren und die Fülle eines jeden Augenblickes zu genießen.

Die Katzen säen nicht, sie ernten nicht, sie halten keine Tiere, die später unter dem Fleischermesser enden. Trotzdem ist immer für sie gesorgt, ist genug Futter da. Sie bauen sich keine Häuser, das erledigen ihre zweibeinigen Diener für sie. Wozu brauchten sie Tempel, von der Umwelt abgeschirmte und nach dem Geschmack der Menschen geschmückte sogenannte Gotteshäuser? Die Katzen beten immer und überall, denn sie sehen nicht nur die materiellen Dinge, sondern auch die Räume dazwischen, erfüllt von leuchtender göttlicher Energie. Wozu brauchen die Katzen Brücken, Eisenbahnen, Flugzeuge oder große Schiffe? Sie kennen doch die Regel ganz genau: wohin auch immer man reist, vor sich selbst flüchten kann man nicht. Am einzigen Platz, an dem man wirklich hängt, hat die ganze Welt mit all ihren unzähligen, unerschöpflichen, manchmal auch unvorstellbaren Geheimnissen Platz.

Wenn man das Hauptvergehen der Menschheit im Laufe ihrer Entwicklung beim Namen nennen müsste, dann wäre das der fehlende Individualismus. Mit der ganzen Herde kommt man nie und nimmer durch das Tor zum Paradies. Jedes Lebewesen wird allein geboren und stirbt allein. Diese Regel hat der Himmel diktiert. Die großen Propheten der Menschen wie Buddha und Christus gingen in die Wüste, meditierten in der Abgeschiedenheit, pflegten allein zu wandern und sagten: seid euch selbst ein Licht! Die Menschen haben diese wichtigste aller Nachrichten nicht angenommen. Sie haben nicht die Einsamkeit, sondern die Menge gewählt und verloren nun wie Spieler, die auf die falsche Karte gesetzt hatten, den Lebenssinn.

Bastets Brüder und Schwestern waren, sind und werden immer Einzelgänger sein. Die Menschen wissen das ganz genau. Und nur wegen dieser Unabhängigkeit der Einsamen leuchtet in den Augen der Katzen die Antwort, die dem Menschengeschlecht verborgen bleibt. Diese Antwort hatte nicht einmal die In-Besitz-Genommene begriffen, so sehr sie sich auch anstrengte.

Die Erinnerung an die Verlorene machte Bastet so traurig, dass ihre Nasenspitze feucht wurde. Um die bedrückenden Gedanken zu vertreiben, erinnerte sich die Katze daran, was für lustige Spiele sie mit der Gezähmten getrieben hatte. Anfangs hatte die Zu-Zähmende keine Ahnung von den Spielen der Katzen. Sie kaufte Bubastis quietschende Gummibälle, Mausimitationen aus Kaninchenfell und Kugeln aus Holzfaser mit Glöckchen daran.

Es dauerte eine gewisse Zeit, bis Bastet sie davon überzeugen konnte, dass es viel lustiger sei, mit Hausschuhen, Schwämmen und Waschlappen zu spielen, mit unter dem Schrank hervorgerollten Staubflocken oder abgerissenen Blättern der Zimmerpflanzen. Wenn diese Spiele zu langweilig wurden, dann konnte man immer noch den kleinen Hausgeistern nachrennen, von denen es in jeder Wohnung nur so wimmelte, den in den Winkeln des Zimmers hockenden *Kaukai* auflauern, die in der Küche in Schwärmen herumfliegenden *Bildukai* ärgern, das Wasser aufdrehen und mit der Pfote die *Kelpiai*, die *Avankai* oder die *Bregliai* (die wie Miniatur-Seepferdchen aussahen) aus dem Wasserstrahl herausgreifen oder es sich am Kamin bequem machen und die im Feuer tanzenden Salamander beobachten.

Wenn Bastet Lust bekam, sich auszutoben oder das Mysterium »Bezwing das Kosmische Tier« aufzuführen, dann musste die In-Besitz-Genommene eine große Katze spielen. Eine Zeit lang tat das die Zu-Zähmende sehr ungelenk, obwohl ihr Bastet ganz deutlich vormachte, wie man geduckt auf der Lauer sitzen musste, wie unerwartet aus dem Versteck hervorschießen, einige Schrittchen gehen, dann einen Satz machen und in einer furchterregenden Pose erstarren: mit einem Buckel, rund wie ein Bogen, die Beine angespannt, die Haare gesträubt, die Augen schleudern Blitze, aus der Kehle kommt ein furchtbares *Chrrr*.

Diese Pose musste man noch für eine gewisse Zeit halten, dann musste man sich ganz unerwartet dem Kosmischen Tier zuwenden und auf Zehenspitzen, weiter das schauerliche Chrrr von sich gebend, das Ziel anspringen, bis dieses das Grauen oder die Spannung nicht mehr aushielt und sich zurückzog, sich versteckte, davonlief oder sich ganz einfach in Luft auflöste. Der Gezähmten kam manchmal die Rolle der Angegriffenen zu, manchmal spielte auch Bubastis diese Rolle, doch am meisten gefiel es ihr, wenn sie beide zusammen jenen Dritten, Unsichtbaren angriffen und ihn bezwangen. Bastet war nur darüber enttäuscht, dass die Frau es nie geschafft hatte, sich in geziemender Weise über den Sieg gegen das Kosmische Tier zu freuen.

Eigentlich besaß die Gezähmte eine ganze Menge Züge einer Katze: sie mochte die Einsamkeit und hütete sie wie ihren Augapfel; wenn sie jemanden zum Feind erklärt hatte, dann gab es keine Versöhnung, und die Menschen sagten oft, sie habe grüne Katzenaugen. Sie war eine Jägerin gewesen, doch sie legte keinen Wert auf Beute, die selbst zu ihr kam, Opfer, die sich freudig ergaben. Die In-Besitz-Genommene lauerte gern lange der Beute auf, ermittelte ihre Gewohnheiten, Schwächen und Vorlieben und griff erst dann an und schleppte sie in ihren Bau. Leider wurde sie zum Schluss meist selbst von der Trophäe erledigt. Das beste Beispiel dafür waren die kürzlichen Ereignisse. Tod. Die von der Jägerin gefangene Maus verwandelte sich urplötzlich in einen riesigen Tiger und verschlang das kleine Kätzchen. Es war traurig.

In Wirklichkeit trauerte aber niemand um die Verlorene. Was bedeutete es schon, dass heute die Wohnung wieder einmal voller fremder Zweibeiner war. Etwa fünfzig davon hatten sich hier versammelt, zu dem, was man in der Sprache der Menschen Leichenmahl nannte. Die Zweibeiner aßen, aßen und aßen, als ob man mit dem Essen das schwarze Loch zustopfen könnte, das bei jedem Lebewesen entsteht, wenn ein ihm Nahestehender in jenen Anderen Raum entschwunden ist. Sie tranken, tranken und tranken, als ob sie das Herzeleid mit Wein wegspülen könnten.

Sie hatten keine Ahnung, dass die Verlorene überhaupt nicht mehr hier war, weder in diesem Haus noch in dieser Stadt und schon gar nicht in der Urne mit der Asche. Sie war ihres Weges geflogen.

Die Menschen verstehen es nicht zu trauern.

DER PROZESS, der jetzt in und um Julija herum ablief, war wie eine umgekehrte Filmentwicklung. Alles verblasste und balancierte auf der Schwelle zum Verschwinden. Der goldene Schein, auch der hatte sich aufgelöst. Der in den ersten Tagen nach dem Tod bohrende Schmerz beim Anblick der eben noch lieben Menschen und beim Lesen ihrer Gedanken war verschwunden. Julija hatte ihren Feinden vergeben, denen, die sie verletzt, beleidigt, verleumdet hatten, denn deren Leidenschaften erschienen, wenn man das Jenseits aus dem Diesseits betrachtete (wie plötzlich diese zwei Sandhis doch die Plätze getauscht hatten), wie platzende Luftblasen auf der in Bewegung geratenen Wasseroberfläche.

Nicht einmal der sie dauernd beobachtende Andere war mehr da. Aus einer Unmenge von Hüllen schälte sich Julijas innerstes Wesen heraus und schmolz in der sengenden Leere wie ein Eisklümpchen in der Hitze der Sonne. Es verschwanden die in den Tiefen des Unbewussten zusammengeduckten, bohrenden unerklärlichen Ängste und Verlustgefühle nach dem Erlöschen jedes Tages. Vorbei war das Gefühl von Vergänglichkeit, das sie ihr ganzes Leben hindurch verfolgt hatte, Julija war jetzt schon in einen Abschnitt nach dem Vergehen eingetreten. Und schließlich erlebte sie die unbeschreibliche Glückseligkeit des Verschmelzens mit der Außenwelt und des Verschwindens, die sie durch Verliebtheit, Liebe und Orgasmen vergeblich zu erlangen gesucht hatte.

Julija war voller Zuversicht, dass kein Jüngstes Gericht mehr stattfinden würde. Wen sollte man richten? Niemand hatte ein Verbrechen begangen. Wer hatte sich dieses Prozessieren nach dem Tod ausgedacht? Zweifellos die Lebenden. Das war so irdisch, so menschlich – Auge um Auge, Zahn um Zahn, obwohl einst jemand versucht hatte, den Menschen beizubringen, sie sollten nicht richten, um nicht gerichtet zu werden.

Dann würden sich also auch der Seelenführer Anubis, der Schreiber Toth, die Totenfresserin Ammit mit der Seelenwaage und der Wahrheitsfeder, deren Gewicht selbst das reinste Herz übersteigt, nicht zeigen. Der Herrscher über die Unterwelt, der stierköpfige Jama mit den weißen und schwarzen Steinchen der guten und bösen Taten würde nicht angeritten kommen. Der Erzengel Michael würde nicht die Fanfare blasen, der heilige Petrus nicht mit den Schlüsseln zum Paradies klimpern und der feuerspeiende Beelzebub nicht am Tor zur Hölle warten, über der geschrieben steht: »Die ihr hier eintretet, lasst jede Hoffnung fahren.«

Julijas verflossenes Leben glich jetzt dem Programm eines ausländischen Fernsehsenders, wo sich die in einer unbekannten Sprache kommentierte Handlung um unverständliche Realien dreht und deshalb für den Uneingeweihten völlig uninteressant ist. Trotzdem schaltete sie manchmal noch ihre Vergangenheit ein und sprang wie mit der Fernbedienung durch die Sender zappend von einem Ereignis zum anderen. Jetzt hatten sie alle den Geschmack und die Spannung verloren, als ob sie nicht in ihrem Leben, sondern in irgendeiner faden Reality-Show stattgefunden hätten.

Die letzte und wahrscheinlich wichtigste Etappe in ihrem Leben war die mit dem Schutzengel. Sie begannen sich regelmäßig, mindestens einmal pro Woche, zu treffen. Tadas rief jeweils an und teilte mit, er komme auf eine Tasse Tee vorbei. Erst freute sich Julija darüber, denn sie hoffte, die Beziehung würde immer wärmer werden und schließlich aufkochen wie rote Lava der Leidenschaft. Doch alles beschränkte sich auf tiefschürfende philosophische Ausführungen, meist sprach nicht sie, sondern er und brachte ständig seine Freude über die wunderbare Zuhörerin zum Ausdruck. Wenn er kam und wenn er ging, tätschelte er sie freundschaftlich auf die Wange.

Julija glaubte naiv, dass Tadas zu schüchtern für mutigere Schritte sei, deshalb versuchte sie es einmal mit einem ein wenig intimeren Kuss. Der Schutzengel tat einen Satz zurück, maß sie mit einem eisigen Blick und sagte mit heiserer Stimme: »Ich bespringe keine Freunde, kapiert? Und ich will mich an niemanden binden.«

Julija war so verdattert, dass sie ihm nicht einmal etwas entgegnete. Darauf quälte sie sich einen ganzen Tag und eine ganze Nacht lang mit nicht enden wollenden Monologen, so heißblütig, so verächtlich, so verzweifelt und ganz plötzlich in eine grenzenlose Zärtlichkeit übergehend, dass der Schutzengel sie einfach hören musste, auch wenn er sich kilometerweit entfernt befand.

Sie wollte ihm klar machen, dass nur ein absoluter Idiot und Hornochse die Liebe und die Hingabe mit einem so groben, bäurischen Ausdruck wie »bespringen« bezeichnen konnte. Sie rief laut in die Welt hinaus, dass es Kraft brauche, einem neuen Menschen in sein Leben Einlass zu gewähren, Mut, sich selbst einzugestehen, dass man langsam vom anderen abhängig wurde, mit ihm verbunden und ihm verpflichtet. Sie erklärte kreischend, dass das Gerede von absoluter Unabhängigkeit und unbegrenzter Freiheit Lüge, Betrug und Selbstbetrug sei. Er konnte doch nicht mit dem Dasein als schrumpliger Waschlappen zufrieden sein, der nichts fühlte, nichts begehrte und sich zu nichts entscheiden konnte! Sie flüsterte, dass sie seinen Wunsch, alle echten Gefühle abzuwehren, verstehe, so verhalte sich jeder, der schon einmal verstoßen und verletzt worden war, doch es sei an der Zeit, den Teufelskreis der Einsamkeit zu durchbrechen und in die heilende Gemeinsamkeit, das Zusammensein, die Liebe einzutauchen. Voller Zärtlichkeit fragte sie, ob er wisse, wie schön es ist, neben dem geliebten Menschen einzuschlafen und aufzuwachen, wie behaglich, sich an den anderen zu schmiegen, selbst in die Arme genommen zu werden oder ganz einfach Händchen zu halten? Was hatte das mit Sex zu tun? Mit »Bespringen«? Der Körper übermittelte die Bewegungen der Seele ja nur, führte sie fort, wiederholte sie. Deshalb war sie, entgegen ihren Single-Gewohnheiten, entschlossen, ihn, den Auserwählten, nicht nur in ihren Körper, sondern auch in ihr Zuhause einzulassen. Sie konnte sich kein größeres Opfer als das Leben zu zweit vorstellen.

Julija hatte schon die Absicht, das alles in einem langen, langen Brief darzulegen, doch plötzlich wurde ihr bewusst, dass sie den Schutzengel in Tat und Wahrheit noch zu wenig kannte, erst seit ein paar Monaten. Sie fragte sich, ob sie überhaupt das Recht habe, ihn mit solchen Vorwürfen und viel zu intimen Forderungen zu überfallen. Sie selbst mochte es ja auch nicht, wenn andere sie vereinnahmen wollten, die mit einem Tabu belegten Grenzen des persönlichen Raumes überschritten, sie physisch und seelisch begrapschten und hartnäckig nach Intimität verlangten. Julija stieß sie ohne jegliches Mitleid von sich und hatte auch noch Spaß daran, sie zu verletzen. Jetzt befand sie sich selbst an der Stelle dieser aufdringlichen Typen und schämte sich. Trotzdem schickte sie Tadas eine SMS: *Warum hältst du die Liebe für etwas Böses?* Sonst ließ der Schutzengel stundenlang mit seiner Replik auf sich warten oder blieb überhaupt stumm, doch diesmal kam die Antwort unverzüglich: *Das Böse ist nicht die Liebe, sondern Leidenschaft und Lust.* Was konnte sie darauf antworten? Nichts.

Der Schutzengel teilte die ganze Existenz in Gut und Böse ein. Julija nervte das, sie sagte dann, sie wolle nichts mehr von dieser manichäischen Weltsicht hören, doch er konnte es einfach nicht lassen. Tadas behauptete, dass man alles Schlimme, Unsittliche, Ungerechte ablehnen müsse und nur die Güte und die Schönheit wählen dürfe, die seiner Ansicht nach nur einen unsagbar kleinen Teil des um einen herum brodelnden Chaos ausmachten. Er war ein rastloser Unterteiler, Sortierer, mit Ablehnung gepanzerter Selektierer, der die Ganzheit aufbrach und das dann als Harmoniesuche bezeichnete.

Umsonst stritt Julija für ihre Ansicht, dass man die Harmonie durch Vereinigung gegensätzlicher Pole erstreben, sich von Widersprüchen lossagen und das illusorische Dualitätsprinzip überwinden müsse: Die höchste Weisheit eröffnete sich einem erst, wenn man begriffen hatte, dass alles eine Ganzheit bildet. Als Beispiel für eine solche Vereinigung führte sie immer wieder die körperliche Liebe zwischen Mann und Frau an. Der Schutzengel hörte aber nicht auf Julija und unterteilte das Dasein weiterhin, vielleicht in der Hoffnung, es so in den Griff zu bekommen.

Die Position des rechthaberischen Adepten des Guten hinderte den Schutzengel nicht im Geringsten daran, ein mürrischer Fremdenhasser, Antisemit, Rassist zu sein. Er redete gern vom Weißen Litauen ohne Schlitzaugen, Kaffer, Araber, Schwarzärsche, jüdische Taugenichtse, Scheißpolaken und Iwans. Wenn sie ihn dann an »Gamajun« erinnerte, dann erklärte er, dass die sakralen Lieder von Gott und nicht von einem Volk stammten.

Julija wusste, dass ähnliche Ansichten in Litauen weit verbreitet waren, in ihrem Freundeskreis dachte jedoch kaum jemand so. Extremer Nationalismus brachte sie in Rage, und was die Juden betraf, so fühlte sie sich tief in deren Schuld, denn von ihrem dritten Mann hatte sie nicht nur den für eine Wahrsagerin angemessenen Familiennamen Kronberg erhalten, sondern auch die Liebe eines Beschützers, eines Vaters, eines erwachsenen Menschen erfahren, nach der sie sich immer so gesehnt hatte. Er war der einzige nicht infantile Mann in ihrem Leben gewesen, alle anderen wollten einfach nicht erwachsen werden und blieben auch mit vierzig noch Kinder. Als er von Abraham Kronberg hörte, brummte der Schutzengel, er wolle nichts über die Vergangenheit der Frauen wissen, mit denen er Umgang pflegte. Julija verletzten solche Äußerungen. Am meisten aber schmerzte sie, dass Tadas sie dazu zwang, sich als seelenloses Wesen zu fühlen, nur als Hülle eines Menschen.

Wenn sie mit Tadas zusammen war, dann gelang es ihr mit Mühe und Not, sich eine ephemere Illusion von Glück zu schaffen. Wenn sie aber allein war, dann zerbrach sie. Sie konnte auch nirgendwo Trost finden, denn vor den Freundinnen, denen sie vielleicht ihr Herz hätte ausschütten können, spielte sie immer die keine Niederlagen kennende Siegerin. Um das Image der Femme fatale aufrechtzuerhalten, erzählte sie nicht einmal Leonardas vom Schutzengel, auch all die anderen Männer, an deren Schultern sie sich hätte ausweinen können, schienen ihr für eine solche Beichte unpassend.

Ihre Trauer teilte Julija meist mit Bastet, einer kleinen, getigerten Frau mit moosfarbenen Augen. Nur mit der Katze spürte sie die Wärme weiblicher Nähe. Sie zwei verstanden einander aus einer halben Bewegung, aus dem Drittel eines Blicks, aus dem Viertel eines Schluchzers oder Miauens heraus.

Ab und zu zog eine schwarze Wolke durch Julijas Gewissen, weil sie, des Treibens während der Rolligkeit überdrüssig, die physische Bastet hatte operieren lassen und diese sich nun nicht mehr der Liebeslüste erfreuen konnte. Sie dachte sogar, dass die Kälte des Schutzengels eine Strafe für die Verhöhnung des wichtigsten Naturgesetzes und die Sterilisierung der Katze sei. In solchen Augenblicken stimmten sie aus irgendeinem Grund die Spielsachen der Tigerin besonders traurig. Die auf dem Teppich herumliegenden bimmelnden Gummibälle und falschen Mäuse zeugten von der Vergeblichkeit aller von Menschenhand geschaffenen Dinge, bewiesen ganz deutlich die Unfähigkeit, sich zu freuen, glücklich zu sein, und schrien laut die totale Sinnlosigkeit des Lebens in die Welt hinaus.

Einmal wurde dieser Schrei so laut, dass Julija es nicht mehr aushielt, zum Handy griff und Maksas eine SMS schickte: *Dein Bruder liebt mich nicht.* Nach einigen Sekunden kam die Antwort: *Komme vorbei.*

Maksas erschien gegen Mitternacht mit einigen Flaschen Rotwein. Julija hielt sich zuerst heldenhaft, scherzte, kokettierte, bezauberte, doch als die zweite Flasche »René Barbier« leer war, hielt sie es nicht mehr aus und brach in Tränen aus. Maksas versuchte sie zu trösten, indem er erklärte, dass Tadas von Kindesbeinen an anders als die anderen gewesen war. Maksas hielt auch sich selbst für einen Fremdling, der nur deshalb nicht zu sehen war, weil ihm die Maske des Showstars am Gesicht festgewachsen war.

»Manchmal erscheint mir Tadas' Leben als das einzig richtige. Aber der Narziss ist da anderer Meinung.«

»Welcher Narziss?«

»Der da in mir, der nach Ruhm, Aufmerksamkeit, Komplimenten ohne Ende lechzt. Jeder Mensch sollte nicht einen, sondern viele Namen bekommen. Zumindest für zehn von den Tausenden der in ihm wohnenden Doppelgänger.«

»Darüber steht im ägyptischen Totenbuch geschrieben. Der Mensch spaltet sich nach dem Tod in einen Haufen Wesen auf. Einige davon werden zu Göttern, die anderen zu Dämonen. In allen musst du dich wiedererkennen, sonst bleibst du auf ewig im Zwischenstadium gefangen.«

»Also, wenn ich da auftauchen würde, dann wäre das wie in der Stoßzeit im Omnibus.«

Darüber musste Julija lachen. Damit die Heiterkeit zumindest vorübergehend Wurzeln schlug, bot sie Maksas einen Brandy an. Der nahm dankend an und eröffnete ihr ein großes Geheimnis: weder er noch Tadas hätten geboren werden sollen. Die Ärzte hatten der Mutter garantiert, dass sie keine Kinder bekommen könne, doch nach sechs Jahren kinderloser Ehe wurde sie zur größten Verwunderung der Ärzte schwanger und gebar Tadas. Die Spezialisten versicherten, dass sich das Wunder nicht wiederholen würde, doch nach noch einmal drei Jahren kam Pranas zur Welt.

»Deshalb nennt uns Mutter manchmal die Kinder von den Sternen.«

»Ach du mein Sternenknabe«, flüsterte Julija und küsste Maksas auf die Stirn.

Plötzlich wurde sie traurig und brach in Tränen aus. In dieser Nacht endete alles im Bett. Julija bedauerte nicht, dass sich die Ereignisse so entwickelt hatten. Und Bastet frohlockte geradezu, stieg Maksas bald auf den Kopf, bald auf die Brust und schnurrte laut vor Zufriedenheit. Maksas war der einzige von Julijas männlichen Bekannten, den die Katze anerkannte.

Bastet hörte auch nicht auf mit ihren Sympathiekundgebungen gegenüber ihrem Auserwählten, als dieser in dem viel zu

kurzen und zu engen Kimono der Hausherrin im Haus herum-
lief und dabei wie ein verarmter Samurai aus einem frühen Film
von Kurosawa aussah. Obwohl er reizend war, begann sich Julija
zu ärgern, denn sie mochte es nicht, wenn ein nächtlicher Gast
zu lange blieb. Außerdem fürchtete sie, dass plötzlich Violeta
kommen und ihren jüngeren Sohn hier vorfinden würde.

»Sag bloß deiner Mutter nichts und, ganz wichtig, auch nicht
Tadas«, bat sie Maksas, als sie sich am späten Nachmittag von
ihm verabschiedete.

»Was denkst du von mir! Wir unterhalten uns überhaupt
nicht über solche Dinge.«

Als Maksas weg war, überkam Julija wieder Traurigkeit. Dann
Beklemmung. Schließlich, mit der neunten Welle, kamen die
Gewissensbisse, und so teilte sie Tadas mit: *Dein Bruder und ich
sind uns sehr nahe gekommen. Ich fühle mich verwirrt.* Er antwortete: *Sei zusammen mit wem du willst. Mir ist es egal.* Julija
raffte sich zum entscheidenden Satz auf: *Aber ich liebe dich
doch.* Die Antwort war enttäuschend: *Lieben ist nicht verboten.*

Julija traf sich von da an mit beiden Brüdern. Maksas gegenüber war sie offen, auch wenn sie nicht mehr mit ihm schlief,
während es mit Tadas ein Versteckspiel war. Er tat so, als ob er
ihre Gefühle nicht bemerkte, keine Ahnung von ihren Erwartungen hätte und ganz einfach nicht hörte, was sie ihm in Andeutungen oder offen über die Liebe sagte. Doch Tadas hatte
auch nicht die Absicht, dieser Geschichte ein Ende zu setzen. Als
sie ihn fragte, warum er sich weiter mit ihr treffe, wenn er sie
doch nicht liebe, nicht würdige, niemals auch nur mit dem winzigsten Kompliment verwöhne, als Person ablehne und überhaupt auf den Mullhaufen der Welt werfe, antwortete er: »Das
muss so sein.«

Auch Julija konnte sich nicht dazu durchringen, die Beziehung zu beenden. Wenn sie Tadas gehen ließ, so glaubte sie,
würde sie eine wesentliche Chance in ihrem Leben verpassen.
Jetzt, aus der Perspektive des Nichtseins, sah sie, dass diese
Chance der Tod gewesen war. Solange sie lebte, war sie metaphysischen Launen möglichst aus dem Weg gegangen und hatte sie

mit Ironie betrachtet. Sie hatte sich immer wieder gesagt, dass Tadas ihre Lebensqualität auf keinen Fall verbessere, sondern nur eine Menge Zweifel säe. Der größte hing mit ihrem Alter zusammen, mit dem Verfallsdatum der Frau, das ja angeblich mit dem vierzigsten Geburtstag unausweichlich erreicht war. Männer machten das Leben nur komplizierter, deshalb blieb man besser gleich allein. Das Wichtigste war nach Aussage der Frauenzeitschriften, dass man sich selbst liebte. Dann brauchte man auch keine Anerkennung von außen mehr.

Julija schien jedoch einfach nicht gelernt zu haben, sich selbst wirklich zu lieben. Da sie vom Schutzengel nicht die geringste Wertschätzung erfuhr, kein einziges ermutigendes oder anerkennendes Wort vernahm, fühlte sie sich von Tag zu Tag immer mehr als Versagerin. Da half nicht einmal mehr das übliche Überprüfen der weiblichen Macht. Wie früher konnte Julija zu jeder beliebigen Party gehen und zog augenblicklich die Aufmerksamkeit aller anwesenden Männer auf sich, auch wenn sie von jüngeren und hübscheren Geschöpfen umgeben war. Es war wieder das Gefühl, Siegerin in einem Kriegszug zu sein – veni, vidi, vici. Doch die Siege bereiteten ihr keine Freude mehr, die Gleichgültigkeit des Schutzengels machte sie sofort zunichte.

Irgendwann sagte sich Julija, dass es Zeit sei, aufzuhören und statt sich wie ein Teenager in ein Komplexbündel zu verwandeln, statt im Tagebuch über den Geschlechterkrieg, die Opfer und die nicht heilen wollenden Wunden zu räsonieren, statt die Angst vor den Männern und die Abwehrhaltung gegen Beziehungen mit dem anderen Geschlecht in sich wachsen zu lassen, statt die Liebe als Verbrechen gegen die Menschheit und sich selbst zu sehen ... stattdessen die Situation umzukehren. Oder alles zu beenden. Sie rief den Schutzengel an und sagte entschlossen, sie wolle ihn treffen und mit ihm reden.

»Gibt's denn da wirklich was zu bereden?«, erkundigte er sich mit deutlichem Hohn.

»Ich denke ja. Komm zu mir.«

»Hab keine Zeit. Ich muss eine Bestellung fertig machen. Wenn du willst, komm her.«

Das fasste Julija als Einladung auf, und sie bereitete sich beinahe freudig auf den Besuch beim Schutzengel vor, denn bei ihm zu Hause war sie noch nie gewesen. Sie irrte auf der Suche nach der Ramybė-Straße ziemlich lange umher, rief Tadas immer wieder an und fragte nach einem Orientierungspunkt. Es war Ende Mai, die Sonne schien, die Gärten blühten, und der aus der Stadt Entflohenen kam es so vor, als sei dies der Weg ins Paradies. Diese Illusion wurde nicht einmal durch die windschiefen, mit der einen oder anderen Tulpe oder einem bescheidenen Hyazinthenbeet geschmückten Vorstadthäuser gestört. Schließlich erblickte Julija das Haus, nach dem sie gesucht hatte. Sie erkannte es an den vielen Steinbrocken, die sich im Garten drängten wie nach einem Himmelssturz, und einigen Engeln, die schon ihre sorgfältig herausgemeißelten Flügel zum Flug in Richtung Friedhof ausbreiteten.

Julija stieg aus dem Wagen, öffnete das knarrende Gartentor und ging auf dem mit Apfelblüten übersäten Pfad dorthin, von wo das Geräusch von Meißelschlägen zu hören war. Der Schutzengel stand unter einem blühenden Baum, durch dessen Blätterwerk in klaren, beinahe greifbaren Bündeln die Sonnenstrahlen fielen. Er stand über einen Block schneeweißen Marmor gebeugt, neben sich drei Hunde. Als sie Julija sahen, wollten sie schon an ihr hochspringen, doch ihr Herrchen wies sie zurecht, und so hockten sie sich schwanzwedelnd zu seinen Füßen. Von irgendwoher kamen auch noch zwei Katzen. Jetzt fehlten nur noch die Vögel auf Tadas' Schultern, die mit menschlicher Stimme sangen.

Alles roch so nach Idylle, dass Julija sofort vergaß, zu welch ernstem Gespräch sie hergekommen war. Sie war glücklich und hatte das Gefühl, dieses Glück würde ewig dauern, obwohl sie inzwischen hätte wissen können, dass die Glückseligkeit ein Zustand für Sekunden ist und keine Fortsetzung findet.

»Also, lass uns Tee trinken gehen«, sagte der Schutzengel und gab Julija wie üblich einen Kuss auf die Wange, während sie wie immer seine Schulter viel leidenschaftlicher drückte, als es angebracht gewesen wäre.

Als sie den Raum betrat, der zugleich als Küche und als Werkstatt diente, glaubte Julija in das Haus eines Hexers geraten zu sein. An den Wänden hingen Kräuterbüschel, Zeichnungen und eine Unmenge Vogelflügel: von Spatzenflügeln bis zu denen eines Schwans. Manche hatten noch alle Federn, von anderen waren nur noch Knochen und Knorpel übrig, ausgebreitet, zusammengezogen oder gänzlich deformiert – wahrscheinlich geknickt.

»Bitte, nach dir«, sagte Tadas, ergriff Julija bei den Schultern und schob sie durch die hellblau gestrichene Tür.

Sie trat in einen dunklen Korridor und tastete sich langsam vor. Bald spürte sie noch eine Tür, öffnete sie und trat in ein kleines helles Zimmerchen. Hier gab es keine Möbel, der Boden war mit Matten bedeckt, und an der hinteren Wand prangte eine riesige Ikone mit einem mannshohen Engel. Durch das offene Fenster war der blühende Garten zu sehen. Eine Windharfe klimperte melodisch. Die Ordnung war so absolut, als wohnte hier ein asketischer Heiliger oder ein völlig körperloses Wesen.

»Nun, wie gefällt diese Leere der Dame, die sich mit einer Unmenge Dinge umgibt?«, erkundigte sich Tadas und erklärte: »Hier heile und schlafe ich. Ich lege mich direkt auf den Boden, ich brauch kein Bett oder Bettzeug.«

»Wundervoll«, erwiderte Julija nur und beobachtete durch das Fenster, wie sich eine große Krähe auf dem Zweig eines Apfelbaums niederließ und es weiße Blüten regnete.

»Ich möchte Madame noch etwas zeigen, und dann gehen wir Tee trinken. Okay?«

»Ja, natürlich.«

Tadas trat zur Ikone, hinter der sich noch eine Tür verbarg. Er ging als Erster hinein, Julija folgte ihm. Der Raum war absolut dunkel und sehr eng.

»Wo sind wir?«, fragte Julija und fühlte auf ihrer Wange den Atem des Schutzengels.

»Im himmlischen Kamin. Durch ihn strömt die kosmische Energie herein. Hier drin ist noch nicht einmal mein Brüderchen gewesen. Bleib ein wenig hier stehen, dann spürst du es schon.«

Damit ging Tadas wieder und ließ Julija allein zurück. Sie fühlte sich, als ob sie in einen Brunnen geworfen worden wäre, von dessen Grund nicht das kleinste Fleckchen Himmel zu sehen war. Alle vier Wände des Raums waren mit halb ausgestrecktem Arm zu erreichen, dafür schien sich die Decke irgendwo in der Unendlichkeit des Weltalls zu befinden.

Plötzlich vernahm sie ein seltsames Rauschen wie von fließendem Wasser oder einer tosenden großen Flamme. Diesem von wer weiß welcher Naturkraft verbreiteten Rauschen war auch eine menschliche Stimme beigemischt, als ob irgendwo in der Ferne ein Muezzin von einem Minarett riefe. Die Geräusche kamen von oben immer näher und wurden immer lauter. Von unerklärlicher Angst getrieben bedeckte sie ihren Kopf mit den Armen, kauerte sich nieder, rollte sich wie ein Fötus zusammen und verlor wahrscheinlich für ein paar Sekunden das Bewusstsein.

Als sie wieder zu sich kam, war es still. Sie lag zusammengerollt auf dem kalten Steinboden. Sie stand taumelnd auf. Ihr Herz hämmerte. Ihre Beine zitterten. Einige Sekunden später erschien Tadas wieder und erkundigte sich: »Na, wie war's?«

Julija gab keine Antwort und kehrte in das helle Zimmerchen zurück. Sie warf einen Blick durchs Fenster. Auf dem Ast des Apfelbaums schaukelte immer noch die Krähe, es regnete Apfelblüten, die Windharfe klingelte, der Tee dampfte und aus dem Weihrauchgefäß stieg ein verschnörkelter Duft auf. Das Gespräch kam nicht in Gang.

Julija kehrte nach Hause zurück und versuchte nicht an das zu denken, was sie da erlebt hatte. Hätte sie begonnen, das Ereignis zu analysieren, dann hätte sie sich sehr wahrscheinlich selbst beweisen können, dass es gar nicht stattgefunden hatte. Dass sie nur der Überzeugungskraft des Schutzengels erlegen war, sich hatte hypnotisieren und von billiger Metaphysik einhüllen lassen. Dass sie sich um jeden Preis ihre späte und nicht sehr gelungene Liebe rechtfertigen wollte und deshalb das Objekt derselben mit märchenhaften Eigenschaften versah.

Und überhaupt war die Selbsttäuschung doch viel angenehmer, als endlich die Wahrheit zur Kenntnis zu nehmen. Das in der Kindheit erfundene Szenario vom über wundersame Kräfte verfügenden Prinzen wollte zumindest gegen Ende des Lebens Wirklichkeit werden. Julija war überzeugt, dass sich nach jenem seltsamen, unverständlichen Ereignis in dem dunklen Raum des Schutzengels etwas in ihr von Grund auf verändert hatte. Die Beziehung mit Tadas wurde heiter, erhaben und feierlich. Sie stellte sich vor (oder war dem vielleicht tatsächlich so?), dass er mehr sah, hörte, fühlte als die Normalsterblichen. Wenn sie an ihr Buch dachte, dann zweifelte Julija nicht daran, dass der Schutzengel zum wichtigsten Leiter, Medium, Kraftspender ihres Schaffens und zum Befruchter der Goldenen Seele würde, von der die Dao-Alchemisten sprechen.

Von der ganzen Umgebung hatte der trunken machende Frühling Besitz ergriffen, von Julija, wie immer in Phasen des freudigen Aufbruchs, die Todesahnung. Sie erduldete sie wie einen stechenden kurzen Schmerz und genoss weiter die duftende Fülle des Lebens.

Es GIBT nichts Schlimmeres als Vilnius im Winter, besonders bei Tauwetter, wenn absolut alles – die Erde, die Luft, der Himmel – dasselbe bedrückende Grau der Langeweile und des unentrinnbaren Drecks annimmt. In dieser Tristesse bleibt kein Hauch von Hoffnung übrig. Ebenso wenig von Liebe. Geschweige denn von Glauben ... Die Feuchtigkeit durchdringt alles. Rita fühlte sich wie ein Spielzeug aus Pappmaché, das in eine Pfütze gefallen war, im Begriff, sich in Brei aufzulösen, seine lackierte Hülle zu verlieren, in vom Leim nicht mehr zusammengehaltene Papier- und Zeitungsfetzen auseinander zu fallen.

Der Freitag schien sich bis in alle Ewigkeit hinziehen zu wollen. Zuerst das symbolische Begräbnis und jetzt das Leichenmahl. Beim Gedanken an das Date mit Leo stellte Rita mit Entsetzen fest, dass sie nichts anzuziehen hatte. Ihr kam die rettende Idee, sich etwas von Dana zu borgen. Auch wenn ihr fünftes Jahrzehnt schon angebrochen war, verfügte Rita noch immer über den Oberkörper eines Teenagers, nur Bauch und Hüften waren leider wie bei einem alten Weib in die Breite gegangen. Die Bitte ihrer Mutter rief bei Dana größte Verwunderung hervor:

»Aaah, Mum, feeettt! Wahnsinn! Wenn du das ernst meinst, dann wette ich, dass du mit diesem Teil total geil aussehen wirst!« Dana nahm ein rotes, durchsichtiges Kleidchen aus dem Schrank. Zum Shopping zog sie meist mit der fünfzehnjährigen Tochter von Rimas' Schwester durch die Läden. Rita hatte dazu weder Lust noch Kraft noch Zeit. Es reichte auch völlig, dass sie widerspruchslos Geld für die Einkäufe rausrückte.

»Kindchen, ich gehe auf eine Beerdigung, rot passt da nicht«, murmelte Rita und warf einen scheuen Blick in Danas Schrank.

Aus der Unmenge ephemerer Kleidungsstücke ihres Nymphchens wählte sie einen schwarz-weißen Strickpullover mit tiefem Ausschnitt und Samtbändern in den Ärmeln. Das würde vielleicht zu ihrem schwarzen Trauerrock passen. Das Oberteil, das nach dem Willen seines Designers wahrscheinlich wie ein Sack am Körper hängen sollte, umspannte Ritas Figur wie ein Korsett, sah jedoch pikant aus.

»Super! Mega!«, beurteilte Dana das Endresultat. »Du könntest noch die Brille abnehmen und dich mehr schminken. Und dann bräuchten wir noch ein paar Ohrclips. Dann würdest du wirklich galaktisch aussehen. Die Typen würden den Mund nicht mehr zukriegen.«

Glücklicherweise erkundigte sich Dana nicht danach, weshalb sie wegen einer Wahrsagerin, die Selbstmord begangen hatte, so einen Aufwand trieb. Blieb noch der Anruf bei Leonardas. Rita spürte zu ihrem größten Erstaunen, dass sie nicht den Mut dazu hatte. Sie, die furchtlos Minister, Staatsanwälte, Untersuchungsrichter und hartgesottene Verbrecher mit Fragen traktierte, hatte jetzt Angst vor einem honigsüßen Typen? Doch alle Autosuggestion half nichts, und so schlich sie sich auf Zehenspitzen ins ehemalige Wohnzimmer und sah nach, ob nicht noch ein Rest irgendeines alkoholischen Getränks in der Bar der Schrankwand zu finden war.

Wirklich stand dort noch eine ungeöffnete Flasche Sekt aus dem Jahr 2000. Und auch eine kaum angebrochene Halbliterflasche Brandy zu Rimas' Vierzigstem döste friedlich vor sich hin. Rita nahm einen Schluck direkt aus der Flasche und spürte die wärmende Flüssigkeit in Richtung Magen rinnen. Sie streckte sich und überprüfte, ob die Angst schon verflogen war. Nein, es brauchte noch einen Schluck. Auch das reichte noch nicht. Der dritte Schluck war entscheidend. Sie stellte die fast leer getrunkene Flasche an ihren Platz zurück und griff nach ihrem Handy wie nach einer Granate, aus der sie gleich den Stift ziehen musste. Sie atmete tief durch und wählte. Leo nahm lange nicht ab. Endlich sagte ein kraftvoller Bariton ein kurzes »Ich höre«.

In dieser Stimme war, als sie ihren Namen nannte, keine Spur der Freude auszumachen, die sie erwartet hatte. Leonardas teilte lakonisch mit, er werde um Viertel vor sieben draußen warten, und legte dann auf. Zur vereinbarten Zeit erschien eine Kurzmitteilung auf ihrem Display: *Die Kutsche steht bereit*. Rita rannte eilig hinaus, viel schneller, als es sich für eine Dame gehörte. Leo wartete rauchend beim Wagen und öffnete wie ein Gentleman die Vordertür. Die Mutter ahnte nicht, dass ihre Tochter auf dem Fensterbrett kniete und alles ganz genau beobachtete. Und ihre Schlüsse zog.

Als der Wagen aus dem Hof gefahren war, erkundigte sich Leonardas plötzlich nach Ritas Alter. Die Frage passte ihr gar nicht, und sie gab nur sehr unwillig die grauenvollen Vierzig preis. Es stellte sich heraus, dass er ein Jahr jünger war, doch das teilte er ihr in einem Ton mit, als wäre er ein von einer alten Matrone verführter Fünfzehnjähriger. Interessant war, dass ihre Geburtstage, der 5. und der 7. November, nur zwei Tage auseinander lagen. Beide waren Skorpione, stich deinen Nächsten und werde gestochen!

»Ich glaube nicht an Horoskope«, meinte Leo, »doch aus den Karten hat mir Jultschik die Zukunft vorausgesagt wie eine echte Hellseherin. So haben wir uns kennen gelernt. Ich war in einer kritischen Situation, irgendwann erzähl ich dir das mal. Ich wusste weder ein noch aus. Ein Freund riet mir, zu einer

Wahrsagerin zu gehen. Ich sah diese Dinge sehr skeptisch, aber Jultschik hat mir tatsächlich geholfen. War eine tolle Frau. Außerdem fickte sie ganz lecker.«

Das Wort »fickte« klang in Ritas Ohren wie ein Peitschenknall. Kaum freute sie sich über Leonardas' Vertrauen zu ihr – er wollte ihr ja irgendwann einmal von den kritischen Situationen in seinem Leben erzählen –, und da hast du die Bescherung, Weibsstück! Sich Geschichten über seine Sexabenteuer anzuhören, darauf hatte Rita nun wirklich keine Lust. Schon zum zweiten Mal im Verlauf einer Woche zwangen sie die intimsten Details aus Julijas Leben, sich wie eine Voyeurin, Nekrophile, abgeschmackte Leichenmahl-Gafferin zu fühlen. Doch das Gespräch musste fortgeführt werden.

»Mir hat Julija nie die Karten gelegt. Wahrscheinlich waren wir zu gute Bekannte und ich hätte auch kaum an ihre Voraussagen geglaubt.«

»Du hast doch geschrieben, dass Jultschik dich eine Woche vor ihrem Tod angerufen und gesagt hat, sie werde bedroht und verfolgt?«

»Ja, aber dann ist sie verschwunden. Ich dachte, das wären nur die üblichen Zicken – sich rar machen, Verabredungen nicht einhalten. Aber jetzt bekomme ich langsam den Verdacht, dass sie wirklich in ernsten Schwierigkeiten steckte. Vielleicht hatte ihr ja jemand verboten, sich mit mir zu unterhalten, und sie dann umgebracht?«

»Umgebracht? Woher hast du denn das wieder? Nach der offiziellen Version hat sie sich doch selbst erschossen?«

»Die offizielle Version scheint sich zu ändern.«

»Wirklich?«

»Ja. Jemand von einem Privatdetektivbüro hat mich angerufen.«

»Von welchem, falls das nicht geheim ist?«

»Von ›Agatha Christie‹.«

»Ist das ein Name! Und du selbst, hast du jemanden in Verdacht?«

»Es gibt einen Verdächtigen. Aber Julija hat mir gegenüber

eine Verschwörung erwähnt. Eine Bedrohung für Staat und Volk. Erst hielt ich das für eine Wahnvorstellung, doch jetzt habe ich angefangen zu zweifeln.«

»Woran zu zweifeln? In letzter Zeit hat Jultschik öfter mal Blech geredet. Die Verschwörungstheorie ist doch ein typisches Beispiel für Paranoia! Weißt du, von den vielen Karten und Sternen kann man wirklich einen Vogel bekommen. Menschen mit gesundem Verstand setzen ihrem Leben kein Ende. Ich hoffe, du hast nicht die Absicht, darüber zu schreiben, du würdest dich nur lächerlich machen.«

»Und warum nicht? Ich bin neugierig geworden. Außerdem bin ich an die Gesprächslisten von Julijas beiden Telefonen gekommen. Wird interessant sein, die zu vergleichen. Und dann will ich auch noch herausfinden, warum sich mehrere von Julijas Kunden das Leben genommen haben.«

»Ohooo – Gesprächslisten! Und dann auch noch selbstmörderische Kunden. Du scheinst mir einen Sturm im Wasserglas zu entfesseln. Aber so ist das nun einmal in deinem Beruf. Da wären wir. Vielleicht erkennen wir ja unter den Gästen den geheimnisvollen Mörder«, sagte Leo und zupfte Rita zärtlich am Ohr, als wäre sie ein folgsames Tierchen.

In Julijas geräumigem Wohnzimmer war schon eine größere Menschenmenge versammelt. Eine Wand des Zimmers war aus Glas, deshalb eröffnete sich einem von hier an hellen Frühlings- und Sommerabenden das wunderbare Panorama von Vilnius. Jetzt war es schon dunkel, deshalb drängten sich alle am Kamin. Auf einer weiß Gott woher stammenden Staffelei stand ein großes Farbfoto von Julija. Aus der Zeit, als sie noch nicht platinblond, sondern ein Rotschopf mit flatternden weißen Kleidern gewesen war. Um eine Ecke des Porträts war ein schwarzes Band gebunden. Sonst verriet nichts, weder die Gäste noch die Dinge noch das Essen oder die Getränke, dass das hier ein Totenmahl war.

Die Rolle der Hausherrin spielte Violeta. Sie trug ein schwarzes Strickkleid, war blass wie ein Gespenst und schien seit der Trauerfeier im Beerdigungspalast noch mehr graue Haare be-

kommen zu haben. Als Violeta das x-te Tablett mit Lachsbröt-
chen auf das niedrige Tischchen stellte, bemerkte Rita, dass ihre
Hände zitterten. Wahrscheinlich war Violeta die Einzige, die
hier wirklich trauerte. Obwohl, vielleicht auch nicht. Vielleicht
versteckte sie Schuldgefühle. Eine gut getarnte Mörderin.

Rita begann, wie es sich für eine Journalistin gehörte, die
Stimmung der Versammelten zu sondieren. Sie ging bald zum
einen, bald zum anderen Grüppchen und lenkte das Gespräch
auf die Verstorbene. Entgegen ihren Erwartungen vernahm sie
keine ironischen, gehässigen oder negativen Äußerungen. Alle
Anwesenden schienen die Wahrsagerin wirklich geliebt und geachtet und für die Dauer des Totenmahls die hervorstechendsten
Eigenschaften der Litauer abgelegt zu haben, nämlich Neid,
Hohn und die Leidenschaft für Klatsch. Vielleicht spielte hier ja
das ebenfalls typisch litauische Mitgefühl für die Leidenden eine
Rolle? Julija war doch ein Opfer, auch wenn sie sich selbst umgebracht hatte. Unter den Gästen befanden sich nicht nur Leute im
Alter der Wahrsagerin, sondern auch Jugendliche, so alt wie Tomas oder Dana. Wie Julija die wohl angelockt hatte? All diese
Eindrücke fielen Rita auf die Nerven, und so ging sie in die Küche, eine rauchen.

Hier duftete es nach Violetas Hähnchen mit Curry, und auf
dem Tisch wartete ein Apfelkuchen auf sein letztes Stündchen.
Auf dem Fenstersims hockte zwischen einer Fülle von grünen
Topfpflanzen die Katze und sah wie ein kleiner, sehr trauriger
Tiger in einem Dschungelmodell aus. Julijas Spuren waren hier
noch viel deutlicher zu spüren als im mit Menschen gefüllten
Wohnzimmer. Alles war wie mit einer Staubschicht aus Gram
bedeckt.

Während sie rauchte, dachte Rita über die zerbrechliche Welt
nach, die jeder sich schuf und die früher oder später zu existieren aufhörte, wenn der dazugehörige Mensch nicht mehr da
war. Die Löffel, Tassen, Teller, die rot gepunkteten Blechdosen
mit den Aufschriften »Zucker«, »Salz«, »Graupen«, »Mehl«, die
Gewürzgläschen, Servietten, Putzlappen flohen wie von einer
zentrifugalen Kraft erfasst schon nach allen Seiten auseinander,

wie die Planeten nach der Explosion des Gravitationszentrums Sonne. Niemand konnte diesen unerbittlichen Prozess aufhalten. Die von Julija eingeführte Ordnung war für alle Zeiten zerstört.

Schon bald würde auch Julija sich entfernen, wie Nebel aus dem Bewusstsein aller hier Anwesenden verdampfen. Nach einer gewissen Zeit würde sich niemand mehr an sie erinnern. Wie viele Milliarden Menschen hatten überhaupt keine Ahnung von ihrer Existenz? Und auch die, die sich als ihre Freunde bezeichneten, hatten nicht die geringste Möglichkeit gehabt, hinter die Kulissen des Theaters namens Julija vorzudringen. Jetzt hatten sich das Theater wie auch die Kulissen zu Asche verwandelt. Rita glaubte nicht an die abergläubische Idee der Seele.

Der Lärm im Wohnzimmer schwoll an. Die Gäste verhielten sich, als ob nichts geschehen wäre. Doch was müssten sie tun, wenn sie ihre ganze Aufmerksamkeit der Verstorbenen schenken wollten? Wehklagen? Sich Asche aufs Haupt streuen? Über die Ewigkeit sprechen?

Auf jeder Beerdigung und besonders beim Leichenmahl erstaunte, ja entzückte Rita die über lange Jahrhunderte entstandene Fähigkeit der Menschen, im Angesicht des Todes den gesunden Menschenverstand zu behalten, weder die Hoffnung noch die Entschlusskraft noch den Willen zum Weiterleben zu verlieren. In solchen Momenten wurden die Gedanken über die Sinnlosigkeit energisch verscheucht, und falls man allein nicht die Kraft hatte, gegen das immer wieder von einem Besitz ergreifende Gefühl der Absurdität des Daseins anzukämpfen, dann fand man Unterstützung und Stärkung in den Augen der lebenden Leidensgenossen.

Gegenstände jedoch verfügen nicht über diesen wundervollen, nur den Menschen eigenen Charakterzug. Nach dem Verlust ihres Eigentümers werden sie leer und verbreiten diese Leere wie eine Seuche. Allein zurückgeblieben werden sie im Anblick des Verlustes unbarmherzig, zeugen vom Ende aller Dinge, bedrücken und ärgern einen. Deshalb drückte Rita die Zigarette aus und verließ eiligst die Küche.

In der Hoffnung, so diese überflüssigen Gedanken zu vertreiben, ergriff sie ein Glas Rotwein und trank es aus wie Wasser. Dann blickte sie sich nach ihrem Gefährten um. Er war nicht zu übersehen. Nachdem er Rita ihrem Schicksal überlassen hatte, bewegte sich Leonardas wie ein Fisch im Wasser zwischen den Gästen. Er drückte den Männern kräftig die Hand und wechselte ein paar verschwörerische Worte mit ihnen. Jede der anwesenden Frauen begrüßte er einzeln, manche umarmte er um die Hüfte, anderen gab er einen Kuss auf die Wange, wieder andere tätschelte er auf die Schulter oder packte sie am Nacken wie eine Katze.

Rita versuchte seinem niederträchtigen Verhalten keine Beachtung zu schenken und mit der journalistischen Recherche fortzufahren. Maksas Vakaris war beim Leichenmahl, wie auch vorher bei der Versammlung vor der Urne, nicht zu sehen. Rita setzte eine Unschuldsmiene auf, trat zu Violeta und fragte: »Wo ist mein Kollege Maksas?«

»Er ist weg. Er ist bei Aufnahmen für irgendeinen Werbespot. Aber auch wenn er in Vilnius wäre, würde er sich wahrscheinlich vor dem Leichenmahl drücken. Von einigen Dingen hat er seine eigene, sehr kategorische Meinung. Entschuldigen Sie bitte, ich muss in die Küche, nach dem Hähnchen sehen.«

Rita zuckte mit den Achseln und nahm noch ein Glas Wein. Schon das vierte heute Abend. Trauer ist Trauer, auch wenn alle anderen es lustig haben. Oder hatte ein Totenmahl vielleicht so zu sein? Als ob er ihren unverfrorenen Gedanken bestätigen wollte, kam Leo zu ihr und flüsterte ihr ins Ohr: »Jultschik hat sich Mühe gegeben. Wir haben doch Spaß hier, nicht wahr?«

10:0 für Jultschik. Sie war schon immer die Erste und blieb es auch nach ihrem Tod. Früher konnte sich Rita nicht genug über Julijas Fähigkeit wundern, wie ein Vögelchen zu leben, das weder säte noch erntete und trotzdem mit allem versorgt war. Sie dachte nicht im Traum daran, sich vor irgendeinen Karren spannen zu lassen und von acht bis fünf auf dem Bürostuhl hin und her zu rutschen. Und auch sonst überarbeitete sie sich nicht. In gewissen Lebensabschnitten wurde sie von einem ihrer drei Ehemänner ausgehalten, doch auch ohne sie litt Julytė nie Not. Und in den letzten fünf Jahren war sie richtig reich geworden: eine Wohnung, in der allein die Aussicht mehr kostete als das ganze Appartement von Rita, ein Luxuswagen, eine Haushälterin, antike Möbel, Pelze, elegante Kleider, mit Edelsteinen besetzter Schmuck ... Konnte man sich das alles nur mit Kartenlegen leisten? Hatte Julija etwa einen Aitvaras, einen guten Drachen? Wer war er?

Ja, Julija glänzte und leuchtete. Sie war so hell. Kein Wunder, dass es welche gab, die sie auslöschen wollten. Einem war es gelungen. Und auch wenn es kein Mord war, dann musste sie trotzdem jemand zum entscheidenden Schuss in die Schläfe getrieben haben. Wer? Rita blickte misstrauisch zu Leonardas. Als ob er ihren Blick gespürt hätte, kam er wieder zu ihr und gab ihr mit trockenen Lippen einen Kuss auf die Wange. Rita schaute forschend in seine stählernen Augen und sprach laut aus, was sie schon wiederholt lautlos gesagt hatte: »Die Statistik bezeugt, dass siebzig Prozent der Selbstmörderinnen sich wegen eines Mannes das Leben nehmen. Ob wohl unter den hier Anwesenden ein indirekter Mörder Julijas ist?«

»Hast du vielleicht einen Verdacht?«, fragte er und lächelte mit seinen Porzellanzähnen.

Rita überlegte, dass sie sich beim Gespräch mit Leo besser die Hand vor den Mund hielt. Zu spät: Der Telepath mit dem Aston Martin fing ihre Befürchtungen sofort auf und meinte: »Du siehst toll aus. Dieser jugendliche Pullover steht dir gut. Aber du könntest vielleicht einmal nicht aufs Geld schauen und zum Zahnarzt gehen.«

Rita kam einfach nichts in den Sinn, was sie darauf erwidern könnte. Und Leonardas wechselte ganz plötzlich das Register und deklamierte mit bedeutungsvollen Pausen: »*Sein Blick ist vom Vorübergehn der Stäbe / so müd geworden, dass er nichts mehr hält. / Ihm ist, als ob es tausend Stäbe gäbe / und hinter tausend Stäben keine Welt.*«

»Was ist das?«

»Rilkes ›Panther‹, erkennst du ihn etwa nicht? Du siehst genauso enttäuscht und ermattet aus.« Er nahm ihr mit einer sanften Bewegung die Brille ab und fuhr fort:

»*Der weiche Gang geschmeidig starker Schritte, / der sich im allerkleinsten Kreise dreht, / ist wie ein Tanz von Kraft um eine Mitte, / in der betäubt ein großer Wille steht.*«

»Einst war das mein Lieblingsdichter. Und eines meiner liebsten Gedichte«, flüsterte Rita und meinte, ihr müssten gleich die Tränen kommen.

»Warum einst? Und was ist mit jetzt?«

»Jetzt habe ich für die Poesie weder Lust noch Kraft noch Zeit.«

»Warum? Enstpann dich. Brich aus dem Käfig aus, sei nicht so abgespannt.« Leo lächelte und warf einen Blick in das tiefste Innere ihres Herzens: »*Nur manchmal schiebt der Vorhang der Pupille / sich lautlos auf –. Dann geht ein Bild hinein, / geht durch der Glieder angespannte Stille – / und hört im Herzen auf zu sein.*«

Als er mit dem Deklamieren zu Ende war, reichte er ihr noch ein Glas Wein.

»Es reicht, sonst betrink ich mich noch ganz.«

»Du betrinkst dich schon nicht. Du musst dich entspannen. Ich will nur das Beste für dich. Du gefällst mir wirklich sehr. Nimm's nicht tragisch, wenn ich hin und wieder ein offenes Wort fallen lasse. Den Menschen, die mir wichtig sind, sage ich die Wahrheit, auch wenn ich dann Probleme bekomme.«

Rita fühlte sich so richtig beduselt. Aber nicht nur vom Wein. Auch vom ›Panther‹, von Leos Aufmerksamkeit. So etwas hatte sie schon seit vielen Jahren nicht mehr erlebt, weder mit Rimas noch mit irgendeinem anderen Mann. Obwohl ihr ein dünnes inneres Stimmchen zuflüsterte, hier sei etwas faul, verscheuchte sie die Bedenken und sagte zu sich selbst, dass sie wenigstens einmal im Leben aus dem Käfig ausbrechen müsse, aus dem Teufelskreis der nicht enden wollenden Arbeit, sich entspannen, sich nicht mehr so aufgezehrt, abgehetzt, unendlich müde fühlen. Julija hatte sich alles erlaubt. Und wenn sie jetzt, nach ihrem

Tod, ihr verflossenes Leben überdachte, dann bedauerte sie wahrscheinlich nichts, aber auch rein gar nichts.

»Lass uns von hier abhauen«, flüsterte ihr Leo verschwörerisch zu. »Bei diesen Bajazzos haben wir nichts verloren.«

Rita war sofort einverstanden, schlüpfte ungelenk in ihren Mantel, den ihr Leo hinhielt, ließ sich umarmen und torkelte mit sich in die Quere kommenden Beinen nach draußen. Es war kalt und feucht und schneite leicht. Im Wagen greinte gefühlvoll Sting. Rita bekam einen Sprechanfall. Ein Strom von Worten entquoll ihr, der sich über lange Zeit in ihrem Herzen angestaut hatte. Ihr ganzes Leben lang hatte sie nie die Person, den Ort, die Gelegenheit gefunden, sich auszuweinen. Leo hingegen hörte ihr zu.

Rita stellte laut Überlegungen darüber an, dass der Tod selbst ja gar nicht so schrecklich sei, das Alter dagegen umso schlimmer. Litauen alterte. Von zehn Uhr morgens bis fünf Uhr nachmittags war die Zeit der Alten. Sie bahnten sich mit Ellbogen, Stöcken, Krücken den Weg, drängelten mit einer schaurigen Energie, um die sie ein Diskuswerfer hätte beneiden können, im Omnibus durch und verlangten gallig von jedem auch nur eine Spur jüngeren Unglücksraben, dass er ihnen seinen Platz überließ, wetterten gegen alle, die nicht zu ihrer Kaste gehörten, fluchten über die Behörden, empfanden einen so abgrundtiefen Hass auf die Welt, dass man sich fragen musste, wie sie mit so einer Verbitterung hundert Jahre alt werden konnten. Sie pilgerten zum Markt wie zur täglichen Messe und feilschten bis zum Umfallen um den Preis jeder einzelnen Kartoffel, jedes Kohlkopfs, jeder sauren Gurke, sie überschwemmten die Einkaufszentren, stürzten sich wie Hyänenrudel auf die verbilligten Produkte von gestern, drängten sich mit ihren jämmerlichen Einkäufen an den Kassen vor, machten einen Höllenlärm um nichts, stürmten die Secondhandshops und wühlten sich durch die Lumpenberge, bis sie sich für fünf Litas zehn Kilo verschlissene Kleider herausgesucht hatten, die sie nie anziehen würden. Sie warteten in Reih und Glied, wie bei einer Parade strammstehende Infanteristen, vor den Sprechzimmern in den Polikliniken und ließen sich kurieren kurieren kurieren, als ob sie nie sterben wollten. Die Poststellen und die Banken waren verstopft von ihnen: Dort fand ein weiterer erbitterter Kampf statt, der um die Rente.

Was auch immer sie taten, jede Handlung der Alten strotzte vor verzweifelter Habsucht, Aggression und Marasmus, als ob sie durch Fassen, Raffen und Geifern noch ein wenig Leben an sich reißen könnten, das schon nicht mehr für sie bestimmt war. Und außerdem verströmten sie einen spezifischen, unangenehmen Geruch, bestehend aus Naphtalin, faulenden Zähnen und dem Gestank von ein halbes Jahrhundert lang getragenen Schuhen.

Das Alter ist der geistloseste Lebensabschnitt des Menschen. Der Geist triumphiert in der Jugend, wenn man Gedichte schreibt, liebt, Erwartungen hegt, hofft und glaubt. Im Alter fürchtet man nur. Die Krankheiten, Schmerzen, das aufgeweichte Gehirn – in dieser Substanz fände man auch mit der Taschenlampe keinen Geist. Er nutzt sich ab, genau wie der Körper, doch er ist viel zerbrechlicher als dieser. Deshalb auch funktionieren die in einen runzligen Hautsack gestopften Muskeln, Knochen, Gedärme und all die anderen Organe noch, während der Geist schon längst tot ist. Er geht seiner eigenen Wege, der Körper rotiert ächzend in dieser Realität wie ein von der Trägheit bewegter Mechanismus.

Als sie ihren langen Monolog beendet hatte, biss Rita sich auf die Lippen und dachte, wie idiotisch es war, dem Superman aus dem Aston Martin mit solch absurden Dingen den Kopf vollzuquasseln. Leo jedoch sagte beipflichtend: »Stimmt, obwohl manche Leute behaupten, das Alter sei das Symbol der Weisheit. Ich habe mir immer gewünscht, jung zu sterben. Natürlich ist es lächerlich, das zu sagen, wenn du vierzig bist und die Jugend schon weit hinter dir liegt.«

Rita schaute aus dem Fenster und sah, dass der Wagen durch die Vorstädte von Vilnius raste. Beunruhigt fragte sie: »Wohin fahren wir?«

»Zu mir. Du bist mein Gast. Ich wohne in Jeruzalė.«

»Fahr mich bitte nach Hause.«

»Ich dachte, du möchtest dich noch unterhalten. Ich könnte dir etwas auf der Gitarre vorspielen. Und etwas Romantisches singen.«

»Nein, für mich wird es Zeit. Und dich habe ich auch mit meinem Geschwätz ermüdet. Dein Gitarrenspiel höre ich mir ein andermal an.«

»Ich bin nicht so leicht zu ermüden. Sollen wir wirklich umkehren? Wie du willst.«

Ritas ganzes Wesen schrie geradezu danach, nicht nach Hause zurückzukehren. Sie wollte mit diesem Mann zusammen sein. Jetzt hatte sie überhaupt die größte Lust, sich hinzugeben, die Zügel loszulassen und wie im Film zu flüstern: Nimm mich in die Arme, sei zärtlich, warm und gut zu mir, beschütze mich, tröste mich. Leonardas hielt vor einer kleinen Tankstelle an und demonstrierte erneut seine telepathischen Fähigkeiten: »Na, Panther, steig aus dem Käfig. Ich weiß, wie man chronische Müdigkeit heilt. Außerdem mache ich ein hervorragendes Frühstück. Wie steht's nun also, fahren wir zu mir?«

»Nein, Leo, versteh doch . . .«

»Weib, ich lade dich in mein Bett ein!«, rief Leonardas in einem Ton, als ob sein Bett ein herrschaftliches Gut in der Karibik wäre, mit Musikern, Tänzern, Dienern und gezähmten wilden Tieren.

»Fahr mich bitte nach Hause. Ich besuch dich ein andermal.«

»Und wenn es kein anderes Mal mehr gibt? Stell dir vor, der Truck von so einem besoffenen Idioten prallt mit 180 Sachen gegen uns. Bonds Karre ist flach wie ein Omelett, du fliegst durch die Frontscheibe raus, da nicht angeschnallt, ich werde zu Hackfleisch, das dann mühevoll von einem Rettungstrupp aus dem Wagen gekratzt wird.«

»Wozu diese Alpträume?«

»Damit du die Zerbrechlichkeit des Lebens begreifst. Gut, ich fahre dich nach Hause, unter der Bedingung, dass du mir aufrichtig sagst, weshalb du heute Nacht nicht mit mir schlafen willst.«

»Hab ich schon gesagt, ich bin müde. Der heutige Tag war lang und schwer.«

»Lass mich raten. Erste Variante: Du bist deinem Mann treu. Er befriedigt dich im Bett absolut, deshalb brauchst du keinen anderen Partner. Du musst nichts sagen, diese Version wird gestrichen, denn dir steht die negative Antwort ins Gesicht geschrieben. Die zweite: Du hast schon lange mit niemandem mehr geschlafen, vielleicht nicht einmal mit deinem eigenen Mann, deshalb befürchtest du, aus der Übung zu sein und keine hohe Kunst zeigen zu können. Die dritte Variante: Du bist ganz allein und hast Angst davor, dich an mich zu binden.«

Rita spürte, dass sie gleich anfangen würde zu weinen. Gut, dass es dunkel war. Sie drückte ihr Gesicht ans Fenster, als ob sie sich brennend dafür interessierte, was da um Mitternacht in der Vorstadttankstelle vor sich ging. Leonardas sprach über Dinge, die sie sich selbst nie eingestanden hätte. Sie wollte diese Offenheit nicht. Alles hatte seine Grenzen.

Unter Aufbietung ihres ganzen Zynismus hätte Rita Leonardas den Grund nennen können, auf den er so neugierig war. In ihrem Kopf tönte immer noch der nebenbei gesagte Satz, dass Julija lecker ficke. Rita wollte sich nicht als schlechter erweisen als ihre alte Freundin und wusste ganz sicher, dass sie das würde. Da hast du den Grund, mein Lieber! Leider hatte sie nicht den Mut dazu, solche Dinge offen auszusprechen. Die Variante, die sie aus den drei obengenannten auswählte, war die unpassendste: »Du hast Recht. Ich fühle mich einsam und habe Angst davor, mich an dich zu binden.«

»Ja, das ist ein ernsthafter Grund«, sagte Leo und fuhr Rita schweigend, wie beleidigt, nach Hause. Als sie sich anschickte auszusteigen, sagte er mit heiserer Stimme: »Na, willst du mir keinen Abschiedskuss geben?«

Rita fuhr zusammen, immer noch durcheinander von seiner imposanten Erscheinung, auf der wie auf einer Wandtafel seine unzähligen stürmischen, ausgeflippten, atemberaubenden Liebesgeschichten aufgelistet waren. Doch Leonardas beugte sich plötzlich zu ihr, und Rita blieb nichts anderes übrig, als mit ihren Lippen die seinen zu empfangen.

»Du küsst interessant«, sagte er schließlich.

Womit er wohl meinte: »Stümperhaft.«

»Danke für den Abend. Bis morgen«, flüsterte Rita.

»Danke ebenfalls. Bis zum nächsten Mal.«

»Morgen« sagte er nicht. Rita stieg taumelnd die Treppe hoch, traf mit dem Schlüssel nur mit Mühe das Schlüsselloch, schloss die Tür auf und eilte geradewegs in ihr Zimmer. Dana schlief schon. Wegen dieses verfluchten Mannes hatte Rita weder ihre Eltern noch Tomas angerufen. Sie konnte einfach nicht einschlafen. Sie befahl sich selbst, keine Zeit zu verschwenden und wenigstens in Gedanken den Artikel über Julijas Tod zu verfassen. Doch in den Fluss der analytischen Überlegungen zum Opfer, dem Verbrechen und dem möglichen Täter schalteten sich wie rote Striche auf schwarzer Leinwand immer wieder Gedanken über Leonardas ein.

Sie versuchte sich zu erklären, was an ihm sie so anzog. Sein Körper? Sein Duft? Sein Gesicht? Seine Augen? Sein Lächeln? Seine Stimme? Die Fähigkeit, so zu sprechen, als ob er ihre geheimsten Gedanken durchschaute? Die Beleidigungen? Zuckerbrot und Peitsche? Nein, es war etwas viel Tieferes und Geheimnisvolleres. Rita war schon beinahe bereit, an Julijas Geschwätz von Seelenzwillingen, Karmaverbindungen und vom Schicksal füreinander bestimmten Paare zu glauben, die sich in jeder anderen Inkarnation wieder trafen. Sie durfte jetzt nur nichts verderben!

Mit den Menschen, die ihr wirklich wichtig waren, fühlte sich Rita unweigerlich als kleines Kind. Dieses Kind versteckte sich hinter der Erwachsenen und beobachtete die Welt durch die Augenschlitze in der Maske der reifen Frau. Wenn Rita allein war und kein Fremder es sah, dann trat das kleine Mädchen an die Oberfläche.

Das geschah beim Erdbeerenpflücken oder wenn sie sich heimlich im Herbst Kastanien in die Taschen steckte, beim Betrachten der ersten Schneeflocken oder beim Streicheln der rosa Weidenkätzchen. Manchmal schrumpfte sie vor dem Einschlafen zur Fünfjährigen zusammen, manchmal auch gleich nach dem Erwachen, wenn sie sich streckte für einen neuen Tag. Sie wurde zum Kind, wenn sie sich von Herzen freute. Und sie kehrte zum Kindsein zurück, wenn die Welt ihr wehtat. Auch im größten Schmerz bewahrte sie die kindliche Überzeugung, dass nach dem Regen die Sonne scheint. In diesen Augenblicken spürte sie ganz deutlich, wie das äußere Gesicht mit dem inneren übereinstimmte und sich in das auf den Fotos der Kindheit verwandelte: naiv, leichtgläubig, offenherzig, voller Hoffnung, dass das Leben wunderbar sein und ewig dauern würde.

Unter gewissen, immer wieder eintretenden Umständen ergriff das Kind von Rita Besitz wie ein böser Dämon. Wie sehr sie sich auch bemühte, sich als ernste und intelligente Frau zu fühlen, vor dem Zerberus wurde sie unweigerlich zum Kind. Dasselbe geschah beim Zusammentreffen mit Staatsbeamten in Ministerien oder Behörden. Rita die Erwachsene beobachtete angeekelt, wie Rita das Kind sich bei den in den anderen Personen verschlüsselten Lehrerinnen einzuschmeicheln versuchte, stolz darauf war, dass sie ihre Schüchternheit vor dem totemhaften Schuldirektor überwunden hatte und naiv darauf hoffte, von diesen Götzen gehätschelt, gelobt, besser benotet zu werden.

Durch den Umgang mit ihren Eltern war sie auch nicht erwachsen geworden, sie hatte immer noch Angst davor, bei einem kindlichen Vergehen ertappt, getadelt und in die Ecke gestellt zu werden, deshalb versuchte sie sich wie ein artiges Mädchen zu benehmen, das den anderen als Beispiel vorgehalten wird. Wie sehr sie sich auch bemühte, sie schaffte es einfach nicht, diese Beziehungen auf das Niveau von solchen zwischen gleichwertigen Menschen zu bringen. Sie wurde sogar vor ihrem Sohn und ihrer Tochter zum Kind, besonders dann, wenn sie verstanden, bemitleidet, geliebt werden wollte. Oder wenn sie Verantwortung, klare Entscheidungen vermeiden wollte, wenn sie sich danach sehnte, dass wie einst für die kleine Rita jemand anders für sie entscheide und das Nötige tue.

Bei Leonardas wiederholte sich die Geschichte. Sie verhielt sich nicht wie eine reife Frau, die auf ihre Lebenserfahrung stolz sein, mit Ironie jonglieren, durch Weisheit glänzen konnte, sondern wie ein furchtsamer Teenager, der von einem älteren Typen zum ersten Date eingeladen worden war. Wenn sie mit ihm zusammenblieb, das wusste sie, würde sie für immer ein Kind bleiben, das die Erwachsenen nach Gutdünken auslachen, bestrafen, ihm etwas erlauben oder verbieten konnten. Die kleine Rita vermochte sich weder zu wehren oder nein zu sagen, noch ihre Meinung zum Ausdruck zu bringen oder dem eine Ohrfeige zu verpassen, vor dem sie Angst hatte. Sie konnte sich nur verstecken und ausweinen. Hin und wieder.

Im Laufe der Jahre begann Rita sogar Befürchtungen zu hegen, dass sie altersschwach und krank dahinsiechen würde, während das innere Kind noch um keinen Deut reifer geworden war. Der Gedanke, als Teenager voller Hoffnungen sterben zu müssen, verfolgte sie immer hartnäckiger. Wie sich wohl Julija fühlte? Warum hatten sie nie auch nur den Versuch unternommen, über solche Dinge zu sprechen?

Immer öfter schien es ihr, dass ihr wirkliches Leben noch gar nicht begonnen hatte, immer wieder auf später verschoben wurde, dass es einfach keinen Platz fand zwischen all den Arbeiten, Sorgen, Pflichten. Wie konnte sie dem von Pflichten überquellenden Raum und der mit Menschen vollgestopften Zeit auch nur ein winziges Körnchen ihres Ichs entreißen?

Schon seit einigen Jahren schwor sich Rita, vielleicht von Julija dazu angespornt, jeden Abend, dass sie anderntags wirklich anfangen würde zu leben. Doch kaum war ein neuer Morgen voller dringender Aufgaben angebrochen, reichte die Kraft für entschiedene Veränderungen wieder nicht aus. Auch jetzt war nicht die richtige Zeit dafür. Nach dem Tod ihrer Freundin trat eine Zeit der zerrüttenden Trauer und des Schmerzes ein. Da durfte man nichts Neues beginnen. Rita strengte ihre Hirnzellen an und versuchte sich zu erinnern, ob sie sich jemals anders gefühlt hatte. Im monotonen Lauf ihrer Tage und Nächte hatte es nie auch nur einen Augenblick für einen erfolgreichen Neustart gegeben.

Schlaflos wälzte sie sich die ganze Nacht von einer Seite auf die andere, bis die ersten Samstags-Omnibusse hupten. Erst da schlief sie für kurze Zeit ein. Sie erwachte von Danas Aufschrei: »Mum, Mum, kannst du dir vorstellen, was passiert ist?!!! Maksas Vakaris wird verdächtigt, deine Freundin umgebracht zu haben!!! *Shit*, wer soll denn dann heute die ›Valio‹-Preisverleihung moderieren?!«

Rita setzte sich im Bett auf und fuhr sich mit der einen Hand durch die Haare, mit der anderen rieb sie sich die verschlafenen Augen. Der verkaterte Kopf hämmerte erbarmungslos. Es war schon neun, für die Journalistin eine fürchterlich späte Zeit. Dana hatte die Samstagsausgabe der Zeitung abonniert, die ihre Mutter ihr am Montag mühelos hätte von der Arbeit mitbringen können. Doch die Tochter wollte keinesfalls die neuesten Nachrichten über die Berühmtheiten Litauens und der Welt in der Wochenendbeilage »Der Geschmack des Lebens« verpassen. Am frühen Samstagmorgen sprang Dana jeweils wie eine Feder aus dem Bett, warf sich einen Mantel über den Pyjama und galoppierte die Treppe hinunter zum Briefkasten. Jetzt stand die Tochter mit rotem Kopf vor der Mutter und zeigte auf die Titelseite mit dem Bild eines finster dreinblickenden Maksas und der provozierenden Überschrift: PUBLIKUMSLIEBLING WIRD DES MORDES VERDÄCHTIGT.

Rita bekam Magenkrämpfe. Vor allem deshalb, weil ein Greenhorn von einem Kollegen ihr Thema geklaut hatte. Sie war sich sicher, dass das nicht ohne Mitwissen des Zerberus geschehen war. Rita wurde von der Angelegenheit Julija abgezogen. Zweitens erschütterte sie die Tatsache, dass Maksas wirklich des Mordes verdächtigt wurde. Sie war doch selbst auf diese Idee gekommen. Und statt sich auf ihre Intuition zu verlassen, wartete sie dummes Huhn auf begründete Fakten, die der Verräter von »Agatha Christie« einem schlaueren Kollegen verkauft hatte.

Sie ballte die Fäuste. Dann kam auch noch ihr Gatte aus seinem Schlaf-Schützengraben hervorgekrochen und begann aufdringliche Fragen über Julijas Begräbnis und das Leichenmahl zu stellen! Rita dachte bei sich, wenn sie jetzt ein Sturmgewehr hätte, würde sie alle Umstehenden erschießen.

AUF DEM WEG zur Arbeit machte er, wenn er Zeit hatte, gern auf dem Erlöser-Hügel, ganz am Rande des Steilhangs, Halt und betrachtete das sich ihm darbietende Panorama von Vilnius. Diese Aussicht erinnerte ihn an ein Gemälde von Breughel, auf dem die übliche Winterlandschaft aus der Vogelperspektive, vielleicht auch aus der eines Engels, zu sehen war, weshalb das Alltägliche in dieser Landschaft etwas Metaphysisches von unerklärlicher Spannung ausstrahlte.

Beim Betrachten des zu seinen Füßen sich ausbreitenden Užupis, der Kirche des heiligen Bartholomäus, der Windungen der Vilnia und der in der Ferne einsam auf dem Hügel ruhenden Gediminas-Burg gab er sich ganz der Sentimentalität hin. Er hörte Musik, Vivaldi oder ein Präludium von Bach vielleicht, und erinnerte sich an Tarkowskis ›Solaris‹, das Lackmus, den Kammerton, den geheimen Motor seiner Jugenderfahrungen. Wann und warum nur hatten sich die Kraftquellen, Impulse, Skalen und inneren Wertvorstellungen seines Lebens so geändert?

Der Erlöser-Hügel war der einzige Ort, wo er sich auf solche Überlegungen einlassen konnte, denn an allen anderen Orten fühlte er sich vom Placebo beobachtet; er war fest davon überzeugt, dass im Bureau, zu Hause, im Auto irgendein schlauer Apparat seine Gedanken auffing. Wenn dieses Ding natürlich in sein Gehirn implantiert war, dann verfügte die Zentrale schon über einen lückenlosen Bericht über seine geheimsten, beinahe unverbalen Anwandlungen von Bedauern.

Sein anderer Lieblingsplatz, der übrigens auch an seinem Arbeitsweg lag, war die Bastėja. Ihn faszinierte nicht so sehr die Aussicht von dort oben, sondern eher die Legende vom Vilniusser Basilisken, der in den unterirdischen Gängen der Burg gelebt und die Menschen mit seinem Blick versteinert haben sollte.

Einmal hatte er der Pythia gesagt (denn nur mit ihr konnte man sich über Vilnius wie über eine geliebte Person unterhalten), dass er sich als Inkarnation jenes mythischen Lindwurms fühlte. »Sieh nur zu, dass dir niemand einen Spiegel vorhält, sonst wirst du selbst zu Stein«, hatte die Wahrsagerin erwidert. Sie traf immer ins Schwarze.

Diesmal hatte er keine Zeit für die Bastėja, denn es war Samstag, und alle normalen Menschen erholten sich. Er stieg in den Wagen und fuhr langsam an der Herz-Jesu-Kirche vorbei, in der sich noch immer ein Gefängnis befand, und bog dann in Richtung Bureau ab.

Als Erstes wandte er sich der Frage der Lotterien zu. All die »Millionenspiele«, »Goldtöpfe«, »Glücksdrachen« feierten im Lande Mariens wahre Triumphe. Da war es zu vernachlässigen, dass die Gewinner von sechsstelligen Geldsummen nicht mit ihnen umgehen konnten und sich unverzüglich wieder vor einem finanziellen Scherbenhaufen befanden. Die Mehrheit der Verbraucher lebte wie ein Braten auf kleinem Feuer im heißen Verlangen auf einen Gewinn, während die anderen, die keine heilbringenden Lose kauften, geradezu jämmerlich aussahen, denn wer nichts riskiert, der trinkt keinen Schampus. Nach den Daten, über die er verfügte, spielten 25 Prozent der Einwohner seines Landes regelmäßig bei Lotterien mit, für jede Ziehung kauften sich etwa 800 000 Verbraucher Lose.

Diesmal gab es eine Mitteilung über ›Eldorado‹, vielmehr dessen Moderator Maksas Vakaris, der schon wieder im Zusammenhang mit Pythia gewisse Probleme verursachte. Er musste den Burschen schleunigst aus der Arrestzelle befreien. Das tat er dann auch, wobei er das Bestechungsgeld der Zentrale nicht etwa aus besonderer Sympathie für den Goldjungen vergeudete, sondern in der Hoffnung, ihn schon bald für das Placebo anwerben zu können.

Als er die Sache mit Vakaris in Ordnung gebracht hatte, wandte er sich dem Bericht des Leoparden zu. Alles in Ordnung, der Kontakt zur Journalistin des Zerberus mit dem Codenamen *Madame Bovary* war hergestellt. Blieb nur zu kontrollieren, dass der Typ nicht übers Ziel hinausschoss. Madame schrieb schließlich für die Verbrechensseite, und solche Journalisten genossen bei ihm hohes Ansehen, so wie er es überhaupt schätzte, dass die litauische Presse Verbrechen und Verbrechern besondere Aufmerksamkeit schenkte.

Auf Geheiß der Zentrale wurden die Nachrichten über die Verbrechenslage des Landes zugespitzt, verdichtet, übertrieben und, wenn es nötig war, auch aus dem Ärmel geschüttelt. Die Operation mit dem Codenamen *Caput Mortum* zeitigte in Litauen besonderen Erfolg und beruhte auf dem Prinzip, dass die Presse nur ein hohes Rating der Verbrechensthematik halten musste, und schon würde dadurch auch das Verbrechen selbst gefördert.

Für die Welt der Verbrecher wurde ebenso ausgezeichnet geworben wie für andere unentbehrliche Dinge, Windeln, Kaffee oder Kopfschmerztabletten. Die Tageszeitungen schmückten ihre Titelseiten mit Fotos von Verbrechern und Perversen, und manchmal war nur mit Mühe auszumachen, ob diese Helden nun verurteilt oder verherrlicht wurden. Die auf allen TV-Kanälen fest verankerten Kriminalsendungen erörterten die Vergewaltigungen, Raubüberfälle, sadistischen Folterungen und Morde mit einer solchen Begeisterung, Hingabe, ja Andacht, als ob es von Genies geschaffene unsterbliche Meisterwerke wären. Die Mafia und deren Bosse genossen die besondere Aufmerksamkeit der Journalisten, von so etwas konnten die anderen Vertreter der Gesellschaftselite nur träumen. Und der Schönheitswettbewerb im Frauengefängnis mit dem Namen »Miss Gefangene« wurde als äußerst wirkungsvolle Werbung für Litauen im Ausland gewertet, und das nicht unberechtigt, übernahm doch tatsächlich in diesem Fall Hollywood einmal eine litauische Idee.

Die Polizei versorgte die Kriminalkorrespondenten bereitwillig mit Informationen und wandelte das traditionelle Duo Verbrecher–Polyp in ein Dreieck mit dem aufdringlichen Journalisten zuoberst auf der Spitze um. Es gab Memmen, die murrten, dass die Skandalschreiberlinge und TV-Reporter die größte

Verantwortung für die Kriminalität in Litauen trügen. Bei ihm riefen solche Erwägungen ein müdes Lächeln hervor. Andererseits ist jeder Satz ein Mantra, Wort für Wort. Schon entsteht eine magische Formel, und je öfter, je suggestiver sie wiederholt wird, desto besser vermehren sich die Ungeheuer in der realen Welt. Alles hängt zusammen. Wie im Himmel so auf Erden. Die Welt ist eins, einig und einheitlich, nach den Prinzipien des Placebo neu geschaffen.

Die Autoritäten der alten Welt, die geistigen Riesen und Moralisten empfahlen, mit der Entweder-Oder-Frage in die Ecke gedrängt, ob nun Gewalt oder Sex schlimmer sei, den Medien schweren Herzens Letzteres, denn das sei zumindest hin und wieder mit Gefühlen, Liebe und Fortpflanzung verbunden. In Brutalität und Gewalt könne man beim besten Willen nichts Positives entdecken. Die Zentrale war gerade entgegengesetzter Meinung. Zwar hatte das Placebo den Sex nie verdammt, doch mit der Androhung ständig wachsender Verbrechensquoten konnte man den Verbrauchern viel einfacher eine Gehirnwäsche verpassen als mit Bildern von einem Geschlechtsakt. Wie man den durchzuführen hatte, das wussten auch so schon alle.

Außerdem macht das Beobachten des Bösen, das Nachdenken über das Böse, das Schreiben über das Böse Spaß! Es ist bunt, fotogen, einprägsam, erschütternd, während das Gute ungreifbar, formlos, blass, fad, flüchtig ist. Man darf auch nicht vergessen, dass der Durchschnittsbürger seine ganz passable Lebensqualität nur im Vergleich zu etwas anderem, Schlimmerem, Schrecklicherem, noch Hoffnungsloserem zu schätzen weiß.

Er zweifelte nicht daran, dass die Beliebtheit der Kriminalseiten und -sendungen nicht nur von öder kleinbürgerlicher Neugier herrührte, sondern auch von dem metaphysischen, jedem Menschen immer noch innewohnenden Bedürfnis, seinen inneren Schatten zu erforschen, die unheimlichen Naturgewalten des Unbewussten. Und da kam jemand und nahm das ganze Risiko auf sich, jemand anders ließ sie für einen an die Oberfläche kommen: der Vergewaltiger, der Amokläufer, der Serienmörder. Das Placebo arbeitete mit aller Gründlichkeit daran, dass die

Existenz des Normalverbrauchers immer langweiliger, trüber, monotoner wurde und er das Bedürfnis nach menschlichen Emotionen auf Kosten anderer befriedigte. Dass jeder Verbraucher sich mit den Medienlieblingen identifizierte, nicht nur mit den Stars und den leuchtenden Elite-Vorbildern, sondern auch mit den Mördern oder ihren Opfern, und langsam, aber sicher begann, nicht mehr sein Leben zu leben, sondern ein Ersatzleben.

Die Kriminalität lag auch im Interesse der Polizei, denn wozu brauchte man die Bullen, wenn es keine kriminellen Elemente gab? Das Wichtigste aber war, dass das Land nicht ohne die kriminelle Goldader auskam. Die Logik war ganz einfach: je mehr Verbrechen, desto notwendiger war der Machtapparat, der nicht das Opfer vor dem Verfolger verteidigte, sondern den Staat vor seinen eigenen Bürgern. Für die Sicherheit der Normalverbraucher würde niemand auch nur einen Finger rühren.

Die Kriminalseiten vom Tage strotzten wie immer von bunten Schlagzeilen, die eigentlich eher zu einem Horrorfilm passten. Die Mitteilung aus der Zentrale war auch an ihrem Platz:

TOD EINER LAHMEN GIRAFFE
ERSCHÜTTERT DIE JAPANER

Japan trauert. Viele Japaner erschütterte die Nachricht, dass die Lieblingsgiraffe des Landes verendet ist, die ein künstliches Bein bekommen hatte. Die Japaner bewunderten das Tier, das sich mit aller Kraft ans Leben klammerte. Jetzt wird der Zoo von Briefen trauernder Menschen, Blumen und Futtersendungen überflutet. Das zehn Monate alte Giraffenjunge lebte mit einem Bein aus Bambusrohr im Zoo von Akito. Das Bein hatte es im Oktober bei einem Zusammenstoß mit einem Zebra verloren. Am Dienstag verendete die Giraffe trotz tierärztlicher Behandlung. Der Zoowärter Kobo Abe erklärte: »Der Überlebenskampf des Organismus scheint eine zu große Belastung für das Giraffenherz gewesen zu sein.« Er sagte, er könne nicht ruhig zusehen, wenn in den Nachrichten im Fernsehen das

Giraffenjunge gezeigt werde. Am Wochenende werde die Trauerzeremonie für die Giraffe abgehalten, zu der eine Menge Leute erscheinen wollten.

Als er den Sinn der Mitteilung begriffen hatte, kicherte er zufrieden. Die Zentrale bat wieder einmal darum, eine *Contradictio in Adjecto*-Operation zu organisieren. Deren Hauptziel war die Anfeindung zwischen Mensch und Hund (und wenn möglich Katze). Die Bürger sollten begreifen, dass die sogenannten vierbeinigen Freunde in Wirklichkeit blutrünstige Feinde waren. Die Verbraucher absorbierten solche Ideen mit Leichtigkeit, und immer mehr Tore zu Privatgrundstücken schmückte die Aufschrift »Achtung, bissiger Hund«.

Im Lande Mariens waren die Bulldoggen, Riesenschnauzer, Dackel, Pudel und Pekinesen tatsächlich böse, hysterisch, raubgierig, blutrünstig, aber wie einmal jemand treffend bemerkt hatte, waren die Hunde Indikatoren für das soziale Unbewusste. Andererseits war das Verhältnis des Menschen zu seinem inneren Tier auch ein Spiegelbild seiner Einstellung zu jedem angetroffenen *canis*. Wer mit dem Raubtier in sich selbst Frieden geschlossen hatte, dem konnte kein draußen herumstreunendes Angst machen! Die Litauer fürchteten die Hunde, mochten sie nicht oder hassten sie. Es reichte ein wohlplatzierter Artikel über ein von einem Pitbull oder einem Chow-Chow zerfetztes Baby, und schon brach eine halbjährige Antihunde-Hysterie aus.

Das Placebo hatte nichts gegen Hunde. Es verfolgte nur das Ziel, dass nicht ein lebendiges Wesen zum besten Freund des Menschen werden sollte, sondern der Computer, der Fernseher oder das Auto. Die Spezialisten der Zentrale suchten eifrig nach Möglichkeiten, die Katzen zu kompromittieren. Seiner Meinung nach mussten die Litauer diese Tiere ganz einfach hassen, denn die Abneigung gegen Katzen hing mit den finstersten sexuellen Komplexen zusammen. Doch vorläufig drang dieser Hass nur wenig nach außen, lediglich die bescheidene Abteilung der Gerüchteträger verbreitete Geschichten, dass die Tiger, Miezen und Schnurrles Satansbraten seien, die sich von der negativen Energie der Orte und Dinge ernährten und die Lebenskräfte ihrer schlafenden Besitzer atmeten.

Er warf sich eine Minzpastille ein und rief den Leiter der Gerüchte-Gruppe zu sich. Diese Abteilung war eine der größten im Bureau, auch wenn nicht alle Gerüchteträger fest angestellt waren; manche arbeiteten umsonst, ohne den geringsten Verdacht zu haben, dass sie jemandem dienten. Jedes vom Placebo benötigte Gerücht wurde zuerst von erfahrenen Spezialisten des Bureaus von langer Hand vorbereitet, dann den Verteiler-Agenten übergeben und vermehrte sich schließlich exponentiell gemäß dem Gesetz der Nachrichtenverbreitungsprogression, der Gerüchteinfektion, gegen die es weder ein Gegengift noch Heilmittel gab.

Die Gerüchteträger gaben sich nicht mit kleinen Gerüchtlein zufrieden. Des Öfteren starteten sie Projekte von landesweiter Bedeutung: Desinformation über die instabile Situation irgendeiner Bank oder die Inszenierung eines Abhörskandals. Eine gute Nachfrage genossen auch allerlei Verschwörungstheorien, ebenso das Gemunkel, dass Kriege nur vom Zaun gebrochen würden, um sich des Waffenüberflusses zu entledigen, dass das Perpetuum mobile schon lange erfunden sei und die Autos deshalb eigentlich mit Wasser fahren könnten, dass Krebs und Aids heilbar seien und nur die böswilligen Öl- oder Pharmazeutik-Magnaten das nicht öffentlich zugeben wollten. Manchmal wurde ein Sturm im Wasserglas auch von der Nachricht über eine gelandete fliegende Untertasse oder einen sich der Erde nähernden Killerasteroiden hervorgerufen. All das wurde unternommen, damit dem Durchschnittsverbraucher endlich klar wurde, dass von seinem Willen und seinen donquichottischen Bemühungen im Staat und in der Welt rein gar nichts mehr abhing.

Beim Starten eines Projekts durfte man nicht vergessen, dass es nicht nur ein, sondern zwei Litauen gab: das der Patrizier und das der Plebejer. Das war ein von den Medien breitgewalztes Thema; die einen meinten, dass gerade die Ungleichheit der Motor des Fortschritts sei, die anderen behaupteten, dass genau deswegen der Karren des Staates dauernd stecken blieb. Und die Zentrale hielt sich an ihre eigene, dritte Meinung.

Ungleichheit und Armut interessierten das Placebo nicht als Disproportion von Haben und Nichthaben, sondern als Geisteszustand der Mehrheit, die immer von irgendetwas nicht genug hatte. Manche der Darbenden waren wirklich eine Triebfeder des Fortschritts, andere behinderten ihn. Die Letzteren, die Faulen, Trägen, Passiven, zu keiner Arbeit an sich selbst Bereiten, Neidvollen und Bösartigen mussten vernichtet werden. Doch da sie die Routine des ärmlichen und sinnlosen Lebens nicht mehr aushielten, wollten sie ohnehin von selbst verschwinden. Darauf basierte das Programm *Rübenausreißen*. Die Hauptzielgruppe waren die Landbewohner, meistens Männer. Die Arbeitslosen, Versoffenen, Unterbelichteten, mehr Gemüse als Menschen. Die Vernichtungsart war einfach und billig: Selbstmord.

Das Rübenausreißen wurde nicht mit bloßen Händen durchgeführt. Auf Anordnung der Zentrale hatte das Bureau zwei Apparate erhalten: ein Suizidometer und einen daran anzuschließenden Suizidator. Das Suizidometer funktionierte ähnlich wie ein Geigerzähler und konnte aus einer Entfernung von etwa einhundert Metern einen Selbstmordgefährdeten anzeigen. Ein rotes Lämpchen leuchtete auf und ein kurzes plärrendes Signal ertönte. Dann musste man nur noch auf den Knopf des Suizidators drücken, und die zur Selbstvernichtung herangereifte Frucht fiel vom Lebensbaum. Unter Mitarbeitern des Bureaus flüsterte man sich zu, dass der Suizidator noch vom sowjetischen KGB erfunden worden sei.

Er erinnerte sich auch selbst an die Schauermärchen der Sowjetzeit, dass unter den Fenstern der gefährlichsten Dissidenten nächtelang Autos standen, in denen noch viel geheimnisvollere Maschinen arbeiteten, die den Herzrhythmus unheilbar durcheinander brachten und den plötzlichen Tod der unerwünschten Person hervorriefen.

Damals hatte er solchen Phantasien keinen Glauben geschenkt, doch jetzt sandte er selbst Teams mit Suizidometern und Suizidatoren in die Kleinstädte und Dörfer Litauens. Die Wagen des

Bureaus hielten vor tristen Provinzkneipen, verdreckten Bier-
stuben, heruntergekommenen Dorfläden, auf deren Schwellen
man schon frühmorgens den Kater wegtrank, vor illegalen
Sprit-Fabrikchen, bei Samanè-Omis mit ihrem Selbstgebrann-
ten, vor zerfallenen Häuschen, Ställen, Aborten, und die Agenten schalteten ihre sensiblen Apparate ein.

Der Knopf des Suizidators wurde nur dann gedrückt, wenn
das Suizidometer mindestens minus neun auf der 15-stufigen
Skala anzeigte. Der Rübenausreißer bekam sein Arbeitsobjekt
meist gar nicht zu Gesicht, und noch weniger sein jämmerliches
Ende. Nach dem Seil oder einem anderen tödlichen Instrument
griff die Rübe etwa fünf Stunden nach dem Signal des Suizidators.

Leider wirkte der Suizidator nur bei ziemlich degenerierten
Personen, deren Hirnmasse schon versoffen war, der Körper
krank, das Gewissen verkümmert, der Selbsterhaltungstrieb geschwächt und die Fürsorge aus den mystischen Sphären gleich
null. Die Zentrale hatte erklärt, dass spezielle Sicherungen im
Apparat seine Verwendung bei den elitären Kasten der Gesellschaft verhinderten. Subjekte mit hohem IQ wurden von den
talentiertesten Agenten des Bureaus bearbeitet, zum Beispiel
Pythia.

Auch bei Pythia selbst konnte man mit dem Suizidator keine
Wirkung erzielen: Ihr Verstand war raffiniert, das Gewissen ge-
schärft, die Vorahnung wie die einer Katze und die Fürsorge aus
den höheren Sphären wie die eines thebanischen Priesters.
Dieses esoterische Maß bezeugte das Suizidometer, indem der
Zeiger beinahe über die Skala hinaus ausschlug, solch einen
mystischen Panzer vermochte der Suizidator keinesfalls zu
durchdringen. Deshalb musste zu anderen Maßnahmen gegrif-
fen werden. Obwohl Pythias Suizidometer-Koeffizient plus
zehn war und von ihrer unbändigen Lebenslust zeugte, musste
ihre Existenz ein Ende finden. Noch einmal und immer wieder –
sie ruhe in Frieden.

Die modernen Apparaturen der Zentrale schätzte er sehr,
doch manchmal dachte er bei sich, dass sie den Selbstmord aller

Poesie, Romantik, alles Geheimnisvollen beraubten. Dem Thema
Suizid war er seit seiner Jugend zugeneigt, einmal hatte er sogar
in einem Heft mit schwarzem Umschlag die bemerkenswertes-
ten Selbstmörder aller Breitengrade und Zeiten aufgelistet:
Philosophen, Schriftsteller, Maler, Komponisten, Politiker und
Feldherren.

Seine makabre Sammlung schmückten sogar Heilige, wie
Nagardjuna, der sich um des allmächtigen Buddha willen selbst
mit einem Schwerthieb den Kopf abschlug. Die Liste wurde von
Shakyamuni und Jesus Christus gekrönt. Wie man weiß, hat
sich Buddha, schon über achtzig Jahre alt, mit den von seinem
Lieblingsdiener zubereiteten Pilzen vergiftet und ihm zuvor
noch gesagt: »Ich danke dir für die Speise, die mich aus dieser
Welt hinforttragen wird.« Wie sollte man den Akt, bei dem das
Gift absichtlich zu sich genommen wird, anders nennen als
Selbstmord?! Jesus verriet ebenfalls kurz vor seinem Tod, dass er
wusste, was er tat: »Niemand nimmt mir das Leben, sondern ich
gebe es aus freiem Willen.« War das etwa kein Selbstmord?

Jetzt kamen nur noch die täglichen Ausschnitte aus der Zeitung zu seiner Sammlung hinzu: *Liebespaar beging gemeinsam
Selbstmord; Vor Selbstmord – Mord; Mönch konnte jungen
Selbstmörder nicht mehr retten; Zwei aus dem Fenster gesprun-
gene Schüler tot; Chirurgen nähten durchschossenes Herz eines
Selbstmörders; Aus der Schlinge befreite Selbstmörderin brach
sich das Rückgrat …* Heute vermehrte sich seine Kollektion um
zwei weitere Fälle: *Von den Krischnaiten verstoßener Mann
stieß sich Dolch ins Herz; Frau verbrannte sich selbst wegen
Traktor.* Immer dasselbe. Der metaphysische Akt war zum bana-
len Alltag verkommen.

In der Sowjetzeit war das Denken, Sprechen, Schreiben über
Selbstmord und noch viel mehr die Durchführung desselben ein
beinahe dissidenter Akt. Solch ein freiwilliger Rückzug aus dem
Spiel wirkte wie ein Schlag ins Gesicht des totalitären Systems,
ein Flug über den höchsten aller Stacheldrahtverhaue, die einzige von den Staatsorganen nicht kontrollierte Handlung in
einer Atmosphäre der allgemeinen Kontrolle. Die Unbotmäßi-

gen nahmen sich nicht unbedingt sofort das Leben. Die schleichende Selbstvernichtung aus Protest dauerte bei einigen zehn, zwanzig oder gar dreißig Jahre. Er hatte Bekannte oder wusste zumindest, dass es irgendwo noch Freunde aus seiner Jugend gab, die einst mit der Selbstvernichtung begonnen, sie jedoch bis heute nicht zu Ende gebracht hatten. Unglückliche Degenerierte, die weder zu einem würdevollen Leben noch zu einem würdevollen Tod mehr taugten.

Die Zeiten hatten sich von Grund auf geändert. Wem die neue Welt nicht passte, der konnte sie ungehindert verlassen. Wie hatte doch Epiktet gesagt: die Tür steht immer offen. Wenn du unbedingt gehen willst, dann geh doch! Deshalb wurde die Arbeit mit den potentiellen Selbstmördern vom Placebo *Das Programm der offenen Türen* genannt.

Im Verlauf der zehn Jahre Unabhängigkeit waren schon 16 000 Mitbürger durch die offenen Türen entschlüpft. Etwa so viele Einwohner hat eine litauische Durchschnittsstadt wie Šakiai oder Jurbarkas. Die Gesellschaft hielt den Selbstmord nicht mehr für einen heroischen Protest, bloß für eine jämmerliche Kapitulation. Es hatte sich noch mehr geändert. Die natürliche Auslese wurde nicht mehr gebremst, sondern gefördert. Genau deshalb wurde in den Medien häufig und offen über Selbstmord diskutiert, und diese Diskussionen wurden zu einer Art Sieb, das die Spreu vom Weizen, die potentiellen Selbstmörder und todessüchtigen Eskapisten vom stabilen *Homo novus* trennte.

Einige quiekten, dass im Lande Mariens eine Selbstmord-Hyperregistration stattfinde. Es würden viel weniger Mitbürger die Hand gegen sich erheben, als es die dem Placebo so lieb gewordene Statistik besagte, die etwa 1600 Selbstmorde (darunter 65 von Jugendlichen) pro Jahr verzeichnete. Es gab Leute, die behaupteten, dass nicht selten auch von der Polizei nicht aufgeklärte Mordfälle als Selbstmorde registriert würden. Sie hatten offenbar ein Interesse daran, den unerreichten, weltweit höchsten Jahresdurchschnitt von Selbstmorden – 44 Selbstmorde auf 100 000 Einwohner – auf 38 zu vermindern. Damit würde Litauen seine einzige Spitzenposition verlieren und fast gleichauf mit Russland (35,5 Selbstmorde), Weißrussland (34,2) oder Lettland (30,7) stehen. Diese Zahlen hätte er auch um Mitternacht aus dem süßesten Traum geweckt fehlerlos herunterrattern können.

Er hatte keine Zweifel an der gegenteiligen Tendenz: dass es im Lande Mariens mehr Selbstmörder gab als angenommen. Der Suizid besaß schließlich auch seine versteckten Formen: risikoreiches Autofahren, Alkoholismus, Drogensucht, das Vermeiden von Arztbesuchen und der Unwille, sich behandeln zu lassen. In der Sowjetzeit hatte sich die allmähliche Selbstvernichtung zu einer offen demonstrierten Pose gemausert, jetzt hingegen wusste meist nicht einmal der Suizid-Infizierte von seinem tödlichen Bazillus. In den Straßen von Vilnius oder auf der Autobahn in Richtung Klaipėda beobachtete er die Kamikazefahrer, die mit ihren Schrottkarren in einem Wahnsinnstempo unterwegs waren und insgeheim, unbewusst, von einem schnellen, plötzlichen, leichten Ende träumten. Dem einen oder anderen ohne Auspuff und mit quietschenden Bremsen dahinrasenden Easyrider half er mit dem Suizidator, sich einen tödlichen Unfall zu verschaffen.

Manchmal wurde ihm sogar ein bisschen schwindlig wegen seiner beinahe göttlichen Macht. Natürlich fühlte er sich für das, was er tat, verantwortlich. Deshalb gab er sich bei der Vorbereitung eines angemessenen Todes für Pythia große Mühe. Laut Statistik wählten Frauen bevorzugt Gas, Gift oder Tabletten, in der naiven Hoffnung, dass diese Substanzen ihren Körper weniger verunstalten würden als ein Schuss oder die Schlinge. Doch er wusste ganz genau, wie Alkohol und Schlaftabletten die Gutgläubigen verhöhnten. Zu Pythia, einer Verehrerin und Verehrten des Lebens, einer Ästhetin und Hedonistin, passte so etwas nun wirklich nicht. Es bereitet einer attraktiven Frau nur wenig Freude, erstarrt in ihrer Kotze zu liegen, bis endlich jemand ihren von Krämpfen verkrümmten Körper findet. Etwas ganz anderes ist da ein eleganter Schuss aus einer kleinkalibrigen Waffe in die Schläfe.

Damit auch geschossen würde, brauchte Pythia ein Schieß-

eisen. Die hübsche Minipistole, mit der der Goldknabe auf einer
Party geprahlt hatte. Er selbst hatte gesehen, wie Maksas von
seiner Neuerwerbung ganz beschwipst war. Er musste nur noch
dafür sorgen, dass die auf Hochglanz polierte verchromte Waffe
in Pythias Haus kam. Das besorgten die Zurede-Agenten.

Für das Überzeugen und Zureden konnte man, anders als für
das Verbreiten von Gerüchten, nicht auf den erstbesten Mann
von der Straße zurückgreifen. Hier waren speziell ausgebildete
Kader gefragt, die die Physiologie und Psychologie des Menschen und die ausgefeilten Methoden der Geheimdienste kannten. Beim Einflößen von Ideen musste man die Körpersprache
des Zielobjektes in vollkommener Weise nachahmen, seinen
Atemrhythmus dem des Opfers anpassen, beim Sprechen jeden
Satz mit dem Wort beginnen, mit dem der Gesprächspartner
geendet hatte und, ganz wichtig, wie mit Curare vergiftete Pfeil-
spitzen wirkende Beschwörungssonden ins Unbewusste des zu
Kodierenden schießen. Pythia wurde davon überzeugt, dass man
sie beobachtete, ihr folgte, sie verfolgte. Im Prinzip entsprach
dies der Wahrheit. Aber gegen das Bureau konnte man sich natürlich nicht mit einer winzigen, von Maksas Vakaris geliehenen
Pistole wehren. Nur sich selbst konnte man vernichten, wenn
auch nicht unbedingt mit den eigenen sorgsam gepflegten Händen. Wenn er an Pythia dachte, dann fiel seine Stimmung wie
das Barometer vor einem Regentag.

Er gab sich jedoch nicht der Traurigkeit hin, sondern rief sich
in Erinnerung, dass alle vierzig Sekunden irgendein Weltbürger
Selbstmord beging und alle fünf Minuten jemand einen Versuch
unternahm! Er jedoch existierte und es ging ihm super! Er
gähnte. Er streckte sich. Er fühlte sich müde. Er hatte Lust auf
eine Frau. Er rief nicht Danutė, die Buchhalterin, an, von der
man sich nicht so schnell verabschieden konnte, wenn man gekommen war, sondern eine seiner flinken Barbies.

Als er nach draußen kam, läuteten in der Ferne die Abendglo-
cken. Und obwohl das im Winter in diesen Breitengraden selten
vorkam, leuchteten am Himmel hell die Sterne.

DER WAGEN raste mit schwindelerregender Geschwindigkeit auf
der Autobahn Vilnius – Kaunas dahin, in noch schwindelerregen-
derem Tempo fluchte Eminem über die Welt (die Lautsprecher
schienen explodieren zu wollen), während Maksas ihm aus vollem Halse zustimmte und eine Zigarette nach der anderen
rauchte. Er schaute auf die Fahrbahn, schwarz und weiß gescheckt wie eine kosmische Holstein-Kuh, und suchte nach der
Lösung für ein Problem: Wenn er zum Tode verurteilt würde,
welche Speise würde er sich als Henkersmahlzeit bestellen?

Im Moment interessierte es Maksas keinen Deut, dass die To-
desstrafe in Litauen abgeschafft war, denn er fühlte sich in die
Rolle eines zu Unrecht angeklagten und verurteilten Helden ein,
der in Sing Sing auf die Hinrichtung wartete. Er stellte sich auch
die Headlines in den amerikanischen Tageszeitungen vor, wo neben einem romantischen Foto von Maksas Vakaris (*Max Eve-
ning* oder vielleicht besser *Vespertine*, super, klingt toll – *Max
Vespertine*) der letzte Wunsch des Todeskandidaten verkündet
wurde: ein Schälchen Walderdbeeren mit Milch und Zucker.
Nur ein Schwachkopf konnte, bevor er sich auf den elektrischen
Stuhl setzte oder den Kopf in die Schlinge steckte, Lust auf ein
blutiges Steak, Pancakes mit Ahornsirup oder Lachs mit French
Fries bekommen. Maksas sah, auch ohne die Augen zu schließen, Walderdbeeren vor sich und die Tränen seiner Mutter
(ebenso rot, blutig), wie sie auf eine Zeitung tropften, in der der
letzte Wunsch ihres Sohnes beschrieben war, sein naiver, kind-
licher letzter Wunsch, als wäre Pranas sein Leben lang nur ein
kleiner, zarter, scheuer Junge geblieben.

Der Verurteilte war aber inzwischen aus Sing Sing geflohen.
Er flog auf dem Highway in Utah, Nevada oder Idaho dahin,
unterwegs in eine Stadt mit einem seltsamen Namen – zum Beispiel Phoenix. Er nahm die nördliche Route, erblickte vor dem
Hintergrund des abendlichen Himmels weiße, schneebedeckte
Berge, den Everest und den Elbrus, zwei Gipfel, in keine den Horizont verdeckenden Gebirgsketten gelegt. Die Welt passte sich
untertänigst Maksas' Szenario an. Jetzt fehlten nur noch eine
langbeinige Blondine und eine schmollmundige Schwarzhaa-

rige, heiß wie die Sahara, zwei Mädels, die nach einem Bankraub, dem Mord an ihren despotischen Ehemännern oder aus dem Labor eines verrückten Wissenschaftlers entkommen vor den zu Tieren gewordenen Verfolgern flohen.

Maksas lässt Wynona und Jane (vielleicht auch Barbara und Virginia? Suzy und Maggie?) einsteigen, und dann rasen sie zu dritt durchs Land, begehen bewaffnete Raubüberfälle auf Kleinstadtläden (man braucht doch etwas zu essen, zu trinken und für die Mädels Kosmetik), klauen an Tankstellen Benzin und feiern ganze Nächte in den Restplace-, Brightstar- oder Old-Oak-Motels durch. So führen sie ein paar Monate lang ein tolles Leben (den Mädels gerät vom Dauerstress der Menstruationszyklus durcheinander und damit ist zumindest dieses Problem gelöst), bis sie eines Tages vom Sheriff von Hilltown, Twin Peaks oder Maple Grove erkannt werden.

Darauf beginnt eine wahnwitzige Hetzjagd, die sirenenheulenden Polizeiautos vermehren sich exponentiell, am Himmel röhren einen apokalyptischen Wind verursachende Hubschrauber, die Verfolgten biegen aus Mitleid mit den unschuldigen Verkehrsteilnehmern vom Highway in die Wüste ab, die Teilnehmer der Rallye auf Leben und Tod rasen in Staubwolken gehüllt in die Zielgerade, die jäh am turmhoch emporragenden Massiv des Grand Canyon mit Adler- und Kondorhorsten über dem hallenden Abgrund endet. Der Wagen der Flüchtigen bäumt sich im Roggenfeld kurz vor dem Abgrund auf, die Mädchen schreien mit fremden Stimmen, Maksas beißt sich nur stumm auf die fest zusammengepressten Lippen, aus dem gefährlich nahen Hubschrauber schreit der Verhandlungsführer in Person von Keitel, Nicholson oder Gibson ihnen noch irgendetwas zu, doch die Freiheit ist wichtiger als alles andere (!!!), deshalb wählen die Helden, einander mit der stummen Sprache der Augen zum entscheidenden, letzten Schritt aufmunternd, den berauschenden Fall, sausen von einem freiheitsliebenden Adler begleitet in die Tiefe und erfahren unten auf dem Grund des Schlundes, nach einer gewaltigen Explosion zu einem tosenden Feuerball geworden, am Ende des schon für fünfzig Oscars nomierten Filmes die mit nichts, nicht einmal mit einem Orgasmus zu vergleichende Wonne, die betörende Vollkommenheit des Todes, die Katharsis eines siegreich zu Ende geführten Lebens. *The End.* Und jetzt – WERBUNG.

Maksas hielt den Wagen an, ließ das Fenster herunter und setzte ein möglichst überzeugendes Lächeln auf. Auf ihn zu schritt ein Polyp, in Tonnen von Kleidern wie am Nordpol. An den Seiten des rundlichen Körpers ragten aus der Daunenjacke zwei Ärmchen heraus, kurz wie die Flügel eines auf dem Eis dahinrutschenden Pinguins. Der Hundsfott hatte ihm in den Büschen aufgelauert und mit seinem widerlichen Radar festgestellt, dass der Fahrer die Höchstgeschwindigkeit großzügig überschritten hatte. Die atemberaubende Verfolgungsjagd in der Wüste Nevadas war zu Ende. Elbrus und Everest verloren ihre Größe und verwandelten sich in bis zum Himmel reichende Müllberge. Der betörende Geist der Hollywood-Filme kehrte wie ein Dschinn in die Flasche der Realität zurück. Jetzt gewinnt, wer das bessere Mundwerk hat.

»Entschuldigen Sie«, sprudelte Maksas hastig hervor, »ich habe es sehr eilig, in Jonava findet die ›Valio‹-Preisverleihung statt, Sie haben sicher davon gehört, schon die elfte, ich muss diese Veranstaltung moderieren, und dann wird sie auch noch vom Fernsehen gefilmt, Sie verstehen doch, es wird live gesendet, also darf ich keine Sekunde zu spät kommen, sonst geht alles flöten, und ich will nicht der Hauptschuldige daran sein, nur haben wir heute noch einen Werbe-Clip gedreht, und Miss Litauen 2001 ist eine ganze Stunde zu spät gekommen aus Kuala Lumpur, eine Kettenreaktion, wenn einer zu spät kommt, verspäten sich alle, da kann man nichts machen, die Veranstaltung beginnt schon in einer halben Stunde, und dann noch die Maske, die Vorbereitung, außerdem noch die Gäste, die müssen auch gebührend begrüßt werden, viele Berühmtheiten kommen, sogar der Vorsitzende des Seimas, der wird einen Preis verleihen, ich glaube, den für den besten Song, ja, live im Äther, wissen Sie, Wissenschaftler haben berechnet, dass der Stress bei so etwas so groß ist wie bei einem Flug ins All, also bin ich schon ein erfahrener Astronaut, aber wenn das Leben so stressig ist, dann kommt es manchmal vor, dass man Fehler macht, verzeihen Sie mir, ich bin schuldig, vielleicht können wir uns ja irgendwie einigen, und ich verspreche hoch und heilig, dass ich das nicht mehr tun werde, ich flehe Sie an und bitte Sie innigst, lassen Sie für diesmal die Strafe sein!«

Der Polyp, verblüfft über Maksas' Redeschwall, brachte kein Wort heraus, steckte nur seine Pinguin-Hand-Flügel-Flosse mit dem Notizblock in den blau gefrorenen Fingern durch das Fenster herein.

»Könnten Sie mir vielleicht ein Autogramm geben?«, murmelte er in einem Ton, als wäre er selbst bei einem Verbrechen ertappt worden.

»Aber natürlich. Liebend gern. Wie ist Ihr Name?«

»Schreiben Sie: für Gitana, das ist meine Freundin, sie vergöttert Sie geradezu.«

Maksas wünschte der teuersten Gitana Liebe, Freude, glückliche Tage, setzte noch einen Smiley ☺ dazu, der nicht besonders fröhlich herauskam, eher hämisch, und steckte virtuos, so wie es nicht einmal der Magier aller Magier David Copperfield vermocht hätte, einen orangefarbenen Fünfziger zwischen die Seiten des Notizblocks. Der Bulle salutierte und trottete zufrieden zu seinem in den Büschen versteckten Wagen. Von da aus rief er ihm noch zu: »Sie müssen wissen, ich habe den Unsinn heute Morgen in der Zeitung nicht geglaubt!«

Was für ein Unsinn? In welcher Zeitung? Maksas hatte heute noch keine gelesen. Vielleicht hatte ja die Zicke von der Konkurrenz, die sich für ihre Tochter ein Autogramm erbettelt hatte, irgendeinen Bockmist zusammengeschustert. Die Seinen konnten ihn wirklich nicht ans Messer geliefert haben. Wahrscheinlich stand auch im Blatt des Zerberus nichts Ernstes, wenn der Polyp so milde war.

Maksas hatte noch nie die offizielle Geldstrafe für eine Geschwindigkeitsüberschreitung bezahlt. Er hatte auch keine Probleme mit dem Alkotester, selbst wenn der über ein Promille anzeigte. Er kam immer mit einer kleinen Bestechung und dem strahlenden Goldjungen-Lächeln davon. Oder vielleicht verband ihn ja mit der Straßenpolizei ein gutes Karma, anders als mit Komarovičius & Co.? Obwohl er sich auch hier nicht beklagen konnte. Statt die obligatorischen, ihm auch von den Zellengenossen versprochenen 48 Stunden abzusitzen und den ganzen Sonntag hinter Gittern zu verbringen, sauste er jetzt schon wieder frei herum.

Am Samstagmorgen, etwa um elf Uhr, waren Maksas Debiltelefon, Gürtel und Schnürsenkel (die ihm vom Vater geschenkte Kette mit dem Anhänger und der Ring mit dem Onyx waren verschwunden) zurückerstattet worden, und man befahl ihm, schon wieder irgendwelche Papiere zu unterschreiben. Ein paar Minuten später öffnete sich rumpelnd das Gefängnistor vor ihm.

Ehrlich gesagt war da kein Tor, Maksas ging einfach sorglos vor sich hin pfeifend auf die Straße hinaus, auch wenn ihm die eine oder andere Beschränkung auferlegt war. Seine jetzige Situation nannte man Hausarrest, was hieß, dass er Litauen nicht verlassen durfte, jeden Abend um sieben Uhr zu Hause sein und dort bis sechs Uhr morgens bleiben musste. Über all seine Aktivitäten musste er der Polizei regelmäßig Bericht erstatten und durfte sich nicht aufregen, dass jeden Morgen und jeden Abend ein Polyp kam und nachprüfte, was sein Schützling so machte.

Gleichzeitig wurde ihm jedoch bedeutet, dass Maksas Vakaris, der über so einflussreiche Fürsprecher verfügte, sich einiges würde erlauben können. Wer diese einflussreichen Fürsprecher waren, davon hatte Maksas selbst keine Ahnung. Der Chefredakteur der Zeitung? Der Produzent von ›Eldorado‹? Die Veranstalter von ›Valio‹? Wohl kaum ... Wer dann? Gott behüte, dass irgendein schwuler Verehrer aufgetaucht war, ein manierierter Gay, mit blondgefärbtem Haar und geblümtem T-Shirt von Judaschkin!

Maksas rief ein Taxi und schaltete das Handy dann sofort aus. Vom Arrestlokal ließ er sich in den Hof der Redaktion fahren und holte dort sein Auto ab. Auf dem Nachhauseweg kaufte er ein paar Flaschen Bier, weichte sich eine gute Stunde lang in

Badewasser mit Wassermelonen-Duft ein und bemühte sich nach Kräften, Ungemach, Mühsal und Misserfolge der letzten Woche abzuwaschen.

Die ›Valio‹-Preisverleihung kam ihm jetzt etwa so gelegen wie dem Hund das fünfte Bein. Er fühlte sich berechtigt, die dramatische Arie »Ah – lache, Bajazzo … und jeder wird klatschen! In Possen wandle Qual und Klage« anzustimmen, die Preisverleihung konnte er jedoch auf keinen Fall absagen, denn der Vertrag war schon vor Monaten geschlossen worden.

Er stieg aus der Wanne, betrachtete lange sein Ebenbild im Spiegel und wunderte sich, dass die dramatischen Ereignisse der letzten Tage keine sichtbaren Spuren in seinem Gesicht hinterlassen hatten, außer vielleicht den Augenrändern, der spitzer gewordenen Nase und den blauen Konturen um die Lippen. Doch so ähnlich sah sein Gesicht auch nach einem kräftigen Trinkgelage aus.

Vor einigen Tagen hatte er irgendwo etwas von Gesichtstransplantation gelesen. Der Artikel trug die Überschrift »Das Gesicht eines Toten wird zum Fahrschein in ein vollwertiges Leben«. Bedeutete das Aussehen denn wirklich so viel für den Menschen? Wäre er noch immer Maksas Vakaris, wenn eine fürchterliche Krankheit seine hübschen Gesichtszüge verunstaltete? Würde er zu jemand anderem, trotz seines Verstandes und seiner einzigartigen Seele, wenn talentierte Chirurgen ihm die von einem toten Spender abgeschälte Maske anpassten?

Maksas blinzelte seinem müden Doppelgänger schelmisch zu und dachte plötzlich, dass die Erfindung des Spiegels für die Zivilisation von ebenso großer Bedeutung war wie die des Rades. Es war schwer zu glauben, dass die Menschen einst gelebt hatten, ohne sich selbst zu sehen, ohne eine Ahnung davon, wer sie waren – schön oder hässlich, anziehend oder abstoßend, sympathisch oder unsympathisch.

Der von den Stammesbrüdern gedemütigte und verhöhnte arme Kerl hatte nicht den geringsten Verdacht, dass der Grund für all dies in seinen abstehenden Ohren, seiner warzigen Nase, seinem Schielen oder seinen Sommersprossen lag. Und der

Liebling der Gemeinschaft ahnte auch nicht immer, dass seine blauen Augen, die weiße Haut und die musikalische Harmonie seiner Gesichtszüge die anderen anzogen wie eine angebissene Birne die Wespen. Versuchten diese Bewohner der Vergangenheit sich nicht wenigstens vorzustellen, wie sie aussahen, oder war ihnen das egal und erst die Erfindung des Spiegels machte das Aussehen des Menschen zum beinahe wichtigsten Motor der Existenz?

Vielleicht hatte es ja auch schon früher Menschen gegeben, die sich über das klare Wasser beugten, um sich selbst wie ein Rätsel zu lösen? Konnte man Narziss als den Erfinder des Spiegels gelten lassen? Maksas mochte diese Figur und identifizierte sich nicht selten mit ihr. Falls er sich zwischen Rad und Spiegel entscheiden müsste, welchem würde er den Vorrang geben? Nun, ohne Auto konnte er sich das Leben noch vorstellen, doch ohne den Doppelgänger auf der anderen Seite des Amalgams nicht.

Nur manchmal überkam ihn die unangenehme Vorahnung, dass jener Doppelgänger sein eigenes Leben führte, ein absolut autonomes und ihm, dem echten Maksas Vakaris, nicht untergeordnetes. Immer wieder kamen ihm ihn selbst betreffende Gerüchte zu Ohren, die nicht einfach irgendjemand aus dem Ärmel geschüttelt haben konnte, denn die Heldentaten des M. V., von denen die Gerüchteträger erzählten, musste jemand vollbracht haben. Sie hörten sich sehr konkret an mit den vielen glaubhaften Details. Und jetzt – WERBUNG.

Kaum war er zur Tür des Freizeitcenters hereingekommen, überfielen ihn die Paparazzi und fingen an, Fotos zu schießen. Sie schnitten dabei ein Gesicht, als seien sie auf der Jagd nach einem Hai, der zwanzig kleine Kinder verschlungen hatte. Auch die Reporter streckten ihm ihre verdammten Diktiergeräte ins Gesicht, mit den immer gleichen Fragen.

Kaum hatte er sich durchgezwängt, da überfielen ihn auch schon diverse Frauenzimmer und erklärten ihm, sie wären vor zwanzig Jahren zusammen mit seiner Mutter nach Paris gefahren, obwohl Violeta noch nie in ihrem Leben Litauen verlassen hatte, sie hätten sich vor ein paar Tagen so nett mit ihm beim Fest im Präsidentenpalast unterhalten, eine tolle Zeit in seiner Gesellschaft in Ägypten gehabt. Maksas aber konnte sich beim besten Willen an kein einziges Gesicht, keine einzige Figur erinnern. Und alle trällerten sie wie ein Coca-Cola-Jingle, dass sie absolut nicht glaubten, was da in der führenden Tageszeitung stand.

Die Tussis klebten an ihm wie die Kletten, jede mit ihrer Geschichte über die Bekanntschaft in einer Bar, einem Nachtclub, einer Disco, über die gemeinsame Schule, Klasse, Lehrerin, über das Bett im Gartenhäuschen von Vycka, über das Kind, das noch nicht gezeugt war, doch schon laut nach dem Samen des entzückenden Vaters rief. Und all das begleitet vom selben Refrain: Zur Hölle mit dem heutigen ekligen und niederträchtigen Schweineartikel!

Maksas drängte sich durch die Menschen, die sich zehn Hände hatten wachsen lassen, um ihn zu begrapschen, und fünf ellenlange Zungen, um aufgeregt über nie geschehene Dinge zu plappern. Vor jeder Veranstaltung und jeder Livesendung hatte er Lampenfieber, fremde Menschen vergrößerten seine Anspannung nur noch und sogen wie Efeu, der sich um einen Baumstamm gewunden hatte, die Energie aus ihm heraus.

Im Umkleideraum, der eher an den Markt in Gariūnai zu seiner Blütezeit erinnerte, schlüpfte Maksas in ein von einem übergeschnappten Designer entworfenes Gewand, eine Kreuzung aus den Uniformen eines Fußballers, eines Matrosen und eines Insassen der Todeszelle. Wie ein zum entscheidenden Schritt entschlossener Schahid ließ er sich verkabeln, nur wurde er statt mit Sprengstoff mit Mikrofonen, Sendern und Kopfhörern behängt. Schließlich übergab man ihm auch die Unterlagen, das Szenario des Abends, und erklärte ihm, durch welchen Abschnitt des Labyrinths hinter den Kulissen er zur Bühne gelangte. Nein, nein, keine letzte Zigarette, das hier sei doch kein Schafott; auch so sei man mit dem Anfang der Veranstaltung schon eine halbe Stunde zu spät dran!

Trotz des Dauerstresses verfiel Maksas für einen Moment sei-

ner Starroutine und bedauerte all die armen Kerle, die nie etwas
Derartiges hatten erfahren dürfen. Es waren der Gang auf die
Bühne, ins Licht der Scheinwerfer und der ihn empfangende
Applaus des Publikums, die ihn packten wie der Kamm des
schäumenden Wassers den Wellenreiter und ihn ganz nach
oben, auf den Gipfel des Triumphes hinaufwarfen.

Da ist er, Maksas Vakaris, läuft siegreich auf das Podest hinaus
und erstarrt, eine Sekunde lang von den himmlischen Lichtern
geblendet, erstarrt, die Hände weit ausgebreitet vor der Menge
wie am Rande des Abgrunds. Ein Schamane. Ein Lama. Ein
Muezzin. Ein Pope. Ein Priester. Ein Bischof des neuesten Kul-
tes. Da ist er, hat die donnernde Begrüßung der unter Trance
stehenden Teilnehmer des Rituals entgegengenommen, ist flink
wie ein Steinbock die mit einem roten Teppich bedeckte Treppe
hinuntergesprungen und schreitet nun wie ein Schwimmer auf
dem höchsten Sprungbrett über den Laufsteg, zu dessen beiden
Seiten die Menschenmassen wogen, bis er Auge in Auge, wie auf
den Teufel am Kreuzweg, auf die Kamera trifft. Sie, an einem
schwenkbaren Kran angebracht, nähert sich Maksas, der befürchtet, sie könnte von seinem heißen, feurigen Erzengelsatem
beschlagen, nein – das Objektiv wird schmelzen und explodieren, die Fernseher der an der kultischen Handlung teilnehmen-
den Sektenmitglieder werden in Scherben zersplittern. Doch
nichts dergleichen geschieht, und er schreit in einem Atemzug
seine Begrüßungs-Predigt-Segnungs-Elevations-Fürbitte in die
Menge hinaus, amen!

Doch die besten Dinge in der Welt waren ganz schnell vorüber. Maksas gehorchte dem durch den Kopfhörer diktierten
Kommando des Propheten, vor dem Tausende sich verneigten,
und wurde zum ganz normalen Ansager. Er hockte sich in eine
Ecke und überließ den elektrisierten Raum dienstfertig anderen
Zeremonienmeistern. Er kauerte da wie ein Mäuschen unter
dem Besen, blätterte mit zitternden Händen im Drehbuch und
versuchte sich einzuprägen, welcher ehrenwerte Name nach
welchem noch ehrenwerteren Namen zu verkünden sei. Auf der
Bühne ertönte der Song des Jahres.

»*Wer nicht mit uns hüpft, wer nicht mit uns hüpft, wer nicht mit uns hüpft, ist 'ne schwu ...*«, schrie der Solist verzweifelt.

»*... le Sau*«, ergänzte der Saal das heilige Mantra andächtig. Maksas bemühte sich, seinen Verstand abzuschalten, und moderierte die Veranstaltung per Autopilot weiter. Als alles vorbei war, schleppte er sich todmüde in Richtung Garderobe, als jemand ihn am Ärmel packte und beinahe mit Gewalt stoppte. Ein Déjà-vu-Erlebnis.

»Hallo, Maksas«, sprach eine sehr tiefe Stimme, »ich möchte ein bisschen mit dir plaudern.«

»Entschuldigung, aber jetzt habe ich keine Zeit. Wenn Sie wollen, treffen wir uns beim Bankett.«

»Beim Bankett habe ich keine Zeit. Solltest du etwa vergessen haben, dass du heute, statt hier zu sein, auch im Bau sitzen könntest? Soviel ich weiß, hast du Hausarrest, und jetzt ist es schon elf Uhr abends. Man muss sich doch an die Gesetze halten.«

Maksas wandte sich um, doch der Unbekannte stand so da, dass das gleißende Licht der Scheinwerfer direkt auf seinen Hinterkopf fiel und sein Gesicht deshalb an ein Oval ohne Gesichtszüge erinnerte, an das Meparapon aus dem japanischen Märchen.

»Was wollen Sie?«

»Du kennst doch die Spielregeln: eine Hand wäscht die andere.«

»Ich habe Sie nicht um Hilfe gebeten.«

»Wir haben sie aber gewährt, Maksas. Ich glaube, du bist ein intelligenter junger Mann, der sich um seine Karriere kümmert. Nach so einem Anfang und jetzt ganz toll in Fahrt gekommen möchte man nicht aus der Spur fliegen, nicht wahr, Schumi?«

»Welchen Dienst kann ich Ihnen also erweisen?«

»Einen ganz kleinen. Ich sehe gern den ›Talk vor dem Einschlafen‹. Der wirkt wie Tee mit Milch und Honig. Positives Denken und eine positive Einstellung zum Gesprächspartner sind eine so seltene Sache heutzutage, besonders in Livesen-

dungen. Fürchtest du nicht, dass du hinter dem Zeitgeist her-
hinkst?«

»Ich verstehe nicht, worauf Sie hinauswollen.«

»Hab Geduld, gleich wirst du es verstehen.«

Der gesichtslose Typ beugte sich ganz nahe zu ihm und
schleuderte ihm ins Gesicht, dass Maksas seine Gesprächspartner in dieser Sendung lächerlich machen, erniedrigen und dem
Volk als jämmerliche Nieten vorführen sollte. Sein Rating würde
darauf nur steigen. Wer wollte heutzutage noch Intelligentere als
sich selbst auf dem Bildschirm sehen, wer brauchte noch geistige
Autoritäten? Die Sendung war ja live, und auch der kleinste Ver-
sprecher, Denkfehler, unüberlegt ausgesprochene Satz oder un-
begründete Begriff trat deutlich zutage. Warum sollte man das
nicht ausnutzen? Natürlich durfte Maksas ein paar Favoriten haben, wozu sich aber der anderen erbarmen? Wozu die Politiker
hätscheln? Die Finanzhaie? Die Kulturträger? Wenn er schon
nicht alle der Reihe nach abgrasen wollte, dann würde ihm eine
Liste der zu Köpfenden ausgehändigt werden. Als er mit seinem
Monolog zu Ende war, zog der Unbekannte eine Pfeife hervor
und zündete sie bedächtig an, wobei er einen Augenblick lang
seinen Mund mit den nach unten gezogenen Mundwinkeln be-
leuchtete. Es roch nach gutem Tabak mit Kirscharoma.

Maksas lief es kalt den Rücken hinunter bei diesem zynischen
Gerede. Ihm kam der Gedanke, das könnte ein Scherz sein, ein
Hinterhalt irgendeiner ›Versteckten Kamera‹, und wenn man
seine Empörung fixiert hätte, dann würde ihm freundlich mit-
geteilt: »Bitte lächeln, das Objektiv ist da drüben versteckt.«
Doch es war offensichtlich, dass das Meparapon nicht scherzte.

»Wissen Sie was«, sagte Maksas und ballte die Fäuste, im Versuch, so seine Wut im Zaum zu halten, die wie ein unüberwindlicher Brechreiz in ihm hochstieg, »lassen Sie mich in Ruhe und
verpissen Sie sich.«

»Ereifere dich nicht, dir bleibt noch etwas Zeit für eine Entscheidung. Du weißt doch selbst, in welcher Scheiße du steckst.
Du und auch Tadas. Falls du kein Mitleid mit dir selbst hast,
dann schone wenigstens das Herz deiner Mutter. Julija war ein

ungezogenes Mädchen, und du siehst ja, welch trauriges Ende alles genommen hat.«

»Sie müssen mich mit jemandem verwechseln«, flüsterte Maksas, »ich bin nicht das Arschloch, für das Sie mich halten. Wenn Sie Ihre faulen Spielchen spielen wollen, dann verhandeln Sie mit meinem Doppelgänger.«

»Doppelgänger?«, fragte der Gesichtslose. »Wen meinst du damit?«

»Wenn Sie so schlau und mächtig sind, dann finden Sie das selbst heraus. Lassen Sie mich in Zukunft in Ruhe, ciao, goodbye, hasta la vista.«

Maksas schubste das Meparapon von sich, wie einst den Erpresser. Als er die Eisenbetonhärte von dessen Körper spürte, geriet er in Verwirrung und trottete wie ein geschlagener Hund, mit eingezogenem Schwanz, in der Seele winselnd, in Richtung Garderobe davon. Er schlüpfte aus seinem Bajazzo-Gewand, trank das ihm von irgendwem gereichte Glas Whisky aus und rannte so schnell ihn seine Beine trugen in Richtung Ausgang, um nur ja nicht am Bankett teilnehmen zu müssen.

Denkste! Sofort packte ihn eine Frau mittleren Alters am Arm und flötete, dass sie unbedingt möglichst schnell nach Vilnius müsse, es sei nämlich gerade ihre Lieblingsgroßmutter gestorben. Nach Maksas' Meinung musste sie selbst schon Enkel haben. Noch mehr als vor allen anderen Sünden fürchtete sich Maksas davor, dass er des Egoismus beschuldigt werden könnte, deshalb ließ er die energische Dame in seinen Wagen einsteigen. Er überprüfte das Debiltelefon: 28 nicht beantwortete Anrufe, 32 neue Nachrichten. Eine völlig verrückte Unbekannte, deren Nummer auf 60 endete, verlangte elfmal mit Nachdruck: *Ich möchte, dass du mich sanft durchbumst!* und in der zwölften Nachricht wandte sich Vita an ihn: *Was für ein abscheulicher Artikel! Ruf mich an!*

Auch Maksas' Mitreisende fing von dem Geschreibsel an. Sie rauchte eine Zigarette nach der anderen, bis der Wagen sich in eine Räucherkammer verwandelt hatte. Dann kam sie auf die ›Totenbücher‹ der Tibeter, Ägypter und Ketschuas zu sprechen.

Um Abstand von der aufdringlichen Schwätzerin zu gewinnen, versuchte Maksas seine Geheimmethode zu aktivieren.

Er raste wieder auf demselben Highway in Utah-Nevada-Idaho dahin und war niemand Geringerer als der Vagantensohn des Präsidenten, gerade war die Al-Qaida-Terroristin, die Nichte von Osama bin Laden, in sein Auto eingestiegen, mit Sprengstoff umwickelt wie ein Weihnachtsbaum mit Lichterketten. Sie stellte ihre niederträchtigen Forderungen, das Leben des First Son hing am seidenen Faden, während der Vater im *Oral Office* den Verstand verlor.

Plötzlich glänzte am Himmel ein kegelförmiges Objekt auf. Maksas W. Junior merkte, dass der Wagen ihm nicht mehr gehorchte, und hielt am Straßenrand an. Die Terroristin saß fassungslos da, wie gelähmt. Doch M.W.J. stieg von einer gewaltigen Kraft angezogen aus, direkt vor dem in der Luft schwebenden unbekannten Flugobjekt. Vom UFO löste sich eine menschliche Silhouette, allerdings nicht von der üblichen Größe, sondern drei Meter hoch. Sie hatte einen Hut auf, trug einen langen schwarzen Mantel, in der Hand hielt sie etwas wie einen rechteckigen Koffer und bewegte sich wie beim Radfahren strampelnd vorwärts. Während er näher kam, wurde der Außerirdische immer kleiner, und als er vor dem wie vom Schlag getroffenen Junior stehen blieb, war er schon von normaler Größe.

»Du hast von deinem Doppelgänger gesprochen«, sagte der Ufonaut mit einer sehr tiefen Stimme. »Und siehst du, da ist er.«

Und M.W.J. beobachtete vor Entsetzen wie gelähmt, wie das Gesicht des Ufonauten, das zuerst wie das des Meparapon ausgesehen hatte, seine eigenen Gesichtszüge annahm. Das war noch nicht alles. Etwas trennte sich von Maksas, wahrscheinlich die Seele, blinkte grünlich auf wie ein Riesenglühwürmchen und verschwand dann in der Brust des Doppelgängers.

»Du bist geklont«, sprach die Stimme, schon nicht mehr tief und heiser, sondern sanft wie die von Maksas.

M.W.J.s Klon verschwand in dem leuchtenden Objekt, das mit überirdischer Geschwindigkeit in Richtung Horizont davonflog und dort in einem Bündel keilförmiger Strahlen erstarrte. Die

Terroristin kam wieder zu sich und kletterte auch aus dem Auto. Und jetzt – WERBUNG.

»Was ist das Leuchten dort? Vielleicht eine fliegende Untertasse?«, fragte Maksas in die Ferne zeigend.

»Hihihi«, kicherte das aufsässige Weibsbild mit verrauchter Stimme, »als ich es das erst Mal sah, habe ich das auch gedacht, doch dann hat man mir erklärt, dass das Gewächshäuser sind, die von Žiežmariai, glaube ich, ich kann mich einfach nicht an den Namen erinnern.«

Maksas stieg wieder in den Wagen, und plötzlich überfiel ihn wie ein Würger mit einer Schlinge absolute Resignation.

IM SCHÄLCHEN lag ein köstliches Stückchen rohes Rindfleisch und duftete ganz verführerisch. Das Futter wurde Bubastis zweimal pro Woche von der Anderen Frau gebracht. Sie wechselte auch die Katzenstreu aus. Sie sorgte sich sehr um sie, trotzdem mochte die Katze sie nicht.

Bastet weigerte sich, ihr richtiges Zuhause zu verlassen und in irgendein anderes zu ziehen. Zuerst hatte die Andere Frau versucht, sie zu sich zu locken, doch die Katze ließ sich nicht einmal auf die Arme nehmen. Sie fauchte mit angelegten Ohren. Dann nahmen sich die beiden Söhne der unmöglichen Aufgabe an. Zuerst Bastets Liebling. Sie ließ sich sogar in sein Auto bringen und zu ihm nach Hause fahren. Hier aber begann sie ohne Unterlass zu miauen, setzte ihr herzzerreißendes Konzert die ganze Nacht fort und wurde deshalb dorthin zurückgebracht, von wo man sie geholt hatte.

Dann kam der zweite, den die Verlorene aus irgendeinem Grund Schutzengel genannt hatte. Der hatte eine Kate mit Garten, drei Hunde und zwei Katzen. Doch es lag in seiner Natur, allen Unglück zu bringen, auch wenn er nur von Schönheit und Güte sprach. Wie die zwei Katzen es mit ihm aushielten, war Bastet ein Rätsel. Der Schutzengel kam mit einem großen Leinensack an, doch er schaffte es nicht einmal, die Katze vom Bücherregal herunterzubefördern, obwohl er zu diesem Zweck auch eine Leiter benutzte. Er verließ die Wohnung unverrichteter Dinge. Wahrscheinlich dachte er, was für eine ekelhafte Katze, und kam gar nicht darauf, dass er selbst ein Ekel war.

Bubastis war wieder allein. Die Tage und Nächte verbrachte sie so wie sie wollte. Sie schlief viel, meditierte aus dem Fenster schauend, betete schnurrend in der Bibliothek der Verlorenen und scannte Bücher. Solange die Verlorene noch am Leben war, hatte Bastet nie Zeit für solche Beschäftigungen gehabt. Das Lesen der Menschen und das Scannen der Katzen unterscheiden sich wesentlich voneinander. Die Katzen entnehmen den Büchern die Information ebenso leicht, wie sie mit ihrer rosa Zunge die Milch aus ihrem Schälchen lecken. Sie saugen die wirkliche Essenz des Textes heraus, den Ursinn, der viel früher entsteht, als er zu Sprache wird. Deshalb waren für die Katzen Dinge wie eine Unterhaltung über Sprachgrenzen hinweg kein Problem, denn ihnen hatte zu keiner Zeit das babylonische Übel gedroht, sie vermochten sich seit Urzeiten ohne Wörterbücher und Übersetzer miteinander zu unterhalten. Wozu überhaupt brauchte man eine Sprache, wenn man nicht nur miauen und schnurren, sondern auch alles Wichtige telepathisch mitteilen konnte? Der Mensch fühlte sich vielleicht auch mit den Worten wohl, die Katze hingegen ohne sie viel besser.

Wozu Buchstabe um Buchstabe folgen, Wörter zusammensetzen, beobachten, wie sie sich zu Sätzen fügen, denen dann erst noch der Sinn entnommen werden musste? Wozu Blatt um Blatt um Blatt wenden? Obwohl Brodsky gesagt hatte, dass man mit einer Löwen(Katzen)pfote die Seiten einfacher wenden könne als mit dem Huf des Pegasus. Nicht umsonst hatte er den Nobelpreis erhalten.

Bubastis mochte auch eine andere Nobelpreisträgerin, Wislawa Szymborska. Den Preis hatte sie allein schon für die letzte Strophe des Gedichts ›Katze in der leeren Wohnung‹ verdient: *Komme er nur, / zeige er sich. / Er wird's schon erfahren. / Einer Katze tut man so etwas nicht an. / Sie wird ihm entgegenstolzieren, / so, als wolle sie es nicht, / sehr langsam, / auf äußerst beleidigten Pfoten …*

Auch Czesław Miłosz hatte die Stockholmer Lorbeeren zu
Recht verliehen bekommen, siehe das winzige Gedankenspiel
mit dem Titel ›Katzengeheimnisse‹: *Schon beim Ansehen der
Katze bekommt man Lust, sie zu berühren und zu streicheln.*
Bastet gefielen auch die ›Katzen‹ von Eliot, obschon sie das nach
diesen Gedichten verfasste Musical ›Cats‹ von Lloyd-Webber
nicht schätzte.

Man glaube aber nicht, dass Bastet eine Snobistin war, die nur
auf Nobelpreisträger stand. Sie vergötterte Kipling für ›Die
Katze, die ihre eigenen Wege ging‹ und Carroll für die Cheshire-
Katze. Selbstverständlich fesselte sie nicht nur das Thema Katzen. Sie scannte die verschiedensten Bücher, nagte manchmal an
den Umschlägen und Rücken von einigen herum, damit der Text
einfacher ins Hirn strömte. Wenn sie anfinge, ihre Lieblingsro-
manciers, -dichter und -essayisten aufzuzählen, dann würde der
Platz hier garantiert nicht dafür ausreichen. Bastet hatte jedoch
noch eine besondere Schwäche: von Frauen geschriebene Texte.
Sie wählte sogar für jede ihrer Wiedergeburten ganz bewusst
das weibliche Geschlecht, und die paar Male, als sie ein Katerda-
sein versuchte, hinterließen bei ihr nur große Enttäuschung.

Wenn sie genug von den ernsten Texten in der Bibliothek der
Verlorenen hatte, dann scannte Bubastis die Zeitungen. Gut,
dass sie noch niemand weggebracht hatte, unter dem Küchentisch lag ein riesiger Stoß. Bastet interessierte sich nicht für die
Ereignisse in Litauen und auf dem ganzen Planeten. Manchmal
leckte sie kurz an der Spalte »Vermischtes«. Da erfuhr sie zum
Beispiel, dass in der Welt 450 Millionen Menschen Katzen hielten und in Litauen jeder dritte eine hatte. Am meisten interessierte sie aber die Mentalität der heutigen Menschen, über die
sie in der Rubrik »Anzeigen« etwas erfuhr.

Dienstleistungen, verschiedene: *fachmännische, schnelle
und effektive Kontaktvermittlung zwischen Menschen verschiedenen Alters in Litauen und im Ausland. Organisation von
Single-Partys. / Vermittlung von Kontakten zwischen selbstän-
digen Singles (bis 70) für ernsthafte Beziehungen. / Hilfe bei Familiengründung in Litauen und im Ausland. Kataloge, Inserate,*

Internet. / PARTNERSUCHE: *Frau, 28, möchte kultivierten Mann für eine Freundschaft kennen lernen.* / *Mann, 37, sucht Polin mit ruhigem Charakter.* / *Mann, 45, ohne schädliche Angewohnheiten (mit Eigenheim), sucht Frau zwecks Familiengründung.* / *Fröhliche und sympathische Brünette, 25, sucht intelligenten Herrn ab 30 für Beziehung.* / *Sympathischer junger Mann möchte Mann kennen lernen, keine SMS.* / *Bin der Einsamkeit müde, Frau aus der Suvalkija, 165 cm, schlank, gebildet, sucht Mann, 40-45.* / *Wohlhabender Mann sucht Mädchen oder Frau für schöne Stunden, Briefe mit Foto erbeten.* ANDERE DIENSTLEISTUNGEN: *Dein Ego + meine Libido* / *Hübsches Girl, kalter Sekt, was will man mehr?!* / *Tango wird zu zweit getanzt, zwei sympathische Brünette erwarten euch.* / *ESH (Erste Sex-Hilfe)* / *Liebesspiele bei Ihnen zu Hause.* / *Zwei leidenschaftliche und liebe Kätzchen versüßen Ihre Einsamkeit.* / FAUNA, FLORA: *Staffordshire-Terrier (2 J., schwarz) sucht reinrassige Partnerin für Liebesspiele.* / *Himalaja-Kater lädt Exoten- und Perser-Kätzinnen auf ein Date ein.* / *Golden-Retriever-Hündin (sehr gut aussehend) sucht Mann.* / *Perser Color Point Kater (Medaillenträger, extremer Typ) lädt Kätzin derselben Rasse auf ein Date ein.*

All diese Themen passten meist auf eine Anzeigenseite, getrennt von den Immobilien, Automobilen, Reisen, Aktionärsversammlungen und Strafsachen. Muss noch angefügt werden, was ihnen gemeinsam war? Genau, der Liebeshunger. Bastet lachte nicht über diese Texte. Ganz im Gegenteil, sie betrachtete die Anzeigenseiten mit einer gewissen Pietät, denn sie wusste, dass die Verlorene sie selbst durch ein Inserat gefunden hatte, auch wenn sie vielleicht eigentlich einen Mann gesucht hatte.

Bastet selbst kümmerten die Männchen nicht mehr. Der Bruch fand ganz plötzlich statt. Gerade noch hatte sie sich von Liebeshunger geplagt auf dem Teppich gewälzt, vor Sehnsucht geschrien, so laut sie konnte, und nach den in der Luft liegenden Liebesvibrationen gehascht. Im Frühling führte sie dieses Ritual mehrmals pro Monat durch. Sie wusste, dass der In-Besitz-

Genommenen solch ein Verhalten gar nicht gefiel, obwohl diese nicht weniger nach Liebe dürstete.

Da sie sich selbst den Liebeshunger nicht austreiben konnte, beschloss die Gezähmte, wenigstens die Katze davon zu befreien. Sie fuhr Bastet durch die ganze Stadt zum Liebesvernichtungsplatz. Dort roch alles nach verstümmelter Leidenschaft, lebloser Begierde und verrottenden Resten von Geschlechtlichkeit. Bastet versuchte sich gegen die Fremden in einheitlich grünen Kitteln zu wehren, schlief aber nach einem plötzlichen Stich auf dem kalten verzinkten Tisch ein, und als sie erwachte, war sie schon leer. Leerer als das Vakuum.

Allmählich begann sie sich wieder zu füllen, denn die Natur mag keine Leere. Als Erstes kehrte die Trauer zurück. Dann der Schmerz über das, was geschehen war. Dann Wut und Zorn. Ihr schien, sie werde der Gezähmten nie vergeben können. Doch die göttliche Natur der Katze gewann die Oberhand. Die Verzweiflung und die Rachegelüste wegen der körperlichen Verluste machten geistiger Freude, Sanftmut und Anhänglichkeit Platz.

Aber hin und wieder machte sich Bastet wegen etwas Sorgen, wovon die Menschen absolut nichts verstanden. Je mehr Katzen es nämlich auf der Welt gab, desto sicherer war diese vor dem Untergang. Wenn die Menschheit den Schutz der Katzen verlor, dann würde sie in den Abgrund fallen. Genau deshalb mussten sich die Katzen fortpflanzen und vermehren!

PLÖTZLICH verfinsterten dunkelgrüne Wolken den Himmel wie zum Weltuntergang. Blitze zuckten, als ob jemand mit wilden Gebärden weiße, gelbe und rote Zickzacklinien in den Raum gezeichnet hätte. Draußen und auch in Julija selbst, die jetzt eins mit dem Äußeren war, donnerte es ohrenbetäubend. Anfang Februar gab es sonst nie Stürme in Litauen, deshalb zog Julija den Schluss, dass dieses Höllenunwetter nur für sie allein wütete. Mit jedem sie durchbohrenden Blitz und jedem gewaltigen Donner wurde ihre Angst größer. Sie dachte bei sich, dass sie vielleicht erst jetzt wirklich gestorben war und dass so die Totenwelt aussah.

Langsam zog der Sturm ab und verschwand dann endgültig in der Ferne. Ruhe trat ein. Die Furcht aber blieb. Julija fühlte sich wie beim Betrachten eines Horrorfilms, wo bei nervenaufreibender Musik nichts passierte und doch eine unerträgliche Spannung herrschte. Früher hatte sie vor angstmachenden Bildern die Augen geschlossen. Das tat sie nicht nur als kleines Kind, sondern auch noch als erwachsene Frau. Jetzt konnte sie das nicht mehr. Sie musste durchhalten. Julija beschloss, die eine Furcht mit einer anderen zu vertreiben, so wie ein Keil den anderen hinausstößt. Zuerst versuchte sie sich an die größten Ängste ihrer Kindheit zu erinnern.

Als Julija noch klein war, aber schon groß genug, um die Ereignisse um sich herum wahrzunehmen und ihre Eindrücke auch festzuhalten und sich an sie zu erinnern, hatte sie am meisten Angst vor der Dunkelheit. Vor der Dunkelheit und allem, was aus ihr hervorkam: seltsame Geräusche, Rascheln, wirkliche oder vorgestellte Schritte, Atmen, Zischen, Fauchen, Scharren, Flüstern, ohrenbetäubende Stille, unsichtbare Wesen, Schattenfiguren, gelbe und bläuliche Flecken mit leuchtenden Rändern, Gespenster, Vampire, schwarze Propheten des Jenseits und der Tod selbst, verschwimmend mit den fahlen Lichtflecken des Mondes an den Wänden.

Doch das Unheimlichste war nicht das, was die kleine Julytė benennen, erkennen oder zumindest erahnen konnte, nicht die Schrecken, die unter dem Bett lauerten, sich im Schrank versteckten, an der Tür scharrten oder ans Fenster klopften. Das Entsetzlichste war das, was sie nur mit dem zwischen dem Herzen und dem Bauch pendelnden Organ erfühlen konnte. Beim Gedanken an das Ausmaß der sich nähernden, unbekannten Angst zitterte Julija, denn sie wusste, dass sie von dem Grauen, das noch niemand zuvor auf der Welt gesehen hatte und das nur ihr allein zu erblicken bestimmt war, gnadenlos vernichtet werden würde. Am nächsten Morgen würde die Mutter ihr liebes kleines Mädchen nicht mehr im Bettchen vorfinden und falls doch, dann wäre das ein ganz anderes, vertauschtes, besessenes Kind.

In ihrer Kindheit fürchtete sich Julija auch vor Beerdigungen, denn innerhalb kaum eines Jahres starben, als ob sie sich abgesprochen hätten, Oma und Opa väterlicherseits und dann die Großmutter mütterlicherseits. Die Enkelin, die an jedem Totengeleit teilnehmen musste, starrte beinahe ohne mit den Augen zu zwinkern den in Blumen ertrinkenden Sarg an, wartete mit Angst und in süßer Vorahnung des Grauens auf das, was geschehen würde, wenn sich der Tote plötzlich bewegte. Vom Friedhof wieder zu Hause, schlotterte sie die ganze Nacht in der Erwartung, dass die Seele des Toten oder er selbst zu Besuch käme, wieder erwacht, mit Erde verschmutzt und voller Wunden vom Kampf mit dem Sargdeckel. Die Angst vor den Toten wurde zu ihrem wichtigsten kindlichen Vergnügen und einem ihrer größten persönlichen Geheimnisse, wie die unter dem Dielenboden versteckten Mysterien aus Glasscherben, Blumen und Bonbonpapierchen.

Julija gehörte nicht zu den Menschen, die sich mit süßer Nostalgie an ihre Kindheit erinnerten. Als kleines Kind hatte sie sich nicht glücklich gefühlt. Das bezeugten auch die erhalten gebliebenen Fotos mit dem von existentieller Verzweiflung gekennzeichneten Pummelchen, das in Augenblicken der Fröhlichkeit wegen seiner krummen Nase, der Pausbacken, des Doppelkinns und des dünnen, hellen, beinahe weißen Haares Nikita Chruschtschow genannt wurde.

Die größte Traurigkeit und die meisten Ängste verursachte Julija als Kind die Krankheit ihres Vaters. Dass er todkrank war, spürte Julytė mit fünf. Damals wurde eine Diagnose wie Krebs den Patienten nicht mitgeteilt, und es blieb ihnen nichts anderes übrig, als unter Qualen ihr Schicksal zu erraten. Das Mädchen hatte Krebse nur in den Kinderbüchern gesehen und wunderte sich sehr, dass Mutter, kaum war Vater gegangen, ans Telefon stürzte, ihre Freundinnen anrief und bitterlich weinend nur über dieses scheußliche Wesen mit den Scheren sprach.

Der Vater musste immer wieder ins Krankenhaus und kehrte von dort um die Hälfte abgemagert zurück. Julija aber betete zum lieben Gott, der einige ihrer bescheidenen Wünsche dienstfertig erfüllt hatte, dass der Vater möglichst lange zu Hause bleiben möge. Das Mädchen ging den Vater nicht gern im Krankenhaus besuchen und fürchtete sich davor. Sie schauderte vor den langen, nach Medikamenten riechenden Korridoren, den Aufzügen mit den entsetzlich unglücklichen Passagieren, den weißen Kitteln, dem Klirren der metallenen Instrumente, und noch grausiger als alles andere sahen die Krankenzimmer mit den in zwei Reihen Seite an Seite aufgestellten Betten aus. Einmal sah sie einen Menschen, der keinen Unterkiefer mehr hatte, ein andermal hörte sie jemanden fürchterlich röcheln und erblickte, als sie sich umgedreht hatte, einen Mann, dem aus einer mit Pflastern verklebten Wunde am Hals ein Gummischlauch ragte. Diese zwei Todeskandidaten hielten sofort in Julijas Träume Einzug und blieben dort ihr ganzes Leben lang, viel länger als alle schönen Eindrücke aus der Kindheit.

Das Mädchen wusste, dass dem Vater der Magen entfernt worden war, und schon bald zerstückelte der Krebs mit seinen Scheren auch die anderen Organe. Schläuche begannen den Vater zu überwuchern, und während die Mutter ihn umsorgte, sah Julytė manchmal Säckchen mit Pipi und Kaka und auch das Pimmelchen des Vaters, klein wie der Daumen eines »die Feige« zeigenden Kindes.

Durch Mark und Bein ging es ihr, wenn der Vater zu schreien anfing. Meistens brüllte er nachts mit unmenschlicher Stimme los, und dann wusste Julytė, dass Papa den Schmerz nicht mehr aushielt. Sein Stöhnen barg einen Schrei von ungehörtem, unvorstellbarem Ausmaß und Grauen, der jeden Menschen, der ihn hörte, in Scherben zerspringen ließ. Während der Vater sich dem Ende zuneigte, wurde die Mutter dicker und breiter. Der Nachbarsjunge flüsterte Julija zu, dass sie bald ein Brüderchen oder ein Schwesterchen haben werde. Die kleine Julija glaubte das nicht und begründete ihre Meinung mit dem schwerwiegenden Argument eines erwachsenen Menschen, dass Mama sich auch so schon abmühe, was wollte sie da noch mit einem kleinen Baby. Der größer werdende Bauch der Mutter bedeutete für das Mädchen noch nicht die Entstehung neuen Lebens.

Den Tod des Vaters sagte ein Vogel voraus. Am Morgen hörte Julytė, wie er gegen die Fensterscheibe prallte, einen mitleiderregenden Laut von sich gab und auf den blechernen Fenstersims fiel. Das Mädchen wusste, was geschehen war, wollte es jedoch nicht mit ansehen. Als ihre Mutter kam, um sie zu wecken, zog sie den Vorhang zurück und stieß heiser hervor: »Oh Gott, ein toter Rabe. Woher kommt der denn jetzt?«

»Ja, ich weiß«, antwortete Julija und fügte hinzu: »Heute wird Papa sterben.«

»Wag es nicht, so was zu sagen!«, schrie die Mutter unerwartet böse, sprang zum Bett der Tochter, zog die Decke zurück und gab dem Mädchen einen schmerzhaften Klaps auf den Hintern.

Julija weinte nicht. Es hatte keinen Sinn. Es würde ja doch keiner kommen und sie trösten. Sie bat nur, dass die Mutter ihr erlaube, den Vogel zu beerdigen. Doch die war aus einem unerfindlichen Grund immer noch wütend, holte eine Kehrschaufel und stieß den Raben vom Sims. Julytė meinte trotzig, sie werde trotzdem in den Hof gehen und ihn begraben, doch die Mutter unterbrach sie streng: »Nein, du bleibst hier bei Papa. Ich habe zu tun. Ich komme am Mittag wieder.«

»Lass mich nicht allein! Ich habe Angst. Papa wird sterben.«

»Was krächzt du da schon wieder?! Kleine Kinder dürfen nicht über den Tod reden, der liebe Gott wird sie bestrafen.«

»Wie wird er sie bestrafen?«, flüsterte Julija und spürte, wie ihr vor Angst die Hände und Beine taub wurden.

»Das wirst du schon sehen. Wenn du Angst hast, dann geh nicht in Papas Zimmer. Unternimm etwas Vernünftiges.«

Die Mutter schlüpfte in ihre schwarzen Schuhe, schminkte sich die Lippen rot und eilte davon. Julytė schlenderte in ihr Zimmer, schob gegen den in der Nähe lauernden Tod einen Stuhl vor die Tür und versuchte so zu tun, als ob sie spielte. Doch die Puppen gehorchten ihr nicht. Hinter der Wand war es still. Der Vater schrie nicht. Julytė kroch aus ihrem Versteck und schlich auf Zehenspitzen nachsehen, wie es ihm ging. Sie wusste ganz genau, dass der Tod dort war, hinter der Tür, sich über den

Vater beugte und röchelte. Zuvor hatte sie nur Tote gesehen, jetzt aber wollte sie unbedingt Den sehen, Der Sie Holt.

Julytė öffnete vorsichtig die Tür und sah sich ängstlich aus den Augenwinkeln im Zimmer um. Sie erblickte einen Hünen in einem schwarzen Umhang, der mit dem Kopf die Decke erreichte. Der Tod schrumpfte, wurde flach, verwandelte sich in das rot und schwarz karierte Plaid auf Papas Bett. Julytė ging hinein. Der sich als Bettdecke tarnende Tod übertrug seinen röchelnden Atem auf Papas Kehle. Die Tochter spürte keine Furcht mehr, sie trat zu ihm, setzte sich auf den Bettrand und verkündete mit dünnem Stimmchen: »Papa, ich bin's.«

Der Vater öffnete die Augen und lächelte. Dann drückte er Julijas Hand und atmete ganz laut aus. So laut, dass im Zimmer schwarze und rote Kreise herumflogen. Dann ließ seine Hand die Finger der Tochter los und erschlaffte ganz. So oft Julytė auch versuchte, sie zu heben, sie fiel jedes Mal wieder wie eine Stoffpuppe ohne Kopf mit fünf herunterhängenden Beinchen auf die totenkarierte Decke zurück. Das Mädchen spürte keine Furcht und blieb so lange am Bett des Vaters, bis die Mutter zurückkehrte. Sie fand die Tochter zu einem Knäuel zusammengerollt neben dem toten Vater schlafend.

»Oh Gott, was ist los, Kindchen?!«, schrie sie und riss das Mädchen mit zitternden Händen zur Seite.

Dem Mädchen aber schien es, dass die Mutter »Was hast du da getan, Kindchen?!« gerufen hatte. Deshalb fühlte sich Julija schuld am Tod ihres Vaters. Wäre sie nicht ins verbotene Zimmer geschlichen, dann wäre der Tod ruhig an seinem Platz geblieben. Ohne Julijas Verbrechen hätte der Sensenmann den Vater noch lange nicht mit Schwarz und Rot zugedeckt, hätte ihm nicht seinen röchelnden Atem eingeflößt und ihm nicht den letzten Atemzug entrissen. Dieses Schuldgefühl, mit der Zeit unerkennbar, unbenennbar, abstrakt, verfolgte Julija ihr ganzes Leben lang.

Der Vater starb im Alter Christi. In den Augen der Erwachsenen verbrannte der junge Mann ungewöhnlich schnell, in weniger als einem Jahr, doch nach Julijas kindlichem, langsamem und trägem Gang der Zeit schien er unsäglich lange krank gewesen zu sein. Gleich nach der Beerdigung träumte sie von ihrem Papa, wie er zusammen mit weißen Raben umherflog, und freute sich sehr über diesen Traum. Mutters Bauch wurde währenddessen immer dicker. Jetzt schöpfte auch Julija Verdacht, dass sich dort ein Kind verstecke.

Ihre Befürchtungen bewahrheiteten sich schon bald. Ein Brüderchen wurde geboren, zu Ehren des Vaters Augustinas genannt, das wie ein rosaroter schreiender Schwamm die ganze Liebe ihrer Mutter aufsog. Für Julytė blieb nichts übrig, denn Augutis war Körper und Blut des Vaters, ein sich bewegendes, mit jedem Tag klareres Abbild des Verstorbenen, eine neue, verbesserte Kopie des Dahingegangenen, vielleicht sogar die Inkarnation seiner Seele.

Julijas Kindheit endete am 27. Mai 1968. An jenem Tag starb Juri Gagarin. Julytė himmelte die Kosmonauten nicht an, aber der Anblick seiner fröhlichen Augen, seines schelmischen Lächelns, seiner sorglosen Bewegungen und seines federnden Gangs hatte ihr wesentlich mehr bedeutet als das Ansehen von Cartoon-Prinzen. Etwa zehn Jahre später erinnerte sie sich immer noch ganz deutlich an den durch den Tod verstärkten Sexappeal Gagarins und entschied, dass sie da zum ersten Mal Begierde verspürt hatte.

Nach noch einmal drei Jahren begann Julijas Pubertät, und damit überfluteten sie neue Ängste. Mit elf fürchtete Julija Waagen, Strände und Turnstunden am meisten. Sie war übergewichtig, kämpfte jedoch in keiner Weise dagegen an. Bei medizinischen Kontrollen in der Turnhalle war es, als ob man ihre Kilos über den Lautsprecher bekannt gäbe, sie auf einer Tafel aufleuchten ließe und sie denen, die dem ekelerregenden Faktum noch keine Aufmerksamkeit geschenkt hatten, persönlich mitteilte oder schriftlich vorlegte. An ihrem pummeligen Körper ließen sich schon Ansätze zu Brüsten erkennen, die in diesem Alter (und in diesen Zeiten) mit Schande verbunden wurden.

Den Rest gab Julytė ein Ausflug an den Fluss mit ihrer Mutter, ihrem Bruder und dem dreizehnjährigen Cousin. Julija trug ein Kinderbadekleidchen, das sie in der Eile verkehrt herum angezogen hatte. Sie schwamm nicht gern, watete nur bis zur Hüfte ins Wasser und hüpfte dann ein bisschen herum. Als sie so vor sich hin planschte, begann der Cousin plötzlich zu kichern und zu kreischen: »Oh, Mädchen, was hast du denn da?!« Das nasse Badekleid war verräterisch heruntergerutscht und hatte zwei schüchterne, doch schon ziemlich klar sichtbare Höckerchen freigelegt. Der erste Gedanke, der Julija in den Sinn kam, war, unter- und nicht wieder aufzutauchen. Sich zu ertränken. Die Mutter brachte sie nur mit Mühe an Land. Julija stieg bebend aus dem Wasser, bedeckte ihre Brust mit den Händen, und obwohl das Wetter kühl war, glühte sie vor Scham. Nach diesem Ereignis mied sie die Strände, auch noch als Erwachsene.

Ebenso träumte sie bis heute von den fürchterlichen Turnstunden und den monströsen BAV(Bereit zu Arbeit und Verteidigung)-Normen. Zu jener Zeit hatte Julija größere Angst vor dem dunkelblauen, enganliegenden Baumwoll-Trainingsanzug als vor den Ungeheuern, die die Menschen in den Märchen auffraßen. Kaum kam sie in diesem Schandkleid aus dem nach Schweiß riechenden Mädchen-Umkleideraum, hörte sie auch schon alle rundherum im Chor grölen: »Oh, Mädchen, was hast du da, was hast du da?!« Wie die meisten Dickerchen war Julija ungelenkig und schaffte es deshalb weder, sich am Seil hochzuhangeln, noch im Weit- oder Hochsprung das nötige Resultat zu erzielen. Die Sportgeräte erinnerten sie an die im Atheismus-Museum ausgestellten Folterinstrumente der Inquisition.

Zu einer weiteren Prüfung wurden die Kriegsertüchtigungsstunden. Julija überkam ein beklemmender Schauder, wenn sie in einigen Dutzend Sekunden eine Kalaschnikow zerlegen oder zusammensetzen musste. Nicht geringere Angst verursachten die obligatorischen Schießübungen. Wenn sie sich mit der kurzen Schuluniform und den daraus hervorragenden dicken Beinen im Schießstand hinlegte, dann spürte sie, wie Oberstleutnant Zajcevas ihr geradewegs in den Schritt schaute; mit sittsam aneinander geschmiegten Oberschenkeln konnte man ja nicht schießen. Das Ziel traf sie nie, machte sich deshalb aber keine großen Vorwürfe. Vor den Stunden, in denen man in der vorgegebenen Zeit die Gasmaske aufsetzen musste, fürchtete sich Julija schon eine Woche im Voraus. Sie wurde von Klaustrophobie und Erstickungsangst geplagt, während Zajcevas dem Nervenflattern des Teenagers zuschaute, wüste russische Flüche ausstieß und behauptete, dass Das Vaterland keine Angsthasen brauchen könne.

Neben den alltäglichen, von der Realität diktierten Ängsten gab es auch andere, die Julija erst viel später als physiologisch existentiell erkannte. Es waren die Furcht vor der endgültigen Erkenntnis, wie die Kinder gemacht werden, das bange Warten auf die erste Menstruation, der Schrecken schon beim Gedanken an den Verlust der Jungfräulichkeit, auch wenn sie noch gar nicht recht wusste, wie dieses Ritual vonstatten ging. Alle Ängste vor dem Frauwerden wurden gekrönt von dem Grauen beim Gedanken an den ersten Besuch beim Gynäkologen.

Obwohl sie Angst davor hatte – das Rätsel, wie die Kinder gemacht wurden, wollte Julija möglichst schnell lösen. In ihrer Klasse gab es ein Mädchen namens Milda, eine ganz miserable Schülerin zwar, dafür aber als unerreichte Expertin des »anderen Endes« bekannt. Darum gebeten, die ihr vorliegenden intimen Informationen mit Julija zu teilen, war Milda gern dazu bereit. Julija hatte aus irgendeinem Grund das Gefühl, dass ein geschlossener Raum für eine solche Unterhaltung nicht geeignet wäre, als ob dort die schwerwiegende Frage wie ein Damoklesschwert über ihr hängen würde und die schreckliche Antwort sie wie Giftgas ersticken müsste. Es war Frühling, deshalb lockte sie die Freundin hinaus in die Natur, und irgendwie fanden sie sich am Fluss wieder, am selben Ufer, von dem aus man ihr zugerufen hatte: »Oh, Mädchen, was hast du da …«

Milda legte sachlich dar, wie alles geschah, und demonstrierte es der Klarheit halber, indem sie ein paarmal den Zeigefinger der rechten Hand in die halb geballte linke Faust steckte. Julijas Verstand weigerte sich, das zu glauben, auch wenn ihr Unbewusstes mürrisch behauptete, dass Milda die Wahrheit sagte. Sie konnte sich einfach nicht vorstellen, wie Mama und Papa ES taten.

Julija ahnte tief in ihrem Herzen, dass Milda nicht log, doch sie begann hartnäckig, ihre Wahrheit zu verteidigen, indem sie versicherte, dass in allen von ihr gelesenen Büchern ganz einfach geschrieben stand »sie war schwanger« und niemand den von Milda erdachten Unsinn beschreibe. Die Schwangerschaft trat ein, unmittelbar nachdem sich die Helden geküsst oder im selben Bett zu schlafen begonnen hatten.

»Weißt du was«, fügte Julija mit der Ironie eines alten Weisen an, »die Natur ist doch sehr gescheit. Ihr wäre sicher etwas Einfacheres in den Sinn gekommen als dieses Hineinstecken und Herausziehen?«

»Nun, vielleicht hat sie sich einfach nichts Besseres ausgedacht«, sagte Milda, zuckte mit den Achseln und erreichte ganz plötzlich erstaunliche Höhen der Philosophie: »Nicht weniger dumm scheint mir, dass der Mensch geboren wird und dann sterben muss.«

An jenem Tag sah Julija auf dem Heimweg zwei sich paarende Hunde. Vielleicht hätte sie das früher für ein unschuldiges Spiel gehalten, jetzt aber zweifelte sie nicht im Geringsten daran, was der auf zwei Beinen stehende Köter da tat, wenn er die grinsende Hündin mit dem Hinterteil stupste.

Noch am selben Abend schlich sie sich zu dem Versteck, wo die Mutter das Buch ›Im Namen der Liebe‹ des einzigen sowjetischen Sexologen Zālītis aufbewahrte. Mutter hatte ihr diese Bombe schon von fern gezeigt und ganz streng erklärt, die Tochter dürfe es erst in die Hand nehmen, wenn die Zeit dafür gekommen sei. Julija hatte also entschieden, dass die Zeit gekommen war, nahm das Buch mit in ihr Zimmer und las bis spät in die Nacht darin. Das hier dargebotene Geschlechtlichkeits-Mysterium fand sie zum Kotzen. Alles, was Milda gesagt hatte, entsprach der Wahrheit und drohte unausweichlich auch Julija. Sie schwor sich, dass sie nie einen Mann auch nur in ihre Nähe lassen würde, kroch unter die Decke und weinte bitterlich. Sie war bereits zwölf.

Es stellte sich heraus, dass die Schreckgespenster in Wirklichkeit gar nicht so groß waren, wie sie die Phantasie an die Wand

malte. Die Monatsblutung, von der Mutter feinfühlig »Tage«
genannt, begann für Julija mit dreizehn. Das allererste Mal blieb
ihr natürlich in Erinnerung. Es war Ende Sommer, sie war im
Garten der Tante und half beim Johannisbeerpflücken. Plötzlich
spürte sie etwas ihre Beine hinunterrinnen. Der Tag war heiß,
deshalb dachte sie, es wäre Schweiß. Sie wollte sich abtrocknen,
hob den Rock und entdeckte Blut auf den Oberschenkeln. Sie erschrak nicht, freute sich eher. Bis zum endgültigen Finish der
Pubertät blieben ihr noch zwei Jahre.

Es geschah während eines Tanzabends, vielmehr danach.
Nein, Julija verlor nicht ihre Unschuld, dieser bedeutsame Augenblick lag noch vor ihr. Den ganzen Abend über rieb sie sich
(tanzen konnte man das nicht nennen) am bestaussehenden und
tollsten Jungen der ganzen Schule. Trotz ihrer Körperfülle war
sie ein ziemlich beliebtes Mädchen und zog das andere Geschlecht an wie ein Magnet. Der Schönling küsste Julija also,
besabberte ihr das ganze Kinn und betätschelte sie draußen gehörig.

Sie rannte mit wild schlagendem Herzen nach Hause, überzeugt davon, dass alles, was eben geschehen war, in roten Lettern
auf ihrem heißen Gesicht geschrieben stünde. Um ihrer Mutter
nicht zu begegnen, verschwand sie sofort in der Toilette und entdeckte plötzlich etwas sehr Seltsames. Ihr Höschen war feucht.
Von Angst gepackt fuhr sie über ihre Schamlippen und sah auf
einem Finger farblosen Schleim. Sie bekam ganz weiche Knie. Es
war klar, dass sie sich beim Küssen irgendeine furchtbare
Geschlechtskrankheit geholt hatte. Syphilis wahrscheinlich. Sie
wälzte sich, ohne ein Auge zuzutun, die ganze Nacht im Bett hin
und her, in dem Bewusstsein: der erste Besuch beim Gynäkologen war jetzt nicht mehr zu vermeiden.

Am nächsten Morgen schlich sich Julija zur Frauenärztin statt
zur Schule. Sie fühlte sich als schreckliche Verbrecherin und
hatte beinahe keine Zweifel daran, dass die Ärztin wegen der Syphilis die Miliz rufen würde. Vor lauter Aufregung bekam sie
von der Untersuchung auf dem Gynäkologenstuhl fast nichts
mit. Julija beantwortete aufrichtig alle Fragen der ergrauten

Ärztin und konnte nicht begreifen, warum diese immer breiter lächelte. Schließlich sagte die Frau Doktor: »Wenn du dort feucht wirst, dann heißt das, du willst einen Jungen. Hat dir deine Mutter das denn nicht erklärt?«

Nein, sie hatte es ihr nicht erklärt. Ihre Mutter hatte schon vor einem Jahrzehnt der Bruder in Besitz genommen und ihr nie zurückgegeben. Julija machte sich aber deshalb jetzt keine Gedanken. Sie war unendlich erleichtert und ging fröhlich in die Schule, um sich mit Milda zu treffen. Da hörte sie dann das schicksalhafte Wort: Begierde. Sie begriff, dass die Pubertät unwiderruflich zu Ende war.

Auch der nächste Lebensabschnitt kam nicht ohne Ängste aus, doch die waren fast das Gegenteil der früheren. Jetzt fürchtete sich Julija am meisten davor, dass sie es einfach nicht schaffen würde, rechtzeitig ihre Unschuld zu verlieren, dass kein Mann sie wollen und sie als bedauernswerte alte Jungfer enden würde. Äußerst bedrohlich klang für sie das Wort »frigide«, obwohl sie sich nicht ganz im Klaren war, was es bedeutete. Der schlimmste Horror aber war das Gebären.

Zu einer weiteren Quelle der Angst wurde der Großvater. Auf Wunsch ihrer Mutter zog Julija bei ihm ein, um ihm Essen zu kochen, die Wäsche zu besorgen und die Zimmer zu machen. Erst freute sie sich über diese Entscheidung, denn sie wollte möglichst schnell selbständig werden. Doch bald wurde der Großvater immer kindischer, schwachsinniger und verrückter. Der Wahnsinn und das Alter ließen die sechzehnjährige Julija nicht weniger erschauern als die anderen »physiologisch existentiellen« Ängste.

Zum Glück entledigte sie sich zumindest ihrer Unschuld ziemlich schnell, und so verschwand die schreckliche Bedrohung, Jungfrau zu bleiben, für immer. Es war nicht im Entferntesten eine romantische Erfahrung, vielmehr eine Aufgabe, die möglichst bald und möglichst effizient zu erledigen war. Alles geschah in einem herbstlich ungemütlichen Gartenhäuschen nach der Oktober-Parade. Es wurde beschlossen, die Revolution aus den Höhen der Geschichte auf die persönliche Ebene herunter-

zuholen und zu dem zu machen, was Julija später Gruppen-Ent-
jungferung nannte.

Acht Klassenkameraden, vier Mädchen und vier Jungen,
kauften sich Apfelwein mit Schuss und fuhren mit dem Bus
zum Gartenhäuschen eines ihrer Väter. Sie sprachen beinahe
kein Wort miteinander und setzten eine Miene auf, als wären
sie zur Kartoffelernte unterwegs. Alle wussten, was passieren
würde, und jeder trug wie einen bösartigen Zwerg seine Angst
auf den Schultern.

Die Gärten sahen im Herbst besonders trist aus, im Häuschen
roch es nach Feuchtigkeit und Schimmel, im Kamin Feuer zu
machen schafften sie nicht, und das raubte ihnen die letzte Hoffnung auf einen Hauch Romantik. Der Wein war kalt und sehr
ekelhaft, dafür stieg er in den Kopf. Dann loste das Grüppchen
und teilte sich in Paare auf, die miteinander schlafen sollten. Das
war's schon. Es floss ein bisschen Blut. Schmerz fühlte Julija jedoch keinen. Befriedigung auch nicht. Der Verlust der Unschuld
ließ alle umgehend nüchtern werden, also versteckten sie die
Flaschen in den Büschen und kehrten schweigend nach Vilnius
zurück.

Julija bereitete ihrem Großvater ein Abendessen zu, duschte
und schaute lange in den Spiegel auf der Suche nach einer
Veränderung in ihrem Aussehen. Die ganze Nacht biss es sie
zwischen den Beinen, aber sie lächelte im Schlaf, da sie sich endlich als echte Frau fühlte. Jetzt, nach beinahe zwanzig Jahren,
saß der Räuber ihrer Unschuld im Seimas, und wenn sie sich auf
irgendeiner Party der High-Society trafen, dann wechselten sie
ein paar zweideutige Bemerkungen über das Fest der Oktober-
revolution.

Nach dem Verlust der Unschuld ergriff eine neue Furcht von
Julija Besitz: Dass sie nie echte Liebe würde erfahren dürfen,
dass sie sich selbst hoffnungslos verlieben und selbst nicht so geliebt würde, wie sie es sich so dringend wünschte.

Jetzt, aus der Perspektive der Toten, sah sie, dass diese Furcht
sich bewahrheitet hatte. Vielleicht deshalb, weil sie ihr ganzes
Leben lang die Liebe zu einem Mann und die Liebe zum Herr-

gott durcheinander gebracht, die Verschmelzung mit dem Göttlichen durch eine Vereinigung mit dem anderen Geschlecht ersetzt und deshalb die ersehnte Vollkommenheit nie erlebt hatte. Wenn sie liebte, dann begehrte sie immer auch etwas jenseits des Liebesobjekts zu finden, doch da sie infolge des Hindernisses der Körperlichkeit einfach nicht in die metaphysische Ebene vordrang, wurde sie nur enttäuscht.

Darüber hatte sie in ihrem letzten Lebensjahr oft nachgedacht, jedoch nie mit jemandem darüber zu sprechen versucht, aus Angst, man könnte sie als Gotteslästerin bezeichnen. Beim Nachdenken über die umsonst durchlebten Leidenschaften und die keine Früchte tragende Gottsuche fragte sie sich, ob nur sie oder auch alle anderen die metaphysische Leere, die durch das Fehlen von Gott entsteht, mit Sex auszufüllen versuchten.

War für alle aus ihrer Generation und Epoche die Beziehung zum Absoluten unmöglich geworden und ersetzte deshalb der Orgasmus die religiöse Ekstase? Logen der Schutzengel und ähnliche Unschuldsfanatiker sich selbst an, die von der Nähe Gottes sprachen und von Seiner Antwort ganz berauscht waren, oder hatten sie sich vielleicht aus einer anderen, heiligeren Zeit ins Heute verirrt? Wenn nun aber Gott Punkt A war und wir alle mit dem einen Zug zur Endstation Z fuhren, dann entfernten wir uns auch alle vom Anfangspunkt, welche Ausnahmen konnte es da geben?

Doch es gab Orte, wo Julija daran glaubte, dass geistige, ja sogar religiöse Erfüllung auch in diesen Zeiten möglich war. Einmal wurde sie von einer Freundin zum in der Umgebung des Dorfes Paparčiai gelegenen Kloster der Schwestern Bethlehems mitgenommen. Die Nonnen lebten in kleinen Holzhäuschen hoch über der Neris, von wo sich einem ein Panorama von wogenden Hügeln eröffnete. Während die Freundin sich am heidnischen Landschaftsbild freute, ging Julija in die winzige Kapelle, in der gerade ein Gottesdienst stattfand. Die Frauen, in weißen Gewändern und mit spitzen, wie von Zurbarán gemalten Kapuzen, knieten in der Dämmerung und sprachen halblaut

Gott geweihte Worte. Ihre Gesichter unter den Kapuzen schienen Julija von der Farbe der weißen Lilien und von einer hellen, friedlichen, von nichts auf Erden mehr zu zerstörenden Glückseligkeit.

Der Eindruck war so stark, dass sie schauderte. Plötzlich dachte sie, dass sie die reinigende, erhebende, alle Grenzen der Individualität hinwegfegende Liebe, die sie von jedem neuen Partner erhoffte, hier erleben könnte, beim Beten aus tiefstem Herzen. War dieser Gedanke gotteslästerlich? Wenn ja, warum wurde sie jetzt nicht dafür bestraft?

Julija hatte nie daran geglaubt, dass die Sünde oder ein anderes geistliches Vergehen die Möglichkeit von Heiligkeit beseitigte wie ein kleiner Kuckuck die Meisenjungen aus dem Nest. Sie pendelte ihr ganzes Leben lang zwischen Fall und Auferstehung, bald Hure, bald Nonne, bald Kurtisane, bald – in ganz seltenen Augenblicken – Heilige. Jetzt, da sie tot war, hatte sie alle Eigenschaften verloren. Sie wurde zum Bindestrich im Entweder-Oder.

IN DER NICHT von der üblichen Arbeit ausgefüllten Leere des Wochenendes verfiel Rita regelmäßig in eine Panik, wie sie wohl die Tiefseefische empfinden, wenn sie vom Grund des Ozeans ans erbarmungslose Tageslicht gezogen werden. Und jetzt kam auch noch Leo dazu! Wenn sie ihre Winzigkeit im strahlenden Licht dieses Mannes sah, dann wollte Rita nur noch vor Scham winseln. Noch schlimmer war, dass sie Sehnsucht nach Leonardas verspürte.

Nachdem sie einen halben Tag lang heldenhaft (heldinnenhaft?) erfolglos mit sich gekämpft hatte, schickte sie ihm am Samstagnachmittag eine SMS: *Hab Sehnsucht*. Doch eine Antwort erhielt sie weder nach einer noch nach zehn Minuten, auch nicht nach ein paar Stunden. Sie hätte sich den Ellbogen abknabbern können vor Ärger, dass sie, kaum hatte sie einen Mann kennen gelernt, schon so vor Sehnsucht flötete.

Am Abend rief zumindest Tomas an. Er war abweisend und

beantwortete nicht einmal die einfachsten Fragen seiner Mutter, wie ein russischer Partisan entschlossen, um nichts auf der Welt den Faschisten das Staatsgeheimnis zu verraten. War es denn so schlimm, seiner Mutter zu erzählen, was man den ganzen Samstag über getan hatte, mit wem man zusammen war, ob man das Studium nicht vernachlässige, ob man genug esse, warum man verschnupft sei, ob man sich vielleicht erkältet habe, wem die Mädchenstimme nebenan gehöre, ob das die Freundin sei, wie ihr Name sei usw.? Schließlich brach sie selbst das Gespräch ab, weil sie fürchtete, Leo könnte sonst nicht zu ihr durchkommen. Doch der ließ nichts von sich hören.

Sollte sie Leonardas zufällig auf der Straße begegnen, das schwor sie sich die halbe Nacht lang, dann würde sie die Seite wechseln, und Anrufe von ihm würde sie auch keine mehr entgegennehmen. Am Morgen fühlte sie sich wie ein Hochofen, glühend von dem Entschluss, nie mehr mit Leo zu reden. Sie roch den aus der Küche herbeiströmenden Geruch von Danas und Rimas' Spiegeleiern mit Speck, blickte zur Decke und fragte sich, weshalb der Mensch bis heute noch keine Möglichkeit gefunden hatte, seine Leidenschaften anstelle von Öl, elektrischem Strom oder Windenergie zu nutzen? Hundert Liter Begierde für das Auto; eine Zweihundert-Neid-Lampe; eine Entladung von tausend Wutanfällen; die Explosion einer Zehntausend-Verzweiflungen-Bombe ...

Weder am Sonntagmorgen noch am Vormittag gab Leo einen Pieps von sich. Um fünf Uhr rief er dann doch an und lud Rita zum Abendessen ein. Sie sagte sofort zu, obwohl sie sich selbst als geprügelte, die Hand ihres Peinigers leckende Hündin vor sich sah. Vielleicht übertrieb sie ja alles? Sie hatte einfach vergessen oder hatte noch nie gelernt, wie man mit echten Männern umging. Rimas zählte da nicht ...

Aus Anlass des Abendessens benutzte Rita den dunklen Nagellack und legte leuchtenden Lippenstift auf. Morgen würde sie sich anstelle der altmodischen Brille Kontaktlinsen kaufen. Und eine nicht allzu teure Zahnärztin aufsuchen.

Leonardas führte sie in ein gemütliches kleines mexikanisches Restaurant und sagte ganze zwei Stunden lang nicht einen beleidigenden, verletzenden oder erniedrigenden Satz. Rita nahm all ihre journalistischen Fähigkeiten zusammen und versuchte Leo zu den sie interessierenden Fragen auszuquetschen.

Nach seinem Beruf gefragt, erwiderte er, dass er bei einer privaten PR-Firma arbeite. Ja, er mache gar nicht übel Cash damit, doch er müsse auch für drei Kinder Alimente zahlen. Von seiner ersten Frau habe er sich scheiden lassen, weil er sich wahnsinnig in seine zweite verliebt habe und sie sich in ihn. Doch das Schicksal habe sich an ihm gerächt und das der ersten Frau zugefügte Leid sei als Bumerang zu ihm zurückgekommen, die zweite habe nämlich den Kopf verloren wegen eines jungen untalentierten Dichters und sei ihm bis nach Klaipėda gefolgt.

Er habe Grauenhaftes durchgemacht, Xenax, Relanium, Effexor geschluckt, wie ein Tier getrunken, Kokain gesnieft, sich jedoch nach etwa einem Jahr mit seiner Einsamkeit abgefunden. Jetzt beginne er ein neues, ordentliches, positives Leben als Single. Obwohl, was das Singledasein betreffe, habe er sich noch nicht endgültig festgelegt, vielleicht sollte er doch wieder eine Beziehung eingehen. Was er da erzählte, machte auf Rita einen glaubwürdigen Eindruck. Zumal während der Darlegung der Peripetien seines Privatlebens in Leos Augen ein paarmal so etwas wie Tränen glitzerten.

Dann kamen sie unvermeidlich wieder auf Julija zu sprechen. Rita sagte, sie glaube nicht, dass Maksas die Wahrsagerin umgebracht hatte. Alle professionellen Detektive in den Kriminalromanen bestätigten, dass man zuerst das Motiv des Täters herausfinden musste. Was konnte Maksas' Motiv sein? Liebe? Hass? Rache?

»Na ja, wenn es aber doch Maksas war, dann entfällt das Thema, das dich so interessiert, die Verschwörung und die Verfolger«, erwiderte Leonardas auf ihre Argumente. »Du hast doch nicht vor, noch etwas dazu zu schreiben?«

»Im Moment nicht, aber vielleicht, wenn neue Einzelheiten auftauchen.«

Da kam ein Kellner mit einem Sombrero auf dem Kopf und

brachte die Rechnung. Zwei Portionen Tortillas mit Meeresfrüchten und einige Gläschen Tequila kosteten einiges mehr, als Rita erwartet hatte. Dann stellte sich auch noch heraus, dass Leo seine Kreditkarte im anderen Jackett vergessen hatte und das Bargeld, das er bei sich trug, nicht zur Bezahlung der Rechnung ausreichte. Rita fand ein solches Benehmen einfach unverfroren, also blies sie sich auf wie eine Schneeflocke an einem kalten Wintermorgen und erklärte, sie sei keine Feministin, und wenn sie mit einem Gentleman essen gehe, dann habe sie in ihrem Geldbeutel keine Hunderter. Leo verlor nicht die Fassung, holte sein Handy hervor, wählte eine Nummer und flüsterte schmeichlerisch: »Hallo, Liebes. Wo bist du? ... Aha, das ist gar nicht weit von hier. Kennst du das Restaurant ›Chili Tequila‹? ... Ausgezeichnet. Ich sitze hier mit einer Dame und habe keine Kohle dabei. Könntest du mir vielleicht ein bisschen was vorbeibringen? ... Fein. Morgen geb ich's dir zurück. Bis gleich.« Er setzte ein breites Lächeln auf und erklärte: »Die Buchhalterin der Firma. Wir haben ein sehr gutes Verhältnis zueinander. Wir helfen einander, wo wir können. Der letzte Tropfen Wein – auf dein Wohl.«

Rita stellte sich die Firmenbuchhalterin als Frau mittleren Alters mit Brille, spitzer Nase und schlechter Laune vor. Deshalb war sie ganz verdattert, als nach etwa zehn Minuten eine wuschelige Blondine mit einem kurzen Fuchspelz und meterlangen Beinen hereingeflattert kam. Genau so eine gehörte in den blauen Aston Martin. Sie begrüßte Leonardas sehr familiär, umarmte ihn und gab ihm einen Kuss auf den Mund. Die Blondine legte zwei nagelneue Hunderter auf den Tisch, streckte ihm irgendeinen Zettel zur Unterschrift hin, sah Rita prüfend an, bewertete sie zweifellos negativ und verschwand genauso rasch, wie sie gekommen war.

»Danutė. Ein tolles Weib«, stellte Leo fest.

Rita bekam den Eindruck, dass der ganze Abend gründlich verdorben war. Deshalb murmelte sie, in der Hoffnung, die Lage zu retten: »Letztes Mal habe ich versprochen, irgendwann einmal zu dir zu Besuch zu kommen. Ich glaube, dieses Mal ist gekommen.«

»Schön zu hören. Dann besorgen wir uns noch ein Fläschchen Wein und fahren los.«ė

Leonardas' Haus stand im Vorort Jeruzalė und schien viel zu groß für einen einzelnen Menschen. Das ganze Erdgeschoss nahm ein Trainingsraum mit Sportgeräten ein. Das Interieur des ersten Stocks war modern und betont kühl: Glas, Aluminium, einander gegenüber aufgehängte Spiegel. Schwarz, Grau, Blau und Weiß. Damit nicht genug, in diesem ungemütlichen Zuhause, dem offensichtlich der Duft einer Frau fehlte, trottete auch noch ein Bullterrier mit schmalen, geröteten Augen herum und warf einen verächtlichen Blick auf den ihm verdächtig vorkommenden Gast. Rita mochte keine Hunde.

»Raubtier«, stellte Leo seinen unsympathischen Vierbeiner vor.

»Kein schöner Name.«

Leo erwiderte nichts und bedeutete ihr mit einer Geste, sich in den schwarzen Ledersessel zu setzen. Er stellte zwei Gläser auf den niedrigen Glastisch, entkorkte den Wein und warf ihr eine Zeitschrift hin.

Die Zeitschrift stellte sich als Softporno-, vielleicht auch Hardcore-Heft heraus. Rita konnte diese zwei Genres nicht unterscheiden. Sie interessierte sich auch nicht dafür. Deshalb legte sie die unanständige Publikation zur Seite und erklärte mit der Stimme eines beleidigten Schulmädchens: »Ich bin solche Dinge nicht gewöhnt.«

»Dann gewöhn dich dran.«

Rita fühlte sich in eine Falle geraten. Oben an allen Wänden schlängelten sich die Kabel einer Alarmanlage, in der Ecke blinkte mit wachem Auge die Überwachungskamera. Der Bullterrier lag an der Tür und schien nicht bereit, den Gast ohne Erlaubnis seines Herrchens hinauszulassen.

Aus der klotzigen Musikanlage ertönten amerikanische Hits. Leonardas trank nicht viel Wein, während Rita im Bemühen, ihre Anspannung zu vertreiben, ein Glas nach dem anderen leerte. Es half. Sie wurde locker und schwatzte Unsinn, vergeudete die Wörter, von denen jedem Menschen nur eine bestimmte

Menge zustand. Wenn man alle aufgebraucht hatte, dann war Schluss, man starb. Als der Wein ausgetrunken war, sagte Leo sachlich: »Na, lass uns ins Bett gehen. Wer duscht zuerst, du oder ich?«

Da sie ein wenig Zeit gewinnen wollte, um sich mit der Situation anzufreunden, die sie selbst herbeigeführt hatte, flüsterte Rita: »Geh du zuerst.«

Als er weg war, rief sie Dana an: »Heute Nacht komme ich nicht nach Hause, ich bin bei einer Freundin, wir haben ihren Geburtstag gefeiert, wir sind außerhalb der Stadt, man kann sich hier leicht verirren, ein Taxi können wir auch nicht auftreiben, also übernachte ich hier und komme morgen früh. Vergiss nicht zu essen und sieh nicht bis in alle Nacht fern.«

»Ich seh mir nur die ›Valio‹-Preisverleihung an und geh dann schlafen. Und bei welcher Freundin bist du?«

»Bei Loreta.«

»Woher kommt denn die so plötzlich? Du hast noch nie von ihr erzählt.«

»Ach, sie ist eine Arbeitskollegin von mir. Ein runder Geburtstag. Ich konnte einfach nicht absagen. Wenn Papa von der Arbeit anruft, dann sag ihm das. Hast du keine Angst so allein?«

»Ohmomwassolldiefrage … Okay, also bis morgen.«

Nach so vielen Lügen fühlte sie sich scheußlich. Den Eltern erklärte sie nichts, meldete sich nur kurz. Dann blieb noch Tomas, aber der ging wie üblich nicht dran. Für eine SMS blieb keine Zeit, denn Leonardas erschien wieder, fast nackt, nur mit einem weißen Handtuch um die Lenden. Sein Körper war muskulös, braun gebrannt und makellos.

Rita kam wieder der aufsässige Gedanke: Wozu brauchte er sie? Physiologie? Chemie? Physik? Metaphysik? Seelenverwandtschaft? Unerträgliche Einsamkeit? Weshalb füllte er die denn nicht mit der sogenannten Buchhalterin oder irgendeinem Topmodel-Teenie aus?

»Rufst du zu Hause an? Und wie ziehst du dich aus der Affäre?«

»Nun, es gibt immer irgendeine beinahe glaubhafte Erklärung.«

Als sie sich erhob und ins Bad gehen wollte, knurrte der Bullterrier fürchterlich.

»Raubtierchen, die gehört zu uns, sei ruhig«, sagte das Herrchen.

Das »zu uns« wirkte tröstend und entspannend. Rita schlüpfte unter die Dusche und bemühte sich, nicht in die Spiegel zu sehen, die hier an allen vier Wänden und sogar an der Decke hingen. Das Wasser war heiß, deshalb beschlugen sie glücklicherweise sofort.

»Da liegt ein Bademantel für dich«, hörte sie Leos Stimme hinter der Tür.

Der Bademantel war wie in einem guten Hotel: weiß, frisch gewaschen, nach Sauberkeit duftend und meisterhaft gebügelt. »Wahrscheinlich auch das Werk der Buchhalterin«, dachte Rita finster. Man müsste mal in den Schubladen des pastellblauen Schränkchens nach deutlicheren Spuren anderer Frauen suchen. Doch was brachte es schon, wenn sie welche fand?

»Wie hältst du ein so großes Haus in Ordnung?«

»Ich habe ein Hausmädchen, das hin und wieder vorbeikommt.«

»Ich hoffe, sie heißt nicht Violeta?«

»Warum denn Violeta?«

»Na ja, Violeta arbeitete bei Julija. Hast du sie nie kennen gelernt?«

»Nein. Was siehst du da für einen Zusammenhang?«

»Keinen. Hab nur so gedacht.«

»Das wache Journalistinnenauge sieht überall Verschwörungen? Nun ja, Jultschik war von verschworenen Sonderagenten umgeben. Welcher Organisation sie angehören, das bleibt noch zu klären«, sagte Leo, umarmte Rita und schob sie sanft ins andere Zimmer.

Hier lag ein dicker sandfarbener Teppich, und fast das ganze Zimmer wurde von einem riesigen Bett eingenommen. Eine Wand war wie in einer Ballettschule mit Spiegeln behängt. Leonardas warf sein Handtuch zu Boden, sein Gesäß schimmerte kurz weiß auf – es sah inmitten des braun gebrannten Körpers wie zwei weiße Käse aus –, und hopste ins Bett. Er legte sich der Länge nach hin, reckte sich, lächelte und sagte zu Rita: »Na, komm schon zu mir, Liebste.«

Sie schlüpfte zaghaft unter die leichte, fast gewichtlose Decke und schmiegte sich sittsam an ihn.

»Was, du willst nicht einmal den Bademantel ausziehen?«

Rita schlüpfte aus dem Ding, warf es zu Boden und erstarrte in Erwartung dessen, was jetzt geschehen würde. Doch es geschah nichts. Eine Zeit lang lagen sie schweigend und ohne einander zu berühren da.

»Ich schlafe gleich ein«, murmelte er. »Wenn du schon hier bist, dann unternimm doch was. Zeig, was du kannst.«

Rita dachte, dass eine andere an ihrer Stelle aufstehen und gehen würde. Sie aber blieb und begann vorsichtig seine Stirn, die Schläfen, die Augenlider, die Wangen, das Kinn, die Mundwinkel zu küssen. Leonardas nahm ihre Hand und führte sie zwischen seine Beine.

»Verzeih mir bitte, aber nachdem meine liebste Frau mich verraten hat, ergreife ich bei anderen keinerlei Initiative mehr. Das ist mein Prinzip. Doch die Frauen dürfen mit mir machen, was sie wollen. Also vorwärts!«

Noch war es nicht zu spät zum Gehen. Einfach entschlossen aufstehen, »Gute Nacht!« sagen und stolz zur Tür staksen. Doch Rita zögerte. Sie fühlte sich, als ob in diesem Bett, zwischen den schwimmbeckengrünen Laken außer ihr noch ein halbes Dutzend weibliche Gespenster zappelten. Es bestand nicht die geringste Wahrscheinlichkeit, dass sie mit ihren ärmlichen erotischen Fähigkeiten all diese Huris, Walküren und Furien übertreffen würde. Sie gab sich jedoch redlich Mühe, versuchte sich an alle Sexszenen zu erinnern, die sie irgendwann einmal in einem Film gesehen hatte. Auch einen Orgasmus täuschte sie vor.

Als sie sich auf allen vieren an den massigen Körper Leos drückte und dieser ihre unechten rhythmischen Kontraktionen spürte, sagte er: »Sieh mal in den Spiegel, gar kein schlechtes Bild, nicht wahr?«

Das Bild war wirklich nicht übel, beinahe wie im Kino.

»Du warst hervorragend. Danke, Liebste. Du fickst lecker.«

Von den drei Sätzen klang nur der letzte tröstlich. Vielleicht war die von Leo so gepriesene Julija im Bett genauso eine Niete gewesen wie sie, Rita? Er löschte das Licht, drehte ihr den Rücken zu und brummte: »Gute Nacht.«

Jetzt wäre aber wirklich jede an ihrer Stelle gegangen. Doch Rita fühlte sich wie gelähmt. In der Dunkelheit atmeten sie zu dritt: der Mann, die Frau und der Hund. Leo begann schon bald zu schnarchen, dass die Wände wackelten. Durch die Bambusjalousien schien das bläuliche Licht der Straßenlaternen herein. Rita schlüpfte in den Bademantel und ging auf Zehenspitzen zur Tür. Raubtier knurrte. Sie schlich sich ins andere Zimmer, sammelte ihre Kleider zusammen, ergriff die Handtasche und ging über den kalten Boden, in Richtung Treppe. Der Hund folgte ihr, knurrte immer noch und stupste hin und wieder mit seiner kühlen, feuchten Nase gegen ihre Wade.

Der Trainingsraum hatte keine Vorhänge und war von den Straßenlaternen ganz gut beleuchtet. Das Metall der Sportapparate glänzte kalt und grausam. Rita begann sich mit zitternden Händen anzuziehen. Vom Wein und den vielen Zigaretten war ihr schwindlig. Der Bullterrier knurrte immer bedrohlicher. Im Dämmerlicht sah sie, wie er eine Menge kleiner Zähne fletschte, scharf wie die eines Haifischs. Rita dachte, dass sich wahrscheinlich in diesem Augenblick keine Frau auf der Welt in einer noch absurderen Lage befand.

Bei der Haustür angekommen begriff sie, dass sie aus eigener Kraft nie im Leben hier rauskäme. Am Türgriff war ein Pult mit rot blinkenden Zahlen angebracht. Falls sie den falschen Code eingab, würde die Alarmanlage losheulen. Doch die brauchte es nicht einmal. Raubtier knurrte wie wild und verschluckte sich fast dabei. Rita konnte sich nur noch zurückziehen. Während sie schon die Treppe hinaufstieg, fiel ihr ein, dass sie den Bademantel unten gelassen hatte. Sie spürte den Atem des Bullterriers auf ihren Waden. Rita zog sich aus, legte ihre Sachen ordentlich auf den schwarzen Sessel und ging nackt ins Schlafzimmer zurück.

»Was treibst du dich herum?«, murmelte Leonardas mit schläfriger Stimme. »Schlaf jetzt.«

Als Rita wieder ins Bett geschlüpft war, umarmte er sie und küsste sie auf die Stirn. In seinen Armen fühlte sie sich sicher und geborgen. Doch nicht für lange. Er drehte ihr wieder den Rücken zu. Groß und breit. Mit dem Gesicht an seinem Rücken fühlte sich Rita wie hinter einer Wand. Hinter einer Wand, die sie von jeglicher Menschlichkeit, jeglichem Verständnis und Mitgefühl trennte. Sie konnte die ganze Nacht kein Auge zutun und lauschte seinem röhrenden Schnarchen.

Etwa um sechs Uhr morgens erwachte Leo. Er gähnte, reckte sich, furzte. Als Rita sich an ihn zu schmiegen versuchte, schob er sie sanft zur Seite, nahm ihre Hand, küsste die Handfläche und sagte: »Ich muss aufstehen. Jeden Morgen, wie das Wetter auch sein mag, gehe ich mit Raubtierchen joggen. Schlaf du doch noch ein bisschen.«

Er sprang energisch aus dem Bett und verschwand summend aus dem Schlafzimmer. Der Bullterrier folgte seinem Herrchen schwanzwedelnd und winselnd. Gleich darauf war von unten das Einschnappen der Tür zu hören. Jetzt musste Rita gehen, koste es, was es wolle. Durchs Fenster hinaussteigen. Den Kamin hochklettern. Ein Loch in die Wand brechen. Die Feuerwehr rufen. Nur keine Minute länger in diesem Haus bleiben und in Zukunft bloß nichts mehr mit diesem Scheißtypen und seinem ekligen Köter zu tun haben.

Im Badezimmer schaute Rita mit Entsetzen ihr blau gewordenes, unglückliches Spiegelbild an, duschte, zog sich an und ging noch einmal nach unten zu der verfluchten Haustür. Am frühen Morgen sah sie noch viel unbezwingbarer aus als in der Nacht. Sie kehrte nach oben zurück, fiel in den schwarzen Sessel und hatte nicht einmal mehr die Kraft zu weinen. Leonardas kam ungefähr nach einer Stunde angetrabt. Er roch nach frischer Luft, Gesundheit und edlem Männerschweiß. Raubtier tänzelte bellend um sein Herrchen herum wie ein aufgezogener Kreisel.

»Du bist schon auf?« Leo gab sich erstaunt. »Und ich habe gedacht, ich könnte dir den Kaffee ans Bett bringen.«

Das hielt Rita nun nicht mehr aus und schluchzte laut los. Er beeilte sich nicht, sie zu trösten, sagte nur streng: »Wenn du weiter mit mir zusammen sein willst, dann musst du aufhören, dich selbst zu bemitleiden. Capito?«

»Ja«, murmelte sie durch die Tränen hindurch.

»Statt hier zu sitzen und zu heulen, hättest du besser unten ein wenig trainiert. Es sieht nicht ästhetisch aus, wenn der Hintern einer Frau beim Ficken wie Kefir wackelt.«

»Warum sprichst du so mit mir?«

»Wie denn, Liebste? Lass die Zicken und komm frühstücken.«

Die Küche in diesem Haus war genauso kalt, steril, gesichtslos wie die anderen Zimmer. Nichts Freundliches gab es darin, kein bunter Teller, keine lebendige Pflanze. Dafür war sie vollgestopft mit allerlei Apparaten. Leonardas kochte Kaffee, toastete vier Scheiben Brot, kochte mit Stoppuhr fünf Eier und behandelte sie dann mit einem speziellen Eierköpfer.

»Liebste, guten Appetit.«

Rita glaubte, keinen Bissen und keinen Schluck hinunterzubringen, doch sie zwang sich zu frühstücken, um nicht wieder eine erniedrigende Bemerkung von Leo zu hören. Er litt nicht unter mangelndem Appetit, holte sich noch ein Stück Schinken aus dem Kühlschrank und schüttete dem Bullterrier einen Berg Hunde-Trockenfutter in den Napf.

Raubtier schaufelte es sabbernd und schmatzend in sich hinein.

Nach dem Kaffee rauchte Leonardas eine Zigarette und begann, während er Rita in die Augen schaute, langsam, ausdrucksvoll, fast hypnotisierend zu deklamieren:

»*Das Schicksal will nicht nur das Glück / es will die Pein und das Schrein zurück / und es kauft für alt den Ruin.*«

»Schon wieder Rilke?«, fragte sie und gab sich dabei Mühe, möglichst viel Bissigkeit in diese drei unschuldigen Worte zu legen.

Er spürte den Sarkasmus nicht. »Liebste, ich bin wie du. Ich will mich nicht binden. Da ich schon einmal verraten und verlassen worden bin, erscheint mir der Schmerz der Trennung schlimmer als alle Folterungen. Ich habe Angst, verstoßen zu werden, deshalb verstoße ich immer selbst. Ich weiß, dass ich das zu grausam tue. Ich verhalte mich wie ein echter Irrer, verzeih mir.« Leo atmete tief durch und hielt sich die Hand über die Augen, wie um Tränen zu verbergen.

Rita versuchte alles wie eine Außenstehende zu betrachten, sah jedoch nur eines: dass dieser Mann ungewöhnlich attraktiv war und sie mit ihm zusammen sein wollte.

»Schon gut. Fahr mich nur nach Hause. Ich möchte daheim sein, bevor Rimas von der Arbeit kommt.«

Über die Verhältnisse in ihrer Familie hatte Rita Leonardas schon ausführlich Bericht erstattet. Beim Abschied im Wagen küsste er sie leidenschaftlich. Doch dann sagte er etwas völlig Unangebrachtes: »Mir würde es gefallen, wenn du dir die Haare blond färben würdest.«

Rita lachte. Es war wirklich an der Zeit, nicht auf jedes Wort von Leo wie eine klimakterische Nörglerin zu reagieren.

Es war acht Uhr morgens. In der Küche war schon Dana am Werk. Rimas war, Gott sei Dank, noch nicht da.

»Mom, du siehst furchtbar aus«, sagte ihre Tochter ohne Umschweife.

»Kindchen, Loreta und ich haben fast nicht geschlafen. Wir haben die ganze Nacht durchgeplaudert. Du weißt ja, wie das ist, wenn sich Schulfreundinnen lange nicht gesehen haben.«

»Du hast doch gesagt, sie wäre deine Arbeitskollegin und nicht deine Klassenkameradin.«

»Sie ist meine Klassenkameradin und auch Arbeitskollegin. Du weißt ja, wie die Arbeit bei der Zeitung ist. Wir sind wahnsinnig beschäftigt, da hat man nie Zeit für einen Schwatz über Jungen und alte Liebe.« Sie kicherte völlig gekünstelt.

Dana erwiderte nichts. Das war auch nicht nötig.

Punkt neun war Rita im Büro und sah zuerst die Presse vom Montag durch. Die Hauptmeldung war die, dass Maksas Vakaris unter Hausarrest stand, ihn dies aber nicht daran gehindert hatte, auf der ›Valio‹-Preisverleihung einen glänzenden Auftritt hinzulegen. Zum ersten Mal in ihrem Leben geriet die Arbeit ins Hintertreffen. Das in ihrem Inneren wohnende kleine Mädchen verhandelte mit dem Schicksal, bereit, die Positionen auf der Titelseite zu opfern, nur um Leonardas nicht zu verlieren.

Während Rita nur an ihn dachte, verfasste sie mechanisch die üblichen litauischen Nachrichten: *Fünfzehn Stiche in die Brust der behinderten Schwester; Betrunkene Frau zerstückelt Lebenspartner mit Axt; Baby-Leiche in Müllcontainer gefunden; Bewohner von Einzelgehöft werden Opfer maskierter Räuber; Zigeunerin schüttet sich Topf mit kochend heißen Drogen über den Kopf.*

Sie fühlte sich ganz müde. Eine Kollegin riet ihr, zu einem Medium namens Tadas zu gehen, der beim Rasos-Friedhof wohnte und angeblich auf wundersame Weise die kaputte Biosphäre der Workaholics flickte. Rita glaubte nicht an solche Dinge. Sie war entschlossen, auf jede mögliche Weise zu leiden, um durch die Qual Leos Liebe zu verdienen.

AM SPÄTEN Sonntagabend befahl er seinem Papagei Jacqueline, still zu sein, machte den Kamin an und versank, ins lodernde Feuer starrend, vielleicht von einer Art spirituellem Masochismus dazu angestachelt, in Erinnerungen an Pythia, zu der Zeit, als sie noch Julija war. Er war ihr vor fünf Jahren begegnet und hatte anfangs gar nicht an irgendeine Form von Zusammenarbeit gedacht. Sein Interesse erweckte sie einfach als gutaussehende Frau, die nicht nur für einen Flirt taugte, sondern auch, wie die Bekanntschaftsanzeigen es zu formulieren pflegten, für eine ernsthafte Beziehung. Oh heilige Naivität!

Zum ersten Mal war er ihr auf der Geburtstagsfeier eines ihm bekannten Politikers begegnet. Sie war allein da, nicht mit einem rechtmäßigen, vorübergehend erworbenen, geliehenen oder gekauften Partner, und nahm ihre Einsamkeit in keiner Weise tragisch. Von den anderen unterschied sie sich auch dadurch, dass sie kein banales Abendkleid trug, sondern einen dunkelblauen Sari mit silbern glänzender Borte. Sie schien so unnahbar, dass

man förmlich eine von ihr herüberwehende Brise lässiger Unabhängigkeit spüren konnte. Ihre Augen blickten verächtlich und
geil, mit einem klar sichtbaren »Fahr zur Hölle!« für alle, die
ihre Lust befriedigen wollten.

Anfangs verhielt er sich sehr vorsichtig. Drehte seine Runden
im Bankettsaal, schlich sich immer näher an das Grüppchen an,
in dessen Zentrum sich die Frau befand. Sie sprach viel, während
er auf der Lauer lag, zuhörte und sich wunderte, dass sie bei
allen möglichen Themen – Politik, Literatur, Kunst, Gerüchte –
immer ins Schwarze traf. Schließlich nahm er seinen Mut zusammen, ergriff zwei Cocktailgläser, passte den Augenblick ab,
wo ein gewisser Freiraum um die Frau mit dem Sari entstand,
und näherte sich ihr. Er streckte ihr das Glas mit der milchig gelben Margarita entgegen und erklärte: »Ich scheine zu einem
Verehrer von Ihnen zu werden.«

Sie nahm einen symbolischen Schluck und stellte sich vor:
»Julija, Wahrsagerin.«

Er dachte, sie scherze, denn während seines abendlichen Spio-
nierens hatte er festgestellt, dass diese Frau nicht nur über einen
scharfen Intellekt, sondern auch über Humor verfügte. Während
er noch über eine witzige Antwort nachdachte, kam sie ihm zuvor: »Ja, ich lege Tarot. Das ist eine besondere Art von Psychoanalyse, aber auch Magie.«

Sein Interesse war immer noch rein menschlicher, nicht be-
ruflicher Natur, deshalb erlaubte er sich Fragen, die er auf einem
Bankett keiner Frau stellen würde, die gesagt hatte, sie sei Lehrerin oder Ärztin.

»Können Sie denn davon leben?«

»Ja«, gab Julija zurück und zuckte lässig mit den Schultern.
»Ich lebe davon, wenn auch nicht so luxuriös, wie ich es gern
hätte. Die Kundschaft vergrößert sich ständig. Schon seit fast
einem Jahr arbeite ich bei einer Tageszeitung und seit kurzem
auch für das Fernsehen, ich habe dort fünfzehn Minuten nach
den Abendnachrichten.«

Aber natürlich! Er erinnerte sich: ›Julijas Prognosen‹ auf der
vorletzten Seite einer Tageszeitung, die er nur aus Pflichtgefühl

überflog, die Zentrale verlangte nämlich Rapporte über derartige Tätigkeiten. Doch die Prognosen-Julija hatte er sich als übergeschnappte Tante vorgestellt und nicht als solch ein Luxusweib. Eine Schande, dass er den Fünfzehnminüter im Fernsehen nie gesehen hatte, aber der abendliche Äther war nicht sein Arbeitsgebiet. Da kam der Gastgeber, legte der Wahrsagerin den Arm um die Schultern und sagte: »Hier haben wir die beste Kennerin des Schicksals in ganz Vilnius, vielleicht in ganz Litauen. Ich rate auch dir zu einen Versuch, das Mädchen liest aus den Karten wie aus einem Buch. Ich berate mich immer mit ihr und empfehle sie weiter.«

»Mir scheint eher, dass die Menschen gar nichts über ihre wirkliche Zukunft wissen wollen«, äußerte er seine Zweifel.

»Die wirkliche vielleicht nicht. Dafür ist es umso angenehmer, sich Phantasien hinzugeben. Unser ganzes Leben und besonders die Zukunft sind mit Beunruhigung verbunden. Das Wahrsagen vertreibt diese Unruhe wenigstens ein bisschen«, entgegnete Julija.

»Ich sage dir, wir lassen uns ohne Julytės Rat auf nichts ein«, erklärte das Geburtstagskind abschließend.

Da regte sich in seinem Kopf der Ansatz zum entscheidenden Plan, der schon bald Wirklichkeit wurde und schließlich Pythia ins Verderben stürzte. Doch damals ertastete auch er selbst das im grauen Acker seines Gehirns ausgesäte Korn noch nicht. Gegen Ende der Party wusste er schon ziemlich viel über Julija, und auch ihre drei verflossenen Ehemänner ließen ihn nicht vor dem Gedanken an eine ernsthafte Beziehung zurückschrecken, die er sich als gemütliche Abende zu zweit am Kamin bei einem guten Glas Wein und einem saftigen Wildsteak vorstellte. Danach nicht weniger erstklassiger Sex, der morgendliche Kaffee im Bett, die geteilten Sorgen des Tages, Wochenendkonzerte, Theater, Ausstellungen, romantische Ausflüge an die Ostsee, Luxusurlaub in der Karibik, ein gemeinsames Haus in einem Vorort von Vilnius, zusammen alt werden und einander dann stilvoll umbringen.

Er wusste selbst nicht, wie ihm geschah, in diesem Alter gab es doch keine Liebe auf den ersten Blick mehr. Bei seinen vorübergehenden Barbies vermied er strikt jede noch so geringe Bindung. Nur wenigen war es vergönnt, am Morgen in seinem Bett aufzuwachen, und Geturtel beim Frühstück oder ein gemeinsam verbrachter Tag, das war nicht drin. Aber jetzt war er ganz plötzlich dahingeschmolzen! Er hätte zumindest der Art Beachtung schenken können, wie Julija von ihren drei Ex-Ehemännern sprach: ohne jegliche Emotionen, wie über gelesene Bücher, die ihr nicht besonders gefallen hatten, wie über Filme, die sie sich nicht hätte anschauen müssen, wie über Länder, die sie besucht und aus denen sie keine bleibenden Eindrücke mitgebracht hatte.

Er vermied es, über sich selbst zu sprechen. Durch diese Geheimniskrämerei hoffte er, interessanter zu wirken. Doch schon wieder fehlgegangen. Julijas verachtungsvolle Augen bestätigten, dass sie die erste Nacht ihrer Bekanntschaft getrennt verbringen würden und dass sogar der Abschied ohne einen auch nur lauwarmen Kuss verliefe. Er jedoch wollte den Flirt um jeden Preis weiterführen, deshalb vereinbarte er einen Termin schon für den folgenden Abend, um zu erfahren, was die Karten der Wahrsagerin ihm prophezeiten.

Er erschien zur vereinbarten Zeit mit einem blütenbehangenen Orchideenstengel und einer guten Flasche Wein, diesmal jedoch auch unter Aufbietung seiner sonst üblichen Wachsamkeit. Jetzt war es Julija, die Fehler zu machen begann. Während sie ihm ihre kleine Wohnung zeigte, verriet sie, dass sie gern ein ausgebautes Dachgeschoss, einen Kamin und eine Fensterfront hätte, durch die betrachtet die ganze Stadt wie ein lebendiges Gemälde aussähe. Die Schilderung dieser Vision beendete sie mit der lakonischen Bemerkung: »Es fehlt an Geld. Und dann hätte ich noch sooo gern ein schönes, schnelles Auto ...«

Diese offene Anspielung zerschellte wie ein Wassertropfen auf der gestern in ihm gesäten Idee und befruchtete sie. Was jedoch aus diesem Samen keimen würde, davon hatte er nach wie vor nicht die geringste Ahnung. Er folgte Julija in ein kleines Zimmerchen und setzte sich an ein niedriges, rundes, dunkelblau gestrichenes Tischchen mit geheimnisvollen Zeichen darauf. Die Wahrsagerin zündete eine Kerze an und ließ ihn zweimal vom Kartenstapel abheben. Während sie die vom vielen Gebrauch ziemlich abgenutzten Tarot-Bildchen auslegte, sah er sich um.

An den Wänden hingen ein Foto ägyptischer Pyramiden, einige Papyri, einer mit einem Auge, der andere mit einem Szepter, der dritte mit einer geflügelten Frau darauf, die Reproduktion eines tibetischen Mandalas, einige Stiche in mittelalterlichem Stil mit Retortengläsern und darin sich liebenden Menschlein, ein großes Gemälde, auf dem ein brennendes Rad mit vielen Flügeln abgebildet war, in seinem Zentrum saß ein strenger Mann, dessen Gesicht dem von Jesus Christus glich. Nun ja, auf einen normalen Menschen hätte diese Ansammlung von Esoterik großen Eindruck machen können. Julijas Kartenlegen auch.

Seine Vergangenheit erzählte sie beinahe fehlerfrei: frühe Heirat, hysterische Frau, Scheidung, zwei inzwischen erwachsene Söhne, mit denen ihn nichts mehr verband. Er aber blieb, wie es sich gehörte, skeptisch und sagte sich, dass die Wahrsagerin all diese Einzelheiten vom gestrigen Geburtstagskind hatte erfahren können. Sein gegenwärtiges Leben beschrieb sie als entschieden auf die Karriere konzentriert, weit entfernt von den idealistischen Prinzipien seiner Jugend. Die Zukunft beschrieb sie als erreichtes Ziel, dafür mit Leere im Herzen. Letzteres verärgerte ihn ein wenig. Julija entging dies nicht.

»Natürlich sind das Abstraktionen. Ich kann es auch genauer machen. Fragen Sie, was immer Sie wollen, die Karten werden antworten.«

»Muss ich laut fragen?«

»Nicht unbedingt. Er reicht, wenn Sie die Frage in Gedanken stellen.«

Das tat er dann auch. Im Geiste zeichnete er noch einmal sein letzte Nacht entworfenes und tagsüber noch vervollkommnetes Bild des künftigen idyllischen Lebens mit Julija an seiner Seite. Er nahm den Anweisungen der Wahrsagerin entsprechend gehorsam die Karten eine nach der anderen vom Stapel. Sie stellte ihr geheimnisvolles Heer auf, dachte kurz nach und sagte dann ruhig: »Nein, Sie werden nicht mit der Frau zusammen sein, an die Sie jetzt so romantisch denken. Sie werden mit ihr weder durch Liebe im Geiste noch durch Sex oder durch Freundschaft verbunden sein.«

Er spürte ein Pulsieren in den Schläfen und fragte: »Und Sie wissen, wer diese Frau ist?«

»Nein. Andererseits, bei genauerer Analyse könnte ich das eine oder andere dazu sagen. Aber muss das sein?«

»Nein, wirklich nicht«, murmelte er sofort, klopfte mit dem Finger auf ein Bildchen mit einem exotisch gekleideten Bartträger und fragte: »Und was bedeutet zum Beispiel diese Karte?«

»Das ist der Herrscher. Hier aber steht er auf dem Kopf, also verwandeln sich alle positiven Eigenschaften in negative, und wenn man noch die anderen Karten dazunimmt, dann ergibt das eine sehr negative Kombination. Das, was Sie mit dieser Frau verbinden wird, wenn auch erst in der Zukunft, wird absolutes Verderben bringen.«

»Für sie oder mich?«

»Für Sie beide.«

Er war ganz durcheinander und wusste nicht mehr, was er erwidern sollte, deshalb sagte Julija, die virtuose Pausenfüllerin: »Zerbrechen Sie sich nicht den Kopf. Es ist ja noch nicht geschehen. Das Schicksal liegt in Ihren Händen. Die Karten warnen nur. Gehen wir, lassen Sie uns Wein trinken und über etwas Erfreulicheres sprechen.«

Hier beging Julija noch einen Fehler. Nicht weil sie dumm oder unvorsichtig war, sondern wegen ihrer weiblichen Wesensart, die unter allen Umständen den verzagten Mann trösten will. Sie sagte: »Man nennt das neurolinguistische Programmierung. Was man dem Menschen einredet, daran glaubt er und setzt es später um. Deshalb: lassen Sie sich nicht programmieren. Finstere Prognosen wirken wie ein versteckter Feind, der Ihnen fortwährend und sehr methodisch schadet. Nehmen Sie sich jetzt zusammen und vertreiben Sie ihn. Ich gebe mir Mühe, den

Menschen nichts besonders Schlimmes zu eröffnen. Ich verschweige zum Beispiel immer den Tod.«

»Und jetzt, haben Sie ihn gesehen?«

»Nein«, Julija lachte schallend, ganz unnatürlich, und wechselte plötzlich das Thema: »Waren Sie schon einmal in Ägypten? Nach den Legenden kommen die Tarot-Karten von dort.«

»Vielleicht könnten wir ja einmal zusammen hinreisen?« Er bemühte sich, auf ihr Spiel einzugehen, obwohl er an etwas ganz anderes dachte.

Neurolinguistische Programmierung. Der Feind, der in deinem eigenen Kopf hockt und dir die Zukunft zerstört. War das ein Betätigungsfeld! Er wusste, dass es unter den vielen Projekten der Zentrale auch so eines gab, in Litauen jedoch war noch nicht damit begonnen worden. Damals, vor fünf Jahren, wimmelte es im Lande Mariens von anderen Aufgaben. Damals war auch er nur ein ganz gewöhnlicher Mitarbeiter des Bureaus, Knopfdrücker von Suizidometer und Suizidator und nicht der Chef wie heute.

An jenem Abend bei Julija ahnte er, dass sich hier Möglichkeiten auftaten, die überhaupt nichts mehr mit den Wahnvorstellungen von der »ernsthaften Beziehung« zu tun hatten. Während er verworrene Antworten auf ihre Bemerkungen gab, überlegte er fieberhaft, wie er sein geniales Projekt beginnen sollte. Julija gehörte nicht zu denen, denen man sagen konnte: Mädchen, ich gebe dir Geld für das Dachgeschoss, die Fensterfront, den Kamin, das Auto, und du gibst mir die Schicksale deiner Kunden.

Er begann vorsichtig nachzufragen, wie Julija arbeitete. Mit der ihr eigenen Lässigkeit erklärte die Wahrsagerin, dass sie die Prognosen für die Zeitung für eine ganze Woche im Voraus verfasse und jeden Freitag der Redaktion zumaile. Für das Fernsehen hingegen bereite sie sich jeden Tag gesondert vor, speichere das, was sie da zusammengehext habe, auf Diskette und lese dann die Voraussagen live vom Teleprompter ab. Die Zuschauer meinten dann, sie schaue ihnen mit ihrem bohrenden Blick direkt in die Augen.

Die Kunden empfange sie meist am Wochenende, das sei bequemer für beide Seiten. Man vereinbare einen Termin und entscheide sich für eine bestimmte Séance-Dauer: eine halbe Stunde, eine Stunde, zwei Stunden oder sogar drei. Davon hänge dann auch die Bezahlung ab. Die Stammkunden erhielten Rabatt und die von ihnen bevorzugten Termine. Die Kundschaft sei gemischt, obwohl Prominente dominierten, normale Menschen gingen zu normalen Wahrsagerinnen.

Als er das hörte, wusste er, dass er auf eine Goldgrube gestoßen war. Beim Abschied notierte er sich ganz unverdächtig die E-Mail-Adresse der Wahrsagerin. Ist doch ganz angenehm, ab und zu ein paar Zeilen mit einer gutaussehenden und intelligenten Frau zu wechseln.

Schon am nächsten Tag schritt er zur Tat. Zusammen mit seinem Dankschreiben für den netten Abend gelangte ein kleiner, nicht aufspürbarer Virus in Julijas Computer, der winzige, kaum sichtbare Änderungen an ihren Texten vornahm. Hie und da wurde eine Verneinung hinzugefügt, Wörter so vertauscht, dass in den Pausen eine Spannung entstand und sich die Begriffe mit Zaudern und Zweifeln verbanden. Diese Verbesserungen hätte nicht einmal ein erfahrener Stilist bemerkt, denn sie wirkten nicht auf das Bewusstsein ein, sondern auf die tieferen Schichten des Unbewussten. Folglich entstand entgegen dem von Julija verkündeten heiteren Morgen der Eindruck einer nicht gerade sonnigen Zukunft.

Auf Bitte der Wahrsagerin selbst wurden einige Astrologieprogramme auf ihrem Computer installiert, die nebenbei die Horoskope der für das Placebo interessanten Leute ganz wenig nur, jedoch in schicksalhafter Weise veränderten. Auch von diesem Detail ahnte Julija nichts.

Doch Julija sollte sich dazu entschließen, bewusst für das Placebo zu arbeiten. Die Zentrale riet, einen Menschen anzuwerben, indem man ihn an seiner schwächsten oder seiner stärksten Stelle packte. Pythia fühlte sich als Kämpferin für Die Wahrheit. Sie sah sich als Frau, die das Licht auf dem Planeten der Menschen mehrte. Schwer zu sagen, ob das die schwächste oder die stärkste Stelle der Wahrsagerin war, jedenfalls konnte man sie wirklich dort packen.

Schon sehr bald hatte er Pythia in düstere Halbwahrheiten eingewickelt. Sie lagen auch so schon in der Luft, deshalb war es nicht schwer, Julija Gedanken wie neu entstehende KGB-Netze, Gefahr des russischen Kapitals, böse Ziele der NATO, Intrigen der EU, Hinterhalte von Terroristen, organisiertes Verbrechen, überall blühende Korruption, Drogenmafia, Menschenhandel, ins unglückselige Litauen verschacherter Giftmüll und Ähnliches nahe zu bringen. Nach der schauerlichen Einleitung flüsterte er ihr ungebeten zu, welche der jetzigen oder zukünftigen Kunden der Wahrsagerin in diese schmutzigen Geschäfte verwickelt waren.

Die Rebellin, Pazifistin, Hexe, Seherin hatte große Sehnsucht, dem Vaterland nützlich zu sein. Sie glaubte, dass man das Böse mit seinen eigenen Waffen bekämpfen könne, indem man einigen bösen Onkels ein etwas anderes Schicksal einflüsterte, als es die Karten oder Horoskope verkündeten. Selbstverständlich gingen die »bösen Buben« nicht in dem Augenblick drauf, in dem sie danach wieder auf die Straße traten, doch in ihrem harmonischen Karrieremechanismus begann ein Rädchen sich in die falsche Richtung zu drehen. Und genau das brauchte es!

Er hatte seinen Dienst beim Placebo aus ähnlichem Antrieb wie Julija angetreten. Das war vor zwölf Jahren geschehen. Der Köder wurde ausgeworfen, als ihn, damals Psychotherapeut, ein von Depressionen geplagter Patient aufsuchte, der mit einem seltsamen, vielleicht englischen, vielleicht russischen Akzent litauisch sprach. Nach einigen Sitzungen begann der depressive Herr, während er eigentlich seine traumatische Kindheit aufarbeiten sollte, plötzlich ganz unerwartete Ideen über seine Vision von Litauen und der Welt vorzutragen.

Was er hörte, kam ihm wie eine paranoide Wahnvorstellung vor: eine Gesellschaft der Glücklichen, gegründet durch Aussieben der unbrauchbaren Individuen und Ausfiltern jedes, auch des allerkleinsten, Löffels Teer aus dem globalen Honigfass; Gedanken- und Gefühlskontrolle, totale Abhängigkeit der Bürger von Fernseher, Computer und anderen modernen Technologien; Informationsüberschuss, Dutzende unnötiger Fakten pro Minute und Diktatur der Werbung, so dass in meisterhafter Weise eine Ersatzrealität geschaffen wurde, in der die Menschen ohne eigene Gedanken, Gefühle und sogar ohne eigenes Schicksal lebten.

Erst fragte er naiv: Wozu das alles? Seine Frage wurde mit einer Gegenfrage beantwortet: Und wozu alles andere? Welches Betätigungsfeld des Menschen konnte man als wirklich notwendig bezeichnen: Arbeit, Sport, Kunst, Weltraumflüge? Wozu das Leben selbst? Der Patient, der langsam zum Auftraggeber und Arbeitgeber wurde, beschränkte sich aber nicht nur auf Fragen. Er hatte eine klare und kurze Antwort parat: Alles, was dem Psychotherapeuten verdächtig vorkam, war nötig für ein besseres Leben. Wenn nicht für uns, dann zumindest für unsere Kinder, die Generationen der Zukunft.

Die Operation mit dem Codenamen *Placebo* fand auf dem ganzen Planeten statt. Theoretisch durfte keine Regierung davon wissen, und schon gar nicht die Geheimdienste oder die aufsässigen Massenmedien. Deshalb wurde ihm zur Fortsetzung des Gesprächs ein Treffen nicht in einem Raum mit vier Wänden, der ja verwanzt sein konnte, sondern am See vorgeschlagen. Zum Beispiel in Trakai.

Wenn er sich an jene Zeit erinnerte, dann hätte er jetzt mit der Hand auf der Bibel schwören können, dass ihn nicht die Geldgier zur Unterzeichnung des Vertrags mit dem Placebo gebracht hatte, denn als Psychotherapeut verdiente er auch nicht schlecht, sondern sein Idealismus. Ja, der enttäuschte postrevolutionäre Idealismus, der sich langsam, aber sicher in Zynismus verwandelte. Diese Transformation erfasste beinahe alle Lebensbereiche, und das Arbeitsgebiet, das er jetzt wählte, war bei weitem nicht das zynischste. So schien es zumindest anfangs. Und dann ... Man gewöhnt sich an alles.

Zunächst war die Massen-Arbeit sein Aufgabengebiet. Damals, vor über zehn Jahren, versuchte man in Litauen immer noch vieles mit Demos zu entscheiden. Das exaltierte Demonstrieren und die feierlichen Massenversammlungen auf Konzerten oder Basketballspielen wurden zu so etwas wie einer chronischen Volkskrankheit. Die Zentrale hatte ihre eigenen Methoden, die Massen zu lenken, unter Verwendung ganz ungefährlicher, psychotroper Substanzen, denen ähnlich, die dem Zeitungspapier beigefügt wurden.

Die Demo-Drogen unter dem Codenamen *Vox Populi* waren in verschiedener Weise wirksam: Man fühlte sich entweder stark zu etwas hingezogen oder es fand eine Abstoßungsreaktion statt. Man konnte damit die Menge enthusiastisch, gleichgültig, enttäuscht, böse oder sogar rasend machen. Dann aber Achtung! Man konnte sie so manipulieren, dass sie den einen Redner bejubelte, den anderen auspfiff, während der Dritte wie Luft behandelt wurde. Alles hing von der Konzentration der Entzückungs-, Ekel- oder Gleichgültigkeits-Substanzen in der Luft ab.

Bald wurde das erlöserische Elixier von einem kleinen Flugzeug mit einem beliebten Helden darin versprüht, das seine Runden über dem Publikum drehte, bald von einem Polizeihubschrauber, dessen Besatzung keine Ahnung von der Zusatzmission hatte. Die magische Substanz tröpfelte hin und wieder aus einem Luftballon in den Landesfarben. *Vox Populi* konnte man auch dem farbigen Nebel während eines Rockkonzerts oder einem Feuerwerk beimischen. So wurden die Leitbilder des Sąjūdis und die großen Autoritäten allmählich gegen andere Gesichter und Namen ausgetauscht. Es fanden sich neue Herren, neue Führer, neue Götzen und neue Propheten.

Die Arbeit mit Autoritäten war die zweite Stufe seiner Karriere beim Bureau. Autoritäten der alten Schule – Philosophen, Poeten, tiefschürfende Denker, sprich Versager – hatten in der neuen Placebo-Welt keinen Platz mehr. Der Kampf gegen die alte Garde war einfach: Aktivitäten der Gerüchteträger, Bloßstellung und der deutliche Fingerzeig, wer in unserer Gesellschaft der hoffnungslose Verlierer war. Das ging ganz leicht. Dem einen wurde das Etikett des Paranoikers verpasst, einem anderen das des kindisch Gewordenen, der Dritte wurde die Schmutzflecken der Zusammenarbeit mit dem KGB nicht mehr los, der

Vierte hatte anscheinend Sehnsucht nach der Sowjetzeit, der Fünfte verhielt sich unter den neuen Umständen wie der letzte Idiot, der Sechste hatte, wie sich zeigte, immer noch Sehnsucht nach Geld und Reichtum, der Siebte verschanzte sich in einem nur ihm selbst bekannten Untergrund, der Achte legte ganz leise die Waffen nieder und ergab sich, der Neunte wurde gleichgültig gegenüber allem, und viele starben ganz einfach aus.

Jede neue markantere Persönlichkeit wurde sofort unter Zuhilfenahme des wichtigsten litauischen Charakterzugs, des Neids, vernichtet. Also, meine Lieben, was blieb übrig? Nichts natürlich. Für die Teenager die Popstars. Für die geistig Anspruchsvollen die falschen Hellseher und Propheten. Die Normalverbraucher verehrten die Charaktere aus den Seifenopern. Nach dem Willen des Placebo sollten jedoch die Politiker den Platz der größten Autoritäten einnehmen, wie jene Schweine aus der ›Farm der Tiere‹, die sich an den unanfechtbaren Grundsatz »Alle Tiere sind gleich, doch einige sind gleicher« hielten.

Die fortwährend im TV schwadronierenden Politikerköpfe hatten, ohne mit der Wimper zu zucken, auf alle Fragen eine Antwort parat: Globalisierung, Staatshaushalt, Schattenwirtschaft, Ölpreise, Probleme der Homosexuellen, Prostitution, Drogensucht, künstliche Befruchtung, Geschlechtsumwandlung, Klonen, Euthanasie, Krieg, Frieden, Ende der Welt, Migration der Wanderheuschrecken, Leben der Bienenköniginnen, Orchideenselektion, Literatur, Malerei, Ballett, Kastraten-Arien, Leben auf anderen Planeten, fliegende Untertassen, Atlantis, Engel, Gott und sogar Teufel. Im Angesicht einer solchen Allwissenheit musste sich der Durchschnittsmensch absolut ohnmächtig vorkommen.

Damit die Politiker endgültig vom Volk abhoben, sprühte man in homöopathischen Dosen ein nach Furz riechendes Gas mit dem Codenamen *Ne Quid Nimis* durch die Lüftungsschächte in den Plenarsaal des Seimas, das ein vorübergehendes Autismussyndrom garantierte. In ähnlicher Weise, nur mit einem den Cocktails beigemischten, nach Zitronenschale riechenden Elixier, wurden auf Empfängen im Präsidentenpalast und anderen Prestige-Feten die Politologen und die über die Arbeit der Politiker schreibenden Journalisten bearbeitet. Sie waren dann für längere Zeit auf dem Trip und vermochten nicht mehr zwischen dem echten Leben und ihrer selbsterschaffenen Illusion zu unterscheiden.

Man bombardierte ihn mit Aufträgen und er führte sie aus, stellte immer seltener die Frage, wozu das alles gut sei. Während er so rackerte, ging unmerklich seine Familie in die Brüche, seine ganze Zeit verschlang ja die Arbeit, Arbeit, Arbeit. Nur selten huschten zwei Kurven durch seinen Kopf, von denen die eine zeigte, was er durch das neue Leben gewonnen, die andere, was er verloren hatte. Beim Beobachten von Pythia stellte er sich die Frage, ob auch sie solche Gedanken hege.

Drei Jahre lang arbeitete Pythia für das Bureau, erfüllte gehorsam dessen Aufträge. Wenn nötig, führte sie, allerdings erst nach großen Widerständen, gewissen Kunden anschaulich vor Augen, dass die Karten ihnen den nahen Tod voraussagten: *Ach, erschrecken Sie jetzt nicht, das Schicksal liegt in Ihrer Hand, alles kann man ändern, doch wie es scheint, werden Sie schon bald Selbstmord begehen.* Die ultramoderne Apparatur des Placebo vermochte vieles zu vollbringen, doch der menschliche Faktor, in diesem Falle Pythia, war noch immer unersetzlich! Der Suizidator führte die Arbeit nur zu Ende.

Alles schien für weitere hundert Jahre in Butter. Er saß schon im Direktorensessel des Bureaus und schickte sich an, Pythia zu befördern. Doch dann begann die Wahrsagerin widerspenstig zu werden und zu jammern, sie wolle dem Placebo nicht weiter dienen.

Zur Bändigung der störrischen Ziege musste der Leopard zu Hilfe genommen werden. Aber das Projekt wäre beinahe gescheitert. Der Sonder-Hormonkrieger machte sich, statt Pythia Minderwertigkeitskomplexe und die Verbitterung einer Versagerin einzuimpfen, eine schöne Zeit mit seinem Opfer, vögelte sie, wie die in einem Knopf seines Jacketts einmontierte Kamera bezeugte, ohne jedes Maß und verursachte dadurch bei seinem

Vorgesetzten Qualen der Eifersucht. Nach dem Sex diskutierten sie gern über philosophische Themen. Er hörte diese Gespräche mit Hilfe des in den Manschetten des Agenten versteckten Senders mit und schwor sich, den Leoparden zu entlassen. Doch auch wenn Leo Pythia nicht zerstörte, so verwickelte er sie doch in eine Affäre, die sie für ein halbes Jahr von unnötigen Erwägungen abhielt.

Zu Beginn der Vorbereitungen für die Präsidentschaftswahlen probte die Wahrsagerin erneut den Aufstand. Das Placebo wollte sie zum Orakel des neuen Präsidenten küren. Zwar suchten auch so schon von Zeit zu Zeit herausragende Politiker die Wahrsagerin auf, doch die Zentrale benötigte Pythia als ständige, offizielle Beraterin des Staatsoberhaupts. Über eigene Hellseher hatten schließlich nicht nur Dämonen wie Stalin, Hitler oder Mao verfügt, sondern auch vergleichsweise lautere Persönlichkeiten wie Roosevelt, Reagan, Clinton.

Aber Pythia lehnte es kategorisch ab, sich in diese Sache verwickeln zu lassen. Die Zeit drängte, bis zu den Wahlen blieben nur noch anderthalb Jahre. Statt die Widerborstige zu überreden wurde nach einer anderen Kandidatin gesucht. Anstelle von Julija wurde eine Weißrussin ausgewählt. Die arme Frau lebte in der festen Überzeugung, mit Gott zu sprechen, nachdem sie längere Zeit mit dem Orakulator bearbeitet worden war, der in ihrer Wohnung, in einer Wanduhr mit einer Darstellung Jesu Christi mit verwundetem Herz und daraus hervortretenden Zeigern, tickte. Pythia hätte man mit dem Orakulator oder dem Suizidator kaum beeinflussen können, dafür war sie eine zu harte Nuss!

Bei der kategorischen Ablehnung des Präsidentenplans (die hätte die Zentrale vielleicht gerade noch geduldet) ließ sie es nicht bewenden. Nach einem weiteren halben Jahr, Ende Mai, rief ihn die Wahrsagerin zu sich in ihr Luxusappartement und erklärte gleich im Flur: »Schluss! Ich diene dem Placebo nicht länger.«

»Wovon willst du dann leben?«

»Ich werde schon nicht untergehen.«

Sie standen sehr nahe beieinander und schauten sich in die Augen. Im Kampf der Blicke obsiegte der von Pythia.

»Wenn das so ist, dann müssen wir uns ernsthaft unterhalten. Willst du mich nicht hereinbitten?«

»Also gut, komm rein.«

Er zog sich die Schuhe aus und tappte in Socken über die roten Teppiche, hinter dem Entschlossenheit ausstrahlenden Rücken der Pythia her. Die Wahrsagerin nahm in einem Sessel Platz und setzte sich die Katze auf die Knie, die ihn mit ebenso frechen Augen wie ihr Frauchen anstarrte. Pythia bot ihm weder Kaffee noch Tee an und fuhr in strengem Ton fort: »Wenn du mich zu überreden versuchst oder mir drohst, dann mache ich publik, wozu du mich gezwungen hast.«

»Niemand hat dich gezwungen. Sieh dich um, du hast alles, worum du den Butt gebeten hast. Willst du dich jetzt etwa vor einem Scherbenhaufen wiederfinden?«

»Ich spuck drauf! Ich brauche gar nichts! Ich kann auch in einer Hütte ohne Schornstein leben, wenn es sein muss! Und du wirst mich nicht mehr zwingen, dem Bösen zu dienen.«

»Wenn du das, was du getan hast, als das Böse bezeichnest, dann hast du ihm ziemlich lange gedient. In der Hölle hast du auf jeden Fall ein solides Konto.«

»Es gibt keine Sünde, von der man sich nicht reinwaschen könnte.«

»Ich habe da meine Zweifel.«

»Das ist meine persönliche Angelegenheit«, kreischte sie, sprang vom Sofa auf und ließ die Katze los, die wie ein Pfeil aus dem Wohnzimmer schoss.

»Die Buße für deine Sünden ist vielleicht deine persönliche Angelegenheit, aber wir beide hatten auch gemeinsame Projekte. Meinst du, du kommst so leicht davon? Wäschst dir die Hände und damit hat sich's?«

»Ich will ein anderes Leben führen! Es hat sich etwas Besonderes ereignet! Das kannst du nicht verstehen, und dein Scheißplacebo schon gar nicht! Lass mich in Ruhe! Verpiss dich!«, schrie Julija und besprühte ihn mit Speichel, obwohl Hysterie nicht typisch für sie war.

»Mädchen, eins musst du wissen, aus einer Pfütze steht man

nicht trocken auf.« Er bemühte sich, Ruhe zu bewahren, und sagte warnend: »Falls du öffentlich über das Placebo zu reden versuchst, wird niemand dir glauben. Man wird denken, dass du völlig den Verstand verloren hast, Kartenlegerin.«

Beim Hinausgehen traf ihn noch ein Schlag. Die Katze der Wahrsagerin hatte in seinen Schuh gepisst. In der Folge sprach er noch mehr als einmal mit Pythia. Doch all seine Argumente prallten von ihr ab wie von einer Wand. Die Frau hatte sich kopfüber in Wahnvorstellungen von Gewissen, Mitgefühl und allgemeiner Verantwortung gestürzt, und als ob das nicht reichte, fing sie auch noch an, irgendein metaphysisches Buch zu schreiben (das noch an ihrem Todestag mit dem allergemeinsten Virus, über den das Placebo verfügte, vernichtet wurde).

Pythia verkündete weiterhin ihre Voraussagen in der Zeitung, doch sie waren jetzt so mit honigsüßer Sentimentalität und exaltiertem Moralismus versetzt, dass einem beim Lesen ganz übel wurde. Schon bald fand er die Quelle dieses Gesülzes heraus, es war natürlich ein Mann. Doch was nützte das? Die Würfel waren gefallen.

Er musste so tun, als ob Pythia dem Bureau völlig gleichgültig sei, in Wirklichkeit aber die Vernichtung der Wahrsagerin vorantreiben, eine Operation mit dem Codenamen *Atalanta Fugiens*. Dienstfertige Kunden steckten Julija aus Dank für günstige Voraussagen ein Computerspielchen oder eine CD mit ihrer Lieblingsmusik zu, auf denen sich zerstörerische, speziell auf die Gehirnschwingungen der Pythia abgestimmte kodierte Digitalprogramme befanden.

So wurde das ungehörige Mädchen von Schuldgefühlen wegen all der Unglücksraben heimgesucht, die sie in den Selbstmord treiben musste. Außerdem begann sie der Gedanke zu quälen, ihr Leben umsonst gelebt zu haben. Und Pythia sollte sich ungeliebt fühlen, auch von dem, den sie als Schutzengel bezeichnete, nicht gebraucht. Von hier war es nur noch ein kleiner Schritt bis zum Selbstmord. Doch das Suizidometer zeigte trotz allem nur Lebenslust an.

Die Operation *Atalanta Fugiens* dauerte nun schon sieben

Monate an, und er hegte immer noch die naive Hoffnung, dass man die Angelegenheit vertuschen und Pythias Leben retten könnte. Aber Anfang Dezember erteilte die Zentrale den kategorischen Befehl, dass die Wahrsagerin das neue Jahr nicht mehr erleben dürfe. Befehl ist Befehl, man muss ihm gehorchen. Damit die Rache süßer wäre, plante er alles so, dass Pythia von dem erledigt würde, von dem sie sich errettet fühlte. Der Wille der Zentrale wurde mit leichter Verspätung erfüllt, am 15. Januar.

»Hölllle, Höölllle, Hööllllllllllle!!!«, weckte ihn plötzlich ein durchdringender Schrei aus seinen Erinnerungen.

Es war elf Uhr abends. Jacqueline schlief um diese Zeit meist schon. Hatte sie etwas Schlimmes geträumt? Er trat zum Käfig, steckte den Zeigefinger durch die Stäbe und kraulte den Vogel am Kopf. Dann bedeckte er das Papageienhäuschen mit einem schwarzen Tuch und schaltete den Fernseher ein.

Endlich! Nach so viel sorgfältiger, hartnäckiger und aufopfernder Arbeit des Bureaus erschien Gott in einem Werbespot! Früher waren höchstens einmal Engel über den Bildschirm gehuscht, manche mit Würstchen in der Hand, andere als Joghurtliebhaber. Doch jetzt – Gott selbst. Dreiäugig, ganz in Weiß, leicht tuntenhaft trug er seine pompöse Tirade in Slang vor – *Göttlicher Klang, Göttliches Bild, Göttliches Licht* – und zum Schluss noch ein teeniehaftes: *gecheckt?!* Der Gott im Werbespot gefiel ihm nicht. Obwohl der Herr nach Aussage der Mystiker jede Gestalt annehmen konnte. Diesem aber fehlte etwas. Er war nicht glaubwürdig genug. Und wenn man schon den Namen Gottes gebrauchte, dann nicht grundlos. Wenn man sich schon ans Bild Gottes wagte, dann so, wie es sich gehörte.

Er war nicht gläubig. Nicht einmal ein Freidenker, schon eher ein knallharter Atheist. So war er in der Familie, in der Schule und auf der sowjetischen Universität erzogen worden. Nach der historischen Wende wurde er nicht gläubig wie die große Mehrheit seiner Mitbürger. Ihr Glaube gefiel ihm genauso wenig wie der Gott im Werbespot, denn er war lau, flach, ohnmächtig und deshalb widerlich. Genau dies erklärte er immer, wenn er nach seinen religiösen Überzeugungen gefragt wurde. Obwohl es eigentlich anders war. Ganz anders. Er wollte irgendetwas Persönliches ganz für sich behalten, das er nicht dem erstbesten Gesprächspartner bei einem Bier oder vor irgendwelchen Meinungsbefragern ausbreiten musste. Und Gott war das Geheimnis, das er auch sich selbst nie erklären wollte.

Gott war in ihm wie der Panikraum, dieser immerwährend verschlossene Ort, an den man sich nur in einer kritischen, extremen, katastrophalen Situation seines Lebens flüchtet. Bis heute hatte er den Panikraum noch nie benötigt.

Das Ende des Januar und der ganze Februar waren voller Verzweiflung. Die Tage wurden nur schleppend länger, als ob es dort oben, in den Höhen, jemandem wehtäte, auch nur eine winzige Strahlenmünze aus seiner Truhe voller Licht zu opfern. Maksas war trotz seines Nachnamens Vakaris, Abend, ein Kind des Lichts, er brauchte viel Sonne, heiteren Himmel, wohlige, sanfte Wärme. Er brauchte Gleichgewicht, ein Gefühl von Sicherheit, Ruhe, und in letzter Zeit fehlte es ihm fürchterlich an all dem.

Maksas (das war ihm noch nie passiert!) fing sogar an, sich Vorwürfe zu machen, dass er keine Familie hatte – keine schöne junge Gemahlin und keinen Erstgeborenen, der in der Wiege schrie. Bisher war er absolut mit seinem unabhängigen und zu nichts verpflichtenden süßen Singleleben zufrieden gewesen, und den Opponenten legte er jeweils das ziemlich zynische Argument vor, sein, Vakaris', Tag sei nicht gerade billig zu haben, abhängig vom Auftraggeber koste er zwischen 800 und 1500 Litas! Und da sollte er die teure Zeit für Familie, Frau und Kinder verschwenden?

Jetzt, wo er infolge des ihm auferlegten Hausarrests statt bis in die frühen Morgenstunden durchzufeiern um sieben Uhr abends in seiner Höhle sein musste, bekam er die in ihm gähnende ungemütliche Leere immer stechender zu spüren. Die Einsamkeit hing im Haus in der Luft wie ein Geruch, und die Traurigkeit hatte sich auf alle Dinge gelegt wie Staub.

Bis heute hatte es in Maksas' Leben keine nennenswerten

Veränderungen gegeben. Alles war wie geschmiert gelaufen. Der Schicksals-Mechanismus drehte sich wie die goldenen Zahnrädchen einer Schweizer Uhr. Nicht einmal Gipfelleistungen verlangten ihm besondere Anstrengungen ab, er musste nicht gegen den Strom schwimmen, sich mit den Ellbogen Platz verschaffen, den Erfolg mit Zähnen und Klauen an sich reißen und sich den Ruhm über Berge von Leichen seiner Konkurrenten erkämpfen.

Doch jetzt, kurz vor seinem dreißigsten Geburtstag, begannen für ihn die härtesten Prüfungen: der Tod der Magierin, Verhöre, Zellen mit vergitterten Fenstern, Hausarrest, der Erpresser, das Meparapon, skandalöse Artikel in den Zeitungen, die seine Mutter an den Rand eines Herzinfarkts gebracht hatten. Und dann noch der finstere Verdacht, jedes Mal wenn er an die kristallene Kette seines Bruders dachte!

Auch seine Beziehung mit Vita drohte in die Brüche zu gehen. Warum, konnte er weder ihr noch sich selbst erklären. Vielleicht, weil er von ihr nicht den Trost bekam, den er sich erhofft hatte. Ihr Verhältnis wurde immer formeller, und als ob das nicht reichte, wurde es auch noch durch sinnlose politische Streitereien getrübt. Vita nahm an zehn verschiedenen Widerstandsbewegungen teil – bald protestierte sie mit der Peta-Bruderschaft vor dem Pelzsalon »Nijolė«, bald flog sie zu irgendeinem Globalisierungsgegnertreffen in Italien, bald stürmte sie mit Greenpeace-Aktivisten unergiebige litauische Ölfördereinrichtungen. Und jetzt hatte sie wegen des Irakkriegs ganz den Kopf verloren, tippte nächtelang Aufrufe, statt Maksas zu trösten, zeichnete Plakate, auf denen mit einem roten Kreuz durchgestrichene Bomben prangten, und versuchte Woche für Woche, Protestdemonstrationen zu organisieren, die von den Landesmedien jeweils gnadenlos verlacht, ja geradezu am Boden zertreten wurden.

Vita schrie bebend, dass sie schon von George W. Bushs Face allergische Krämpfe und Abstoßungsreaktions-Zuckungen bekomme und dass es ihr, wenn sie die Stimme des Präsidenten hörte, den Magen umdrehe, während Maksas den Ami-Anführer für einen ganz coolen Typen hielt, mit dem es Spaß machen würde, durch die Prärien zu reiten und auf nackte Indianer-ärsche zu schießen. Maksas ging zu keiner einzigen Pazifisten-demo, obwohl Vita ihm hartnäckig zu beweisen versuchte, dass sein Name und sein Gesicht bei einer solchen Aktion lebens-wichtig für das Bürgerbewusstsein der Gesellschaft sei. Doch im Moment kümmerte Maksas das Bürgerbewusstsein der Gesell-schaft einen Dreck.

Obwohl Pranas Purvaneckas nur wegen vorschriftswidriger Aufbewahrung einer Schusswaffe angeklagt war, schrieb die Presse, besonders das Boulevardblatt der Konkurrenz namens ›Abendnachrichten‹, so über ihn, als ob er Hannibal Lecter wäre. Seine eigene Zeitung schwieg solidarisch, und auch seine ande-ren Arbeitgeber verhielten sich, als ob nichts gewesen wäre. Und es *war* ja auch gar nichts gewesen.

Am schwersten war das Mutter zu beweisen. Sie war durch-tränkt von schlimmen Befürchtungen und finstersten Ahnun-gen wie der Boden in Bangladesch während der Regenzeit. Nach dem Erscheinen der ersten Schweineartikel in den Zeitungen rief sie mehrere Male den Notarzt und teilte diese Tatsache un-ter großen Vorwürfen Maksas mit, als ob er schuld daran wäre, dass die Medien sich wie die Geier auf jeden Skandal stürzten. Sie hielt ihm jeden Morgen und jeden Abend vor, dass er ihr in ihrer furchtbaren Lage keine Aufmerksamkeit, kein Mitgefühl und noch nicht mal eine Entschuldigung zuteil werden ließ.

Maksas sah das Ganze umgekehrt. Seine Mutter hätte doch auch ein einziges Mal an ihn in seinem Unglück denken können. An ihn, einen Menschen mit Körper, Blut und Seele, und nicht an das Sohn-Phantom ihrer Vorstellung. Er, Maksas, und nicht der vor dreißig Jahren erfundene Pranas war es, der jetzt des Trostes seiner Mutter bedurfte. Doch von seinen Nächsten er-hielt er keine Unterstützung, während täglich Briefe von Unbe-kannten in der Redaktion, bei ›Eldorado‹, beim ›Talk vor dem Einschlafen‹ eintrafen, Briefe voller Mitgefühl, Verständnis und wärmster Worte. Der Gegensatz zwischen der von den fremden Herzen ausgestrahlten Wärme und der von seinen Nächsten verströmten Kälte stach Maksas wie eine zweischneidige Klinge ins Herz, die jeden Tag noch einmal mörderisch umgedreht wurde.

Tadas hatte sich auch noch weiter von ihm entfernt als früher, obwohl er ja, ehrlich gesagt, schon seit seiner Kindheit unzurechnungsfähig war. Es konnte keine irgendwie geartete klinische Diagnose für ihn erstellt werden, doch soweit die Erinnerung des kleinen Pranas reichte, war sein größerer Bruder Tadas noch nie von dieser Welt gewesen. Wenn nicht von dieser, von welcher denn? Genau diese Frage war am schwierigsten zu beantworten.

Die drei Jahre, die die Brüder trennten, klafften wie ein Abgrund zwischen ihnen, aber sie fühlten sich auch tief in ihrem Wesen instinktiv zueinander hingezogen, spürten eine außerordentlich starke Blutsverwandtschaft, so als ob sie Zwillinge wären. Diese geheimnisvolle instinktive, unzähmbare Verbindung war wohl auch der Hauptgrund dafür, dass Maksas sich dazu entschließen könnte, in den Bau zu gehen, ohne ein Wort von dem vom Bruder zurückgelassenen Beweisstück zu sagen. Gälte das auch umgekehrt? Würde Tadas den jüngeren Bruder decken, indem er selbst ein Risiko einging und sich opferte? Ungewiss. Wahrscheinlich nicht. Obwohl, schwer zu sagen. Tadas war schon immer ein Meister der Überraschung gewesen.

In seiner Kindheit verursachte der Ältere bei den Eltern eine beklemmende Unruhe, dafür erhielt der Jüngere immer mehr und mehr Zuneigung. Wenn da nicht jene Blutsverbindung gewesen wäre, die sich Pranas von ganz klein auf als rote, in der Dunkelheit pulsierende Ader vorstellte, hätte der Nachzügler nur verweichlichen, verdummen und arrogant werden können. Doch in ihm wuchs ein Schuldgefühl heran, das ihn besonders dann quälte, wenn er unter den Augen des Bruders von der Mutter zärtlicher umarmt, vom Vater kumpelhaft angesprochen oder in Tadas' Abwesenheit etwas Schmackhafteres zu essen, eine neue Jacke, ein teureres Spielzeug bekam.

Völlig durcheinander geriet alles durch die Scheidung der Eltern. Die Mutter konnte sich nie mit diesem Drama abfinden, gewöhnte sich nie an das Alleinleben, andere Männer interessierten sie nicht, ihre ganze Liebe schenkte sie ihrem Sohn, natürlich dem jüngeren, und machte dem älteren insgeheim Vorwürfe, dass der Vater wegen seiner Verschrobenheit die Familie verlassen habe. Tadas war ein mittelmäßiger Schüler, während der kleine Pranas, obwohl voller Flausen, schon damals sein Star-Charisma ausstrahlte. Die Mutter hoffte, dass sich der Ältere mit der Zeit vom orthodoxen Glauben erholen werde, der ihn wie eine Seuche befallen hatte, und wenigstens zum anständigen Katholiken werde. Sie selbst war nicht gläubig, aber beim Nachdenken, wo und wie sie den Versagersohn unterbringen könnte, kam ihr die Idee, er könnte doch Priester werden. Doch Tadas fühlte sich nicht zum Priestertum hingezogen. Er trieb isoliert durch die von ihm selbst erschaffene Realität und zwang dadurch den prächtig gedeihenden Pranas-Maksas, sich immer schuldiger zu fühlen.

Das Einzige, wofür sich der ältere Bruder interessierte, war die während des Todeskampfs des Sowjetsystems aufgeblühte Parapsychologie. Er phantasierte von Auren, Chakren, Biofeldern, Vibrationen und erregte damit den wilden Zorn des Punks und Anarchisten Maksas. Schließlich zog Tadas los nach Moskau, ins Parapsychologische Labor, und verschwand dort für einige Jahre vollständig. Die Singende Revolution in Litauen kam ohne ihn aus. Als er nach Vilnius zurückkehrte, schien er gar nicht mehr von dieser Welt. Und wenn der Ältere früher, vielleicht ohne es selbst zu ahnen, eine den Träumern eigene Wärme verströmt hatte, so war er jetzt eiskalt geworden. Er richtete sich neben dem Friedhof ein. Maksas fühlte sich auch daran schuld, also bemühte er sich, dem Bruder zumindest mit Geld auszuhelfen. Im letzten Jahr hatte Tadas gar nicht schlecht verdient, nahm aber die monatliche Unterstützung von Maksas an wie etwas Selbstverständliches.

Tadas war fürchterlich verschlossen, und das schien schon keine Charaktereigenschaft mehr zu sein, sondern ein körperlicher Defekt, kein angeborener, sondern ein ihm auf irgendeine Weise, vielleicht sogar mit Gewalt, zugefügter. Neulich hatte Maksas in der Zeitung gelesen, dass das Moskauer Parapsychologische Labor keineswegs ein Nest naiver Spinner war, sondern eine ganz und gar bedrohliche Institution, gegründet vom KGB oder gar vom GRU. Dort wurden nach unbestätigten Zeugenaussagen Menschen mit paranormalen Fähigkeiten untersucht und die herausragendsten Exemplare für den Spionagedienst, den Spionageabwehrdienst und andere geheime Missionen ausgebildet.

Maksas erschütterten diese Informationen, und ihn befiel die fixe Idee, dass Tadas in den zwei Jahren seiner Abwesenheit den uniformierten Forschern als Versuchskaninchen gedient hatte, schließlich als unbrauchbar oder von irgendeinem Hirnwäscheapparat beschädigt hinausgeworfen worden und dann wie ein Zombie, der sein menschliches Wesen verloren hatte, nach Hause zurückgekehrt war.

Dieses Horrorszenario passte gut in einen von Maksas' persönlichen Hollywood-Thrillern. Wann immer er wollte, sah er fensterlose Krankenzimmer und zu Gemüse gewordene, an seltsame Apparate angeschlossene Patienten im Breitbildformat mit Dolby Digital Surround Sound vor sich. Die Hauptfigur der Geschichte ist ein Cyberpunk, der sich als Pendelheiler ausgibt (es braucht nicht viel Hirn, damit das Pendel oder die gegabelte Rute in deiner Hand in Bewegung gerät) und sich in ein Geheimlabor einschleust, um seinen älteren Bruder zu befreien, der von klein auf anders war als die anderen, mit seinem Körper wie ein Magnet Münzen, Löffel, Messer angezogen und mit dem Blick leichtere Gegenstände verschoben hat.

Obwohl der falsche Pendler den Verdacht einer jungen Ärztin erregt, verliebt sich die Blondine mit den Majorsschulterstücken in ihn. Wo der arme Bruder ist, bleibt noch immer im Dunkeln. Doch eines Nachts folgt der Held der geliebten Ärztin in den Operationssaal und beobachtet hinter einem Schirm versteckt, wie Katjuscha eine kleine Lobotomiesäge ergreift, jemandem den Schädel rundherum aufsägt, das Hirn herausnimmt, ein kleines Stück davon abschneidet und dann alles wieder fein säuberlich aufräumt.

Max Vetscherin steigt auf einen Schemel und sieht, dass der

Operierte sein verschollener Zwillingsbruder ist. Er kann sich nicht mehr beherrschen vor Grauen und stößt einen lauten Schrei aus. Die blonde Majorin dreht sich um und bemerkt plötzlich die verblüffende Ähnlichkeit der beiden jungen Männer. Sie drückt auf einen Knopf, Sirenen heulen auf, eine Gruppe bis zu den Zähnen bewaffneter Soldaten taucht auf und eine Hetzjagd auf Leben und Tod beginnt. Und jetzt – WERBUNG.

Maksas trank wie üblich eine Tasse Kaffee, vom stärksten, den man sich in diesem Weltall vorstellen konnte, denn die Livesendung ›Talk vor dem Einschlafen‹ startete um zehn Uhr abends, wenn alle Mitbürger, die sich im Laufe des vergangenen Arbeitstags abgerackert hatten, langsam ins Nachtlager krochen. Heute Abend sollte sein Gesprächspartner ein gewisser Jonas Jonaitis sein (diesen Vor- und Familiennamen hatte in Litauen wohl jeder Dritte), Direktor der Firma »Der Neue Mensch«. Während er geschminkt wurde, versuchte sich Maksas noch in aller Eile den Lebenslauf des Gesprächspartners einzuprägen, den ihm laut und langsam seine neben ihm stehende Assistentin vorlas.

Meist kamen zum ›Talk vor dem Einschlafen‹ immer dieselben Berühmtheiten, die immer schön im Kreis herum bei allen fünf nationalen Sendern auftauchten, wie an den Schwengel eines Wüstenbrunnens angebundene Kamele. Ab und zu wurden echte Dörfler, Euro-Optimisten aus den hintersten Winkeln des Landes, sonstige einsame Käuze eingeladen; für eine stattliche Summe konnte auch ein freiwilliger Kamikaze Gesprächspartner werden.

Auf diese Sendungen bereitete sich Maksas nicht besonders vor, für eine halbe Stunde Gespräch reichten die Standardfragen völlig aus (manchmal brachte auch der Gast vorbereitete Fragen mit), na, und wenn der Talkmaster zu ertrinken drohte, dann warfen ihm die Assistenten einen Rettungsring in Form von leuchtend roten Thesen auf Plakaten zu. »Der Neue Mensch« kümmerte sich um Persönlichkeitsbildung, Integration des Individuums in die Gesellschaft und auch um eine schmerzlose Integration Litauens in EU und NATO. Einfacher konnte es gar nicht sein!

»Guten Abend, Maksas«, vernahm er plötzlich hinter sich eine tiefe, heisere und schon bekannte Stimme. »Ich bin Jonas Jonaitis. Hier ist meine Visitenkarte.«

Maksas öffnete die Augen und erblickte im Spiegel einen Mann mittleren Alters von strammer Statur in einem grauen Anzug von guter Qualität. Er erkannte ihn. Es war das Meparapon. Sein Gesicht, obwohl jetzt ganz deutlich sichtbar, war trotzdem immer noch keines, so wie es bei den nach Sauberkeit lechzenden Typen in der Waschmittelwerbung der Fall war, die du, auch wenn du sie tausendmal gesehen hast, auf der Straße nicht erkennen würdest.

Die Maskenbildnerin setzte den Gast in den Stuhl neben Maksas und begann sein Gesicht zu pudern. Maksas erduldete, ohne den Kopf zu drehen, dieselbe Prozedur, folglich sahen sie jetzt während ihrer Unterhaltung nur das Spiegelbild des anderen.

»Falls du dich erinnerst, ich habe einmal zugegeben, dass mir der ›Talk vor dem Einschlafen‹ gefällt. Du hast die Andeutung nicht verstanden und mich nicht in die Sendung eingeladen. Was soll's, wenn der Prophet nicht zum Berg kommt, dann muss halt der Berg zum Propheten kommen.«

»Entschuldigen Sie, damals war ich übermüdet und deshalb reizbar und nicht besonders aufmerksam.« Maksas fühlte sich, er wusste selbst nicht warum, genötigt, sich zu rechtfertigen.

»Macht nichts«, sagte Jonaitis kurz und warf sich eine Minzpastille ein. Sie sagten kein weiteres Wort zueinander, doch Maksas verspürte eine immer größer werdende Angst. Er wusste nicht mehr, wie er ins Studio gekommen war, wie er sich in seinen grellrosa Sessel gesetzt hatte, während er dem Gast den ätzend salatgrünen zuwies, wie er sich das Mikrofon angeheftet und die Sendung begonnen hatte. Er erinnerte sich nicht mehr daran, was er den Gesprächspartner gefragt und ob er es geschafft hatte, die Sendung, wie es sich gehörte, vor den Werbepausen zu unterbrechen, und womit das Gespräch geendet hatte. Statt jener Stunde gähnte in seinem Kopf ein Schwarzes Loch.

Er kam erst zu Hause wieder zu sich, als das Telefon aufdringlich klingelte. Es war der Produzent von ›Talk vor dem Einschlafen‹. Er brüllte mit Schaum vor dem Mund, wie Maksas es wagen könne, sturzbetrunken in einer Livesendung aufzutreten. Er sei entlassen und könne sich eine andere Arbeit und andere Dummköpfe suchen, die seine idiotischen Eskapaden duldeten.

Sogar Vita, die schon lange nichts mehr von sich hatte hören lassen, rief an: »He, was trittst du total bekifft live auf?! Du hältst dich wohl für obercool, was? Du hast wie der letzte Loser ausgesehen!«

Maksas ging der Teenie-Slang seiner Freundin auf die Nerven, und er antwortete ihr möglichst verletzend: »Da mach dir mal keine Sorgen. Bohr du ruhig in der Nase und träum von deinen dämlichen Tierchen.«

Eine von Vitas Tätigkeiten bei der Zeitung bestand im Abfassen von Artikelchen über seltsames Tierverhalten. Die Nachrichten davon, was ein wahnsinnig gewordener Elefant, ein besessener Orang-Utan oder ein tollwütiger Ameisenbär angestellt hatte, fand sie jeden Morgen in ihrem elektronischen Postfach vor, von einem unbekannten Enthusiasten übermittelt. Falls der Redakteur eine der Nachrichten nicht drucken wollte, erschien diese erstaunlicherweise in einer anderen Zeitung. Maksas gefielen diese lustigen Texte sehr, und er musste auch jetzt lächeln, als er daran dachte.

Doch das Lächeln verschwand unverzüglich aus seinem Gesicht, als seine Mutter anrief und ihm den Rest gab: »Wie konntest du dich nur vor ganz Litauen so unmöglich benehmen?«

»Mama, ich bin unschuldig, ich begreife selbst nicht, was mit mir war, da hat sicher dieser Jonaitis etwas mit mir angestellt...«

»Ich habe immer an dich geglaubt. Und jetzt das! Wie soll ich jetzt den Leuten in die Augen sehen? Wie mich morgen bei der Arbeit zeigen?! Überhaupt aus dem Haus gehen?!«

»Es steht dir ja nicht ins Gesicht geschrieben, dass du die

Mutter von Maksas Vakaris bist. Hör mir doch zu. Ich bin doch nicht betrunken.«

Aber Mutter hörte nicht zu und hämmerte die letzten Nägel in seinen Verzweiflungssarg: »Du (peng!) hast (peng!) mich (peng!) schon (peng!) fast (peng!) zu (peng!) Tode (peng!) gequält (peng!)! Wahrscheinlich (peng!) willst (peng!) du (peng!), dass (peng!) ich (peng!) sterbe (peng!)! Bald (peng!) ist (peng!) es (peng!) soweit (peng!), du (peng!) bringst (peng!) mich (peng!) ja (peng!) jeden (peng!) Tag (peng!) ein (peng!) wenig (peng!) um (peng!)! Ein (peng!) furchtbares (peng!) Kind (peng!)!«

Braucht man zum Zunageln eines Sargs so viele Nägel? So hämmert man beim Dachdecken. Beim Decken eines Dachs, das bei Maksas schon einen Schaden bekam. Die Ziegel glitten ratternd zu Boden. Vielleicht erfüllte sich jetzt endlich sein Traum aus früher Jugend, den Verstand zu verlieren.

IN DER WOHNUNG verbreitete sich ein angenehmer Duft, er war rostbraun, mit gelben Rändern. Wahrscheinlich brieten die Nachbarn Fisch. Wozu nur, wenn er doch roh am besten schmeckte?

Die Menschen haben eine ganze Reihe seltsamer Eigenschaften. Die merkwürdigste davon ist der menschliche Schönheitsbegriff. In den Gehirnwindungen der Zweibeiner ist noch wie ein Atavismus die Kenntnis wahrer Anmut vorhanden und tritt manchmal in Vergleichen zutage: grazil wie eine Katze, katzenhafte Schritte, Katzenaugen... Doch da ist die menschliche Ästhetik auch schon mit ihrem Latein am Ende. Alles andere ist nur Verunstaltung der von der Natur und Gott verliehenen Gestalt.

Die Menschen verschwenden so viel Geld und Zeit auf die Entfernung der nach ihrem verdrehten Schönheitsmodell unnötigen Körperbehaarung. Dafür tragen sie die teuersten Pelze, derentwegen sie eine Unmenge unschuldiger Tiere umbringen. Alle in der Geschichte der Katzen umgelegten Mäuse und kleinen Vögel wären auf einen Haufen geworfen nur ein unbedeutender Hügel im Vergleich zu dem Everest, der entstünde, wenn man alle für Pelze gekillten Kaninchen, Eichhörnchen, Chinchillas, Lämmer, Füchse, Nerze und Leoparden aufhäufte.

Die Menschen schenken ihrer Kleidung so viel Aufmerksamkeit und treiben einen solchen Aufwand, als ob das, was sie anziehen, das Wesen ihres Lebens verändere oder die größten Geheimnisse des Daseins enthülle. Auch dem Sichausziehen verleihen sie eine besondere Bedeutung, wie einem geheimen Ritual, das sowohl verboten als auch ersehnenswert ist. Die Katzen bewahren mit ihrem Fell, ob weiß, braun, grau, schwarz, getigert, bunt, gescheckt wie ein Bild von Miró, immer das ideale Gleichgewicht: weder nackt noch angezogen.

Die Katze wäscht sich selbst, putzt sich selbst die Zähne, schärft sich selbst die Nägel und braucht all die vielen Dinge nicht, ohne die der Mensch beim Verschönern seines erbärmlichen Körpers nicht auskommt.

Am schlimmsten aber ist es, wenn die Zweibeiner sich einmischen und die kätzischen Schönheitsstandards ändern wollen. Es gibt nichts Scheußlicheres als die Katzenrassen, die der Mensch gegen den Willen der Natur mit Zwang und einfältiger Sturheit gezüchtet hat. Nur der Dumpfkopf des Zweibeiners konnte die Idee von Katzen mit flacher Schnauze und platt gedrückter Nase, ohne Fell, ohne Schwanz oder mit kupierten Ohren ausbrüten. Sollten die Katzen einmal beschließen, sich an den Menschen zu rächen, würden sie vielleicht Hybriden nach den Vorbildern in den Horrorfilmen der Zweibeiner züchten. Dann würden wir ja sehen, wer zuletzt lacht.

Die Menschen besitzen noch eine seltsame Eigenart. Sie sind verrückt nach Sex, obwohl sie sich selbst verbieten, sich dafür zu interessieren. Auf dem Gebiet der Erotik sind die Zweibeiner der Inbegriff von Banausen, mit Ausnahme einiger Dichter, der Autoren des Kamasutra und des Khajuraho-Skulpteurs. Es gelingt ihnen nicht, ihre Lust in geziemender Weise zu befriedigen, alles kommt viel zu irdisch heraus, obwohl sie es gern göttlich hätten. Sie flechten ja regelmäßig Wörter wie »himmlisch«, »Ekstase«,

»Paradies« ins Gespräch über die körperlichen Angelegenheiten
ein.

Die Katze wurde schon im alten Ägypten zum Symbol für die
körperliche Liebe erkoren. Bis heute wird sie für das Totem der
Sinnlichkeit gehalten, nicht nur wegen ihrer berüchtigten Lie-
bestollheit und der häufigen Sexabenteuer während der Rolligkeit. Erotisch ist die Natur der Katzen selbst. Deshalb nehmen
die Menschen, die es meist nicht schaffen, über diese subtile
Sphäre in geziemender Weise zu reden, die Metapher der Katze
zu Hilfe. Über Katzen und Sex spricht man in demselben warmen, verführerischen Ton. Die Liebsten werden nie Hunde oder
Hündinnen genannt. Hingegen fühlt sich kein Mann und keine
Frau durch den Vergleich mit einer Katze beleidigt. Sogar während der Paarung nennen sie einander Katerle, Schmusekätz-
chen, Samtpfötchen, Tiger. Diese Gedanken brachten Bubastis
schon wieder zum Lachen.

Aber die Trauerzeit war ja noch nicht vorbei. Um trauriger zu
werden, beschloss die Katze, sich an die Streitigkeiten mit der
In-Besitz-Genommenen zu erinnern.

Bastet wusste ganz genau, was die In-Besitz-Genommene
nicht mochte, was sie ärgerte, die Geduld verlieren ließ oder
ihren Zorn erregte. Diese Emotionen wirkten ein wenig lächerlich, denn Bubastis' Herumtollen zerstörte die Harmonie der
Welt in keiner Weise, nagte nur ein wenig an der Illusion von
Ordnung, die die Gezähmte sich geschaffen hatte. Was war
schon dabei, dass die Katze ihre Krallen an den Samtbezügen des
Sessels schärfte, über die Tapeten strich oder dem türkischen
Teppich ein paar Fasern ausriss? Wozu sich so aufregen, wenn jemand beim Hineinsteigen in einen Blumentopf ein wenig Erde
auf das Parkett streute, den Stamm der Yucca emporzuklettern
versuchte oder das eine oder andere Blättchen der Dracaena abriss? Wozu wütend werden, wenn man zärtlich an der Spitze des
Lackschuhs knabberte, an einem Zipfel des Nerzes lutschte, den
schwarzen Seiden-BH durch alle Zimmer schleppte oder es sich
auf dem weißen Pullover aus Lamawolle bequem machte?

Wozu die Katze von ihrem Tellerchen verjagen, vom Tisch,

vom Elektroherd, vom Computer-Monitor, von der schwarzen, warmen TV-Kiste, oder sie aus dem Bett vertreiben, wenn da neben der Gezähmten noch ein anderer Zweibeiner lag? Wozu sich grämen wegen eines unter den Schrank gerollten Perlenohrrings, warum toben wegen eines heruntergerissenen Vorhangs? Sagt doch, was bedeuten all diese Winzigkeiten im Vergleich zur Ewigkeit? Nichts natürlich, rein gar nichts. Nur nicht für die Gezähmte.

Manchmal endeten die Wutanfälle der Verlorenen mit einer Verwünschung, die sie wie eine Schlange hervorzischte. Manchmal griff die Gezähmte auch zum Zerstäuber, mit dem sie die Blumen besprühte, doch im Unterschied zu den meisten Katzen mochte Bubastis Wasser. In seltenen Fällen packte die In-Besitz-Genommene die Besitzerin am Kragen und traktierte ihre weichen Seiten wie eine Schamanentrommel mit Schlägen. Nichts, aber auch gar nichts bewirkte sie mit diesem Verhalten. Wenn sie völlig die Geduld verlor, dann bestrich die Frau die von der Katze bevorzugten Plätze mit Zitronenöl. Bastet war sehr empfindlich und wählerisch, was Gerüche anging, deshalb wartete sie jeweils, bis sich der ekelhafte Geruch verzog. Und dann begann alles wieder von vorn.

Manchmal beklagte sich die Verlorene, dass die Katze sie beim Ausschlafen störte. Aber Bastet störte sie nicht, sondern half ihr gerade, indem sie sich bemühte, dem Schlaf die richtige Qualität zu verleihen. Der Schlaf ist schließlich viel wichtiger als das Wachsein. Wenn man die Augen schließt, dann kehrt man zu den Quellen des Daseins zurück, dorthin, wo im Urzustand alle Gedanken, Gestalten, Gerüche, Geräusche, Farben und Bilder existieren. Wenn man schlaft, dann ist man beinahe Gott ebenbürtig, denn man kann erschaffen wie Er: *nichts* in *alles* verwandeln, dann erneut in *nichts*. Die lebendigen Wesen jedoch binden sich zu sehr an das, was sie erschaffen haben, deshalb dürfen die Katzen nur einen kleinen Teil aus dem Schlafzustand heraustragen oder in Besitz nehmen.

Abgesehen von einigen Auserwählten, wissen die Menschen den Schlaf nicht zu schätzen. Sie wundern sich nur, dass eine

Menge Erfindungen, Einblicke, Gedichte, Gemälde, Bücher oder musikalische Werke im Schlaf entstehen. Die Zweibeiner schreiben das ihrem Unterbewusstsein zu. Doch das Unbewusste ist nur ein Netz, das man in die Wasser der Unendlichkeit taucht und so die Ideen-Fischchen fängt.

Wie im Wachzustand sind die einen beim Angeln äußerst erfolgreich, die anderen weniger, manche gar nicht. Viele vermögen nicht einmal ans Tageslicht zu bringen, was sie in der Dunkelheit der Nacht gefangen haben. Die Beute bleibt so in ihnen drin, manchmal beginnt sie zu stinken oder zu faulen, verwandelt sich in Wahnsinn, manchmal in einen Boden für gewöhnliche Gedanken, manchmal vertrocknet sie wie eine Mumie. In den Köpfen aller Menschen liegen Schichten von nachts gefischten genialen Erkenntnissen, jeder könnte ein Shakespeare, ein Einstein oder ein Beethoven sein, doch nur wenigen ist es bestimmt.

Spätabends, wenn sie neben der Verlorenen lag, beobachtete Bubastis gern, wie beim Einschlafen die alltäglichen Gedanken sich glätteten, wie der Stoff ihrer Gedanken immer dünner wurde, bis er sich Faden um Faden auflöste, verschwand wie eine Spinnwebe im Wind.

Dann verfolgte die Katze, was in den Schlafwindungen der In-Besitz-Genommenen vorging. Ähnlich wie die Bücher vermochte Bastet auch die Texte im Unbewussten der Menschen zu scannen, viel früher, als diese ins Bewusstsein gerieten oder aufgeschrieben wurden.

Bubastis wusste, was sich im Kopf der Verlorenen verbarg und mit der Zeit von dort ausbrechen, auf dem Blatt zu liegen kommen, von anderen gelesen werden konnte. Das hätte vielen Zweibeinern sehr geholfen. Schade. Je heller das Licht, desto schwärzer der Schatten. Der Schatten hatte den Mund weit aufgerissen und den Sonnenstrahl verschlungen. Die Menschen hatten nichts erfahren. Weh ihnen!

JULIJA BEFAND sich jetzt sozusagen im Auge eines Taifuns oder im Zentrum einer Windhose, auf einem ruhigen Fleckchen im Raum, während alles rundherum in einer schwarzen Flamme loderte, in der sich Licht und Dunkelheit, Hitze und Kälte, Glanz und Schatten vermischten. Das Geräusch, das der kosmische Scheiterhaufen von sich gab, schien Julija von irgendwoher zu kennen. Genauso einen Klang hatte sie damals im Kamin des Schutzengels vernommen, als sie nicht entscheiden konnte, ob da Feuer oder Wasser toste. Die Zeit der Furcht dauerte noch immer an. Deshalb blieb ihr nichts anderes übrig, als weiterhin ihre Lebensängste zu erforschen. Von der Warte des Todes aus betrachtet sahen sie spannungslos aus, blass, blutarm, wie von jemand anderem erlebt, einem Fremden, der keinerlei Sympathien hervorrief.

Julija schloss die Schule ab und schaffte die Aufnahme ins Konservatorium. Sie wollte gern eine weltberühmte Pianistin werden, ahnte jedoch, dass sie ihr Leben lang zweitklassige Sängerinnen begleiten oder mit untalentierten Schülern Tonleitern malträtieren würde. Ehrlich gesagt machte sie sich nur selten Gedanken über die Zukunft, denn sie hatte vor etwas anderem Angst: Dass der Großvater sie mit irgendeinem nackten jungen Mann im Bett ertappen könnte. Sie war noch immer eine schüchterne, nicht auf ihre Kräfte vertrauende Liebhaberin, deshalb stöhnte sie in der Hitze der Leidenschaft weder laut noch schrie sie. Genauso leise waren auch ihre Partner.

Aber der alte Mann, der im Alltag schon völlig die Orientierung verloren hatte, spürte unweigerlich die Aura der Begierde und tauchte um Mitternacht wie ein Gespenst in Julijas Schlafzimmertür auf, wetterte, zürnte und drohte manchmal sogar mit einem Pantoffel.

Der an dieser Szene teilhabende Beischläfer kam kein zweites Mal in Julijas Bett, und die Enkelin beschuldigte den Großvater, er vergälle ihr ihre süßesten Erfahrungen oder wolle sie gar zu völliger Keuschheit zwingen. Sie gewöhnte sich tatsächlich daran, beim Liebesspiel ängstlich zur Tür zu sehen, und wenn sie dem Orgasmus näher kam, zu horchen, ob da nicht schwere

Schritte im Korridor zu hören seien. Diese Furcht, wie viele andere auch, wurde zum festen Bestandteil ihrer Träume und begleitete sie bis an ihr Lebensende.

Um sich von der Despotie ihres Großvaters zu befreien, heiratete Julija mit kaum neunzehn Jahren und zog zu ihrem Mann. Aleksas war ihr Ästhetik-Dozent, geschieden, beinahe doppelt so alt wie sie und ziemlich versoffen. Was ihre Rettung werden sollte, wurde zu einer weiteren Falle. »Gratis ist nur der Käse in der Mausefalle«, pflegte sie zu sich selbst zu sagen, wenn Aleksas sie wie eine Katze am Nacken packte und Unflätigkeiten lallte. Sie hatte panische Angst vor einer Schwangerschaft und der Geburt eines missgebildeten Alkoholiker-Kindes, doch nicht weniger fürchtete sie sich davor, in der Apotheke ein Päckchen Präservative zu verlangen. Deshalb kam sie nicht um eine Abtreibung herum, die nicht nur eine schicksalhafte Spur in ihren Träumen hinterließ, sondern auch in ihrem Schoß.

Die abgebrochene Schwangerschaft führte zur Scheidung, und so kehrte sie ins Haus des ewig lebenden Großvaters zurück. Die zwanzigjährige Julija fühlte sich schon wie eine Frau in ihrer zweiten Lebenshälfte, war mit allem unzufrieden und fürchtete langsam, das versprochene (wer hatte es eigentlich versprochen?) Glück nie mehr zu erleben.

In dieser existentiellen Rastlosigkeit tauchten an Julijas Horizont die ersten Bücher über Dinge des Geistes auf. Das meiste davon war russischer Samisdat, der, weiß Gott woher von Hand zu Hand gereicht, einem nur für einige Tage oder Nächte geliehen und dann im Kreis der Neugierigen weitergegeben wurde. Die Xerokopien waren manchmal kaum lesbar, eher intuitiv zu erraten. So schloss sie Bekanntschaft mit den Zen-Buddhisten, den indischen Mystikern, den Tibetern, doch der Osten machte auf sie nicht den der Mode entsprechenden Eindruck, dafür brachte Hildegard von Bingen sie zur wahren religiösen Ekstase.

Hildegards ›Scivias‹ studierte Julija an demselben Ufer der Neris sitzend, wo ihr »Oh, Mädchen, was hast du da?!« zugesungen und der schauerliche Mechanismus des Geschlechtsaktes diskutiert worden war. Sie mochte diesen Platz wie auch die Jahreszeit, Anfang Juni, wenn das Grün am reinsten war und die Natur frisch und hoffnungsvoll roch.

Sogar jetzt noch, als sie tot war, erinnerte sich Julija ganz genau an die Euphorie nach dem Lesen von Hildegards Vision vom Saal im Himmelspalast und dem auf dem Thron sitzenden Herrgott, von dessen Atem erfasst sie, die Visionärin, wie das Flaumfederchen eines Vogels in die Welt und das Leben hinausflog. Der Satz »Ich bin nur eine Feder auf dem Atem Gottes« traf Julija wie ein Blitz, sie bekam eine Gänsehaut, ihre Augen füllten sich mit Tränen, und sie sah den von Hildegard beschriebenen Kronsaal, die mit den Flaggen des Herrschers geschmückten Säulen aus Elfenbein und Smaragden vor sich, den auf dem Thron sitzenden König, dessen Gesicht in ein blendendes Licht gehüllt war, dass man die Gesichtszüge nicht erkennen konnte.

Plötzlich spürte Julija einen nach Rosen duftenden Hauch, der sie erfasste und über der Erde dahinschweben ließ, schwerelos wie die blau schimmernde Feder einer Mandelkrähe. Während des Fluges spürte sie, dass alles um sie herum und auch sie selbst von der strahlenden Anwesenheit Gottes durchdrungen war. Das überwältigende Erlebnis begleitete ein so heller Schein, dass sie beinahe glaubte, sie müsse erblinden. Die Nähe Gottes verebbte ebenso plötzlich, wie sie über sie gekommen war.

Erschüttert schaute Julija in den vorbeiströmenden Fluss und dachte, dass sie eine solche Glückseligkeit weder bei der Liebe noch im Rauschzustand oder beim Anhören ihrer Lieblingsmusik oder Träumen, dass sie flog, erfahren hatte. Niemals. Sie glaubte endlich das Liebesobjekt erkannt zu haben, nach dem sie sich seit dem Verlust des Vaters in ihrer Kindheit gesehnt hatte und von dem sie wirklich geliebt werden konnte. Wenn sie in einem anderen Land gelebt hätte, wäre sie wahrscheinlich ins Kloster eingetreten. Jetzt aber fiel sie absichtlich bei der Atheismusprüfung durch, lehnte es ab, sich zu bessern, und flog frohlockend in hohem Bogen aus dem Konservatorium.

Eine Zeit lang war Julija die ungekrönte Königin der Gorki-Straße, denn die anderen begannen nicht nur ihren weiblichen Charme zu spüren, sondern auch den Hauch jener Parallelwelt der fiebrigen Gottsuche, in der sie lebte. Dann bestand sie die Aufnahmeprüfungen zum Philosophiestudium an der Universität und hoffte im Dickicht des Marxismus-Leninismus Lichtungen der Weisheit zu finden.

Im Bestreben um noch mehr Spiritualität heiratete sie mit einundzwanzig einen damals ziemlich berühmten Philosophen, der dem Alter nach ebenfalls ihr Vater hätte sein können. Doch der Denker schenkte ihr keinen Tropfen der metaphysischen Erkenntnis, nach der sie so hartnäckig verlangte. Während der Ehe mit Vaclovas erlebte Julija nicht einen einzigen Flug der Erleuchtung, im Gegenteil, sie versank immer mehr in der alltäglichen Banalität. Eine neue Angst wuchs in ihr, die nämlich, dass sie die ihr von Hildegard von Bingen eingehauchte Glückseligkeit nie mehr würde erleben dürfen. Nicht weniger schauderte sie bei dem Gedanken, dass sie bei lebendigem Leibe im verdammten Sowjetland verrotten würde, ohne die Welt hinter dem Eisernen Vorhang gesehen zu haben, ohne eine Menge Bücher gelesen zu haben, ohne die wunderbarsten Menschen getroffen zu haben, überhaupt – ohne irgendetwas Gutes erlebt zu haben.

Vom Philosophen ließ sich Julija nach einem halben Jahr scheiden, und das wurde zur Standarddauer ihrer Ehen. Ihr Großvater war immer noch am Leben, deshalb tauchte sie wieder in die Pflichten der traditionellen Enkelin ein, insgeheim aber reifte in ihr ein Entschluss heran: um jeden Preis ins Ausland abzuhauen. Die Verwirklichung dieses schwierigen Plans ließ ziemlich lange auf sich warten, erst musste die von Gorbatschow verkündete Glasnost und Perestroika anbrechen, die den Eingeborenen den Kontakt mit Ausländern etwas leichter machte.

Julija war fünfundzwanzig, als sie sich während einer an der Universität stattfindenden Konferenz einen Ausländer schnappte, den Spezialisten für das Vilniusser Ghetto-Theater Abraham Kronberg aus Wien. Sein Name verursachte bei Julija erst ein mulmiges Gefühl, denn sie erinnerte sich an Anekdoten über die litauischen Juden und an antisemitische Witze. Der Familienname jedoch kam ihr sehr gelegen, denn »Julija Kronberg, Wahrsagerin« klang unvergleichlich besser als »Vingevičiūtė«.

Mit ihren Ergüssen über Hildegard von Bingen, ihre Sehnsucht nach Gott und ekstatische visionäre Augenblicke verdrehte sie Abraham so den Kopf, dass dieser die Litauerin nicht nur nach Wien mitnahm, sondern auch eine eigene Wohnung neben dem Hundertwasser-Museum für sie mietete und nicht mit Geld für ihren Unterhalt und Studien in allerhand esoterischen Zentren sparte. Eine Zeit lang war Julijas dritte Ehe fiktiv, doch langsam wurden Kronbergs Angebote, zusammenzuziehen, immer kategorischer und schließlich zu Ultimaten. Aber unterdessen war die größte Furcht in Julijas Leben die vor dem Verlust von Unabhängigkeit und Freiheit. Ihr blieb nichts anderes übrig, als nach Litauen zurückzureisen.

Ihr Großvater hatte offenbar nur darauf gewartet, denn er starb eine Woche nach der Rückkehr seiner Enkelin. Julija erbte seine winzige, vernachlässigte Wohnung, deren einziger Vorzug ein kleines Fensterchen mit einer wunderbaren Aussicht auf Vilnius war. Und aus Wien hatte sie nicht nur den Familiennamen, sondern auch die ersten Tarot-Karten mitgebracht, die im Litauen jener Zeit noch eine große Seltenheit waren.

Nach Beginn des Sąjūdis und der Singenden Revolution fühlte sich Julija wie ein Fisch im Wasser. Endlich stimmte das äußerliche Leben mit dem Rhythmus ihres eigenen Daseins überein, mit dem Wunsch, sich dauernd zu verändern, die Umwelt zu verändern und von höherer Instanz, aus dem Himmel, verändert zu werden, mit der Bereitschaft, jeden Augenblick alles von vorn anzufangen oder plötzlich zu beenden. Julija war sozusagen der verkörperte Geist der Wende, und diese Eigenschaft bemerkten schon bald die ersten Weggenossen. Was eben noch die schwärzesten Flecken in ihrer Biographie gewesen waren, verwandelte sich ganz plötzlich in bewundernswerte Episoden.

Jetzt konnte sich Julija rühmen, sie sei nie Pionierin oder Komsomolzin gewesen, sei aus dem Konservatorium geflogen, weil sie aus Prinzip nicht zur Atheismusprüfung gegangen sei,

sie habe das Studium abgebrochen, weil sie den wissenschaftlichen Kommunismus nicht mehr ausgehalten habe, sogar ihren
zweiten Mann wegen dessen viel zu roten Ansichten verlassen,
die geistige Nahrung habe sie aus den Samisdat-Büchern bezogen und sich schließlich sogar zum freiwilligen Exil entschlossen, denn die dicke Luft des Besatzerregimes habe sie erstickt
und gewürgt.

Zu Beginn des Sąjūdis hatte sie vor nichts Angst, denn sie riskierte auch nichts – weder Familie noch Kinder noch einen pres-
tigeträchtigen Arbeitsplatz noch die begonnene oder schon in
Schwung gekommene Karriere oder ihren Platz in der Gesellschaft. Julija zitierte gern die These eines Klassikers der Revolution, dass sie nichts zu verlieren habe außer ihren Fesseln, und
über das Gefängnis oder Sibirien, mit dem die Sąjūdis-Aktivis-
ten einander 1988 noch einzuschüchtern pflegten, sprach sie nur
als einen ersehnten Raum für Meditationen, Vertiefung in die
Geheimnisse des Daseins und Annäherung an Gott. So wurde
sie zur echten Untergrundkämpferin, Vertrauensfrau der Sąjū-
dis-Anführer, deren Verbindungsoffizierin und, was am wichtigsten war – ihr Orakel. In komplizierten Situationen oder bei
schwer zu lösenden Problemen bot sie an, die Karten zu konsul-
tieren. Julijas Tarot ging nie fehl. Das konnten alle beobachten
und bezeugen, die sie um Rat gefragt hatten.

So wurde Julija zum Magneten und genoss ihren schwindelerregenden Einfluss. Ihr Goldenes Zeitalter brach an, denn je
größer die äußeren Umwälzungen, desto größer das Durcheinander im Innenleben der Menschen. Überall herrschten Unruhe, Unbeständigkeit, Unsicherheit und ständige Zukunftsangst. Deshalb schossen die Klienten der Wahrsagerin Julija
Kronberg wie Pilze aus dem Boden. Bei ihr wurde nicht nur in
Herzensangelegenheiten Rat gesucht, an sie wandte man sich
auch, wenn man eine neue Zeitung gründen, ein Geschäft starten, Geld investieren, einen Kredit aufnehmen oder in die Ge-
wässer der Politik auslaufen wollte.

Manchmal dachte Julija mit Grauen an die Sowjetzeit zurück
und versuchte sich vorzustellen, welchen Platz sie in jener ab-

normen Gesellschaft eingenommen hätte. Sie konnte einfach nicht verstehen, wie jemand von Nostalgie nach der Vergangenheit geplagt sein konnte. Ihr selbst wäre ja zur Sowjetzeit nicht einmal im Traum eingefallen, dass man Karten legen und damit zwischen fünfzig und fünfhundert Litas (je nach Kunde) pro Séance verdienen konnte. Das Bureau bot ihr noch größere Geldsummen an, und die Ideen des Placebo schienen Julija, zumindest am Anfang, nicht gefährlich zu sein.

Sie hatte nicht das Gefühl, durch dieses komfortable Leben die Ideale ihrer Jugend zu verraten oder durch zehnmaliges Kartenlegen pro Tag die christlichen Prinzipien der Hildegard von Bingen zu verhöhnen. Sie hielt ihre Kunst weder für Selbsttäuschung noch für Betrug oder Hintergehen anderer. Das Tarot war für Julija ein echter Spiegel der Existenz, in dem man nicht nur den gewöhnlichen Alltag sehen konnte, sondern auch die geheimsten Erscheinungsformen des Daseins. Das Wichtigste daran war für sie nicht das Wahrsagen oder die Marotten der Kunden, sondern vielmehr die Möglichkeit, zum Kern vorzudringen, der unter dem harten Panzer des Außenlebens und der Schale des Innenlebens der Menschen steckte.

Vom Tarot animiert, vertiefte sie sich in altägyptische Mysterien, Hermetik, Gnostiker, Chaldäer, die Magie der Kelten, die Rosenkreuzer-Kulte, die Kabbala und vieles andere. Es fanden sich immer mehr Gebiete, die ihr unglaublich interessant schienen, jede Geheimlehre ließ Kreise entstehen, die immer neue esoterische Doktrinen anzogen. Doch Julija spürte, dass ihre Kenntnis der Welt sich nicht vertiefte, sondern nur verbreitete. Sie glitt auf der Oberfläche der Transzendenz dahin wie eine Boje, die nie die für den Anker bestimmte Tiefe erreichen wird.

Der gesellschaftliche Status der Wahrsagerin schien Julija ideal, um ein Leben nach ihrem Geschmack zu führen. Sie fühlte sich nicht als Feministin, doch sie war überzeugt davon, dass die Gleichberechtigung von Mann und Frau nicht in der Wirtschaft oder der Politik am meisten verletzt wurde, sondern gerade in geistigen Dingen. Sie wusste aus eigener Erfahrung, dass ein Mann, der über metaphysische Themen sprach, für eine tiefsinnige Person gehalten wurde, dagegen eine Frau, die etwas von derselben Sache verstand, nur für eine dumme Gans ohne Beschäftigung, ein Weib mit Wahnvorstellungen, eine Todunglückliche, der Gott einen Gatten und eine Horde Kinder versagt hatte. Dieselbe Einstellung herrschte auch in Bezug auf die Einsamkeit. Den Mann schmückte sie und machte ihn geistvoll, die Frau hingegen erniedrigte sie, verneinte geradezu ihre Naturbestimmung. Früher wurden die Töchter Evas, die Lust auf ein anderes als das von der Gesellschaft gewünschte Leben verspürten, Nonnen oder Hexen. Heute tarnte sich Julija mit dem Etikett der Wahrsagerin.

Die Einsamkeit aber wurde für Julija lebenswichtig. Sie hatte keine Sehnsucht mehr nach einer Familienidylle, auch nicht nach »wahrer« Liebe oder nach einem Partner auf Zeit, um »gesund zu bleiben«. Und auch die One-Night-Stands bemühte sie sich am Morgen möglichst bald aus der Wohnung zu vertreiben. Die Kunden betrachtete sie als etwas Unvermeidliches, doch wenn einer versuchte, Freundschaft zu schließen, dann machte sie einen Buckel wie eine gegen den Strich gestreichelte Katze. Wenn sie nach draußen ging, setzte sie eine Sonnenbrille auf, um unnötigen Augenkontakt mit den Passanten zu vermeiden.

Das Leben war auch so schon übervoll, brodelte vor Informationen, Entdeckungen, Einsichten, blubberte vor Vorstellungen und Ahnungen, schäumte vor Erfahrungen und Erlebnissen, lief ganz einfach über die Ränder des normalen Verständnisses. In ihrer Welt voller Nachrichten, Zeichen und Symbole blieb kein Freiraum mehr übrig, in den sie andere Menschen hätte einlassen können.

Und die Menschen zog Julija immer noch magisch an, deshalb sah sie sich ständig mit dem Problem konfrontiert, sie sanft und ohne sie zu beleidigen abzuwimmeln. Einige von ihnen, zum Beispiel ihre Jugendfreundin Rita, klammerten sich geradezu verzweifelt an sie. Wie sollte sie mit denen umgehen? Julija mangelte es nicht an Einfühlungsvermögen und Mitgefühl, sie dachte sich oft, wie grauenhaft die Einsamkeit derer sein musste, die ihren Trost suchten oder ganz einfach schweigend neben ihr zu sein begehrten. Doch sie konnte und wollte sie nicht mehr an sich heranlassen. Ab und zu fühlte sie sich deshalb schuldig und machte sich große Vorwürfe. Und manchmal träumte sie, wie sie die Alleraufdringlichsten, die die Tabugrenze überschritten hatten, an den Ohren zog und ohrfeigte. Nach dem Erwachen war sie jedes Mal verwundert, dass sie so viel Aggression in sich trug.

So gewalttätig verhielt sie sich im Traum meist gegenüber Journalisten. Es verging nämlich kein Tag, ohne dass sie von irgendeinem Käseblatt angerufen wurde. Die Zukunft vorauszusagen war gar nicht so schwierig. Um einiges schwerer war es da schon, über sich selbst zu sprechen. Die öden Fragen waren nervtötend, und Julija kam der Verdacht, dass die Pressefritzen speziell dazu ausgebildet wurden, ihr Opfer als absoluten Idioten hinzustellen. Mit ihrer fürchterlichen Arroganz blockierten sie einfach die Antworten der Gesprächspartner, mit ihren Banalitäten stopften sie ihnen den Mund, damit nur niemand über ernstere Dinge zu sprechen anfinge, damit nur die Welt nicht der Zeitungsmatrize entschlüpfte.

Julija wurde immer bloß zu Familie, Mann, Kindern oder zumindest einem Liebhaber oder »Herzensfreund« befragt, besser gesagt zu deren Abwesenheit. Beim Beantworten der Fragen sollte sie anscheinend in Wehklagen über ihre Einsamkeit ausbrechen, sich vor Verzweiflung die Haare ausreißen und wenn der Ermittler gegangen war, aus dem Fenster springen und sich den Hals brechen. Konnte sie denn auf die Frage, was ihr im Leben das Wichtigste sei, antworten, dass dies der Versuch war, sich an Gott heranzutasten, auch nur einen Fingerbreit der Erkenntnis Gottes näher zu kommen? Wurde irgendjemand ihre Seelen-Schwesternschaft mit Hildegard von Bingen verstehen? Wer interessierte sich heutzutage für so etwas?

Deshalb verstellte sich Julija und log, wurde von neuen Schichten ihres erfundenen Ich überwuchert, obwohl sie sich, wenn sie allein war, immer redlich bemühte, die Hüllen der Verstellung von sich zu reißen und endlich ihr wahres Ich zu erblicken. Manchmal ahnte sie, dass es sich lohnen würde, die Welt

353

herauszufordern und öffentlich über die Geheimnisse zu sprechen, die sie aufzudecken suchte. Doch sie wusste genau, dass sie nur den Mund aufzumachen brauchte, und man würde den Kopf schütteln und sie für wahnsinnig erklären. Auch die hehrsten Dinge wurden schließlich, wenn sie in die Presse kamen, heruntergemacht. Also war es vielleicht besser, nicht Perlen vor die Säue zu werfen. Manchmal überkam sie eine irrsinnige Furcht, dass sie sich mit dem trivialen, geldgierigen, raffgierigen, verdorbenen, Karten legenden Subjekt identifizieren könnte, das die ganze Zeit von den Frauenzeitschriften beschrieben wurde. Sollte sie also vielleicht ein Schweigegelübde ablegen?

Doch vor allem sollte keiner ihre wahre Identität erkennen. Sie wollte für niemanden zugänglich oder durchschaubar sein. Vielleicht stimmte sie deshalb nicht mit den Vertretern ihrer Kaste überein, den Geistheilern, den Parapsychologen, den Astrologen, den Hellsehern und anderen Esoterikern. Sie wollte nicht mit ihnen in einen Topf geworfen werden. Sie ekelte sich vor ihrer exaltierten Allwissenheit. Auch ungefragt bekräftigte sie, dass jene alles nur vereinfachten, während doch der Weg zur Echten Wahrheit ein so schwieriger war. Sich selbst und manchmal auch den anderen versuchte sie zu beweisen, dass, wer täglich mit Gott plauderte, ganz einfach ein Lügner, ein Betrüger war, denn je mehr man sich dem Höchsten näherte, desto tosender schwieg Er. Zu Julija persönlich sprach der Herrgott nie. Weshalb sollte er das zu anderen tun?

Sie nahm auch gern die umgekehrte Position ein und versuchte allen zu beweisen, dass die Seher von unsichtbaren Dingen nur alles komplizierten. Um die Existenz der mystischen Ebene zu begreifen, müsse man nicht unbedingt Chakren oder Auren sehen, es reiche, das bescheidenste Blümchen, einen Spatzen, eine Wolke anzuschauen, und schon erblicke man eine Spur von Gott. Wenn Er existiere, dann überall, und wenn nicht, dann nirgendwo. Wie der Höchste im Thomasevangelium sagt: »Das Reich Gottes ist in dir. Und um dich herum. Brich einen Stecken und ich werde dort sein. Hebe einen Stein auf und finde mich.«

Sie selbst stellte sich Gott als das Mark eines Baumes vor, um das herum die ganze Welt als Jahresringe wächst, als Äste wuchert, als Blätter grünt, als Blüten sich entfaltet und als Früchte heranreift. Obwohl Er möglicherweise auch lakonisch und exakt wie eine mathematische Formel war.

Aus der Perspektive des Todes wirkten solche Erwägungen ziemlich schlapp, und ihre einstige Spiritualität konnte sie gar nicht mehr für voll nehmen. Solange sie noch lebte, hatte Julija aber ihre eigenen Einsichten geschätzt und beabsichtigt, sie irgendwann einmal in ihrem Buch niederzuschreiben. Doch das hatte sie immer wieder hinausgeschoben. Eines Nachts träumte sie, sie hätte eine Engelsfeder gefunden. Deren Himmelblau blendete, leuchtete, im Sinkflug aus den Höhen des Alls blieben immer mehr gefrorene Wassertröpfchen an ihr haften. Am nächsten Morgen begann sie zu schreiben. Das Buch hatte sie nicht einmal zur Hälfte fertig, als sie starb.

SCHON SEIT beinahe anderthalb Monaten führte Rita treu und konsequent Leonardas' Befehle aus. Sie lachte über sich selbst und erklärte dem Geschworenengericht ihres Gewissens, dass sie, vom Tod ihrer Freundin arg mitgenommen, Veränderungen in ihrem Privatleben brauche, das auch nicht mehr ewig dauern würde. So kam sie zu den Kontaktlinsen, dem blondierten Haar und dem stilvollen Haarschnitt, der inquisitorischen zahnärztlichen Invasion, den Übungen für die Bauchmuskeln, die Hüften, die Oberschenkel, zugegeben, im Augenblick noch zu Hause, doch war es an der Zeit, sich in einem Prestige-Fitnessstudio einzuschreiben.

Dana beobachtete die Bemühungen ihrer Mutter mit stetig wachsender Verwunderung, Tomas mit kaum verstecktem Hohn, obwohl er selbst schlimmer als ein Penner aussah. Rimas tat so, als ob er keine Veränderungen bemerkte. Ihren Eltern erzählte Rita nichts von ihrer intensiven Verwandlung. Mit ihnen traf sie nur an Weihnachten und Ostern von Angesicht zu Angesicht zusammen, etwas öfter im Sommer, wenn sie in ihrem Garten Sklavenarbeit leisten durfte. Folglich war sie zurzeit für sie unsichtbar. Am Arbeitsplatz warf ihr der Zerberus sogar zweimal ein dem Herzen schmeichelndes Kompliment zu. Dafür wetzten ihre Arbeitskolleginnen wegen ihrer Transformation die Zungen und knirschten mit den Zähnen.

Rita wollte ihrem verjüngten Aussehen nicht schaden und hörte deshalb auf, sich zu grämen, dass Leonardas verschollen war. Sie fühlte sich wie eine Seemannsbraut, die genau weiß, dass sie eines schönen Tages das Schiff mit ihrem heimkehrenden Teuersten wird einlaufen sehen. Auch die anderen um sie herum waren ihr gar nicht mehr so wichtig. Sie selbst wurde zum Zentrum der Welt, erschuf sich von neuem, mit einer Inspiration und einem Impetus, wie sie typisch waren für besessene Künstler, für die die alltägliche Realität vor der genialen Idee völlig verblasst. Jedes Mal, wenn sie ihr Spiegelbild betrachtete, entwarf sie Szenarien, wie erstaunt und entzückt Leo sein würde über so viele umwerfende Veränderungen. Doch er war wie vom Erdboden verschluckt.

Der für Rita untypische Zustand der Ruhe dauerte nicht lange an. Die Rastlosigkeit kehrte zurück. Sie kroch wie eine Riesenschlange zurück in die so lieb gewonnene Bleibe und bereitete sich genau im Zentrum von Ritas Existenz ein Nest. Sie fraß sie von innen auf. Wand sich nachts und ließ Rita kein Auge zutun. Tötete jeden auch nur eine Spur heiteren Gedanken ab. Legte Eier der Enttäuschung. Brütete Verzweiflung. Rita gehörte nicht mehr sich selbst. In ihr zog ein Fremder ein.

Auf der Fahrt zur Arbeit an den dunklen, einfach nicht heller werden wollenden Morgen meinte sie gleich durchdrehen zu müssen. Doch sie wusste nicht einmal, weshalb. Sie spürte ganz einfach, dass sie aufgefressen und wie ein zerkautes Betel-Blatt ausgespuckt wurde. Liebe konnte man diesen Zustand wohl kaum nennen. Sehnsucht? Auch nicht. Begierde? Was für Begierde gibt es schon noch mit vierzig?!

Obwohl Rita manchmal beim Gedanken an Leonardas' Körper das Verlangen packte. So stark, wie sie es nie zuvor erlebt hatte. Dann streichelte sie furchtsam, das Gefühl nicht loswerdend, dass sie von jemandem beobachtet wurde, ihre Klitoris, bis die

Befriedigung ihren ganzen Körper durchfuhr, süß und rot wie Kirschsirup, der über ein weißes Tischtuch rinnt.

Nach dem Masturbieren fühlte sie sich bis zum Morgen schrecklich schuldig und machte sich noch einen guten halben Tag Vorwürfe. Beim Sich-Streicheln dachte sie nicht immer an Leo. Viel öfter drehte sich ein und dieselbe Schallplatte im Kreis: Das Leben ist schon vorbei, der Gipfel erreicht, Zeit für den Niedergang, das lange erwartete Fest ist zu Ende, das Feuerwerk ganz unbemerkt verschossen. Das Bildchen hatte sich umgedreht und an die Stelle des hoffnungsvollen »bis« war das kaputtmachende »nach« getreten.

Die schändlich erreichte körperliche Befriedigung war von einer kosmischen Einsamkeit begleitet. Es half nichts, dass im Nebenzimmer Dana schlief. Es würde reichen, sich auf den Rand ihres Bettes zu setzen und zu weinen; wenn ihre Tochter erwachte, würde sie sie bestimmt trösten. Im Wohnzimmer schnarchte friedlich Rimas. Sie musste bloß zu ihm unter die Decke schlüpfen und ein paar Worte der Verzweiflung murmeln, und schon läge sie in seiner sicheren, beruhigenden Umarmung. Auch Tomas würde sie nicht sitzen lassen, mit dem sechsten Sinn des Sohnes erfassen, dass die Mutter am Ende war. Sie hätte ihre Eltern anrufen können und sagen: »Helft mir, ich bin schrecklich traurig«, und sie hätten sie sofort linkisch getröstet. Auf ihren Hilferuf würde wahrscheinlich sogar eine ihrer Arbeitskolleginnen reagieren. Doch im Augenblick der absoluten Leere brauchte sie keinen von allen.

Trost finden konnte Rita nur bei Leonardas. Sie stellte sich vor, wie sie im Bond-Auto saß, den Kopf auf Leos stramme Schulter gelegt, weinend, schluchzend, doch – und das war das Wichtigste – mit den schönsten, süßesten, liebsten Worten getröstet. Nachdem sie sich ein wenig beruhigt hatte, begannen sie einen flüssigen Dialog wie im Kino. Dann fuhren sie ans Meer, bezogen ein Zimmer in einem gemütlichen Hotel, tranken bei Kerzenlicht oder am Kamin Wein und liebten sich, nur nicht so wie jenes einzige, missratene Mal, sondern wirklich, so wie es in der ›Cosmopolitan‹ stand.

Die eine Rita, die voller Verbote und Tabus, beobachtete mit finsterem Blick, wie die andere auf rosaroten Traumwellen schaukelte, zu den sehnsüchtigen Wünschen des kleinen Mädchens zurückkehrte und dann wie in den Schoß in die schwarze Höhle des Schlafs eintauchte. Nach dem Erwachen kommandierte eine weitere, die Ordnungsmacherin Rita, dass es Zeit sei, aufzuhören, sich wie ein kleines Mädchen Märchen auszudenken, und dass sie stattdessen den begehrten Mann anrufen solle.

Endlich, eines tristen Morgens, entschloss sie sich dazu. Da sie hörte, wie Rimas im Bad herumspritzte, wahrscheinlich wusch er das am Vorabend eingeweichte Hemd und die Hose, schlich sie sich in sein Zimmer. Aus der Bar nahm sie die dort schon seit langem stehende Flasche Sekt. Sie wusste, dass sie Leonardas nicht anrufen würde, ohne beschwipst zu sein. Mit der Beute rannte sie in ihr Schlafzimmer zurück. Sie sah auf die Uhr. Sie beschloss, die Handygranate genau um acht in die Hand zu nehmen. Ihr blieben noch vierzig Minuten, um sich Mut anzutrinken.

Sie zündete sich eine Zigarette an und blies den Rauch durch das Lüftungsfensterchen. Bei ihnen zu Hause wurde diese Sünde nur in der Küche begangen und nur ausnahmsweise, damit Dana kein schlechtes Vorbild hätte. Rita dachte daran, dass sie sich früher so auf dem Fenstersims kniend und an die kalte Scheibe geschmiegt beim Rauchen vor ihrer Mutter versteckt hatte. Jetzt versteckte sie sich vor ihrer Tochter. Immer dasselbe. Nichts hatte sich verändert. Die Macht der Gewohnheit. Zum Glück schaffte sie es wenigstens, den Sekt lautlos aufzumachen. Nach zehn von Kohlensäure zischenden Schlucken tat der Alkohol langsam seine Wirkung, doch ihre Entschlusskraft reichte noch nicht aus.

Sie erinnerte sich, dass Julija ihr einst einen grünlichen Labradorit geschenkt hatte, den sie in schwierigen Situationen verwenden sollte. Sie fand den magischen Stein und legte ihn auf den Nachttisch. Irgendetwas fehlte noch immer. Eine Arbeitskollegin hatte die ganze Belegschaft mit Porträts des indischen Gurus Sai Baba eingedeckt. Eins hatte auch Rita erhalten. Sie

wühlte in der Schublade zwischen den Papieren, alten Ansichts-
karten, Kassenzetteln und Dokumenten. Genau darauf hatte der
lebendige Gott gewartet. Er kam augenblicklich mit einem
leuchtenden, liebenswürdigen Lächeln nach oben. Rita lehnte
das Bildchen an eine Flasche. Sie fühlte sich ganz beschwipst.
Vielleicht sollte sie zuerst etwas essen? Bis zur schicksalhaften
Stunde blieben fünf Minuten. Eilig rauchte sie noch eine Zigarette, mit der linken Hand umklammerte sie den Labradorit, mit
den Augen sog sie sich an Sai Baba fest und wählte, sich vor den
bösen Blicken der Ordnungsmacherin Rita duckend, Leonardas'
Nummer.

»Hallo«, meldete sich dieser munter.

»Ich bin's, Rita. Mir geht's ganz schlecht. Ich kann nicht
mehr, ich...«, begann sie und verstummte dann, da sie sich wie
eine unfähige Schauspielerin fühlte, die ihren dramatischen
Text vergessen hatte.

»Salut, meine Liebe. Ich hoffe, du hast nichts dagegen,
wenn ich auf dem Heimtrainer sitze, während ich mit dir spreche?«

»Ich brauche deine Hilfe. Ich habe Angst durchzudrehen. Ich
habe keine Kraft mehr zum Arbeiten, ich schlafe nicht mehr«,
schluchzte sie, nicht künstlich, sondern ganz aufrichtig, denn
sie hatte furchtbares Mitleid mit sich selbst. »Sag mir etwas
Kluges.«

»Du brauchst meinen Rat? Ich fühle mich geehrt. Heute
Morgen ist deine Stimme sehr verführerisch. Voller Leidenschaft.«

»Das ist keine Leidenschaft, sondern Traurigkeit. Verzweiflung. Schmerz. Ich weiß nicht, was mit mir los ist. Ich habe
Angst. Hilf mir.«

»Meine Liebe, du hast dich sicher in mich verliebt.« Seine
Stimme wurde schneller, sein Atem lauter, man konnte hören,
wie die Pedale des Heimtrainers rhythmisch klackten. »Das
kommt und geht, nichts Schlimmes.«

»Nein, das geht nicht vorbei. Mir tut alles fürchterlich weh,
Kopf, Herz, Seele.«

»Dann gib dir Mühe, dass dir der Bauch wehtut. Chinesische Methode: den kleineren Schmerz verdränge mit einem größeren. Hörst du?«

»Ja.«

»Hast du Sauerkraut zu Hause?«

»Nein.«

»Dann geh welches kaufen. Zwei Kilo. Und dann iss das Ganze auf. Ich garantiere dir einen ganzen Tag Blähungen, Durchfall und Entschlackung. Dann gehen sowohl die Depression als auch die Furcht und sogar die Liebe vorbei.«

Rita hörte, wie sein Atemrhythmus sich veränderte und ein anderes Eisen in einem neuen Takt zu knattern begann. Er hatte wohl das Sportgerät gewechselt. Rita hatte weder die Kraft, ihm zu antworten noch zu weinen.

»He, meine Liebe, hörst du mich?«

»Fahr zur Hölle.«

Sie legte auf und warf einen Blick auf Sai Baba. Der lächelte noch immer. Sie schmiss Julijas magischen Stein ins ungemachte Bett und rauchte auf der Matratze sitzend. Aus dem Korridor war Rimas' Stimme zu hören: »Rita, warum rauchst du im Schlafzimmer? Das ist nur schwer auszulüften.«

»Du kannst mich mal«, murmelte sie so, dass er es nicht hören konnte, doch was machte das schon aus, sollte er es nur hören!

»Dana und ich gehen jetzt.«

»Ihr könnt mich mal, ihr könnt mich mal, ihr könnt mich alle mal!!!«

Den ganzen Tag lang trieb sie dahin wie ein Stück Scheiße in einem Eisloch. Gegen Abend rief Leonardas an. Keine Frau mit etwas Selbstachtung hätte mit ihm gesprochen, Rita tat es. Er entschuldigte sich mit samtener Stimme, dass er sich zu grobe Späße erlaubt habe. Er seufzte tief. Mit einem dramatischen Ton in der Stimme gestand er, dass sich bei ihm in der Verzweiflung eine drastische Ausdrucksweise und der schwärzeste, mörderischste Humor einstellten. Er konnte Rilke nicht umgehen. Von Rita wollte Leo nur ein paar wenige Worte hören: »Ich bin dir nicht böse. Ich verzeihe dir. Gut, heute Abend treffen wir uns.«

Und ja, genau das hörte er. Am Abend saß Rita in Leos Haus, das, erfüllt von seinem romantischen Gitarrenspiel, plötzlich eine Note von Wärme und Gemütlichkeit bekam. Sogar der Bullterrier schielte diesmal nicht böse, beschnüffelte nur forschend ihren Unterleib und verschwand dann wieder.

Rita hatte Leonardas viel zu erzählen. Er hörte sich ihre Ausführungen geduldig an, pflichtete da bei, wo es angebracht war, und staunte, wurde traurig oder lachte an den passenden Stellen. Rita hätte schwören können, dass sie noch nie im Leben einen so vortrefflichen Gesprächspartner gehabt hatte. Zwischen ihnen beiden gab es so etwas wie eine unerklärliche telepathische Verbindung. Manchmal konnte sie nicht einmal ihren Gedanken aussprechen, bevor er ihn aufgriff und formulierte. Oder dann sprachen sie denselben Satz unisono aus: Erst erstaunte sie diese Harmonie ein wenig, dann lachten sie darüber. Die Illusion des gegenseitigen Verständnisses war beinahe vollkommen. Sie betörte, entzückte und tröstete Rita.

Plötzlich sagte Leo: »Nun, es ist Zeit für etwas anderes.«

Er nahm sein Handy, wählte eine Nummer und gurrte mit besonders schmeichelnder Stimme: »Hallöchen, Skaidrut, wie geht's? ... Oh ja, auch ich habe mich sehr nach dir gesehnt, meine Liebe. ... Besonders nach dem Plätzchen zwischen deinen Beinen. ... Nein, heute kann ich nicht. Arbeit ist Arbeit, das weißt du ja. ... Ja, morgen treffen wir uns auf jeden Fall. Ich umarme dich. ... Ciao.«

Leo warf Rita einen bedeutungsvollen Blick zu und wählte noch eine Nummer:

»Salut, Laimučiuk. ... Hast du dich erholt? ... Ja, auch mich beißt es da immer noch. ... Unbedingt. ... Nein, am Wochenende kann ich nicht, ich habe dringende Arbeit. ... Gut, wenn du willst. ... Liebchen, ich tue alles für deine wunderbaren Augen. ... Natürlich, und nicht nur für sie. ... Danke. ... Ich küsse dich. ... Ich küsse dich überall, wo du willst. ... Sprich nicht so, sonst

bekomme ich einen Ständer, und ich bin am Arbeitsplatz. …
Küsschen.«

Er schaltete das Handy aus, lächelte breit und wandte sich
Rita zu. »Sollen wir weitermachen oder reicht's?«

»Warum tust du das, wenn ich dabei bin?«

»Ich will deine Reaktion sehen.«

»Mich kotzt es an, solche Dinge mit anhören zu müssen.«

»Bist du auf die Tussis eifersüchtig? Oder ist vielleicht dein
weibliches Solidaritätsgefühl erwacht? Hast du Angst, dass auch
irgendwer mithört, wenn ich mit dir spreche? Antworte, mich
interessiert das.«

Rita ließ den Kopf hängen und starrte finster zu Boden wie in
ihrer Kindheit – damals war sie um nichts auf der Welt dazu zu
bewegen, dem Weihnachtsmann ein Gedicht aufzusagen. Leo
tätschelte sie wie seinen Hund und sagte versöhnlich: »Blas dich
nicht auf. Komm, machen wir uns etwas zu essen.«

Rita gehorchte. Sie bereiteten sich ein königliches Diner zu,
Leo war, abgesehen von all seinen anderen außergewöhnlichen
Eigenschaften, auch noch ein hervorragender Koch. Während
Leo am Herd zauberte, saß Rita da, trank Wein und vertiefte
sich in eine sehr ungewöhnliche Lektüre: parfümierte Briefe,
kokette Botschaften, ausgedruckte Mails und sogar gewissen-
haft protokollierte SMS, die alle nur von der Liebe sprachen.
Von der Liebe zu ihm, Leo. Rita war wütend, dass er sie zwang,
sie zu lesen. Aber sie weigerte sich nicht. Sie gehorchte. Sie verschlang einen Brief nach dem anderen und wurde immer ent-
setzter, da sie begriff, wie wenig Platz im Leben dieses Mannes
für sie übrig war.

Als sie sich zu ihm ins Bett legte, spürte sie ganz deutlich die
elektrisierten Körper der anderen Frauen, die hier gelegen hatten. Sie gab sich Mühe, ihm zu gefallen und sich selbst zu suggerieren, dass sie glücklich sei. Zum Schluss küsste sie ihn auf die
Wange (weshalb nicht auf die Hand wie eine Sklavin den Sklavenhalter?) und log ihm vor, dass sie Analsex mochte, obwohl sie
ihn ehrlich gesagt noch nie versucht hatte.

»Du bist eine tolle Frau. Die anderen fühlen sich erniedrigt«, murmelte Leo, wandte ihr den Rücken zu und begann zu schnarchen.

Rita tat die ganze Nacht kein Auge zu. Sie hing irgendwo unter der Decke wie die Seele einer Toten und beobachtete sich selbst, eingeschüchtert, ohnmächtig, verurteilt wie eine in die Falle geratene Maus.

Leonardas wachte früh auf und fuhr sie schweigend nach Hause. Dana schlief. Rimas war noch bei der Arbeit. Rita hoffte, sie beide überzeugen zu können, dass sie nicht frühmorgens, sondern sehr spät am Abend nach Hause zurückgekehrt sei.

Sie schlüpfte in den Kleidern unter die Decke und versuchte sich, noch immer mit Leonardas' Geruch in der Nase, einzureden, dass eine normale Frau sich glücklich schätzen müsse, eine Nacht mit so einem Mann verbracht zu haben. Plötzlich piepte melodisch ihr Handy und meldete eine neue Nachricht. Zweifellos von Leo. Sie wusste, dass sie da nichts Gutes lesen würde. Vielleicht bestand wirklich eine telepathische Verbindung zwischen ihnen, da stand: *Meine Liebe, das war das letzte Mal.*

Rita musste nicht einmal weinen. Sie würde sich später ausklagen, ausheulen, ausschreien. Oder nie. Sie war schließlich kein kleines Mädchen mehr, sondern eine erwachsene Frau, beinahe alt. Noch eine Etappe ihres immer kürzer werdenden Lebens war vorbei. Sie wollte sich rächen. Sie nahm das Handy und schoss einen Text zurück, der sicherlich nicht abgeschrieben und zu den anderen Liebesbriefchen gelegt würde: *Ich verfluche dich, mögest du impotent werden. Du wirst meinen Fluch immer spüren. Ich hasse dich.* Sie zögerte. Las es durch. Versandte es. Löschte das Gesandte. Leo antwortete unverzüglich: *Meine Liebe, du hast dich sehr verändert.* Na und! Wenn dem schon so war, dann würde sie sich auch in Zukunft verändern!! Von Grund auf ändern!!!

IN SEINEM Kopf machten sich mit jedem Tag und jeder Nacht immer mehr Zweifel, Beunruhigung, Verwirrung breit. Sollte ihm Pythia aus ihrem Racheparadies oder ihrer Rachehölle diese Dämonen auf den Hals gehetzt haben? Wenn er an sie dachte, dann entstanden in seiner Phantasie unerlaubte Visionen, den Halluzinationen des ans Kreuz genagelten Jesus in Scorseses ›Letzter Versuchung‹ nicht unähnlich. Ja, eine Familienidylle, ein gemütliches Zuhause, eine Frau und eine Schar Kinder. Nun, vielleicht hätte er mit Pythia auch keine Nachkommen gehabt, doch er geriet allein von der Vorstellung in Hochstimmung, dass Wärme, Licht und Duft dieser Frau die kühlen Zimmer seiner Einsamkeit, die Keller der unbefriedigten Lüste, die stickigen Dachböden seiner Träume erfüllten. Jetzt aber, nachdem er sie verloren hatte, war er zum einsamen Märtyrerdasein verurteilt.

Natürlich, logisch gedacht war nicht er der Märtyrer und das Opfer, sondern Pythia. Er hatte sie geopfert, als der Abzug der Pistole gedrückt worden war. Aber sie war doch selbst mit allen Bedingungen einverstanden gewesen, hatte sich nicht herausgeredet, nicht widersprochen und war nicht auf die Knie gefallen: Liebster, zieh mich nicht in diese schmutzige Sache hinein, lass doch das Bureau fallen, spuck auf die Zentrale, lass uns zusammen sein, ans Ende der Welt abhauen, uns vor dem Placebo auf einer unbewohnten Insel, im Himalaja, im Amazonas-Dschungel verstecken und bis ins hohe Alter miteinander glücklich sein! Nein, Pythia hatte nie etwas Derartiges gesagt. Sie hatte gehofft, es so hinbiegen zu können, dass sowohl der Wolf satt wäre als auch das Lamm ungeschoren davonkäme. Und als ob das nicht reichte, erlaubte sie sich auch noch, sich in einen anderen zu verlieben.

Pythias Liebesobjekt mit dem Codenamen *Der Unbefleckte* wurde vom Bureau schnell ausfindig gemacht und nach allen Parametern analysiert. Zunächst schien er keine Gefahr zu sein. Ein Abtrünniger, beinahe ein Autist, der sich absolut nicht für Politik, soziale Probleme oder die Gesellschaft interessierte. Pythia war ihm auch nicht besonders wichtig. Er betrachtete sie nicht als liebende, attraktive und begehrenswerte Frau, sondern als gefährliche Verführerin und meinte, unbedingt den Fallstricken ihrer Leidenschaft entgehen zu müssen. Was konnte man auch von einem komischen Vogel erwarten, der mit einem Rudel

Vierbeiner neben dem Friedhof lebte, Grabsteine meißelte, sich als Geistheiler ausgab und nach den Engeln rief? Pythia jedoch war bezaubert von dem pseudometaphysischen Gelaber des Kerls. Sie verlor völlig den Kopf und weigerte sich diesmal ganz im Ernst, weiter für das Placebo zu arbeiten.

Er wusste um die Verbindungen des Unbefleckten zum Moskauer Labor. Menschen, die dort studiert hatten, waren leicht mit den Apparaten des Bureaus zu bearbeiten und konnten hervorragend manipuliert werden. Als alle anderen Möglichkeiten, mit Pythia fertig zu werden, ausgeschöpft waren, kam er auf einen ganz einfachen Plan. Der Kerl sollte die Stimmen der Engel hören, die ihm befahlen, Julija zu vernichten, die Quelle der Begierde, der Lügen, der Verfehlungen und aller anderen Übel!

Während der Vorbereitungen zur Beseitigung der Pythia, einer Aktion mit dem Codenamen *Atalanta Fugiens*, traf er auch selbst mit dem Traummann der Wahrsagerin zusammen. Sie waren beinahe Nachbarn, wohnten nur auf verschiedenen Seiten des Rasos-Friedhofs. Über einen ungeteerten, löchrigen Weg fuhr er zu einem windschiefen Holzhüttchen, umgeben von einem verwahrlosten Apfelgarten voller großer Blöcke von weißem, grauem, rosa Granit und sogar Marmor. Einige davon hatten sich schon beinahe in Engel verwandelt, aus anderen befreiten sich die geflügelten Wesen gerade und in wieder anderen ruhten sie noch als undeutliche Formen.

Erst fielen ihn die Hunde an: ein Schäferhund, ein Laika und ein ganz altersschwacher, räudiger Mischling. Dann erschien ein hochgewachsener Mann in einem karierten Flanellhemd, engen Jeans, einer Schürze aus Zeltleinwand und einem Lederhut.

»Ich suche Tadas, den Hausherrn«, sagte er, während er die Pfotenspuren des Schäferhundes von seiner hellen Hose wischte.

»Ich bin Tadas«, erwiderte der Mann und fügte unfreundlich an: »Was wollen Sie?«

»Ich möchte einen Grabstein mit Engel bestellen«, sagte er wie geplant, obwohl ihn das Aussehen des Unbefleckten etwas aus dem Konzept gebracht hatte. Nach den Berichten hatte er ihn sich als tristen Typen mit einem kränkelnden Körper, einem ungepflegten Bart, fettigem Haar und unruhig hin und her wandernden Augen vorgestellt. Dafür war jetzt zumindest klar, warum Pythia diesen Mann so unbedingt brauchte.

»Nun, dann kommen Sie herein«, brummte Tadas ohne ein Lächeln, als ob er sagen wollte, »Verschwinden Sie mir aus den Augen«, wandte sich um und schritt mit dem lässigen Gang eines Mustang-Bereiters in Richtung Hütte. Ja, sein Arsch musste Pythia gefallen.

Er folgte ihm, hielt geduldig das plötzliche Wohlwollen aller drei Hunde aus, an dem es ihrem Herrchen so fehlte. Der Raum, den er betrat, diente zugleich als Flur und als Küche. Hier herrschte eine solche Unordnung, dass sich sogar der Teufel selbst den Hals verrenkt hätte. Er vertrieb höflich eine Katze mit gesträubtem Fell von dem einzigen Stuhl, während Tadas seinen Cowboyhintern auf dem Tisch parkte, auf dem Dutzende von Plastiktüten mit Kräutern, Samen und verschiedenfarbigen Pülverchen, wahrscheinlich Gewürzen, herumlagen. Ein echtes Königreich der Tüten! An der Wand hing eine Sammlung von grässlichen, abgegriffenen, verstaubten Flügeln.

»Sprechen Sie«, nuschelte der Hausherr und zündete ein Räucherstäbchen an, mit einer Miene, als wäre sein Gast ein böser Geist, den man unverzüglich aus dem Heiligtum ausräuchern musste.

»Ich möchte einen Grabstein.«

»Das sagten Sie schon. Kommen wir zur Sache: Stein, Granit, Marmor?«

»Weißer Marmor vielleicht. Verstehen Sie, das wird ein Denkmal für eine geliebte Frau.«

»Liebe gibt es in diesen Zeiten nicht mehr. Nur Leidenschaft. Auch die Kinder werden nicht aus Liebe geboren, sondern aus Leidenschaft. Deshalb ist die Welt voll von unglücklichen Menschen.«

Verflixt noch mal, wie unterhielt sich nur Pythia mit diesem Engelscowboy? Auch er selbst konnte kein normales Gespräch beginnen, wie er es sich erhofft hatte, denn Tadas mied seinen Blick hartnäckig, und wenn man einen Menschen durchschauen oder beeinflussen wollte, dann brauchte es dazu unbedingt Augenkontakt.

»Möchten Sie vielleicht einen Tee?«, zischte der Hausherr in einem Ton zwischen den Zähnen hervor, der eher zu dem Satz »Willst du vielleicht eins in die Fresse?« gepasst hätte.

»Da sage ich nicht nein.«

Während Tadas sich am antiquarischen Herd zu schaffen machte, hörte der Gast sich eine Predigt über die Schädlichkeit von Kaffee und allen möglichen Teesorten wie Ceylon, Darjeeling, Assam und sogar grünem Tee an und erfuhr dafür die Nützlichkeit von Thymian, Minze, Lindenblüten, Kamille und Kümmel. Ebenso reichte die Zeit für einen Blick auf die Hände des Engelscowboys, auf seine langen Finger, die trotz ein paar gequetschten blauen Nägeln und dem Dreck darunter nicht wie die eines Bildhauers, sondern wie die eines Pianisten aussahen. Natürlich mussten solche Hände Pythia antörnen. Nachdem er einen Kräutersud in einem unbequem zu haltenden Glas erhalten hatte, warf er seinen zweiten vorbereiteten Köder aus: »Ich möchte den Erzengel Chamuel.«

Diesmal traf der Schuss ins Schwarze. Tadas schaute ihm zum ersten Mal direkt in die Augen. Der Blick des Engelscowboys war träumerisch, benebelt, benommen, so blickt man beim Sichlieben drein, und ihm wurde noch einmal innerlich heiß bei dem Gedanken daran, wie Pythia vom Unbefleckten feucht wurde.

»Und warum nicht Gabriel, Raphael oder Zadkiel?« Das Interesse in Tadas' Stimme war mit einer leichten Ironie maskiert.

»Chamuel ist doch der Engel der Liebe.«

Plötzlich hörte Tadas auf, lässig und gleichgültig gegenüber allem zu sein. Er ließ eine glühende Tirade über Erzengel, Engel, Cherubim, Seraphim und die nichtsnutzigen, im Chaos des Alltags versunkenen Menschen vom Stapel, die überhaupt keine Ahnung von den himmlischen Dingen hatten und, auch wenn sie um Hilfe riefen, die Gnade der Höhen nicht anzunehmen vermochten. Hätte man diese Bilder ohne Ton gefilmt, so hätte man meinen können, dass der Cowboy mit den Händen fuchtelnd und mit breiten Schritten durch die enge Küche marschierend über Wildpferde referierte. Übrigens, seine Stimme blieb sanft und weich, so sehr er sich auch aufregte, er schrie nicht ein einziges Mal, und auch die Augen blieben dieselben, von einem feinen Dunst melancholischer Benommenheit überzogen.

Doch aus den Höhen der Engel musste das Gespräch irgendwie wieder zurück zu den irdischen Angelegenheiten und auf die Frauen gelenkt werden, die geliebten, die liebenden, die nur von Leidenschaft besessenen, zum Beispiel auf Pythia. Das gelang ganz leicht, und der Unbefleckte erklärte nach einigen provozierenden Sätzen des Gastes wie ein Junge, der etwas Schlimmes getan hatte: »Aus irgendeinem Grund brechen, sobald *es* geschehen soll, auch meine schönsten Beziehungen mit Frauen plötzlich ab. Ich glaube schon fast, dass sie alle nur *das* im Kopf haben.«

Der arme Kerl, er schaffte es nicht einmal, dem abstrakten *es* einen konkreteren Namen zu verpassen: Geschlechtsverkehr, Sex, Vögeln! Er schaute ihn nur mit seinen abartig benebelten Augen an und wartete auf eine väterliche, belehrende Antwort.

»Nun, vielleicht nicht alle. Aber die, die es im Kopf haben, finde zumindest ich persönlich attraktiver. Wie zum Beispiel Julija. Soviel ich weiß, ist sie unsere gemeinsame Bekannte.«

Tadas verschüttete beinahe seinen Kümmeltee und erkundigte sich ganz leise: »Sie kennen sie?«

»Na ja, ich kenne sie, aber ich habe sie nicht gevögelt.«

»Ich auch nicht . . .«

Vielen Dank für das offene Geständnis! Die Spannung in ihrem Gespräch nahm zu, und er bekam Lust auf eine Zigarette. Doch sofort ereilte ihn Tadas' Erklärung, dass ein rauchender Mensch, besonders eine Frau, in seinen Augen jeden Wert verliere.

»Und wie ist das mit Julija, sie nimmt doch auch ab und zu einen Zug?«

»Nein, in meiner Gegenwart hat sie nicht geraucht. Und auch sonst ist Julija anders.«

»Anders? Dann glaubst du vielleicht, dass es mit ihr nicht zu dem entscheidenden Punkt kommt, wo du dich von den Frauen trennst?«

»Weiß ich nicht. Die Situation ist schon mehrmals entstanden. Ich nehme das wie eine Versuchung an und widerstehe ihr.«

»Und wenn du einmal nicht widerstehst?«

»Dann werde ich bestraft.«

»Und Julija?«

»Sie auch.«

»Und wer wird euch beide bestrafen?«

»Die Engel.«

Tadas saß mit gesenktem Kopf da und sah ganz zerknirscht aus. Ohne die Augen vom Unbefleckten abzuwenden, dachte sein Gegenüber, dass die Seele eines Wahnsinnigen in den falschen Körper geraten sei und dass jetzt dieses seltsame Duett, zumindest bei den Frauen, eine Menge Missverständnisse verursachte. Nach dem ersten Blick auf ihn könnte man meinen, einen Mann vor sich zu haben, der Wildpferde und nymphomanische geile Dinger zuritt, die rauchende Zigarette nicht aus dem Mund nahm, literweise Whisky soff und doppelläufig in den Saloons herumballerte. Doch dann stellte sich heraus, dass man es mit einem puritanischen, manichäischen, wahnsinnigen Stotterer zu tun hatte. Also, dann werden wir uns bemühen, dass dieser Cowboy, von den Engeln angeleitet, zumindest einen Schuss abgibt.

Um seine Rolle zu Ende zu spielen, stimmte er von neuem das Liedchen über den Grabstein an. Tadas verschwand für einen Moment in ein anderes Zimmer und kam mit einem großen, verstaubten Buch zurück. Der Text darin war in alter kyrillischer Schrift und unter dem durchsichtigen Einlagepapier prangten farbige Lithographien.

»Da ist Chamuel«, sagte Tadas sanft und strich mit dem Finger über ein geflügeltes Wesen, das sich in nichts von den anderen unterschied, die er zuvor aufgeschlagen hatte.

»Sehr zerbrechlich. Wird er gut aussehen in Marmor? Ich will kein Relief. Ich stelle mir eine runde Skulptur vor.« Er führte sein Schauspiel weiter.

»Er wird prächtig aussehen. Ich weiß schon, aus welchem Block ich ihn hauen werde. Er wird allerdings nicht gerade billig sein.«

»Geld spielt keine Rolle.«

»Gehen wir«, sagte der Engelscowboy schon viel freundlicher, legte sein Buch auf eine wacklige Kommode, nahm den Meißel in die Hand und führte ihn in den Garten hinaus.

Schweigend schritten sie über die Dezembererde, die noch keinen Schnee gesehen hatte, und über verfaulte Äpfel. Sie kamen zu einem Schuppen. Tadas schloss ein großes angerostetes Vorhängeschloss auf und bat ihn nach drinnen. Nachdem er mehrere Kartoffelsäcke zur Seite gezogen hatte, sagte der Engelscowboy: »Da!«

»Chamuel wird damit aber nicht größer als ein halbjähriges Kind.«

»Die Größe spielt keine Rolle. Das Wichtigste ist die Kraft, die ich in ihn lege.«

Tadas' Augen glänzten, als hätte er Opium geraucht. Einen Augenblick lang fühlte er sich unangenehm, als ob er einem Irren mit einem Meißel in der Hand gegenüberstünde. Deshalb zog er seinen Geldbeutel hervor und beeilte sich, den Vorschuss auf den Tisch zu legen. Nach der Art zu urteilen, wie das Engelsbürschchen die Scheine entgegennahm, schien es den irdischen Dingen nicht abgeneigt zu sein. Beim Zurückstapfen überlegte er sich, für wen er diesen Grabstein bestellt hatte. Vielleicht für seine Mutter? Für Pythia? Für sich selbst?

Während sie sich verabschiedeten, landete eine Schar hysterisch krächzender Krähen im Garten. Eine flog ganz dicht an ihm vorbei und ließ ein bleiches Stück Scheiße kaum eine Handbreit neben ihm fallen. Ein andermal hätte er sich davor geekelt, doch diesmal schien ihm der Krähendreck die reinste Bestätigung seines düsteren Plans zu sein.

Die Zentrale hatte ein Spezialprogramm namens *Lux in Tene-*

bris ins Leben gerufen, nach dem ein entsprechend hypnotisierter Mitbürger zum Auftragsmörder werden und, nach Erledigung seiner Mission aus der Trance erwacht, seine Tat vergessen konnte. Zur Tabula rasa für sich selbst, die Untersuchungsrichter, die Ermittler, die Lügendetektoren und vielleicht auch für die Bestrafer im Jenseits am Tag des Jüngsten Gerichts geworden. Das Programm funktionierte schon in den Vereinigten Staaten und in Russland, war aber in Litauen noch kein einziges Mal angewandt worden. Es ergab sich jetzt also die Gelegenheit, es auszuprobieren, obwohl es gar nicht seinem Wunsch entsprach, dass der Engelscowboy den Mord vergessen sollte. Er wollte, dass den Unbefleckten wie ihn selbst jede Sekunde, Minute, Stunde, jeden Tag, jede Nacht, Jahr für Jahr bis zum Ende seiner Tage das Gewissen plagte wegen dem, was er da getan hatte.

Nach der Ausführung seiner Aufgabe erinnerte sich der Engelscowboy tatsächlich an nichts. Davon hatte er sich vor einigen Tagen selbst überzeugen können, als Tadas ihn anrief und ihm freudig mitteilte, Chamuel sei jetzt fertig und man könne ihn abholen. Er hatte jetzt also einen Grabstein für die geliebte Frau, doch wo sollte er ihn aufstellen, wenn doch Pythias Asche in den Wind gestreut würde? Er fragte sich, ob er nicht hingehen und sich den Engel ansehen sollte. Es war ja gar nicht weit. Jetzt hatten sie beide, er und der Unbefleckte, Grund, den Blick des anderen zu meiden. Oder sie könnten sich ja über Pythia unterhalten.

Diese Gedanken verfolgten ihn schon seit mehreren Wochen. Beim Stopfen der Pfeife mit Tabak, der sein Aroma verloren hatte, oder dem Kauen einer Minzpastille, die ihm keine Frische mehr spendete, befahl er sich selbst, über solche Dinge nicht nachzudenken, zumindest nicht hier, im Bureau. Er war immer mehr davon überzeugt, dass man seine geheimsten Gedanken abhörte. Die Mitteilung vom Tage aus der Zentrale bestätigte das:

AUFREGUNG WEGEN EINES AUS DEM SCHLACHTHOF ENTFLOHENEN SCHWEINS

In Schottland ist am Mittwoch ein 110 Kilo schweres Schwein aus dem Schlachthof entflohen und versteckt sich schon seit einigen Tagen im Wald. Der Pressesprecher der Polizei erklärte gegenüber Journalisten: »Wir möchten es lebend fangen, aber die Sicherheit der Gemeinschaft geht vor.« Er riet auch dazu, den Eber nicht zu reizen. In Erinnerung an den Film ›Die große Flucht‹ aus dem Jahre 1963 über den Ausbruch aus einem deutschen Kriegsgefangenenlager, in dem Steve McQueen die Hauptrolle spielte, taufte die britische Presse den Eber auf den Namen McQueen. Das zum Tode verurteilte Schwein war am Dienstag unter dramatischen Umständen aus dem Schlachthof in Dunblane entflohen. Im Hof des Unternehmens entkam es den zwei Mitarbeitern, die es zur Schlachtbank trieben, sprang über den Zaun, schwamm durch den Fluss, rannte über einen Golfplatz und verschwand im Gebüsch. Um den Eber zu retten, boten die Schauspielerin Virginia Woolf und ihr Kollege John Donne den doppelten Preis. Sie erklärten: »Dieses Schwein will leben. Wir bitten euch sehr darum – rettet McQueen!« Die Schauspieler haben sich mit zwei Tierschutzorganisationen zusammengetan, und Donne bot an, das Schwein bei sich zu halten. In den Herzen der tierliebenden Briten nehmen die Schweine offensichtlich einen besonderen Platz ein. 1988 wurden zwei Eber berühmt, die aus dem Schlachthof abhauten und eine Woche lang in Freiheit umherirrten. Diese Eber wurden dann von ›The Daily Mail‹ gekauft und leben jetzt in einem Tierheim in Kent, wo sie von vielen Briten besucht werden.

Über ihm hing die schwarze Wolke des Unglücks. Doch echte Männer verfallen nicht so leicht in Panik. Kerle weinen nicht. Wirklich?

AM FRÜHEN Morgen fingen die Vögel an zu singen. Nein, singen konnte man das bescheidene, monotone Zwitschern kaum nennen, doch man spürte trotzdem die ersten vorsichtigen Gehversuche des Frühlings. Tagsüber schienen nur die Geister der Spatzen zu tschilpen, denn alle Vögel waren spurlos verschwunden, als ob die Hunnen durchgezogen wären.

Maksas mochte den Frühling und hielt die von März-, April- oder Mai-Depression erfassten Zeitgenossen für sture Egoisten, die das bacchantische Treiben der Natur nicht aushielten, vor dem sogar die größte Menschenfreude verblasste. Doch dieses Jahr war alles anders. Die Traurigkeit würgte und würgte ihn, die kleine Mietwohnung wurde zum Käfig und die Fenster zu Gitterstäben.

Am traurigsten war es bei Vollmond, besonders in klaren Nächten. Dann ergriff ihn die Lust, die fahl leuchtende Scheibe anzuheulen, die am vom Widerschein der Stadt farblosen Himmelszelt hing. Auf der kalten Mondoberfläche konnte man bläuliche Gebirge erkennen, die sonst an menschliche Züge erinnert hatten, jetzt aber sah das gespenstische Himmelslicht wie das Meparapon aus. Ein Gesicht ohne Augen, Lippen und Nase, ein Alptraum nicht nur aus dem japanischen Märchen, sondern auch aus seiner, Maksas', Wirklichkeit.

Nach der letzten Folge von ›Talk vor dem Einschlafen‹ fühlte sich Maksas ohne Unterlass vom Meparapon verfolgt. Dieser hypnotisierende Herr schien sein Gehirn zu durchstöbern, seine Augenlider mit Gewichten zu beschweren, unter seine Haut zu kriechen und seine Seele entzweizureißen wie ein altes Betttuch, das jetzt als Putzlappen und Wischtuch gebraucht wurde. Maksas erinnerte sich – kurz vor ihrem Tod hatte auch die Magierin ähnliche Dinge erwähnt. Er war jedoch viel zu sehr mit sich selbst beschäftigt gewesen, als dass er Julijas seltsamen Befürchtungen Beachtung geschenkt hätte. Oder vielleicht war er zu sehr von den unglaublichen Geschichten verwöhnt, mit denen alle möglichen Frauen und Mädchen seine Aufmerksamkeit suchten. Doch jetzt kam seine Gleichgültigkeit wie ein Bumerang zurück und schlug gegen seinen Kopf, so dass er nur noch himmelblaue Sternchen sah.

Diesen Frühling fühlte sich Maksas so schlecht, dass ihn nicht einmal sein geheimes, persönliches Hollywood mehr zu retten vermochte. Ab und zu drehte er noch vor dem Einschlafen einen

Horrorfilm über Dr. Jekyll und Mr. Hyde. Beide Helden trugen Maksas' Gesicht, der eine war ein Außenseiter der heutigen Gesellschaft, der andere ein hervorragender Anpasser, ein Halsabschneider und ekelhafter Zyniker, der mit den Gefühlen seiner Mitmenschen spielte. Wie und warum der Held aus Maksas Vakaris' Film sich aus einer ganzheitlichen Person in zwei einander widersprechende Antipoden aufgespalt hatte, darauf würde die letzte Folge der Serie eine Antwort geben. Oder vielleicht überließ er ja die Lösung des Rätsels den von den parapsychologischen Windungen der Story und den Computereffekten (mit irgendetwas musste man ja die ausgeleierte Idee der Persönlichkeitsspaltung maskieren!) betörten Zuschauern.

Maksas dachte immer wieder, dass er in den dreißig Jahren seines Lebens sein echtes Ich einfach nicht gefunden habe und nur die Masken kenne (noch eine Banalität, aber wie sollte er denn jetzt auf einmal anfangen, originell zu denken?), die er sich in den verschiedenen Momenten des Lebens mechanisch wie ein Roboter oder bewusst wie ein Schauspieler aufsetzte.

Der Durchschnittsheld aus seinem geheimen Hollywood salbaderte tiefsinnig, dass das Gesicht des Menschen wie eine Zwiebel sei, kaum hatte man tränend eine Haut abgeschält, da stieß man auf eine andere, dann auf noch eine, noch eine, noch eine … Die Maske des Naiven. Die Maske des Aufrichtigen. Die Maske des Verliebten. Die Maske des Narzissten … Auch die Wörter waren Masken, ganz mit den wirklichen Erscheinungsformen der Realität verwachsen und deren tieferen Sinn verbergend.

Je länger er in den Spiegel schaute, desto weniger wusste er, welches sein eigentliches Gesicht war. Vom langen Anstarren wurde sein Spiegelbild immer unkenntlicher und schließlich so fremd, dass der Mensch im Inneren des physischen Körpers sich in keiner Weise mehr mit dem identifizieren konnte, was er da durch die Fenster der Augen im Spiegel sah. »Klopf, klopf, klopf, wer wohnt in diesem Häuschen?« So lautete die Lieblingsfrage der Magierin, wenn sie seine Laune, den Grund für seine Freude, seine Traurigkeit oder sein Schweigen herausfinden wollte.

Die Magierin war die einzige Frau, mit der sich Maksas länger als ein Jahr getroffen hatte. Alle seine anderen Beziehungen mit dem schönen Geschlecht brachen wie verhext nach drei Monaten ab. Auch Vita bildete da, wie sich herausstellte, keine Ausnahme. Früher hatte er seiner Unbeständigkeit keine Aufmerksamkeit geschenkt, galoppierte einfach wie ein Prinz auf seinem Schimmel durch das Leben und die von ihm entdeckten und fallen gelassenen Aschenputtel wurden nur von den Klatschseiten der Zeitungen festgehalten.

Jetzt, nach Eintritt einer unerwarteten Pause, begann Maksas sich zu fragen, warum gerade ihm das geschah, warum er wie ein Nosferatu zur Einsamkeit verdammt war, während die anderen zu zweit, zu dritt, zu viert (wenn man die Sprösslinge mitzählte) zu leben vermochten, warum diese Auserwählten einander nicht langweilig wurden, nicht auf den Wecker gingen, nicht in Rage brachten, warum sie nicht mehr ohne einander auskamen, sich immer ähnlicher, zu einer Einheit wurden und lange, bis zu ihrem Tod, Liebe und Harmonie hegten und pflegten. Wie gelang ihnen das nur? Wo lag das Geheimnis dieser magischen Verbindung? Was war mit Tadas und ihm geschehen, dass sie beide zur Einsamkeit verurteilt waren, wenn auch so unterschiedlicher wie Tag und Nacht?

Logisch gedacht hätte sich Maksas auch jetzt, nachdem er vom Leben einen zünftigen Tritt in den Hintern erhalten hatte, nicht von allen verlassen fühlen müssen. Das Debiltelefon trällerte andauernd Einladungen, vibrierte oder blinkte tonlos grün vor sich hin und teilte mit, dass schon wieder und wieder und wieder jemand dringend nach ihm verlangte. Nur war nicht klar, was verlangt wurde: die stromlinienförmige Körperkonstruktion mit den Flaggen der geheuchelten Launen oder der, der darin hauste und die Außenwelt misanthropisch wie aus einem U-Boot betrachtete.

Die Unzufriedenheit mit sich selbst und dem Leben drang durch alle Ritzen wie eine Milzbrandinfektion. Alles ärgerte ihn. Ihn ärgerten die Cowboystiefel, die mit gierigem Knirschen die großen Zehen fraßen. Ihn ärgerte der silberfarbene Peugeot, dessen Motor sich verschluckt hatte, so dass er jetzt zu ersticken drohte. Ihn ärgerten die andauernd in der Stadt sich bildenden Staus, die die letzten Überreste seiner Geduld zerfetzten wie Hyänen die Gedärme des Aases. Ihn ärgerte die rosa Sonnenbrille, durch die die Welt wie mit kalter Rote-Beete-Suppe übergossen aussah. Ihn ärgerte sogar die Wohnung, die er seit über zwei Jahren zu einem ganz vernünftigen Preis in Antakalnis gemietet hatte, am Rand des blauen Fichtenwaldes mit den frühesten Leberblümchen der Gegend.

Maksas hatte Lust auf ein Haus irgendwo in Beverly Hills, Santa Barbara oder Santa Monica, ein eigenes Dach über dem Kopf mit zehn Schlaf- und neun Badezimmern; das könnte er sich leisten, indem er seine genialen Drehbücher nicht für sein persönliches, sondern für das echte Hollywood verfasste. Wenn er dort und nicht hier, in der hoffnungslosen Provinz, lebte, hätte er schon längst fünf Emmys für ›Eldorado‹ und den ›Talk vor dem Einschlafen‹, drei Grammys für die ausgezeichneten Songs in ›Höchstgeschwindigkeit‹ verliehen bekommen, und die Oscars für das beste Drehbuch, die beste Regie, den besten Hauptdarsteller, den besten Ton und die besten visuellen Effekte müsste man ihm mit einem Lieferwagen vorbeibringen, nein, mit einer sechstürigen, fünfzehn Meter langen Limousine.

Ja, Maksas war so tief gesunken, dass er sich zu grämen begann, nicht zur rechten Zeit und vor allem nicht am rechten Ort geboren zu sein, hier, im hintersten Winkel Europas, in einem verfluchten Land zu versauern, unter einem Volk von Versagern, das sich verzweifelt an seine dahinsiechende Sprache klammerte, die nie ein anständiger Brite, Deutscher oder Franzose lernen würde. Er fühlte sich furchtbar vom Schicksal benachteiligt, denn er konnte sich ausgezeichnet vorstellen, wie weit er es mit seinen Talenten hätte bringen können, wie er auf mehr als einem Gebiet die schwindelerregenden Höhen des internationalen Startums hätte erreichen können, wenn er nicht in Litauen geboren wäre, sondern zum Beispiel in Schweden.

Er hatte auch schon an Auswandern gedacht, wie jeder zweite Litauer zwischen fünf und fünfundfünfzig. Er wollte jedoch weder auf den Plantagen als weißer Sklave Champignons, Mandarinen oder Erdbeeren ernten, noch hatte er Lust, greisen, hirnerweichten Deutschen den Hintern zu putzen, er träumte nicht vom Tellerwaschen in spanischen China-Restaurants, er riss sich nicht darum, Tabletts voller Bierkrüge in vollgefurzten irischen Pubs herumzuschleppen, er hatte nicht die Absicht, mit breitem Cheese-Lächeln in einer Hiphop-Vorstadt von Chicago hinter der Bar zu stehen oder in einer himmelblauen Stewardsuniform auf dem mit Arschgesichtern voll belegten Kreuzfahrtschiff »Panama-Bahamas« die Teppiche zu saugen. Außer er würde zum Schrecken (vielleicht zum Neid?) des Bruders schwul, ein Elite-Stricher, wie es ein Klassenkamerad gemacht hatte, der in London sogar einen Freund des seligen Freddie Mercury bedient hatte.

Hier, in Litauen, war Maksas Vakaris' Karriere ganz im Ernst ins Trudeln geraten. Die sich nicht bestätigenden Anschuldigungen in Sachen Mord an der Wahrsagerin, das vorschriftswidrige Halten einer Waffe und den Hausarrest hatten seine Arbeitgeber noch zähneknirschend geduldet, verwendeten sogar einige besonders extreme Einzelheiten als Werbung. Doch als der mit einer Skandalpatina überzogene Goldjunge scheinbar besoffen live auftrat, da war es aus.

Maksas war ganz verwundert, dass er, gerade noch so heiß und bedingungslos geliebt, ohne Zwischenstadium oder Vorwarnung abgrundtief gehasst wurde. In Erstaunen versetzte ihn auch die Tatsache, dass niemand seinen Rechtfertigungen glaubte, ja sie nicht einmal zur Kenntnis nehmen wollte. Natürlich war die Hoffnung naiv, dass jemand seine Geschichte glauben würde, er sei vor laufenden Kameras von seinem Gegenüber Jonas Jonaitis hypnotisiert und in einen Zombie mit einem Knoten in der Zunge verwandelt worden, der die Augen nicht mehr öffnen und nur noch ohnmächtig mit den Händen fuchteln konnte. Wer würde Maksas schon abnehmen, dass ihm der Boss des »Neuen Menschen« schlicht eine Gehirnwäsche verpasst hatte und das nur deshalb, weil er, Maksas, sich weigerte, dasselbe mit anderen zu tun? Ehrlich gesagt, hätte er das Geschehene nicht einmal der ›Akte X‹ zu erzählen vermocht, denn in seinem Kopf war statt einer greifbaren Erfahrung nur eine leere Vertiefung wie in einem Schmuckstück, aus dem ein besonderer Stein herausgefallen war.

Maksas war von einem früher nie gekannten, jedoch einen großen Teil seiner Mitbürger seit mehr als einem Jahrzehnt bedrückenden Gefühl erfüllt: Zukunftsangst. Diese verzweifelte Unsicherheit sah er fortwährend in den Augen der Teilnehmer von ›Eldorado‹, egal, ob sie gewannen oder verloren. Das Gefühl von Unbeständigkeit hatte sich beinahe aller Bewohner Litauens bemächtigt, obwohl hier noch nie die Erde gebebt hatte, keine Vulkane auszubrechen drohten, keine Taifune oder Tornados wüteten und über all die Jahrtausende auch noch kein Tsunami die Ostseeküste heimgesucht hatte. Doch die Menschen lebten so, als ob ihre Häuser auf Treibsand stünden, als ob unter ihren Füßen Sumpflöcher schlummerten, die sich jederzeit auftun konnten, als ob jeder ein Sisyphus wäre, der Hunderte Male seinen Schicksalsstein nach oben rollte, nur damit dieser von neuem in den Abgrund des Unglücks zurückrollte.

Maksas hatte in seinem bisherigen Leben keine Armut sehen müssen, jetzt aber kam seine Welt plötzlich ins Wanken. Das hohe Podest war ihm unter den Füßen weggezogen worden, der kupferne Nimbus der Gottesstatue war heruntergefallen und laut rumpelnd zur Seite gerollt, sogar das die Scham bedeckende Feigenblatt war zu Boden gefallen. Deshalb trat nun Pranas Purvaneckas splitternackt, so wie ihn seine Mutter vor dreißig Jahren zur Welt gebracht hatte, vor die Augen der erbarmungslosen Richter.

All diese schwerwiegenden Überlegungen begleitete wie ein schwarzer Schatten der aufsässige Gedanke, Jonas Jonaitis anzurufen und herauszufinden, was der in Wirklichkeit von ihm wollte. Aber Maksas schob den entscheidenden Anruf immer wieder hinaus, als ob er damit schon einen Vertrag mit Mephisto selbst schlösse. Schließlich erwachte er eines sonnigen Morgens voller Entschlusskraft, nahm die ihm vom Meparapon ausgehändigte Visitenkarte und sauste wie ein Feuerwehrmann auf dem Weg zum brennenden Parlament zur angegebenen Adresse.

Er drehte einige Runden um den Rasos-Friedhof, durchstöberte die Gedärme der schmalen kurvenreichen Sträßchen, fuhr mehrere Male an Tadas' Haus vorbei, bis er schließlich das gesuchte Gebäude fand. Der moderne Bau sah inmitten der windschiefen Holzhütten aus wie einem anderen Raum und einer anderen Zeit entstammend. Wozu seine Firma in so einem verlassenen Winkel verstecken? Das hatte wohl seine guten Gründe.

Die Glastür öffnete sich von selbst vor Maksas. Der Boden der Eingangshalle war schwarz und weiß gefliest und sah aus wie ein leeres Schachbrett. Wer spielte hier mit wem? Er stieg die Treppe hoch in den ersten Stock, ging den Korridor mit dem hellgrünen Teppich entlang und blieb vor einer Tür mit der Aufschrift »Direktor« stehen. Wie zu erwarten kam er zuerst zur Sekretärin, die sich mit einem blendenden Lächeln erkundigte, was er wünsche. An der Brust der jungen Frau war ein rechteckiges Kärtchen angeheftet, auf dem ihr Name zu lesen war: Danutė.

Danutė bat ihn, einen Augenblick zu warten, und verschwand hinter der mit braunem Leder bezogenen Tür, auf deren anderer Seite der Hexenmeister Kaschtschej der Unsterbliche hockte. Maksas sah sich aufmerksam um, konnte aber nichts Ungewöhnliches bemerken. Eine Firma wie viele andere. Jonaitis trat persönlich heraus, um den Gast zu begrüßen, legte ihm den Arm um die Schultern und führte ihn in seine Burg.

Ein Büro wie andere auch. Die Sekretärin bot den Herren einen Tee mit Rum oder einen Kaffee mit Brandy an. Maksas lehnte ab, in paranoider Angst davor, dass man ihn mit Klofelin oder sonst einer schrecklichen Droge bewirten könnte. Die Filme aus dem persönlichen Hollywood, vielleicht auch der litauische Alltag hatten in seinem Bewusstsein tiefe Spuren hinterlassen. Jonaitis saß so vor dem Fenster, dass sein Gesicht wieder nur schwer zu erkennen war, dafür fühlte sich Maksas wie auf dem Präsentierteller.

»Was also wolltest du mir sagen?«, erkundigte sich das Meparapon und warf sich eine Minzpastille ein.

»Ich habe mir ein neues Konzept für den ›Talk vor dem Einschlafen‹ überlegt. Man sollte es nicht auf nächste Saison verschieben, ich könnte sofort beginnen.«

»Und warum erzählst du mir davon? Und warum bist du so überzeugt, dass man dich wieder in die Sendung aufnehmen wird? Du bist doch nicht ohne Grund hinausgeworfen worden, hm, Maksas?«

»Nun, Sie haben es mir doch angeboten ...«

»Alles zu seiner Zeit. Zeit zum Steinewerfen und Zeit, sie aufzuheben.«

»Mir schien aber, Sie seien daran interessiert ...«

»Ich, interessiert? Du müsstest doch interessiert sein.«

»Nun ja, bin ich ... Deshalb bin ich zu Ihnen gekommen.«

»Oh du armes Häschen, ist dir jemand auf dein Schwänzchen getreten?« Das Meparapon lachte heiser und stimmte plötzlich halblaut ein Lied an: »*Was ein Licht in dir entzündet hat, wird zu deinem Schatten bald, reißt das Herz dir aus der Brust, und den Körper, den zerfetzt's, la la la ...*«

Maksas spürte eine klebrige Hitze in sein Gesicht schießen, wie in seiner Kindheit, wenn Mama ihn beim Spielen mit seinem Pimmelchen entdeckte. Sein linkes Auge begann nervös zu zucken. Kaum jemand würde sich wohl behaglich fühlen, nachdem er begriffen hat, dass seine Gedanken gelesen werden.

»Nun, wenn du versprichst, ein guter Junge zu sein, dann bringen wir auch diese Sache in Ordnung. Für Julija.«

Damit stand Jonaitis auf, streckte Maksas die Hand hin und spielte banal die Verabschiedung zweier sich bestens verstehender Männer durch. Die Sekretärin Danutė begleitete Maksas durch den Korridor und erklärte ihm bei der Treppe, dass er hier immer willkommen sei. Danke!

Maksas fuhr ein paar hundert Meter weit und hielt beim Friedhof an. Aus irgendeinem Grund hatte er das Bedürfnis, durch die Rasos zu spazieren. Hier lag noch ziemlich viel Schnee, als ob die Verstorbenen mit ihrer Kälte und ihrem eisigen Atem ihn am Schmelzen hinderten. Zerstreut musterte er die Daten auf den Grabsteinen, bis er auf einem las, dass hier das Herz von Józef

Piłsudski begraben sei. Als Erstes kam ihm die gerade eben vom Meparapon gesummte Weise in den Sinn. Dann erinnerte er sich an den Film ›Angel Heart‹, in dem Mickey Rourke dem von Robert De Niro verkörperten Teufel seine Seele verkaufte. Und schließlich kam noch ein anderer Josef durch seinen Kopf geschwirrt. Josef K. aus dem ›Prozess‹ und sein trauriges Ende. Eine seltsame Gedankenkette.

Nach einigen Tagen konnte sich Maksas selbst davon überzeugen, dass das Meparapon ihn unter seine Fittiche genommen hatte. Er wurde unter der Bedingung wieder in den ›Talk vor dem Einschlafen‹ aufgenommen, dass er sich nie mehr betrunken in der Sendung zeigen würde. In derselben Woche wurde ihm mitgeteilt, sein Hausarrest sei aufgehoben.

Doch nach all diesen guten Neuigkeiten spürte Maksas weder Freude noch Erleichterung. In seiner Welt war etwas von Grund auf zerstört, das Herz aus der Brust gerissen und der Körper in Stücke zerfetzt, la la la …

GABRIEL STARRTE gedankenversunken ein nur für ihn sichtbares Objekt an. Uriel war noch nicht von seinem morgendlichen Spaziergang zurück. Varachiel schlief und rümpfte im Schlaf verärgert die Nase. Tadas kochte Hirsebrei für seine drei nach Engeln benannten Hunde und betete wortlos zu deren himmlischen Namensvettern. Plötzlich dachte er, dass er den Tod eines seiner Vierbeiner wahrscheinlich nicht verkraften könnte. Es würde ihm das Herz zerreißen. Natürlich nur bei den Hunden, die Katzen waren etwas anderes! Alle paar Monate vergrub er neue Katzenwürfe und nichts in ihm tat auch nur einen Mucks.

Genauso leicht hatte er Julija erledigt. Nein, nicht ganz so leicht. Wieder wurde er von Alpträumen heimgesucht, mit unbekannten Zimmern, Korridoren, Aufzügen, Verfolgern und in der Dunkelheit herrschender grauenhafter Totenstille. Das befreiende Licht wollte in diesen Träumen einfach nicht angehen. Die verschlüsselten Mitteilungen seines Unbewussen teilten ihm mit, dass die Ordnung in seinem Leben verloren und die Harmonie zerstört war.

Durch das Lüftungsfensterchen sprangen die weißhaarige Aurelija und hinter ihr die eichhörnchenfarbene Berta herein. Die Katzen hatten keine Engelsnamen verdient. Es hätte nicht viel gefehlt, und Bastet hätte ihre Frauengesellschaft vervollständigt. Doch die wollte nichts mit Tadas zu tun haben, hatte ihn bespuckt, zerkratzt und sogar in den Finger gebissen. Ja, die Katze wusste als einziges Lebewesen, wer ihr unglückliches Frauchen umgebracht hatte.

An Julija dachte er oft. Häufiger sogar als zu ihren Lebzeiten. Sie beide verband so wenig. Vielleicht ihre Väter. Besser gesagt deren Abwesenheit. Julija hatte es einfach nicht geschafft, dem ihren zu verzeihen, dass er noch in ihrer frühen Kindheit gestorben war. Sie hatte sich nie dazu bringen können, sein Grab zu besuchen, weder an Allerseelen noch an seinem Todestag. Sie sagte, die Furcht halte sie davon ab. Doch Tadas sagte nur, dass Wut der wahre Grund sei. Zunächst war Julija beleidigt, dachte aber dann darüber nach. Nach beinahe vierzig Jahren ging sie mit weißen Blumen und Kerzen auf den Friedhof. Sie vergab. Sie schloss Frieden.

Tadas aber hätte um nichts im Leben Frieden oder einen Waffenstillstand geschlossen. Er war immer noch wütend, dass sein Vater die Mutter verlassen hatte, nach der festen Überzeugung des Sohnes die schönste und beste Frau auf der Welt. Die augenfällige Einsamkeit der Mutter war nicht das Schmerzhafteste. Das Schlimmste war, dass sie einen anderen lieben lernte. Pranas.

Die geliebten jüngeren Brüder, die Diebe der Mutterliebe, waren noch ein Berührungspunkt, der Tadas und Julija verbunden hatte. Mitgefühl und Verständnis kann man nur von einem Menschen mit ähnlichen Erfahrungen erwarten. Nein, er fühlte keinen Hass auf Pranas. Julija sprach auch nur sehr positiv über ihren jüngeren Bruder. Doch hinter all diesen netten Worten und vom Gewissen abgesegneten Gefühlen und Gedanken versteckte sich wie die Schattenseite des Mondes die Kränkung.

Julija glaubte, dass die Einsamkeit der Seele sie verbinde. Doch gerade ihre Einsamkeit unterschied sich von Grund auf. Tadas' Einsamkeit glich einem inmitten des Waldes entstandenen See mit klarem Wasser, aus dem man fortwährend das Laub, die Nadeln, die Tannenzapfen, die Federn und die ertrunkenen Insekten herausfischen musste. Julijas Einsamkeit hingegen verlangte danach, ausgefüllt zu werden, wie ein Gefäß, in das man bald Blumen stellte, bald Früchte legte oder hübsche Steinchen streute. Ihre Einsamkeit verlangte nach Ereignissen, Eindrücken, Menschen, Gefühlen und Ideen. Tadas kam es nicht so vor, als ob zwei so verschiedene Zustände die Menschen verbinden könnten. Eher im Gegenteil.

Genauso wie die Einsamkeit unterschied sich auch ihr Zuhause. Tadas schätzte den leeren Raum, deshalb verbrannte er den sich ansammelnden alltäglichen Kleinkram mehrere Male pro Jahr im Garten. Das meiste davon waren Geschenke dankbarer Patienten. Man konnte ihm vorhalten, in seiner Küche herrsche das Chaos. Dieser Raum war jedoch nicht Tadas' wahres Leben, nur ein Vorraum, eine Camouflage, eine Maskierung, für die Unbedarften bestimmt. Seine Wirklichkeit befand sich im Heilzimmer und im Himmlischen Kamin. Sogar Julija hatte gespürt, welche Kräfte in diesem vertikalen Tunnel walteten.

Die Wohnung der Wahrsagerin war mit allerlei Dingen vollgestellt, genau wie ihr Leben, vollgepfropft mit unnötigen Erfahrungen, die sie gierig anhäufte, statt sich leichten Herzens von ihnen loszusagen. In ihrem Haus standen eine Unmenge Maschinen herum: ein Küchenmixer, ein Toaster, eine Waschmaschine und ein Geschirrspüler, ein Computer, ein Drucker, ein Scanner, ein Faxgerät, ein Fernseher, eine Stereoanlage … Wo immer man hintrat, stieß man auf irgendeinen schlauen Apparat. Julija hatte nicht begriffen, dass schon seit einiger Zeit nicht mehr die Apparate den Menschen dienten, sondern diese selbst Sklaven der sogenannten modernen Technologien waren. Wenn er ihr das anzudeuten versuchte, dann gab sie ihm zurück, sie wisse nicht, wovon er spreche. Wenn du nicht willst, dann lass es sein.

Julija war auch beleidigt, wenn er von ihrer Arbeit bei Presse und Fernsehen zu sprechen anfing. Er selbst las keine Zeitungen und schaute beinahe nie in die Idioten-Kiste. Nur selten blätterte er in einer von einem Kunden zurückgelassenen Illustrierten oder Tageszeitung. Wenn er bei seiner Mutter vorbeischaute, war er unweigerlich dazu gezwungen, sich eine stumpfsinnige Sendung oder einen noch stumpfsinnigeren Film anzusehen. Er sagte dann zu sich selbst, dass dies eine Art Experiment sei, um nicht zu vergessen, in welcher Gesellschaft er lebte.

Das Ergebnis des Experiments enttäuschte oder erstaunte ihn meist, denn ihm wurde vor Augen geführt, dass die Mitbürger, mit denen er Boden, Himmel, Wasser, Luft, Sprache und ethnischen Genpool teilte, ganz anders als er dachten. Tadas war überzeugt, dass die Medien nur falsche Werte, falsche Politiker, falsche Künstler, falsche Propheten erschufen. Der normale Mensch war von diesen falschen Idealen versklavt und besaß weder die Möglichkeit, sich ihnen zu widersetzen, noch dagegen zu protestieren. Wozu den unwählerischen Essern jeden Tag noch eine zusätzliche Portion Lügen hinwerfen? Julija entgegnete, dass sie nicht lüge, sondern sich bemühe, eine Bresche in das öffentliche Unwahrheits-Dickicht zu schlagen. Außerdem müsse man ja von etwas leben!

Die Wahrsagerin hatte gehofft, dass sie, wenn schon keine alltäglichen Gemeinsamkeiten, so doch zumindest mystische Erfahrungen oder die Sehnsucht danach mit Tadas verbände. Doch der hielt ihre Erkenntnisse für erfunden, zusammenphantasiert oder in heiligen Büchern gelesen. Ganz anders verhielt es sich da bei ihm, der seit seiner Kindheit eine geheime Verbindung zu den Engeln hatte. Natürlich konnte ein Schwachkopf behaupten, dass Tadas in seinem ganzen Leben nicht einen einzigen Erzengel gesehen hatte, von ihnen weder angesprochen noch erleuchtet und wahrscheinlich auch nicht gehört worden war. Er aber glaubte, dass der Mensch eben keine normale Beziehung zu den Wesen aus höheren Sphären haben, sie nicht sehen, riechen, tasten, hören oder mit ihnen sprechen konnte.

Dafür war der sechste Sinn da. Manchmal spürt man doch,

wie jemand an einen denkt, sich nach einem sehnt oder einen verflucht. Und wenn man schon die Gedanken eines Normalsterblichen fühlen konnte, dann musste man den auf einen selbst gerichteten Blick eines Engels als Schlag unter die Rippen erfahren. Tadas glaubte, dass er den Schluckauf bekam, wenn ein anderer Mensch von ihm sprach. Dasselbe geschah auch, wenn er von den Gedanken eines Engels berührt wurde. Tadas konnte einen ganz normalen Schluckauf von einem engelhaften unterscheiden und bemühte sich nie, den Letzteren mit Wasser, den Atem anhaltend oder mit auf dem Rücken gekreuzten Armen – die Hände verkehrt herum gefaltet zu einem Satansgebet – zu ersticken.

Tadas hatte oft einen Schluckauf. Als er Julija davon erzählte, konnte die sich das Lachen kaum verkneifen. Dafür fand Tadas ihre Vorträge über das im Entstehen begriffene Buch zum Lachen. Er war überzeugt davon und hatte genug Beweise dafür, dass die Frauen rein gar nichts begriffen.

Weshalb hielt es dann Tadas gerade mit Julija aus, wo er doch die anderen Frauen hartnäckig mied? Es kamen fast jeden Tag welche zu ihm zur Behandlung. Sie sahen hübsch, intelligent und, als ob sie sich untereinander abgesprochen hätten, unglücklich aus. Alle hatten genug vom Alltag und den gewöhnlichen Männern: Baggerfahrern, Bauarbeitern, Bankern, Politikern. Alle verlangten nach besonderen Erfahrungen und einem außergewöhnlichen Geliebten. Nach einem wie Tadas mit seinen heilenden Händen. Es war ihnen egal, dass er sagte, er sei kein Wundertäter, sondern vermöge nur die kosmische Energiequelle anzuzapfen. Wenn man ein von einem starken Stromstoß geschütteltes Lebewesen anfasste, dann wurde man ja auch durchgerüttelt. Jeder Mensch ist ein Leiter für die kosmischen Schwingungen.

Die Damen lachten mit tiefen Bruststimmen oder kicherten quietschend wie Waschweiber und versuchten ihn immer wieder zu berühren, zu umarmen oder scheinbar unabsichtlich an den Hoden zu streifen. Auf dem weißen Laken im Heilzimmer liegend stellte mehr als eine die immer gleiche Frage, als ob diese

an der Decke geschrieben stünde: *Kriegst du keinen Ständer,
wenn du eine Stunde lang eine halbnackte Frau streichelst?*
Nein, er kriegte keinen Ständer. Das war dasselbe, wie einen
Goldsucher zu fragen, ob er das gerade erst gefundene Nugget
nicht in den Fluss zurückwerfen wolle.

Bei provozierenden Fragen blieb es nicht. Es folgten Anrufe,
Briefchen, kleine Geschenke, flehendes Bitten um Rettung oder
das Angebot, selbst zu seiner Retterin zu werden. Tadas spielte
nicht lange herum, sondern beendete das Ganze mit einigen
schroffen Sätzen. Wenn es nötig war, dann war er nicht auf den
Mund gefallen.

Weshalb er sich so verhielt, das konnte er auch nicht erklären.
Ihn interessierte die Leidenschaft nicht, er ekelte sich geradezu
vor ihr. Er zweifelte nicht daran, dass er die Leidenschaft in
seiner Kindheit in der purpurnen, unter seinem Vater liegenden
Scham des Fräulein Virginija gesehen oder später im Ächzen
und Stöhnen Aurelijas gehört hatte. Wohl sehnte sich Tadas
nach wahrer Liebe, doch deren Schatten hatte er bisher nur in
Engelsbildern gesehen, hin und wieder auch in den treuen Augen der Hunde oder am Himmel, wenn dieser das Leuchten des
Mittsommers zur Erde sandte.

Mutter nannte Pranas und ihn manchmal Kinder von den
Sternen. Sie zwei hatten sich wirklich von irgendeinem anderen
Ort hierher verirrt und begehrten nach Liebe, die niemand in
der Welt ihnen geben konnte. Pranas' Beziehungen zu Frauen
waren um kein Haar besser als die von Tadas. Nur wechselte der
Jüngere die Weiber, statt sie überhaupt zu meiden, alle zwei Monate und fand einfach nicht die passende für sich.

Doch was hatten sie beide in Julija gesehen? Für Pranas
konnte er nicht sprechen. Er selbst tat sich mit ihr seiner Mutter
zu Gefallen zusammen. Als sie bei der Wahrsagerin arbeitete,
sprach die Mutter von ihr wie von einem göttlichen Wesen;
wenn es auf Erden eine Verkörperung der Vollkommenheit gab,
dann war das Violetas Arbeitgeberin. Tadas hegte die naive
Hoffnung, dass er nach der Annäherung an Mutters Objekt der
Verehrung selbst größere Wertschätzung von ihr erführe. Na-

türlich geriet er in Wut, als er mitbekam, dass auch Pranas sich aus wer weiß welchem Grund an Julija gehängt hatte. Nein, Eifersucht war das wirklich nicht. Wenn er jemanden nicht mit dem Bruder hätte teilen wollen, dann die Mutter, nicht aber Julija. Ihn kümmerte nicht einmal, ob Maksas die Dame nun vögelte oder nicht. Er selbst war fest entschlossen, mit ihr nicht körperlich zu verkehren.

Trotzdem nahm Julija in Tadas' Leben mehr Raum ein, als ihm lieb war. Sie rief fortwährend Spannungen in der Leistengegend hervor, drang nackt und verführerisch in seine Träume ein und zwang ihn, schändlich seinen Samen zu vergießen. Sie schärfte die Kanten des Lebens und spitzte das Verständnis des Daseins zu, so dass dieses wie eine Ahle die Schutzblase durchstieß, die ihn nicht Auge in Auge mit den Engeln zusammentreffen ließ. Durch den entstandenen Riss begann Tadas ihre Stimmen zu hören. Erst ganz leise, wie den fernen Ruf eines Kuckucks, mit jedem Tag jedoch lauter.

Ungefähr um Weihnachten konnte er in den hallenden Tönen schon einzelne Silben erkennen. In der Neujahrsnacht, die mit Julija zu verbringen er sich geweigert hatte, hörte er Wörter. Vor dem Sprechen stellte jeder Engel sich vor. Nach ihren Namen zu urteilen kamen zuerst die Fürchterlichsten von allen durch den Spalt im schützenden Panzer. Sie versprachen, dass Tadas nach Erfüllung ihres Willens die Begegnung auch mit den Erzengeln erwarte. Jetzt hörte er Luzifer zu, dessen schwarze Tränen er immer noch hütete, und den anderen 133 306 668 gefallenen Engeln: Adramelec, Agniel, Arakiba, Asmodeus, Azazel, Balam, Barbiel, Exael, Gadreel, Harut, Kasbiel, Leviathan, Mastemah, Sammael, Tamiel, Urakaabaramiel, Vual, Zapliel und den anderen. Alle diktierten – im Chor wie ein Kirchenlied oder jeder einzeln wie ein befehlender General – die drei Hauptanweisungen: *Geh zu ihr! Schlaf mit ihr! Töte sie!*

Tadas musste gehorchen.

DER FEINSTE aller Düfte ist der des Alleinseins. Bei sich zu Hause war Bubastis immer noch alleinige Königin. Meist lag sie zusammengerollt da, nicht zu einem Knäuel (das meinen nur die dummen Menschen), sondern zu einer Spirale: das Herz im Zentrum, dann der Kopf, der anmutige Bogen des Körpers und außen ein elegant gekrümmter Schwanz. Die Katze war ein winziges Ebenbild der Großen Spirale, in der die Zeit, die Geschichte und die wichtigsten Gesetze des Universums sich bewegten.

Wenn niemand zuschaute, hatte die Katze keine Lust, zu tollen und zu toben. In den letzten paar Monaten war nicht ein einziger Kratzer an den lackierten Tischbeinen hinzugekommen, aus dem Teppich nicht das kleinste Fäserchen ausgerissen worden, und kein Blättchen des Drachenbaums hatte gelitten. Doch im Gegensatz zu der bei den Menschen verbreiteten Meinung schnurrte Bastet nicht aus Sehnsucht nach dem gemütlichen Schoß, dem weichen Bauch oder der salzigen Hand. Das Schnurren ist nämlich ein Mantra.

Mourrr Uorrr Muorrr Ourrr – diese Laute gibt nicht nur die Katze von sich, sondern auch der Ewige Motor, und falls der aus irgendeinem furchtbaren Grund stehen bliebe, dann würde die Welt aufhören zu existieren. Mourrr Uorrr Muorrr Ourrr – so fliegen die Galaxien, Planeten und Sterne um ihre Achse. Mourrr Uorrr Muorrr Ourrr – so dreht sich die Seele aller Lebewesen um ihre Nabe, um die Lebenswärme zu erhalten, und wenn sie stehen bleibt, dann tritt der Tod ein. Nur ein Uneingeweihter kann sich beklagen, dass der Ewige Motor ein wenig quietscht. Nur der mit den tiefsten esoterischen Geheimnissen Unvertraute würde behaupten, dass man die Achse der Welt schmieren müsse, damit das Geräusch gedämpft würde. Nur ein Dummkopf würde fragen, ob die Seele einem Rad gleiche. Wenn nicht einem Rad, was dann? Ein Idiot mag einen mit der Frage quälen, warum denn dieses Rad sich quietschend drehe? Nun, das kommt daher, dass die Seele sich an der Materie reibt wie das Eisen am Stein!

Die Katzenwelt hat schon seit Urzeiten versucht, der Menschheit ihr sakrales Wissen zu übermitteln. Doch die Menschen sind nicht geneigt zuzuhören. Sie sind davon überzeugt, Herren der Lage zu sein. Das Schnurren verstehen die Zweibeiner als Dank, den der scheinbare Zögling seinem Versorger, Beschützer und Besitzer zeigt. Ist das nicht lächerlich?

Bastet und die In-Besitz-Genommene verstanden einander hervorragend. Ihre harmonische Verbindung trieb geradezu Blüten im monotonen Gang des Alltags. Dann, wenn keine extremen Emotionen, keine leere Freude, keine noch leerere Wut in der Luft lag und sie beide sich still und wohlig aneinander schmiegten. Die Tage, an denen nichts geschah, erwiesen sich als die wunderbarsten.

Es begann etwa um vier Uhr morgens, wenn Bastet von ihrem Schlafplatz zu Füßen der In-Besitz-Genommenen zu deren Brust umzog. Manchmal wachte die Frau nicht einmal auf, manchmal kraulte sie mit schläfriger Hand der Katze den Bauch und in seltenen Fällen murmelte sie etwas Nettes. Nie aber war sie wütend. Gegen sieben begann Bubastis die Gezähmte zu wecken. Sie tätschelte der Schlafenden mit der Pfote ins Gesicht, stupste mit der Nase gegen die geschlossenen Augenlider, und falls auch dies die Träume nicht vertrieb, sprang sie mit dem Uchrrr eines Luchses vom Fenstersims auf die Brust der Schlafenden. Die Gezähmte stand auf, tappte barfuß, nur im Nachthemd, in die Küche und tat etwas Leckeres in das Schälchen der Katze. Darauf kehrte sie wieder in ihr Bett zurück.

Das dritte Wecken fand genau um neun Uhr statt. Bubastis kam satt und zufrieden ins Schlafzimmer, rollte sich am Kopfende der In-Besitz-Genommenen zusammen, schnurrte laut Mantras vor sich hin, spielte mit sich selbst, bis sich auch die eben erst Erwachte am lustigen Schwanzfangen beteiligte. Bastet begleitete die In-Besitz-Genommene zur Toilette – auch wenn diese versuchte, die Tür zuzumachen, die Katze öffnete sie mit ihrer Pfote wieder –, folgte ihr dann ins Bad und hockte geduldig auf dem Schränkchen, bis die Frau sich hinter dem geblümten Vorhang geduscht hatte.

Darauf trottete sie in die Küche. Die Gezähmte pflegte zu sagen, dass die Katze ihr folge wie ein Schwanz oder ein Hund. Die Hunde trotten einem jedoch aus stumpfer Treue hinterher, wodurch man sich ihnen verpflichtet fühlt, während die Katze es einfach so tut, unabhängig und ohne eine Gegenleistung zu erwarten.

Während die Gezähmte Kaffee kochte, strich Bubastis ihr um die Beine. Manchmal, wenn sie noch nicht ganz wach war, trat ihr die Verlorene mit ihrem roten Pantoffel auf eines der weißen Pfötchen. Dann miaute die Katze fürchterlich, so dass ihr Schmerz mindestens zehntausendmal stärker erschien. Wenn die In-Besitz-Genommene sich endlich mit einem Becher Joghurt in der Hand gesetzt hatte, tauchte Bastet augenblicklich auf dem Tisch auf. Auch wenn sie nicht hungrig war, haschte sie nach jedem in den Mund der Frau wandernden Löffel. Und wenn diese Reisbrei mit Papayas aß, dann kam sie nicht umhin, auch ihrer Freundin ein paar Bissen zu geben. Selbstverständlich war es Bubastis' Privileg, die Schälchen auszulecken, aus denen die Frau gefrühstückt hatte. Während sie das Geschirr spülte, streckte Bastet ein Pfötchen in den Wasserstrahl.

Die Gezähmte zog sich an, schminkte und parfümierte sich. Dann machte sie sich an eine besondere Arbeit, die sie Archäologie nannte. Mit einer speziellen Handschaufel und einem Plastikbeutel beugte sich die In-Besitz-Genommene über das Katzenkistchen, in dem Bubastis ein paar »Überraschungen« hinterlassen hatte. Die Frau wusste genauso wie die Katze, welche Dinge und Phänomene man beim richtigen Namen zu nennen und bei welchen man sich mit äsopischer Rede zu begnügen hatte. Die Verlorene fischte die Sandklümpchen mit dem skarabäischen Inhalt heraus, tat sie in den Beutel und füllte Streu ins Kistchen nach. Aus irgendeinem Grund bemühte sie sich dabei, nicht zu atmen, als ob die winzigen »Überraschungen« fürchterlich stänken. Falls sie während der Arbeit etwas sagte, dann nur durch die Nase. Dieses Ritual wiederholte sich mehrere Male pro Tag und kam Bubastis besonders liebenswürdig, beinahe intim vor.

Nach Erledigung dieser Pflichten setzte sich die Gezähmte an den Computer. Meist schrieb sie allerlei Nichtigkeiten für die Zeitungsblätter und für die sprechende Kiste, doch ab und zu widmete sie sich auch ihrem Buch. Bubastis durfte sich nicht auf den warmen Monitor legen, denn die Frau hatte sich in den Kopf gesetzt, dass sie so an der Strahlenkrankheit erkranken könnte. In Wirklichkeit aber wollte die Katze nur die schädliche Energie aufsaugen, die für Bastet überhaupt nicht gefährlich war, für den Menschen hingegen schon.

Um die Gezähmte nicht aufzuregen, sprang die Katze auf den Tisch und begann mit der Maus zu spielen. Wenn die Verlorene guter Stimmung war, dann ärgerte sie sich nicht über solche Dinge, sondern lachte oder murmelte etwas Nettes. Manchmal gefiel es der Katze zuzuschauen, wie sich auf dem Bildschirm die Wörter und Sätze aneinander reihten, und um diese Monotonie etwas zu durchbrechen, tappte sie mit einer Pfote auf irgendeine Taste, so dass sich lustige Buchstabenketten bildeten: *ssssssssssssssssssssssss dddddddddddd oooooooooooo.* Die Gezähmte löschte sie schnell wieder und nahm die Katze auf den Schoß. Wenn die In-Besitz-Genommene in Gedanken versunken Bastet sanft den Hals streichelte, dann nutzte diese die Gelegenheit, biss schmerzhaft in einen der Finger und bekam dann, was sie verdient hatte, nämlich eins auf die Nase.

Am meisten aber gefiel es Bastet, wenn die In-Besitz-Genommene eine Kerze anzündete, leise Musik einschaltete und auf dem runden Tisch die Tarot-Karten auszulegen begann. Die Farbe ihres Duftes war so besonders! Die Verlorene reihte leise summend ihre geheimnisvolle Gesellschaft auf – den Kaiser, die Hohepriesterin, den Narren, den Gehängten. Doch selbst wenn die Karte mit dem auf einem Schimmel reitenden Gerippe erschien, wollte sie um nichts in der Welt ihren baldigen Tod wahrhaben. Bubastis sah die vom Sensenmann gegebenen Zeichen jedes Mal, tat jedoch, vom Gang des Alltags eingelullt, so, als ob sie sie nicht bemerkte.

Am schönsten war es, auch wenn das selten vorkam, wenn einen ganzen Tag lang niemand die Verlorene besuchte. Wenn keine Gäste gekommen waren, dann gab es drei Möglichkeiten, wie der Abend verlaufen konnte. Die Gezähmte setzte Bastet auf ihren Schoß und sah fern, obwohl dies eher dem meditierenden Betrachten einer leeren Wand glich, sie hätte nämlich, danach gefragt, nie im Leben sagen können, was sie da auf dem Bildschirm gesehen hatte. Oder die In-Besitz-Genommene rollte sich mit der Katze auf der Schulter in einer Ecke des Sofas zusammen und las ein Buch. Bubastis folgte dem Faden ihrer Gedanken und stellte fest, dass sich fortlaufend die Hoffnungen, Sorgen, Freuden, Enttäuschungen, Liebesgeschichten der Frau in den Text einflochten.

Es gab auch traurigere Abende. Dann stellte die Gezähmte eine Flasche Sahnelikör und ein Glas auf den Tisch und nippte melancholisch zu einlullender Musik stundenlang an der klebrigen Flüssigkeit. Bubastis hockte ihr gegenüber und beobachtete den bläulichen Kummer der In-Besitz-Genommenen. Manchmal unterhielten sie sich miteinander. Obwohl meist nur die Frau redete. Der Katze erzählte sie Dinge, die bestimmt kein zufälliger Gast dieses Hauses und auch kein als Geliebter bezeichneter Mensch je vernommen hatte.

Die süßen Stunden des Schlafes rückten näher. Bubastis folgte der Gezähmten wieder überallhin. Zur Toilette, ins Bad, ins Schlafzimmer. Sie tollte herum, bis die Bettdecke zurückgeschlagen wurde. Dann, damit es nicht so aussah, als ob sie sich sehr nach der Nähe der Frau sehnte, verschwand sie plötzlich irgendwo.

Sie kam erst angetrippelt, wenn die Frau schon in Schlaf sank. Sie rollte sich neben ihr zusammen und schnurrte so lange, bis sie selbst einschlief. Das alles würde es nie mehr geben.

Im blutigen Raum pulsierte ein schwarzer Regenbogen, ein leuchtender Bogen, der alle Farben des Spektrums in sich aufgesogen hatte. Julija spürte noch immer diese lähmende Furcht und glaubte schon, dieser Abschnitt des Grauens würde nie zu Ende gehen, sich bis in alle Ewigkeit hinziehen. Wie lange dauerte er nun schon? Einen Tag? Eine Woche? Einen Monat? Ein Jahr? Ein Jahrzehnt?

Erwachsen und fest im Sattel des Selbstvertrauens sitzend, hatte Julija ohne weiteres angenommen, eine mutige Frau zu sein und sich weder von größeren noch von kleineren Ängsten mehr unterkriegen zu lassen. Die Schrecken der Kindheit, der Pubertät und der Jugend hatten sich verflüchtigt, während die Angst vor Alter und Tod noch irgendwo um die Ecke auf ihren Auftritt wartete.

Erst in den letzten paar Jahren hatte Julija begonnen, sich Sorgen zu machen, dass sie nicht das richtige Leben führte. Manchmal wurde diese Sorge zu waschechter Angst, wie in einem nächtlichen Alptraum, wenn man begreift, dass man für ein furchtbares Verbrechen zum Tode verurteilt ist, aber nicht weiß, was man getan hat.

Auch Julijas wirkliche Träume waren unruhig; besonders unangenehm war einer, der immer wiederkam, dessen Bedeutung Julija weder in den Handbüchern der Traumdeutung noch in denen der Psychoanalyse fand. Sie träumte von Tierchen, von einer Bombe zerfetzt, von einem Auto überfahren oder sonstwie verletzt, mit abgerissenen Gliedern, herausgequollenen Gedärmen, gespaltenen Schädeln, herausgedrückten, nur an einem roten Faden hängenden Augen, jedoch noch immer am Leben, deren langen Todeskampf sie mit ansehen musste. Manchmal dachte sie nach dem Erwachen, dass dadurch vielleicht ihre Gewissensbisse zum Ausdruck kamen.

Dann fing sie sofort an, sich zu rechtfertigen. Sie war doch vor fünf Jahren nicht aus unstillbarer Geldgier zum Placebo gegangen, sondern aus dem brennenden Wunsch heraus, gegen all die Reichen-Satten-Zufriedenen zu kämpfen, wegen der zur Sowjetzeit verinnerlichten Abscheu gegenüber Politikern und der anarchistischen Überzeugung, dass jede Regierung eine schlechte Regierung sei. Julija behauptete, dass sie einen angeborenen, vielleicht durch das Karma, wenn nicht durch die Gene verursachten Hass auf die Typen an der Spitze der Gesellschaftspyramide hegte, die die Geschicke von Volk und Land bestimmten.

Die Politik war ihr immer (mit Ausnahme der kurzen Zeit der Singenden Revolution) als eine einzige fürchterliche, zynische Farce erschienen.

Sie regte sich über die »neuen« Litauer auf, die sich wie Unkraut mit leuchtenden Blüten breit machten, war wütend auf all die aus dem Dreck in den Adel aufgestiegenen Würmer, ärgerte sich über die vor Arroganz aufgedunsenen Mitglieder des Seimas. Am meisten aber brachte sie Selbstzufriedenheit und die Überzeugung, dass der Lebenssinn in der Macht liege, auf die Palme. Deshalb reizte Julija JoJos Angebot, die Regierenden zu regieren, die Manipulierer zu manipulieren, mit den Spielern zu spielen. Sie erstarrte wie ein Kaninchen vor einer Kobra, wenn JoJo ihr immer wieder mit seidenweicher Stimme sagte: »Wer die Sprache beherrscht, beherrscht auch die Menschen, nicht wahr? Deine Kraft liegt im Wort, nicht in den Karten. Du hast gesprochen, und es gilt. Wenn jemand anders es sagen würde, wäre es verlorene Mühe. Du verfügst über die Macht. Sprich mit ihnen. Leg ihnen dar, was wir benötigen. Und die Karten können dann den Effekt verstärken. Du kannst auch manchmal Gott erwähnen. Das kann nicht schaden.«

Julija wunderte sich, wie leichtgläubig die Menschen waren, die hohe Positionen innehatten oder anstrebten – fast wie Säuglinge abhängig von ihren Voraussagen und Entscheidungen. Trotzdem wurde ihr mulmig, wenn JoJo ihr diktierte, was sie dem einen oder anderen Kunden suggerieren sollte. Für gewöhnlich waren es schlimme Dinge, Voraussagen eines Bankrotts, eines Gerichtsverfahrens, der Racheaktion eines Feindes oder der Untreue des Ehepartners. Normalerweise hielt sich Julija an das Prinzip, die finstersten Dinge zu verbergen oder zumindest abzumildern, auch wenn die Karten sie aufdringlich verkündeten. JoJo verlangte von ihr das umgekehrte Vorgehen: die guten und optimistischen Einzelheiten zu verschweigen und die schlechten mitzuteilen, um den Kunden möglichst stark einzuschüchtern.

Für das Gehalt, das sie vom Placebo erhielt, hätte ein anderer noch ganz andere Gemeinheiten getan. Julija aber begann zu überlegen, zu zweifeln, bekam Gewissensbisse und spürte, wie die innere Anspannung an ihren Nerven riss. Sie wurde den Verdacht nicht los, dass jemand in ihren täglichen Zeitungsartikeln negative Akzente setzte, und im Fernsehstudio, beim Ablesen der Prognosen für den morgigen Tag vom Teleprompter, bekam sie eine Gänsehaut, denn sie schienen nicht mehr von ihr zu stammen. Sie versuchte die Redakteure zur Rede zu stellen, doch ihr wurde bedeutet, man brauche keine Paranoiker; Astrologen und Kartenleger gäbe es wie Sand am Meer, ihren Platz würde sofort jemand anders einnehmen. Sie diskutierte nicht länger darüber, denn sie wollte nicht vor einem Scherbenhaufen enden. Erneut zu protestieren versuchte sie erst, als JoJo von ihr verlangte, bestimmten vom Bureau benannten Personen etwas von Selbstmord einzuflüstern.

»Ich kann die wichtigsten ethischen Normen der Wahrsager nicht übertreten«, erklärte Julija mit pathetisch bebender Stimme wie in einer Seifenoper.

»Es verlangt ja niemand von dir, dem Kunden zu befehlen, sich aufzuhängen. Du kannst es ja anders formulieren. Du weißt doch, wie man redet, überzeugt und manipuliert.«

»Ich bin keine Manipuliererin.«

»Nenn dich, wie du willst, wichtig ist nur, dass du das Nötige tust. Dafür bezahlen wir dich«, entgegnete JoJo, der sich immer mehr wie ein Sklavenhalter benahm.

Julija sah die ihr von JoJo überreichte Liste durch. Darauf standen ungefähr zehn Personen, die sie regelmäßig aufsuchten und der Öffentlichkeit vor allem aus der Zeitschrift ›Stil‹ bekannt waren. Sie empfand für keinen von ihnen Sympathie.

Nachdem sie ein wenig in den Schicksalen der Genannten herumgestöbert hatte, stellte sie mit einiger Verwunderung fest, dass die Karten all diesen Personen tatsächlich katastrophale Situationen voraussagten, den Tod gleich um die Ecke, dass sich in ihren Horoskopen unzweideutige Anzeichen von Selbstmord manifestierten. Sie waren alle bei Neumond oder während fataler Finsternisse geboren, in ihren persönlichen Kosmogrammen standen Sonne und Mond in einem selbstmörderischen Winkel zueinander, und die *Almutine* des ersten und achten Hauses waren aufeinander bezogen und verletzt.

Julija überprüfte noch etwas, in das sie sich sonst nie einzumischen pflegte: die Lebensdauer der Betroffenen. Es stellte sich heraus, dass sie geradezu reif zum Sterben waren und nicht mehr Monate, sondern nur noch Wochen und Tage zu leben hatten. »Dem Schicksal kann man nicht entrinnen«, sagte sich Julija und seufzte tief. Doch obwohl die Karten wie auch die Horoskope ihren Tod versprochen, obwohl die Wahrsagerin nicht einen von ihnen mit Gewalt in die Selbstvernichtung getrieben, sondern nur in Gedanken versunken mit trauriger Miene gemurmelt hatte: »Oh, mir scheint, ich sehe da Anzeichen für Selbstmord«, fühlte sie sich immer stärker als Mörderin all dieser Kunden.

Und JoJo hörte nicht auf mit seinen satanischen Aufträgen. Die Wahl des neuen Präsidenten rückte näher. Das Placebo wünschte einen seiner Schützlinge auf dem höchsten Posten. Man beschloss, ihn mit Hilfe von Julija an das Placebo zu binden.

»Ich weiß, dass unser Kandidat dich schon ein paarmal besucht hat«, sagte JoJo. »Und sein Frauchen hat dich geradezu ins Herz geschlossen. Ruf ihn zu dir, erzähl ihm etwas von einer schwindelerregenden Karriere, halte während der ganzen Wahlkampagne fest zu ihm, dann wird er dich nachher nicht mehr gehen lassen. Du wirst ja die Erste sein, die ihm den Wahlsieg vorausgesagt hat.«

»Woher weißt du jetzt schon, wer die Präsidentenwahlen gewinnt? Es ist doch erst November. Und die Wahlen finden erst im übernächsten Februar statt.«

»Die Zentrale wünscht genau diesen Kandidaten. Wir verfügen über alles Notwendige. Pythia, was meinst du, wozu eine Wahlkampagne gut ist? Werbung? Werbespots? Plakate? Wahlkampfreden? Die PR-Typen steuern alles! Wir können durchsetzen, wen wir wollen.«

»Ich weiß noch nicht.«

»Ich gebe dir eine Woche. Du begreifst doch, dass du als Orakel des Staatsoberhaupts vieles in deinem Leben wirst ändern müssen.«

Dieser Satz von JoJo war entscheidend für ihren Entschluss. Vor einer knappen Woche hatte sie Tadas kennen gelernt und beschlossen, einiges von Grund auf zu ändern, allerdings wegen des Schutzengels und nicht wegen des künftigen Präsidenten. Sie war schon in einer Phase des Lebens, in der ihr jeder Tag, jede Stunde und sogar jede Minute wertvoll erschien. Deshalb wollte sie auf keinen Fall ihre Zeit für eine Wahlkampagne vergeuden, um dann nach dem Sieg des Kandidaten an den Palastintrigen am Daukantasplatz teilzunehmen. Wie edel und wie romantisch!

Um sicherzugehen, befragte Julija die Karten zum Kandidaten des Placebo und erstellte auch ein Horoskop von ihm, konnte jedoch keinerlei Anzeichen für künftige Triumphe erkennen. Als sie das JoJo sagte, antwortete er mit seiner Lieblingsphrase, dass die Fakten überhaupt nichts bedeuteten, viel wichtiger seien die Interpretationen.

Julija nahm ihren ganzen Mut zusammen und erklärte: »Für den Präsidentenwahlkampf stehe ich nicht zur Verfügung.«

»Gut«, sagte JoJo, obwohl klar zu erkennen war, dass er schwer an seiner Enttäuschung schluckte, der scharfe Adamsapfel hüpfte auf und ab. »Niemand ist unersetzlich. Wir werden schon jemanden finden an deiner Stelle. Arbeitest du denn weiter für das Bureau?«

»Ja«, murmelte Julija kaum hörbar.

Statt möglichst bald das schicksalhafte »Nein!« auszusprechen, schob sie die Entscheidung noch für weitere sechs Monate auf die lange Bank. Endgültig entschied sie sich erst im Mai des darauffolgenden Jahres, an jenem denkwürdigen Tag, als sie in Tadas' Himmlischem Kamin eine seelische Erschütterung erlebt hatte ähnlich der in ihrer Jugend beim Lesen von Hildegard von Bingen. Julija begann von neuem daran zu glauben, dass in ihrem Leben echte Liebe noch möglich sei und damit auch ein klitzekleines bisschen Heiligkeit. Deshalb rief sie JoJo zu sich und teilte ihm, jedes Wort auskostend, mit: »Ich werde nicht mehr für euch arbeiten.«

JoJo war ganz verdattert. Als er wieder zu sich gekommen

war, erkundigte er sich nach den Motiven für diesen absurden Entschluss.

»Die Liebe«, antwortete Julija lakonisch und brach beinahe in schallendes Gelächter aus, als sie sein langes Gesicht sah.

JoJo ließ einen Schwall verletzender Worte auf sie los. Dann versuchte er Julija zu überzeugen, dass sie den größten Fehler ihres Lebens beginge. Er versuchte es mit dem Köder, dass das Placebo ihr Gehalt noch erhöhen könnte, und mit Bitten und Flehen, sie möge ihn doch nicht mit sich in den Abgrund reißen. Schließlich überhäufte er sie mit Einschüchterungen und Drohungen. Es gebe Situationen, aus denen man nicht so einfach herauskomme, wie man es gern hätte. Julija kenne zu viele geheime Informationen; Träger verbotenen Wissens würden nicht lange leben und auf die brutalste Weise beseitigt. JoJo griff sogar zu Erpressung und teilte ihr mit, dass Informationen über die Kunden der Julija Kronberg, die auf Geheiß der Wahrsagerin Selbstmord begangen hatten, in die Presse gelangen könnten. Außerdem würde kundgetan, dass das Orakel sich in die Präsidentenwahlen eingemischt habe. Als Julija entgegnete, sie könnte sich in gleicher Weise revanchieren, schrie JoJo, dass nicht einmal ein den wildesten Verschwörungstheorien verfallener Wahnsinniger ihrem Gebrabbel über das Placebo Glauben schenken würde.

Unerwarteterweise beruhigte sich anschließend die Lage. Im Sommer und im Herbst bestand ihr einziger Kummer darin, dass der Schutzengel sie nicht so liebte, wie sie es sich wünschte. Doch vor Weihnachten spürte sie die Bedrohung beinahe physisch. Sie tröstete sich: Kurz vor Neujahr wächst bei empfindsameren Menschen die Anspannung, sie denken öfter über den Sinn des Lebens nach und manchmal sogar an den Tod. Die Statistik bezeugte es ebenfalls: über die Winter-Festtage verdoppelte sich die Anzahl der Selbstmorde beinahe.

Während rundherum der Trubel der künstlichen, hysterischen Freude tobte, alle möglichen Variationen von ›Jingle Bells‹ ertönten, die Tannenbäume mit ihrem bunten Schmuck glitzerten, hatte eine kaum auszuhaltende Spannung von Julija

Besitz ergriffen. Es fehlte auch nicht an Traurigkeit. Das neue Jahr feierte sie allein, nur mit Bastet, denn der Schutzengel hatte sich aus irgendwelchen metaphysischen Gründen zu kommen geweigert, und jemand anderen wollte sie nicht zu Gast.

Irgendeinem Kunden gegenüber hatte sie erwähnt, sie habe einen ernstzunehmenden Feind, und von ihm den klugen Rat erhalten, sie solle sich doch eine Waffe anschaffen. Sie wollte schon eine Pistole kaufen, als Maksas auf einer Party mit seinem Schießeisen angab. Er war gern bereit, der Magierin sein neues Spielzeug zu leihen, und brachte es schon am nächsten Tag mitsamt der Bedienungsanleitung zu ihr. Die Waffe trug den Namen Llama Mini-Max. Sie versuchten beide kichernd zu erraten, was mit diesem Llama gemeint sei – der tibetische Priester oder der Verwandte des Kamels aus den Anden? Maksas sagte, ihm gefalle an der Bezeichnung der Waffe das »Max« am besten, das hervorragend zu ihrem Eigentümer passe. Sie legten zusammen die Kugeln ein und sahen nach, wie man die Waffe laden musste. Sie musste nur noch den Abzug drücken.

Nachdem Maksas gegangen war, legte Julija die Pistole in eine mit Elfenbein intarsierte Dose und versteckte sie gut. Die ersten Tage des Januar waren vorbei und die von Neujahr verursachte Depression hielt immer noch an. Es kam ihr sogar der gotteslästerliche Gedanke, dass sie sich jetzt, im Besitz einer Waffe, umbringen könnte.

Leider milderte die Waffe ihre Unruhe nicht. Um sich zusätzlich abzusichern, beschloss Julija, mit Rita zu sprechen und ihr alles zu sagen, was sie über das Placebo wusste. Es spielte keine Rolle, ob sie es glauben würde oder nicht. Um die Liebhaberin von Sensationen neugierig zu machen, sagte sie ihr, sie werde verfolgt, erpresst, ja man drohe sie gar zu ermorden. Doch sie ging nicht zu dem vereinbarten Treffen, denn ihre einzige Freundin Aurelija war für eine knappe Woche aus Amerika gekommen. Ohne sich in Einzelheiten zu verstricken, erzählte Julija auch ihr, dass sie in Gefahr schwebe. Die Freundin erwiderte ruhig, sie habe bei der Landung auf dem Flughafen Vilnius das über Julijas Haupt hängende Unheil gespürt.

Aurelija wäre nicht Aurelija, wenn sie nicht sofort hinzugefügt hätte, dass sie wisse, wie man sich davor schützen konnte. Ihre Ideen waren schon immer seltsam gewesen, also wunderte sich Julija auch diesmal nicht, als sie erfuhr, dass sie zum Grab des Gaon von Wilna fahren müssten. Für das vorgesehene Ritual wählte Aurelija genau den Tag und die Stunde, für die das Treffen mit Rita vereinbart war. Julija dachte, die Journalistin werde schon nicht verloren gehen, während Aurelija bald wieder nach New York fliegen würde, wo sie nicht nur die alten Leute von Brighton Beach pflegte, sondern sich auch intensiven judaistischen Studien widmete.

Julija hatte zu ihrer eigenen Schande fast keine Kenntnisse über den Gaon, den berühmten Talmudisten, der vor über dreihundert Jahren in Vilnius gelebt hatte. Noch weniger wusste sie, wo sein Mausoleum zu finden war. Es stellte sich heraus, dass der alte jüdische Friedhof aus dem 15. Jahrhundert, auf dem jetzt der Sportpalast stand, nach dem Zweiten Weltkrieg eingeebnet und des Gaons Grab ins Stadtviertel Šeškinė verlegt worden war. Der jüdische Friedhof in Užupis war ebenfalls spurlos verschwunden. Paläste, der Palast der Gewerkschaften und der Heiratspalast, standen auf dem lutherischen Friedhof, und Julija erinnerte sich noch aus ihrer Kindheit, wie aus zersägten Granitgrabsteinen die Treppe auf den Pamėnkalnis-Hügel gelegt wurde. Vom muslimischen Friedhof gab es auch schon längst keine Spur mehr. Dafür hatte sich das Gräberfeld der KGB-Opfer in Tuskulėnai aufgetan, beim Ausheben der Gruben für die Fundamente der Mindaugas-Brücke hatte man fünfundsiebzig jüdische Gräber aus dem 17. Jahrhundert gefunden, ganz zu schweigen von den Skeletten der zehntausend napoleonischen Soldaten, die beim Aushub für irgendein ganz normales Gebäude zutage kamen!

Die ganze Stadt schien auf Menschengebeinen zu stehen. Deshalb hatte sich Julija geschworen, dass sie sich nach ihrem Tod nicht im Boden unter Vilnius zur Ruhe legen, sondern über der Stadt ausgestreut werden wolle. Wieder zu Hause notierte sie: *Falls ich umgebracht werden sollte, möge man mich verbrennen und drei Monate nach meinem Tod meine Asche vom Hügel der Drei Kreuze oder an der Mündung der Vilnia in die Neris ausstreuen. Tadas, der Schutzengel, soll das ausführen.* Das Briefchen steckte sie in ihren Pass.

Auf dem Weg zum Gaon schwieg Julija beinahe die ganze Zeit. Aurelija erzählte unterdessen aufgeregt von ihren neuesten metaphysischen Erlebnissen. Eine abenteuerlustige Sammlerin mystischen Wissens war sie seit ihrer Jugend, sie hatte sogar an irgendeinem parapsychologischen Institut in Moskau studiert, auch wenn Julija über diesen Abschnitt im Leben ihrer Freundin nur wenig wusste.

Es herrschte Tauwetter. Beim jüdischen Friedhof stand ein Reisebus, am Tor im Schneematsch hüpfte eine Gruppe Mädchen von einem Bein aufs andere und schwatzte in einer Julija unbekannten Sprache.

Julija folgte Aurelija, die nicht zum ersten Mal hier war und jetzt nach einem Kantor suchte, den sie kannte. Sie behauptete, die Gesänge des Alten wirkten Wunder und bewahrten einen vor jeglichem Unheil.

Als sie vor der Kapelle des Gaon stehen blieben, erschien wie aus dem Nichts ein kleines Männlein mit Hut, das linke Auge vom grauen Star getrübt. Er begrüßte Aurelija, indem er seinen rechten Ellbogen an ihren Unterarm hielt.

»Auf dem Friedhof darf man sich nicht die Hand geben. Das bringt Unglück.«

Julija streckte dem Alten ebenfalls den Ellbogen hin, worauf der sich nach ihrem Namen erkundigte und sagte: »Sie sind eine sehr gutaussehende Frau. Doch Sie haben vor etwas Angst. Gehen wir. Lassen Sie uns beten. Sagen Sie mir bitte noch den Namen Ihrer lieben Mutter. Den brauchen wir, damit das Gebet wirklich erhört wird. Sie können mir auch Ihre Bitte aufschreiben, dann legen wir sie neben die Gebeine des Gaon. So ist es Sitte. Gott wird Sie erhören und Ihren Wunsch erfüllen.«

Julija wühlte in ihrer Handtasche, fand jedoch keinen Zettel, nur ein Papiertaschentuch und schrieb eilig darauf: *Ich möchte Ruhe.* Aurelija reichte ihr einen Umschlag. Der Alte schloss die Tür der Kapelle auf, verschwand für einige Augenblicke in der Dunkelheit des Grabes und kam dann mit seinem zahnlosen Mund breit lächelnd wieder heraus, als ob er selbst der Erfüller aller Wünsche wäre.

Er schloss die Kapelle wieder ab, holte tief Luft und stimmte dann einen Gesang an.

Julija warf den Kopf in den Nacken, schaute zu den vor dem Hintergrund des immer dunkler werdenden Winterhimmels beinahe schwarzen Fichtenwipfeln hinauf und hörte den wie Urgesänge klingenden Gebeten des Kantors zu, in denen fortwährend Julijas Name und der ihrer Mutter wiederholt wurden.

Als der Alte verstummte, steckte ihm Aurelija einige grüne Banknoten zu und bat: »Könnten Sie vielleicht noch etwas beten? Meine hübsche Freundin scheint immer noch nicht sie selbst zu sein.«

»Gut. Lasst uns das verlassenste Grab aufsuchen. Gehör findet man am ehesten bei den Gebeinen der Heiligen und bei den von den Lebenden Vergessenen.«

Das Trio blieb vor einem von der Zeit verwitterten Grabstein stehen, auf dem man noch den Davidstern und zwei Hände erkennen konnte, die vielleicht segneten oder um den Segen baten.

Der Alte sang wieder mit einer tiefen, für diesen verbrauchten Körper viel zu kräftigen Stimme. Beim Nennen der Namen von Julija und Vanda krümmte er die Finger und versiegelte sie quasi mit dem Wort »Lechaim«. Nach dem zehnten Satz atmete der Kantor pfeifend aus und Julija steckte ihm drei Zehner zu.

»Wir können gehen. Du wirst sehen, alles wird gut«, sagte Aurelija und fügte unerwartet hinzu: »Komm mit mir nach Amerika. Was zum Teufel willst du dich hier abquälen?«

»Will ich nicht. Mir geht es auch hier gut. Es reicht, dass

Amerika dich und meinen Bruder verschlungen hat. Irgendwie schaffe ich es auch in Litauen.«

Julija drückte Aurelija die Hand und gab ihr einen Kuss auf die Wange. Sie hätte beinahe zu weinen angefangen vor unendlicher Dankbarkeit gegenüber der Freundin, die sich immer um sie gekümmert und sie behütet hatte, wenn auch manchmal auf die seltsamste Weise. Niemand sonst, weder ihre Mutter noch ihr Bruder noch der Schutzengel noch sie liebende Menschen, vermochte sie in einen solchen Mantel der Ruhe zu hüllen. Sie schloss die Augen und fühlte sich für eine Sekunde errettet. Doch nur für eine Sekunde. Als sie die Augen wieder geöffnet hatte, dachte sie bei sich, dass ihr Besuch am Grabe des Gaon, falls sie überwacht wurde, dem unbeteiligten Beobachter seltsam vorkommen musste.

Sie stieß einen tiefen Seufzer aus und beschloss, ihrer Freundin die wichtigste Neuigkeit mitzuteilen: »Ich will auch hier bleiben, weil ich mich verliebt habe.«

»In wen denn?«, fragte Aurelija.

»Sein Name ist Tadas. Ich nenne ihn Schutzengel. Fast zehn Jahre jünger als ich, doch da kann man nichts machen.«

Aurelija blieb im Friedhofseingang stehen und sagte mit einem seltsamen Lächeln auf den Lippen: »Ich glaube, dass ich ihn kenne. Zumindest einmal gekannt habe. Wahrscheinlich habe ich ihm die Jungfräulichkeit genommen. Lass es sein. Tadas ist ein hoffnungsloser Fall.«

Im Wagen erzählte Aurelija von ihrer Beziehung mit dem Schutzengel. Julija hörte ihr sprachlos zu und fühlte sich plötzlich von ihrer besten Freundin verraten. Was half es, dass das alles vor mehr als fünfzehn Jahren geschehen war? Wieder zu Hause verspürte sie eine lähmende Müdigkeit und dachte bei sich, dass sie sterben wollte. Während sie die schnurrende Bastet fütterte, erinnerte sie sich daran, dass sie eine Pistole hatte. Die Tür stand offen.

NACH EINER kurzen Depression begann für Rita mit Hilfe von *Prozac* eine Zeit der maximalen Umwälzungen. Mit moderner Dentaltechnik wurden Ritas abgeschliffene, abgebrochene, krumme und kaputte Zähne Schicht für Schicht wiederhergestellt. Die Qualität der Zahnarztdienstleistungen – Weltniveau, der Preis – litauisch!

Schon bald entschloss sich Rita, ihren ganzen Organismus wieder ins Lot zu bringen. Sie hatte begriffen, dass man den Darm einmal pro Saison reinigen musste wie einen getragenen Mantel. Dabei half ihr ein Hydrokolontherapie-Apparat der neuesten Generation aus den USA. Rita erfuhr am eigenen Leib, dass eine Darmreinigung Vergnügen bereiten konnte. Die Zeit der schrecklichen Klistiere konnte man jetzt vergessen! Die Amerikaner hatten einen Apparat konstruiert, der die Därme sanft und ohne jegliche unangenehme Gefühle reinigte. Man machte es sich auf der Couch bequem, durfte sogar dösen oder ein Buch lesen. In den After wurde ein weicher, biegsamer dünner Schlauch eingeführt, dann sprühte der Apparat mit zehnmal niedrigerem Druck als bei einem Klistier filtriertes und desinfiziertes warmes Wasser in den Darm. Das eingesprühte Wasser wurde herausgesogen, dann wurde neues eingesprüht. Während einer Sitzung wurden so hundert Liter Wasser verbraucht. Rita beschloss, sich ihren Darm zweimal pro Jahr reinigen zu lassen. So gehörte es sich für Menschen in den entwickelten Ländern. Bei verunreinigtem Inneren halfen keine äußerlich angewendeten Schönheitsmittel mehr. Nun würde auch Rita sich bis ins hohe Alter eines erfüllten Lebens erfreuen können, so wie die Hollywood-Schauspieler, die noch mit achtzig Jahren Rollen als Superman, leidenschaftliche Liebhaber und Femme fatale bekamen!

Rita, vierzigjährig, vergaß auch die anderen Teile ihres Körpers nicht. Ihre inneren Organe stellte sie sich jetzt als ein System von Röhren vor. Wenn man sie nicht reinigt, dann bekommen sie Belag, Rost und Risse und müssen ersetzt werden. Es war nicht so einfach, die inneren Organe zu ersetzen. Deshalb musste man sie reinigen. Das Ergebnis – eine höhere Lebenserwartung, ein geringeres Krebsrisiko. Ganz zu schweigen von der wachsenden Energie, der Arbeitsfreude und der guten Stimmung!

Rita ließ sich die Leber reinigen, den zweiten Filter des Organismus. Bis zur Reinigung hatte sie schon die Hoffnung aufgegeben, das Leben einmal wieder in Pastellfarben sehen zu können. Die letzten zwei Tage vor der Prozedur hielt sie eine spezielle Vorbereitungsdiät ein: Sie trank natürliche Säfte und einen besonderen Kräutertee. Obwohl sie keine gewöhnliche Nahrung zu sich nahm, verspürte sie dank der Wirkung der Kräuter fast keinen Hunger. Die Reinigung der Leber selbst dauerte von sechs Uhr abends bis sieben Uhr morgens. Noch am selben Tag ging die Journalistin wie neugeboren zur Arbeit. Sie fand ihre verlorene Lebensfreude wieder und kletterte weiter das Karrieretreppchen empor!

Rita wurde sich bewusst, dass eine der Ursachen für Gesundheitsstörungen eine unangemessene Ernährung ist, dass der Mensch erkrankte, wenn er Produkte aß, die sich nicht mit seiner Blutzusammensetzung vertrugen. Es war oft vorgekommen, dass Ritas Organismus gewisse Nahrungsmittel nicht tolerierte, denn sie ernährte sich, wie sie wollte, und stimmte die einzelnen Produkte nicht aufeinander ab. Deshalb wurden sie nicht richtig verdaut, es bildeten sich Toxine, die den ganzen Körper verseuchten. Die Folge der Intoxikation des Körpers waren verschiedene Leiden – Verstopfung, Kopfschmerzen, Hautprobleme, Arthritis, Bronchitis u.a. Der menschliche Organismus war von der Evolution so gestaltet worden, dass er immer nur Nahrung einer Art zur gleichen Zeit verdauen konnte. Deshalb fiel es ihm besonders schwer, das aufzunehmen, was Rita so zu essen pflegte: verschiedene industriell verarbeitete Lebensmittel mit einer großen Menge von chemischen Zusatzstoffen.

Durch eine vernünftige Ernährung konnte man viele Krankheiten vermeiden und heilen. Festzustellen, welche Nahrungsmittel ein bestimmtes Individuum meiden sollte, war ziemlich kompliziert. 1936 wurde in den USA zum ersten Mal untersucht, wie das Blut auf verschiedene Nahrungsmittel reagiert. Seitdem wurden in den USA, Kanada, Australien, Großbritannien und anderswo laufend Untersuchungen über die Toleranzgrenzen gegenüber bestimmten Nahrungsmitteln fortgeführt. Jetzt konnte man sich auch in Litauen in dieser einzigartigen Weise untersuchen lassen!

Rita nutzte diese Möglichkeit. Man entnahm ihr 10 ml Blut aus einer Vene. Die Blutprobe reiste nach Detroit, zu einem Arzt der Klinik Diagnostic Super United, einem der berühmtesten Spezialisten auf diesem Gebiet, Dr. William Faulkner. Nach zwei Wochen erhielt sie eine ausführliche Beschreibung der empfohlenen Heilmaßnahmen. Auf einem grünen Blatt Papier waren alle Rita erlaubten Produkte aufgelistet, auf einem roten die verbotenen. Rita hielt sich an diese Empfehlungen und nahm innerhalb von zwei Wochen drei Kilo ab, fühlte sich jetzt hervorragend, denn die Funktion der Bauchspeicheldrüse verbesserte sich, das Völlegefühl war verschwunden. Der Erfolg stellte sich ein!

Das war aber noch lange nicht alles. Rita beschloss, ihren Körper nach ihren Vorstellungen zu formen! Früher fürchtete sie sich davor, in den Spiegel zu sehen, denn sie wusste, dass sie dort nicht die ersehnte Figur erblicken würde. Sie schwitzte in Fitnesscentern, hielt Diät, doch es wollte ihr einfach nicht gelingen, sich der ärgerlichen Fettreserven zu entledigen. Sie ließ sich nicht ins Bockshorn jagen und fand einen Ausweg. Die plastische Chirurgie, mit der man die Körperformen korrigieren konnte!

Während der Konsultation korrigierte der Chirurg mit einem besonderen Computerprogramm den Körper der Journalistin, somit konnte sie sich ihr neues »Ich« nicht nur vorstellen, sie sah es auch auf dem Bildschirm. Mit einem feinen Schnitt wurde Ritas überflüssiges Fett an Hüften, Hintern, Taille, Bauch abgesaugt. Die Operation dauerte nur einige Stunden, denn die abzusaugende Fettmenge war nicht groß. Die Operation hinterließ kaum sichtbare Narben, sie verbargen sich geradezu unter den natürlichen Falten. Nach der Beseitigung des überflüssigen Fettes musste sich die Haut erst an die neuen Körperlinien gewöhnen, deshalb musste Rita zwei Wochen lang spezielle elastische Kleider tragen. Bei der Fettentfernung wurde auch das Zellgewebe entfernt, in dem es sich bildete, so dass es dort nicht erneut entstehen konnte. Die Schönheitsoperation verbesserte Ritas Aussehen wesentlich und gab ihr das Selbstvertrauen auf dem Weg zum Erfolg zurück!

Rita begriff, dass unerwünschte Behaarung nicht nur zu einem ästhetischen, sondern auch zu einem ernsten psychologischen Problem werden konnte. Deshalb igelte sie sich nicht ein, sondern wandte sich an die entsprechenden Spezialisten. Früher hatte sie, wie jede andere Frau, die auf ihr Aussehen achtete, eine Unmenge Zeit und Geld aufgewendet für die Beseitigung der Haare im Gesicht, an den Beinen, in den Achselhöhlen und von anderen Körperzonen. Manchmal verursachten die Depiliermittel und -methoden bei ihr Nebenwirkungen und Komplikationen. Deshalb entschloss sie sich zum einzigen verbleibenden Ausweg – dem Laser! Sie wählte den neuen, vor zwei Jahren erstmals in Litauen erprobten Laser *Holy Spirit* aus Amerika und war zufrieden mit dem Resultat. Jetzt konnte sie aufatmen, ohne Geld und Zeit für nichts und wieder nichts zu verschwenden. Rita hatte den an unerwünschten Stellen wachsenden Haaren den Krieg erklärt und gewonnen! Ihr Selbstvertrauen festigte sich noch mehr!

Sie schenkte auch ihren Fingernägeln die nötige Aufmerksamkeit. Natürlich wusste sie, dass diese die gewünschte Länge nicht in ein, zwei Wochen erreichen würden, doch in diesen hochtechnisierten Zeiten waren auch Wunder möglich. Eines davon war die Nagelverlängerung mit Acryl, für die sich Rita entschied. Auf die Spitzen ihrer Nägel wurden Acrylplättchen aufgeklebt, die man auf die gewünschte Länge und Form zurechtstutzen konnte. Darauf wurde die ganze Nagelfläche mit einer Schicht aus durchsichtigem Acryl bedeckt. Als die Masse erstarrt war, wurden Ritas Nägel geschliffen und poliert, um ihre Form und ihr Aussehen möglichst natürlich erscheinen zu lassen. So einen Nagel konnte man nun lackieren und dekorieren. Die Prozedur dauerte drei Stunden, aber das Ergebnis war das lange Warten wert, denn der Lack hielt auf so einem Nagel einige Wochen, Rita würde also nicht mehr eine Stunde vor Beginn einer Party zum Salon rennen müssen!

Rita vergaß auch das Gesicht nicht. Zuerst ermittelte ein Spezialist die Wünsche der Kundin, ihren Stil, die besonderen Merkmale ihrer Gesichtszüge. Er schlug Rita eine plastische oder zumindest eine kosmetische Operation vor. Rita war dazu gern bereit. Nach der Hautauffrischung mit Hilfe eines Lasers und der Korrektur der Falten mittels injizierter Präparate konnte man an die weitere Verwirklichung des Ziels gehen.

Die Profis, die sich um die Patientin kümmerten, empfahlen statt eines Permanent Make-up die in Deutschland und Frankreich besonders beliebte Mikropigmentierung. Mit den Jahren ist diese Prozedur nicht mehr zu vermeiden, da die Lippen bleich werden, deren Konturen undeutlich, die Augenbrauen vom dauernden Auszupfen lichter, die Wimpern vom Färben mit Tusche ausfallen. Vor Beginn der Prozedur wurde Ritas Gesicht mit einer speziellen schmerzlindernden Creme namens *Nirvana* eingestrichen. Die oberste Hautschicht wurde gefühllos, so dass Rita im Folgenden nur ein leichtes Brennen spürte. Mit einem speziellen Apparat wurden ihr mit feinsten Einwegnadeln Pigmente mineralischer Herkunft in die obere Schicht der Epidermis gespritzt. Die von der Mikropigmentierung betroffenen Hautpartien röteten sich nicht und schwollen nicht an. Sie konnte danach sofort wieder arbeiten!

Schließlich wurde ihr auch die Bedeutung des Sexuallebens klar. Deshalb nahm sie ihren Gatten Rimas zu Spezialisten mit, die ein dreimonatiges Praktikum in Israel absolviert hatten. Dem Paar wurde erklärt, dass Unzufriedenheit mit dem Sex die Menschen zu radikalen Entscheidungen verleite, nämlich sich einen neuen Partner zu suchen. Zuerst seien in einer solchen Familie häufig Streitigkeiten über Dinge zu beobachten, die vorher keine Probleme verursacht hatten, denn der Energieüberschuss werde nicht mehr im Schlafzimmer, sondern ersatzweise bei Konflikten in der Küche abgebaut, dann werde dieser Abgrund immer tiefer, bis einer der Partner anderswo

Trost fände. Dem Ehepaar wurde ein ganzes Dienstleistungs-
paket angeboten.

Dank besonderer Übungen und Biokorrektoren für die Muskeln im Genitalbereich konnten die beiden ihre sexuellen Leis-
tungen verbessern. Das Paar verlor seine Nervosität, das Schwit-
zen, die Unzufriedenheit mit sich selbst und die Neigung zum
Alkohol; die gute Laune, das Selbstvertrauen und die Arbeitslust
kehrten zurück!

Muss da noch folgende Selbstverständlichkeit extra erwähnt
werden? Natürlich ließ sich Rita mit besonderen Silikon-
implantaten die Brüste vergrößern!

Und auf einmal rief Leonardas an, der schon lange nichts
mehr von sich hatte hören lassen: »Möchtest du vielleicht die
Stelle wechseln? Ein sehr zukunftsträchtiges Projekt. Ein Pres-
tigejob. Ein hervorragendes Gehalt.«

Rita antwortete ohne zu zögern:

»Ja!«

VOR EINIGEN Tagen war er mit Danutė, der Buchhalterin, im
Theater gewesen und kam ganz perplex aus der Vorstellung, er
wollte nicht einmal mehr vögeln. Er ging allein nach Hause und
dachte über das Gesehene nach. Nicht das Stück brachte ihn so
aus dem Konzept. Es ging ihm bei Theaterbesuchen ja nicht um
die Aufführung irgendeines vorsintflutlichen Theaterstücks,
sondern er überprüfte auf Geheiß der Zentrale die Lage. Und
genau die verblüffte ihn.

Er hatte einen halb leeren kalten Saal erwartet, abgewrackte
Zuschauer und versoffene, von der Werbung ermattete Schauspieler, die künstlich und gleichgültig agierten. Doch alles war
wie in den guten alten Zeiten. Wie damals, in seiner Jugend, als
das Theater ihm und seiner Generation die Messe und den
Widerstand aus dem Untergrund zusammen ersetzte. Als die
Aufführungen der Theater von Vilnius, Kaunas, Panevėžys und
sogar Šiauliai die Seele erquickten, eine Zuflucht vor dem fürchterlichen Alltag boten, eine in äsopischer Sprache dargebrachte

chiffrierte Nachricht sandten, in der sie verschlüsselt das lasen, was sie einander und der Welt gern laut, offen und von Herzen hätten sagen wollen.

Jetzt entstand bei ihm beinahe derselbe Eindruck. Es gab allenfalls einen Unterschied: Vor der Aufführung wurden die Zuschauer gebeten, ihr Handy auszuschalten, von dem vor fünfzehn oder zwanzig Jahren nicht die Rede sein konnte. Alles andere war – wie früher. Ein Saal, randvoll mit feierlich gestimmten Mitbürgern, die Mehrheit davon nicht etwa Scheintote, sondern lebenslustige Jugendliche, die nach seiner naiven Überzeugung schon längst hätten ins Ausland desertiert, im Cyberspace verschwunden oder von der neuen Placebo-Kultur verschlungen sein müssen. Die Schauspieler machten ihre Sache hervorragend, und es störte niemanden, dass man dieselben Gesichter sonst WC-Reiniger anpreisen sah. Als die Aufführung zu Ende war, ertönte solch ein tosender Applaus, leuchtete in den Gesichtern der sich verbeugenden Schauspieler eine solche Zufriedenheit, dass er an einem allgemeinen Orgasmus teilzuhaben meinte. Er verlieh seiner Verwunderung Ausdruck, doch Danutė, die Buchhalterin, spürte die in seinem Herzen klaffende Wunde nicht, plapperte daher, dass das im Theater immer so sei. Zum Kuckuck!

Er glaubte einen Herd der Gegenrevolution gefunden, die zerstörerische Kultur der Katakomben ausfindig gemacht, ein schon beinahe zur Ausführung gebrachtes Komplott gegen das Placebo entdeckt zu haben. Noch in derselben Nacht verfasste er einen panikerfüllten Rapport und sandte ihn an die Zentrale.

Heute kam die Antwort. Kaum hatte er einen Blick in die Zeitung geworfen, da fand er auch schon die Mitteilung aus der Zentrale, las sie durch und begriff sofort, dass die über ihm hängende Wolke noch schwärzer war als vor einer Woche.

DURSTIGE KAMELE KOMMEN UNTER ZÜGEN
UMS LEBEN

In Australien kommen von Durst geplagte Kamele immer häufiger auf den Schienen um, von denen sie den Tau lecken, um so ihre durch die Trockenheit zur Neige gegangenen Wasservorräte wieder aufzufüllen. »Letzte Woche hat ein Zug acht Kamele überfahren, alle sind umgekommen«, sagte Iris Murdoch, Mitarbeiterin im Bahnhof von Cook. Laut Aussage der Bahnangestellten sind die Kamele wirklich dumme Tiere, denn beim Nahen eines Zuges laufen sie im Gänsemarsch los, die Schienen entlang, und der Zug überfährt alle Tiere. Nach Auskunft der in Cook anhaltenden Lokomotivführer sind so schon Dutzende von Kamelen umgekommen, deren zerfetzte Körper an vielen Plätzen im Land herumliegen. »Sie sind so groß, dass sie einen ganzen Zug zum Entgleisen bringen können«, sagte Murdoch. Australien wird derzeit von einer schlimmen Dürre heimgesucht, an einigen Orten hat es schon seit zwei Jahren nicht mehr geregnet. Deshalb sind Kamelherden von jeweils 50–60 Tieren in Richtung Küste losgezogen. Unterwegs ernähren sich die Tiere von wildem Hopfen und trinken Tau. Ein Lokomotivführer erzählte, dass eine von ihm beobachtete Herde so groß war, dass sie aus der Ferne wie ein Wäldchen aussah. Er konnte mit dem Signalhorn die Tiere rechtzeitig verscheuchen. In Australien lebt eine der größten Populationen wilder Kamele. Es wird angenommen, dass sie etwa eine halbe Million beträgt. Die Kamele wurden im 18. Jahrhundert nach Australien gebracht, als Forscher den trockenen Kontinent durchqueren wollten.

Er hatte den Verdacht, den Text nicht richtig entziffert zu haben. Das konnte aber nicht sein. Sein Gehirn funktionierte wie ein Computer, dem man den Befehl *Kodieren* oder *Konvertieren* gab. Das hing weder von seinem Willen noch von seinem Denken ab. Während seiner Ausbildung in der Zentrale war er mehr als einmal hypnotisiert worden, und man hatte vielleicht sogar eine Lobotomie-Operation an ihm vollzogen, während der ihm ein kleines Implantat eingesetzt wurde, das dazu diente, die geheimen Mitteilungen zu entziffern.

Genauso gut wie den Namen seines Vaters oder der Mutter

wusste er, dass er jeden Morgen die großen Tageszeitungen durchblättern, dort nach einem Text über das Leben der lieben Tierchen suchen und diesen dann aufmerksam durchlesen musste. Manchmal blieb die Nachricht aus dem Leben der Biber, Robben oder Otter eine Nachricht, meist jedoch wurde ihm während des Lesens schwarz vor Augen, dann zuckte etwas wie ein Blitz, und wenn er wieder zu sich kam, befand sich die nötige Information in seinem Kopf. Wie diese Nachrichten in die Presse kamen, das lag schon nicht mehr in seiner Kompetenz.

Diesmal erteilte die Zentrale keine Befehle, sie war empört. Dort oben in den Höhen waren die Mächtigen unzufrieden mit der Beseitigung der Pythia, die viel zu große Wellen geschlagen hatte. Die unsichtbaren Chefs ärgerte auch sein eigenmächtiger Umgang mit Maksas Vakaris. Nun ja, er hatte Maßnahmen ergriffen, ohne darum gebeten worden zu sein, im ›Talk vor dem Einschlafen‹ den Zombisierungs-Apparat zur Anwendung gebracht und ihn anscheinend aufgrund falscher Berechnungen zu stark eingestellt. Infolge der Überlastung würde der Goldknabe wahrscheinlich eine totale Persönlichkeitsspaltung erleiden. Am übelsten aber nahmen Die Da Oben seine Überlegungen zum Theater. Plötzlich wurde er beinahe für einen Verräter der Placebo-Ideen gehalten!

Letzlich bewahrheitete sich das, was er schon immer befürchtet hatte: Man hörte seine Gedanken ab. Wie gut er auch heuchelte, wie sehr er um die Beine des Herrn strich, nachdem er ihm auf den Kopf geschissen hatte, für die Zentrale war nur wichtig, was in seinem Kopf vorging. Man sei sich bewusst, dass es gar nicht so einfach sei, den Gang der eigenen lasterhaften Gedanken zu ändern. Doch als Mensch mit einem recht hohen Posten müsse er sich zusammennehmen und innerhalb von drei Tagen aufhören, an Pythia, Maksas' persönliche Krise, den Einfluss des Theaters, seine zerstörten Jugendideale und andere verbotene Dinge zu denken.

Das Frühstück war unwiederbringlich verdorben. Da half nicht einmal mehr der Brandy. Als er aus dem Restaurant nach draußen trat, roch es schon nach Frühling. Dieser Duft löste eine jähe Lawine der Erinnerungen aus, die von allen Vilniusser Hügeln auf ihn herunterzudonnern schien und ihn in die tiefsten Abgründe der Gefühle reißen wollte, von wo es kein Zurück mehr gab. Er hörte die Selbstvorwurfs-Schneemassen brausen, die Enttäuschungs-Eiszapfen knirschen, die Seelenschmerz-Erdrutsche tosen und die Reue-Felsbrocken donnern. Auf den Schwall von Kälte folgte eine Lawine der Hitze. Falls er nicht zur Salzsäule erstarren wollte, musste er wie ein Sünder aus Sodom und Gomorrha, ohne sich umzuwenden, Reißaus nehmen. Doch er ging langsam zum Wagen, fuhr ins Bureau und versuchte sich an die gewohnte Arbeit zu machen. Unerlaubte Gedanken machten sich in seinen Kopf breit. Sollte doch das Placebo alles hören! Sollten sie doch mithören, wenn sie davon nicht taub wurden!

Er kam ermattet und äußerst unglücklich nach Hause. Kaum hatte er den Flur betreten, legte er sein repräsentatives Aussehen ab und hängte es wie einen Anzug von Armani in den Schrank. Das Gesicht des Bosses legte er wie einen Hut auf die Ablage. Er seufzte und dachte bei sich, der Mensch sei das einzige Tier, das sich kleide und dem so viel Bedeutung zumesse. Um die Müdigkeit nach dem langen Arbeitstag loszuwerden, ging er duschen. Er stand lange unter dem heißen Wasserstrahl und erinnerte sich immer wieder daran, dass die Litauer doppelt so viel Wasser wie die Durchschnittseuropäer verbrauchten. Sein Kopf quoll wie immer vor sinnlosen Informationen über. Was hatte denn überhaupt einen Sinn in diesem Leben? Was?

Nach dem Duschen schlüpfte er in einen Frotteebademantel. Sofort uberkam ihn ein Gefühl der Behaglichkeit, der Wärme und der Weichheit. Heute Abend hatte er Lust auf Virtinukai-Tinginiai, gekochte Quarkplätzchen. Er staunte über sich selbst, dass er trotz der inzwischen in Litauen bis zum Überdruss verfügbaren Gourmet-Speisen hin und wieder Lust auf eins der Lieblingsgerichte aus seiner Kindheit bekam. Er tat den Quark in eine Schüssel, schlug mit einer samuraihaften Bewegung ein Ei dazu, maß, als ob er eine Bombe herstellte, die exakte Menge

Mehl ab, fügte mit der Präzision eines Juweliers ein wenig Zucker und noch weniger Salz dazu.

Als das Essen zubereitet war, verspürte er beim Anblick der in der Saure-Sahne-Soße mit den gelben runden Augen aus zerlassener Butter schwimmenden Quarkvierecke im ganzen Körper eine unbeschreibliche Leichtigkeit, als ob er sich in ein Daunenkissen oder einen Sack voller Seidenschnipsel verwandelt hätte.

Noch leichter aber als der Körper war die Seele. Während er feierlich die flockige Quarkplätzchen-Hostie hinunterschluckte, begriff er, dass ihm in genau diesem Augenblick alle Sünden vergeben worden waren. Weshalb? Das wusste er nicht. Wie um die Gnade der Sündenvergebung zu bestätigen, grollte in der Ferne der erste Frühlingsdonner.

DER SAAL war riesengroß, sein Ende nicht zu sehen, wie ein irgendwo hinter dem Horizont endendes Meer. Reihe um Reihe standen die den Himmel stützenden Säulen aus Elfenbein da und an jeder flatterten verschiedenfarbige königliche Flaggen. Die goldenen Bodenplatten leuchteten. Julija fühlte sich jetzt leicht wie eine kleine Feder. Eine vom Wind getragene Daune.

Plötzlich hörte sie von weit oben ein Brausen, von dort, wo die gewundenen Kapitelle der Säulen endeten, als ob da steife riesige Flügel schlügen. Julija glaubte, gleich werde eine Schar Engel geflogen kommen, doch stattdessen landeten rundherum raschelnd die Tarot-Karten. Die flachen Bilder verwandelten sich augenblicklich in dreidimensionale Figuren.

Melodisch klimpernd fielen die Münzen zu Boden. Klirrend rollten die zehn Kelche davon. In den Ritzen zwischen den Platten blieben die Schwerter stecken. Die Stäbe legten sich in einem eleganten Halbkreis vor ihr aus. Entlang der Säulen stellte sich der ganze Hof, die Kleine Arkana auf: die vier Königinnen, die vier Könige, die vier Ritter und die vier Buben. Das Rad des Schicksals wählte einen Platz inmitten des Saals und begann sich knarrend zu drehen. Der Wagen ratterte in Richtung Horizont davon und blieb genau auf der Grenze stehen. Der Turm folgte ihm, wankte gefährlich und drohte umzukippen. Die Welt entfaltete sich oben wie die Kuppel einer Kirche. Der Mond hing links, die Sonne rechts, der Stern ganz in der Mitte.

Obwohl niemand ein Wort sprach, begriff Julija, dass jetzt das Jüngste Gericht stattfinden würde. Von der Schar der Großen Arkana trennten sich die Verliebten und versteckten sich, einander liebkosend, hinter den Säulen. Sie wollten wahrscheinlich nicht am Prozess teilnehmen. Der Magier, die Hohepriesterin, der Hierophant, die Herrscherin und der Herrscher schlossen einen engen Kreis um Julija. Hinter ihnen stellten sich die Kraft, die Gerechtigkeit und die Mäßigkeit auf. Der Eremit zog sich weit von den anderen zurück. Der Gehängte hing mit dem Kopf nach unten von einer Säule, und vor ihm fing der Narr an, Faxen zu machen. Der Teufel und der Tod sahen immer wieder unruhig auf ihre Armbanduhren. Die Gerichtskarte schlug mit dem Hammer auf den Gong. Das Echo flog, wie ein Gummiball zwischen den Säulen hin und her hüpfend, davon.

»Warum hast du das getan?«, fragte mit strenger Stimme der Magier und nahm plötzlich die Gestalt ihres Großvaters an.

»Julytė, weshalb hast du dich so verhalten?«, wollte die Hohepriesterin wissen und wurde zu ihrer Mutter.

»Wie konntest du nur, Töchterchen?«, stellte der Hierophant seine Frage und verwandelte sich in ihren noch nicht einmal dreiunddreißigjährigen Vater.

»Julija, warum hast du nicht mit mir darüber gesprochen?«, hielt ihr die Herrscherin mit dem strengen Gesicht Ritas vor.

»Pythia, was wolltest du mit deiner Tat beweisen?«, erkundigte sich der Herrscher, der JuJu wie ein Ei dem anderen glich.

»Du warst schon immer eine Egoistin, aber warum zu einer so extremen Maßnahme greifen?«, stimmten die Gerechtigkeit, die Kraft und die Mäßigkeit als harmonisches Trio ihrer verflossenen Ehemänner ihr Liedchen an.

»Hast du etwa gehofft, dich so an mir rächen zu können?«, sagte der Eremit, unter dessen Kapuze das Profil von Tadas zu sehen war.

»Magierin, warum hast du nicht an mich gedacht?«, hielt ihr der mit dem Kopf nach unten in der Luft hängende Maksas Vakaris vor.

»Jultschik, warum hast du so eine Dummheit gemacht?«, schüttelte der Narr Leo den Kopf.

Julija begriff nicht, was sie da alle so stur fragten, und wusste auch nicht, was sie auf diese hartnäckige Ausquetscherei hätte antworten sollen.

»Tu nicht so, als ob du dich an nichts mehr erinnerst!«, lachte der Tod schallend heraus und Julija sah in ihm ihr Ebenbild.

»Was ist nur in dich gefahren?«, sagte der Teufel, zwinkerte listig mit dem linken Auge und klatschte, den Schuss imitierend, in die Hände.

Als sie diesen Knall hörte und im Tod ihr Gesicht erblickte, erinnerte sich Julija plötzlich wieder an das, was in der Zeit nach ihrem Tod wie hinter einem schwarzen Vorhang verborgen war. Sie hatte sich umgebracht.

Jetzt, von den Teilnehmern des Gerichtsverfahrens aufmerksam beobachtet, sah Julija die letzte Stunde ihres Lebens noch einmal wie sich bewegende Bildchen in einem farbigen Buch durch. Angefangen hatte alles mit einem Kuss. Nein, eigentlich hatte alles mit dem Anruf des Schutzengels begonnen. An jenem Abend hatte ein Haufen unerwarteter Gäste Julija überfallen, die zum Glück früher als gewöhnlich wieder gingen, denn sie mussten am Montag alle arbeiten. Auch Maksas war kurz vorbeigekommen, hatte ein Glas Wein getrunken und war dann in den Live-Äther abgedüst. Etwa um halb zwölf klingelte das Telefon.

»Schläfst du noch nicht?«, fragte der Schutzengel ohne Begrüßung und fuhr gleichzeitig fort: »Falls ich darf, komme ich kurz vorbei. Ich glaube, dir droht ein Unglück.«

Julija war höchst erstaunt, sowohl über den späten Anruf als auch über dessen Inhalt, erlaubte dem Schutzengel jedoch mit Freude, zu kommen. Sie putzte sich schnell die Zähne und steckte sich einige Stück Kaugummi in den Mund, damit Tadas den Wein und die Zigaretten nicht roch. Er erschien nach einer guten halben Stunde, umarmte Julija fester als sonst und küsste sie auf beide Wangen.

»Warum meinst du, dass mir Unheil droht?«, fragte sie, denn sie hatte noch niemandem von ihren bösen Vorahnungen erzählt.

»Die Engel haben erzählt, sie sähen deinen Tod«, antwortete Tadas, öffnete den obersten Knopf an seinem Hemd und nahm eine Kette mit einem kleinen Medaillon von seinem Hals. »Das sollte dich wenigstens ein bisschen schützen. Ein magisches Ding. Ich trage es selbst schon seit über fünfzehn Jahren. Es ist der Erzengel Raphael.«

Der Schutzengel legte das von seinem Körper erwärmte Medaillon in Julijas Hand. Das Silber war abgenutzt wie das einer lange Zeit in Umlauf gewesenen alten Münze. Raphael war kaum zu erkennen. Auf der anderen Seite war eine Hand abgebildet, die das Victory-Zeichen zeigte. Julija war etwas erstaunt, denn sie hatte einen ebensolchen Anhänger an Maksas gesehen. Sie legte sich das Amulett um den Hals und fuhr zusammen, denn es war sehr heiß.

»Danke«, sagte sie, stellte sich auf die Zehenspitzen und küsste den Schutzengel auf die Wange.

Woraufhin er ihr zu ihrem Erstaunen einen langen und heißen Kuss gab. Da sie ein wenig beschwipst war, schritt sie sofort zur Tat. Zuerst nahm sie Tadas den Cowboyhut ab und schleuderte ihn zu Boden. Dann schlang sie die Arme um seinen Hals, drückte ihren Bauch fest an den seinen und schob ihr Knie zwischen seine Beine. Da sie spürte, dass Küssen nicht mehr reichte, nahm sie den Schutzengel an der Hand und führte ihn die Treppe hinauf ins Schlafzimmer. Er folgte ihr gehorsam. Sie schaltete die Nachttischlampe ein, drehte sich Tadas zu und lächelte. Er lächelte zurück. Sie sahen einander an wie zwei Verschwörer.

Tadas zog den kristallenen Rosenkranz von seinem Handgelenk und legte ihn auf den Nachttisch. Für Julija war dies das Zeichen, dass alle Verbote aufgehoben waren, also schlüpfte sie aus dem roten Kleid und streifte die Schuhe ab. Jetzt stand sie nur in Unterwäsche da. Dann schmiegte sie sich wieder an Tadas und spürte sein hart gewordenes Glied. Offenbar passierte dies auch Engeln.

Mit vor Ungeduld zitternden Fingern begann sie ihn auszuziehen. Sie riss ihm die Jacke herunter und warf sie zu Boden, knöpfte das Hemd auf und schleuderte es zur Seite. Nach einem Kuss auf das Halsgrübchen und beide Brustwarzen kniete sie nieder und löste seine Schnürsenkel. Da betrat Bastet das Schlafzimmer und Tadas zog sich, wie von ihrem kalten Blick beschämt, selbst weiter aus. Julija streifte spielerisch die Stoffstücke aus schwarzen Spitzen ab und fiel kichernd, den Schutzengel hinter sich her ziehend, ins Bett.

Julija bemühte sich, die fieberhafte Leidenschaft in ein tiefes und langsames Sich-Lieben zu verwandeln, wie sie es am liebsten hatte. Sie wollte so lange wie nur möglich das vom Schutzengel hervorgerufene Wonnegefühl spüren. Er sollte in sie eindringen wie ein Forscher in eine Stalaktitenhöhle – langsam, immer wieder innehaltend, vor Erstaunen und Entzücken dahinschmelzend. Sie hatten es überhaupt nicht mehr eilig. Ihre Vagina fing allmählich an, rhythmisch wie ein zweites Herz zu pulsieren, und ganz im Zentrum dieses Herzens, von ihm verschlungen, war er. Julija wünschte sich, dass die Verschmelzung mit dem Geliebten ewig dauern würde. Nie zu Ende ginge. Denn als sie sich ins rotglühende Zentrum der Lustspirale bohrte, fühlte sie, dass nach diesem schicksalhaften Akt etwas Furchtbares geschehen würde.

Ein Tosen wie von fließendem Wasser und loderndem Feuer war zu hören. Julija stieg zugleich in ungeahnte Höhen auf und versank in brodelnden Tiefen. Sie tat sich auf, wie das Meer vor der Schar der Reingläubigen, rollte in zentrifugalen Wellen bis zum Horizont und verschwand dann in den Weiten des Himmels. Einen Augenblick lang weilte sie im Nichts. Dann kehrte alles an seinen Platz zurück.

»Danke«, sagte sie und küsste die feuchte Stirn des Schutzengels.

Er schwieg.

»Bleib hier. Ich möchte so gern morgen früh neben dir aufwachen.«

»Nein, ich muss gehen.«

Julija wusste, dass der Schutzengel nicht wiederkommen würde. Niemals. Sie lag da und beobachtete, wie er sich im Schein der Nachttischlampe ankleidete. Als er schon beim Anziehen der Jacke war, sprang sie aus dem Bett und schlüpfte rasch nackt in das rote Kleid.

»Bind dir die Schuhe zu, sonst stolperst du noch«, sagte sie und gab ihm zum Abschied einen Kuss auf die Wange.

Sie war barfuß, deshalb wollte sie Tadas nicht weiter begleiten. Er würde den Weg selbst finden. Als sie die Wohnungstür ins Schloss fallen hörte, ging sie ins Wohnzimmer. Sie starrte in die im Kamin glimmende Glut und führte sich vor Augen, dass alles vorbei war. Sie zog nervös an der Kette mit dem silbernen Raphael, und diese riss plötzlich. Julija erschrak. Das war das Zeichen, dass die wichtigste Beziehung ihres Lebens abgebrochen war. Die Vorahnung schrie, dass der Schutzengel nicht mehr wiederkommen würde. Niemals.

Julija warf das Medaillon in eine Kupferschale, in der sich schon einige Armreifen, eine Halskette und ein gutes Dutzend Ohrringe befanden. Dann trat sie ans Fenster und betrachtete das in dichte Dunkelheit getauchte Vilnius. Sie drückte ihr Gesicht an ihr kaltes Spiegelbild. Die Verzweiflung war noch schwärzer als die Nacht. Julija wusste, dass diese Seelenqual für sehr lange Einzug hielt. Sie würde nicht vorbeigehen. Niemals.

Die Türklingel schepperte. Vielleicht kam der Schutzengel zurück. Doch Julija wollte ihn nicht mehr hereinlassen. In der Dunkelheit miaute Bastet. Aber das hielt Julija nicht zurück. Sie trat an ihr antikes Büffet und holte aus einer Schublade die mit Elfenbein intarsierte Dose. Darin lag die Pistole von Maksas Vakaris.

Julija setzte sich in den Sessel am runden Tischchen, auf dem irgendeiner der Gäste ein Glas Wein zurückgelassen hatte. Sie lud die Waffe und setzte sie sich an die Schläfe. Die Waffe war zur Verteidigung da. Genau dazu brauchte Julija sie auch. Um sich gegen sich selbst zu verteidigen. Sie erstarrte, konnte sich jedoch nicht entschließen zu schießen.

Ihr wurde schwarz vor Augen. Sie meinte sogar gesehen zu haben, wie der Schutzengel wieder ins Zimmer kam. Er trat zu Julija und packte die Hand, die die Pistole hielt. Plötzlich war ein Knall zu hören. Das Licht ging aus.

An mehr erinnerte sie sich nicht. Doch jetzt, vor dem Jüngsten Gericht, gestand sie, selbst geschossen zu haben.

NACH EINER halben Stunde Sport auf dem Super-Hometrainer tat Rita der ganze Körper angenehm weh. Dazu spürte sie noch in jeder Zelle die süße Erinnerung an den hervorragenden Sex mit dem geliebten Ehemann. Sie stieg singend unter die Dusche und wurde beim Zähneputzen von der ganzen Familie unterstützt. Sie versammelten sich zu viert mit den Zahnbürsten vor dem Spiegel, mit einem breiten Lachen und glücklich. Ja, Tomas, der verlorene Sohn, war auch wieder unter die Fittiche der Eltern zurückgekehrt.

In einen Seidenbademantel gehüllt hüpfte Rita leichten Schrittes ins Schlafzimmer, begutachtete das breite Doppelbett mit der Seidenbettwäsche, trug etwas Chanel No. 5 auf und strich über das schicke weinrote Kleid, mit dem sie gestern auf der High-Society-Party geglänzt hatte. Dann, noch immer mit einem Liedchen auf den Lippen, ging sie in die Küche. Endlich hatte sie angefangen zu leben, wie es sich gehörte. Sie verachtete die allmächtige Werbung nicht mehr, gehorchte unterwürfig den Anweisungen – »Trink mich«, »Iss mich«, »Folge mir« – und fühlte sich glücklich wie Alice im Wunderland oder im Reich der Spiegel.

Rita streute, die hübsche Nescafé-Melodie pfeifend, Cornflakes in vier gleich große Schälchen und übergoss sie mit Joghurt. In vier Gläser schenkte sie frisch gepressten Orangensaft ein. In der Bratpfanne brutzelten die Spiegeleier mit Speck. Den zu hohen Cholesterinspiegel würden die Kapseln mit Soja-Lecithin wieder senken. Auch die anderen Nahrungszusätze durften nicht vergessen werden, damit alle Organe und Gebilde des Körpers gut funktionierten: Knochen, Gelenke, Haut, Haar, Nägel, Blut, Schilddrüse, Magen, Verdauungstrakt, Nieren, Eierstöcke, Hoden, Dickdarm, Augen, Herz, Gehirn. Die entsprechenden Tabletten teilte Rita allen Familienmitgliedern sorgfältig aus.

Ein Apparat in modischem Design kochte gurgelnd koffeinfreien Kaffee. Er wurde mit einem kalorienlosen Süßstoff verfeinert. Der Golden Retriever namens Ferrari verzehrte fröhlich sein *Chappi*. Die Katze der Rasse Rex namens Lamborghini kaute ihr *Kitekat*. Im Korridor schuftete schäumend die Waschmaschine. Aus dem Radio ertönten gute Nachrichten. Das Fernsehen setzte die aufregende Serie fort. Vor dem Fenster schien die klare Frühlingssonne.

Gleich würde sich die ganze Familie am Tisch versammeln. Sie hatten schon vereinbart, im Sommer eine Hypothek aufzunehmen und sich ein Haus mit einer geräumigen Mansarde, einer Sauna, einer Garage für vier Autos, einem Pool und einem Garten zu bauen. Falls sie das wollten, fänden dort auch Rimas' und Ritas Eltern Platz. Für den Moment verpassten sie jedem ihrer Erzeuger ein Handy, damit sie sich immer mit ihnen verbunden fühlen konnten.

Das Frühstück war der Zeitpunkt, da ihr harmonisches Quartett die Pläne für den Tag und die bevorstehenden Eindrücke miteinander besprach. Dana bereitete sich auf den Fotomodell-Wettbewerb »Lolita +« vor. Sie machte das hervorragend. Sie würde einen guten Vertrag bekommen, mit der Möglichkeit, im Ausland zu arbeiten. Tomas wollte, kaum achtzehn geworden, zur litauischen Armee und träumte von einem Spezialeinsatz in Afghanistan oder Irak. Doch zuvor beabsichtigte er noch an der Reality-Show ›Der Käfig‹ teilzunehmen und einen neuen Audi zu gewinnen. Rimas freute sich, einen Arbeitsplatz bei derselben Firma gefunden zu haben, wo Rita schon seit einigen Wochen arbeitete.

Jetzt fuhren die Eheleute jeden Morgen zusammen zur Arbeit, genossen den luxuriösen Nissan, den die Firma ihren Mitarbeitern zur Verfügung gestellt hatte. Das moderne Gebäude des Bureaus stand an einem ruhigen, abseits gelegenen Sträßchen unweit des Rasos-Friedhofs. Wenn man es nicht wüsste, würde man es kaum finden.

Sowohl Rita als auch Rimas fühlten sich mit allem zufrieden: mit den freundlichen Arbeitskollegen, dem ausgezeichneten Gehalt und, was am wichtigsten war, der einzigartigen Möglichkeit, persönlich weiterzukommen. Beide Ehepartner waren entschlossen, auf dem Karrieretreppchen möglichst weit hinaufzusteigen. Sie waren betört von der Idee, eine schöne, neue, wunderbare, einige und einheitliche Welt der Champions zu erschaffen.

HEUTE MORGEN frühstückte er wie üblich. Er spürte ein großes Unglück auf sich zukommen, deshalb brachte er die sich darüber empörende Jacqueline zu seiner Mutter. Das Zuhause seiner Kindheit, die nach Schimmel riechende Wohnung an der Šventas-Steponas-Straße besuchte er nur ganz selten. Er hatte vor irgendetwas Angst. Vielleicht vor dem Alter seiner Mutter, die aber eigentlich trotz ihrer achtzig Jahre noch ganz frisch wirkte. Vielleicht vor seinem eigenen Altern, das in dieser Atmosphäre der Kindheitserinnerungen so offensichtlich war.

Jetzt saß er am Küchentisch mit dem mit Vergissmeinnicht bestickten Tischtuch, das ebenso alt war wie er, und aß die von Mutter zubereiteten Pfannkuchen mit schwarzer Johannisbeerkonfitüre. Ziemlich oft dachte er, dass in Litauen bis heute das Matriarchat herrschte, der Mutterkult, denn sowohl er als auch seine Bekannten hingen wie Säuglinge an ihren Müttern. Im Leben beinahe aller gleichaltrigen Kollegen waren die Väter in den Hintergrund getreten, fortgegangen, verschwunden, verstorben oder hatten sich sonstwie aus dem Leben ihrer Kinder zurückgezogen. Dafür war ein jedes erwachsene, auch das bereits alternde Kind immer noch durch eine untrennbare, stahlharte Nabelschnur mit der Mutter verbunden.

So wurde er auch jetzt ganz rührselig, wenn er seine Mutter

ansah, wie ein Kleinkind. Es fehlte nicht viel, und er hätte zu flennen begonnen. Deshalb bemühte er sich, der Mutter wenigstens nicht ins Gesicht zu schauen und ihre runzligen, mit Altersflecken übersäten Hände nicht zu sehen. Sie sprachen über Nichtigkeiten. Ein bisschen über die Politik. Ein bisschen über die Gesundheit. Ein bisschen über das Wetter. Sie verabschiedeten sich voneinander, als ob nichts geschehen wäre. Es war doch auch nichts geschehen.

Er stieg ins Auto und warf einen Blick auf den Stoß Zeitungen von heute, der geduldig auf dem Rücksitz wartete. Er hatte noch keine angesehen. Jetzt entschloss er sich dazu. In der Aufregung hatte er nach dem Frühstück vergessen, sich die Hände zu waschen, deshalb rochen seine Finger immer noch nach Pfannkuchen und hinterließen Fettflecken auf dem dünnen Papier. Zwar hatte er sich gestern von den Quarkplätzchen errettet gefühlt, die heutigen Pfannkuchen der Mutter besaßen jedoch keinerlei magische Kräfte mehr.

BETRUNKENE ELCHE IN DEN
NORWEGISCHEN WÄLDERN

In den südnorwegischen Wäldern irren betrunkene Elche umher, die, obwohl sich die Experten dessen nicht sicher sind, aggressiv sein könnten. Das meldete die norwegische Tageszeitung ›Aftenposten‹, die auch Ratschläge gibt, wie man sich bei der Begegnung mit einem solchen Elch verhalten sollte. Während des heißen Sommers gediehen die Früchte in den Wäldern dieser Region ausgezeichnet. Durch den unerwartet frühen Schnee wurden nicht wenige Früchte eingeschneit und blieben an den Bäumen hangen. Dieses Obst gärt nun langsam und ist zur verlockenden Nahrungsquelle für die Elche geworden. Der Tierarzt August Strindberg aus Kristiansand meinte gegenüber den Journalisten: »Ich höre zum ersten Mal von betrunkenen Elchen. Ich glaube aber, sie könnten sich wie angetrunkene Menschen benehmen – die einen werden ganz ruhig, die anderen suchen Streit.« Der Leiter des dortigen Komitees der Tierfreunde Edvard Munch warnt die Anwohner, sie sollten sich vor betrunkenen Elchen hüten: »Seien Sie vorsichtig, wenn ein Elch sich nähert, der in den letzten Tagen möglicherweise Äpfel verzehrt hat. Klatschen Sie in die Hände und schauen Sie, wie er reagiert. Falls der Elch sich nicht zurückzieht oder sogar näher kommt, dann seien Sie vorsichtig; er könnte angetrunken sein und angreifen.«

Der kalte Schweiß rann ihm in Strömen herunter, er musste nach Luft schnappen, und sein Herz begann wie verrückt zu schlagen. Das war keine Nachricht, sondern ein Urteil. Er hatte aus dem Spiel zu verschwinden, und das unverzüglich. Man musste schon sehr naiv sein, um auf ein Weiterleben zu hoffen, wenn in einem so wichtige und geheime Informationen gespeichert waren. Falls er dem Befehl der Zentrale nicht Folge leistete, würde man ihn auf andere Art beseitigen. Er wollte sich wie ein echter Mann verabschieden und hoffte, sich als ehrwürdige Akte in den Placebo-Archiven zur Ruhe legen zu dürfen.

Er gestand seine Fehler ein. Ja, sie waren nicht zu vergeben. Er war absolut einverstanden mit dem Erlass, dass dem Bureau in Litauen ein anderer, willensstärkerer, nervenstärkerer Mensch vorstehen sollte. Er machte sich an seine letzte Aufgabe. Er schrieb eine SMS: DU WARST ES, DER SIE GETÖTET HAT! Er suchte Tadas' Nummer heraus und versandte die Nachricht dreizehnmal.

Er fuhr mit dem Wagen aus dem Innenhof der Mutter hinaus und bog in Richtung Missionarskirche ab. Ohne auszusteigen warf er einen letzten Blick auf Vilnius. Wie viele Bewohner fühlte er eine hypertrophe Liebe zu seiner Hauptstadt, als ob immer noch irgendjemand (die Russen? die Polen? die EU?) sie ihm wegnehmen wollte. Es war eine besitzergreifende, intime, sogar erotische Beziehung, wie er sie im Gespräch mit den Moskauern, den Londonern oder den Parisern nie erkennen konnte. Es war gewissermaßen eine Liebe nicht zu einer Stadt, sondern zu einem lebendigen Wesen, das sich aus Ekel vor der Lauheit von dessen Gefühlen plötzlich von seinem Bewunderer abwenden konnte. Die Leidenschaft für Vilnius war also unteilbar mit der Furcht vor einem Verlust verbunden. Vielleicht die Stadt zu verlieren. Vielleicht sich selbst.

Er verabschiedete sich von seiner liebsten Stadt, fuhr den Hügel hinunter, drehte einige unentschlossene Runden und blieb dann in der Nähe einer Tankstelle stehen, auf deren Dach man einen riesigen, idiotisch grinsenden Tiger angebracht hatte. Er holte die ins Revers seines Sakkos eingenähte Ampulle mit Rizin hervor und biss darauf. Schon in einigen Minuten würde man in seinem Körper keine Spur mehr von dem tödlichen Gift finden. Alle würden meinen, dass ganz einfach sein Herz stehen geblieben sei.

Genau so war es. Er starb augenblicklich. Man hörte ein andauerndes piiiiiiiiiiiiiiiiiiiiiiiiiiiiiiiiiiiiiiiiiiep.

ALS DER Frühling schon richtig in Fahrt gekommen war, konnte man im Vilniusser Bohème-Bistro »Das betrunkene Schiff« einen neuen Dauergast antreffen, unvermeidlich wie der Hit des Monats, ein ganz seltsamer Typ. Im Kreis der heruntergekommenen Intellektuellen, versoffenen Philosophen, im Delirium tremens schwebenden Dichter und deren Exzentriker-Sympathisanten war es schwierig, jemanden zum Staunen zu bringen, und noch schwieriger war es, sich durch seine Originalität hervorzutun. Der neue Besucher jedoch erregte allein dadurch sofort die Aufmerksamkeit aller Besucher, dass er eine getigerte Katze an der Leine mitführte. Während ihr Herrchen Kaffee oder Bier trank, saß die Tigerin ruhig auf seiner Schulter wie die Eule der Minerva.

Erst bemerkten die Mädels der Bohème, später dann auch die Männer, dass der Unbekannte einer Nervensäge aus der Werbung wie ein Zwillingsbruder glich, einem Lotterie-Schreihals, einem Lieblingskind der Zeitschriften für Snobs. Als ob das noch nicht reichte, behauptete der komische Vogel auch noch, er selbst sei Maksas Vakaris. Wenn man ihn darum bat, dann konnte er jedes beliebige alte Vakaris-Liedchen anstimmen, wie in der ›Eldorado‹-Lotterie in Hochgeschwindigkeit Sprüche klopfen oder anhänglich schnurren wie in der süßen Talkshow ›Talk vor dem Einschlafen‹.

Für etwa eine Woche wurde der Doppelgänger, das Double, der Klon von Maksas Vakaris zum Gravitationszentrum des »Betrunkenen Schiffs« und zum bevorzugten Objekt für die verkaterte Neugier. Doch schon bald begann die Ähnlichkeit des Scharlatans zu verblassen, er bekam ein paar graue Haare, sein reines, gepflegtes Gesicht nahm die fahle Farbe der Ermattung an, sein Kinn überwucherte statt des eleganten Barts der spanischen Granden der eines litauischen Künstlers, das für Stars typische Glänzen in den Augen verschwand, er bekam üblen Mundgeruch und seine Kleider sogen sich voll mit Schweiß, zerknitterten, nutzten sich ab und verloren ihre frühere Eleganz. Sogar die Katze schien kleiner zu werden und ihr herzförmiges Schnäuzchen war von einem stoischen Ausdruck der Seelenqual beherrscht.

Dafür tauchte ein Foto des schrägen Vogels mit seiner Katze in den Tageszeitungen auf und die Schlagzeilen verkündeten: DOPPELGÄNGER VON MAKSAS VAKARIS IN VILNIUS GESICHTET. – AUCH IN LITAUEN WERDEN DIE STARS SCHON GEKLONT. – MAKSAS VAKARIS TRIFFT SICH MIT SEINEM ASTRALZWILLING.

Der »Astralzwilling« beantwortete bereitwillig die Fragen der Journalisten, während (der echte?) Maksas Vakaris nur brummte und keifte, obwohl eine solche Arroganz bis vor kurzem gar nicht typisch für ihn gewesen war. Die Bemühungen, die beiden Protagonisten zusammenzuführen, verliefen im Sand. Wenn der Doppelgänger, mit eiserner Geduld gewappnet, von Fotografen und Korrespondenten umzingelt am vorgesehenen Treffpunkt wartete, rief Maksas an und teilte mit, dass er in einem ausweglosen Stau stecke, von einem fürchterlichen Migräneanfall heimgesucht werde oder den Artikel für die Zeitung von morgen noch nicht fertig habe.

War man sich mit Ach und Krach mit Vakaris einig geworden und hatte ihn quasi mit Handschellen an den Heizkörper gefesselt, dann verschwand der sogenannte Astralzwilling wie vom Erdboden verschluckt. Doch das Foto, auf dem sie beide, die Köpfe liebevoll aneinander geschmiegt, direkt ins Objektiv blickten, machte trotz allem im Eiltempo die Runde durch die Zeitungen. In diesen Zeiten der Digitaltechnologie ist ja alles möglich.

In Maksas Vakaris' Tätigkeit gab es auch einige Veränderungen zu beobachten. Der ›Talk vor dem Einschlafen‹ bekam eine untypisch sarkastische Note, und die Teilnehmer der Sendung wurden jetzt nicht mehr wie früher eingelullt, gestreichelt und verhätschelt, sondern gnadenlos verhöhnt, obwohl sie das selbst meist nicht bemerkten. In einer Monatszeitschrift für Intellektuelle erschien sogar eine Lobrede auf ›Eldorado‹, die Lotterie sei völlig unerwartet den Grundprinzipien postmoderner Dramaturgie gefolgt und Maksas Vakaris decke durch die Brille der Ironie, des Grotesken und sogar des Zynismus die tiefe Kluft zwischen der Elite des Landes und den Verarmten auf.

Der Doppelgänger von Maksas Vakaris verschwand ebenso plötzlich im Nebulösen wie er von dort aufgetaucht war. Allerdings, die Korrespondentin einer Tageszeitung, Vita Vinkė, früher verantwortlich für die von niemandem gelesene Seite »Unsere Natur«, hatte ein seltsames Katzen-Ritual in einem verlassenen Innenhof in der Bazilijonai-Straße beschrieben.

Ein junger, langhaariger, bärtiger Mann kam angeblich jeden Sonntagmorgen mit einer getigerten Katze an der Leine dorthin. Die Katze setzte sich auf eine Mülltonne und fing laut zu schnurren an. Dann kamen aus allen Winkeln Katzen und Kater herbeigelaufen. Sie miauten nicht, schrien nicht, balgten sich nicht, sondern lockten sich in geordneten Grüppchen hin und begannen melodisch zu schnurren. Das dauerte etwa eine halbe Stunde, und die Bewohner der umliegenden Häuser verspürten eine gehobene Stimmung und einen Schwall von Lebensfreude. Einer Bewohnerin der Bazilijonai-Straße zufolge, die nicht namentlich genannt werden wollte, war die Energie während der Katzenversammlungen so stark wie während der ersten Demonstrationen des Sąjūdis.

In jenen Innenhof strömten heimlich immer mehr Neugierige, Gläubige und nach dem Glauben Suchende. Nach dem Katzen-Ritual warfen alle der Schnurrenden und ihrem Herrchen ein paar Litas zu. Die, die gehört hatten, wie der Mann seine Katze nannte, versicherten, ihr Name sei Basta. Vita Vinkė vermutete, die Katze trage diesen Namen zu Ehren der ägyptischen Göttin Bastet. Sie erwähnte auch, dass der Besitzer der Katze die Augenzeugen an Maksas Vakaris erinnerte. Einigen schien er gar Jesus Christus zu ähneln.

Es bleibt unklar, wer Recht hatte und wer nicht.

MITTE APRIL ist der Boden wie vermint, die Bäume und Sträucher mit Sprengkörpern behängt und an jedem noch so kleinen Zweig ticken haufenweise Knospen-Bomben. Das sprießende Gras macht ein Geräusch, wie wenn Nägel die Schuhsohlen durchstechen, und die Sonnenstrahlen streuen sich einem wie Glasstaub in die Augen.

Tadas fürchtete, diesen Frühling nicht zu überleben und ratzfatz vernichtet zu werden. Er lief im Garten umher und überprüfte, ob auch alle Apfelbäume den Winter überstanden hatten, als das Handy piepte und eine Nachricht angeflogen kam: DU WARST ES, DER SIE GETÖTET HAT! Derselbe Text überfiel ihn noch zwölfmal.

Nun ja, Tadas hatte geträumt, dass er Julija umgebracht hatte. Dieser Traum verfolgte ihn hartnäckig. Aber er wusste doch ganz genau, wie alles in Wirklichkeit abgelaufen war. Da er das andauernde Schreien der gefallenen Engel nicht mehr aushielt, eilte er eines Nachts wie vom Affen gebissen zu Julija. Nein, nicht in der Absicht, sie zu töten, obwohl ihm dies befohlen worden war. Er hoffte, sie irgendwie vor sich selbst beschützen zu können. Er hatte begriffen: Nur wenn er den Dämonen nicht gehorchte und sie zurückwies, würde er die Segnung der Erzengel verdienen. Doch kaum hatte die Wahrsagerin die Tür geöffnet, konnte er sich selbst davon überzeugen, dass das menschliche Schicksal nicht in der Hand der hellen, sondern der finsteren

Mächte lag. Den Willigen führt das Schicksal, den Unwilligen zerrt es hinter sich her. Tadas wehrte sich nicht. Er gehorchte. Er gab sich der Leidenschaft hin.

Er war so trunken von der körperlichen Lust, dass er sich wie ein Verliebter zärtlich von Julija verabschiedete, obwohl seine vom Fall verängstigte Seele ihm zuschrie, er müsse wegrennen so weit er könne und keinen Fuß mehr in dieses Haus setzen. Im Treppenhaus bemerkte er plötzlich, dass er seinen Rosenkranz im Schlafzimmer vergessen hatte. Verzweifelt drückte er immer wieder auf die Türklingel, doch Julija ließ ihn nicht mehr ein. Er würde wohl ein andermal zurückkommen müssen. Er tat einen Schritt nach vorn und wäre beinahe gestolpert. Er bückte sich, um seine Schuhe zuzubinden, lehnte sich mit dem Rücken an die Tür, und die ging ganz plötzlich auf.

Tadas schlüpfte hinein und fühlte sich dabei wie ein Dieb, wie ein Auftragsmörder. Er rief nach Julija, erhielt jedoch keine Antwort. Während er sich in ihr Schlafzimmer schlich, schielte er kurz ins Wohnzimmer, in dem immer noch Licht brannte, und sah dort die im Sessel sitzende Wahrsagerin. Sie betrachtete eine kleine Pistole.

Als sie Tadas erblickte, lächelte sie und hielt sich die Waffe an die Schläfe. In der Absicht, die absurde Tat zu verhindern, machte er einen Satz nach vorn, und als seine heilende Hand ihre fest geballte Faust berührte, löste sich ein Schuss.

Im Traum war nur ein klitzekleines Detail anders. Als Tadas zwischen Julijas warmen Fingern den kalten Abzug der Pistole ertastete, drückte er selbst ab. Danach fehlten in seiner Erinnerung einige Sekunden, vielleicht auch einige Minuten. Sie setzte wieder ein, als er sich rückwärts von der Toten entfernte und mit bebender Hand das Licht im Wohnzimmer löschte. Dann sauste er wie der Wind nach draußen. Im Treppenhaus begegnete er einem Mann mit einem Hund.

Jetzt, drei Monate nach diesem fürchterlichen Ereignis, bekundete Julijas Mutter den Wunsch, dass ausgerechnet Tadas die Asche der Verstorbenen verstreuen sollte. Das sei der letzte Wille ihrer Tochter. Da sie den Tod kommen sah, hatte Julytė sogar den Ort, wo sie zum absoluten Nichts werden wollte, und den Ausführenden genannt. Die Mutter der Wahrsagerin brachte die Urne zu ihm, wollte jedoch nicht einmal hereinkommen, blickte Tadas nur ängstlich an, wie einen Serienmörder, erteilte eilig ihre Instruktionen und lief, die Tränen verbergend, wieder zum am Gartentor wartenden Taxi.

Tadas stellte das Gefäß mit Julijas sterblichen Überresten vor sich hin und entwarf einen Aktionsplan. Die Asche der Wahrsagerin vom Hügel der Drei Kreuze zu verstreuen hatte er nicht den Mut. Julijas Überreste auf den Dächern von Vilnius und den Köpfen der Stadtbewohner, das schien ihm dann doch zu makaber. Deshalb wählte er den Ort, wo die Vilnia und die Neris sich trafen. Vor der Fahrt zur Zeremonie steckte er sich noch die Tränen Luzifers in die Tasche. Er wollte in seinem Haus nicht die geringste Spur eines gefallenen Engels mehr dulden.

Der Abend war kühl, während die tagsüber erwärmte Erde einen menschlichen, ja weiblichen Geruch verströmte. Der Sereikiškės-Park war, abgesehen von einigen Hundehaltern, menschenleer. Tadas stieg zum Ufer des plätschernden Flüsschens hinunter, wandte das Gesicht dem dämmernden Himmel zu und sog das erotische Aroma der Frühlingserde tief in sich ein. Dann tat er das, was getan werden musste.

Er öffnete die Urne und schüttete, das Gebet des Schutzengels sprechend, Julijas Asche in die Vilnia. Sie schwamm einen Augenblick auf der Oberfläche und vermischte sich dann mit dem Wasser. Die in der Nähe schaukelnden schweren, schläfrigen Enten schenkten Julijas endgültigem Verschwinden nicht die geringste Beachtung.

Nach einer Weile holte Tadas die Tränen Luzifers hervor. Aus dem abgenutzten roten Säckchen streute er die schwarzen Kristalle auf seine Hand. Er verabschiedete sich flüsternd von ihnen und warf dann einen nach dem anderen in die wogende Strömung. Wenn sie das Wasser berührte, zischte von jeder Träne eine bläuliche wütende Flamme auf. Aber Tadas bemerkte das nicht.

Auf den Grund der Vilnia sanken Luzifers Tränen nicht. Auf der Wasseroberfläche treibend, schwammen sie in die Neris davon. Aus der Neris in den Nemunas und mit dem Nemunas in die Ostsee. Hier brachten die verwunschenen Kristalle alle Fische um den Verstand, steckten die Seeschwalben und Möwen mit Hysterie an und vergifteten die arglosen Fischer und Seeleute mit schwärzester Melancholie.

Das Schlimmste war, dass, während die Tränen Luzifers die Flüsse Litauens hinabreisten, ihr böser Zauber nach den Frühjahrsüberschwemmungen in den aufgeheiterten Himmel verdampfte und von dort mit dem Regen auf die saatbereiten Äcker fiel, auf die Felder mit dem Wintergetreide, das endlich den Schnee losgeworden war, um schließlich mit dem täglichen Brot auf dem Tisch der ahnungslosen Menschen, auf unseren und euren Tischen zu landen.

Die Tage zogen vorbei, die Nächte vergingen, doch Bastet lag immer noch in Sphinx-Pose auf dem Heizkörper und murrte darüber, dass man im Leben dauernd irgendetwas ändern musste. Sie mochte keine Veränderungen. Kaum hatte man den Menschen, den Raum, die Zeit gezähmt, musste man sich schon wieder umkrempeln, die Gewohnheiten über den Haufen werfen und sich von neuem anpassen.

Sie hatte Julija in Besitz genommen, jetzt musste sie deren Cousine in Besitz nehmen und noch zwei Menschen, einen Mann, der, igitt, stank und, oh Schreck, ein Kind. Neue Gerüche, neue Vibrationen, neue Flecken in den Auren der Zweibeiner. Die Sachen der Verlorenen, die Bubastis so systematisch gezähmt, skrupulös mit dem Pfötchen tätschelnd beschnuppert und mit den Säften ihrer göttlichen Natur besprüht hatte, reisten irgendwo anders hin und ihren Platz nahm neuer Hausrat ein, den in ihren unabhängigen Raum aufzunehmen sie absolut keine Lust hatte. Mit Hilfe von Gebeten und Mantras konnte man die Umwälzungen vielleicht ertragen. Doch wozu sich abquälen? Noch dazu, wo eine Befehlende Stimme aus den Höhen die Katze zur Entscheidenden Mission aufforderte. Und auch sie selbst fand die Aussicht auf eine neue abenteuerliche Existenz verlockend!

Eines schönen Morgens, während die Fremden einen stinkenden Schrank hereinschleppten und deshalb die Wohnungstür weit offen stand, schlüpfte Bastet zwischen den Beinen der Träger hindurch, raste wie eine Gewehrkugel die Treppe hinunter und trat mit siegreichem Miauen in den Hof hinaus.

Sie hatte keineswegs die Absicht, herumzustreunen, in den Abfallhaufen zu wühlen oder mit den plebejischen Eingeborenen um das Territorium zu kämpfen. Jetzt musste sie erst den Zu-Zähmenden finden. Die Katze schaltete ihren sechsten Sinn wie einen kleinen Motor ein und begann die Suche nach Maksas Vakaris. Aus der Umgebung empfing sie seltsame Signale, als ob der Gesuchte nicht einer, sondern zwei wäre.

Die Katze ging nie fehl, deshalb machte sie einen Bogen um das Haus von Maksas Vakaris, in dem sie schon einmal gewesen war, und trabte in entgegengesetzter Richtung davon. Ihr neuer Zu-Zähmender lebte als Clochard und fand nachts in den Höhlen der Hausbesetzer Zuflucht. Bastet fand ihn ohne langes Herumirren. Der Mensch und die Katze, die sich in der Stadt der Einsamen trafen, freuten sich wie wahre Verliebte. Als der neue In-Besitz-Genommene eingeschlafen war, erklärte ihm Bubastis in Traumsprache, dass wegen jener verfluchten Tränen Luzifers das Ende der Welt begonnen habe.

Die Menschen schwadronierten seit Menschengedenken vom Ende der Welt. Sie salbaderten nicht nur voller Angst, sondern auch mit einem seltsamen Enthusiasmus darüber. Niemand wollte das Diesseits allein verlassen, während sich die anderen noch am Leben freuen konnten. Wenn schon sterben, dann alle zusammen, und auch die noch nicht geborenen Generationen der Zukunft mitreißen!

Luzifer kannte diesen geheimsten Wunsch der Menschheit und hatte beschlossen, ihn zu erfüllen. Doch wenn die Zweibeiner sich selbst vernichten wollten, warum dann auch die Katzen, Mäuse, Hunde, Schmetterlinge, Fische, Elefanten und die vielen, vielen anderen Wesen, die doch leben wollten?! Um ihrer aller willen entschloss sich Bastet zur Rettungsaktion.

Der Gezähmte wunderte sich in keiner Weise darüber, dass der totale Untergang nur von den Katzen hinausgezögert werden konnte, und unterstützte Bubastis beim Antiluziferplan. Die Zeremonien der Katzen in der Bazilijonai-Straße retteten nicht nur die Welt vor dem Untergang, sie machten auch Vilnius in der ganzen Welt berühmt, und die in Horden herbeiströmenden Touristen füllten die Stadtkasse nicht unwesentlich.

Bubastis erinnerte sich immer seltener an ihre frühere In-Besitz-Genommene. Den Augenblick aber, in dem Letztere endgültig aus dem Dunstkreis der Menschen verschwand und zur Katze wurde, begleitete sie mit dem heiligsten Mantra: *Mourrr Uorrr Mourrr Uorrr Muorrr Ourrr Muorrr Ourrr Muorrr Mourrr Uorrr Muorrr Ourrr ...*

JETZT WAR Julija, wenn sie es wirklich noch war, von Ursubstanzen umgeben: Töne, Düfte, Farben, Licht, Dunkelheit. Doch alles war zum Verschwinden verurteilt.

Aller Klang rollte hinweg in die Leere wie eine riesige Frucht, deren metallharte Schale aus Lärm, Motorengetöse, Autobrausen, Fabriksirenen, Schüssen und ohrenbetäubenden Explosionen bestand. Darunter verbarg sich das Weiche: Musik, Glockengeläut, Gesänge, Gespräche, Gelächter, Schafsgeblöke, Hundegebell, Vogelgezwitscher, Meeresrauschen und das Flüstern des Windes. Im Kern ruhten das Plätschern des Wassers, das Rascheln der Blätter, das Summen der Delphine, das Brummen der Insekten, Flüstern, Kichern, Seufzen, das Schlagen des Herzens und das, was man hört, wenn man mit nur einer Hand klatscht. Als das letzte Echo verstummt war, trat Stille ein. Jedoch noch nicht die endgültige.

Kurz darauf begannen die Gerüche zu schwinden. Zuerst verflüchtigte sich aller Gestank. Danach verdunsteten die Aromen der Gewürze, der Öle, des Räucherwerks, das süße Bukett der blühenden Bäume und der Blumen. Dann verflogen die Düfte von Milch, Tee, Kaffee, Wein, Beeren, Obst, Honig, Heu, Pilzen, Moos, Harz, Ameisenhaufen, Schlamm, Staub, Sand, Muscheln, Bernstein, Steinen, Schnee, Luft nach dem Regen und reinem Wasser. Erst im geruchlosen Raum stellt man fest, dass ein jeder Abschnitt des Daseins, ein jeder Punkt des Raums, ein jeder Pulsschlag der Zeit sein unvergleichliches Aroma besaß. Oder seinen Gestank. Bei jedem Einatmen pflückte man einen Strauß neuer Blumen. Jetzt blieb keine einzige mehr übrig.

In diesem geräuschlosen, geruchlosen Raum gab es immer noch alle Farben des Spektrums. Sie flatterten wie durchsichtige Seidenflaggen. Plötzlich, als ob eine unsichtbare Hand am Stoff gezupft hätte, flog ein violettes Tuch von einem Rand des Raums zum anderen und verschwand dann. Genauso wurden Blau, Azur, Grün, Gelb, Orange und Rot aus der Gesamtheit herausgezogen. Was übrig blieb, war weder Dunkelheit noch Helligkeit.

Der Raum schien aus einer Unmenge von Pünktchen zu bestehen. Die einen leuchteten wie Sterne. Die anderen waren schwarz wie Mohnkörner. Nein, es waren keine Pünktchen, sondern Buchstaben und die Zwischenräume dazwischen. Plötzlich bildeten die Zeichen Wörter und begannen in wahnwitzigem Tempo vorbeizurasen wie auf einem riesigen Bildschirm. Von unten nach oben. Von innen nach außen. Vom Sein ins Nichtsein. Eine Unmenge, eine Unmenge, eine Unmenge von Wörtern. Eine Unmenge von Wörtern, Wörtern, Wörtern. Als letztes entflog »Zytotoxin«.

Schließlich, obwohl schon keine Geräusche mehr da waren, konnte man ein Knistern hören, als ob sich irgendwo eine zu Ende gespielte Platte drehte: schschsch schschsch schschsch ... So rieselten alle Buchstaben ins Nichts.